AF524331

Es ist eine Welt für sich: das Collegium Gregorianum Kahlenbeck, ein streng katholisches Jungeninternat irgendwo am Niederrhein. Hier wächst der knapp 15-jährige Carl Pacher Anfang der achtziger Jahre heran. Kahlenbeck, das ist eine spartanische Welt voller Regeln und Verbote, durchdrungen von elitärem Geist, Askese und Weltverachtung. Gleichwohl gärt unter der Oberfläche der Geist pubertärer Rebellion und herrscht unter den Jugendlichen eine gnadenlose Hackordnung, in der schwächere Schüler und Außenseiter ungeniert gedemütigt, schikaniert und ausgegrenzt werden. Von den inneren Widersprüchen des Collegiums ist Carl Pacher tief geprägt. Denn einerseits ringt der schwärmerische und manchmal bestürzend naive Junge um Selbstüberwindung und den rechten Glauben. Aber zugleich kann er sich gegen frühreife erotische Phantasien ebenso wenig wehren wie gegen die Sehnsucht nach der unbedingten Liebe. Sowohl tiefgründig als auch aberwitzig und komisch, ist »Kahlenbeck« ein Pubertäts- und Internatsroman, wie man ihn lange nicht gelesen hat: ein beeindruckender Roman über Religion und Spiritualität, über Freundschaft und Rivalität, über das Fegefeuer der Pubertät und die Fallgruben der Liebe.

Christoph Peters wurde 1966 in Kalkar geboren. Er besuchte selbst ein katholisches Internat und ist Autor von bislang sechs Romanen sowie mehrerer Erzählungsbände. Für seine Bücher wurde er vielfach ausgezeichnet, u.a. mit dem aspekte-Literaturpreis. Christoph Peters lebt heute in Berlin.

CHRISTOPH PETERS

WIR IN KAHLENBECK

Roman

btb

Verlagsgruppe Random House FSC® N001967
Das für dieses Buch verwendete FSC®-zertifizierte
Papier *Lux Cream* liefert Stora Enso, Finnland.

1. Auflage
Genehmigte Taschenbuchausgabe August 2014,
btb in der Verlagsgruppe Random House, München.

Umschlaggestaltung: R.M.E., Rosemarie Kreuzer/Ruth Botzenhardt
unter Verwendung eines Motivs von © thomasmayerarchive.de
Druck und Einband: CPI – Clausen & Bosse, Leck
SK · Herstellung: sc
Printed in Germany
ISBN 978-3-442-74131-1

www.btb-verlag.de
www.facebook.com/btbverlag
Besuchen Sie auch unseren LiteraturBlog www.transatlantik.de

Einige Altväter sagten: Wenn du einen Jüngling siehst, der mit seinem Eigenwillen zum Himmel hinaufsteigt, dann halte seinen Fuß und ziehe ihn auf die Erde, denn das andere nützt ihm nichts.

Apophthegmata Patrum

Das Schlimmste im Leben des Menschen ist die Pubertät.

Helge Schneider

Prolog. Advent in Henneward

»An jenem Tag wächst aus dem Baumstumpf Isaias ein Reis hervor, ein junger Trieb aus seinen Wurzeln bringt Frucht.«

Das Winterdunkel draußen hat die Farben der Bleiglasfenster geschluckt. In den hoch aufragenden Spitzbögen grüngraue Felder, von flachen Wülsten eingefaßt. Schraffuren liegen schwarz auf, Liniennetze, die keine Szenen werden. Gerade noch zu erahnen, wenn man weiß, daß sie dort sind: Vater, Sohn, Heiliger Geist. Der allmächtige Weltenschöpfer krönt den Erlösersohn; der Erlösersohn hält sein Kreuz im Arm wie einen Freund; die Taube im Strahlenkranz. Unten Engelscharen, vielköpfig, geflügelt, singend, im Gebet. Das Reich, die Kraft, die Herrlichkeit. Keine Furcht soll über euch kommen.

So stellt es sich sonntags dar, über Weihrauch, der zum Thron des Höchsten emporsteigt, Glanz wie am ersten Morgen eines neuen Himmels, einer neuen Erde. Dahinter Licht, das die Unendlichkeit füllt, heller als die wirkliche Morgensonne über dem stinkenden Fluß. Jetzt nicht einmal mehr Schemen des Heiligen, die Sphären opak verschmiert. Kaltluft stürzt aus undichten Fugen und Fehlstellen, sickert in Mantelkrägen, Ausschnitte. *»Tauet Himmel den Gerechten / Wolken regnet ihn herab.«* Die Orgel schleppt sich durch das Lied, der Gesang ohne Trost. Aber einmal wird aus den Seufzern Jubel werden.

Die Kinderbänke vorn sind dicht besetzt, Jungen rechts, Mädchen links; gut gefüllt auch die Frauenblöcke dahinter. Im Bereich der Männer hingegen ist Platz. Sie stehen im Vorraum unter dem Turm, rauchen vor der Kirchentür, reden über Schweinepreise, die Schließung der Molkerei. *»Kehrt um, denn das Himmelreich ist nahe!«* Aus der Luke im Gewölbe zwischen Apsis und Schiff hängt der Adventskranz am fingerdicken Stahlseil bis auf Höhe des Kanzelbaldachins. Tannenzweige um eine schmiedeeiserne Form geflochten, mit roten Bändern umwickelt, zwei Kerzen brennen, leichtes Schaukeln, sie flackern unruhig, bis nah ans Erlöschen. *»Johannes trug ein Gewand aus Kamelhaar und einen ledernen Gürtel um seine Hüften. Heuschrecken und wilder Honig waren seine Nahrung.«*

Der gewaltige Mann, Johannes, unerbittlich im Kampf gegen das Tier in sich, Rufer in der Wüste, sein Wort eine Geißel der Sünden, Schwert der Unterscheidung. Niemand kann ihm ins Angesicht widerstehen.

Die Stimme von Pastor Hünermann knarzt, als entspränge sie dem Röhrenradio, das seit der Hitlerzeit in Tante Rias Küche steht. Er hält inne, holt ein akkurat gefaltetes Taschentuch aus dem schwarzen Ärmel unter Albe und golddurchwirkter Kasel, tupft sich die Stirn. Der Schweiß ist aus dem vergangenen Sommer, trocken und unsichtbar. Heute schwitzt niemand. Nässe und Kälte sikkern durch Anoraks, Wollpullover – wegen des Sparhaushalts, wegen der Schwingtüren. Das Frieren durchkreuzt die Andacht. *»Als Johannes sah, daß viele Pharisäer und Sadduzäer zur Taufe kamen, sagte er zu ihnen: Ihr Schlangenbrut.«*

Die *Pharisäer* sind ein unkenntlicher Schleiflaut, die *Sad-du-zä-er* vier langgezogene Einzelsilben. Pastor Hünermanns Betonungen haben mit dem Sinn der Schrift nichts zu tun. Vier Tage ist er verschüttet gewesen, lag mit einer Kopfverletzung unter den Trümmern eines zerbombten Hauses. *»Gott kann aus diesen Steinen Kinder Abrahams machen.«*

Arndts rupft Maaß an der Jacke. Maaß rammt Arndts seinen Ellbogen in die Rippen. Das Geräusch eines Aufschreis, den vor die Lippen gepreßte Hände ersticken. Bernd Rogge friemelt sich einen Popel aus der Nase, bringt ihn auf der Daumenkuppe in Stellung, zielt, schnippt ihn Ulli Koch auf die Schulter. Ulli Koch ist klein und dumm. Er bemerkt es nicht, sieht keinen Zusammenhang zwischen dem Kichern und seiner armen Person.

Oben im Bogen, hinter dem der Altarraum sich öffnet, breitet der Heiland überlebensgroß die Arme am Kreuz aus. Seine Liebe zu den Menschen entströmt jeder Pore des gemarterten Leibes. Blut und Wasser rinnen aus der geöffneten Seite: lebendiges Wasser, das Wasser des Lebens. Wer davon trinkt, wird in Ewigkeit nicht sterben. Es schimmert lackrot, man denkt, es tropft auf den Boden. *»Schon hält er die Schaufel in der Hand. Er wird die Spreu vom Weizen trennen und den Weizen in seine Scheune bringen; die Spreu aber wird er in nie erlöschendem Feuer verbrennen.«*

Pastor Hünermann macht eine Pause, kratzt sich mit gestrecktem Zeigefinger im Ohr. Leinberger flüstert Arndts zu: »Deine Schwester ist eine Pimpinelle.«

»Pimpinellen gibt es gar nicht.«

»Wetten, daß es die gibt?«

»Und du bist ein Pimmelpisser.«

Der Gekreuzigte mag nur eine Figur sein, Holz, Kreidegrund, Farbe, doch der wirkliche Jesus wohnt darin, unser Bruder und Herr, gegenwärtig und nah, gegenwärtiger fast als im Sakrament. Er kann die Augen aufschlagen, den Kopf heben, Hände und Füße lösen. Wenn Er nur will. Das Holz gehorcht Ihm. Zeit und Raum, die Schwerkraft, alle Naturgesetze sind Ihm dienstbar, durch Ihn und zu Seinem Ruhm wurden sie erschaffen. Es wäre eine Lektion für das Volk, das vergessen hat, was Er als Sühne für die Sünden der vielen getan hat. Mit geschmiedeten Eisennägeln an die Balken geschlagen. *Gestorben und hinabgestiegen in das Reich des Todes, auferstanden von den Toten, Er sitzet zur Rechten Gottes, des allmächtigen Vaters, von dort wird Er kommen zu richten die Lebenden und die Toten.*

Cherubim und Seraphim, Mächte und Gewalten unterstehen seinem Befehl. »Guck mal, Ulli Koch fallen Popel aus den Ohren.«

»Wieder nicht gewaschen, Ulli!«

Wahrlich ich sage euch: Was ihr dem Geringsten meiner Brüder getan habt, das habt ihr mir getan. Sie verhöhnen Ihn, sie beschmutzen Sein geweihtes Haus. Wer guten Willens ist, die Tür seines Herzens dem Gekreuzigten öffnet, hat Mühe, den Worten der Frohbotschaft zu folgen. Carl ist guten Willens, vielleicht der einzige hier und heute, dessen Willen gut ist. Arndts sagt: »Ich will Pommes essen, mit Majo und Ketchup.«

Er lacht, man hört ihn im ganzen Kirchenraum. Niemand von den Erwachsenen schreitet ein. Es wird von Woche zu Woche schlimmer. Carl denkt an den Zorn Gottes, an die Wiederkunft des Herrn. Die Zeit ist nahe, man muß ihre Zeichen erkennen. Durch die Welt läuft ein Riß, an dessen Grund sich die Hölle auftut. Er spaltet die Familien, die Staaten, die Erde. Die Waffenlager quellen über, genügend Atombomben, um alles, was da ist, hundertfach zu vernichten. In Rußland und China werden die Gläubigen vor Gericht gezerrt, ins Gefängnis geworfen, ermordet. Überschwemmungen, Hungersnöte. Die große Drangsal steht bevor, das alles verschlingende Feuer. Ohne göttlichen Beistand schafft es keiner, bis zum Schluß auszuharren. Dann endlich wird von einem Ende der Erde bis zum anderen die Posaune erschallen, stählern, durchdringend. Der Menschensohn wird auf einer Wolke einreiten, in der Hand eine scharfgeschliffene Sichel. Das interessiert sie nicht. Sie denken, das lächerliche Leben, Gier, Gemeinheit und Zerstreuung, gingen immer so weiter. Leinberger und Rogge haben sich ganz dem Bösen verschrieben, in ihren Herzen hat der Teufel sich eine behagliche Wohnstatt eingerichtet. Die anderen sind bloß lau, träge, nachlässig. Das Licht des Glaubens in ihnen ist erloschen. Vielleicht wurde es nie entzündet. Rogges Vater taucht nur an Weihnachten in der Kirche auf, der Bauer Arndts, der Schreiner Maaß rauchen und quatschen draußen. Was ihre Söhne tun, haben sie auch schon getan. »Evangelium unseres Herrn Jesus Christus.«

»Lob sei dir, Christus.«

Auf dem Gesicht des Gekreuzigten Sanftmut – trotz des Martertodes, trotz der Gleichgültigkeit, die Ihm entgegenschlägt.

»In der Lesung aus dem Buch I-sa-i-jas malt der Prophet uns ein schönes Bild: *Dann wohnt der Wolf beim Lamm, der Panther liegt beim Böcklein. Kalb und Löwe weiden zusammen, ein kleiner Knabe kann sie hüten.* So war es im Paradies, so wird es im himmlischen Jerusalem sein. Aber in unseren Tagen ist die Welt voll von Gewalt und Krieg, wohin man auch blickt. Vielen Menschen erscheinen die Worte des Propheten wie Hohn und Trug.«

Maaß zieht Schleim den Rachen hinauf, läßt einen hellgelben Pfropf aus gespitzten Lippen ab, saugt ihn lauthals wieder ein. »Ich kotz' gleich«, sagt Arndts.

»Mach doch«, sagt Maaß, klappt sein Gebetbuch auf, legt es sich auf die Knie, um die Hose zu schützen, läßt den Pfropf tiefer sinken, nur ein dünner Speichelfaden hält den Schleim noch am Mund.

Eine Regung Seines Heiligen Arms würde reichen, um das hier ein für allemal zu beenden. Nie wieder würden sie sich so benehmen.

Schon ist die Axt an die Wurzel der Bäume gelegt, und jeder Baum, der keine gute Frucht bringt, wird umgehauen und ins Feuer geworfen.

»Aber ganz gleich, was wir auch tun, wie tief wir auch in Sünden verstrickt sind, der Heiland wendet sich uns immer wieder voll Erbarmen zu.«

»Die Affen rasen durch den Wald / der eine macht den andern kalt / wo ist die Kokosnuß, / wo ist die Kokosnuß, / wer hat die Kokosnuß gekla-ha-haut?«

»Darum wollen wir umkehren, unsere Schuld bereuen, auch regelmäßig zur Beichte gehen und Vergebung empfangen, auf daß wir gereinigt und bereit sind für das heilige Sakrament der Eucharistie und dereinst, wenn die Gräber geöffnet werden und die Toten auferstehen, alle gemeinsam in den Himmel kommen zu ewiger Freude. Amen.«

»Hier stinkt's.«

»Ulli Koch hat einen fahren lassen.«

»Die Sau.«

»Stimmt gar nicht.«

»Der Mief sitzt in der Unterhose fest.«

»Credo in unum de-e-e-um.«

Es ist ein Schmerz. Und Zorn. Eingeklemmt, verkantet. Er zerreißt Carls Brust. Dahinter ein Schrei. Wenn der Schrei sich befreit und herausbricht, zerspringen die Fenster, das bunte Glas. Splitter der Heiligen Dreifaltigkeit, der Himmlischen Heerscharen regnen herab, zerschneiden Gesichter und Hände.

»Wir glauben an den einen Gott, den Vater, den Allmächtigen.«

Niemand um ihn herum spricht das Glaubensbekenntnis mit.

Carl denkt, daß er sie ermahnen, daß er sie warnen, ihnen in Liebe erläutern muß, was der Herr getan hat, damit sie sich besinnen. Seine Rede wäre sacht und stark zugleich: ›Schaut, was Er auf sich genommen hat, die größte Schmach und Schande.‹

Sie würden ihn anglotzen, trüb und unverständig wie das Vieh in den Ställen, ihn für verrückt halten. Lachen – Rogge als erster, und alle würden einfallen. Montag bekäme er Prügel. Leinberger würde ihn auf den Asphalt werfen, bespucken, zum Gespött der Schule machen. Davon würde sein Ruf sich nie wieder erholen.

Arndts verteilt jetzt Kaugummis. Gleich wird er Carl einen Streifen anbieten. ›Begreift ihr denn nicht, was die Liebe Jesu bedeutet für jeden von euch, von uns, ohne diese Liebe können wir nicht einen Atemzug tun.‹

»Nimmst du?«

Carl will sagen: ›Schäm dich, das Haus Gottes zu einer Räuberhöhle zu machen, wo man schmatzt und furzt und pöbelt. Kehre um, wenn dir dein ewiges Leben lieb ist.‹

Er hört den Hall seiner Stimme in dem hohen Raum, streng und erhaben steht sie da. Es ist ganz still geworden. Dann das immer gewaltiger anschwellende Gelächter. Bis in die letzte Reihe schwappt es, wo die Bauern und Schlosser, die Melker, Bäcker und der Amtmann Sölling einstimmen. Sie halten ihn für einen Spinner, für ein überkandideltes Söhnchen.

Carl senkt demonstrativ den Kopf, sieht Arndts aufforderndes Grinsen am oberen Rand seines Blickfelds. Kein Augenkontakt. Augenkontakt wäre Zustimmung. Es darf keine Verständigung mit den Gotteslästerern geben, nicht ein einziges Wort. Schon ›Nein‹ wäre zu viel. Er bemüht sich, sein Gesicht, seine Körperhaltung ganz von Versenkung, Andacht, Gebet durchdringen zu lassen. Alles an ihm muß furchtbare Kraft und beschämende Demut ausstrahlen. Dann wird Arndts sich stumm und erschrocken abwenden und sein Benehmen ändern.

»Nimm, ist Wrigley's.«

Pfefferminzgeruch. Carls Wangenmuskeln verkrampfen sich. Er sagt nichts, beißt die Zähne zusammen, preßt die Lippen aufeinander, bis sie kurz vor dem Platzen sind. Schüttelt den Kopf. Es ist eher ein Zucken, abrupt wie eine Nervenstörung. Arndts antwortet mit einer Grimasse, dreht sich nach vorn, flüstert Maaß etwas zu. Maaß wirft einen verächtlichen Blick zurück, zuckt mit den Achseln.

»Barmherziger Gott, wir bekennen, daß wir immer wieder versagen und uns nicht auf unsere Verdienste berufen können. Komm uns zu Hilfe und ersetze, was uns fehlt.«

Carl atmet schwer, hebt den Blick zum Himmel, der ein gemauertes Gewölbe ist. Seit Jahrhunderten steigen die Gebete dorthin auf. Die Steine haben sich vollgesogen mit Glaube, Hoffnung, Liebe. Er wendet sich dem Gekreuzigten zu, der in Gehorsam und Geduld alles ertragen hat, Spott und Geißel und Dornenkrone. ›Weise Du sie zurecht, o Herr. Laß sie zittern vor Furcht.‹

Ein Senfkorn – nur so groß wie ein Senfkorn muß er sein, der Glaube, dann kann er Berge versetzen.

Carl wird rot, spürt Hitze in den Wangen: Sein Glaube ist kleiner. Er reicht nicht einmal für den Mut, seine Klassenkameraden zurechtzuweisen. Schon bei der Vorstellung, »Laßt doch den Blödsinn« zu sagen, überwältigen ihn Verzagtheit und Angst.

»Heilig, heilig, heilig, Gott, Herr aller Mächte und Gewalten.«

»Peinlich, peinlich, peinlich, all die Pfaffen in Irrenanstalten«, kommt das Echo aus der Reihe vor ihm.

»Erfüllt sind Himmel und Erde von Deiner Herrlichkeit.«

Carl horcht in sich hinein, ob nicht irgendwo in seinem Innern etwas zu hören ist, das leise Säuseln, das ihn beim Namen nennt, kaum vernehmlich in all dem Geläute, dem Stimmengewirr. Er atmet flach, damit es nicht übertönt wird von der Luft, die seine Nasenwände entlangstreicht. Er hört nichts. Die gegeneinanderreibenden Stoffe, Parka, Pullover, Cordhose sind beim Hinknien so laut, daß nichts mehr zu verstehen wäre von dem, was der Stille am Grund seiner Seele entsteigen könnte. Sosehr er sich auch anstrengt, in ihre hintersten Winkel zu horchen, da wispern nur die erbärmlichen Einflüsterungen, die aus ihm selber stammen: ›Kleingläubiger!‹ – ›Steh auf, wenn du Gott wahrhaftig liebst!‹ – ›So ein Unsinn!‹ – ›Erhebe dich, bekenne deinen Glauben!‹ – ›Es ist lächerlich.‹ – ›Feigling!‹ – ›Du bist lächerlich. Erbärmlich. Ein Wurm.‹

»Das ist der Kelch des neuen und ewigen Bundes: mein Blut, das für euch und für alle vergossen wird zur Vergebung der Sünden.«

Carl sieht den Heiland an, der sich ihm voll Erbarmen zugewandt hat, schaut, ob sich nicht vielleicht doch ein Finger der angenagelten Hand, ein Mundwinkel im heiligen Gesicht regt, damit er den Mut faßt, aufzustehen, herauszutreten, sich aufrecht und gerade in den Gang zu stellen und das Wort zu ergreifen: ›Steig herab von diesem Kreuz, Herr Jesus, und lehre das Volk, das in die Irre geht, Deine Macht zu erkennen: Steig herab.‹

Carl weiß, daß es geschehen würde, wenn er ohne das Zweifeln wäre. Aber er zweifelt. Der Zweifel hockt in dem Herzenswinkel, von dem aus sich das Säuseln zur Gewißheit, vom Windhauch zum Sturm aufblähen müßte, doch es raunt nur: ›Nichts wird geschehen, rein gar nichts.‹

›Jesus, Sohn Gottes, des Allmächtigen: Gib mir ein Zeichen, ein winziges Zeichen, daß mein Glaube von Dir angenommen wird.‹

Sosehr er den Herrn dort oben auch anstarrt, bis seine Augen Schlitze werden, durch die das Licht in Strahlenkränzen wie von Wunderkerzen explodiert – nichts ist anders als immer.

»Herr, ich bin nicht würdig, daß Du eingehst unter mein Dach, aber sprich nur ein Wort, so wird meine Seele gesund.«

Gleich wird es zu spät sein. Warum spricht Er ihm nicht dieses eine Wort ins Herz, daß die Kraft einströmt, ihn durchflutet, überlaufen läßt. Dann würde er furchtlos das Wunder wirken, wie es zugesagt ist: *Wenn euer Glaube auch nur so groß wäre wie ein Senfkorn, würdet ihr zu dem Maulbeerbaum hier sagen: Heb dich samt deinen Wurzeln aus dem Boden, und verpflanz dich ins Meer!, und er würde euch gehorchen.*

»Jerusalem erhebe dich, steig auf den Berg und schau

die Freude, die von deinem Gott zu dir kommt«, sagt Pastor Hünermann.

Alle stehen auf.

Es ist zu spät. Die ersten gehen nach vorn, um den Leib des Herrn zu empfangen. Auf dem Weg zur Kommunionbank tritt Arndts Ulli Koch in die Kniekehle. Ulli Koch wehrt sich nicht. Die Orgel, ein Leierkasten, spielt *»Wachet auf, ruft uns die Stimme«*. Ein Trauermarsch zu Ehren eines Toten, der alles verloren hat.

Er hat es nicht geschafft. Er ist nichtswürdig. Ein Nichts. Weniger als ein Nichts.

I. Der steile Pfad

Eins

Glockentöne im Abstand von Atemzügen senken sich auf die stille Fläche des Sees. Dort, wo sie das Wasser treffen, breiten konzentrische Kreise sich aus. Eine Mücke sticht hinein, geht unter. Wenige Meter entfernt springen Jungfische. Es ist halb sieben früh. Über den feuchten Wiesen jenseits der Kerme hängen schmale Streifen rötlichen Nebels, aus denen die Rücken von Rindern tauchen. Ihren Nüstern entsteigt Dampf. Auf der schmalen Straße zwischen den Pappeln diesseits des Zauns und dem Wald dahinter beschleunigt ein Traktor. Dann wieder Stille, der Gestank von Dieselabgasen, vergorenem Maishäcksel. Am Fuß der Uferböschung hocken Engler und Matze schweigend bei ihren Angeln. Der blau-weiße Schwimmer bewegt sich unruhig vor dem Schilf, wechselt die Richtung. Sie sitzen auf Hecht an. Köder ist eine Rotfeder, der sie einen Drilling unter die Rückenflosse gestochen haben. Im Fall eines Bisses reißt Matze die Rute zurück, der Haken zerfetzt die Rotfeder, bohrt sich ins Hechtmaul. Es folgt ein Kampf, bis der Hecht schwach wird. Das kann über eine Stunde dauern und reicht als Entschuldigung für Zuspätkommen zum Unterricht. Wenn Schnur, Vorfach und Knoten halten, ziehen sie ihn ans Ufer. Er zappelt, springt, schlägt um sich, bis ihm einer die Schädelplatte mit einem scharfkantigen Stein einschlägt. Anschließend ein Schnitt durch die Bauchdecke, das Ausräumen von Schwimmblase und Gedärm mit geübten Handgriffen, aber vorsichtig; wenn die Galle verletzt wird, ist das Fleisch ungenießbar. Vielleicht entkommt er auch. Dann war er riesig, der größte, den sie je gesehen haben.

Die Schärfe des Morgens zwischen Klarheit und Schmerz. Das Feuchte auf der Gesichtshaut stellt einen Abstand her, durch den der Mensch dahinter sich kaum noch erkennt. In diesen Wochen entgleitet Carl Tag für Tag jemand anderem. Wer erwacht heute, schaut durch wessen Augen welche Welt an? Ist sie zum Aushalten oder unerträglich? Welchen Platz kann man in ihr einnehmen, behaupten?

In der Welt – … aber nicht von der Welt. Das ist die Stellung der Jünger. Ein Ziel, keine Zustandsbeschreibung. Man darf es nie aus dem Blick verlieren. Es erfordert ständiges Bemühen. Die Müdigkeit überwunden zu haben, ist ein kleiner Sieg über das träge Herz, das schwache Fleisch. Heute morgen hat der Wille ausgereicht, dem Schlaf eine halbe Stunde abzutrotzen, sich von Tentakeln aus den unteren Nachtschichten zu lösen, wo Fremdartiges haust, durchscheinende Wärmetiere, deren Feueratem die Grenzen des Körpers aufweicht.

Der Leib ist das Gefängnis der Seele. Welche Schritte führen hinaus?

Bilder von Verschmelzung, Aufgehen in jemand anderem, in allem. Vorspiegelungen des bösen Feindes. Wenn die Müdigkeit übermächtig ist, reicht ein Wischer über den Beistelltisch, und der Wecker schweigt. Es bleiben weitere fünfundvierzig Minuten zwischen Kissen und Wachtraum, bis der Schleimbeutel Eging die Tür aufreißt,

»Morgen! Aufstehen!« brüllt. Die Glieder schwer, Zähigkeit in den Muskeln. Bilder, die nie Wirklichkeit werden und doch nicht verlöschen. Das Aufstehen ist kein bißchen leichter als es eine dreiviertel Stunde früher gewesen wäre.

»Man muß Geduld mit sich haben.«

»Man darf nicht nachlässig mit sich sein.«

»Ausreichend Schlaf ist das A und O.«

»Manche verschlafen sogar ihren Tod.«

Präses Dr. Roghmann sagt: »Das Leben ist ein Wettkampf, ein Wettkampf mit dem Teufel. Wer gewinnt, bleibt offen bis zum letzten Atemzug, aber wenn der Mensch nicht sein gesamtes Vermögen in die Waagschale wirft, hat er schon verloren.«

Wegschnecken, knirschender Kies, Amselgesang. Es wird Frühling. Im Osten bläht sich die Sonnenscheibe auf wie ein verlöschender Stern. Von weither Ahnungen, wie es gewesen ist am Beginn der Schöpfung, als das Wort, das bei Gott, das Wort, das Gott war, Land und Wasser schied, es im Wasser von lebendigen Wesen wimmeln ließ, alle Arten Tiere an Land hervorbrachte. Sie hausten in Frieden. Ein Tag noch bis zur Schöpfung des Menschen. *Ein Tag vor dem Herrn ist wie tausend Jahre, und tausend Jahre sind wie ein Tag.* Tausend Jahre aus dreihundertfünfundsechzig Tagen, von denen wiederum jeder tausend Jahre mißt. Dann steht er da, der Mensch, geformt aus Ackerboden, Dreck, räkelt sich, reibt sich die Augen. Gibt allem, was er sieht, seine Namen und findet doch niemanden, mit dem er vertraulichen Umgang haben könnte. Gott schaut zu. Es gefällt Ihm nicht, daß der Mensch allein ist. Anders als alles, was Er vorher ins Dasein gerufen hat, ist der Mensch so allein nicht sehr gut. Gott läßt ihn in die Bewußtlosigkeit zurückfallen. Entnimmt eine Rippe für die Frau, die ihm Gefährtin sein soll am Tag und in der Nacht. *Bein von meinem Bein, Fleisch von meinem Fleisch.* Nackt, ohne Scham. Ganz gleich, was danach passiert, die Schlange, der Apfel: Für kurze Zeit wird der Garten Eden das Paradies. –

Links fällt der Graben ab, der das ehemalige Kloster, Collegium Gregorianum Kahlenbeck, über Jahrhunderte geschützt hat vor den Übergriffen marodierender Söldner, vor protestantischen Bilderstürmern, die von Westen her kamen, um alles, was heilig ist, kurz und klein zu hauen. Jetzt markiert der Graben Abschnitte der Grenze, die von Schülern ohne Ausgang nicht überschritten werden darf, zusätzlich gesichert mit elektrischen Zäunen, Stacheldraht.

Unten, zu seinen Füßen, die Spiegelung des Gesichts: eine Fratze, Grinsen, dann Ernst. Spuren von Verzweiflung. Sie droht sich einzunisten. Auge in Auge mit sich. Was ist darin zu erkennen? Selbstsucht, Eitelkeit: ›Nimm einen Stein, wirf ihn ins faulige Wasser, schau, wie er hinabsinkt zum Grund, auf dem verrotteten Laub des Vorjahres Ruhe findet.‹ Wieder konzentrische Kreise, flüchtende Fische. Silberblitze. Sedimentwölkchen. Bohrt man mit einem Ast, steigen Gasblasen auf, Schwefelwasserstoff, Methan. Es stinkt wie von den Stinkbomben, die manchmal einer in den Fluren des Schulgebäudes zur Explosion bringt. Der Graben ist hypertroph, wird umkippen, bald schon, dann ist kein höher entwickeltes Leben mehr möglich. Weiter hinten laufen milchige Abwässer aus einem Rohr unterhalb der Wasseroberfläche ein, es riecht nach Waschküche. Im Sommer verbringen Sekundaner und Primaner als Strafe für nächtliche Unruhe, Schwänzen des Gottesdienstes, für unerlaubtes Verlassen des Geländes ihre Samstagnachmittage damit, schwarzen Morast aus dem Graben zu schaufeln, bis zu den Knien eingesunken in einem halben Meter vermodernder Pflanzen, dem Faulschlamm von Generationen. Es ist der schlimmste Strafdienst, der zur Zeit verhängt wird, für Wiederholungstäter und für die, die von den Erziehern gehaßt werden. Ganske mußte kotzen dabei. Siewert hat Bruder Walter anschließend verflucht. Nicht einfach beschimpft, tatsächlich verflucht, was gefährlich ist, weil ein zu Unrecht ausgesprochener Fluch sich gegen den Fluchenden selbst kehrt. Siewert hat eine Kerze angezündet, das Kreuzzeichen geschlagen und sehr feierlich die Worte gesprochen: »Der Bruder Walter Bastenkock soll verflucht sein in dieser und jeder anderen Welt wegen der menschenverachtenden Qualen und Erniedrigungen, die er den ihm anvertrauten Schülern auferlegt hat aus niederen Beweggründen. Amen.«

Es gibt viel zu bedenken. Für und wider, richtig und falsch, gut und böse. Böse Gedanken sind die größte Gefahr. Böse und schmutzige. Für die Seele wie für den Geist. Bei weitem gefährlicher als zu viel oder zu wenig Schlaf. Allerdings ist die Müdigkeit eine tückische Falle. Stürzt man hinein, lauern am Grund Selbstsucht und Wollust. Darin stimmen Präses Dr. Roghmann und Spiritual Krohkes überein. Wenn die Verderbnis erst Einzug gehalten hat, folgt unaufhaltsam der Abstieg. Als Einfallstore dienen die weit geöffneten, der Kontrolle des Verstandes entzogenen Schleusen der Nacht. Deshalb ist es gut, den Schlaf früh abzubrechen, Beherrschung zu üben. Fleisch und Trieb müssen geschwächt werden, damit Geist und Wille erstarken.

»Der faulige Grund des Grabens kann euch als Realsymbol für den Zustand eurer Seelen gelten«, hat Spiritual Krohkes gesagt. Er nimmt ausdrücklich niemanden davon aus. »Verrohung« und »abscheulich« lauten die Worte, die er im Zusammenhang mit der moralischen Verfassung der Schülerschaft am häufigsten gebraucht.

Die Farben im Wasser: Schwarz, Schwarzbraun, Beigebraun, roter Ocker, Goldocker, Umbra. Altlaubschattierungen, so weit entfernt vom Licht, wie Farben nur sein können. Dazwischen manchmal das Weiß toter Fische, die bauchoben treiben.

Aber jetzt knospen die Bäume. Das muß selbst Spiritual Krohkes zugeben. Unübersehbar haben sie das Knospen begonnen – am See, in den Gärten, bei der Hütte am Reitplatz, der Hütte am Schwimmbad. Die Weiden sind voller Kätzchen. Noch eine Woche Wärme, dann stehen die ersten Bäume grün da. Grün wie in der Erinnerung. Oder noch grüner. Linden, Eichen, Buchen treiben aus. Die Stare sind zurück, die Schwalben. Schwester Irmela behauptet, sie hätte schon den Pirol gehört, den noch nie einer hier gesehen hat, obwohl er das gelbste Gelb der Vogelwelt trägt. In der Höhe hämmert ein Specht. Er hält sich den Augen verborgen. Mit dem Specht ist der Frühling ganz sicher da, und mit dem Frühling die Hoffnung. Hoffnung auf ein neues Leben nach dem Dunkel, nach der Abschottung des Winters, in der kein Gotteswort Trost war. Es sollte auch nicht Trost sein: Es gibt Zeiten, in denen das Wort des Trostes zum Richterspruch wird. Bevor sich das Urteil wiederum in Barmherzigkeit wandelt, muß sehr viel Veränderung stattfinden in den Herzen. Davon ist weit und breit nichts zu sehen. Kaum einer macht Anstalten umzukehren, den alten Menschen abzustreifen, neu zu beginnen.

»Und jedesmal, wenn einer von euch seinen Kameraden ›du Dummkopf‹ nennt, saust der Hammer in der Hand des Folterknechts auf den Nagel, der Jesus ans Kreuz heftet!« hat Spiritual Krohkes in seiner Fastenpredigt von der Kanzel geschrien. Sein Sabber spritzte über die Köpfe hinweg. »Das war nicht vor 2000 Jahren, das ist jetzt, heute! Und wir sind es, die den eingeborenen Sohn töten, jeder von uns, mit seiner Boshaftigkeit, seiner Hartherzigkeit: Nicht wegen der Juden von damals, wegen unserer Sünden stirbt er.«

Vielleicht zeigt das Beispiel der Natur, wie die Erneuerung des inneren Menschen vonstatten gehen muß. Es kann jedoch auch mißverstanden werden im Sinne der Feier des Überquellenden, eines regelrechten Kults um die Fruchtbarkeit, wie er bei Griechen, Römern und Heiden gepflegt wurde. Doch der Frühling wird jetzt von Tag zu Tag größer. Wenn die Sonne durchbricht, kann man zusehen, wie er wächst, sich ausdehnt, ganz überhandnimmt, wohin man auch schaut. Dann ist er plötzlich so groß, daß es kaum mehr zum Aushalten ist und die Brust zu zerreißen droht vor lauter Erwartung des Glücks, das kommt. Es hat keine andere Wahl als zu kommen. Diesmal muß es sich zeigen, nachdem es so oft ausgeblieben ist, entgegen aller Vorboten und Versprechungen. Jedes Jahr kündigt der Frühling ein anderes Leben an, immer ist es nah und ganz und gar neu. Gedichte von Mädchen, die in Buchenhainen tanzen, Blicke verschenken, deren Sanftmut einem ein Heim werden könnte. Auf ihren Lippen, zwischen den Schenkeln das Wunder und dunkle Geheimnisse. Die Hoffnung hält sich bis zum Ende des Sommers, dann erkrankt sie. Es beginnt mit Schwächeschüben, wenn Dauerregen über dem Land hängt. *Wer jetzt allein ist, wird es lange bleiben.* An Weihnachten ist keine Hoffnung mehr übrig. Deshalb ist es ein schreckliches Fest. Schon längst trösten die Geschenke über nichts mehr hinweg.

Der Specht hämmert eine weitere Salve aufs Holz. Hinten im Dickicht, zwischen Geäst, Büschen, erscheint etwas wie die Gestalt einer Frau: entblößte Schultern, langes Haar. Schrecken, als wäre ein Tier aufgesprungen. Wenn dort tatsächlich eine Frau ist, kaum bekleidet, wozu würde sie einen hinreißen, der allein hier herumspaziert in aller Herrgottsfrühe? Unausdenkliches könnte geschehen. Doch es ist ein Trugbild. Schon löst es sich auf, kippt zurück in den undurchdringlichen Grund, der es freigegeben hat. Man kann nicht ausschließen, daß sich fremdartige Wesen dort aufhalten, ehe der Tag beginnt. Daß sie ein schmales Fenster zwischen Raum und Zeit nutzen, um in verschiedenen Richtungen ein- und auszusteigen, ihre angestammte Sphäre zu erweitern, andere Gelände zu erkunden. Das Lateinbuch ist voller Bilder von Dryaden, Nymphen, den Hüterinnen der Eichbäume, die den Hirten erschienen sind, Götter verwirrten, heilloses Durcheinander anrichteten. Sie konnten auch Sterbliche lieben, wie Eurydike Orpheus, den größten der Dichter. Und den Tod finden durch einen Schlangenbiß. Dann blieb Verzweiflung zurück, nichts als Verzweiflung. Auf ihr wuchsen Verse vollkommenen Unglücks.

Manchmal gehen auch Küchenmädchen dort spazieren.

Die meisten von ihnen sind häßlich. Kein Vergleich mit Nymphen. So viele häßliche Mädchen wie in der Küche des Collegium Gregorianum Kahlenbeck finden sich sonst nirgends auf einem Haufen. Häßlichkeit ist ein Kriterium, das die Schwestern bei der Einstellung zu berücksichtigen haben, auch wenn das offiziell keiner zugibt. Gelegentlich rutscht aber doch eine durch das Raster, die man lieber anschaut als nicht anschaut. Derzeit gibt es zwei oder drei, die beinahe schön sind. Kaum einer aus den unteren Klassen kennt ihre Namen. Wer erfährt, wie eine von ihnen heißt, behält es für sich. Man kann nicht danach fragen, ohne sich lächerlich zu machen. Die Küchenmädchen sind sechzehn, wenn sie anfangen, achtzehn oder neunzehn, wenn sie die Hauswirtschaftsprüfung ablegen und fortgehen.

Jetzt einer von den Schönen zu begegnen wäre ein Moment, der herausgehoben bliebe in der Erinnerung bis ans Lebensende. Sie könnte lächeln. Etwas Freundliches sagen. Das Lächeln eines Mädchens am frühen Morgen wäre mehr, als man vom Tag erhoffen kann. Wenn es einem tatsächlich gegolten hätte und nicht von dummen oder albernen Gedanken in ihrem Spatzenhirn verursacht worden wäre. Neben Häßlichkeit ist Dummheit die wichtigste Einstellungsvoraussetzung. All das, um die Versuchung klein zu halten. – Aber so schlecht ist kaum ein Mensch vom Schöpfer bedacht worden, daß überhaupt nichts Liebenswertes an ihm wäre, und ein Mädchen schon gar nicht.

Vom Berg weht Tabakduft herunter, begleitet von Stimmen. Nicht zu erkennen, wer dort oben hockt, um in Ruhe zu rauchen.

Carl wechselt die Richtung, verläßt den bewaldeten Weg längs des Grabens. Auf dem Gras klingen die Schritte anders als auf dem Kiesweg, anders auch als auf der roten Asche des Sportplatzes. Das Geräusch des eigenen Gangs, als wäre es der eines Fremden, der über das Gelände pirscht, um etwas Verbotenes zu tun.

Weiter vorn wandern zwei Krähen. Halten an, schauen sich um, gehen weiter. Kehren zum Ausgangspunkt zurück. Offenbar verständigen sie sich über etwas Bestimmtes. Jetzt sehen sie zu ihm herüber, legen die Köpfe schräg, fragen sich, wer der Mensch ist, der sich dort nähert, überlegen, was sie von ihm halten sollen, unter den Rücksichten, die Krähen haben. Eine plustert sich auf, die andere hüpft weiter.

Er flüstert: »Hört, ihr Vögel, was ich zu sagen habe, ich meine es gut mit euch, ihr könnt mir vertrauen. Weder werde ich euch verraten noch ausliefern, nicht eine Feder soll euch gekrümmt werden. Ich bin keiner von denen, die eure Nester samt Brut aus den Kirchtürmen werfen. Wir können Freunde werden. Ihr verratet mir etwas von den Geheimnissen der Luft, und ich zeige euch, wo es auch im Winter reichlich zu fressen gibt.«

Die eigene Stimme allein im Morgendunst. Aus den gekippten Kellerfenstern der Schwimmhalle steigt Wasserdampf.

Die Krähen verstehen nichts oder sind stur, springen auf und fliegen davon.

Zwei

Schwester Eugenia muß als Heilige angesehen werden, auch wenn sie nicht wundertätig ist, höchstens im Verborgenen, darüber läßt sich nur mutmaßen.

»Du hast sehr schlecht geübt letzte Woche«, sagt sie. »Die Tonleiter konntest du nicht, und weder beim Czerny noch mit der Clementi-Sonatine bist du vorangekommen. Wenn ich über den Flur gegangen bin, hast du entweder herumgeklimpert oder es war still im Übungsraum. Dienstag und Donnerstag bist du überhaupt nicht hier gewesen. Oder warst du krank?«

Eine Heilige ist eine Frau, die ihr Leben ganz und gar Gott verschrieben hat. Die Liebe zum Herrn füllt sie vollständig aus. Der Preis, den sie dafür zahlen muß, kümmert sie nicht. Sie hat Seinen Ruf an ihr Herz gehört und ist ihm gefolgt.

Carl schüttelt den Kopf. Er belügt Schwester Eugenia ungern.

»Du bist jetzt so alt, daß ich nicht mehr schimpfe, aber ich kann auch nicht einfach zur Tagesordnung übergehen.«

Er schweigt.

»Es ist sehr undankbar deinen Eltern gegenüber, daß du dir gar keine Mühe gibst. Deine Eltern müssen hart arbeiten, um den Unterricht zu bezahlen. Für sie wird es eine große Enttäuschung sein, wenn sie beim Konzert feststellen, daß du keine Fortschritte gemacht hast. Oder möchtest du nicht mehr Klavierspielen lernen?«

»Doch.«

»Ohne Üben geht es aber nicht.«

Sie schaut trotz allem nicht ärgerlich.

»Ich weiß.«

Schwester Eugenias wasserblaue, rosa geränderte Augen mit den immer noch blonden Wimpern liegen tief im von bleicher, sehr fein gefalteter Haut überzogenen Gesicht. Eine winzige Person mit in die Länge gezogenem Kopf, das Haar bis auf eine einzelne Strähne von einem Schleier bedeckt, die Schultern eingesunken. Wenn sie keine Heilige wäre, würde man sie nicht ernst nehmen. Aus dem weiten Ärmel des schwarzen Habits ragt der knochige Unterarm, die Hand ist nach vorn gekippt. Manchmal unterstreicht der Zeigefinger das, was sie sagt. Ihre Gelenke sind knotig von Gicht oder Rheuma. Deshalb spielt sie nur selten vor, wie ein Stück klingen muß.

»Warum strengst du dich denn nicht an, kannst du mir das verraten?«

Carl schlägt die Augen nieder: weiße und schwarze Tasten, die weißen mit grauen Äderchen und Gelbstich aus echtem Elfenbein. Das Klavier ist alt, es stammt aus der Zeit, als man noch Großwildjäger werden konnte.

Er zuckt mit den Achseln.

»Wenn man fleißig übt, hat man doch viel mehr Freude an der Musik.«

Eine Heilige sorgt sich nicht um sich selbst. Ihr eigenes Leid ist ihr gleichgültig, statt dessen erleichtert sie die Beschwernisse der anderen. Das Gute, das ihr widerfährt, nimmt sie als Geschenk des Herrn in Dankbarkeit an. Alles Übel ist ihr eine verdiente Strafe, die sie klaglos trägt, oder eine Prüfung, die sie bestehen wird. Tag für Tag muß sie sich in Anfechtungen bewähren, dem Satan und seiner List widersagen. Je öfter sie ihm die Stirn geboten hat, desto heimtückischer werden seine Versuche, sie zu Fall zu bringen. Mit jedem Sieg, den sie davonträgt, steigt der Wert ihrer Seele. Weil sie alle Zeit auf Gott vertraut, ist sie ohne Furcht. Beschimpfungen und Marter kümmern sie nicht. Selbst den Tod achtet sie gering. Für den Herrn ihr Leben herzuschenken, wäre die höchste Ehre: Gold, das im Feuer geläutert wird, bis alle Schlacken ausgeschmolzen sind.

»Wissen Sie, Schwester, wir haben so viel für die Schule zu lernen im Augenblick. Vor allem in Latein... Herr Krantz ist sehr streng. «

»Das muß er sicher auch sein.«

Der Märtyrertod ist Schwester Eugenia nicht vergönnt gewesen, obwohl sie vierzig Jahre im brasilianischen Regenwald zugebracht hat, um den Heiden die frohe Botschaft zu verkünden. Vor acht Jahren, mit siebzig, mußte sie nach Deutschland zurückkehren, weil das tropische Klima sie zusehends geschwächt hat. Eigentlich nehmen Heilige keine Rücksicht auf die Gebrechen des eigenen Leibes. Vielleicht war die Gesundheit nur ein vorgeschobener Grund, weil die Generaloberin Schwester Eugenia nicht sagen wollte, daß sie ihre Aufgaben seit längerem nicht mehr erfüllt hat. Im Urwald braucht man mehr als die äußerste Kraft, die einem erwachsenen Menschen zur Verfügung steht. Schwester Eugenia hat die Weisung der Generaloberin in Ergebenheit und Gehorsam angenommen, wie sie es in den Gelübden versprochen hat.

Im Gregorianum wird sie keine Gelegenheit bekommen, Blutzeugin zu werden.

Carl glaubt Wehmut herauszuhören, wenn sie von der Zeit im Urwald erzählt. Trotz aller Gefahren wäre sie lieber dort und würde Kartoffeln schälen, Kleider flicken, statt hier, wo es kalt ist und genauso oft regnet wie im Dschungel, lustlosen Jungen das Klavierspiel beizubringen.

»Die Kinder in Brasilien waren dankbar, daß sie etwas lernen durften. Deshalb haben sie sich immer angestrengt. Für sie ist es nicht selbstverständlich gewesen, eine Schule zu besuchen. Manche sind tagelang erst mit dem Kanu und dann zu Fuß durch den Urwald gekommen, um bei uns zu sein.«

»Haben sie auch besser Klavier geübt?«

»Das hätten sie bestimmt, wenn ihnen eure Möglichkeiten geboten worden wären. Aber wir hatten keine fünfundzwanzig Übungsräume, sondern nur das kleine Harmonium in der Kirche, das im Gottesdienst und in der Musikstunde gespielt wurde. Für den Harmoniumunterricht gab es zwei Plätze, und die, die sie bekommen wollten, mußten besonders tüchtige und zuverlässige Mädchen sein.«

Außer den Indios in ihren abgelegenen Dörfern gab es auch Goldsucher, Holzfäller, Nachkommen entlaufener Sklaven und Abenteurer. Sie ließen Frauen mit Mischlingskindern zurück, die niemanden hatten, der für sie sorgte. Schwester Eugenia erzählt von weißen Männern, deren schlechter Lebenswandel den Menschen in ihrer Umgebung schwere Lasten aufgebürdet hat, von Indios, die durch deren Geldgier angesteckt wurden. Ganz allgemein benehmen sich die Weißen schrecklicher als die Eingeborenen. Trunksucht ist weit verbreitet, viele sterben daran, direkt oder infolge der Gewalt, die im Rauschzustand schnell ausbricht. Alle tragen immer Waffen, weshalb die Zahl der Waisen hoch ist. Oft sind die Mütter selbst noch halbwüchsig. Die *Schwestern des göttlichen Erbarmens* geben vielen von ihnen Arbeit auf der Station. Voraussetzung ist, daß sie sich an Regeln und Gebote halten. Sonst geht es nicht lange gut in einer Gemeinschaft. Schwester Eugenia bringt den Kindern Lesen, Schreiben und Rechnen bei, den Mädchen auch Handarbeit. Sie sollen aus ihrem Leben etwas machen. Von Pater Ruppert lernen sie, wie man Feldfrüchte anbaut, Möbel schreinert, eine Steinmauer setzt. Natürlich geht es bei alldem hauptsächlich um die Errettung der Seelen vor Verdammnis und Hölle. Aber Schwester Eugenia spricht nie davon, wie sie das Evangelium verkündet hat. Die Predigt ist Sache des Paters. *Es gehört sich nicht für eine Frau vor der Gemeinde zu reden*, wie der Apostel Paulus sagt. Das gilt auch für eine Schwester, selbst wenn sie sich durch ihre Gelübde keinem Ehemann unterworfen hat, sondern Christus direkt untersteht, der das *Haupt des Mannes ist, wie der Mann das Haupt der Frau ist.* Eigentlich steht sie in ihrem Verhältnis zu Christus also fast auf der gleichen Stufe wie ein Mann. Sie darf trotzdem nicht predigen, so wie Mädchen in Henneward nicht Meßdiener werden dürfen.

Schwester Eugenia studiert mit dem Chor Psalmen, Choral und mehrstimmige Sätze für den Gottesdienst ein. Diese Aufgabe ist ein großes Geschenk: »Wer einmal gehört hat, wie am Karfreitag mitten im Urwald unser Chor *O Haupt voll Blut und Wunden* singt«, sagt sie, »wird in seinem Leben nie wieder die Hoffnung verlieren.«

Carl stellt sich die kleine schwarze Gestalt mit dem krummen Rücken vor, der kein Buckel ist, eher das Ergebnis allmählicher Verformung durch die Feuchtigkeit und das Kreuz, das eine Heilige zu tragen hat, um dem Herrn ähnlich zu werden, wie sie über den staubigen Platz eilt, ringsum gewaltige Tropenbäume, Mahagoni und Kautschuk, in deren Wipfeln bunte Frösche, riesige Käfer und Würgeschlangen leben. Dazu das immerwährende Geschrei der Affen und Papageien. Nachts brüllt der Jaguar. Schwester Eugenia marschiert vorwärts, mit unbeirrbarem Gang, die Augen gerade auf das Ziel oder den Boden gerichtet.

So interessant die Indianer sein mögen, nackt im Fluß oder mit Blasrohren auf der Jagd, und selbst wenn ihre Welt dem Paradies zum Verwechseln ähnlich sieht – als Ungetaufte und ohne Glauben an den wahren Gott zählen sie doch zu den bedauernswertesten Geschöpfen der Erde, da sie von der Erlösung durch Christus nichts wissen und ihr Dasein in Angst und Schrecken vor dem ewigen Tod fristen müssen.

»Bevor die Kinder zu Ihnen kamen, waren sie aber doch richtige Heiden?«

»Die Indios haben ihre Geister, denen sie Opfer bringen. Manche lassen sich taufen. Oder sie nehmen den Glauben an Christus an, solange sie auf der Station sind, und wenn sie in den Dschungel zurückkehren, wenden sie sich wieder den Geistern zu.«

»Das ist dann noch schlimmer, als wenn sie sich gar nicht erst bekehrt hätten, oder?«

»Die Geister haben große Macht über die Seelen der Menschen dort. Und einige der Zauberpriester wollen natürlich nicht, daß die Leute zum Glauben an Christus finden. Sie lehnen es ab, daß sich jemand von einem weißen Arzt behandeln läßt, weil Unglück für den ganzen Stamm droht, sobald sich einer von den Göttern der Vorfahren abkehrt. Bevor sich die Menschen an einen Weißen wenden, fragen sie immer erst ihre Zauberpriester.«

Gelingt es Carl, Schwester Eugenia ins Erzählen zu bringen, ist die Stunde gerettet, auch wenn er schlecht geübt hat.

»Sind das denn nicht Männer, die mit Dämonen im Bund stehen?«

»Die meisten von ihnen haben gute Absichten. Sie kennen Kräuter oder Wurzeln, die bei Verletzungen oder gegen Fieber helfen. Sie zerkauen Blätter und tragen sie auf wie Salbe oder sie kochen einen Sud. Dabei beten sie zu den Geistern um Beistand. Für die Indianer steht alles mit Geistern in Verbindung.«

Carl schüttelt den Kopf, ungläubig staunend, aber auch traurig über all die verirrten Menschen, die es auf der Erde gibt.

»Dürfen Christen sich denn auf so etwas einlassen? Ist das nicht gefährlich?«

»Manchmal ist es schon gefährlich. Es gibt sehr böse Zauberpriester, die sich dafür bezahlen lassen, Unheil anzurichten. Einmal wurde eine Frau zu uns gebracht, eine einfache, bescheidene Frau – sie war in erbarmungswürdigem Zustand: Geschwüre an Armen und Beinen, offene Stellen auf dem Rücken, Durchfall, Fieberkrämpfe, Ausfluß … Wir haben dort eine Mitschwester, die Ärztin ist, Schwester Agathe. Schwester Agathe hat die Frau gründlich untersucht, aber das Zusammentreffen so vieler verschiedener Symptome konnte sie sich auch nicht erklären. Wir mußten sie natürlich auf der Station behalten, allein schon, um die Wunden täglich zu reinigen, sonst legen Fliegen ihre Eier hinein, und später wimmelt es von Würmern. Aber trotz Jod, Penicillin und Salbe ging es der Frau mit jedem Tag schlechter. Es sah so aus, als ob sie sterben würde, wenn nicht ein Wunder geschähe. Dann kamen zwei Jäger aus einem Dorf weiter westlich. Als sie hörten, was mit der Frau passiert war, sagte einer von ihnen, daß seine Mutter schon einmal ähnliche Beschwerden gehabt habe und daß es bei ihr eben keine von den Krankheiten gewesen sei, bei denen unsere Medizin wirke, sondern daß man sie verhext habe. Nur ein mächtiger Gegenzauber könne ihr helfen. Der Zauberpriester seines Dorfes, sagte er, sei der einzige weit und breit, der die Kraft habe, die Frau zu retten. Drei Tage später erschien tatsächlich dieser berühmte Zauberpriester bei uns. Er schaute sich die Frau an und wußte sofort, daß man sie verhext hatte. Er sagte, er müsse vor Ort in ihrem Haus nachschauen, was los sei. Also sind wir mit ihm in das Dorf der Frau gegangen. Er hat alles genauestens inspiziert, Stroh und Laub aus der Hütte gefegt, und an der Stelle, wo die Frau ihren Schlafplatz hatte, fand er ein Brett. Er nahm das Brett vorsichtig ab, und darunter, in einer kleinen Mulde, hockte eine ausgewachsene Kröte, die über und über mit Nadeln durchstochen war. Aber sie lebte noch. An den Stellen, wo die Nadeln steckten, hatte auch die Frau ihre Wunden und Geschwüre. Der Zauberpriester sagte, wenn die Kröte gestorben wäre, wäre auch die Frau gestorben. Er wußte natürlich, wer diese Hexerei vorgenommen hatte. Schon ihre Lehrmeister waren erbitterte Feinde gewesen. Aber sie besaßen beide gleich viel Macht, so daß er ihn nicht unschädlich machen konnte.

Der Zauberpriester hat Gebete gesprochen, Kräuter verbrannt und die Nadeln aus der Kröte entfernt. Danach ist er für Stunden im Wald verschwunden und kam schließlich mit allerlei Blättern zurück, mit denen er die Wunden der Kröte umwickelt hat. Er sagte, sie werde bald wieder ganz gesund werden, aber bis dahin brauche sie einen geschützten Ort, deshalb nähme er sie sicherheitshalber mit.

Als wir am nächsten Tag zur Station zurückkehrten, saß die Frau schon aufrecht im Bett und aß Süßigkeiten. –

Solche Dinge sind im Urwald an der Tagesordnung.«

Drei

›Heilige Maria, Mutter Gottes, bitte für uns Sünder, jetzt und in der Stunde unseres Todes.‹

Die Lichterkapelle in Mariendorn riecht stärker nach Weihrauch und verbranntem Wachs als jede andere Kirche. Der Raum quillt über von Kerzen. Die Wände sind zugehängt mit Wimpeln, Fahnen, Stickereien, davor Kränze, Puppen, Statuetten, Nachbildungen von Gliedmaßen, Modelle von Häusern. Tierfiguren stehen da, Turnierpferde, ein Dackel, Kühe. An den Wänden bis hinauf zu den Fenstersimsen Gestelle voller Tafeln, Medaillen, Votivgaben aus Stein, Holz, Metall, geschnitzt, gegossen, in Blech, Kupfer, Silber getrieben, gepunzt, vergoldet, mit Edelsteinen besetzt, mit Glasperlen bestickt, Brokat, Samt.

Viele Menschen, deren Namen niemand kennt, hatten während der letzten zweihundert Jahre einen Glauben, der so stark war, daß sie von schwerer Krankheit geheilt, aus Todesgefahr errettet werden konnten.

›... und die Frucht deines Leibes, Jesus, der in uns die Liebe entzünde.‹

Oberhalb der Dankgaben ist das Schiff bis zu den Schlußsteinen mit Gestirnen und Pflanzenornamenten ausgemalt. Dazwischen Bilder und Reliefs aus dem Leben der Heiligen Jungfrau, der Kindheit Jesu. Engel, Paradiesvögel, ein Einhorn. Überall Blattgold.

›*Gegrüßet seist du, Maria, voll der Gnade, der Herr ist mit dir, du bist gebenedeit unter den Frauen.*‹

Carl versucht die Holzperle zwischen Daumen und Zeigefinger zu drehen, wie es die alte Bäuerin Lisbeth van Laak tut. Bei ihr sieht es aus, als hätten die Fingerkuppen Mulden. Tante Ria sagt: ›An Lisbeth van Laaks Gottesfurcht kann sich jeder ein Beispiel nehmen.‹ Er hingegen muß sich konzentrieren, damit ihm die Kette nicht aus den Fingern gleitet. Immer wieder vergißt er, ob er zu Beginn oder am Schluß der Gebetseinheit die nächste Perle schon genommen hat oder erst noch nehmen muß.

›*Und gebenedeit ist die Frucht deines Leibes, Jesus, den du, o Jungfrau, vom Heiligen Geist empfangen hast.*‹

Ein Prälat stolziert mit violetter Bauchbinde um die Soutane durch den Mittelgang, biegt nach links, verschwindet hinter schweren lilafarbenen Vorhängen im Beichtstuhl, obwohl niemand wartet.

Carl denkt an Krantz und an den Streit mit Guntram, den er gestern hatte: Guntram findet, daß es sich nicht gehört, Krantz ein ›Arschloch‹ zu nennen, wo er doch Priester ist, ein geweihter Mann. Carl bleibt dabei. Seinethalben kann es Sünde sein, einen Priester zu beschimpfen. Sünde ist auch, Unschuldige zu ohrfeigen und Schüler zu bevorzugen, weil man sie hübscher findet als andere: Frieder Mertens, zum Beispiel, ist hübsch wie ein Mädchen. Man kann ihm nichts Böses wollen als Lateinlehrer, selbst wenn er sich weder um Hausaufgaben schert noch Vokabeln lernt. Aber ganz gleich wie weibisch Frieder wirkt: Kaum etwas ist weiter von einem Mädchen entfernt als ein Junge. Unfaßbar, daß ein Priester von sechzig Jahren solchen Täuschungen aufsitzt.

Wirklich mit einem echten Mädchen zusammen zu sein, wäre das Höchste. Das, was jede Vorstellung übersteigt: mit Regina Seegers. Oder mit dem Küchenmädchen, das er in letzter Zeit oft von fern bei der Essensausgabe sieht und deren Namen er nicht kennt. Wenn sie mit ihm reden, wenn sie sich in ihn verlieben würde, eines Tages, das wäre auch ein Wunder, ein Beweis für die unendliche Güte Gottes, der alles in Händen hält und niemanden vergißt.

Doch da er einen so geringen Glauben hat, ist es sinnlos, sich an die Heilige Jungfrau zu wenden. Zumal dieses Anliegen vielleicht sogar falsch ist, wenn man dem folgt, was Spiritual Krohkes und Präses Roghmann über Frauen und Liebe sagen: ›Die Lust vergeht, der Ekel bleibt.‹

Er stellt sich die Bildtafel vor, die er stiften würde, wenn sein Gebet erhört würde. Allein die Tatsache, daß einer Gott im Gebet um etwas bittet, beweist doch, daß er glaubt. Vielleicht reicht das für die Größe eines Senfkorns. Für einen Punkt im Unterschied zu keinem Punkt. Er bewegt die Lippen: ›*Unsere Mittlerin, unsere Fürsprecherin:* Kannst du nicht bewirken, *heilige Maria, Mutter Gottes,* daß ein Mädchen, das zu mir paßt und dem ich gut wäre als Freund, sich mir zuwendet. Oder Regina. Es ist mein einziger Wunsch. *Du bist gebenedeit unter den Frauen und gebenedeit ist die Frucht deines Leibes, Jesus, den du, o Jungfrau, zu Elisabeth getragen hast.*‹

Er weiß nicht, wie viele, *den du, o Jungfrau, zu Elisabeth getragen hast,* er gebetet hat, ohne mit dem Herzen dabei zu sein und ohne die Perle zu wechseln. Er sollte von vorn anfangen, zumindest mit diesem Gesätz. Streng genommen kann er mit allem von vorn anfangen. Es würde nichts nützen, weil es auch nach einem Neuanfang kein bißchen besser ginge. Er schaut auf das Silberkreuz, das die Enden der Schnur zusammenfaßt. Betrachtet den ausgemergelten Körper des Herrn, der lebensecht modelliert ist und gerade so groß wie eine Filzstiftkappe.

›*Jesus, Sohn Gottes, erbarme dich unser.*‹

»Bart und ich gehen schon mal«, flüstert Deggendorf. »Wir treffen uns nachher im Gasthaus Meier.«

Carl nickt.

Um halb fünf sind alle ins Gasthaus Meier zu Würstchen mit Kartoffelsalat eingeladen, weil Markus Meiers Eltern wollen, daß ihr Sohn beliebter wird. Voriges Jahr sind sie an seinem Geburtstag mit ihrem Lieferwagen angerückt und haben im Gruppenraum ein Schweinshaxenessen für die Klasse veranstaltet. Es war das beste Essen, das es je in Kahlenbeck gab, aber herausgekommen ist, daß der fette Meier seitdem erst recht als Schleimer gilt, der seine Eltern dafür bezahlen läßt, gemocht zu werden.

Wenn Carl fertig ist mit dem Rosenkranz, den er um der Liebe willen gelobt hat, wird er allein durch die Stadt gehen, obwohl sie Kleingruppen bilden sollen. Er kennt sich aus in Mariendorn. Seine Hauptsorge ist, Bart und Deggendorf könnten finden, daß er es übertreibt mit der Frömmigkeit. Vielleicht ist er ihnen peinlich wie Opgenhoff vom Schülergebetskreis »Laudate«, der angeblich sogar seine Hausaufgaben mit ›*In nomini patris et filii et spiritui sancti*‹ beginnt.

Carl sieht sich selbst nicht als fromm an.

›*... den du, o Jungfrau, zu Elisabeth getragen hast.*‹

Er war sieben, als er zum ersten Mal auf die Wallfahrt gegangen ist. Seit Tante Ria ihm die Geschichte der Marienerscheinung erzählt hat, wollte er dorthin: Am frühen Morgen des 7. Mai im Jahr 1801 führte Gerrit Winkels, der neunjährige Sohn des Tagelöhners Adalbert Winkels und seiner Frau Maria, die Kuh, die der kostbarste Besitz der Familie war, am Waldrand nahe der kleinen Bauernsiedlung Mariendorn zum Grasen. Gerrit fror, denn die Winterkälte hielt sich lange in diesem Jahr und seine Kleider waren zerlumpt. Plötzlich sah er wenige Meter vor sich über einem Felsen ein helles, überirdisch schönes Licht. Aus diesem Licht sprach eine Stimme, so liebreizend, daß Gerrits Herz allein von ihrem Klang mit Freude erfüllt wurde: »Hab keine Angst, Gerrit, mein Kind, ich bin die Beschützerin der Armen.«

Während sie sprach, sah der Junge, wie ihre reine und vollkommene Gestalt immer deutlicher aus dem Glanz der himmlischen Herrlichkeit hervortrat, bis sie ihm von Angesicht zu Angesicht gegenüberstand: »Ich bin gekommen, um die zu trösten, deren Herz rein ist, und die zu ermahnen, die in Sünde verstrickt sind.«

Im trauten Zwiegespräch eröffnete die Jungfrau Maria ihm Geheimnisse über die Zukunft, die er nur dem Bischof persönlich weitergeben durfte, Weissagungen, die mit bevorstehenden Umwälzungen und Kriegen zu tun hatten und später allesamt in Erfüllung gingen. Bevor sie entschwand, trug sie ihm auf: »Bauet mir über dieser Quelle ein Bethaus und fleht ohne Unterlaß um den Beistand des Heiligen Geistes, damit ihr in den Schrecken der kommenden Zeit nicht den Glauben verliert. Das Wasser aber soll euch eine Stärkung sein in jeder Not und Gefahr.«

Tatsächlich sprudelte dort, wo sie gestanden hatte, ein Rinnsal aus dem Felsen. Das Wasser war klar und rein und von beinahe süßem Geschmack. Die Quelle bewies, daß das, wovon Gerrit zunächst seinem Beichtvater, dem Pfarrer Konrad Eykendorp erzählte, wahrhaftig eine Erscheinung der Heiligen Jungfrau und nicht etwa die Phantasterei eines verwirrten Kindes gewesen war. Der Bischof erklärte bereits nach wenigen Monaten, daß es sich bei der Begegnung des Knaben Gerrit Winkels mit der Gottesmutter im Wald nahe Mariendorn tatsächlich um ein übernatürliches und verehrungswürdiges Ereignis gehandelt habe, das aller Welt als eine Barmherzigkeit offenstehe.

Seitdem riß der Pilgerstrom nicht ab, und ebensowenig wie die Quelle zu sprudeln aufhörte, versiegte die Wunderkraft des Ortes. Äbte, Erzbischöfe, Kardinäle aus aller Welt kamen, um der Jungfrau von Mariendorn die Ehre zu erweisen. Am letzten Heimfahrtswochenende hat Tante Ria Carl einen Artikel in der Pilgerzeitschrift gezeigt. Darin hieß es, daß der Papst sich über das Anliegen der Mariendorner, endlich die Seligsprechung von Gerrit Winkels zu erwirken, sehr positiv geäußert habe. Angeblich plante er sogar, selbst Mariendorn zu besuchen.

Eine Zeitlang hat Carl sich, wenn er allein durch die Gegend zog, gewünscht, auch einer solchen Erscheinung für würdig befunden zu werden. Er hat darum gebetet und sich im selben Moment geschämt. Trotzdem erschrak er jedesmal, wenn unerwartet Sonnenstrahlen durch die Baumkronen brachen oder wenn er von einem spiegelnden Stück Abfall im Unterholz geblendet wurde.

Am Vorabend der Wallfahrt hat Tante Ria ihm immer Kartoffelpuffer gebraten, und er durfte neben ihr in dem mächtigen Doppelbett schlafen, wo bis vor zwanzig Jahren ihr Mann gelegen hatte. Am nächsten Morgen standen sie um sechs an der Bundesstraße und warteten auf den Pilgerbus. Manchmal dauerte das Warten lange, und das Wetter war schlecht, so daß er fror, wie Gerrit Winkels in seinen zerrissenen Hosen vor fast zweihundert Jahren beim Hüten der Kuh. Carl war das einzige Kind zwischen älteren, alten und uralten Frauen, und außer Pastor Hünermann und dem Fahrer gab es keine Männer im Bus.

Von der Gnadenkapelle aus sind sie in die Basilika gegangen und haben der heiligen Messe beigewohnt, die in Mariendorn auch an Werktagen feierlich ist wie zu Hause nur an Hochfesten. Danach sind sie in einer Pilgergaststätte eingekehrt, und Carl durfte sich aussuchen, was er essen wollte. Er bestellte immer Zigeunerschnitzel mit Pommes frites. Anschließend wohnten sie einer Dankandacht mit Aussetzung des Allerheiligsten in der Lichterkapelle bei, und am Ende zogen alle gemeinsam *Meerstern ich dich grüße* singend zur neu errichteten Zapfstation für die Pilger, um so viel Wasser, wie sie eben tragen konnten, aus der gesegneten Quelle abzufüllen. Allen, die zu Hause hatten bleiben müssen, wurde Wasser aus Mariendorn mitgebracht.

›...*Jesus, den du, o Jungfrau, in Bethlehem geboren hast.*‹

Er hat Hunger. Trotz der Käsestullen, die bei der Ankunft verteilt wurden. Hunger und Durst – Lust auf Cola.

Bruder Walter und seine Tutoren, Eging und Bronkhorst, marschieren durch den Mittelgang vor in die erste Reihe, knien sich in die Bank direkt beim Tabernakel, als hätten sie nie das Evangelium gehört, in dem Jesus die Pharisäer zurechtweist, weil sie in der Synagoge die vordersten Plätze beanspruchen und besonders lange Gebete verrichten, damit die Leute ihren Eifer für Gott bewundern.

Streng genommen verhält Carl sich keinen Deut besser. Er haßt sich für seinen Hochmut, verabscheut seine Verachtung. Er macht sich Gedanken über anderer Leute Splitter, wo er sich um den Balken im eigenen Auge kümmern sollte. Es gäbe genug Möglichkeiten für ihn, sich selbst zu verbessern: Zum Beispiel wäre es dem Pilgerstand deutlich angemessener, zur Quelle zu gehen, von dem heiligen Wasser zu trinken und als Dank eine Spende in den Opferstock zu werfen, statt sich für teures Geld Cola zu kaufen. – Präses Roghmann sagt, daß Cola, ganz gleich, ob *Coca* oder *Pepsi,* eine teuflische und ätzende Mixtur ist, die den Magen zerstört. Wer es nicht glauben will, soll einen Pfennig in ein Glas Cola werfen und vierundzwanzig Stunden warten. Danach wird er feststellen, daß der Pfennig sich vollständig aufgelöst hat.

Bruder Walter und die Tutoren sind schon wieder fertig mit ihren Gebeten. Bruder Walter nickt ihm im Vorbeigehen zu. Carl tut so, als ob er ganz vertieft wäre, dreht sich dann aber um und schaut ihnen nach. Er sieht, wie sie sich flüchtig bekreuzigen und nach draußen treten. Das Licht, das hereinfällt, ist so grell, daß Straßencafés und Imbißbuden auf dem Platz in blendendem Weiß verschwimmen. Carl ist der letzte aus Haus Quirinal, der noch hier sitzt. Er schaut auf die Uhr, es ist fünf nach drei. Die Würstchen im Gasthaus Meier gibt es frühestens in anderthalb Stunden. Bis dahin ist er verhungert. Er spürt ein unangenehmes Kribbeln im Bauch. Ziemlich genau um diese Zeit müßten die Mädchen des Ursulinengymnasiums das

Schulhaus verlassen. Kleinere Gruppen hocken dann am Martinusbrunnen, unmittelbar vor dem Portal der Lichterkapelle oder auf der Rundbank um die alte Linde und schlagen die Zeit tot. Auch wenn er keine Chance hat, mit einer von ihnen ins Gespräch zu kommen, besteht doch die Möglichkeit, daß er einem der Mädchen gefällt und sie einen Blick mit ihm tauscht. Vielleicht rutscht ihr eine Bemerkung heraus, auf die er etwas erwidern könnte. Oder umgekehrt. Ein Wort gäbe das andere.

›... *Jesus, den du, o Jungfrau, im Tempel aufgeopfert hast.*‹

Carl ist froh, daß Deggendorf und Bart weg sind. Nicht nur, weil er es haßt, wenn sie ihm beim Beten zusehen. Bart besitzt nicht einmal einen Rosenkranz. Er ist der einzige im Gregorianum, dessen Eltern geschieden sind. Zu Hause geht er nie in die Kirche, nicht einmal Weihnachten und Ostern. Aber vor allem ist Carl froh wegen der Mädchen, die vielleicht dort stehen, im blendend warmen Sonnenlicht. Mädchen, die darauf warten, daß irgend etwas geschieht, das den Tag heraushebt aus der Langeweile.

›... *Jesus, den du, o Jungfrau, im Tempel wiedergefunden hast.*‹

Wenn er mit Deggendorf und Bart käme, würde entweder keiner von ihnen zugeben, daß er sich für sie interessiert, oder Deggendorf würde sich so bemüht witzig benehmen, daß die Mädchen ihn für bescheuert hielten. Diese Meinung würden sie auf Bart und ihn übertragen, und ihre Aussichten würden auf unter null sinken. In dieser Hinsicht wäre es mit Bart allein besser, aber Bart sieht so gut aus, daß alle Mädchen immer nur ihn anstarren.

›*Ehre sei dem Vater und dem Sohn und dem Heiligen Geist, wie im Anfang, so auch jetzt und alle Zeit und in Ewigkeit. Amen.*‹

Er wird sich eine Pizzazunge holen und eine Cola, egal

was der Präses sagt, und sich an den Martinusbrunnen setzen. Oder er geht zuerst in das Plattengeschäft und kauft sich eine *Genesis*-Platte. Er hat genug Geld dabei. *Selling England By The Pound* fehlt ihm noch. Vielleicht haben sie dort durchsichtige Plastiktüten. Oder er nimmt die Platte ohne Tüte, auch wenn das unpraktisch ist. Vorausgesetzt, der Laden führt etwas so Ausgefallenes überhaupt. Wenn er die Platte bei sich hätte, wüßten die Mädchen, was für eine Art Typ er ist, und könnten sich überlegen, ob sie ihn ansprechen. Möglich ist allerdings auch, daß den Mädchen in Mariendorn die alten *Genesis*-Platten gar nicht gefallen. Bestimmt hört die Mehrheit *Neue Deutsche Welle, Police, Queen*, die ganze Hitparadensoße.

Der Gedanke, jetzt gleich, in wenigen Augenblicken, hinauszutreten und auf unbekannte Mädchen zu treffen, macht ihn unruhig. Angenommen, eine spricht ihn an, was soll er antworten? Immerhin kann es sein, daß sie in Mariendorn den Schülern des Gregorianums gegenüber nicht ganz so ablehnend eingestellt sind wie in Forch. Das Internat hat im ganzen Kreis einen schlechten Ruf. Die Schüler von Kahlenbeck gelten als arrogant, verklemmt, durchgedreht. Schon deshalb wäre es besser, wenn die Mädchen nicht sähen, daß er aus der Lichterkapelle kommt. Sonst halten sie ihn am Ende für einen dieser Betbrüder, die ihnen mit Prozessionen und Singereien Tag für Tag, jahraus, jahrein auf die Nerven gehen.

Es ist eine Schande: Er schämt sich seiner Liebe zum Herrn. Er würde Ihn ohne Not verleugnen. Es gibt bloß keine Seitentür, durch die er sich hinausstehlen könnte.

Vier

»Ich geh' nachholen.«

»Wer sagt das?«

»Weil ich dran bin.«

»Bestimmst du die Tischregeln?«

»Ich bin als erster fertig, und die Schüssel ist leer: Es wird immer so gemacht.«

»Hier ist nicht immer, ich bin der Tischboß, und an meinem Tisch bestimme ich. Merk dir das, sonst wird es unlustig für dich diese Woche.«

»Wenn ihr noch lange diskutiert, sind die Bratkartoffeln alle.«

Es ist für heute die letzte Chance, in die Küche zu kommen.

»Ich geh' jetzt.«

Carl reißt die Schüssel an sich, springt auf, tritt einen Schritt zurück. Außerhalb von Asses Armradius grinst er. Das ist riskant, aber Carl hat trainiert, nahezu jeden Schmerz auszublenden. Asse schnellt hoch, als ob er ihm nachlaufen, ihm die Schüssel aus der Hand schlagen wollte. Das macht er manchmal. Asse ist ein Brecher, kein Jüngerer hat eine Chance gegen ihn. Diesmal läßt er sich auf den Stuhl zurückfallen, ruft Carl nach: »Eisabzug morgen. Beide Kugeln.«

Carl liegt nichts am Eis. Es schmeckt nicht besonders,

auch wenn der Präses bei Führungen von Eltern und Neuzugängen so tut, als ob allein das Eis »nach dem Geheimrezept unserer Schwestern«, das es zweimal pro Woche als Nachspeise gibt, Grund genug wäre, ins Gregorianum einzutreten.

Carl rempelt Gerd, wird von Gerd gerempelt, läßt Gerd den Vortritt.

Er kreuzt den Blick des Oberchorherrn IOANNIS DURBACHENSIS, dessen Portrait hoch oben über dem leeren Servierwagen hängt. Seit 1763 schaut er zwischen rotem Birett und hermelinbesetzter Mozetta Mitbrüdern und Zöglingen zu. Obwohl er albern aussieht, lacht niemand über ihn. Er verkörpert das Auge Gottes, dem nichts entgeht.

Carl öffnet die Schiebetür. In dem holzvertäfelten Gang, der zur Küche führt, staut sich eine Mischung aus Spülstraßendunst, Wurstsud, Schweiß. Ihm vergeht der letzte Rest Appetit. Rechts bricht Jesus, wie Rembrandt ihn gemalt hat, den Emmaus-Jüngern das Brot, auf Leinwand gedruckt, in goldenem Schnitzrahmen, als wäre es das Originalbild. *Da gingen ihnen die Augen auf, und sie erkannten ihn.*

Aus dem nächsten Speisesaal kommt ein Quartaner gerannt. Carl spürt ein Zucken im Fuß. Statt ihm ein Bein zu stellen, stößt er ihn so, daß der Quartaner gegen die Wand prallt. Carl faßt ihn an der Schulter, reißt ihn herum, schubst ihn hinter sich: »Respekt vor den Älteren – schon mal was davon gehört? Wer bist du überhaupt?«

»Ralf.«

»Hat dich jemand nach deinem Namen gefragt?«

Ralf sieht aus, als ob er gleich heult.

Draußen leert die schiefe Demutsnonne Walburga Abfälle in die Schweinetonne und hinkt die Stufen zum Kücheneingang hinauf. Ein Abiturient knallt die Tür der Telephonzelle zu, zieht seinen Tabaksbeutel aus der Brusttasche, beginnt sich eine Zigarette zu drehen. Abiturient müßte man sein oder wenigstens Primaner. Dann wäre man selbst derjenige, der Eisabzug erteilt. Man bewegte sich über das Gelände wie ein Bestimmer.

Carl biegt um die Ecke, sieht die Schlange vor der Nachschlagausgabe, packt erneut das Angstkind Ralf, diesmal mit festem Griff in den Nacken, schiebt er es vor sich in die Reihe, sagt: »Das kapierst du jetzt nicht. Du wirst gerade mit einer höheren Intelligenzform konfrontiert.«

Eine erbärmliche Kreatur, die sich vor ihm windet, als ob sie es darauf anlegt, zertreten zu werden.

»Das wird dir noch öfter im Leben passieren. Sei froh: Diesmal verschont sie dich.«

Die Kreatur schaut ihn nicht an.

»Sag ›Danke‹.«

Nickt bloß.

»Ich hör' nichts.«

Carl hat keinen Hunger, jedenfalls nicht auf das, was es gibt. Es ist ihm egal, ob er an der Essensausgabe etwas bekommt. Zwischen dem, was er will, und dem, was er tut, besteht keine Verbindung. Er fragt sich zum dreihundertvierundzwanzigsten Mal, wer die widerwärtige Idee hatte, flüssiges Ei über Bratkartoffeln zu gießen. Entweder ist es glibberig wie durch den Rachen gesaugte Rotze oder trocken gebacken mit der Konsistenz von Metall.

Recke tritt aus dem Aventin-Saal, Carl läßt ihn ebenfalls vor.

»Ekelhaft, der Fraß wieder heute.«

»Die kochen nicht für Menschen«, sagt Recke, deutet auf die Demutsnonne Walburga, die draußen die nächste Ladung in die Tonne kippt: »In Wirklichkeit ist das hier eine Tierversuchsanstalt, und wir sind die Vorkoster der Schweine.«

Es wäre regelrecht gut, wenn es nichts mehr gäbe, unabhängig davon, welches der Küchenmädchen an der Ausgabe steht. Asse, dessen Geschmackssinn verkümmert ist, hat immer Hunger. Er kennt keine Sättigungsgrenze. Wenn Carl die Schüssel leer zurückbringt, ist Asse die Laune für den Rest des Abends verdorben. Sollte noch etwas da sein, wäre es am besten, wenn er es ihm möglichst spät brächte, dann stünde Asse vor der Wahl zwischen zwei Übeln: Er kann weiteressen, müßte dafür aber kostbare Freizeit im Speisesaal verbringen, oder er verzichtet und geht hungrig aufs Zimmer. Es sei denn, er hätte es auf ein Küchenmädchen abgesehen. Zehn Minuten nach dem Ende des Abendessens kommen sie, um die Tische für das Frühstück zu decken. Wenn man Interesse hat, kann man sich den Teller kurz vor dem Abklingeln vollladen, sich nach dem Gebet wieder hinsetzen, weiteressen und versuchen, einen Kontakt herzustellen. Was selten klappt, wenn man nicht über Beziehungen verfügt. Es gibt eine Gruppe von Älteren, die eng mit den Mädchen sind. Angeblich kennen sie sogar die Telephonnummer vom Wohnheimflur, so daß sie sich mit ihnen außerhalb der Essenszeiten verabreden können. Dann treffen sie sich im Wald, vielleicht auch jenseits der Grenze in Holland. Es sei denn, die Obernonne Pankratia nimmt ab. Es heißt, daß sie auch in der Lage ist, von einem Nebenapparat aus Gespräche abzuhören, so daß es nicht ungefährlich ist, dort anzurufen, vor allem nicht für die Mädchen. Es mußten schon welche vom einen auf den anderen Tag die Ausbildung beenden, weil jemand Beweise für unzulässige Verbindungen entdeckt hatte. Derartige Konsequenzen stehen in den Verträgen, die sie unterschreiben müssen. Es hat mit der Morallehre der Kirche zu tun. Carl bezweifelt aber, daß Asse sich tatsächlich für eine von ihnen interessiert. Das wäre ihm aufgefallen. Asse spielt nachmittags Fußball, und abends, wenn er vollgefressen ist, hängt er vor dem Fernseher, schaut *Drei Engel für Charlie* oder *Die Profis*, trinkt ein paar Flaschen Bier, bis er die nötige Bettschwere hat, um schlafen zu können. Spaziergänge macht er nie. –

Die Obernonne Pankratia, die aus einem nicht erkennbaren Grund zornig wirkt, schickt zwei der Mädchen mit ausgestrecktem Arm und spitzem Zeigefinger Richtung Herrenzimmer. Offenbar haben sie einen schweren Fehler gemacht. Es gab eine Beschwerde von Krantz. Oder von dem sabbernden, auf Latein keifenden Pensionär Dr. Pottschaff, der die Frau an sich für eine Ausgeburt der Hölle hält.

Schmider kommt aus dem Aventin-Saal geschlurft, bleibt vor Carl stehen, öffnet den Mund, schiebt den Unterkiefer hin und her, als wollte er jemanden zermalmen, sagt: »Pacher, ich hab' gehört, bei dir gäb's Tomatensuppe zu schnorren.«

»Das ist ein Gerücht.«

»Und?«

»Es stimmt nicht.«

Er läßt auch Schmider vor.

Die Schlange bewegt sich jetzt zügiger. Er kann bis zur

Nachschlagausgabe von Haus Oktogon auf der gegenüberliegenden Seite der Küche schauen. Dort teilen zwei unsäglich dicke Küchenmädchen aus. Wenn es eine Rangliste der Häßlichkeit gäbe, lägen sie weit vorn: Eine hat Haare so fettig wie Reibekuchen, die andere trägt Glasbausteine statt Brille und ähnelt diesen *Himmelsgucker* genannten Goldfisch-Qualzüchtungen aus China.

Carl kann noch immer nicht erkennen, welche Mädchen auf seiner Seite an den Schüsseln stehen. Von den zwanzig oder fünfundzwanzig, die da sind, gefällt ihm nur diese eine. Er weiß nicht einmal, wie sie heißt, was ungünstig ist. Trotzdem reicht die Möglichkeit, sie zu sehen, als Grund, für das Nachholrecht Prügel zu riskieren, auch wenn er keinen Hunger hat, und obwohl ihm klar ist, daß er seine Hoffnungen begraben kann, ohne sich überhaupt welche gemacht zu haben. Sie ist siebzehn oder achtzehn, er vierzehn. Kein Mädchen dieses Alters gibt sich mit jemandem ab, der drei oder vier Jahre jünger ist, da kann er noch so viel Wissen über die Welt und das Leben haben und längst den maßlosen Schmerz kennen, den dieses Wissen nach sich zieht. Im Grunde ist er ein Mann. Wenn sie mit ihm reden würde, wäre ihr das sofort klar. Er rasiert sich schon manchmal. Aber wie und vor allem wo sollte sich je die Möglichkeit ergeben, in Ruhe mit ihr zu reden? Es ist nicht nur nicht vorgesehen, sondern so gut wie verboten. Jeder Versuch, ihr eine Nachricht durch einen Kurier zu übermitteln, würde öffentlich werden und ihn zur Witzfigur machen, so notgeil, daß er zu *dick und doof* auch noch *häßlich* nimmt. Abgesehen davon, daß es aussichtslos ist. Sie müßte überhaupt erst einmal eine Vorstellung von ihm haben, ihrerseits seinen Namen kennen, ein Gesicht damit verbinden. Das aber ließe sich nur erreichen, wenn er sie irgendwo träfe. So beißt sich die Katze in den Schwanz. Sollte es ihm gegen alle Wahrscheinlichkeit eines Tages doch gelingen, einen Faden aufzunehmen, muß er ihn über Wochen halten und jedesmal, wenn er sie sieht, ein paar beiläufige Sätze hinwerfen, als wären die ständigen Begegnungen, die er plant wie einen Gefängnisausbruch, reiner Zufall. Er hat keine Ahnung, wie man das organisiert. Er weiß nicht einmal, nach welchem Prinzip die Mädchen eingeteilt werden, ob es einen bestimmten Turnus gibt, ähnlich der Sitzplatzrotation in den Speisesälen, der er diese Woche den Schrumpfkopf Asse als Tischboß verdankt. Vielleicht werden die Aufgaben der Mädchen aber auch jeden Tag neu bestimmt, und es ist völlig unvorhersehbar, welche morgen, übermorgen, nächsten Mittwoch die Pausenbrotkörbe hinausbringt, an der Spülstraße steht, das Frühstück vorrichtet. Für ihn ist nicht erkennbar, ob eine Ausnahme eine Ausnahme ist oder ob es gar keine Regel gibt. Vergangene Woche hat er sie dreimal bei der Essensausgabe von Haus Oktogon gesehen. Vorher fand er sie auch hübsch, aber mehr theoretisch. Letzten Dienstag hat er plötzlich nicht mehr an einen Nachschlag Wirsing gedacht. Er hat sie angestarrt in der schwachsinnigen Hoffnung, daß sie es merken würde über eine Distanz von gut zwanzig Metern hinweg, während sie alle Hände voll zu tun hatte und ihm ihr Profil zukehrte. Sie hätte sich eigens und nur, weil sie auf geheimnisvolle Weise von seinem Blick berührt worden wäre, umdrehen und in seine Richtung schauen, sich also von dem Schüler, der gerade vor ihr stand und dessen Schüsseln sie füllen sollte, wegdrehen und ihm zuwenden müssen, obwohl er weit entfernt war und sie ihn kein bißchen kannte. Carl sah zu, mit welcher Selbstverständlichkeit sie den Oktogon-Schnöseln ihre Aufmerksamkeit schenkte, den Kopf schräg zur Seite legte, lachend Bosheiten parierte oder austeilte, sich durchstreckte, zurücklehnte, immer wieder dieselbe Strähne, die aus dem Klämmerchen gerutscht war, hinters Ohr strich. Die Zeit verging zusehends langsamer und irgendwann setzte sie ganz aus, wie auf den Bildern von Degas oder Renoir, wo Mädchen, Frauen am Fluß lagern oder im Bad vor dem Spiegel stehen und etwas Öl aus einem Flakon auf die Fingerkuppen geben. Inmitten der weiß gekachelten, übel riechenden Küchenhalle, die aussieht wie eine zum Schlachthaus umgebaute Klinik, wurde sie vor seinen Augen verwandelt, als stünde die Tür zu dieser anderen Art Leben offen, das es wirklich gibt, nicht nur in Büchern. Es fiel gar kein besonderes Licht von draußen herein, doch sie leuchtete in einem Glanz wie die Heiligen in den Kirchenfenstern zu Hause, Barbara, Katharina, Margareta. Es hatte mit ihrem eigenen inneren Leuchten zu tun. Der Anblick wurde ganz unerträglich vor Schönheit, trotz des weißen Kittels und der Küchenhilfenkappe, unter der ihr ein dicker dunkelbrauner Zopf auf den Rücken fiel. Nach einer Weile löste sie die Spange, flocht den Zopf mit kräftigen Griffen auseinander, so daß ihre Haare in schweren Wellen hinunterstürzten. Er sah all das so klar und deutlich, als würde es tatsächlich geschehen, und er war derjenige, der dabei zuschauen durfte, mehr noch, er war der, für den sie es tat, während er auf dem Sofa lag und auf sie wartete, auf eine vollständig ausgewachsene Frau, warm und weich, in einer bordeauxfarbenen Cordhose, für die sie ein wenig zu üppig ist. Es war das erste Mal, daß er bereit gewesen wäre, in Haus Oktogon zu wohnen, wo sich die Popper und Schwuchteln des Gregorianums eingenistet haben, er hätte sogar Präfekt Wiepers ertragen, diese rosafarbene Reinkarnation eines vietnamesischen Hängebauchschweins, der einem im Unterricht mit seinen fetten, klebrigen Fingern den Nacken knetet, während man Fragen über das Verhältnis der synoptischen Evangelien zur Loggienquelle Q beantworten muß. Carl hätte das auf sich genommen, nur um das Recht zu erwerben, drei- oder fünfmal bei ihr irgendeinen Fraß nachzuholen. Dann maulte das Mädchen, das klein und pickelzerfressen unmittelbar vor ihm stand, den Wirsing schon in der Kelle: ›Willst du jetzt was, oder glotzt du bloß – dann verstopf nicht den Weg!‹ –

Mit einem Mal kehren sie jetzt schneller zurück. Rösner schimpft. Zwei Quartaner schlagen ihre Löffel aufs Blech. Bart bleibt kurz stehen, sagt: »Alles alle.«

Carl zuckt mit den Achseln: »Schmeckt eh zum Kotzen.«

»Gehst du Pommes essen?«

»Ich hab noch Tütensuppen und Toast.«

»Was für welche?«

»Tomate und Champignon.«

»Auch für zwei?«

»Schätze schon.«

Er läuft trotzdem zum Tresen vor, stellt fest, daß sie tatsächlich bis vor wenigen Augenblicken hier gestanden hat. Jetzt geht sie davon. Zu spät, zu spät, zu spät: Er ist zu spät. – Zumindest ein vorsichtiger Blick wäre möglich gewesen, vor weniger als einer Minute noch.

Vielleicht hätte sie sich sein Gesicht gleich beim ersten Mal eingeprägt, und beim nächsten Mal wäre es ihr bereits bekannt vorgekommen, verknüpft mit einer Empfindung, etwas angenehmer als völlig neutral. Das hätte er sofort gespürt, es wäre wie eine Aufforderung gewesen, etwas zu sagen, einen lässigen Spruch über ein bedeutendes Thema, nicht zu ernst, aber so formuliert, daß sie die dunklen Tiefenschichten hinter seinem ungerührten Gesichtsausdruck mitgehört hätte. Für heute hat er sie verpaßt. Es wäre alles anders verlaufen, wenn der idiotische Quartaner Ralf ihm nicht im Weg gestanden hätte, wenn er selbst nicht so dämlich gewesen wäre, Recke und Schmider den Vortritt zu lassen. Er hat es durch eigene Blödheit vermasselt, durch eine Fehleinschätzung und wegen des hirnrissigen Versuchs einer Rache an Asse. Jetzt sieht er zu, wie sie sich langsam entfernt, spürt einen Stich aus der Herzgegend in den Bauch, den er auch gespürt hätte, wenn sie noch da gewesen wäre, nur in umgekehrter Richtung. Aber mitten in der Enttäuschung und durch die verschiedenen Arten Gestank kann er auf einmal eine deutliche Spur ihres Dufts ausmachen. Sie zieht ihn hinter sich her wie einen seidenen Schleier. Ein bestimmtes Deo, Parfüm, Shampoo, das sich auf keiner anderen Haut so entfaltet wie auf ihrer und dabei ihr Wesen zum Ausdruck bringt. Kein Satz könnte sie so beschreiben. Dieselbe Witterung hat er neulich im Kreuzgang gehabt. Unmittelbar darauf hat er an sie denken müssen. Dann sind ihm Zweifel gekommen, ob es wirklich ihr Geruch war und nicht irgendein anderer Mädchengeruch, von einer, die so abstoßend ist, daß es eine Unverschämtheit gewesen wäre, wenn sie so gerochen hätte. Er hat sich klargemacht, daß es sein bloßer Wunsch war, sie möge so, genau so und kein bißchen anders riechen, der ihre Gestalt, ihr Gesicht, ihre Augen in seinen Gedanken hat auftauchen lassen. Aber jetzt sind Zweifel ausgeschlossen: Zwischen ihrem Gang, der Art, wie sie den Kopf, die Arme bewegt, dem Schwung ihrer Hüften, während sie mit ihrer Kollegin oder Freundin redet, und diesem bestimmten, einmaligen Geruch besteht eine eindeutige Verbindung. Carl saugt ihn ein. Die Spur wird schwächer, aber noch ist sie da. In jemandes – im Duft eines Mädchens zu stehen ist fast, als ob sie einen berühren würde. Er streift ihn, wie ihm eines Tages ihr Handrücken die Wange streicheln wird, wenn sie begriffen hat, daß ein Band zwischen ihnen geknüpft ist über alle Widrigkeiten hinweg. Bis dahin wird er immer wissen, wann sie kurz vor ihm irgendwo auf dem Gelände war, und seine Gedanken können sich ihr sofort und zielgenau nähern, ohne daß sie es merkt. Das heißt, sie merkt es schon, aber auf eine unbewußte Art, die spätere Entscheidungen vorbereitet, bis sie sich von selbst ergeben. Die Luft ist durchlässiger als allgemein angenommen wird. Sie hat Zwischenschichten – vielleicht das, was man Äther nennt –, durch die Gedanken geleitet werden können, ähnlich wie Radiowellen, die durch den Raum ziehen und sich über die Spulen in einer Kiste in Musik verwandeln. Wenn man seinen Geist stark macht, müssen die Nachrichten, die man einem Mädchen übermitteln will, sie früher oder später erreichen. Lange bevor sie weiß, woher sie stammen, werden Regungen in ihr auftauchen, die einen Widerhall finden bei seinem Anblick. Jedesmal, wenn sie sich begegnen, und sei es für eine Kelle Linsensuppe, wird eine bestimmte Art Unruhe von ihr abfallen und eine andere Art Unruhe von ihr Besitz ergreifen. Daran ändert auch die Tatsache nichts, daß sie sich jetzt, wo er hier steht und seine gesamte Person, alles, was er ist, in ihre Richtung wirft, nicht noch einmal umdreht oder wenigstens innehält aufgrund einer kurzen Verwirrung der Gedanken oder des Herzens. Vergebens versucht er ihren Duft im Durcheinander der Küchendünste ein weiteres Mal einzufangen, während sie mit der anderen, deren Namen er auch nicht kennt, in die Spülküche biegt und aus seinem Blickfeld verschwindet, die riesige leere Bratkartoffelschüssel unter dem Arm.

Offenbar hat die Obernonne Pankratia schon eine Weile zu ihm herübergeschaut. Jetzt fixiert sie ihn, damit er sich nicht einfach davonstiehlt, setzt sich in Bewegung. Carl mag Pankratia nicht, obwohl oder gerade weil sie zusammen mit Schwester Adelgundis während der Bergfreizeit auf der Gregoriushütte im Kliertal kocht. Schon zweimal hat Carl dort seine Sommerferien verbracht, ist hinter dem Präses schmale Pfade zu verlassenen Almen hinaufgestiegen, hat Gletscher gequert, mittlere Gipfel erreicht, einen Viertausender. Normalerweise braucht er sie nicht zu fürchten. Die Nonnen sind über die Schüler nicht weisungsbefugt, sie können sich höchstens bei den Präfekten beschweren, daß jemand sich ihnen gegenüber schlecht benommen oder ein Verbot übertreten hat. Vielleicht will sie ihn auch einfach nur begrüßen, fragen, wie es ihm geht, weil sie ihn für einen netten und frommen Jungen hält. Carl dreht sich um und geht. Es ist ihm egal, was sie denkt.

Auf dem Gang schwankt er leicht, merkt, daß sein Herz rast. Er stützt sich an der Wand ab, um ein Gefühl von sich in diesem Körper zu haben, dessen Muskeln so müde sind, daß sie verschwimmen. Er bleibt vor dem Emmaus-Bild stehen, holt tief Luft, spürt, wie kühl die Wand ist im Vergleich zu seinem Arm, seiner Stirn. Voller Demut und Mitgefühl wendet der Herr seine Augen gen Himmel. Der Junge, der ihm von rechts das Brot reicht, wäre er gern. Dann könnte er Jesus persönlich bitten, um was immer er will, er würde es bekommen und wenn es die Liebe eines Mädchens wäre.

Fünf

Im Vorzimmer des Präses ist das Sprechen nicht verboten, doch Carl hat kein Wort gesagt, seit sie hereingekommen sind. Auch Bart schweigt. Sie vermeiden Blickkontakt. Abwechselnd starrt jeder für sich gegen die Decke oder auf seine Füße oder durch die bräunlichen Bleiverglasungen, hinter denen der Hof vor dem Primanerbau verschwimmt.

Die Stühle sind unbequem.

Normalerweise wird von den Erziehern zum Präses geschickt, wer trotz Strafdienst und Ausgangssperre keine Anordnung beachtet, wer spätabends beim Einsteigen erwischt wird oder eine ganze Nacht draußen geblieben ist. Letztere erhalten einen Verweis. Beim dritten Verweis müssen sie das Gregorianum verlassen. Wenn jemand als Dieb erwischt wurde, unabhängig davon, ob bei Kameraden oder in einem Geschäft, wird er noch am selben Tag hinausgeworfen, ebenso einer, der mit Rauschgift zu tun hat.

Obwohl sie sich nichts dergleichen haben zuschulden kommen lassen, fürchtet Carl sich vor dem, was bevorsteht. Er vermutet, daß auch Bart sich fürchtet, sie haben aber nicht darüber gesprochen.

Alle machen sich über den Präses lustig, äffen seinen Sprachfehler nach, der ihm, weil er immer »G« statt »K«

sagt, den Namen »Gümmelgurt« eingebracht hat, doch das ändert nichts an der Tatsache, daß seine Macht zum Fürchten ist, selbst wenn er sie zurückhält.

Carl hat einmal gehört, wie Schwester Adelgundis einem Vater zuflüsterte, als verrate sie ein Geheimnis: »Der Herr Präses ist ein *heiligmäßiger Mann.*«

Der Vater nickte wissend und sagte: »Wir können uns sehr glücklich schätzen, daß wir ihn bei uns haben.«

Vor zwei Tagen hat das Ekel Winfried Holzkamp im Gespräch mit Bernhard Kuffel, der zum Halbjahr neu in die Obersekunda gekommen ist und das Zimmer Carl gegenüber bewohnt, dieselbe Formulierung gebraucht.

Ein *heiligmäßiger Mann* ist nicht dasselbe wie eine *Heilige* im Sinne von Schwester Eugenia.

Carl wurde bislang einmal vom Präses gemaßregelt, noch in der Quinta, als Frau Kressmark ihn nach der Rückkehr von der Mariendorn-Wallfahrt, die alle Kahlenbecker Häuser einmal im Jahr machen, siebzehn Kilometer Fußmarsch, vom Abendessen ausschloß, weil er verspätet in den Speisesaal gekommen war. Er hatte sich erst waschen und vollständig umziehen müssen, nachdem Deggendorf, der damals sein bester Freund war, ihm einen Schuh in den Graben geworfen hatte. Der Schuh war nicht untergegangen, aber Deggendorf hatte durch gezielte Steinwürfe verhindert, daß Carl ihn mit einem Stock wieder herausfischen konnte, so daß ihm schließlich nichts anderes übriggeblieben war, als hineinzuspringen. Kurz darauf hatte die Klingel zum Abendessen geläutet. Carl war triefnaß und stinkend aus der Dreckbrühe gestiegen, und als er zwanzig Minuten später in den Speisesaal trat, war das Essen fast vorbei. Es gab kaum noch

Brot, keine Wurst mehr. Schüsseln mit Zitroneneis standen auf den Tischen zur Belohnung für die Strapazen des Pilgerns. Er wollte sich etwas nehmen, doch im selben Moment kreischte Frau Kressmark quer durch den Speisesaal: »Auf keinen Fall! Carl Pacher! Leg den Löffel weg! Soweit kommt es noch!«

Er konnte den eigentlichen Grund für seine Verspätung nicht nennen, ohne Deggendorf zu verraten, also sagte er: »Entschuldigung, daß ich zu spät bin.«

Frau Kressmark interessierte sich aber sowieso nicht für Gründe. »Raus. Ich will dich hier heute nicht mehr sehen!«

Da die Bestrafung ungerecht war und Carl vor Hunger Magenschmerzen hatte, beschloß er eine neue Form des Widerstands. Er setzte sich als Bettler auf den Flur vor die Schlafsäle und bat jeden, der vorbeikam, um etwas Eßbares. Auf diese Weise erhielt er einen Rest Zitronenkuchen, eine Handvoll Kartoffelchips und ein Päckchen Fruchtgummis, aber es war nichts dabei, was wirklich sättigte.

Als Frau Kressmark ihn um acht anwies, unverzüglich ins Bett zu gehen, sagte er: »Nach einem solchen Tag ohne Essen schlafen zu müssen, ist unmenschlich. So etwas gibt es nur in russischen Straflagern.«

»Sofort gehst du jetzt!«

»Ich bleibe hier. Notfalls bis morgen früh. Das ist ein Hungerstreik.«

Ihm zitterten die Knie, zugleich war da ein unbekanntes Hochgefühl. So etwa mußte es sein, wenn man sich entschieden hatte, für die Wahrheit sein Leben zu opfern.

Frau Kressmark zwang sich, ruhig zu bleiben, was sonst

nicht ihre Art war: »Das wird Folgen haben«, zischte sie, »und nicht zu knapp! Ich rufe den Präses an. Der Präses soll das klären!«

Sie vollführte eine scharfe Drehung und stampfte mit knallenden Absätzen in ihr Zimmer.

Damit hatte Carl nicht gerechnet.

Zehn Minuten später sah er den Präses vom Schulhof her die Grabenbrücke überqueren, die das Juvenatsgelände von den Hauptgebäuden trennt. Er fürchtete sich nicht beziehungsweise versuchte seine Furcht in Schach zu halten, indem er sich vorsprach, »der Präses ist streng, aber gerecht, streng, aber gerecht, streng, gerecht, gerecht, gerecht.«

Sein Hunger schlug in Übelkeit um.

Obwohl Carl gesehen hatte, wie der Präses ins Haus trat, stand er dann überraschend vor ihm, eine schmale, scharfkantige Gestalt, bis in die Finger gespannt.

»Was ist hier los, Carl?«

Im Lauf der Jahrzehnte hatten sich seine Augenlider abgesenkt, so daß nur zwei schmale schwarze Dreiecke geöffnet waren, denen sich keine Regung entnehmen ließ: »Fängst du jetzt auch an, aufsässig zu werden?«

Carl entnahm der Stimme, daß jede Antwort sinnlos war, trotzdem begann er: »Nach der Wallfahrt haben wir …«

»Ich will nichts hören. Du hast versucht, deine Kameraden zu einer Revolte anzustacheln. Es war sogar die Rede von *Streik.*«

Carl setzte noch einmal an: »Das hat damit zu tun, daß …«

Er fürchtete, daß er seinen besten Freund Deggendorf jetzt doch verraten mußte, aber dazu kam es nicht mehr.

Der Präses wurde dunkelrot. Es gab diesen Moment der Totenstille wie vor Erdbeben oder Vulkanausbrüchen, dann: »Ich werde nicht zulassen, daß sich im Gregorianum kommunistische Machenschaften breitmachen. Revoluzzer haben hier nichts zu suchen. Wo diese Verhaltensweisen hinführen, kann man jeden Tag in der Zeitung lesen: Es beginnt mit Sitzblockaden, dann werden Steine geworfen, am Schluß steht der Mord an unschuldigen Menschen mit Bomben und Maschinenpistolen. Alles, was in diese Richtung zielt, wird von mir persönlich mitsamt den geistigen Wurzeln herausgerissen werden.«

Die Eruption dauerte nicht lange, vielleicht eine Minute, und endete mit: »Wenn Frau Kressmark etwas anordnet, hast du, ohne Wenn und Aber, zu folgen. Ab jetzt!«

Frau Kressmark hatte er um der Gerechtigkeit willen ins Angesicht widerstanden. Diese Möglichkeit gab es jetzt nicht. Carl schwankte in den Waschraum. Seine Vernichtung war vollständig. Ihm liefen die Tränen. Er nahm an, der Präses würde noch in der Nacht seine Eltern anrufen, ihnen erklären, daß sie ihren Sohn, der sich Kommunismus und Terrorismus zugewandt hatte, abholen könnten. Er weinte bis in den Schlaf.

Bereits am nächsten Morgen im Religionsunterricht war der Präses freundlich wie immer. –

Seitdem sind zwei Jahre vergangen. Der Vorfall wurde nie wieder erwähnt.

Carl steht auf, tritt an den niedrigen Vitrinentisch in der Mitte des Vorraums. Darin befindet sich ein Modell des Collegium Gregorianum Kahlenbeck im Maßstab eins zu fünfhundert. Der Turm mit der Sternwarte am östlichen Ende von Haus Aventin ist umgekippt.

Carl weiß nicht, weshalb er hierhergeschickt worden ist, aber er wünscht, es wäre schon vorbei. Bart und er haben lediglich im Schlafanzug nachts um elf in Barts Zimmer vor dem Bett gesessen und sich unterhalten. Der Toaster war längst wieder im Schrank hinter den Kleidern. Das Fenster stand offen, so daß es sicher nicht nach geröstetem Brot gerochen hat, als die Tür aufging und Bruder Walter mit gefährlich leiser Stimme sagte: »Raus, Pacher! – Und du gehst ins Bett, Bart. Morgen meldet ihr euch beide zu einem Gespräch beim Präses.«

Dann lachte er. Sein Lachen klang wie vorweggenommene Schadenfreude.

Trotz der doppelten Tür, die das Vorzimmer von den Räumen des Präses trennt, spürt man seine Anwesenheit. Der Präses kann ebensowenig hören, was hier gesprochen wird, wie umgekehrt, trotzdem bleibt das Gefühl, daß einem nicht einmal die Gedanken gehören, die man hier denkt.

Carls Herz stockt, als erst die innere, einen Moment später die äußere der beiden Türen geöffnet wird. Ein Sextaner kommt heraus. Er hat geweint.

»Wir in Kahlenbeck«, sagt der Präses, »sind vor allem stolz auf unsere Gemeinschaft. Ich bin mir sicher, daß du schon bald merkst, wie du in diese Gemeinschaft hineinwächst. Das ist etwas ganz Besonderes. Sprich dir das immer wieder vor: ›Ich bin ein Kahlenbecker!‹. Und ansonsten: Die Dinge, über die wir geredet haben, bleiben unter uns.«

Bart erhebt sich, Carl richtet sich auf.

»Carl. Bartholomäus. Bitte.«

Nur der Präses nennt Bart ›Bartholomäus‹, obwohl sogar in seinem Paß ›Bart‹ steht.

Sie werden nicht an den mächtigen runden Tisch geführt, wo die freundlichen Gespräche stattfinden. Freundliche Gespräche leitet der Präses mit einem Scherz ein, dann reicht er Kekse aus einer gepunzten Blechdose. Sie werden überhaupt nicht gebeten, sich zu setzen. Er läßt sie stehen, mitten in dem hohen Raum, der beherrscht wird von Bücherwänden, einem breiten Eichenschreibtisch und von dem lebensgroßen Bild des gegeißelten Christus an der Wand. *Ecce homo* steht rechts und links des zur Seite geneigten Hauptes. Dem Herrn sind die Hände zusammengebunden. In der Rechten hält er einen dünnen Rohrstock, der gen Himmel weist, aber da ist kein Himmel. Er trägt Dornenkrone und Lendenschurz. Seine Schultern werden von einem purpurnen Umhang bedeckt. Aus tausend Wunden von der Stirn bis zu den Füßen tritt in dicken Tropfen Blut aus. Der Anblick schnürt Carl die Kehle zusammen. Halb schräg vor dem Bild befindet sich die Gebetsbank. Dort kniet der Präses während der Nachtstunden, um im Anblick des gemarterten Herrn vor den Nachstellungen Satans zu fliehen.

»Ich will aus eurem Mund hören, weshalb Bruder Walter euch zu mir geschickt hat: Bartholomäus.«

Carl sieht Bart an, der feuerrot geworden ist. Überlegt, was er selbst sagen könnte, denn Bart wird schnell fertig sein, er redet nie viel.

»Wohl, weil wir zu lange aufgeblieben sind …«

»Weiter.«

»Sonst… Wüßte ich nichts.«

»Carl.«

»Wir hätten schlafen sollen, und ich hätte in meinem Zimmer im Bett liegen müssen, aber statt dessen haben wir um elf noch geredet. Vielleicht auch, weil es nicht das erste Mal war, daß Bruder Walter uns erwischt hat.«

Der Präses schweigt. Er schaut von Carl zu Bart, von Bart zu Carl. Seine Lippen sind schmal, fast weiß. Über dem Kollar schwellen die Adern an, bis der Kopf eine dunkelviolette Farbe angenommen hat. Man spürt, welche Kräfte er mit eisernem Willen bändigt und daß diese Kräfte, wenn er sie losläßt, einen hinwegfegen können. Seine Ohrfeigen sind nur ein Vorgeschmack darauf, aber selbst sie treffen mit einer anderen Wucht, als wenn Krantz, Bruder Walter, Schwester Adelgundis oder Herr Bertram zuschlagen.

»Ich dulde nicht, daß ihr euch gegenseitig vom Schlafen abhaltet und morgens im Unterricht unaufmerksam seid.«

Seine Stimme ist laut, so laut, daß sie im Kopf dröhnt, obwohl er nicht schreit.

»Ihr seid hier, um zu lernen und nicht, um nachts Unfug zu machen. Wenn ihr euch nicht in die Hausordnung einfügt, kann ich euren Platz jederzeit jemand anderem geben, jemandem, der weiß, was es bedeutet, bei uns in Kahlenbeck Schüler zu sein, und der sich dementsprechend verhält. Auf meinem Tisch liegen Dutzende Briefe von Eltern, die mir schreiben, ›Herr Präses, wie gern würden wir unseren Sohn zu Ihnen aufs Gregorianum schicken, können Sie ihn nicht vielleicht doch aufnehmen?‹. Wenn ich dort anrufe, steht morgen ein Junge vor der Tür, der zutiefst dankbar ist, daß er kommen darf.«

Carl möchte widersprechen, beziehungsweise zustimmen, er weiß, welches Privileg es ist, ausgewählt worden zu sein unter dreihundert Anwärtern, aber seine Zunge gehorcht nicht.

»Seit wann geht das schon so? Bartholomäus.«

Bart hält den Kopf gesenkt: »Also … nicht lange …«

»Carl: Seit wann veranstaltet ihr diese Nachtlager?«

»Das war erst das …«

»Lüg nicht! Ich sehe dir an, daß du mich belügen willst.«

»Nein, sicher, wirklich nicht. Das war vielleicht das fünfte oder sechste Mal, daß wir …«

»Stimmt das? Bartholomäus.«

Bart nickt.

»Kein Wunder, daß eure Leistungen nachgelassen haben. Du hast zwei blaue Briefe zum Halbjahr bekommen, Bartholomäus. Ich weiß, daß sie nicht nötig gewesen wären, wenn du dir Mühe gegeben hättest. Du bist ein begabter Junge, und ich will nicht, daß du ins Verderben läufst. Deine Haare sind auch schon lange nicht mehr geschnitten worden. Wie ein Gammler siehst du aus. Am nächsten Heimfahrtswochenende gehst du zum Frisör. Haben wir uns verstanden?«

Carl schaut am Präses vorbei dem gegeißelten Herrn ins blutüberströmte Antlitz. Der Herr muß ihm helfen, wo er doch einem Seiner Priester gegenübersteht, nicht irgendeinem, einem, der ein *heiligmäßiger Mann* genannt wird und also über die Gabe verfügt, den Menschen ins Herz zu schauen, auch wenn der Mensch nur ein armseliger Tertianer ist. Doch der Herr hat Seinen Blick nach innen gekehrt, sich von ihm, dessen Sünden Er auf sich nimmt, abgewandt.

»Du gehst jetzt noch einmal hinaus, Bartholomäus. Ich möchte mit Carl unter vier Augen sprechen. Warte im Vorzimmer, bis ich dich wieder hereinrufe.«

Der Präses geleitet Bart zur Tür. Es sind nur fünf Schritte hin und fünf Schritte zurück, insgesamt zehn, während derer sich seine Stimmung vollständig wandelt, als wäre der Zorn nur Maskerade gewesen.

»Carl, jetzt zu uns: Ich weiß, daß du im Grunde deines Herzens ein anständiger und zuverlässiger Junge bist.«

Carl atmet auf.

»Du stammst aus einer guten Familie. Das ist keineswegs selbstverständlich heutzutage. Viele Kinder müssen unter schwierigen Bedingungen aufwachsen. Zum Beispiel dein Freund Bart: Scheidungen. Wilde Ehe. Kommunen, Kinderläden, wo alle nackt herumlaufen. Widerwärtige Verhältnisse.«

Auch wenn der Präses ihn weiterhin stehen läßt, hat ein anderes Gespräch begonnen.

»Das Alter, in dem ihr jetzt seid, Carl, die Pubertät, ist eine entsetzliche Zeit. Ganz entsetzlich. Sie bedeutet eine große Umstellung und bringt furchtbare Gefahren mit sich. Viele Jungen sind am Ende dieser Phase schon völlig verdorben. Sie treten als seelische Krüppel ins Erwachsenenleben ein, innerlich kaputt und ohne sittliches Fundament. Das gilt auch für einige, die das Gregorianum als Abiturienten verlassen. Stimmst du mir zu?«

Carl legt die Stirn in Falten und seufzt.

»Viele deiner Kameraden schlagen die Möglichkeiten, die ihnen hier geboten werden, leichtfertig in den Wind. Sie entscheiden sich für den breiten und bequemen Weg, der in den Abgrund führt, dorthin, wo die Seelen im Feuer brennen.«

Carl will hier und nirgends anders sein, weil er doch Gott liebt und Seinen eingeborenen Sohn, den Herrn Jesus Christus, er will ein guter Mensch werden, der gemäß der Botschaft des Evangeliums lebt, aber all das hat nichts zu tun mit der Frage, wie lange einer nachts aufbleibt und mit seinem besten Freund redet.

»Du bist schon zweimal mit zum Bergsteigen in der Schweiz gewesen, Carl. Du hast den Unterschied zwischen Aufstieg und Abstieg am eigenen Leib erfahren. Statt am Strand herumzulungern und den Mädchen schöne Augen zu machen, hast du in deinen Ferien den steinigen Pfad gewählt, der hinauf ins Licht führt - aus freien Stücken. Niemand hat dich gezwungen. Oder?«

Carl schüttelt den Kopf.

»Es ist eine großartige Sache, wenn man die eigene Schwachheit überwunden hat - schmerzende Beine, Blasen an den Füßen, Müdigkeit, Kälte, Erschöpfung - und auf dem Gipfel steht. Das mußt du dir immer wieder vor Augen führen. Und den Herrn um Beistand in der Stunde der Versuchung bitten.«

Carl nickt.

»Der Teufel ist ein Meister in List und Tücke.«

Carl senkt den Blick. Er versagt oft. Tag für Tag. Er ist lüstern, undankbar, hochmütig, boshaft.

»Hast du dir schon Gedanken gemacht, welchen beruflichen Weg du einmal einschlagen möchtest?«

Carl spürt, wie er rot wird. Vor zweieinhalb Jahren, während der Quinta-Exerzitien, hat der Präses dieselbe Frage gestellt. Dazu sollten sie ein Bild malen, das zeigte, wie sie sich ihre Zukunft vorstellten. ›Missionar, ich möchte Missionar am Amazonas werden‹, hat Carl damals gesagt, und sein Herz brannte. ›Mein größter Wunsch wäre es, den Indianern, die noch nichts von Jesus wissen, die Frohbotschaft zu verkünden.‹ Daß er darauf hoffte, den Märtyrertod zu sterben, hat er nicht gesagt, denn es ist ein Zeichen gräßlicher Selbstüberhebung, dieses höchste Gnadengeschenk anzustreben wie eine Goldmedaille im Sport. Das Bild, das Carl gemalt hat - sich selbst, umringt von einer Gruppe Indianern, während er ihnen die Schrift erläutert –, wurde sowohl vom Präses als auch vom Kunstlehrer, Herrn Martin, sehr gelobt. Inzwischen ist Carl allerdings nicht mehr sicher, ob er tatsächlich Missionar werden kann. Eigentlich kann er nicht. Im Grunde. Alle Missionare sind Priester oder Ordensleute, aber er möchte sein Leben nicht ohne Frau verbringen. Er sagt jetzt trotzdem: »Vielleicht Missionar. In Südamerika.«

»Das ist ein guter Vorsatz. Daran solltest du festhalten.«

»Oder Ichthyologe. - Vielleicht läßt sich aber beides miteinander verbinden. Auf einer Missionsstation im Urwald kann man bestimmt auch die dortige Natur erforschen.«

»*Ichthys*, der Fisch - das weißt du –, war das Geheimsymbol für den Herrn, das die frühen Christen während der Verfolgung benutzt haben, um sich heimlich zu verabreden.«

»In den römischen Katakomben. Herr Präfekt Wiepers hat davon im Unterricht erzählt.«

»Auf solche Zeichen solltest du achten, Carl. Unser Leben ist wie ein Buch, voller Hinweise, die uns die Richtung zeigen. Leider sind die wenigsten in der Lage, es zu lesen.«

Er nickt.

»Wenn du dich trotzdem der Biologie zuwenden willst, mußt du aufpassen, daß du nicht in die Fänge des Materialismus gerätst. Zwar bietet die Erforschung der Natur große Möglichkeiten, die Ehrfurcht vor Gott wachsen zu lassen, aber heutzutage haben sich viele Wissenschaftler Theorien verschrieben, die das Universum zu einer Maschine unter der Herrschaft des Zufalls machen, und dann feiern sie sich selbst als Entdecker, statt daß sie ihr Knie vor der Macht des Schöpfers beugen. Auf diese Weise erfindet sich der moderne Mensch neue Götzenbilder, die an Scheußlichkeit Moloch und Baal in nichts nachstehen.«

»Ich versuche immer in der Natur die Zeichen Gottes zu erkennen. Deshalb interessiere ich mich auch für Tiere.«

»Dennoch solltest du dein Herz gründlich prüfen, ob die Vorsehung dich nicht zum priesterlichen Dienst in der Nachfolge Christi berufen hat.«

Carl denkt an das Mädchen in der Küche, dessen Namen er nicht kennt, an Regina, die Tochter des Dorforganisten zu Hause, der er seit Wochen einen Brief schreiben will, und an Imelda, die Tochter des Musiklehrers Gomez, die ihn konsequent übersieht.

Als hätte er in Carls Innerstes geschaut, sagt der Präses: »Ich weiß das natürlich: Die Sexualität ist eine gewaltige Kraft. Eine Kraft, die immer und immer wieder herausbrechen will und die man beherrschen lernen muß. Dazu bedarf es unablässiger Willensanstrengung.«

Es folgt eine Pause, die sich unendlich dehnt. Der Präses wartet, aber es gibt nichts, rein gar nichts, was Carl hier und jetzt zu diesem Thema sagen könnte.

»Carl, sei bitte ehrlich zu mir. Ich muß das fragen: Habt ihr euch gegenseitig an den Geschlechtsteilen berührt, Bartholomäus und du?«

Carl steht da mit offenem Mund, kann nicht einmal stammeln. Ein Gefühl, als hätte ihm jemand siedendes Wasser ins Gesicht geschüttet. Das Krächzen, das er hervorbringt, soll »Nein« heißen, klar und eindeutig, aber es klingt wie ein Eingeständnis.

»Kannst du mir ruhig sagen, ist nicht schlimm.«

Manchmal werden zwei zusammen im Bett erwischt. Das wissen binnen weniger Stunden alle.

»Überhaupt nicht schlimm.«

Außerdem gibt es Gerüchte, wer schwul ist. Bei einigen weiß man es sicher, manchen sieht man es sogar an. Der dicke Meier, der ihn manchmal ins Vertrauen zieht, um sein Gewissen zu entlasten, sagt, wenn er auspacken würde, mit wem er es schon gemacht hat, würde der halbe Laden hochgehen. Aber Meier ist ein Schwätzer. Carl weiß nicht, was er ihm glauben soll.

»Habt ihr das schon öfter getan?«

Carl schüttelt den Kopf.

»Die Begierde wird in eurem Alter manchmal übermächtig.«

Der Gedanke, er könnte mit Bart, ist so abwegig, daß.

»Hattet ihr einen Samenerguß?«

»Nein.«

»Ist ganz normal.«

»Nein.«

Bart verabscheut Schwulsein noch mehr als Carl selbst, und Carl würde eher. Als. Undenkbar.

»Schlimm wird es erst, wenn man es mit Mädchen tut. Das ist eine der gefährlichsten Fallen des Teufels.«

Carl traut seinen Ohren nicht, die das weitergeben, und seinem Verstand nicht, der das denken soll, der behauptet, soeben, vor Sekundenbruchteilen aus dem Mund eines *heiligmäßigen Mannes* gehört zu haben, daß das Widernatürliche, das Perverse besser ist als die Liebe zu einem Mädchen, das schön und zartfühlend und anmutig ist, ganz gleich, wie es heißt, woher es stammt, ob es arm oder reich, aus gutem Haus ist oder aus der Küche.

»Wenn die Dämme erst gebrochen sind, gibt es kein Halten mehr, und ehe man sich versieht, ist man sexbesessen. Das wird dann eine Abhängigkeit wie Rauschgiftsucht. Man kann an gar nichts anderes denken und muß es immer wieder tun. Manche machen das dann mehrmals am Tag. All diese schrecklichen Dinge. Wie die Paviane fallen sie übereinander her. Fürchterlich, wenn man das mit ansehen muß. Ganz furchtbar. Obwohl sie sich danach schmutzig fühlen, als hätten sie in einer Jauchegrube gesteckt. Manche werden sogar richtiggehend verrückt davon. Deshalb ist ständige Wachsamkeit erforderlich, Carl. Gründliche Gewissenserforschung jeden Abend vor dem Zubettgehen. Und ein regelmäßiges Gebetsleben. Damit die Liebe zu Christus beständig wachsen kann. Der Herr steht denen bei, die Ihn rufen, das ist uns zugesagt.«

Carls Hirn ist eine glibberige graue Matsche, in der keine geordneten Denkbewegungen mehr stattfinden. Er steht da, als hätte ihm jemand den Kopf durchlöchert, so wie die Folterknechte dem geschundenen Gottes- und Menschensohn vor ihm die Dornen, fingerlange Dornen, mit Stöcken in den Schädel getrieben haben.

»Möchtest du beichten, Carl? Du weißt, in der Beichte kannst du alles sagen. Selbst die furchtbarsten Sünden. Alles wird dir vergeben.«

»Ich war erst am Freitag.«

»Die Lossprechung durch den Priester ist eine große Erleichterung für den Menschen, wenn er Schuld auf sich geladen hat.«

»Ich weiß, aber …«

»Man sollte nicht lange im Stand schwerer Sünde bleiben.«

»Es war nichts seit Freitag.«

Carl hat Zweifel, daß der Präses ihm glaubt.

»Gehst du regelmäßig?«

»Alle zwei Wochen.«

»Das mußt du beibehalten, Carl. Gerade jetzt, in dieser Zeit, wo der Teufel mit seiner Arglist hinter jeder Ecke lauert, um dich zu Fall zu bringen.«

Er nickt.

»Wir wollen ein *Vaterunser* zusammen beten.«

Carl weiß nicht mehr, wie er hinausgekommen ist, weiß nur, daß er Bart einen Blick zugeworfen hat und daß Bart blaß geworden ist, bevor er an ihm vorbei ins Präseszimmer trat.

Er ist außer Atem, öffnet die Eichentür zum Kreuzgarten, wo es auch im Sommer kühl ist, sieht die Demutsnonne Walburga, die auf Knien Unkraut von den Gräbern ihrer verstorbenen Vorgängerinnen rupft, schlägt die Tür zu, läuft weiter, seine Schritte hallen in den hohen Gewölben des Kreuzgangs.

Bis vor einer Stunde hätte er nicht für möglich gehalten, daß ihm jemals in seinem Leben ein Mensch derartige Fragen stellen könnte. Und daß *ein heiligmäßiger Mann* der Ansicht sein könnte, diese schwulen Ekelsachen wären besser als ein Mädchen zu lieben.

Er rennt die Stufen zu Haus Quirinal hinauf, entscheidet, doch nicht gleich auf sein Zimmer zu gehen, nimmt die Treppe in den zweiten Stock. Bleibt auf dem Treppenabsatz stehen, überlegt.

Aus dem Zimmer von Fritz Büskens hört er Frank Zappa: *»Blow it out your ass / motorcycle man! / I am the devil, / do you understand. / Just what will you give me / for your titties and beer / I supposed you noticed / this little contract here ...«*

Carl klopft, öffnet.

»Tür zu!« Fritz hängt in seinem Sitzsack, bläst Rauch aus: »Ärger? Du siehst ein bißchen gequirlt aus.«

»Ich hatte ein Gespräch beim Präses.«

»Und?«

»Titties and beer, titties and beer, titties and beer, titties and beer.«

Carl zuckt mit den Schultern.

»Laß mich raten: Er hat dich gefragt, ob du oft onanierst?«

»Ja. Nein«, stottert er. »Nicht direkt.«

»Ob du mit jemandem rumfummelst?«

»So in der Art.«

»Ist nichts Besonderes. Fragt er alle. Von mir wollte er wissen, ob ich an meinem Glied lutsche.«

»Was wollte er?«

»Ernsthaft. – Ich mein', bin ich aus Gummi, oder was?«

Sechs

Das Fenster nach Norden. Abendlicht färbt zum Horizont gestaffelte Wolkenbänder über dem Wald. Vereinzelte Autos auf der Straße nach Forch. Unten, vor dem Graben, wird Tennis gespielt. Wahrscheinlich Krüger, der von einer Karriere als Profi träumt. Der Schläger trifft den Ball, der Ball springt ab. Turnschuhe, die über Asche rutschen, das Scheppern von Maschendraht, Stimmen: »War sowieso aus.«

»Nie im Leben war der aus.«

»War aus.«

Das Zimmer wird durch eine Regalwand geteilt. Dort, wo keine Bücher oder Schallplatten eingestellt sind, spannt sich Sackleinen über die Fächer, darauf, mit Stecknadeln befestigt, Bilder von Fischen: Skalare, Prachtschmerlen, ein Pfauenaugenbuntbarsch. Außerdem Vermeers *Briefleserin* im hellblauen Kleid und Renoirs *Lise mit dem Sonnenschirm* aus dem Folkwang Museum. Lise ähnelt so sehr dem Mädchen aus der Küche, deren Namen er nicht kennt, daß die Postkarte fast so gut ist wie ein Photo von ihr.

Davor, auf einer Konstruktion aus Ytongsteinen und Tischlerplatten, steht seit fünf Tagen das Aquarium, vollständig eingerichtet mit Pflanzen, Moorkienwurzel, Steinaufbauten. Noch ohne Fische: Das Becken braucht zwei

Wochen, bis sich ausreichend Bakterien im Kiesgrund und in der Filteranlage angesiedelt haben, um die Wasserverhältnisse stabil zu halten. Er hat eine Sondergenehmigung dafür bekommen. Grundsätzlich sind Tiere auf den Zimmern verboten, aber in Haus Aventin hält einer Schildkröten, Eging hat einen Laubfrosch.

Carl nimmt die Kanne vom Stövchen, gießt sich Tee ein. Die Kandisbrocken knistern, während sie auf den Boden der Schale sinken, dazu ein trockener Rest Honigkuchen, zu wenig für seinen riesigen Hunger.

Natürlich kann man seine Fische mit Flocken und Pellets ernähren, doch Lebendfutter wäre besser, vor allem, wenn man züchten will.

»Hast du noch Kekse?«

Guntram, der den vorderen Teil des Zimmers bewohnt, sitzt am Schreibtisch, hat Kopfhörer auf den Ohren, eine Partitur vor sich, dirigiert, hört nichts.

»Hast du noch irgend etwas Eßbares, Guntram?«

Streckt die Hand aus, als würde er einen Angreifer stoppen, zischt »psst«, schüttelt den Kopf, ohne von den Noten aufzuschauen.

Fast immer geht es um Essen. Oder um Mädchen – Frauen. Dann erst Gott. Eigentlich müßte es umgekehrt sein: ›*Du sollst den Herrn, deinen Gott, lieben mit ganzem Herzen, mit ganzer Seele und mit all deinen Gedanken*‹*: Das ist das wichtigste und erste Gebot.*‹

›Ein Mann Gottes ist Herr über sein Fleisch‹, hat der Präses vergangenen Sonntag in der Predigt gesagt, als es um die wunderbare Brotvermehrung ging. ›Er ißt nur aus Bescheidenheit – weil er die Menschen um sich herum nicht beschämen möchte, nicht, weil es notwendig wäre.

Manche Heilige haben jahrelang nichts zu sich genommen außer dem Leib des Herrn. Nicht um zu prahlen, sondern um Gottes Ruhm zu mehren.‹

Wenn es je einen Heiligen dieser Kategorie unter den Chorherren von Kahlenbeck gegeben hat, dürfte ihm der Verzicht leicht gefallen sein, bei dem Fraß –

Böse Gedanken, undankbare Gedanken. Täglich werden es mehr, Carls Kopf läuft über davon.

Undankbarkeit ist der Hauptcharakterzug der jungen Menschen heutzutage, sagt Spiritual Krohkes: gegenüber den Eltern, den Lehrern, vor allem aber Gott gegenüber, der sie in Seiner unendlichen Güte mit Nahrung versorgt. Wenn sie wüßten, was es bedeutet, Hunger zu leiden, würden sie nicht so abschätzig über die gute Küche der Schwestern reden, sie würden auch nicht ihr gesamtes Taschengeld in holländische Pommes-frites-Buden tragen, sondern es mit den Armen in der dritten Welt teilen.

So gesehen ist es auch ein Zeichen für Egoismus und Überflußgesellschaft, sich den Kopf über die Ernährung von Fischen zu zerbrechen, anstatt sich das Elend der Straßenkinder von Lima oder Kalkutta vor Augen zu führen, die in Kupferminen arbeiten, bis sie tot umfallen, oder sich auf Müllhalden vom Abfall ernähren.

Der Macropodus opercularis (Linneus, 1758), zu deutsch Paradiesfisch, *ist einer der ersten tropischen Zierfische gewesen, die nach Europa importiert wurden, und er gehört noch immer zu den schönsten und beliebtesten Arten.*

Seit das Aquarium dort steht, sieht Carl eine Zukunft vor sich, die sich lohnt. Er wird neue Erkenntnisse über das Verhalten der Fische zutage fördern, wird den Amazonas bereisen, bis zu den Quellflüssen vordringen, unbekannte Arten entdecken, Arten, von deren Existenz außer Gott niemand weiß, und Indios, die er als Freunde gewonnen hat, werden ihm helfen. Wenn er sich schon nicht in den Dienst des Evangeliums stellt, weil er ein Mädchen liebt, kann er als Ichthyologe doch Zeugnis vom Wirken der göttlichen Schöpferkraft geben. Es hat sogar Sinn, Latein zu lernen: wegen der wissenschaftlichen Namen, und später wird ihm das Portugiesische leichtfallen.

Neben seiner prachtvollen Färbung sind die Anspruchslosigkeit und Unempfindlichkeit des Makropoden weitere Vorzüge, die ihn auch für den Anfänger empfehlenswert machen. Beachten sollte man allerdings, daß die Fische untereinander recht unverträglich sind und insbesondere während der Brutpflege anderen Beckeninsassen gegenüber ruppig werden können.

Immer wenn er in seinem alten Polstersessel mit den abgesägten Beinen sitzt und das Becken anschaut, spürt er auch die Last, die es bedeutet, für das Leben dieser fremden Wesen verantwortlich zu sein. Nachts ängstigt sie ihn regelrecht. Für jedes Tier, das durch sein Verschulden stirbt, wird er am Ende der Zeiten zur Rechenschaft gezogen werden. Deshalb muß er gut vorbereitet sein, bevor er sie einsetzt, und für bestmögliche Bedingungen sorgen. Tag für Tag sitzt er über den Büchern, macht sich ein Bild der verschiedenen Arten, damit er weiß, wie sie sich verhalten, welche Wasserverhältnisse, Beckeneinrichtung, Futtermittel sie benötigen. Augenblicklich neigt er dazu, sich wegen der Beobachtungsergebnisse auf maximal drei Arten zu beschränken. Wahrscheinlich wird er tatsächlich ostasiatische Labyrinthfische nehmen, trotz seiner grundsätzlichen Entscheidung für die Amazonasregion als Forschungsgebiet: Makropoden oder Zwergfadenfische. Für

Zwergfadenfische spricht, daß sie leicht zu beschaffen sind. Andererseits ist ihnen das hiesige Wasser zu hart. Sie vermehren sich darin nicht, die Eier verpilzen oder die Jungfische gehen nach wenigen Tagen ein.

Von seiner Wehrhaftigkeit während der Pflege des Nachwuchses abgesehen, ist der Makropode ein sehr zutraulicher Fisch, dem man mit etwas Geduld sogar verschiedene Verhaltensweisen beibringen kann. Manchmal benimmt er sich geradezu aufdringlich. Bei der Reinigung des Bodengrunds oder beim Schneiden der Pflanzen zupft er an Arminnenseiten und Körperbehaarung.

Er sieht kraftvoll aus auf dem Photo, ein wenig gedrungen, die Stirn fast bullig, der Körper längsgestreift in leuchtendem Rot und Blau. So, wie er die Flossen aufstellt, um Rivalen oder einem Weibchen zu imponieren, erinnert er an einen Ritter, der sich zum Turnier in seinen Prachtharnisch geworfen hat.

Die Aquarien sollten nicht zu klein sein, eine Länge von mindestens siebzig Zentimetern empfiehlt sich.

Carls Becken hat achtzig Zentimeter.

Es kämen ein oder zwei Saugwelse dazu, um den Algenwuchs einzudämmen, obwohl sie aus Südamerika stammen. Wenn es ohnehin kein streng regionaler Besatz wird, kann er auch noch einen Trupp Panzerwelse nehmen. Panzerwelse vertragen sich mit allen anderen Arten.

Leider sind im Handel inzwischen häufig schwächliche oder schlecht ausgefärbte Tiere erhältlich, was Anlaß zu der Befürchtung gibt, daß diese schöne und interessante Art langfristig aus der Aquaristik verschwinden wird.

Das Buch ist über zehn Jahre alt. Bei *Zoo Miegel* in Forch hat er noch nie Makropoden gesehen. Der Zustand der Fische, die es dort gibt, ist insgesamt schlecht. Einmal hat

Herr Miegel, während Carl im Laden stand, einen ver endeten Wels mit der Hand aus dem Becken gefischt und ihn den Wasserschildkröten zum Fraß vorgeworfen. Letzte Woche waren seine Sumatra-Barben mit weißen Pünktchen übersät.

»Grandios«, sagt Guntram laut, aber eher zu sich selbst und nimmt den Kopfhörer ab. »Kleiber arbeitet bei Schubert eine intellektuelle Dimension heraus, die weder Bernstein noch Karajan bemerkt haben. Ohne daß die emotionale Wucht darunter leidet.«

Im Industriegebiet von Kerven hat vor kurzem ein neuer Aquaristikgroßmarkt eröffnet, über den Bruder Walter sagt, er habe mehr Fische als der Kölner Zoo. Vielleicht läßt sich sein Vater überzeugen, am nächsten Heimfahrtswochenende mit ihm dorthin zu fahren.

Carl klappt das Buch zu. Er muß Lateinhausaufgaben machen. Seit Krantz gesehen hat, daß seine erste Übersetzung im neuen Heft mit »Caesar (der Schwachkopf)« beginnt, hat er ihn unter Beobachtung. Da Carl weder schöne Augen hat noch den schüchternen Charme eines Mädchens simulieren kann, ist er auch nicht ›von der Disziplinlosigkeit der anderen angesteckt‹ worden, sondern ›einer, der mit seiner Aufsässigkeit die Leistungsbereitschaft in der Klasse zerstört.‹

Im Grunde kann man jemandem, der die Botschaft Jesu ernst nimmt, nicht zumuten, sich über Monate mit der Selbstbeweihräucherung eines römischen Kriegsverbrechers zu beschäftigen. Krantz versucht allen Ernstes und obwohl er Priester ist, ihnen Caesar als Beispiel für Weitsicht und Tapferkeit darzustellen: Er hat den Barbaren Zivilisation beigebracht, das geht nicht immer ohne Gewalt, wie man ja auch im Lateinunterricht sieht. Krantz selbst war als Funker mit Rommel in Afrika und tut so, als wäre der Krieg ein Abenteuerspiel gewesen. Kein Unrecht, keine Toten, kein Entsetzen. Rommel, den sie *Wüstenfuchs* nannten, hat sich immer neue Listen ausgedacht und trotz gnadenloser Unterlegenheit seiner Truppe alle an der Nase herumgeführt.

Nebenan knallt die Tür. Dann ist es heute nicht Dapper, der gegen Krüger Tennis spielt. Kurz darauf donnern Schlagzeug und Bass durch die Wand, als wäre dort keine. Dazu mehr geächzt als gesungen: *»Ich fühle mich so seltsam / ich fühle mich so seltsam / ich / und ich / im wirklichen / Leben. / Die Wirklichkeit kommt, / Wirklichkeit kommt, / Wirklichkeit kommt, / Wirklichkeit kommt. / Ich fühle mich so seltsam.«*

»Unfaßbar, was der Mob heutzutage für Musik hält«, sagt Guntram.

»Kann ich Latein von dir haben?«

Zieht die Augenbrauen hoch, sagt: »Wieso machst du es nicht selber?«

Wirft ihm sein Heft aufs Bett.

»Der Mann kotzt mich an. Caesar.«

»Im Grunde ist Abschreiben nichts anderes als Lügen.«

»Kann ja sein, aber …«

»Mußt du entscheiden, ob du das mit deinem Gewissen vereinbaren kannst. Ich geh' noch eine halbe Stunde Brahms üben.«

»Viel Spaß.«

»*Spaß* ist sicher nicht das richtige Wort.«

Carl wird den Klavierunterricht bei Schwester Eugenia zum Ende des Schuljahres aufgeben.

»Unsere Kleidung ist so schwarz, / unsere Stiefel sind so schön. /

Links den roten Blitz, / rechts den schwarzen Stern. / Unsere Schreie sind so laut.«

Gegenüber dreht Bernhard Kuffel Beethovens 5. Klavierkonzert auf.

»Ein neuer böser Tanz. / Ein neuer böser Tanz. / Alle gegen alle, / alle gegen alle, / alle gegen alle.«

Carl kennt Kuffel kaum. Er wirkt nett. Regelrecht sanftmütig. Er prügelt sich nicht und terrorisiert keine Jüngeren, nicht einmal als Tischboß. Vielleicht liegt es daran, daß er erst Mitte der Obersekunda aufs Gregorianum gekommen ist. Sein bester Freund Holzkamp hingegen zählt zu den ekelhaftesten Gestalten, die Carl bisher über den Weg gelaufen sind. Er wurde ein dreiviertel Jahr vor Kuffel aufgenommen, angeblich auf Empfehlung eines emeritierten Theologieprofessors aus Münster, weil schon feststeht, daß er Priester werden wird. Es heißt, Holzkamp sei der einzige Schüler, der Präses Dr. Roghmann zum Beichtvater hat. Holzkamp und Kuffel wirken um Jahrzehnte älter als alle anderen, fast wie Greise. Es liegt nicht nur an ihrem Aufzug: kleinkarierte Hemden, graue Bundfaltenhosen und Lodenmäntel.

»Bitte. / Bitte. / Bitte sage nichts. / Glaube mir. / Alles ist gut. / Alles ist gut. / Sei still.«

Gegenüber schlägt der Pianist in die Tasten, als wollte er das Klavier zertrümmern.

Kein Mensch hält das aus.

Carl tritt auf den Flur, es sind drei Schritte zu Kuffels Zimmer, schlägt mit der Faust gegen die Tür. Im selben Moment wird die Musik auf normale Lautstärke gedreht. Er öffnet, sagt: »Muß das sein? Ich kann so nicht denken. Weder denken noch lesen, noch sonst was.«

Kuffel hockt auf seinem Bett, zieht ruckartig die Hand

vom Regler, als wäre er bei etwas Verbotenem ertappt worden, senkt den Blick, schaut wieder auf, lächelt, sieht Carl an, mit einem merkwürdigen Blick aus dunkelbraunen Tieraugen: Antilopen schauen so. »Entschuldige, Carl, ich wollte dich nicht stören. Ich mußte mich vor diesem Teufelszeug schützen.«

In dem mit dunkelgrünem Cordstoff bezogenen Sessel aus Stahlrohr vor dem geöffneten Fenster zum Kreuzgarten hin liegt, mehr als er sitzt, Holzkamp, die Arme vor der Brust verschränkt, sagt: »So. Du denkst also. Interessant. Das können nicht viele von sich behaupten.«

Holzkamp wohnt in Haus Oktogon, aber selbst dort wollen sie ihn nicht.

Kuffel sagt: »Magst du hereinkommen, Carl? – Dann lernen wir uns endlich auch mal näher kennen. Wir haben noch kein persönliches Wort miteinander gewechselt, obwohl wir seit vier Monaten Zimmernachbarn sind.«

»Komm rein. Setz dich hin. Da ist ein Stuhl«, sagt Holzkamp, als hätte er zu bestimmen. »Bernhard freut sich immer, wenn er Besuch von Jüngeren bekommt. Er hat ein Herz für die Jugend, nicht wahr, Bernhard.«

Wirft den Kopf zurück, schnappt mit dem Mund wie ein Fisch an Land, schmatzt auf.

Carl setzt sich hin, weiß im selben Moment, daß es ein Fehler ist. In den Ästen der mächtigen Kiefer im Garten bricht sich die Abendsonne. Oberhalb von Holzkamps Kopf fallen gefleckte Schatten auf die Wand. Zwei Glockenschläge, ruhig und schwer.

»Also. Fangen wir noch mal von vorne an, Carl: Du behauptest von dir, daß du denkst. Wir lassen das fürs erste so stehen, obwohl Zweifel angebracht sind.«

Kuffel lacht.

»Aber hast du dir schon einmal die Frage gestellt, wie du das anstellst. Und vor allem womit? Oder interessieren solche Fragen dich nicht?«

»Doch. Sicher. Wie man halt denkt. Im Kopf. Mit dem Gehirn. Ist das ein Problem?«

»Du meinst, in deinem Kopf bewegt sich etwas, und das nennst du der Einfachheit halber *denken*?«

Carl hebt ratlos die Schultern.

»Nennst du auch alle Bewegungen deines Mundes *kauen*?«

Kuffel lacht wieder. In seinem Lachen gibt es entschuldigende Untertöne und hämische.

»Was ist daran komisch?« sagt Holzkamp schroff. »Pacher kann uns doch erzählen, wie das bei ihm vor sich geht, wenn er denkt. Nicht wahr, Carl?«

»Ich denke, also bin ich.«

»Ohoo, hast du das gehört, Bernhard: Unser junger Freund denkt nicht nur, er kennt sich sogar mit Philosophie aus: Wer hat diesen berühmten Satz noch gleich gesagt? Leibniz? Spinoza? Oder war es Karl Marx? Verrate uns doch, von wem diese Perle der Weisheit stammt, damit wir aus unserer Begegnung mit dir reicher hervorgehen, als wir gekommen sind.«

»Keine Ahnung.«

»Bevor man mit Zitaten um sich wirft, sollte man sich erkundigen, von wem sie stammen, sonst findet man sich plötzlich auf der falschen Seite wieder.«

»Möchtest du etwas trinken?« fragt Kuffel.

Carl ist dankbar für die Unterbrechung.

»Ich hätte Kirschsaft, Apfelsaft, Tee oder Kaffee, falls du abends Kaffee trinkst.«

»Was für Tee?«

»Stell dir vor, der Satz stammt zum Beispiel von Stalin. Oder von Hitler – wenn dir das lieber ist.«

»Wieso soll mir das lieber sein?«

»Hagebutte, Pfefferminz und Schwarzen.«

»Wenn er wahr ist, spielt es doch keine Rolle, von wem er stammt, oder?«

»Die *Wahrheit* würde ich in diesem Zusammenhang aus dem Spiel lassen. Da hat sich schon Pilatus die Zähne dran ausgebissen, und der war ein anderes Kaliber als du – intellektuell gesehen.«

»Welche Sorte Schwarzen?«

»Einfache Beutel: Ostfriesenmischung.«

Von Tee hat Kuffel offensichtlich keine Ahnung.

»Wußtest du, daß der Teufel in der Lage ist, Menschen so zu manipulieren, daß sie zu seinem Sprachrohr werden, ohne es zu merken?«

»Der Teufel?«

»Der Teufel. Natürlich. Oder zählst du zu den Schlaumeiern, die die Existenz des Teufels für ein Ammenmärchen halten? – Roghmann – also der Präses hat neulich gesagt, in unseren Tagen sei es einer der geschicktesten Schachzüge des Teufels, die Leute glauben zu lassen, er sei nur eine Erfindung der Kirche, um Angst zu verbreiten.«

Carl könnte sagen: ›Ich habe noch eine halbe Kanne *Twinings Earl Grey* drüben, die hole ich mir‹. In der Zwischenzeit würde ihm ein Satz einfallen, auf den Holzkamp nicht gleich die nächste Fangfrage parat hätte, ein Satz, der so witzig wäre, daß Kuffel über seine Schlagfertigkeit lachen müßte und selbst Holzkamp Respekt hätte. Er könnte auch sagen: ›Danke, das reicht mir jetzt, war nett mit euch‹, aber er sagt: »Ostfriesenmischung ist in Ordnung.«

»War das jetzt auch *denken* – die Bewegung in deinem Kopf, die dazu geführt hat, daß du dich für die Ostfriesenmischung entschieden hast?«

»War es das nicht?«

Wieder lacht Kuffel auf diese zweideutige Art, steht auf, öffnet seinen Kleiderschrank, kramt hinter den Turnschuhen einen Karton hervor, aus dem er einen Blechtopf samt Tauchsieder nimmt, greift nach einer Plastikflasche neben dem Nachttischchen, von der er das Etikett abgelöst hat, gießt Wasser in den Topf, plaziert ihn mit Tauchsieder hinter dem Sessel, so daß Bruder Walter ihn nicht auf den ersten Blick sieht, falls er unerwartet in der Tür stehen sollte.

»Würdest du Hunger und Durst oder das Verlangen des Körpers nach sexueller Befriedigung auch als *denken* bezeichnen? *Ich bin hungrig, also denke ich?*«

»Ja. Nein.«

»Du würdest aber der Aussage zustimmen, daß das *Denken* eine Tätigkeit des Geistes ist, oder?«

»Was soll es sonst sein?«

»Es gibt ja viele, die glauben, daß gar kein Unterschied zwischen Geist und Materie besteht, daß der Geist nur ein Ausdruck besonders komplex strukturierter Materie ist.«

»Doch. Schon. Natürlich ist da ein Unterschied.«

»Und gehören Hunger und Durst jetzt in den Bereich des Geistes oder in den der Materie?«

»Das hängt davon ab?«

»Wovon?«

»Es gibt ja auch das *Hungern und Dürsten nach der Gerechtigkeit*, wie es in der Bergpredigt heißt.«

»Wollen wir jetzt Sprachspiele spielen oder ernsthaft eine philosophische Frage erörtern?«

»Ist mir egal.«

Holzkamp verdreht entnervt die Augen, schnaubt wie ein Kampfstier, ranzt Kuffel an: »Hast du mir nicht erzählt, ›dieser Pacher ist ein hochintelligenter und frommer Junge, der braucht nur ein wenig Unterstützung, dann wird er der Sache gute Dienste erweisen‹?«

Kuffel wird rot, sagt aber nichts, steht auf, zieht den Stecker des Tauchsieders, hängt zwei Teebeutel in die Kanne, übergießt sie mit Wasser.

»Welcher Sache?« fragt Carl. »Ihr kennt mich doch überhaupt nicht. Wie wollt ihr da beurteilen, wozu ich gut bin?«

»Das ist Quatsch, was er erzählt.«

»Der Sache des Glaubens«, sagt Holzkamp. »Jedenfalls soll der Anschein erweckt werden, es ginge um den Glauben. Nicht wahr, Bernhard? Du wirst die Jugendseelsorge in Haus Quirinal übernehmen.«

Holzkamp lacht auf, laut und verächtlich, wirft sich in die Sesselpolster, schlägt sich auf die Schenkel.

»Gib nichts auf ihn«, sagt Kuffel. »Er ärgert sich nur, weil du dich nicht von ihm einschüchtern läßt.«

»Siehst du, Carl, es ist, wie ich es dir gesagt habe: Fortan kannst du dich immer in Bernhards schützende Arme werfen.«

Carl schaut Holzkamp in die Augen, Holzkamp hält seinem Blick stand. In Carls Kopf herrscht Leere. Dieser eine Satz, der zwingend wie eine Ohrfeige wäre und das

Wortgefecht zu seinen Gunsten entschiede, fällt ihm partout nicht ein.

»Kennst du eigentlich die Verfilmung von *Der Tod in Venedig?*« fragt Holzkamp, als wollte er ein freundlicheres Gespräch beginnen.

»Was ist damit?«

»Bernhards Lieblingsfilm. Ich werde Bruder Walter den Vorschlag machen, ihn als Sonntagsfilm auszuleihen, dann können wir ihn zusammen ansehen.«

Kuffel holt zwei Tassen aus dem Regal, gießt Tee ein: »Nimmst du Zucker?« Carl nickt.

»Du bekommst ein Aquarium, habe ich gehört«, sagt Kuffel.

»Das Aquarium habe ich schon, bloß die Fische noch nicht.«

»Ich würde es mir gern einmal anschauen, wenn die Fische da sind.«

»Der Tod in Venedig«, sagt Holzkamp, »ist eine Erzählung von Thomas Mann – den Namen hast du vielleicht gehört: ein bedeutender Schriftsteller mit delikaten Vorlieben. In dieser Erzählung geht es um einen hübschen Jungen namens *Tadzio* – ungefähr so alt wie du, vielleicht ein bißchen jünger … – Wie alt bist du jetzt?«

»Vierzehn.«

»Bernhard findet, daß du dem Schauspieler in der Verfilmung ähnlich siehst.«

»Aha.«

»Das ist ein großes Kompliment.«

»Schön.«

»Ich kann allerdings beim besten Willen nicht erkennen, worin die Ähnlichkeit bestehen soll.«

Carl hat keine Ahnung, worauf Holzkamp hinauswill, und wendet sich wieder Kuffel zu: »Kennst du dich ein bißchen aus mit Aquaristik?«

»Wir hatten zu Hause ein Becken.«

»Und für welche Arten von Fischen interessierst du dich?«

»Bei uns war es eher meine Mutter, die sich darum gekümmert hat. Ich fand aber immer, daß es so etwas Beruhigendes für die Seele hat.«

Holzkamp windet sich aus dem Sessel, ächzt, als wäre er achtzig, steht da, das Kinn auf die Brust gekippt, zeichnet mit der Rechten eine Figur aus Ärger in den Raum, sagt: »Bevor ich dem geistlichen Wachstum hier zum Hindernis werde, lasse ich euch allein.«

»Das ist vielleicht besser«, sagt Kuffel.

In Holzkamps Schnaufen halten sich Ärger und Verachtung die Waage.

Als er die Tür bereits geöffnet hat, dreht er sich um und sagt: »Der Satz stammt übrigens von Descartes, mein Lieber. Allerdings dürften die erkenntnistheoretischen Implikationen, die er enthält, den beweglichen Teilen deines Denkapparats nachgerade unüberwindliche Schwierigkeiten bereiten. Deshalb würde ich an deiner Stelle meinen Mund tatsächlich bis auf weiteres ausschließlich zum Kauen benutzen.«

Sieben

Schritte, schwer, überhastet, die an den Sehnen reißen, in den Gelenken zerren, Ohrensausen, als befände der Kopf sich in einem Insektenschwarm, todbringende Bienen, Käfer. Chitinrascheln, das Sirren zehntausender Flügel, winzige Berührungen, Stiche, flüchtig, metallen, Ungeziefer, das sich in Ohrmuscheln, Gehörgängen niederläßt, aus dem inneren Äußeren, dem äußeren Innern Stimmen. Wispern, rufen, brüllen. Ihre Echos. ›Das kann nicht sein. Das kann doch gar nicht sein.‹ Haare fallen in den Nacken, sind eine Mähne, wild geschüttelt, um das Geschmeiß zu verscheuchen. Die Arme sind Schweif und Gerte, wirbeln umher, schlagen um sich, werden Vorderläufe. Hände und Finger nehmen die Form von Hufen an, donnernden Hufen, unter denen der Waldboden bebt, ungezügelter Galopp, harte Rhythmen, bis auch die Hufe sich verwandeln, im Knacken dürrer Äste, im Rascheln trockenen Laubs, beim Sprung über den rostrot dahinsiechenden Bach, der Landung auf stillweichem Moos, zu Pfoten werden, samten und fest, in denen todbringende Krallen verborgen sind, Wolfskrallen, rasiermesserscharf, aber ohnmächtig, hilflos, hier und jetzt. Eine Verwechslung. Ein Fehler. Ein einzelner, verirrter Wolfsmensch, Menschenwolf auf der Flucht durch den Wald. Ausgeliefert. Witternd, hechelnd. Bewegungen, die sich selbst vorantreiben, so schnell, daß es schmerzt. Dornen dringen bis auf die Haut durch, Risse und Schnitte, etwas Blut. Ein Mißverständnis. Eine gezielte Falschmeldung, absichtlich verbreitet von den Dunkelmännern der Geheimdienste, um die Welt in den Abgrund zu stürzen. Ausgreifende Schritte, mächtige Sprünge, die sich selbst überholen, ins Stolpern geraten, beinahe stürzen, sich fangen, wieder Fuß fassen. Alles wird im Chaos versinken. Hunger, Seuchen, Plündern, millionenfaches Töten. Kein Wolf, ein Menschentier, ein Angstmensch. Keuchend, atemlos. Niemand kann das tun. Keiner hat das Recht, hat die Macht dazu, ohne Erlaubnis des Höchsten. Schweiß rinnt seinen Hals, den Bauch, die Schenkel herunter, klebt in Körperfalten, spritzt von der Stirn. *Wer unterm Schutz des Höchsten steht / im Schatten des Allmächt'gen geht.* Es ist undenkbar, daß der Stellvertreter Christi auf Erden einfach abgeknallt wird, von einem bezahlten Killer, der sich hinstellt und abdrückt, als hätte er einen tollwütigen Fuchs vor sich. *Wer Gott dem Allerhöchsten traut / der hat auf keinen Sand gebaut.* Das Angstmenschentier flieht wie vor lodernden Feuerwänden, vor einer Meute Hunden, Treibjägern. Was aber, wenn der Höchste die Erlaubnis erteilt hat? Es ist panisch, wirr, taumelnd, ohne Orientierung. Nacken, Halsmuskeln, Schultern verhärten sich. Der Allmächtige selbst in Seinem ewigen Ratschluß muß es angeordnet haben. Um Himmels willen. Wo soll er sich hinwenden, wo Schutz finden vor dem Sturm, der die Länder verwüsten wird, der Flut, in der die Städte versinken? Herr, vergib uns. *Vergib ihnen, denn sie wissen nicht, was sie tun.* Schrecken, für die keine Namen erdacht worden sind, Katastrophen, die bis gestern noch undenkbar waren. Nirgends ein Ort, auf den das bevorstehende Grauen nicht seinen Schatten wirft. Die Pforten der Hölle haben sich aufgetan. Dämonen von solcher Zerstörungsgewalt und Befugnis werden freigelassen, daß sich die Plagen, mit denen der Gott Abrahams, Isaaks, Jakobs und Moses' die Ägypter heimgesucht hat, dagegen wie Kinderbelustigung ausnehmen. Jede Art Qual, Marter, Leiden, Vernichtung dürfen sie über der Erde ausschütten. Nackte Gewalt.

Wer soll die letzten Gläubigen leiten, sie durch die kommenden Prüfungen führen, wenn der Heilige Vater, der Stellvertreter des Herrn, ermordet ist?

Von Ewigkeit her wurde der Tag HEUTE bestimmt als der Tag, an dem die große Drangsal ihren Anfang nimmt. Immer schneller, immer weiter werden die Sprünge des Wolfstiers, als könnte es fliegen, als würde es bis zu den Grenzen der Erde gelangen, darüber hinaus. Es wittert, es stellt die Ohren auf, schaut zurück. Da ist niemand: kein Jäger, der seiner Spur folgt, kein Mörder, der sich heranpirscht. Die Luft brennt nicht, weder Schüsse, die durch das Unterholz hallen, noch Gebell von Bluthunden, das die Luft zerreißt. Von nirgendwoher sabbernde Bestien mit gefletschten Zähnen. Nur im Innern, in der verschnürten Brust züngeln Flammen, kreischen Verfolger. Hinter der Stirn setzen Ungeheuer zum Sprung an. Zugeschnürt die Kehle. Seine Rippen ächzen in der Umklammerung. Sie werden bersten, ins innere Fleisch knicken wie dünne Holzstäbchen. Knochensplitter werden die Organe zerfetzen. Das Herz tost, es droht zu explodieren, bald, jetzt gleich springt es in hundert Stücke. ›Halte ein‹, flüstert eine Stimme in seinem Inneren. ›Fort, nur fort!‹, kreischt es aus allen anderen Richtungen. Wenn die Beine nachgeben, ist er verloren. ›Bleib stehen, beruhige dich‹, spricht das Flüstern. ›Nein, nicht anhalten, lauf, solange du laufen kannst!‹, brüllt es dagegen. Doch die Kräfte schwinden, die Muskeln erlahmen, Erschöpfung breitet sich aus, Müdigkeit schwer und zäh. Die Pfoten sind längst wieder Hände, zwei zitternde Beine statt Raubtierläufen, jetzt richtet es sich auf, das Angstwesen Mensch, verlangsamt seine Bewegungen, streckt den Rücken durch, wird gerade. Bleibt aufrecht. Holt Luft. Mehr Luft. Schaut sich um, noch immer irre, der Blick flackernd, mit weit aufgerissenen Augen.

»Schweine. Diese verdammten Schweine!«

Klar und deutlich sind die Worte zu hören, hallen durch den Wald, klingen falsch. Auswendig gelernt und aufgesagt. Phrasen, unterstrichen von hohlen Gesten. Er erschrickt über den Klang der eigenen Stimme aus dem Mund eines schlechten Schauspielers, der Worthülsen absondert in dieser fremden Gegend, Tausende Kilometer entfernt von bekanntem Gebiet: ein sonderbares Stück Land. Nie zuvor hat es hier so ausgesehen.

»Laß uns nicht zuschanden werden, o Herr.«

Halblaut kommt ihm der Ruf um Hilfe über die Lippen, wiederum gekünstelt, verlogen.

Schluchzen.

»Heilige Maria, Mutter Gottes, bitte für uns Sünder.«

Erschütterung über die eigene Erschütterung, statt Erschütterung über das, was geschehen ist, geschehen wird.

Und er hat noch gewettet, großmäulig, leichtfertig. Sprüche gemacht, obwohl er doch wußte, am Grund seines Herzens, wie ernst es war, wie ernst es ist in dieser Endzeit, daß diese Endzeit jetzt ist, mitten in der Gegenwart: ›Wetten, daß die Welt innerhalb der nächsten fünfzig Jahre untergeht.‹

»Jetzt und in der Stunde unseres Todes.«

Er schlottert. Der Kloß im Hals steigt höher und höher. Gleich werden Tränen sein Gesicht hinunterströmen, echte Tränen, die nach salzigem Salz schmecken. Tränen sind ein untrüglicher Beweis, daß einer etwas fühlt, daß das Gefühl echt ist, daß es gilt. Auf die moosbedeckte Anhöhe sollen sie tropfen, zwischen zerklüftetes Wurzelwerk, das aus dem Erdreich gebrochen ist, das sich über Jahrhunderte aufgebäumt hat gegen das Dasein im Dunkel.

Unmittelbar vor ihm endet der Wald. Dahinter beginnen Viehweiden. Wenn man das Areal des Gregorianums verläßt, stoßen früher oder später alle Wege auf Viehweiden. Sie reichen bis zum Horizont, werden durchschnitten von der schmalen Straße, die an der Grenze beginnt und durch das Bauerndorf Halm nach Forch führt, aufgelockert von Weißdornhecken, Baumgruppen. Beim Zaun liegen Kühe, käuen wieder, behäbig, zufrieden. Ihr bräsiger Geruch. Sie schauen ihn an. Stumpfsinnige Blicke, mahlende Kiefer in unerträglicher Gleichgültigkeit. Mampfen, schnauben, als wäre nichts geschehen, als wäre alles wie immer und HEUTE ein Tag wie jeder andere. Aber HEUTE ist ein unvorstellbarer Tag. Der Tag, vor dem Seher und Propheten aller Zeiten gewarnt, vor dem die Jahrtausende gezittert haben, seit der Erschaffung des ersten Menschenpaars, das Sünde, Verderben und Tod über die Schöpfung gebracht hat. Es ist der von Gott verfluchte Tag, an dem die Ordnung des Universums zerbricht. Der Feuergraben des Schreckens tut sich auf, der Graben am Flammengrund der Welt, die auf ihren Untergang, auf ihren verdienten, selbst verschuldeten, von ihr selbst verursachten Untergang zutreibt, weil sie den Glauben an ihren Schöpfer und Erhalter verloren hat.

Und Carl hat gewettet auf diesen Untergang.

Gewettet mit Großkreutz, der halblegal Hi-Fi-Geräte aus Holland herüberschafft, damit einen Haufen Geld verdient und so tut, als lägen ihm die Mädchen zu Hause in Leverkusen scharenweise zu Füßen, als bräuchte er nur mit den Fingern zu schnippen, schon fielen sie ihm um den Hals, spielten mit der dicken Silberkette, die auf seiner angefetteten sonnenstudiogebräunten Brust liegt, betasteten seinen expandergestärkten Bizeps, und er sagt ›Baby‹ zu ihnen.

›So, wie wir mit der Erde umgehen‹, hat Carl gewettet, ›ist sie höchstens noch fünfzig Jahre bewohnbar, danach ersticken wir an all den Abgasen, die wir in die Luft pumpen, krepieren an verstrahltem Essen, an unserem eigenen Dreck. Genauso, wie es Häuptling Seattle schon vor über hundert Jahren prophezeit hat: *Erst wenn der letzte Baum gerodet, der letzte Fluß vergiftet, der letzte Fisch gefangen ist, werdet ihr merken, daß man Geld nicht essen kann.*‹

›Ist ja gut: Was willst du setzen?‹

Carl hat einen Moment gezögert, weil es ihm ernst war. Für den Bruchteil einer Sekunde hat er geglaubt, die Lächerlichkeit der Wette ließe sich für einen heilsamen Schock nutzen, der alle um ihn herum plötzlich zur Besinnung brächte. Das wäre ein Anfang gewesen. Aber mit welchem Einsatz soll man auf den Untergang der Welt wetten, ohne daß es lächerlich ist? Welcher Preis soll bezahlt werden, für den Augenblick, an dem das Spiel – an dem alle Spiele aus sind? Den Moment, hinter dem nichts mehr kommt noch geht, in keine Richtung: ›Einen Kojak-Lolli.‹

›Von mir aus: Wir wetten einen Kojak-Lolli.‹

Alle haben gelacht. Und Großkreutz hat ihm auf die Schulter gehauen: ›Ich verlängere dir die Frist sogar noch, weil du sowieso verlierst: Zu unserem fünfzigjährigen Abi-Treffen wird er fällig. Das ist in fünfundfünfzig Jahren, vorausgesetzt, daß es stattfindet, aber es findet statt, da bin ich mir hundertprozentig sicher.‹

Hat ihm die Hand hingestreckt, und Carl hat eingeschlagen, grinsend, doch das Grinsen bestand schon nur noch aus gefrorenen Gesichtsmuskeln. Dahinter wechselten sich Scham und Furcht ab: Scham, weil er durch diese alberne Wette die Tage des Zorns und der Vergeltung dem Gespött der Gottlosen preisgegeben hat, Furcht, weil die ganze Wette eine größenwahnsinnige Herausforderung des Schicksals war, eine Verhöhnung der himmlischen Mächte, die nicht ungesühnt bleiben wird. – Er wird sie sühnen müssen, ganz gleich, ob er bei diesem verfluchten Klassentreffen als Sieger oder als Verlierer dasteht, er wird bezahlen, mit einem Schicksalsschlag, mit schwerer Krankheit, dem plötzlichen Tod eines über alles geliebten Menschen. In seinem Hinterkopf dröhnte das Wort Jesu an den verfluchten Satan in der Wüste: *Du sollst den Herrn, deinen Gott, nicht auf die Probe stellen.*

Mit seinem losen Mundwerk, das keinen dummen Spruch ausläßt, hat er genau das getan: Er hat Gott versucht.

Gerade einmal sechs Wochen ist das her.

Tags zuvor hatte ein Verrückter auf den amerikanischen Präsidenten geschossen, um die Schauspielerin Jodie Foster zu beeindrucken. Ganz gleich, ob der amerikanische Präsident auf der Seite des Guten steht oder Teil der Verschwörung des Bösen ist: Es lag auf der Hand, daß das Attentat ein Fingerzeig, ein Aufruf zur Umkehr war. Kuffel raunte bei Tisch Opgenhoff zu, daß es in den Geheimnissen, die Maria, die Mutter unseres Herrn und Erlösers, den Kindern von Fatima eröffnet habe, nach allem, was er wisse, eindeutige Hinweise auf dieses Ereignis gebe.

Keiner hat sich um die Warnung geschert. Weder von den Staatenlenkern noch seitens der Bischöfe hat auch nur einer erklärt, daß die vollständige Umkehr aller Menschen des Erdkreises nötig sei, um das heraufziehende Unheil abzuwenden. Und er selbst hat das Menetekel, geschrieben mit dem Blut des amerikanischen Präsidenten auf den Marmor des Hilton-Hotels in Washington, für alberne Spielchen mißbraucht.

Carl versucht durchzuatmen, rauft sich die Haare, zerrt an seinem Hemd. Er könnte es zerreißen, mit beiden Händen. Er stellt sich das Geräusch des Stoffes vor. Sieht sich dabei zu. Hört wieder Bruder Walters Stimme: ›Es gibt eine furchtbare Nachricht, die auch uns angeht: Vor zwei Stunden hat sich in Rom ein Anschlag auf den Heiligen Vater ereignet. Papst Johannes Paul ist schwer verletzt worden. Ein – soweit man bisher weiß – türkischer Attentäter hat während der Generalaudienz auf ihn geschossen. Zur Stunde versuchen die Ärzte in einer Notoperation sein Leben zu retten. Den letzten Meldungen zufolge ist sein Zustand äußerst kritisch. Wir versammeln uns um halb neun zur Rosenkranzandacht in der Kirche, um für den Heiligen Vater zu beten.‹

Gleich anschließend sind Asse und Gerster zu Bruder Walter gegangen und haben gefragt, ob die Andacht freiwillig ist, wie sonst auch, oder ob sie wegen des verletzten Papstes teilnehmen müssen. Sie haben gefragt, weil im Fernsehen ab acht das Europapokalendspiel aus Düsseldorf übertragen wird.

Bruder Walter hat nur den Kopf geschüttelt. Er konnte nicht glauben, was er hörte. Asse und Gerster sind achselzuckend aus dem Speisesaal gegangen und haben sein Kopfschütteln dahingehend gedeutet, daß sie wegbleiben können.

Schmerz und Schuld und Furcht. Vor dem Entsetzlichen, vor dem Grauen, das jede Vorstellungskraft sprengt. Es wird kommen. Mit Gewißheit wird es kommen. Selbst von denen, die nicht glauben, geben viele zu, daß die Zeit des Menschen auf diesem Planeten bald vorbei ist: Entweder wird er unbewohnbar sein oder Russen und Amerikaner löschen mit der unvorstellbaren Gewalt Tausender Atomraketen, jede einzelne mit der x-fachen Sprengkraft der Hiroshima-Bombe, alles Leben aus. Wenn überhaupt etwas den Weltenbrand übersteht, die monatelange Dunkelheit unter staubfinsterem Himmel, werden es primitive Insekten sein, unterirdisches Gewürm, Bakterien. Sollte es wider Erwarten Menschen gelingen, sich über den Tag zu retten, wird es ihnen nichts nützen: Wenn die Reichen und Mächtigen schließlich aus ihren atombombensicheren Stahlbetonbunkern gekrochen kommen, weil die Vorräte aufgebraucht sind, werden sie nichts Eßbares finden. Verkohlte Kadaver über endlos graue Ebenen verstreut, die einst Weiden waren. Aschehaufen, wo Kornspeicher standen. Kein Schluck Wasser, der nicht die Speiseröhre verätzt. Dann müssen sie erkennen, daß der Aufwand, den sie getrieben haben, um ihr Fleisch zu retten, nur dazu gedient hat, ihnen Elend und Qual zu verlängern. *Dann wird man zu den Bergen sagen: Fallt auf uns!, und zu den Hügeln: Deckt uns zu!* So ist es angekündigt, wenn die Menschheit nicht von ihren bösen Taten abläßt. Doch sie ist weiter entfernt von Reue als je.

Nicht einmal heute wird eine größere Anzahl Schüler zum Rosenkranz in die Kirche kommen, um für das Leben des Heiligen Vaters zu beten. Selbst im Gregorianum ist der Papst den meisten so egal wie Großkreutz das Schicksal der Welt, solange seine Geschäfte davon unbeeinträchtigt bleiben.

Carl hat die Bilder vor sich, scharf und klar, als wäre er dabei gewesen, hätte selbst gesehen, wie der Heilige Vater in der Nachmittagssonne lächelnd, winkend, segnend durch die Menge auf dem Petersplatz fuhr, wie er all denen, die sich dort versammelt hatten, ein Fels des Glaubens und der Zuversicht gewesen ist, der Fels, auf den Christus seine Kirche gebaut hat, der Fels, auf dem jeder einzelne das Haus seines Glaubens errichtet. Von überallher sind die Menschen angereist, um ihm einmal in ihrem Leben leibhaftig nahe zu sein, um Trost und Weisung und Heil zu finden, um Gelübde zu erfüllen, Dank zu sagen für Genesung, Errettung aus Not und Gefahr. Sie stehen hier, weil sie hoffen, daß seine heiligen Augen für einen kurzen Moment auf ihnen ruhen, seine heilige Hand die ihre ergreift, damit etwas von der Kraft des menschgewordenen Gottessohns, des fleischgewordenen Wortes, des Erstgeborenen von den Toten auf sie übergeht. Danach werden sie gestärkt dorthin zurückkehren, wo die Vorsehung Gottes sie hingestellt hat, und froh, aufrichtig, gottgefällig inmitten all der Versuchung und Verderbnis ihren Weg durch das irdische Elend fortsetzen. Sie schwenken Fahnen, singen Lieder, beten Rosenkranz, preisen den Herrn an diesem warmen, freundlichen Frühlingstag auf dem weiten Platz mit seinen Säulengängen, dem Obelisken vor der gewaltigen Basilika, in der die Gebeine des Apostelfürsten ruhen, als plötzlich mitten in die Begeisterung, in die ungetrübte Freude an diesem von himmlischen Heerscharen bewachten, unter dem Schutzmantel Mariens geborgenen Ort, Schüsse fallen. Scharfe Pistolenschüsse. Gefolgt von Geschrei, Tumult. Er sieht, wie die Menschen auseinanderstieben, in Panik davonrennen, Alte, Junge, Kinder, wie sie aufeinandertreten, überrannt werden. Sicherheitskräfte, Polizei, Schweizer Gardisten. Sirenen. Befehle, Anweisungen, das Pfeifen und Knacken der Funkgeräte. Im Zentrum von all dem Entsetzlichen, zusammengesackt in den Polstern des offenen Wagens, dessen Fahrer verzweifelt versucht, ein Durchkommen zu finden, der Heilige Vater, Papst Johannes Paul der Zweite. Alle Farbe ist aus seinem Gesicht gewichen, schmerzverzerrte Züge. Die weiße Soutane blutdurchtränkt. Wie er die Hände auf den Bauch preßt, versucht das herausquellende Gedärm festzuhalten. Tiefer und tiefer sackt er in sich zusammen. Die Atmung wird schwächer, die Lebenskraft entweicht. Doch das immerwährende Gebet in seinem Herzen schwillt an, wird ein Tosen, das bis an die Grenzen des Universums vernehmbar ist, weil er doch einen Auftrag hat, weil seine Bestimmung noch nicht erfüllt ist. Trotzdem betet er, wie Jesus am Ölberg, in der Stunde der größten Not gebetet hat: *Nicht mein Wille, Dein Wille geschehe.*

Carl spürt dem Schluchzen nach. Es ist schwächer geworden. Er konzentriert sich. Er will weinen, ungehemmt und losgelassen. Gott und alle Welt, Engel und himmlische Heerscharen sollen sehen, wie aufgewühlt er ist, daß sein Herz vor Zerknirschung birst. Doch die Tränen stecken fest. Statt dessen ein Anflug von Triumph, der über ihn hinweghuscht wie der Schatten einer Elster, hoch oben in den Kronen. Vor seinem inneren Auge die Szene, wie Großkreutz ihm den kirschroten Kojak-Lolli übergibt, gesenkten Haupts, aschfahl. Die Landschaft dahinter eine Wüste, Trümmer, Gesteinsbrocken, ausgebrannte Fahrzeuge, geschmolzene Stahlträger. Es ist eine ganz und gar überflüssige, zutiefst schändliche und beschämende Gefühlsregung, die sich seiner bemächtigt hat. Carl nimmt beide Hände zu Hilfe, um sie fortzuwischen. Von hoch oben aus den Wipfeln der Buchen hört er das Keckern des Vogels, der kein Vogel ist.

Acht

»Du willst mir doch nicht allen Ernstes erzählen, daß du weißt, wie sie heißt?«

»Sie heißt Ursula. Aber alle nennen sie *Usch*«, sagt Bart.

»Und woher stammt die Information?«

»Lipschitz hat es mir gesagt.«

»Kann man sich darauf verlassen? Ich meine, es wäre blöd, wenn ich sie treffe und ›Hallo *Usch*‹ zu ihr sage, aber in Wirklichkeit heißt sie Claudia oder Anne.«

»Lipschitz kennt sie. Weil sie auch aus Mariendorn kommt und mit seiner Schwester zur Schule gegangen ist.«

»Hast du ihn danach gefragt?«

»Ergab sich so.«

»Aber du hast hoffentlich nicht gesagt, daß du es für mich wissen willst?«

»Für wie doof hältst du mich?«

»Und was hast du ihm erzählt, weshalb du dich für sie interessierst?«

»Gar nichts. Sie ging gerade über die Brücke, als ich mit Lipschitz dort stand. Er hat ihr gewunken, als ob er sie kennt, da hab' ich ihn halt nach dem Namen gefragt. Lag doch nahe.«

»Lipschitz ist ein Vollidiot.«

»Das hat ja nichts damit zu tun, wie sie heißt.«

»Wenn sie ihre Zeit freiwillig mit Leuten wie Lipschitz verbringt.«

»Mit seiner Schwester.«

»Glaubst du, die Schwester ist weniger debil?«

»Jedenfalls hat er gesagt, daß diese Ursula oder Usch wirklich nett ist.«

»Das macht es nicht besser.«

»Ich weiß gar nicht, was du gegen Lipschitz hast. Wenn man etwas braucht, Kaffee, Zucker oder so, kann man ihn immer fragen. Er mosert nicht mal, wenn man drei Tage hintereinander kommt.«

»Lipschitz hat so viel Hirn wie eine Beutelratte. Außer Fußball interessiert er sich für gar nichts. Ich mein', er läuft den ganzen Tag in *Bayern*-Klamotten herum. Neulich ist er grölend durch den Kreuzgang gerannt: *Deutscher Meister wird nur der FCB, / nur der FCB, / nur der FCB.*«

»Kann ja sein. Aber eigentlich ist er in Ordnung.«

Carl geht zu seinen Schallplatten, die vor der Wand auf dem Boden stehen, alphabetisch geordnet. Er schaut die Alben durch, schüttelt den Kopf, sagt: »Sind jetzt vierundsechzig.«

»Nicht schlecht.«

Bart nimmt seinen Teebecher vom Tisch und hockt sich vor das Aquarium.

»Ist das normal, daß der große bunte – wie heißt er noch?«

»Macropodus opercularis. – Paradiesfisch.«

»... daß der so auf die kleineren losgeht?«

»Weiß ich nicht. Er ist das Männchen. Die drei anderen, die so ähnlich aussehen, nur blasser, sind die Weibchen dazu. Man hält sie mit *Harem.* Stand jedenfalls im Buch.«

»Sieht aus, als ob er sie richtiggehend haßt.«

»Ich versteh' es auch nicht.«

»Brutal.«

»Aber er rupft überall Pflanzenteile ab und versucht ein Schaumnest zu bauen.«

»Was macht er?«

»Er baut ein Schaumnest. Also er formt im Maul Schleimbläschen, die er immer an derselben Stelle ausspuckt, bis sich dort eine Art Schwimmteppich bildet. Und da bugsiert er später die Eier rein.«

»Schräg.«

»Ich hoffe, daß er endlich fertig wird mit dem Nest und daß sie sich dann paaren.«

»Fisch-Peep-Show.«

»Red' nicht so 'ne Scheiße.«

Bart rutscht ebenfalls zu den Schallplatten, zieht *Easter* von Patti Smith heraus, sagt: »Spiel doch mal die.«

»Ist mir zu hart jetzt.«

»Also keine Musik?«

»Mich nervt gerade alles.«

»Verstehe.«

Carl tritt ans Fenster. Der Himmel ist grau. Krüger spielt trotzdem Tennis. Er spielt jeden Tag, es sei denn, es regnet. Heute gegen Dapper. Solange Dapper Tennis spielt, ist wenigstens seine Terrormusik aus.

»Glaubst du, daß diese Usch etwas von Lipschitz will?«

»Kann ich mir nicht vorstellen. Aber selbst wenn: Lipschitz will bestimmt nichts von ihr.«

Bart schüttet sich frischen Tee ein: »Sie hat wahnsinnige Ähnlichkeit mit der auf dem Renoir-Bild.«

»Zufall.«

»Klar. Zufall. Aber doch nicht, daß es da hängt.«

»Ich war mit meinen Eltern im Museum und fand, daß sie was hat. Also das Mädchen auf dem Bild. Dann habe ich mir die Postkarte gekauft. Von dieser Usch hatte ich da noch gar keine Ahnung.«

»Ich dachte, du wärst in sie verknallt.«

»Ist mir zu alt. Und zu dick.«

»So dick ist sie doch gar nicht. – *Schöne, warme, weiche Frauen* ...«

»Ja. Nein. Stimmt schon.«

»Aber wozu willst du wissen, wie sie heißt, wenn du nicht in sie verknallt bist?«

»Weil ich sie neulich, vorige Woche, an dem Tag, als der Anschlag auf den Papst war... Letzten Mittwoch. Da bin ich spazieren gewesen nach dem Abendessen. Weil ich schauen wollte, ob ich vielleicht im Wald einen halbwegs sauberen Tümpel mit Mückenlarven finde, als Lebendfutter für die Fische. Wenn sie Mückenlarven bekommen, das steigert ihr Wohlbefinden und damit die Paarungsbereitschaft. Jedenfalls, als ich zurückkam, stand sie beim Steingregor an der Einfahrt, zusammen mit der anderen, mit der sie immer zusammen ist...«

»Andrea.«

»Woher weißt du das jetzt wieder?«

»Ich hab' Lipschitz natürlich nach beiden gefragt. Damit er sich nichts zusammenreimt. Auch wenn es sowieso das Falsche gewesen wäre.«

»Jedenfalls sie, also *Ursel*, hat ›Hallo‹ gesagt. Einfach so. Und gelächelt. Als wollte sie was von mir. Mir kam das auch komisch vor. Ich hatte keinen guten Tag und sah bestimmt nicht aus wie jemand, mit dem man... was Vernünftiges anfangen kann. Also Musik hören, sich unterhalten. Doch die Art, wie sie ›Hallo‹ gesagt hat und vor allem ihr Blick hatte eine... So schaut eine Frau niemanden an, bloß weil er gerade mal zufällig vorbeikommt, wo sie herumsteht. Und da hat es mich halt interessiert, wie sie heißt.«

»Klar.«

»Aber mit einer Freundin von Lipschitz' Schwester zusammen zu sein, das geht überhaupt nicht. Stell dir vor, ich besuche sie am Heimfahrtswochenende, und dann hängt plötzlich Lipschitz bei ihr ab.«

»Der klingt nicht, als ob er viel mit seiner Schwester zu tun hätte, wenn er zu Hause ist.«

»Ist er jetzt dein Freund, oder was?«

»Wir haben uns einfach ganz normal unterhalten.«

»Außerdem bin ich immer noch an Regina dran. Also an der Tochter des Organisten bei uns aus dem Dorf, von der ich dir erzählt habe. Der schreibe ich gerade einen Brief.«

»Ich dachte, den hättest du längst weggeschickt.«

»Der Brief ist verdammt schwierig. Weißt du: Er muß so formuliert sein, daß sie mich danach wirklich versteht. Wie soll sie sonst sicher sein, daß sie mich lieben kann. Wir kennen uns ja gar nicht. Beziehungsweise im Prinzip kennen wir uns zwar seit ewigen Zeiten, nur gesprochen haben wir nie miteinander. Ich spüre aber, daß es gegenseitig ist. Das ist so offensichtlich, das kann man sich gar nicht einbilden. Erst letztes Wochenende wieder, Samstagabend in der Kirche, als wir zur Kommunion gegangen sind: Sie kam aus dem Hauptschiff – sie sitzt immer vorne im Frauenbereich mit ihrer Mutter –, und ich kam links von der Seite, wo die Jugendlichen sind. Dann treffen wir uns vor der Kommunionbank. Aber die ganze Zeit vorher schauen wir uns an. Und nachher, beim Rausgehen, das gleiche, nur mit Gedränge, so daß wir uns quasi in Zeitlupe aufeinander zubewegen. Was da passiert, ist reine Magie, kurz vor Wahnsinn. Unsere Blicke fließen ineinander, wie… als wenn… Mir fällt absolut nichts ein, womit ich das vergleichen könnte. Manchmal quetschen die Leute uns zusammen, und wir berühren uns. Das sieht wie Zufall aus, doch in Wirklichkeit steuern wir gezielt darauf zu, bloß eben so, daß es keiner merkt. Das läuft seit Monaten. Jedes Heimfahrtswochenende. Ich habe eine solche Intensität noch nie vorher gespürt.«

»Ist normal, wenn man verknallt ist.«

»Nein, Bart, das ist nicht normal. Und mit dieser Bravo-Nummer, *willst-du-mit-mir-gehen*, dieser ganze Scheiß, damit hat das nichts zu tun. Das reicht in eine völlig andere Dimension.«

Bart zuckt mit den Achseln.

»Es ist halt schwer, sie persönlich zu treffen und mit ihr zu reden. Im Grunde fast unmöglich. Es sind überall Augen.«

»Land ist hart. Ich bin froh, daß ich da nicht leben muß.«

»Das sag' ich dir.«

»Bei uns in Düsseldorf kenne ich niemanden, der solche Probleme hat.«

»Was meinst du, wie die Leute sich das Maul zerreißen, wenn jemand etwas mitbekommt. Da werden offiziell Kontaktverbote verhängt und alles. Es gibt Eltern, die schalten den Pfarrer ein. Wahrscheinlich kann ich dann nicht mal mehr in die Kirche gehen, wenn sie auch da ist.«

»Irre.«

»Deshalb muß ich höllisch aufpassen. Ich versuche natürlich alles Mögliche, laufe stundenlang durch die Gegend, daß mich die Kinder auf dem Spielplatz schon für einen Psychopathen halten, immer in der Hoffnung, daß ich sie irgendwo treffe. Dann spaziere ich alle halbe Stunde von einer anderen Seite an ihrem Haus vorbei, wobei ihre Eltern oder ihr Bruder mich nicht entdecken dürfen. Ich hoffe halt immer, daß Regina gerade aus dem Fenster schaut und mich sieht und daß sie unter irgendeinem Vorwand herauskommt. Bis jetzt hatte ich allerdings Pech. Ich kann bloß nicht gezielter vorgehen, weil ich gar nicht weiß, wo ihr Zimmerfenster überhaupt ist. Anrufen kann ich auch schlecht. Ihre Mutter hat sowieso schon etwas gemerkt. So wie sie mich immer anstarrt, wenn ich ihr über den Weg laufe. Richtiggehend böse.«

»Bei uns kriegt man die Eltern von ’ner Freundin erst mal gar nicht zu Gesicht. Und wenn, ist das auch kein Problem, die sagen höchstens, daß man aufpassen soll, wegen Schwangerschaft, oder sie fragen, ob man Eier zum Frühstück will.«

»Wenn ich mit Regina zusammenkomme, wird das ein Kampf bis aufs Blut. Da kann alles passieren. Romeo-und-Julia-mäßig. Aber ich weiß nicht, ob ich überhaupt eine Chance habe. Regina ist ziemlich scheu. Extrem scheu sogar. Sie hat diese absolute Reinheit, diese... Mir fällt kein besseres Wort ein. Weißt du, was ich meine?«

»Keine Ahnung. Wahrscheinlich nicht.«

»...dieses Unberührte. Manche Frauen sind anders. Nicht wie die, die in Forch auf dem Markt herumhängen und jede Woche einen anderen Freund haben. Die, die ich meine, sind etwas Besonderes, fast wie Engel. Die lassen sich auch nicht auf diese lächerlichen Spielchen ein, bei denen es um nichts … Also, wo es gar nicht um einen bestimmten Menschen geht. Sie warten lieber, bis sie wissen, daß es die große Liebe ist. Kennst du diese Sorte nicht? Sie sind selten, aber man erkennt sie sofort, weil … dieses Unverdorbene – das drückt sich auch im Gesicht aus. Wenn du eine von ihnen ansiehst, merkst du, daß du eine andere Sphäre berührst. Daß sie dich erlösen könnte aus dieser Dunkelheit, in der du gefangen bist. So eine Frau muß man für sich gewinnen, wenn sich wirklich etwas ändern soll.«

»Ich denke bei Mädels meistens nicht an Erlösung. Eher das Gegenteil.«

»All der Schmutz in einem selbst – Mein Herz ist ein Dreckloch. Aber man muß sich dem aussetzen, man muß absolut schonungslos mit sich sein, keine Illusionen, sonst kommt man da nie wieder heraus.«

»Ich bin da pragmatisch. Geht was oder geht nichts? Sie sind doch auch einfach nett, die Mädels.«

»Wenn ich mich darauf einlassen würde, also auf das reine Spiel, man läßt alles los und fällt übereinander her, das würde in völliger Auflösung enden. Dafür habe ich zu tief in mich hineingeschaut. Dort unten ist die Hölle. Wenn ich die Kräfte dort entfessele, werden sie mich zugrunde richten. Kennst du das Gefühl nicht?«

»Klar hab' ich auch schon mal Liebeskummer oder so.«

»Ich rede nicht von Liebeskummer, Bart. Mit Liebeskummer hat das nichts zu tun. Im Hinblick auf Regina, meine ich jetzt. Das ist eine echt dramatische Konstellation. Obwohl – oder gerade weil ich weiß, daß sie dasselbe empfindet. Zu hundert Prozent. Aber ich bin mir fast genauso sicher, daß sie es mir nicht zeigen wird. Ihre Reinheit verbietet es. Sie ist auch sehr gläubig. Das kommt dazu. Einerseits ist das mit ein Grund für dieses innere Leuchten, andererseits wird das Ganze dadurch erst recht aussichtslos.«

»Und was macht sie sonst?«

»Musik. Also, sie will Musikerin werden. Flötistin. Weihnachten hat sie in der Kirche ein Stück von Mozart zur Kommunion gespielt. Hab' ich das nicht erzählt? Absolut jenseitig. Selbst für jemanden, der sonst nicht unbedingt Klassik hört. Sie hat aus dem Instrument Klänge herausgeholt, wie aus einer anderen Welt…«

»Ich bin ja für klare, harte Sachen. – Leg doch mal Patti auf. Das pustet einem den Kopf durch.«

»Patti Smith hat sich totgefixt. Wahrscheinlich hat sie es auch nicht mehr ausgehalten.«

»Quatsch.«

»Hat mir neulich erst jemand erzählt, daß es in einem Musikmagazin stand.«

»Stimmt trotzdem nicht.«

»Für eine Frau ist es noch hoffnungsloser, wenn sie diese Verfinsterung in sich spürt und nicht einmal mehr die Chance hat, durch eine reine Seele erlöst zu werden.«

»Wieso?«

»Kennst du auch nur einen einzigen Typen, der nicht irgendwie kaputt ist? Jetzt mal abgesehen von den normalen Idioten, Steuerberatern, Banklehrenfuzzis, mit denen man sich ein Spießergrab in Eiche einrichten kann – ich meine, das ist ja keine Alternative. Aber sonst: Kennst du irgendeinen Mann, wo du das Gefühl hättest, er könnte deinen Sturz ins Bodenlose aufhalten?«

»Ich würde da auch gar keinen Mann für wollen.«

»Eben. Sag ich ja.«

»Wenn ich richtig am Arsch bin, schalte ich meine Gitarre ein, setze mir Kopfhörer auf und spiele so lange, bis ich den ganzen Scheiß pulverisiert habe.«

»Aber das ist etwas anderes, als wenn Regina Flöte spielt.«

»Klar ist das was anderes.«

»Als da diese Musik von der Orgelempore kam – ich wußte ja vorher nicht, daß sie spielen würde –, das war einer dieser Augenblicke, da wünschst du dir... Also, wo ich schon nicht mit ihr zusammen sein konnte, weder an Weihnachten noch sonst auf absehbare Zeit, habe ich mir gewünscht, daß ich auf der Stelle tot bin, einfach so, daß ich mitten in der Kirche umkippe. Kennst du das: Du stehst irgendwo und siehst dich plötzlich sterben, mitten in der Szene, in der du gerade bist? – Mein Herz hat sich tatsächlich so angefühlt, als würde es gleich mit einem gewaltigen Schmerzschlag aussetzen. Reginas Flöte wäre das letzte gewesen, was ich in diesem Leben gehört hätte. War aber nicht. Leider.«

»Ist vielleicht besser. So bestehen immer noch alle Möglichkeiten.«

»Ich hab' da Zweifel. Es ist verdammt schwierig, diese Sachen zu formulieren. Und vielleicht spürt sie längst, daß sie das Nichts, das vollkommene Dunkel, berührt, wenn sie sich auf mich einläßt. Davor hat sie Angst.«

»So was willst du ihr in dem Brief schreiben?«

»Sie muß sehen, daß ich tief in meinem Inneren begreife, was Musik für sie bedeutet. Daß ich nicht denke, Musik ist irgend so ein Hobby. Aber ich muß sie natürlich auch warnen. Sie soll wissen, auf was sie sich einläßt...«

»Ich würde eher versuchen, mich locker näher an sie heranzupirschen. Es gibt doch bestimmt auch in eurem Kaff Partys oder Disco. Da würde ich hingehen. Dann kannst du ihr mal eine Cola austun, das Gelände sondieren, ihr was zur Musik erzählen, von mir aus, wie du darüber denkst.«

»Die Leute im Dorf laden mich nicht zu ihren Partys ein, abgesehen davon, daß es auch nicht die Partys wären, zu denen ich freiwillig gehen würde. Und an Kirmes oder beim Schützenfest habe ich Regina noch nie gesehen. Neulich bin ich tatsächlich sogar mal ins Jugenddiscozelt gegangen: Das war die Hölle, sowohl die Musik als auch die Leute. Und Regina ist natürlich nicht da gewesen. Sie hat mit diesem ganzen Dorfleben genauso wenig zu tun wie ich, obwohl sie noch da wohnt. Bei euch in Düsseldorf ist das anders, da gibt es normale Leute, die vernünftige Partys veranstalten, wo man hingehen kann, ohne seinen Verstand zu verlieren, aber auf dem Dorf ist es komplett trostlos.«

»Komm doch in den Ferien bei uns vorbei. Ich bin die meiste Zeit bei meinem Vater. Der baut sich gerade außerhalb mit ein paar Leuten einen alten Hof aus. Da ist Platz genug. Wir ziehen los, treffen Leute, ich stell' dir ein paar Mädels von meiner früheren Schule vor. Die sind nett und entspannt und haben eine eigene Meinung, was sie in ihrem Leben wollen: jedenfalls nicht diese Spießernummern. Und sie lassen sich sogar anfassen. Das ist nicht wie bei deinen Kirchenmäusen, wo man erst Verlobungsgeschenke bei den Eltern abgeben muß.«

»Ich fahre jetzt doch mit in die Schweiz, die ersten drei Wochen.«

»Du wolltest doch nicht.«

»Wollte ich auch nicht. Aber Gümmelgurt hat mich Samstag gefragt, ob ich nicht doch Lust hätte, es wären noch drei Plätze frei, und dann habe ich gedacht, bevor ich mich sechs Wochen von meinen Eltern nerven lasse und darüber nachdenke, ob ich nicht von der Brücke springe, fahre ich lieber mit.«

Neun

Bruder Walter klingelt ab, das Mittagessen ist zu Ende. Es gab Schmiersuppe, Rotkohl mit Sägemehlklößen, Schokoladenpudding. Eging steht auf, nimmt den Stapel Briefe von der Anrichte, beginnt vorzulesen: »Post haben: Bartholomäus Scheffzyck, Ansgar Joschrupp, Hartmut Asse, Carl Pacher...«

Carls Magen krampft sich zusammen. Jetzt noch das Gebet.

›Herr, mach, daß es ein Brief von ihr ist, mach daß sie mich liebt.‹

»... der du lebst und regierst von Ewigkeit zu Ewigkeit. Amen.«

Er stürzt zum Tutortisch, kämpft sich vor, kreuzt Bruder Walters Blick, wundert sich über die hämische Nuance, sieht schon von fern seinen Namen in der unbekannten Schrift, blaue Tinte auf lindgrünem Umschlag mit Leinenstruktur, die Buchstaben eher schmal als bauchig, leicht nach rechts geneigt, sehr akkurat. Er weiß, noch bevor er außer der Adresse etwas gelesen hat, wem sie gehört, wühlt sich durch, greift zu, reißt ihn an sich, hält endlich den Brief in der Hand, zitternd, dreht ihn um, auf der Rückseite steht: *Regina Seegers, Im Granendyck 3, 4286 Henneward.* Ihm ist übel wie vor Klassenarbeiten, Mathe, Latein, die Knie weich, Speichelfluß im Mund, Säureflut im Bauch, er schluckt und schluckt und schluckt, um zu verhindern, daß sein Magen sich umstülpt, hält wie betäubt den Brief in der Hand, unfähig einen Gedanken zu fassen. Mit dem zweiten Blick begreift er, daß der Umschlag schon einmal geöffnet worden ist, vielleicht, wahrscheinlich, mit Sicherheit, in der Verwaltung über Dampf oder mit diesem Apparat, den auch die Geheimdienste benutzen, um Post von Gesinnungsverbrechern zu kontrollieren. Im Zimmer hinter dem Publikumsraum der Verwaltung, unter der Haube eines Matrizendruckers, steht so eine Maschine aus den Beständen der GeStaPo-Forch, wird erzählt. Anschließend haben sie den Brief, seinen Brief, mit Tesafilm wieder verschlossen, stümperhaft – das Papier darunter wellt sich von eingeschlossener Feuchtigkeit. Sie haben es nicht einmal für nötig befunden, den Bruch des Briefgeheimnisses, gegen den er ein Gerichtsverfahren anstrengen könnte, zu verschleiern. Es weiß ohnehin jeder, daß die Kontrolle, gegebenenfalls Beschlagnahmung der Post, gängige Praxis ist, wenn es sich beim Absender um eine Person weiblichen Geschlechts handelt, deren Nachname nicht mit dem des Empfängers übereinstimmt. Selbst die Päckchen seiner Großtante Hedda aus Köln, deren Vorkriegshandschrift Liebesgrüße ausschließt, sind meistens aufgerissen. Bei Tante Hedda ist es ihm gleich, er macht jedes Mal Witze über die *GeKaPo*, reiht sich mit Stolz unter ihre Opfer, aber das hier hat eine andere Dimension: Bei der Vorstellung, daß die schielende, bösartige Frau Meißner und der Cremeschnittenzombie Frau Sötering schon wissen, was Regina für ihn, nur für seine Augen bestimmt hat und daß durch den Mund dieser Fettfotzen vermutlich längst Bruder Walter, wenn nicht sogar Präses Roghmann Kenntnis hat von dem, was er gleich erfahren wird: das abschließende Urteil über seine gesamte Person – bei dieser Vorstellung könnte er um sich schlagen vor Haß, Benno Spranger das Pfadfinderbeil aus der Hand reißen, die Milchglastür mit dem durchsichtigen Schriftzug VERWALTUNG zertrümmern und ein Blutbad anrichten, ein Gemetzel. Er hält den Brief so fest in der Hand, daß das Papier verknickt, preßt ihn an die Brust, will schreien vor Wut und zugleich die Welt umarmen. Das Glück, das ihn durchflutet, ist nicht zu fassen, die Liebe eines Mädchens, aber schon im nächsten Augenblick springt ihn Entsetzen an. Es kann ebensogut sein, daß der Inhalt des Umschlags seine Vernichtung bedeutet, daß bereits ganz Henneward über ihn lacht, ihn verabscheut wegen all des Dunklen in seiner Seele, von dem er in seinem Brief versucht hat, Regina eine Ahnung zu geben. Die Schwachköpfe, die dort zurückgeblieben sind, Arndts, Maaß, Leindecker können es gar nicht abwarten, ihn als Sau durchs Dorf zu jagen. Sein nächstes öffentliches Auftreten dort, ganz gleich ob beim Bäcker, in der Kirche oder an Kirmes, wird mit seinem Untergang enden, sie werden ihn teeren, federn, grün und blau prügeln. Nicht auszuschließen, daß Reginas Vater oder Bruder bereits einige von ihnen engagiert haben, um ihm eine Abreibung zu erteilen, daß er ihre Tochter und Schwester nie wieder mit seinem Dreck belästigt. Selbst das Unvorstellbare hält er für möglich: Nachdem der Brief ihren Eltern in die Hände gefallen ist, hat Regina alles geleugnet. Sie ist zu schwach gewesen, für ihre Liebe einzustehen, hat sich von jedwedem Gefühl abgeschnitten, um nicht in Verdacht zu geraten, die Todsünde vorzubereiten, die Todsünde womöglich schon begangen zu haben. Statt daß sie alles füreinander opfern, hat der Terror von Sittenwächtern, Tugendschützern, Unschuldbewahrern sie zu Jämmerlingen gemacht. Er erschrickt, schämt sich: Daß er Regina einen solchen Verrat zutraut, zeigt, daß er ihrer von Grund auf unwürdig ist. Er lacht sinnlos, halb laut, halb irre. Eging und Freyer sehen ihn fragend an. Er dreht sich weg, schließt die Augen. Ihm geht die Luft aus, eingequetscht im Pulk. Er will nur weg, stößt mit dem Ellbogen, um schneller voranzukommen. Versucht sich zu beruhigen, vergegenwärtigt sich, was eine unleugbare Tatsache ist: Er hält Reginas Brief in Händen. Allein der Umstand, daß sie ihm geschrieben, daß sie ihn einer Antwort für wert befunden hat, ist ein Zeichen, ein gutes, das beste aller möglichen. Es kann nur und nichts anderes bedeuten als daß sie ihn sehen will, mit vor Sehnsucht brennendem Herzen. Spätestens in den Ferien werden sie sich treffen an einem geheimen Ort außerhalb von Henneward – wenn es nach Regina geht, am liebsten noch vorher, nächste Woche schon. Vielleicht hat sie einen Plan, er soll sie heimlich anrufen, dann und dann sind weder ihre Eltern noch ihr Bruder zu Hause. Er wird den Reichswald auf halber Strecke vorschlagen oder den Stadtpark Forch. Regina kann eine Flötenprobe erfinden und die zwanzig Kilometer von Henneward mit dem Bus kommen, er mit dem Fahrrad oder per Anhalter. Dort auf der Vries-Insel im Park bei den Schwänen werden sie einander zum ersten Mal allein gegenüberstehen, ohne klatschsüchtige Nachbarn hinter Gardinen, die nur auf eine Gelegenheit lauern, sich das Maul zu zerreißen, vor allem ohne Eltern, die Angst vor Schande haben. Und dann beginnt der Sommer des ersten Jahres eines neuen Lebens. Kein Winter danach wird ihm je wieder etwas anhaben können. Schwebezustände. Schwindel. Sein Herz setzt aus. Er stolpert, fängt sich mit der Rechten an der Wand, stößt Dapper in den Rücken, Dapper schreit auf. Trotz des Durcheinanders ein Gefühl der Befriedigung, Dapper Schmerz zugefügt zu haben. Es ist unvorstellbar, daß sie ihm eine Abfuhr geschickt hat, einen Korb oder was für schreckliche Worte es sonst dafür gibt, wozu hätte sie sich die Mühe machen sollen? Wenn sie ihn nicht liebt, nicht will, hätte keine Veranlassung bestanden, ihm überhaupt zu antworten. Es wäre nichts, rein gar nichts passiert, wenn sie nicht geschrieben hätte. Er rempelt Torben, kippt gegen Bünting, um endlich ins Freie zu gelangen, hinaus aus diesem Menschenstall, quetscht sich durch die Glastür, springt mit der äußersten Hoffnung in seiner rechten Hand die Treppe vom Speisesaal hinunter, löst sich aus der Menge, rennt, so schnell er kann, Richtung See, um allein zu sein, ganz allein, vorbei an Buchbinderwerkstatt, Fotolabor, Töpferei. Nimmt den Weg nach rechts zum Graben, dorthin, wo die Böschung so dicht mit Sträuchern bewachsen ist, daß man nicht hindurchschauen kann, biegt Äste zur Seite, schlägt sich ins Unterholz, zu der natürlichen Höhle aus Buschwerk, die kaum jemand kennt. Er vergewissert sich, daß ihm keiner, nicht einmal Bart gefolgt ist, reißt den Umschlag auf, versucht mit einem Blick zu erfassen, was dort steht, weiß es schon, noch ohne gelesen zu haben, erbleicht. Ringt nach Luft. Glotzt wie irre das Blatt an:

Hallo!

Dein Brief ist bei mir angekommen. Ich habe ihn mit sehr gemischten Gefühlen gelesen. Auf der einen Seite finde ich es schön, daß ich außerhalb meiner Familie einem Menschen etwas bedeute, aber so wie du es schreibst, erschreckt es mich in der Hauptsache doch sehr. Bis jetzt haben mich Gedanken dieser Art noch nicht beschäftigt. Ich wüßte auch nicht, daß ich dich dazu in irgendeiner Weise ermutigt hätte. Für mich ist das alles einige Jahre zu früh.

Laß mir bitte meine jetzige Ausgeglichenheit und Ruhe. Die Musik ist bei mir im Augenblick das Maß aller Dinge, und ich möchte, daß das so bleibt.

Regina

Er sucht seinen Namen, um sicher zu sein, daß wirklich er gemeint ist, daß sie nicht aus Versehen den Brief an jemand anderen in den Umschlag mit seiner Adresse gesteckt hat. Wenigstens als sie seinen Namen aufs Papier gesetzt hat, hätte sie ihn vor Augen gehabt, seine Gestalt, sein Gesicht, die Blicke, die zwischen ihnen gewesen sind. Doch ganz gleich, wie verzweifelt er die blauen Tintenlinien auf dem achtlos aus einem Ringbuch herausgerissenen Stück Rechenpapier auch anstarrt, da steht nur *Hallo!* Keine Anrede, kein Gruß. Nicht ein einziges Mal hat sie *Carl* geschrieben. Er liest jetzt Wort für Wort, fängt wieder von vorn an, jeder Buchstabe ein Messer, elf Zeilen Grauen, sucht nach Interpretationsspielräumen, zwischenzeiligen Bedeutungen, nach verdeckten Hinweisen auf ihre verfluchten Eltern, die beim Schreiben hinter ihr gestanden, sie zu diesem Brief gezwungen haben, und findet doch nichts außer ungelenken Formulierungen, geradezu beamtenhaft gestelzt, als hätte sie einen ungerechtfertigten Antrag auf staatliche Hilfsleistungen abschlägig beschieden. Jeder dieser glasklaren, stahlharten Sätze trifft ihn wie ein Stiefeltritt, er spricht sie nach, formt sie mit seinen eigenen Lippen, bis die Wörter keine Bedeutung mehr haben, sinnlose Laute sind, an niemanden gerichtete Klanggestalten von nichts im leeren Raum.

Was geschehen ist mit diesen zwei Menschen, Regina und ihm, zwischen zwei Briefen, hat nichts mit seiner Person zu tun. Es hat auch nichts mit ihr zu tun, selbst wenn sie das glaubt. Es ist ein Mißverständnis, genau genommen eine Verkettung von furchtbaren Mißverständnissen, die sich über Monate aufgetürmt haben, eins auf dem anderen fußend. Die verzauberten Flötenmelodien, die an Weihnachten hinaufgestiegen sind bis an die Grenze von Diesseits und Jenseits, hat es in Wahrheit nie gegeben. Es kann sie nicht gegeben haben, denn ein Wesen, das solche Briefe schreibt, ist nie im Leben die schönste und anmutigste Flötistin unter der Sonne. Über ein Jahr lang hat er Blicke mit niemandem getauscht. Blicke, die ein Strom gewesen sind und alles längs der Ufer mit sich davongetragen haben. Doch der Strom ist im Nichts entsprungen, durch kein Land geflossen, im Nirgends versickert, reine Spiegelung, Hitzeflirren über Ödnis. Die Augen, in die er getaucht ist, haben einem anderen Wesen gehört, einem Irrlicht aus den Zwischenreichen, das sich in jede beliebige Gestalt verwandeln kann. Er ist nicht einmal sicher, daß es sich überhaupt um eine Person handelt, vielleicht hat dieses Irrlicht lediglich etwas reflektiert, ohne zu wissen, was, warum, mit welchen Folgen. Kein Grund, keine Absicht. Reiner Zufall. Der Strahl, der aus der anderen Welt in seine Finsternis gefallen ist, hat keine Ursache gehabt. Was ohne Ursache ist, existiert nicht. Es hat auch nie existiert. Ihm bleibt nichts anderes als hinzunehmen, daß die entscheidenden Momente seiner letzten dreizehn oder vierzehn Monate nicht stattgefunden haben. Alles, was sonst in dieser Zeit geschehen ist, hat er um diese Momente herumgruppiert. Es ist davor oder danach passiert, auf sie hin geplant gewesen, hat sich daraus ergeben. Jetzt bricht es wie ein Block aus dem Gletscher, der sein Leben darstellt, stürzt in das arktische Meer, das in allen vier Himmelsrichtungen bis zum Horizont reicht, treibt als Eisberg davon, um sich im Nebel aufzulösen oder den Rumpf eines Dampfers aufzuschlitzen.

Er weiß nicht, wie er es in sein Zimmer geschafft hat, seit wann er auf dem Bett liegt. Sein Fuß ist eingeschlafen, das Kribbeln schmerzt. Er steht mühsam auf, setzt sich an den Schreibtisch, stützt den Kopf zwischen die Hände. Auf der papiernen Unterlage steht neben mehreren vergeblichen Versuchen, das Gesicht eines Mädchens zu zeichnen: *Aas in den Saharas, Aas am Amazonas, gez. Fritz Geier.* Aus dem Spiegel, den er manchmal benutzt, um sich anzustarren, schaut ein fremdes Wesen: aufgeweichtes Wangenfleisch, rotgeriebene Augen, Herpesbläschen auf der Lippe. Ein Toter bei lebendigem Leib, im Kern schon verwest, von Fäulnis durchzogen wegen all der Bosheit, die seit Kindertagen dort wuchert. Wenn die Leute wüßten, wie es tatsächlich in seinem Inneren aussieht, würde niemand etwas mit ihm zu tun haben wollen. Sie würden ihn meiden, ihn aus ihrer Gesellschaft entfernen, wie die Aussätzigen des Evangeliums, nur daß vor dem Jüngsten Tag kein Gottessohn käme, ihn zu heilen. Er hat versucht, Regina eine

Ahnung davon zu geben, in der irren Hoffnung, sie würde ihn trotz allem lieben. Diese Liebe wäre seine Rettung gewesen. Was er ihr zugemutet hat, war mehr als sie tragen konnte. Er muß Verständnis für sie haben. Wenn er sich durch das Bild im Spiegel auf den Grund schaut, sieht er, daß er kein Recht hat, sie zu verurteilen.

Er wendet sich um, sein Blick gleitet über die Plattensammlung, er läßt Musik an seinem inneren Ohr vorbeiziehen. Irgendein Lied, mit dem es sich aushalten ließe. Das die Schande überdeckt. Peter Gabriel, der auch von allen Seiten Feuer an sich gelegt hat, um das Eis in seinem Innern zum Schmelzen zu bringen: *Empty stomach, empty head / I got empty heart and empty bed.* Ein Lied, das den Schmerz erstickt. *I don't remember, I don't recall / I got no memory of anything at all.* So ist es aber nicht. Er erinnert sich an alles. Jedes Wort an Regina, der er mehr von sich offenbart hat als je zuvor einem Menschen. Der Gedanke läßt erneut seine Gesichtshaut glühen. Es schnürt ihm den Hals zu, sobald sein Blick ihre Antwort streift. Das kranke Grün des Umschlags strahlt wie radioaktiver Abfall. Der ganze Raum ist kontaminiert. Es dringt in die Möbel, die Wände. Selbst die Bücher sind verseucht. Womöglich wird er sie nie wieder unbefangen aufschlagen können. Wenn er das Wort ›Hallo‹ denkt, wird ihm übel. Das Wort ›Hallo‹ wird ihm für den Rest seines Lebens unerträglich sein. Es wäre das Beste, den Brief wegzuwerfen und sofort anschließend den Papierkorb in die Haupttonne zu entleeren, ein Befreiungsschlag, wie er sich das Auge, das ihn zur Sünde verführt, herausreißen müßte. Aber er kann unmöglich das einzige Beweisstück dafür vernichten, daß es diese Liebe gegeben hat: Der Brief bezeugt eine Tragödie, die sich wirklich ereignet hat zu Beginn der achtziger Jahre des zwanzigsten Jahrhunderts, im westdeutschen Grenzland. Vermutlich ist schon die Hoffnung trügerisch, daß die Vernichtung des Briefes Erleichterung bringen würde. Eine halbe Stunde später stünde er bis zu den Knien eingesunken in der Mülltonne, würde in schimmligen Brotkanten, Kaffeefiltern wühlen, um ihn wiederzufinden.

Er öffnet die Schreibtischschublade, nimmt das Feuerzeug heraus, läßt es aufflammen, hält die Flamme, bis ihm die Daumenkuppe heiß wird, legt es vor sich auf die Unterlage. Die Vorstellung des brennenden Briefes. Wie sich das Feuer als rote Linie und scharfer Rauch von den Rändern her hineinfrißt. Eine Möglichkeit. Später. Es klopft. Er dreht das Gesicht zur Tür, sagt nicht ›Herein‹.

Die Tür öffnet sich trotzdem, zögernd und leise, nicht mit Schwung, wie Bruder Walter sie aufreißt, wenn er auf der Jagd nach Verbotenem ist, auch nicht entschlossen wie ein Schnorrer sie aufstößt, der um Essen oder Tabak von Zimmer zu Zimmer zieht.

Kuffel steht dort, leicht nach vorn gebeugt, die Schultern hängend, sagt: »Hallo.«

Carl stöhnt vor Schmerz auf: »Nein!«

»Entschuldige. Soll ich ein anderes Mal wiederkommen?«

»Sag nicht dieses Wort. Nicht: *Hallo.*«

Kuffel schaut ihn verständnislos an, legt die behaarten Hände über seinem Kugelbauch aufeinander.

»Wir hatten doch darüber gesprochen, daß ich mir gern deine Fische ansehen wollte, und da es jetzt bald Ferien gibt, dachte ich mir, ich klopfe einfach mal.«

Carl fällt nichts ein, was er sagen könnte, ihm ist alles egal.

Kuffel wagt nicht einzutreten, wartet, daß etwas geschieht. Zeit verstreicht. Noch immer steht er im Türrahmen, murmelt vor sich hin. Begreift, daß etwas vorgefallen ist, senkt den Blick, ordnet seine Gesichtszüge, hat jetzt einen Ausdruck tiefen Mitgefühls: »Kann ich dir helfen?«

Carl schüttelt den Kopf.

»Vielleicht möchtest du mit jemandem reden.«

»Bringt nichts.«

»Oft hilft es, wenn man einfach darüber spricht.«

»Ist zu spät. Alles zu spät.«

Eging schaut vom Flur aus herein, sieht Carl, wie er eingesunken an seinem Schreibtisch sitzt, fragt: »Alles klar bei euch.«

»Danke, Markus«, sagt Kuffel, »deine geschätzte Anwesenheit ist im Augenblick nicht vonnöten.«

Carl läßt seine Stirn in die Handfläche fallen: »Mach die Tür zu. Von innen oder von außen, wie du willst, fühl dich frei. Das Aquarium ist hier vorne rechts. Aber wie gesagt: Ich bin in schlechter Verfassung.«

Kuffel setzt vorsichtig einen ersten Schritt ins Zimmer, dreht sich um, schließt lautlos die Tür, durchquert Guntrams Teil, ohne nach rechts und links zu schauen, geht gesenkten Hauptes an Carl vorbei, steht da, sieht sich um, langsam und systematisch, ein wohlwollender Versicherungsgutachter, der seine Vorgaben hat, aber doch nicht gleichgültig gegenüber dem Schicksal des Geschädigten ist: »Beeindruckend, wie viele Sorten Tee du besitzt«, sagt er.

»Soll ich welchen kochen?«

»Danke. Für mich im Augenblick nicht.«

»Lieber Kaffee? Unterm Tisch ist auch Schokolade.«

Kuffel tritt an das Bücherregal, beugt sich vor, nimmt die Hände vom Bauch, legt sie auf den Rücken. Seine Füße stecken in Pantoffeln aus grobkariertem Wollstoff. Er schnuppert die Buchrücken ab, Bücher zur Vogelbestimmung, zur Fischkunde, Aquarienpflege, Expeditionsberichte von Sielmann und Hagenbeck, Goethes Faust in Leinen, dazu Gedichte von Trakl, Brecht, Rilke, Romane von Wilder, Böll, Jack London; *Das moderne Lexikon* in zwanzig Bänden. Kuffel wittert wie ein Drogenhund.

»Ist Kunstleder«, sagt Carl.

»Die Fische spielen eine entscheidende Rolle in deinem Leben, nicht wahr?«

»Kann sein. Ja.«

Kuffel überlegt, wie er das Gespräch fortsetzen soll. Offensichtlich will er sich unterhalten, ganz gleich worüber, selbst wenn es gar nichts zu sagen gibt. Er wendet sich der Reproduktion von van Goghs *Brücke in Arles,* zu, die Carl gerahmt hat, sagt: »Ein großer Maler, Vincent van Gogh. Aber auch ein furchtbares Beispiel dafür, was passieren kann, wenn man versucht, sich den dunklen Mächten ohne Gottes Hilfe entgegenzustellen.«

»Er ist halt verbrannt.«

»So kann man es ausdrücken. Nichtsdestoweniger bleibt die entscheidende Frage, wie es dazu kommen konnte?«

»Manche Menschen verbrennen einfach, weil das Feuer von innen zu groß wird, um es auszuhalten.«

»Er ist der Verzweiflung anheimgefallen. Weil er Christus den Rücken gekehrt und statt dessen auf sich selber gesetzt hat. Die Folge solcher Selbstisolation ist das Feuer, das die von jedem DU abgetrennte Seele in der Hölle brennen läßt.«

»Vielleicht muß das bei großen Künstlern so sein.«

»Das glaube ich allerdings nicht. Zum Beispiel der Maler, der dieses schöne Mädchen mit dem Sonnenschirm geschaffen hat…«

»Renoir.«

»Er hatte eine ganz andere innere Verfaßtheit. Deshalb ist er imstande gewesen, Schönheit zum Ausdruck zu bringen, klar und rein. Ohne Wollust und ohne die diabolische Grundierung, die man bei van Gogh spürt.«

Carl prüft aus den Augenwinkeln, ob Kuffel eine Ahnung hat, weshalb die Karte dort hängt, kommt zu dem Ergebnis, daß ihm weder Carls übertriebene Bereitschaft zum Nachholen aufgefallen ist, noch hat er Gerüchte aufgeschnappt.

»Es ist ein Jammer, daß es diese Sorte Mädchen nicht mehr gibt.«

Offenbar hat Kuffel sie noch nie in der Küche gesehen.

»Was man heutzutage vorfindet, sind Weiber, die sich der Emanzipation verschrieben haben und herumkrakeelen. Oder sie sind dem Ausleben ihres Triebs ergeben. Die sexuelle Begierde verwüstet ihre Gesichter, bevor sie überhaupt erwachsen geworden sind.«

»Aha?«

»Ist dir schon einmal ein Mädchen begegnet, das diese Art Unverderbtheit hat?«

Gestern hätte Carl ›Ja‹ gesagt, ›ich kenne mindestens zwei.‹

Er nimmt das Feuerzeug vom Tisch, entzündet die Flamme, starrt sie an, bläst sie aus, entzündet sie neu, lächelt gequält, schaut zu Kuffel hinüber, weiß nicht, ob ihn das triefende Mitleid in dessen Augen tröstet oder nervt, sagt: »Die Fische sind da unten, unmittelbar vor dir.«

Schweigen. In das Schweigen klingen langgezogene Stöhnlaute vom Tennisplatz herauf. Kuffel zieht eine Braue hoch, ein Anflug von Anzüglichkeit um die Mundwinkel, dann wieder Mitleid: »Was ist denn vorgefallen, das dich in diesen besorgniserregenden Zustand versetzt hat?«

»Ich weiß nicht, ob ich darüber reden will. Nachher posaunt Holzkamp es überall herum.«

»Du glaubst, daß ich dich verrate? Das heißt, du gibst dem zarten Trieb unserer jungen Freundschaft von vorneherein keine Chance.«

Das Wort ›Trieb‹ hat es ihm offenbar angetan.

»Was weiß ich, worüber ihr redet?«

»Mein Verhältnis...Oder besser: Meine diplomatischen Beziehungen zu Holzkamp sehen enger aus, als sie de facto sind. Im Grunde bilden wir eine, ich möchte sagen: Gesinnungsgemeinschaft. Weil wir in Sachen des Glaubens dieselben Überzeugungen teilen. Es gibt ja auch in Kahlenbeck nicht viele, die treu zu Christus und der Kirche stehen.«

»Es wäre mir nur einfach lieber, wenn Holzkamp nichts über mich und meine Angelegenheiten erfährt.«

»Ich versichere dir, Carl, daß nichts dergleichen geschehen wird, wenn du dich mir anvertraust.«

Eine Welle Schwachheit schlägt über Carl zusammen, er gräbt sein Gesicht in die Hände, reibt sich die Augen, knetet Stirn und Schläfen. Seine Fingerkuppen fühlen sich rissig an.

Er wüßte gern, was Kuffel von ihm will, weshalb er ihm

sonderbares Zeug über Mädchen erzählt, warum er nicht geht, obwohl das Gespräch ständig ins Stocken gerät und es keinen Grund zu der Annahme gibt, daß seinerseits ein tiefergehendes Interesse an einer Fortsetzung bestünde. Offenkundig sind die Fische ein Vorwand gewesen, sonst stünde Kuffel nicht nach wie vor bei den Büchern, statt vor dem Aquarium zu hocken: »Die größeren bunten sind übrigens Macropodus opercularis, Paradiesfische, falls du sie kennst. Schwer zu bekommen.«

»Darf ich mich setzen?«

»Sicher. Bitte.«

Ächzend wie ein Mann von achtzig läßt er sich in den abgesägten Sessel fallen. Den Rentnerhabitus hat er mit Holzkamp gemeinsam.

»Und was sind die kleinen, die da am Boden herumwuseln?«

»Panzerwelse.

»Sehr hübsch.«

»Eigentlich passen sie nicht dazu. Die Panzerwelse stammen aus Südamerika, aber Zebraschmerlen, die eine ähnliche Nische besetzen, gab es nirgends, außerdem hätten sie den Laich gefressen, wenn die Makropoden denn endlich mal dazu kommen, sich zu paaren. Ich will nämlich züchten. Da wird die Pflege im Grunde erst interessant.«

Wenn Kuffel Panzerwelse nicht kennt, hat er überhaupt keine Ahnung von Aquaristik. Es wäre sinnlos, ihm etwas von seinen Forschungsreisen ins Amazonasgebiet zu erzählen.

»Wie ich den Büchern in deinem Regal entnehme, bist du aber auch an den großen Themen interessiert – jedenfalls in dem Rahmen, wie die Literatur sie behandelt.«

Carl weiß noch immer nicht, worauf Kuffel hinauswill. Sein Blick fällt auf den Brief, und ihm schießt Hitze in die Wangen. Er fragt sich, ob Kuffel den Brief gesehen hat, ob er irgendwelche Schlüsse hinsichtlich des Absenders oder des Inhalts geschlossen hat.

»Wie jetzt?«

»Neben dem Glauben, der die Antworten auf die Rätsel unserer Existenz weiß, und der Philosophie, deren vornehmliche Aufgabe darin besteht, ihm ein begriffliches Gerüst zur Verfügung zu stellen, versucht ja auch die Literatur etwas dazu beizutragen, nicht wahr.«

»Ich lese halt.«

»*Woher kommen wir? Wohin gehen wir? Wer sind wir?* Darum kreisen auch die Künste. Insofern können sie ein Anstoß sein, sich auf die Suche zu machen im Sinne einer Öffnung für das Wesentliche, selbst wenn sie aus sich selbst heraus nicht in der Lage sind, einen substantiellen Beitrag zur Lösung dieser Fragen zu leisten.«

»Und die Liebe.«

»Bitte?«

»*Kommen* und *gehen* und *wer sind wir?* – Ist wichtig, schon klar. Aber letzten Endes dreht sich doch alles um die Liebe. Nach meiner Erfahrung geht es hauptsächlich darum.«

Kuffel wippt mit dem Oberkörper vor und zurück, saugt Luft zwischen Lippen und Schneidezähnen ein, so daß ein langgezogener Pfeifton entsteht.

»Die Liebe«, sagt er und macht eine lange Pause. »*Und wenn ich prophetisch reden könnte und alle Geheimnisse wüßte und alle Erkenntnis hätte; wenn ich alle Glaubenskraft hätte und damit Berge versetzen könnte, hätte aber die Liebe nicht, wäre ich nichts,* wie der Apostel Paulus sagt. Sie ist ohne Zweifel das Größte und Wunderbarste, was Gott uns geschenkt hat. Aber ihre Zerrbilder sind zugleich die gefährlichsten Fallen, die der Teufel uns stellt. Ich möchte es so formulieren: Wenn es um die Liebe geht, liegen Vollendung und Todsünde, Seligkeit und Höllenqual unmittelbar nebeneinander. Nirgends wartet größeres Glück, aber es gibt auch keinen furchtbareren Schmerz.«

Carl nickt nur.

»Hast du schon eine Freundin.«

Er muß schlucken, ehe er eine verständliche Antwort geben kann.

»Bis heute morgen. Aber ihre Eltern haben ihr jetzt jeglichen Kontakt mit mir verboten. Unter Androhung härtester Konsequenzen.«

»Das ist schrecklich.«

»Deswegen.«

Zehn

Er traut seinen Augen nicht, als er auf dem weiten Parkplatz zwischen Steingregor und Brücke aus dem Wagen steigt und der Vater fragt: »Fahren die Mädchen da auch mit?«

Staubfeiner Niesel. In der Luft hängt modriger Geruch. Nach einer Woche Ferien fällt ihm das auf. Sträucher und Bäume entlang des Grabens schimmern sattgrün wie Regenwälder.

Er hat die Frage verstanden, mehr nicht.

Der Bus mit der Aufschrift *Westfälischer Bote* wartet, die Gepäckklappen stehen offen. Fred Gieseking, dessen Eltern das Busunternehmen gehört, lädt Taschen und Rucksäcke ein. Guntram ist schon da, Pille Löser auch.

Der himmelweite Unterschied zwischen dem, was man sieht, und dem, was man versteht.

Jan Rasche, der vergangenes Jahr Abitur gemacht hat, stützt sich auf seinen Gitarrenkoffer. Er trägt lange Haare und Bart, was für Schüler verboten ist. Rasche ist manchmal nett und manchmal ein Arschloch, man weiß nie, wann es umschlägt.

»Dann wird es wohl Krieg geben«, sagt der Vater und lacht.

Bei Rasche stehen die Ehemaligen Heinz-Bernd Zimmer, der Kirchenmusik studiert und sich auf die Bergführerprüfung vorbereitet, und Günter Miersch, der nach kurzem Aufenthalt im Priesterseminar einer Frau wegen auf Sozialpädagogik umgestiegen ist. Seither wird er vom Präses nicht mehr als Vorbild genannt.

Die richtigen Schlüsse ziehen, Fragen in Antworten verwandeln, so daß das Gesehene verständlich wird.

Der Präses unterhält sich mit den Eltern von Eging. Über dem schwarzen Anzug mit schwarzem Pullover, weißem Hemdkragen, trägt er seinen dunkelblauen Anorak, dazu die beige Schirmmütze, die er nur in den Bergen aufsetzt. Es sind die einzigen farbigen Kleidungsstücke, die er besitzt. Carls Mutter steuert schnurgerade auf ihn zu, der Vater folgt einen halben Schritt dahinter, dann Carl, der vergessen hat, wie man schlicht und einfach geht, weil eines der beiden Mädchen, auf die sich die Frage des Vaters bezogen hat, die ist, die Usch oder Ursel oder Ursula heißt. Sie wendet sich in seine Richtung, ohne ihn zu beachten, streicht über den Kopf einer Kleinen, die ihre Schwester sein könnte, lacht mit ihrer Freundin Andrea. Bei ihnen stehen zwei Männer und eine Frau, die Carl nicht kennt, außerdem Schwester Adelgundis und die Obernonne Pankratia. Beide kehren Carl den Rücken zu, so daß sie nicht mitbekommen, wie er bei dem Versuch, sich mit lässig schwingenden Hüften, schlackernden Schultern durch die Aufmerksamkeit der beiden Mädchen zu bewegen, in ein Schlagloch tritt und beinahe fällt. Ursel oder Usch vielleicht sogar Ulla schaut erschrocken, lächelt aber gleich wieder, als sie sieht, daß er sich halbwegs geschickt mit einer Hand abfängt, lediglich das Knie in den harten Sandboden rammt, statt der Länge nach hinzuschlagen. Der Stich, mit dem sich ein Kiesel durch den Jeansstoff in die Knochenhaut bohrt, treibt ihm Tränen in die Augen. Er schluckt den Schmerz hinunter, wischt das Feuchte mit dem Handrücken von den Wangen, als wäre es Regen, schafft es zu lächeln.

Die Mutter drängt sich mit einer Bemerkung über das bescheidene Wetter zwischen den Präses und Egings Eltern. Der Vater sagt: »Es gibt kein schlechtes Wetter – nur falsche Kleidung«.

Carl schaut den Präses an, dessen Gesicht freundlich verschlossen ist wie bei alten Asiaten. Keine unkontrollierte Bewegung verrät, was er denkt. Er sagt: »Und, Carl, hast du genügend Hühneraugenpflaster eingepackt?«

Kichert. Dann zu den Eltern: »Wir sind zuversichtlich, daß Petrus es auch in diesem Jahr gut mit uns meint.«

Fährt ernst fort: »Auf unserer Schweizfahrt ruht immer der besondere Segen des Himmels.«

Carl nickt, denkt im selben Moment an das Holzkreuz oberhalb der Klierschlucht. Dreihundert Meter von der Gregoriushütte entfernt, erinnert es an den Kahlenbecker Tertianer Erwin Oberbaum, der dort vor vierzehn Jahren bei einem Felsabbruch in den Tod gestürzt ist. Vielleicht denkt auch die Mutter an Erwin Oberbaum, jedenfalls sagt sie: »Dann hoffen wir mal, daß alle heil und gesund zurückkommen.«

Er kennt den künstlich gut gelaunten Ton der Mutter, wenn sie Angst hat. Sie gibt sich äußerste Mühe, kein bißchen besorgt zu klingen. Niemand soll wissen, wie es in ihrem Innern aussieht, dabei ist sie fest davon überzeugt, ihn schon bald an den Tod zu verlieren, am liebsten würde sie heulen.

»Es sind ja genug erfahrene Bergsteiger dabei«, sagt der Vater.

Carl haßt Familienabschiede schon unter normalen Umständen. Jetzt aber steht dort, keine zehn Meter von ihm entfernt, sie, Ursula oder Usch, Ulla, und damit ist zum ersten Mal die reale Möglichkeit gegeben, daß sie ihn sieht. Nicht nur sieht, sondern wahrnimmt, sich seine Züge einprägt, darüber nachdenkt, wer der Mensch dahinter sein könnte, den Wunsch verspürt, ihn kennenzulernen, mit ihm zu reden, einfach so für den Anfang. Dann liegt es an ihm, was darauf folgt. Er kann in dieser Situation unmöglich auf die Stimmungslagen der Mutter eingehen und ist nicht willens, den artigen Sohn eines guten Vaters zu spielen. Daß sie ihn als Kind dieser Leute identifiziert, die weder dem Auftreten nach noch in ihrer Weltsicht die geringste Ähnlichkeit mit ihm haben, ist peinlich genug. Welchen Gesichtsausdruck soll er wählen, alle sind falsch. Carl muß seine Gedanken unter Kontrolle bringen. Der Präses darf keinesfalls merken, was in ihm vorgeht. Es ist nicht auszuschließen, daß Frau Maxius recht hat: Als heiligmäßiger Mann ist der Präses mit übernatürlichen Fähigkeiten ausgestattet. Sie sagt das als Naturwissenschaftlerin. Auch wenn er davon vielleicht nicht ständig Gebrauch macht: Er kann den Menschen ins Herz schauen. Carl schielt zu ihm hinüber. Der Präses hört sich Frau Egings Gequassel an, wie erschüttert sie vom Attentat auf den Heiligen Vater war, daß sie tagelang kaum etwas anderes hat tun können als weinen und beten, vor allem zur Muttergottes, die der Papst ja ausdrücklich zur Schutzherrin seines Pontifikats gewählt hat.

Carl ist nicht in der Lage, einen Gedanken zu fassen. Er zwingt seinen Blick in Bewegung zu bleiben, nicht auf Ursel-Uschs Gesicht innezuhalten, zumindest nicht, solange der Präses ihm gegenübersteht. Bis jetzt hat sie ihn nicht bewußt zur Kenntnis genommen. Sie hat auch nicht bemerkt, daß sich vor wenigen Minuten alle Vorzeichen für die Reise von Grund auf verändert haben: Es wird nicht um das Vergessen gehen, nicht um die Flucht vor den Dorfdeppen; nicht um den Kampf mit dem Satan und nicht um den Aufstieg der Seele zu Gott.

Statt dessen werden sie zusammen in die Schweiz fahren, drei Wochen unter demselben Dach verbringen, gemeinsam vor dem Heuschober sitzen, Wasser aus dem steinernen Trog trinken, Raclette essen. Weshalb sonst sollte sie an einem Sonntagnachmittag in den Ferien mit ihren Eltern auf dem Parkplatz des Collegium Gregorianum Kahlenbeck beim Bus stehen und warten? Jedes Jahr sind zwei Mädchen aus dem Abschlußjahrgang des Hauswirtschaftszweigs dabei, um die Obernonne Pankratia und Schwester Adelgundis zu unterstützen. Sie hat sich gemeldet und wurde ausgewählt. Seitens der Schwestern gab es keine Einwände. Das bedeutet, daß sie während der vergangenen drei Jahre nichts mit einem Schüler gehabt hat. Die Küchenmädchen, für die das Briefgeheimnis sicher ebensowenig gilt wie für Schüler, leben so eng mit den Nonnen zusammen, daß eine Liebe sich kaum auf Dauer verbergen läßt. Es ist auch kein Freund von außerhalb gekommen, um sich von ihr zu verabschieden. Sie lacht, schlägt die Hände vor den Mund, verdreht die Augen. Ihm bleibt das Herz stehen, als sie ihn streifen.

Carl glaubt nicht an Zufall. Auch der Präses glaubt nicht an Zufall. Zufall nennen die Heiden das, dessen Herkunft oder Ursache für ihre beschränkte Sicht im Verborgenen bleibt. Der Christ weiß, daß sein Leben, daß die gesamte Schöpfung dem göttlichen Plan folgt. Das Grundprinzip dieses Plans ist die allumfassende Liebe. Wenn der große und gütige Gott jeden Namen fest in Seine Hand eingeschrieben hat, muß es auch Sein ewiger Ratschluß gewesen sein, daß sie, Ursula-Ulla, heute nachmittag hier steht. Bei Regina war es anders. Regina glich den schönen, unschuldigen Frauen in Romanen. Weil sie klassische Musik liebte und als einziges Mädchen in Henneward nie bei Wochenenddiscos und Kirmesbesäufnissen auftauchte, hat er geglaubt, daß diese Schönheit von ihrer reinen Seele herrührte, die einen wie ihn retten konnte. Deshalb mußte er annehmen, daß sie einander bestimmt waren. Ihm fehlte die Fähigkeit, Widerstände, die es zu überwinden galt, von Mauern, die eine Grenze markierten, zu unterscheiden. Er dachte, die Schwierigkeiten seien Teil der Prüfung und seine Aufgabe bestünde darin zu kämpfen, dem Schicksal zu zeigen, daß es ihm ernst war. Er schlug sich den Kopf blutig, bis er den Unterschied begriff. Weil es nur eine Lektion sein sollte und nicht seine Vernichtung, hat er überlebt. Er ist nicht verrückt geworden, obwohl es eine Woche lang auf der Kippe stand. Dann hat er Regina mit Gewalt aus seinem Herzen gerissen. Die Wunde ist tief, aber sie heilt. Geblieben ist Scham. Und die Furcht vor dem Spott des Dorfes. Während der vergangenen Tage in Henneward hat er Begegnungen gemieden. Immerhin ist den Eltern nichts von den Briefen zu Ohren gekommen. Alles andere hätte er gemerkt, selbst wenn sie ihn nicht danach gefragt hätten. Abgesehen davon hätten sie ihn gefragt. Die Mutter schnüffelt sogar in seinem Schreibtisch herum. Oder es wären Bemerkungen gefallen, bis er sich verraten hätte.

»Das Bergsteigen ist eine großartige Sache für unsere Jungen«, sagt der Präses. »Die Erfahrungen, die sie dabei machen, sind ein Schatz, den ihnen niemand nehmen kann.«

»Ich war als junge Frau auch immer gern im Hochgebirge«, sagt die Mutter. »Wir sind damals nach Tirol gefahren. Aber mein Mann bekommt kaum Urlaub im Sommer, und nur für ein paar Tage ist es doch eine sehr weite Strecke.«

»Umso besser, daß Carl unsere Fahrt mitmacht und zusammen mit den Kameraden all diese Dinge erlebt.«

»Die drei Wochen in der Schweiz sind die schönste Zeit des Jahres für ihn – das sagt er immer.«

»Wichtiger als alles andere ist das Gemeinschaftsgefühl, das die Jungen dort erfahren: daß man zusammen die eigene Schwachheit besiegt und den Gipfel erreicht. Dabei entstehen Freundschaften fürs Leben. Ich bekomme das immer wieder bestätigt. ›Herr Präses‹, höre ich dann, ›vor zwanzig Jahren stand ich mit dem Fritz auf dem Adlerflychthorn, und was soll ich Ihnen sagen: Die Bergfreundschaft, die daraus erwachsen ist, hat bis heute gehalten.‹«

»Wenn sie sich ordentlich verausgaben, kommen die Jungs auch nicht auf dumme Gedanken«, sagt der Vater.

»Ferienzeit ist Flausenzeit«, sagt Herr Eging. »Oft wissen sie ja gar nicht wohin mit ihren Kräften in diesem Alter.«

»Und es lauern überall Versuchungen«, seine Frau. »Gerade in unserer Zeit.«

»Es gibt eine alte Geschichte«, sagt der Präses, »von einem Bauern, der sich einen Teufel kauft. Vielleicht kennen Sie die.«

Die Eltern schütteln den Kopf, Carl hat sie schon oft gehört.

»Ein Bauer, der ein bißchen in die Jahre gekommen ist und dem die Arbeit nicht mehr so leicht von der Hand geht, beschließt eines Tages, sich einen Teufel zuzulegen. Also geht er in die Stadt auf den Markt, und tatsächlich, da ist ein Händler, der einen Teufel im Angebot hat. ›Das ist ein sehr guter Teufel‹, sagt der Händler, ›kräftig und anspruchslos: Er erledigt die schwersten Arbeiten ohne zu murren. Nur auf eines mußt du achten: Er braucht genaue Anweisungen, was er zu tun hat, denn sobald ihm langweilig wird, stellt er die entsetzlichsten Dinge an.‹ ›Das sollte sich einrichten lassen‹, denkt der Bauer, ›Arbeit gibt es ja mehr als genug auf dem Hof.‹ Sie werden sich handelseinig, und der Bauer nimmt den Teufel mit nach Hause. Jeden Morgen macht er ihm einen Plan, und der Teufel arbeitet, bis er am Abend erschöpft ins Stroh fällt. Lange Zeit geht alles gut. Eines Tages aber bekommt der Bauer eine Einladung von seinem Schwager aus dem Nachbardorf: Man könne doch mal wieder zusammen feiern. ›Ein bißchen Abwechslung in dem ganzen Einerlei habe ich mir redlich verdient‹, denkt der Bauer und macht sich auf den Weg. Beim Schwager trifft er alte Bekannte: Man erzählt sich Witze, trinkt Schnaps, schaut nach den Mägden, all diese Sachen. Kurz vor Sonnenaufgang kippt der Bauer völlig betrunken vom Stuhl und schläft ein. Er schläft tief und fest bis zum nächsten Mittag. Als er aufwacht, mit fürchterlichen Kopfschmerzen, fällt ihm als erstes der Teufel zu Hause wieder ein, und er kriegt einen furchtbaren Schrecken. Er macht sich sofort auf den Weg, nur, wenn man die Nacht durchgefeiert hat, ist so ein Eilmarsch kein Vergnügen. Aus der Ferne sieht er schon, daß über seinem Dorf Rauch aufsteigt. ›Um Gottes willen‹, denkt er, ›was mag dort passiert sein?‹ Der Ochse, der ihm ohne Schwanz und Ohren entgegenrast, gehört ihm, seine Schweine laufen aufgeregt auf der Straße herum. Als er schließlich zu Hause eintrifft, sind von seinem schönen Hof nur noch verkohlte Ruinen übrig, und zwischen den qualmenden Trümmern sitzt lachend der Teufel, in seiner Hand hält er den gebratenen Schenkel des Bauerntöchterchens.«

Der Präses kichert wieder.

»Soso«, sagt der Vater.

»Wie es im Sprichwort heißt, ›Müßiggang ist aller Laster Anfang‹«, die Mutter.

»Und damit uns das nicht passiert, scheuchen wir unsere Teufel die Berge hinauf, nicht wahr, Carl.«

Carl erschrickt, daß sich der Präses unmittelbar im Anschluß an diese Geschichte ihm zuwendet, sagt: »Ja.«

Er denkt an die Gabe des zweiten Gesichts, fürchtet, daß längst all seine Geheimnisse offen vor ihm liegen. Er muß sich zusammenreißen, doch die Augen tun, was sie wollen, seine Gedanken schweifen in jede Richtung davon. Ihm bleibt nur die Hoffnung, daß sie zu schnell sind oder in dem Stimmengewirr untergehen, das der Präses ständig in seinem inneren Ohr haben muß.

Carl schaut so desinteressiert wie möglich in der Gegend herum.

Die, die Ursel, Usch oder Ulla heißt, lächelt, und Carl glaubt, es gilt ihm. Er errötet, dreht sich so weit wie möglich vom Präses weg.

Die Mutter sagt: »Bei uns stand neulich in der Zeitung,

daß tatsächlich jedes Jahr mehr Deutsche ihre Ferien damit verbringen, auf Mallorca oder auf den Kanaren in der Sonne zu braten. – Also für mich wäre das nichts.«

Einmal von diesem Lächeln berührt werden. Dann erschiene alles in neuem Licht, und es begänne doch noch ein Sommer, der warm genug wäre, Reserven für die nächste Eiszeit anzulegen. Es stimmt aber auch, daß sie ein bißchen prall in ihrer Hose hängt.

Herr Gieseking hupt zum Einsteigen.

»Wir machen uns auch auf den Weg«, sagt die Mutter. Sie hat Tränen in den Augen. Carl bleibt nichts anderes übrig als sie zu umarmen. Für den Vater genügt ein Handschlag.

Guntram kommt und fragt: »Sollen wir Plätze nebeneinander nehmen?«

Er nickt.

Es ist weit nach Mitternacht, die Müdigkeit nimmt überhand, in jeder Position kribbeln andere Gliedmaßen, er holt seinen Schlafsack aus der Ablage, legt sich im Gang auf den Boden. Es ist ein Versuch. Guntram findet die Idee abwegig, weiter vorn tun Martin Kriens und Pöttering es ihm nach. Das Hauptlicht wird ausgeschaltet. Einige flüstern, vereinzelt schimmern Leselampen über den Sitzen. Von vorn, ganz leise, das Gedudel des Radios. Irgendwann halten sie in der orange beleuchteten Zollstation. Zwei Zöllner in Uniform schauen den Stapel Pässe durch, zählen Köpfe. Später klingen die Verkehrsnachrichten und Musikansagen schwyzerdütsch. Er sieht Emil Steinberger auf dem Telegrafenamt, lacht kurz, dämmert wieder weg, gleitet in wirre Bildfolgen, japanische Touristen auf der Äschlialp, aus ihren Kameras tropft Öl, schwarzweiß gefleckte Schweine, Mutter mit offenem Rücken, eiterndes Fleisch, die unerbittliche Nachricht, daß sie bald sterben wird. Ein Tiertrainer des Duisburger Delphinariums kommt und bringt ihr den Unterkiefer eines frisch getöteten Dornhais. Der Vater ist nicht einverstanden, wagt aber nicht, dagegen vorzugehen. Haiknochensud ist das einzige, was sie retten kann. *Krochli küti hänsi kranthen.* Dann Farben, aus denen zerfledderte Flugwesen springen. Dämonen vielleicht. Sie ziehen den Geruch überreifer Pfirsiche nach, kreischen an seinen Ohren vorbei. Immer öfter werden die Bilder von Füßen auf dem Weg zur Bustoilette unterbrochen. Gemurmelte Entschuldigungen, auch Tritte mit Absicht. Die Uhr sagt halb fünf. Er ist mehr wach als er schläft, draußen das Frühlicht. Die Gelenke schmerzen, der Nacken ist steif. Brüchig und feucht kehrt die Außenwelt aus düsteren Zwischenreichen, unteren Seelengegenden zurück. Ohrensausen, Schweißgeruch, zwischen den Zähnen ein Geschmack wie verfaulte Katzenleber. Über Nacht hat sich Bangigkeit ausgebreitet, Beklemmung auf Spinnenbeinen, in ihren Mundwerkzeugen giftiger Speichel. Das Verlangen, den Bus anzuhalten, auszusteigen, in entgegengesetzter Richtung fortzugehen, um eine andere Welt zu finden.

Er steht auf, rollt den Schlafsack zusammen, verstaut ihn im Gepäckfach, schiebt sich an Guntram vorbei auf seinen Platz, sackt in das Polster, lehnt den schweren Kopf mit halb geöffneten Lidern gegen die Scheibe, stiert hinaus. Die Luft ist graublau, zwischendurch Tunnel, hinter jedem folgt eine andere Landschaft: das breite Rhonetal, Weinberge in Terrassen, unten der kanalisierte Fluß, dann steilere Hänge, die an der Baumgrenze enden, Kirchen, reiche Höfe. Wieder Schwärze, ein straffer Rhythmus aus Neonlichtern. Dann schiebt sich fahles Rot aus dem Morgengrauen zwischen steil aufragende Felswände, krüpplige Kiefern, die sich mit verkrümmten Wurzeln an Vorsprünge, Abbruchkanten klammern, legt sich auf Geröllfelder, Heuwiesen, steinerne Hütten. Sie fahren den Rand einer Schlucht entlang, links neben der Straße stürzt es senkrecht abwärts, unten hier und da winzige Dörfer. Urschweizer leben dort. Von der Rückseite her wird die Wolkendecke Schicht um Schicht in Luft aufgelöst. Der Himmel zusehends heller. Noch läßt sich die Sonne nur erahnen. Immer halsbrecherischere Anstiege. Das Heulen des Motors ist kaum vom Dröhnen des hin und her schwappenden Hirns zu unterscheiden. Hier und da ein gemurmelter Satz, gedehnte Seufzer zwischen Wachen und Schlaf. Bleich und zerknautscht die Gesichter auf den flachen Kissen in gestreiften Sitzschalen, dämmrig an den Nebenmann gelehnt, dem Nachbarn auf die Schulter gekippt, bis ein Krampf kommt. Von vorn plötzlich, lauter, eine synthetische Melodie, gefolgt von Verkehrsmeldungen. Pille Löser zuckt, schreckt hoch, nimmt den Kopf aus Benedikt Siewerts Halsbeuge, schaut sich vorsichtig um, ob jemand bemerkt hat, in welcher Position er aufgewacht ist: Furcht, daß irgendwo einer die falschen Schlüsse zieht. Vor einigen Wochen hieß es, Pille sei schwul, weil er sich weibisch bewegt und eine Mädchenstimme hat. Bis jetzt wurde er aber mit niemandem erwischt. Guntram, der mit ihm befreundet ist, sagt, es stimmt nicht, neulich hätte Pille sich sogar ein Playboy-Heft gekauft. Carl will all diese Leute jetzt nicht mehr sehen, will allein sein, mit seinem Mundgeruch, den verklebten Kleidern. Er preßt die Stirn gegen das kühle Glas. Schwindel beim Blick in die Schlucht. Er schaut auf die Kronen der Bäume, als würde er in einem Fluggerät sitzen. Es folgt Abgrund auf Abgrund, darin tosend, aufgeschäumt, hinabschießendes Schmelzwasser, weiß von staubfein zermahlenem Fels, *Gletschermilch*. Der Bus quält sich immer schmalere Serpentinen hinauf, neigt sich zur Seite, ächzt. Carl fragt sich, wie sie es geschafft haben, in diese Steilhänge Straßen zu bauen, sie vor den ständigen Lawinen aus Schnee, Schlamm, Stein zu schützen, vor dem Zerreißen durch Temperaturgegensätze, minus dreißig Grad im Winter, plus vierzig im Hochsommer. Wer sagt, daß das Material nicht in diesem Moment ermüdet ist und nachgibt, die ganze Trasse unter ihm wegbricht? Er sieht den Bus hundert Meter tief stürzen, wie er sich überschlägt, zerschellt, sieht sich selbst darin eingekeilt. Wenn er die Augen schließt, um das Bild abzuschütteln, kehren die Szenen des Traums wieder, verkantete Gefühlslagen, die das zunehmende Licht giftig einfärben. Wie entsteht die düster zähe Gedankenbewegung, wie hält man sie auf, löscht sie aus? Statt Vorfreude Furchtsamkeit. In ihrem Gefolge die schlechteren Erinnerungen der vergangenen Jahre: schmerzende Beine, blutige Füße, Frost in den Zehen. Der Satz ›Ich kann nicht mehr‹, sein Geschmack auf der Zunge, ohne daß er ausgesprochen wird. Er wird nicht ausgesprochen werden, jedenfalls nicht von ihm. Ehe er als erster aufgibt, fällt er wortlos um, stürzt den Hang hinunter, verreckt auf dem Eisfeld wie die Opfer von Himalajaexpeditionen, Antarktiseroberungen. Angst vor verdeckten Gletscherspalten,

Erdrutschen, Felsstürzen. Warum hat er sich breitschlagen lassen, auch diesen Sommer wieder an einem Experiment zur Erforschung der menschlichen Belastungsgrenze teilzunehmen, statt in Ruhe zu Hause Bücher zu lesen, Fische zu beobachten, die Vogelpopulation am Rhein zu studieren? Ein flaues Gefühl, Übelkeit, die sich vom Bauch unter die Lunge schiebt. In den Kurven schwappt sie von rechts nach links und wieder zurück, hüpft, schlägt auf. Er will schreien, daß Herr Gieseking, der auf Butterfahrten nach Porta Westfalica, Billerbeck, Helgoland spezialisiert ist und keine Übung in Serpentinen hat, nicht leichtsinnig oder übermüdet die nächste Kehre zu schnell nimmt.

Ein Seitental tut sich auf, dann sind sie in einem Bergstädtchen, die Straße so schmal, daß kein Gegenverkehr passieren könnte. Verkümmerte Häuser, Bruchsteinplatten in Schichten gestapelt, unzählbare Schattierungen Grau, gelbliche Moose, bleiche Flechten. Eine alte Frau mit rotweißem Kopftuch und Beinen, krumm wie Ibisschnäbel, trägt eine Blechkanne über die Straße. Sonst nirgends Menschen. Geschlossene Blenden, karierte Vorhänge. Eine Madonna in leuchtendem Hellblau steht im Erker eines Eckhauses. Dann wieder unvermittelt Schwarz. Im Bus die schummrige Nachtbeleuchtung, draußen Neonstäbe, die vorbeirasen. Carl nimmt die Stirn von der Scheibe, schaut zu Guntram, Guntram schläft, verdreht, den Kopf in den Nacken gekippt. Weiter vorn räkelt sich Eberhard Simon, neben ihm die blonden kurz geschnittenen Haare von Pöttering. Die Enge des Tunnels nimmt bedrohliche Ausmaße an. Carl steht auf. Durch die Frontscheibe ist das Licht am Ende noch immer nicht sichtbar. Aber fünf Reihen vor ihm sitzt sie, Ursula, Usch oder

Ulla, in ihren Arm geschmiegt die kleine Schwester. Sie ist höchstens neun und wird sich zu Tode langweilen. Bestimmt wollte Schwester Adelgundis jemanden dabeihaben, an dem sie ihre sadistischen Muttergefühle ausleben kann. Ein Kind, das nicht widerspricht. Carl stellt sich auf die Zehenspitzen, hält sich mit einer Hand an der Ablage fest, lehnt sich zur Seite, als tastete er nach etwas. Auch so sieht er kaum mehr von ihr, Ursel, Usch, als den Scheitel, dickes, braunes Haar, stramm zum Zopf geflochten. Der Kopf leicht schräg. Im Lauf der Nacht haben sich einzelne Haare aus Klammern und Spangen gelöst, gekräuselte Linien, die das Restlicht auffangen. Eine Welle Trauer angesichts der völligen Aussichtslosigkeit all dessen, was er sich vorstellen kann. Der Vater hat recht: Die Hälfte der dreißig jungen Männer, die in gut einer Stunde die Gregoriushütte beziehen, werden versuchen, sie zu bekommen.

Endlich ein heller Punkt, der zur Fläche wird. Grüntöne, sanft ansteigende Hügel hintereinandergestaffelt, einzelne Holzhütten darin, dunklere Partien Kiefern- und Tannenwald, ein Schneefeld, das sich die Hänge hinaufschiebt. Geröll, Felsbrocken, Steilwand. Ein Wasserfall stürzt aus dem Nichts ins Nichts, unten, wo er aufschlägt, dem Blick verborgen, das Bett der Klier. Die Klier fließt jetzt auf der anderen Seite. Sie müssen mitten durch den Berg gefahren sein.

Elf

Das goldene Kästchen mit dem Sichtglas, hinter dem auf rotem Samt ein Stück Knochen befestigt ist, verschwindet in der aus dicken alten Balken gezimmerten Tischplatte. Mit sicheren Griffen setzt der Präses den schwarzen Granitdeckel wieder ein. Seine Lippen bewegen sich, er murmelt Gebetsformeln, das Gesicht nach innen gekehrt. Über dem Anzug trägt er eine grüne Stola, kein Meßgewand. Eging reicht ihm das Weihrauchfaß, verneigt sich. Eine kreuzförmige Wolke steigt auf. Gemeinsam umkreisen sie den Tisch, der jetzt zum Altar wird. Dahinter, an der Rückwand, hängt die Dreifaltigkeitsikone, ebenfalls aus Kahlenbeck mitgebracht. Das Schimmern des Blattgolds zwischen Erzengelgestalten folgt dem Flackern der Kerzen. Eging wendet sich wieder dem Präses zu, eine weitere Verneigung, nimmt das Weihrauchfaß zurück, bringt es hinaus. Der Präses legt die Hände auf den Altar, schaut kurz auf. Sein Blick ist nur ein Wischer über die Köpfe, trotzdem scheint es, als hätte er jeden, der hier steht, samt aller Gedanken erfaßt. Ein ebenso beruhigendes wie beängstigendes Gefühl.

Es sind nicht viele in die Kapelle gekommen. Höchstens die Hälfte derer, die vor drei Stunden den Bus verlassen haben, steht in der leergeräumten, sauber geputzten Nebenhütte, um für die reibungslose Fahrt zu danken, Segen für die nächsten drei Wochen zu erbitten, geschweige denn, weil die Liebe zu Gott sie hergebracht hätte. Der Obergipfelstürmer Pöttering zum Beispiel will Gebirgsjäger werden, Berufssoldat. Deshalb fährt er jedes Jahr zweimal nach Lenza. Im Sommer zum Bergsteigen, im Winter zur Skifreizeit. In beidem muß er sehr gut sein, wenn er die Aufnahmeprüfung bei der Bundeswehr bestehen will. Die Zeiten hier betrachtet er als Trainingslager.

Wie soll jemand, dessen Lebensziel das professionelle Töten ist, Gott lieben?

»Der Herr sei mit euch.«

»Und mit deinem Geiste.«

Auch Carl hat die Einweihungsandacht schwänzen wollen, wegen der Sonne draußen, des wolkenlosen Himmels, der so viel blauer ist als in Henneward. Nach der verregneten Ferienwoche zu Hause, wo er keinen Schritt vor die Tür tun konnte, ohne an Regina erinnert zu werden, wollte er sich ins Gras legen oder oben auf der Rampe vor dem Heuschober sitzen und zum Gipfel des Ehmarnhorns hinaufschauen. Mit schlechtem Gewissen, weil er sich nicht um seine Verpflichtung Gott gegenüber geschert hätte. Dann kamen im Schlepptau der Nonnen die Mädchen, und er ist ihnen nachgegangen. Auch das mit schlechtem Gewissen, denn sein Antrieb war im Kern falsch.

»Lasset uns beten: Herr, unser Gott, Du errichtest Dir aus der wohlgefügten Gemeinschaft der Heiligen eine ewige Wohnstatt. Gib diesem Deinem bescheidenen Haus himmlisches Gedeihen und laß uns immerfort Deine Hilfe empfangen durch die Verdienste der Heiligen – insbesondere des heiligen Papstes Gregor –, dessen Reliquie wir nach frommer Sitte in diesem Altar verwahren: durch Christus unsern Herrn. Amen.«

Vorne links steht Präfekt Lohfing wie ein einfacher Gläubiger, obwohl auch er Priester ist, rechts von ihm, mit anderthalb Metern Abstand Schwester Adelgundis und die Obernonne Pankratia, daneben Andrea und Ursula-Ulla, die ihre Hände der kleinen Schwester auf die Schultern gelegt hat. Wenn er den Kopf nach rechts dreht, sieht er sie im Halbprofil. So nah wie jetzt war er ihr noch nie. Sie könnte seinen Blick erwidern. Anders als in der Kahlenbecker Küche bestünde kein Zweifel, daß er gemeint wäre.

Er fragt sich, ob sie freiwillig zur Andacht gekommen – ob sie fromm ist.

Vermutlich hatte sie keine Wahl, wie auch er nie eine Wahl hatte, wenn er mit Tante Ria unterwegs war.

Manchmal ist es besser, keine Wahl zu haben.

So unmittelbar vor den Augen des Präses kann er sie unmöglich anstarren. Er versucht sich zu konzentrieren, eine Nachricht zu formen, in einer Gestalt, die nicht aus Wörtern besteht, sie ihr mit Hilfe seines Willens durch den Raum zu schicken. Aber die Bündelung des Willens ist schwierig. Er hat Zweifel, daß es ihm gelingt, genug Kraft zu sammeln. Sie muß im Innersten des Herzens zusammengezogen werden. Vielleicht funktioniert es, indem er die Luft anhält, das Gedankengebilde mit Hilfe eines bestimmten Drucks nach links schiebt. Jetzt müßte er die Kraft dort festhalten und weiter anwachsen lassen. Allerdings kann man in der Kapelle kaum atmen wegen des Weihrauchs, erst recht kann man keine Atempausen oder Versuche zur Gedankenübertragung machen. Bart wäre längst umgekippt.

»Wenn wir heute, nach einem arbeitsreichen Jahr, wieder hier am Fuß der Berge stehen, um die Zeit der Erholung zu beginnen, fragen sich manche, wo die letzten zwölf Monate geblieben sind. Anderen kommt es vor, als wären sie gar nicht fort gewesen. Gemeinsam aber ist uns allen, den Neulingen wie den alten Hasen, daß wir uns beim Blick hinauf zum schneebedeckten Gipfel des Ehmarnhorns wieder neu bewußt werden, wie ungeheuer klein wir tatsächlich sind angesichts der Majestät von Gottes Schöpfung.«

Lichtstreifen fallen durch die Ritzen zwischen den oberen Balken. Die Sonne ist aus dem Schatten der alten Fichten vor der Gregoriushütte getreten, bringt die Weihrauchschwaden zum Leuchten. Ein armdicker Strahl trifft genau in die Mitte der schwarzen Granitplatte, unter der die Reliquie des heiligen Gregor ruht. Der Präses zeigt keine Reaktion angesichts der Erscheinung, er bemerkt sie überhaupt nicht.

»Sobald wir die maßlose Selbstüberschätzung ablegen, die gleichermaßen Sünde und Krankheit unserer Zeit ist, stellt sich in unserem Innern das Gefühl der Ehrfurcht wieder ein, das den Menschen früherer Epochen selbstverständlich war: Ehrfurcht vor der Größe und Erhabenheit des göttlichen Werks, dessen Ordnung und Plan unseren Verstand und unsere Vorstellungskraft unendlich übersteigen. Wenn wir dann einen Moment innehalten, uns hier stehen sehen, klein, schwach, von Sorgen geplagt, und plötzlich Abstand gewinnen, wird diese Ehrfurcht im Anblick der Schönheit vor unseren Augen vielleicht in Dankbarkeit verwandelt, Dankbarkeit dafür, daß wir aufgrund Seines ewigen Ratschlusses ins Dasein gerufen wurden, daß Er gerade uns – jeden einzelnen – aus der unendlichen Fülle der Möglichkeiten, die Seiner Allmacht offenstehen, für das Geschenk des Lebens ausgewählt hat. So verschwindend gering wir angesichts der Berge erscheinen mögen, wir sind doch jeder als der, der er ist, gemeint und persönlich aufgerufen, uns auf den Weg zu machen zum Gott der Liebe, Ihm näher zu kommen, Schritt für Schritt und Tag für Tag. Die drei Wochen, die wir hier in Lenza verbringen, sind eine besondere Gelegenheit, unserer Gottsuche, die in der Geschäftigkeit des Alltags manches Mal auf der Strecke bleibt, neuen Schwung zu verleihen. Denn wie die Heilige Schrift ist die Natur ein Buch Gottes, das uns Staunen lehrt und vielfältige Anlässe gibt, über Seine Geheimnisse nachzudenken. So hat denn auch das, was wir hier vorhaben, nichts mit Sport zu tun. Es geht nicht darum, wer schneller oben ist, höher klettert, weitere Strecken zurücklegt. Wir sind nicht als *Gipfelstürmer* gekommen oder mit der Absicht, *Berge zu bezwingen.* Das hieße ja, wir wollten den Bergen den Kampf ansagen. Aber da lacht so ein Riese doch bloß, wenn einer von uns Winzlingen hier unten so einen Unfug redet. Der einzige Kampf, den wir führen, in der Gemeinschaft und jeder für sich, das ist der Kampf gegen uns selbst. Wir erklären unserer Laschheit den Krieg, die uns bei jeder sich bietenden Gelegenheit dazu verleiten will, uns treiben zu lassen. Aber wer sich treiben läßt, landet ganz unten. Das ist mit uns Menschen nicht anders als bei den Stöckchen, die ihr oben in die Gletscherbäche werft: Ganz ohne eigenes Zutun enden sie schließlich da, wo es nicht weiter abwärtsgeht: in der Gosse. Wer sich jedoch voller Aufrichtigkeit und Demut auf den Weg macht und hinaufsteigt, der wird oben auf der Bergspitze stehen und mit ruhigem klarem Geist die Weite und Offenheit jenseits aller Horizonte in den Blick nehmen.«

Längst ist der geheimnisvolle Lichtstrahl wieder verschwunden, hat der Weihrauch sich aufgelöst. Sie, Ursel oder Ulla, streicht der kleinen Schwester übers Haar, die sich umdreht, den Kopf in den Nacken legt, lächelt. Sie heißt Carina.

Carls Gedanken hängen noch immer zwischen Kopf und Brust fest, sie haben sich nicht einen Zentimeter aus ihm herausbewegt.

»Der steile Pfad hinauf zum Gipfel wird in den kommenden drei Wochen sowohl wirkliche Erfahrung als auch Realsymbol unseres irdischen Lebens sein. Die ersten Schritte erscheinen leicht: schattige Wege, sanfte Steigungen. Rechts und links wachsen Enzian, Orchideen und Lilien – prächtiger als Salomon in all seiner Pracht je gekleidet war, wie der Herr im Evangelium sagt. Aber all das ist nur Vorbereitung, damit wir Kraft und Ausdauer erlangen für die wirklichen Bewährungsproben. Je höher wir steigen, desto dünner wird die Luft. Statt weichem Gras scharfkantiger Fels. Keine Wege mehr, nur Geröllfelder, Ziegenpfade, Steilwände. Jenseits der Baumgrenze bewegen wir uns durch Regionen, deren Unberechenbarkeit der Mensch trotz aller modernen Technik bis heute nicht im Griff hat.

Immer wieder verlieren dort Bergsteiger ihr Leben. Manche durch Unvorsichtigkeit oder Übermut, andere durch schicksalhafte Verkettungen, weil es Gottes ewigem Ratschluß gefallen hat, ihr Leben an dieser Stelle zu vollenden. Gleichwohl dürfen wir ohne Furcht sein. Wir vertrauen darauf, daß jeder unserer Atemzüge gezählt ist. Deshalb gibt es für uns keinen Grund, in diesen Zustand aus Angst und Verzweiflung zu fallen, der für den Menschen unserer Tage zur Normalität geworden ist, seit er die Hoffnung auf Gottes Güte durch die Illusion seiner eigenen Herrlichkeit ersetzt hat. Wir gehen weiter, wie das Volk Israel durch die Wüste gegangen ist. Und ebenso wie Moses wußte, als er das Volk zum Aufbruch rief, daß der Weg ins gelobte Land beschwerlich und voller Gefahren sein würde, wissen wir, daß wir die Versuchungen und Prüfungen, die uns durch die äußeren Mächte und den bösen Feind im Innern auferlegt werden, nur mit Gottes Hilfe bestehen werden. Aber was auch immer geschieht, wir sind durchdrungen von der Gewißheit des Glaubens, daß wir nicht tiefer fallen können als in die Barmherzigkeit Gottes, der uns in Jesus Christus als Seine Kinder angenommen hat. Und so wollen wir das Staunen beim Blick auf die Wunder des göttlichen Schöpfungswerks zum Anlaß nehmen, uns wieder neu der Verantwortung bewußt zu werden, die diese Gotteskindschaft bedeutet, auf daß wir ihrer zunehmend würdig werden.«

Carina dreht sich um, starrt in Richtung der offenen Tür, als ob da etwas wäre. Die beiden älteren Mädchen tun es ihr nach, zehn, fünfzehn Köpfe schauen sich plötzlich um, auch Carl – da ist aber nichts.

»Lasset uns beten: Herr, unser Gott, behüte uns auf allen Wegen, die wir in den kommenden drei Wochen beschreiten werden. Laß sie uns aufrichtig und voller Demut gehen, auf daß jeder Schritt, den wir tun, uns ein Schritt zur Vollendung in Dir werde. Darum bitten wir durch unseren Herrn und Meister, Jesus Christus, Amen.«

Carina führt aus der Entfernung mit Hilfe von Daumen und Zeigefinger eine Art Vermessung der Ikone durch.

»Es segne euch und alle, die zu euch gehören, der allmächtige Gott, der Vater, der Sohn und der Heilige Geist.«

Der Präses wendet sich zur Seite, nimmt die Stola ab, faltet sie zusammen, legt sie auf das Tischchen an der Rückwand, auf dem während der Messe Hostien, Wein und Wasser bereitgestellt sind. Er tritt zu Präfekt Lohfing, sagt etwas, das sonst niemand versteht. Präfekt Lohfing dreht sich um, scheint zu zählen oder sich Gesichter einzuprägen, legt die Stirn in Falten, erwidert etwas, beide lächeln.

Ursula-Usch lächelt auch, beugt sich zu Carina hinunter, flüstert: »Hast du Hunger?«

Schwester Adelgundis mischt sich ein, obwohl sie gar nicht angesprochen war, greift nach Carinas Arm, sagt: »Du kommst am besten mit mir, wir haben bestimmt etwas Süßes für dich in der Küche.«

Genauso ist es in Kahlenbeck: Einige wenige, an denen sie einen Narren gefressen hat, überschüttet sie mit einer kranken Abart von Liebe, alle anderen terrorisiert sie so bösartig und hinterlistig, wie es nur einer frustrierten Hexe einfallen kann.

Carl steht als einziger noch in Richtung auf den Altar gewandt, weil ihm vor Wärme und Schönheit des Mädchens Ursula, Ursel, Usch oder Ulla die Kontrolle abhanden gekommen ist. Sie beachtet ihn nicht. Bis jetzt hat sie auch nichts bemerkt von den Anstrengungen, die er in fragwürdiger, wenn nicht sündiger Weise während der zehn Minuten Altarweihe und Predigt unternommen hat, um ihr durch die Zwischenschichten der Luft eine Nachricht zu schicken. Nicht einmal daß er sie anstarrt, registriert sie.

Jetzt bewegt auch sie sich Richtung Ausgang. Schwester Adelgundis und die Obernonne Pankratia haben die beiden Älteren samt Carina in ihre Mitte genommen, schirmen sie ab, damit es nicht zu zufälligen oder beabsichtigten Berührungen durch Schülerarme kommt. Carl steht hinter Eberhard Simon und Pille Löser. Plötzlich hat er ein merkwürdiges Gefühl in seinem Rücken. Er ist sich sicher, daß er den Blick des Präses auf sich spürt, beinahe so deutlich wie eine Berührung, halb mahnend, halb ermutigend. Es kann nichts anderes sein als ein Blick, denn unmittelbar hinter ihm ist niemand. Er bekommt Gänsehaut, dreht sich um. Der Präses ist noch immer im Gespräch mit Präfekt Lohfing und nimmt keinerlei Notiz von ihm.

Draußen blendet das Licht. Die Obernonne Pankratia bleibt mit Andrea und Ursula-Ulla bei dem steinernen Trog stehen, der von einem Rinnsal Gletscherwasser gespeist wird. Es ist das beste Wasser, das Carl je getrunken hat. Etwas in der Art erzählt die Obernonne Pankratia gerade den Mädchen, dann hält sie ihre Hand unter das Rohr, aus dem der Strahl in das Bassin plätschert, nimmt einen Schluck, fordert sie auf, es ihr gleichzutun, während Schwester Adelgundis mit Carina in der Gregoriushütte verschwindet, um sich Zuneigung mit Süßkram zu erkaufen.

Präfekt Lohfing kommt mit Günter Miersch die Treppe von der gelb-weiß gestrichenen Balustrade vor den Betreuerzimmern herunter und faltet die Fahne mit dem Kahlenbecker Wappen auseinander – das aufgeschlagene Buch, über dem ein Kreuz schwebt, umgeben von sieben Sternen, die für die Gaben des Heiligen Geistes stehen.

Sie wird am Heuschober bei der Zufahrt aufgehängt und zeigt an, daß die Gregorius-Hütte bewohnt ist.

Miersch wirft einen abschätzenden Blick auf Hintern und Schenkel der Mädchen, obwohl er vor kurzem geheiratet und ein Kind bekommen hat. Auch Andrea ist üppig. Nicht dick. So, daß man sie schön finden kann. Wenn es Liebe ist.

Die Lust vergeht, der Ekel bleibt.

Ursula-Ulla beugt sich vor, hält ihren Mund unter den Strahl, das Wasser spritzt, sie kreischt auf, lacht, ihre Bluse ist naß, darunter zeichnet sich der BH ab, ein festes Gebilde aus zwei Rundformen mit massiv verstärkter Spitze, so daß man kaum erkennen kann, ob und wie die Brustwarzen herausgedrückt werden, obwohl die Stoffe direkt aufeinanderkleben. Sie fürchtet trotzdem, daß mehr zu sehen ist als zu sehen sein soll. Es ist ihr peinlich, sie gestikuliert, um Blicke abzulenken, seinen und alle anderen, zupft den Blusenstoff von den Schalen. Sie hat unglaublich große Brüste. Noch nie hat er bei einem Mädchen so riesige Brüste gesehen. Er fragt sich, was das bedeutet, ob es überhaupt etwas bedeutet oder ob es für den Charakter ebenso unwichtig ist, wie zum Beispiel die Mützengröße.

Der Präses sieht nicht zu ihr hin, obwohl er gerade einmal zwei Meter von ihr entfernt steht und nur die Augen vom Boden heben müßte. Er schaut sich auch nicht um, wer von den Schülern sie anstarrt. Wahrscheinlich benötigt er seine Augen gar nicht, um zu wissen, was die Leute in seiner Umgebung umtreibt. Ohnehin geht er davon aus, daß der menschliche Wille von Grund auf verderbt ist. So gesehen besteht keine Notwendigkeit, daß Carl so tut, als interessierte ihn das alles nicht.

Ursula-Ulla zupft noch immer an ihrer nassen Bluse. Es sind schöne Gesten. Carl wünscht sich, er wäre der einzige, der ihr zusieht.

Jan Rasche, der zu Miersch will, um ihm einen Karabiner für die Fahne zu bringen, hält mitten in der Bewegung inne, wendet sich den Mädchen zu, streicht sich den Bart glatt, sagt: »Das ist definitiv das beste Wasser der Welt.«

»Hab ich gerade schon gehört«, entgegnet sie lachend. »Trotzdem ziemlich naß. Und kalt.«

»Trocknet schnell in der Sonne.«

Die Obernonne Pankratia sagt: »Wie ich gesehen habe, ist Ihre Gitarre auch wieder dabei, Herr Rasche.«

»Ohne Gitarre hat das Leben keinen Sinn, Schwester.«

Rasche ist drei Jahre älter als Ursula-Ulla – der perfekte Abstand für ein Paar. So, wie er sich in Szene setzt, wippender Schritt, spöttische Mundwinkel, gefällt sie ihm. Ob er ihr gefällt, läßt sich noch nicht beurteilen. Kann sein, daß er zu hippiemäßig aussieht für ihren Geschmack. Seine Eltern finden Rasches Äußeres grauenhaft, aber Carl muß objektiv zugeben, daß er toll aussieht, selbst wenn es ihm anders lieber wäre. Und er singt noch besser als er aussieht. Carl kennt niemanden, der annähernd so gut Gitarre spielt. Nicht einmal Bart, obwohl seine E-Gitarren-Soli inzwischen Plattenniveau haben.

»Und was für Musik?«

»Alles. Solange sie gut ist.«

»Herr Rasche ist ein phantastischer Musiker. – Sie werden jetzt Gitarre in Holland studieren, hat der Herr Präses erzählt.«

Er nickt und wendet sich wieder an Ursula-Ulla: »Nach dem Abendessen spiele ich oben vor dem Heuschober.

Wenn ich hier bin, ist das immer mein Platz. Vielleicht hast du ja Lust. Sie sind natürlich auch eingeladen, Schwester.«

Da er volljährig ist und kein Schüler mehr, kann er im Grunde tun, was er will. Niemand hat ihm zu befehlen.

»Was ist jetzt mit dem Karabiner?«

»Gleich.«

»Ich mag halt keine Musik, die zu hart ist.«

»Gibt es bei mir gar nicht – nur handgemachte Lieder: Bob Dylan, Hannes Wader, Reinhard Mey, die Beatles ...«

Wenn er sie haben will, kann er sie haben.

Schrecklich, die Vorstellung, daß es so einfach ist, ein Mädchen in sich verliebt zu machen, wenn man gut aussieht und Gitarre spielt.

Guntram biegt um die Ecke, hat einen der dicken roten Leinenwälzer unterm Arm, die er seit Wochen liest, *Franz Stein von Isingen*, nach Guntrams Einschätzung der einzige Theologe, der etwas Substantielles zu Kunst und Ästhetik zu sagen hat. Er setzt sich ins Gras. Statt zu lesen, schaut er sich Rasche und die Mädchen am Wassertrog an. Sein Gesichtsausdruck wandelt sich von Beflissenheit in Verachtung. Dabei hat er selbst seit einigen Monaten eine Freundin. Kurz vor den Ferien hat er es Carl erzählt, als sie einen ihrer vertraulichen Abende hatten, vor den Fischen saßen und darüber nachdachten, wie die Brutalität der Natur mit dem liebenden Gott vereinbar ist. Über die Aggression sind sie auf die Libido gekommen, und da hat Guntram ihm von einem Mädchen aus Forch erzählt – Irma heißt sie. Er küßt sie auch. Mehr allerdings nicht. Es belastet ihn, daß er im Zusammensein mit ihr manchmal weiterreichende Wünsche verspürt, die er vor ihr zu verheimlichen sucht, damit sie nicht über die Abgründe in seinem Innern erschrickt. Hauptsächlich verbindet ihn mit ihr eine geistige Freundschaft, die ihre Erfüllung in Gesprächen über Musik und Literatur findet. Carl hat ihm im Gegenzug aber nichts von Regina erzählt.

Er wünschte, Bart wäre hier. Bart kann diese Dinge viel besser einschätzen. Er hat den größten Teil seines Lebens in der Großstadt verbracht, seine Eltern sind wie jüngere Leute, die in modernen Verhältnissen leben. Die Mutter arbeitet in der Modebranche, der Vater hat verschiedene Berufe gehabt, wohnt in einer Art Kommune und war schon mit mehreren Frauen zusammen, seit er sich von der Mutter getrennt hat. Manchmal kommt morgens eine aus seinem Zimmer, die vorher noch nie da war, einfach so. Auch seine Mitbewohner sind locker, was die Liebe angeht. Das weiß in Kahlenbeck sonst keiner. Sicher gibt es Gründe, warum es verboten ist, mit jemandem zu schlafen, solange man nicht verheiratet ist, aber wenn beide es ernst meinen, kann Carl sich kaum vorstellen, daß Gott so sehr dagegen wäre, wie es die Kirche behauptet, zumal Jesus selbst gesagt hat: *Wer von euch ohne Sünde ist, werfe als erster einen Stein.*

Barts Vater würde jedenfalls keine Krise kriegen, wenn sein Sohn ein Mädchen mit nach Hause brächte. Sie dürfte bei ihm im Zimmer übernachten, sogar in seinem Bett. Carl hingegen hat ständig Streitereien mit seinen Eltern, wenn es um diese Themen geht.

Neulich, als er mit seiner Mutter zum Einkaufen fuhr, sagte sie: ›Du bist genau wie dein Vater, du schaust auch allen Frauen hinterher.‹

Ihm fiel nichts ein, was er hätte entgegnen können. Die Situation war ihm peinlich, vor allem wegen seines Vaters. Nach einer Pause fragte er, was sie eigentlich machen würde, wenn er ihr jetzt verraten würde, daß er eine Freundin habe? Er betonte es so, daß sie denken mußte, genau das werde er mit dem nächsten Satz tun.

›Ich würde es dir verbieten‹, hat sie gesagt.

Zwölf

»Almost heaven,
West Virginia,
Blue ridge mountains
Shenandoah river.
Life is old there,
older than the trees
younger than the montains,
growing like a breeze …«

Das Ehmarnhorn brennt. Entlang der Ostflanke in 4507 Metern Höhe lodern Feuerzungen den schneebedeckten Grat hinauf, reißen auseinander, verwehen als weißglühende Fetzen über dem abgeflachten Gipfel, zündeln am Himmel, bis sie sich zu weit entfernt haben, verlieren die Kraft, während von unten neue Flammen hochschießen, Explosionen, so hell, daß man geblendet wird, all das lautlos und wie in Zeitlupe, als käme es aus einer anderen Wirklichkeit. Dazu Rasches warme Stimme, der filigrane Klang seiner Gitarre, die über der Szene liegen wie Filmmusik.

»Schau mal«, sagt Carl leise, um das Lied nicht zu stören, »Sonnenfeuer über dem Gletscher.«

Sie sieht ihn verständnislos an. Er deutet rechts hinauf: »Über dem Ehmarnhorn.«

Sie schaut erschrocken, schlägt die Hand vor den Mund,

gefolgt von einem Entsetzenslaut, als stürzte der Berg ein.

Carl flüstert: »Ich habe so etwas noch nie gesehen, obwohl ich schon zum dritten Mal hier bin.«

Er ist ihr so nah, daß seine Nase ihr Haar streift. In der Rückwärtsbewegung saugt er ihren Geruch auf, erinnert sich, wie er vor Monaten am Nachholschalter stand, sie fortgehen sah, so benommen war von ihrer Duftspur, daß er sich kaum auf den Beinen halten konnte.

»Was passiert da?«

Er lehnt sich vorsichtig gegen sie, es soll absichtslos wirken, hält ihr sein Ohr hin, damit sie leise sprechen kann. Rasche reagiert empfindlich, sobald man seine Lieder stört. Die nackte Haut ihres Oberarms: »Nichts Schlimmes, oder?«

»Kleine Wolken. Wahrscheinlich. Oder aufgewirbelter Schnee. Auf der Höhe schneit es ja auch im Sommer. Und wenn er ganz pulvrig ist, der Schnee, und starke Windböen kommen, wird er aufgewirbelt und fortgetragen, das ist dann wie bei einem Sandsturm. Die Eiskristalle brechen das Licht, so daß die Wolken oder der Schnee aussehen, als würde der Berg brennen. Es müßte gleich vorbei sein, die Sonne ist jeden Augenblick auf der Rückseite des Gipfels…« – Er redet, selbst auf die Gefahr hin, daß Rasche ihn anmault. Sein Mund ist ganz dicht bei ihr, sie müßte seinen Atem in ihrem Ohr spüren, ein Säuseln oder Streicheln. Er spricht weiter, auch wenn es Unsinn ist, was er sagt, damit er ein paar Sekunden länger Grund hat, ihr derart nahe zu sein: »Du mußt dir das so vorstellen: Hinter dem Gipfel sind weitere Gipfel, die man von hier aus nicht sieht, das hängt mit der Erdkrümmung zusammen, außerdem sind sie niedriger als das Ehmarnhorn, und sobald die Sonne dahinter verschwunden ist, hört es auf, schätze ich, denn wie gesagt, ich habe das in dieser Form auch noch nie erlebt, doch du brauchst dir auf keinen Fall Sorgen zu machen, das Ehmarnhorn, genau wie der Satanswinkel – das schwarze Dreieck davor –, sie sind viel weiter von uns entfernt, als es scheint.«

»Ich habe ganz kurz gedacht, der Berg explodiert, wie vor zwei Jahren oder wann war das, dieser Vulkan in Amerika. Aber es ist einfach nur wunderschön.«

Er überlegt, was er sonst sagen könnte, über die Berge, die Feuer, das Abendlicht, denn auf Ursula-Ullas linker Seite nähert sich Rasche dem Ende des Lieds, dann wird sie sich wieder ihm zuwenden.

»I should have been home,

yesterday, yesterday.«

Jetzt ist dort nur noch eine schmale Glutkante, wie Lichtreflexe auf einer Klinge.

»Hast du das gesehen, da am Ehmarnhorn?« fragt sie Rasche.

Er schaut sie auf diese souveräne Art an, die man hat, wenn man etwas so Großartiges wie eine *Martin*-Westerngitarre mit Stahlsaiten, an denen sich Anfänger die Finger blutig spielen, lässig und schmerzfrei beherrscht.

»Ich war schon oben«, sagt er, und Carl wirft »Vor zwei Jahren, oder?« ein, um überhaupt im Gespräch zu bleiben.

»Bist du da auch hier gewesen?« fragt Rasche, als ob er es nicht wüßte.

»Ich war in deiner Gruppe.«

»Aber nicht mit auf dem Ehmarnhorn.«

»Natürlich nicht mit auf dem Ehmarnhorn.«

»Wie alt warst du damals?«

Er fragt das nur, damit sie es klar und deutlich hört.

»Knapp dreizehn.«

Sie sitzen zu dritt nebeneinander auf der verwitterten Laderampe des Heuschobers, zweieinhalb Meter über der Zufahrt. Carl haßt Rasche, obwohl er ihn eigentlich mag, und Rasche tut alles, damit Carl endlich verschwindet, was so schnell nicht passieren wird. Er ist sicher, daß Ursula-Ulla für Rasche nur ein Ferienspielchen wäre.

»Das Ehmarnhorn gilt als der schwierigste Berg der Schweiz. Abgesehen von der Eiger-Nordwand.«

Der Gipfel vor dem Himmel sieht aus wie das Ziel aus Licht am Ende des steilen Pfads der Gottsuche, von dem Präses Roghmann immer spricht. Die Südostflanke wird von ewigem Eis bedeckt, fällt jäh ab zu der düsteren Steilwand, die ›Satanswinkel‹ genannt wird, weil die Leute früher geglaubt haben, dorthin zögen sich die Dämonen zurück, wenn sie die Senner auf den Almen in Wahnsinn oder Todsünde getrieben hatten. Von hier unten scheint es, als wären der schwarze Keil und der weiße Gipfel unmittelbar hintereinander und fast gleich hoch, aber von der gegenüberliegenden Talseite aus erkennt man, daß zwischen Satanswinkel und Ehmarnhorn fast fünfhundert Meter Felsgrat liegen.

»Da warst du?«

Er nickt. Sein Unterarm liegt locker auf dem Gitarrenkorpus, seine Gesten kommen aus dem Handgelenk.

Ursula-Ulla sieht ihn voller Bewunderung an, mit einer Spur Schrecken über die Härte, die nötig ist, damit ein Mensch sich freiwillig solchen Gefahren ausliefert.

»Es war brutal.«

Anstatt zu erzählen, was geschehen ist, vor zwei Jahren, macht er eine dramatische Pause, bis sie sagt: »Das kann ich mir vorstellen.«

»Nein. Glaub mir. Das kannst du nicht.«

Carl hat die Geschichte schon mindestens zehnmal gehört, von Rasche, von Miersch, von Heinz-Bernd Zimmer. Auch der Präses hat sie für Predigten verwandt, obwohl er bei der Tour selbst gar nicht dabei war.

»Kurz nachdem wir den Abstieg begonnen hatten, kam ein Kälteeinbruch: das volle Programm mit Sturmböen, Hagelschlag. Wir standen mitten in den Wolken, Sichtweiten von dreißig, vierzig Metern. So etwas passiert am Ehmarnhorn oft. Unter anderem deshalb ist es bei Bergsteigern so gefürchtet. Als es aufklarte, sahen wir unter uns auf dem Gletscher eine amerikanische Seilschaft, die in der Nacht ebenfalls auf der Hütte gewesen war: Sie hatten Probleme, sowohl mit dem Untergrund als auch mit der Ausrüstung. Und auf einmal war da, wo der Mittlere gestanden hatte, eine Leerstelle über einem dunklen Loch. Keine Spur mehr von dem Mann. Er war einfach weg, vom Gletscher verschluckt. Solche verdeckten Spalten sind nicht selten, aber wenn du mit eigenen Augen siehst, was passieren kann, ist es ein Schock. Die beiden anderen hätte es fast mit hinuntergerissen. Einer lag flach auf dem Bauch, klammerte sich an seinen Eispickel, der zweite versuchte zu sichern, stemmte sich mit den Hacken in den Schnee. Und dann verlor das Seil plötzlich die Spannung. Er fiel hintenüber, rollte ein Stück abwärts, konnte sich aber fangen. Das Seil muß über eine Eiskante oder einen scharfen Felsen gerutscht sein, jedenfalls war es durchgeschnitten worden. Die sahen uns natürlich und haben gerufen, aber was sie sagten, ging im Sturm unter. Wir hätten ohnehin nichts tun können: Die ganze Flanke, die du von hier unten als weiße Fläche siehst, besteht aus übereinandergeschichteten Wächten, von denen jederzeit, besonders im Sommer, riesige Stücke als Lawine abgehen können: mehrere hundert Meter tief und ungebremst. Pirmin Andermatten, den wir als Bergführer hatten, war saumäßig wütend: ›Was haben diese vermaledeiten Schafsköpfe da überhaupt verloren?‹, hat er geschrien. ›So ein Irrsinn, diese Route zu nehmen! Das ist Selbstmord um diese Jahreszeit.‹«

»Und ist dann ein Hubschrauber gekommen?«

»Woher denn? Außer uns hatte den Absturz ja niemand gesehen. Wir haben fünf Stunden gebraucht, bis wir zurück an der Ehmarnhornhütte waren. Der Hüttenwart hat sich zwar mit der Bergrettung in Verbindung gesetzt, winkte aber auch ab und wiederholte nur, was Pirmin gesagt hatte. Bei dem Wetter kannst du keinen Hubschraubereinsatz fliegen, und nachsteigen geht auch nicht. Das ist nicht so, wie du dir das vorstellst, zehn Mann mit Tirolerhut und dickem Bernhardiner, der ein Schnapsfaß um den Hals hat – vergiß es. Stunden später sind die beiden anderen Amerikaner dann in der Hütte eingetroffen. Sie haben es tatsächlich geschafft, obwohl das Seil einem von ihnen zwei Finger abgetrennt hat. Es war ein Wunder, daß sie überlebt haben.«

»Sie hatten nicht einmal Steigeisen, hat Heinz-Bernd erzählt.«

»Es gibt Leute, die versuchen es in Turnschuhen dort hoch. Völlig wahnwitzig.«

»Und der dritte?«

»War tot.«

»Wurde der dann später geborgen?«

»Man spaziert nicht mal eben so auf eine Wächte, um einen Toten zu bergen ...«

»Das stelle ich mir schlimm vor für die Familie, daß es gar kein Grab gibt.«

»Eines Tages spuckt der Gletscher die Leiche wieder aus. Kann dreißig Jahre dauern oder hundert oder noch länger. Hängt davon ab.«

»Letztes Jahr haben sie am Anderhorn einen gefunden, der 1880 abgestürzt ist, mit Ausrüstung, komplett erhalten. Tiefgefroren halt«, sagt Carl.

»Wie gesagt, das mitanzusehen, wie der auf einmal verschwunden war, und zu wissen – du weißt das in dem Moment –, daß er jetzt tot ist, das war echt hart.«

»Und trotzdem willst du wieder so etwas machen?«

»Klar.«

»Ich war letzten Sommer zum ersten Mal auf einem Viertausender.«

»Azzalispitze, oder?«

Carl nickt.

»Einer der einfachsten. Da kann man in großen Seilschaften hoch. In erster Linie brauchst du gute Kondition. Ist endlose Gletschertreterei.«

»Ich bleibe lieber im Tal. Hier gibt es doch so viel Schönes zu entdecken, Blumen und Schmetterlinge, viel mehr als dort oben. Da sind nur Eis und Fels. Bei schlechtem Wetter hat man nicht einmal eine tolle Aussicht.«

»Über viertausend Metern sind die Wolken fast immer unter dir. Aber es geht bei der Bergsteigerei sowieso um etwas anderes. Es hat mehr mit dir selber zu tun. Wenn du in diese Grenzbereiche gehst, bekommst du eine Vorstellung davon, wer du bist, was du hier machst, auf der Welt, in deinem Leben. Da hat Roghmann schon recht. Auf dem Gipfel sind all deine Fragen beantwortet, beziehungsweise: Es gibt überhaupt keine Fragen. Zumindest nicht so lange, bis du wieder unten bist.«

»Letzten Sommer, als ich zum ersten Mal auf einem Gletscher…«, setzt Carl an und bricht ab, weil er einsieht, daß er Rasche nichts, aber auch gar nichts entgegenzusetzen hat, solange es ums Bergsteigen geht.

Nebel, waberndes Grau, keine zwanzig Meter Sicht. Beklemmung. Als wären sie ohne Erlaubnis in das Gebiet des Herrschers über das ewige Eis eingedrungen, der sie zur Strafe oder aus Bosheit für ihren Hochmut erst in die Irre führt und dann vernichtet. Sie marschieren Rasche hinterher, jeder Schritt ein Sieg über die eigene Erschöpfung, wachsende Mutlosigkeit. Es bleibt nur der Versuch, sich durchzuschlagen. Carl würde am liebsten aufgeben, sich hinsetzen, hinlegen, liegen bleiben, nie mehr aufstehen. Fühlt sich schuldig: wegen des drohenden Siegs der Schwäche über den Willen. Keiner hatte mit dem Kälteeinbruch gerechnet. In der Vorhersage war von einer stabilen Hochdruckwetterlage die Rede gewesen. Drei Stunden lang sind sie gut vierhundert Höhenmeter durch sonnendurchfluteten Wald und lichte Almen hinaufgestiegen. Alles sah nach einer perfekten Tour aus. Dann, kurz oberhalb der Baumgrenze, schlug es um. Carl friert erbärmlich in seinem viel zu dünnen Hemd, der abgeschnittenen Hose, die sich mit Feuchte vollsaugt, Schritt für Schritt schwerer und steifer wird, an der Haut klebt.

Rasche hat sich verlaufen, auch wenn er es nicht zugibt.

Sie queren ein riesiges Geröllfeld. Die Reihe der Steinpyramiden, mit denen die Route normalerweise alle fünfzig bis hundert Meter markiert wird, ist schon vor längerer Zeit abgerissen.

Rasche hebt die Hand, hält an, stemmt die Hände in die Seiten, dreht sich einmal im Kreis, sieht grauweiße Schleier in allen Richtungen, Geisterfelsen, Baumkrüppel, sonst nichts. Sie stehen ohne Orientierung inmitten des Steilhangs. Immer unkontrollierbareres Schlottern.

»Laß uns umkehren«, sagt Pille Löser. »Noch finden wir den Weg zurück, und das Wetter wird eher schlechter.«

»Ich kenne die Route«, sagt Rasche. »Sie verläuft exakt hier, Pyramiden hin, Pyramiden her. Sicher sind im Herbst oder Frühjahr ein paar Lawinen abgegangen. Man erkennt es an den geknickten, relativ frisch zersplitterten Kiefernstämmen. Auch daran, daß der Stein noch nicht mit Flechten überwuchert ist. Glaubt mir: Meine Orientierung täuscht mich nie. Und so sehr haben die Lawinen das Gelände nun auch nicht verändert.«

Carl schaut Guntram an, Guntram zieht die Augenbrauen hoch. Sie wissen beide, daß Rasche lügt, sei es aus Eitelkeit oder weil er die Gruppe nicht ängstigen will. Carl schüttelt den Kopf, hört eine neuerliche Lawine herunterdonnern, die ihnen alle Knochen brechen wird, stellt sich vor, wie sie in einer Sackgasse landen, aus der es weder vor- noch zurückgeht.

Das Geröll führt auf ein Schneefeld. In diesem Teil des Seitentals tauen die Schneefelder zuletzt, während mancher Jahre gar nicht, weil es immer im Schatten liegt. Das Schmelzwasser hat noch kein Bachbett, rinnt in breiter Front den Berg hinunter. Carl schwitzt vor Anstrengung und ist gleichzeitig bis auf die Knochen durchgefroren. Nebel und Schnee schieben sich ineinander. Aus der grauen Suppe tauchen hier und da Dornbüsche auf, verkümmerte Kiefern, zwergwüchsige Lärchen, das abgerissene Volk des Eiskönigs. Er malt sich aus, was geschieht, wenn sie vor Einbruch der Dunkelheit nicht wieder hinausfinden aus dieser Ödnis: Vielleicht ist es der Tod. Er hat keine lange Hose, keinen Pullover im Rucksack, nur die Windjacke. Nachts herrschen hier Temperaturen um den Gefrierpunkt. Er versucht, die Angst wegzuschieben, sich in die Rolle eines Abenteurers hineinzuphantasieren, der eine unbekannte Passage entdeckt und als Held zurückkehrt. Jedesmal, wenn er den Blick vom Boden hebt und Rasche mit seinen strähnigen Haaren, sehnigen Beinen vorausstapfen sieht, spürt er Zorn.

Rasche wird von allen bewundert und gefürchtet für seine riskanten Touren. Einige wollen deshalb auf keinen Fall zu ihm, andere unbedingt. Er ist der einzige von den Gruppenführern, der die Ruine der Bürkihütte anläuft, wegen der phantastischen Aussicht und weil er Spaß daran hat, Leute zu schinden. Eigentlich liegt sie zu hoch und zu weit entfernt für einen Tagesmarsch. Früher war sie der Beginn einer vielbegangenen Route zum Gipfel des Krummsteigs. Dann ist sie einem Felssturz zum Opfer gefallen. Seitdem befinden sich die Reste der Hütte auf einem Zwischengipfel ohne Wasser. Auf der Kuppe ist alles abgestorben. Teile des Hüttendachs sind eingestürzt, die Scheiben eingeschlagen, überall Müll.

Ebenso unerwartet wie sie in den Nebel geraten sind, stehen sie plötzlich in der prallen Sonne mit freiem Blick auf das Tal. Über ihnen stahlblauer Himmel, beängstigend leer, kein Vogel, keine Flugzeuge. Klare Sicht Richtung Osten, dazu scharfer Wind. Ringsum nacktes Geröll, das auf eine sechzig oder hundert Meter hohe Felswand zuführt. Oben ragen Teile des ausgebleichten Holzbaus auf. Rasche sieht triumphierend in die Runde, sagt: »Das nächste Mal glaubt ihr mir gefälligst.«

Linkerhand führt eine ausgetrocknete Wiese in eine weitere Verästelung des Tals, endet an der zerklüfteten Front des Gletschers. Eine Herde schwarz-weißer Ziegen, die den Sommer über halbwild auf den abgelegenen Almen leben, rennt mit klingelnden Glocken den Hang hinunter.

Es gibt noch immer die Möglichkeit, in den Nebel zurückzukehren. Oder auf dieser Höhe entlang des Abhangs das Tal vollständig zu umlaufen. Oder wie geplant zur Bürkihütte aufzusteigen, dort zu rasten und auf der Rückseite einen günstigeren Abstieg zu suchen. Rasche steht immer noch da, schaut die Felswand an, überlegt. Carl hofft, daß er sich für eine der Alternativen entscheidet, sieht Pille Lösers sorgenvolles Gesicht und Martin Kriens Grinsen, der unbedingt klettern will. Guntram murmelt: »Wahrscheinlich schafft man es. Bleibt die Frage, ob es vernünftig ist.«

Rasche bespricht sich mit Tante Schweick. Tante Schweick hat nach ihm die meiste Erfahrung. Sie scheinen derselben Meinung zu sein.

»Glaubst du, die Wand hat sich schon soweit stabilisiert, daß man einsteigen kann?« fragt Pille Löser, um Rasche zu signalisieren, daß er selbst es nicht glaubt. Rasche spitzt die Lippen, nickt bedächtig: »Ist letztes Jahr auch gegangen. Oder hat jemand Angst? Der kann sich von mir aus auch Brot und Wurst geben lassen und hier sitzen bleiben, bis wir zurück sind.«

Keiner meldet sich.

Rasche setzt sich in Bewegung, steigt mit sicheren Tritten voraus, ist schon sechs, sieben Meter über Martin Kriens, ruft: »Alles fest. Hier vorne sind sogar noch Ösen für die Karabiner.«

Die Wand scheint endlos. Carl fragt sich, warum sie keine Seilschaften gebildet haben? Sowohl Rasche als auch Tante Schweick haben Seile auf den Rucksack geschnallt. Wo, wenn nicht hier, soll man sie benutzen? Fragt sich, warum er nicht danach gefragt hat: Weil Rasche sich dann später am Abend auf der Laderampe vor dem Heuschober zwischen zwei Liedern über ihn lustig machen würde, vor Ursula-Ulla, und egal ob und wie er darauf reagierte, er stünde blöd da, als Feigling, als Klugscheißer, als einer, der sich verteidigen muß und von den anderen ausgelacht wird. Wenn er abstürzt, ist es ein tragischer Tod. Er wird sich in ihr Herz brennen als die Möglichkeit, die vom Schicksal zunichte gemacht worden ist. Das wird sie erschüttern. Sie wird ihn nie vergessen.

Augenblicklich sieht es nicht danach aus. Wo der Fuß keinen natürlichen Halt findet, haben sie vor Jahrzehnten Stufen in den Fels geschlagen oder Eisenstifte versenkt. Er klettert an sechster Stelle, vor ihm Rasche, Martin Kriens, Bernd Mariolus, Guntram und Pille Löser. Hinter ihm nur noch Tante Schweick. Die Abstände zwischen ihnen werden größer. Er fühlt sich fast sicher. Tritt, zieht sich hoch, tritt, zieht sich hoch. Weiter oben finden sich an schwierigeren Stellen rostige Stahlseile, an denen man sich festhalten kann. Er dreht sich um, sieht das Ehmarnhorn auf der anderen Seite des Tals in den Himmel ragen, den endlosen Grat, der von der Satansspitze hinaufführt, darunter ein Wolkenband. Eines Tages wird auch er dort auf dem Gipfel stehen. Er schaut vorsichtig hinunter. Das Bild, wie er losläßt und vornüberkippt, drei, vier Sekunden freier Fall. Im Moment des Aufschlags ist es vorbei, sein Leben. Alle denken, es war ein Unfall, nur er selber weiß, daß er einen Entschluß gefällt hat, in eine Entscheidung hineingerutscht ist aus Übermut, Irrsinn, wegen einer teuflischen Einflüsterung. Er würde als Selbstmörder zur Hölle fahren. Ein Kribbeln im Bauch, Vorstufen von Hohnlachen, plötzlich ein Rieselgeräusch.

»Achtung, Steine!« ruft Martin Kriens.

Aufschläge. Kinderschädelgroße Brocken springen wenige Meter entfernt an ihm vorbei. Er schimpft, steigt weiter, hat immer noch keine Schwierigkeiten Fuß zu fassen. Soweit er überschauen kann, was noch vor ihm liegt, wird es auch nicht gefährlicher. Wieder rieselt es, er brüllt: »Könnt ihr mal aufpassen, Mann!«

Pille hebt entschuldigend die Hand.

Carl wartet, um Abstand zwischen sich und die Vorderleute zu bringen, sieht jetzt, daß ganz oben, kurz vor dem Ziel, ein Überhang ist, über dem Rasche verschwindet. Dann Martin Kriens. Guntram bleibt stehen, atmet durch. Hat Mühe, den richtigen Griff zu finden. Bis dorthin sind es noch etwa fünfzehn Meter. Carl ahnt, was auf ihn zukommt. Pille schafft es im vierten Anlauf. Dann ist auch er außer Sicht. Die Angst kehrt zurück. Der Schweiß ist kalt, wird weder von Hitze noch von Anstrengung verursacht. Carl erreicht den Fuß des Überhangs, holt tief Luft, spürt den Puls in seinen Schläfen. Im Grunde muß er nur eine etwas zu hohe Stufe überwinden. Sie ist aber so hoch, daß er nicht sehen kann, wie es oberhalb weitergeht. Rechter Hand gibt es Kerben, an denen er seitlich hochklettern kann, wenn er mit den Händen einen festen Griff über sich findet. Er geht die verschiedenen Bewegungen durch. Atmet schwer, versucht sich die Augen trockenzureiben: Salz vermischt mit Sonnencreme, Steinstaub. Es brennt, gleich wird er blind sein.

Tante Schweick ist neben ihm, fragt: »Alles klar?«

»Ich sammle mich nur einen Moment. Geh ruhig vor.«

Tante Schweick weiß, wie man treten muß. Er ist zum siebten Mal in Lenza, hat fünf oder sechs Viertausender bestiegen, nicht nur Anfängerberge wie das Azzalihorn.

»Wenn du Hilfe brauchst, sag Bescheid.«

»Nicht nötig, krieg ich hin.«

Er muß sich nur einprägen, wie Tante Schweick klettert, wo er seine Griffe findet. Bei ihm sieht es mühelos und ungefährlich aus. Carl nimmt noch einmal seine Gedanken zusammen, dann versucht er an derselben Stelle zu greifen, stemmt seine Füße rechts in den Fels, die Hände schmerzen, er hängt fast waagerecht, ist hoch genug, um ein Knie auf die Felsplatte zu schieben. Die Kante bohrt sich ins Fleisch. Er verflucht seine abgeschnittene Hose, preßt die Schenkel fest an die überhängende Fläche, wuchtet sich irgendwie hinauf, merkt, daß er nicht das Plateau der Hütte erreicht hat, sondern auf einer schmalen, schiefen Ebene kauert. Er dreht sich vorsichtig nach vorn. Wenn er von hier zurückrutscht, fällt er doppelt so tief, wie er es sich vorhin ausgemalt hat. Ihm fehlen zwei Schritte auf blankem, glattpoliertem Fels, der fünfundvierzig Grad steil ansteigt. Er verlagert sein Gewicht, läßt sich nach vorn kippen, um weiter oben Halt zu finden, findet keinen, stellt fest, daß das Profil seiner Schuhe nicht greift. Seine Finger klammern sich an eine bröselige Kante, während die Füße langsam, aber unaufhaltsam abwärtsrutschen. Er muß über diese Klippe. Unmittelbar darüber befindet sich der Rest befestigten Wegs. Er sieht die anderen dort stehen, lachen, ihre Feldflaschen aufschrauben. Rasche schlägt Tante Schweick auf die Schulter, stolz, daß sie die richtigen Entscheidungen getroffen haben. Guntram packt den Gaskocher aus dem Rucksack, Pille Löser hat seinen Arm um Bernd Mariolus gelegt, deutet auf den Gipfel des Ehmarnhorns, während das Profil von Carls Sohle noch immer nicht greift. Zentimeter für Zentimeter rutscht er auf die Kante zu, hinter der er in den Tod stürzen wird, wenn nicht bald etwas geschieht. Seine Fingerspitzen krallen sich in den Stein, ihre Kraft läßt nach. Er preßt alle Luft zusammen, will schreien, merkt, daß es nicht für Schreien und Halten ausreicht. Versucht erneut sein Gewicht so zu verlagern, daß dieses verfluchte Vibramprofil, von dem sie ihm immer erzählt haben, es sei aus einem Wundermaterial, mit dem man fast senkrecht die Wände hochgehen könne, daß diese gottverdammte Sohle endlich Halt findet. Er ist nur noch eine Fußlänge vom Abgrund entfernt, spürt nichts als das Rutschen und sein Herz, das von unten gegen den Kehlkopf hämmert. Die Bewegungen verlangsamen sich und mit den Bewegungen die Gedanken. Sie dehnen sich in Richtung Unendlichkeit aus, werden glasklar und unwiederbringlich: Gedanken wie weit aufgerissene Augen, durch die er sieht, daß in wenigen Sekunden, die aus Fels, verdorrtem Gras,

Gletscher, Schnee, rasendem Puls, glühendem Kopf bestehen, sein Leben auf dieser schönen Erde vorbei sein wird. Es ist vergangen, ohne daß er irgend etwas von dem, auf das es ankam, geschafft oder erfahren hat: kein Mädchen geliebt, nie von einem Mädchen geliebt worden. Und nicht ein einziges Mal hat er diesen Glauben gehabt, von der Größe eines Senfkorns, geschweige denn all seine Hoffnung auf Gott geworfen. Selbst jetzt, wo ihm nichts und niemand mehr helfen kann, beschäftigt sich sein Hirn mit Blödsinn. Das, was er sonst großtuerisch zu Gottvertrauen erklärt, hat sich aufgelöst in Angst und Verzweiflung über sein erbärmliches Dasein, dem er rein gar nichts von Wert abgewinnen konnte. Panik, die jemand anderem gehört, er selbst ist unbeteiligt. Nicht einmal in diesen letzten Momenten schafft er es, sich dem Ewigen und Allmächtigen zu überantworten, ringt statt dessen mit zusammengeschnürter Brust um einen Hilfeschrei nach Rasche oder Guntram, doch aus der Kehle kommt noch immer kein Laut, die Muskeln in Armen, Händen, Fingern behalten die Luft für sich. Dann ein Ruck. Nicht einmal eine Handbreit vor dem Absturz löst sich in seinem Oberschenkel eine Kraft, schlägt durch bis in die Füße und wirft ihn mit einem einzigen Satz den entscheidenden Meter hinauf.

Dreizehn

Sie geht dicht neben ihm, stößt gegen seine Schulter, hüpft vor, weil sie etwas entdeckt hat, eine Bewegung, ein Rascheln, von dem sie denkt, daß es ein Tier ist, vielleicht ein Murmeltier, dreht sich um, lacht ihm zu, legt die Hand in die Hüfte, neigt den Kopf zur Seite, ruft: »Hast du schon mal Gemsen gesehen? – Ich meine hier, in freier Wildbahn?«

Die kleinteiligen Blüten auf dem flatternden Kleid, etwas wie Vergißmeinnicht, abwechselnd hellgelb und rosa, flirren in der Sonne, den Körper darunter kann man nur ahnen. Sie tritt einen Schritt aus dem Licht in den Schatten einer Gruppe Kiefern. Der Stoff wird von hinten angestrahlt, erscheint beinahe durchsichtig, als hätte sie nichts oder höchstens einen Überwurf aus Gaze an. Die Schenkel kraftvoll, rund wie bei den Göttinnen im Lateinbuch, aber nicht steinern, lebendiges Fleisch, warm und nachgiebig. Es beginnt zu kribbeln, von Kopf bis Fuß. Zum Glück trägt er die Sonnenbrille. Sie kann ihm nicht von den Augen ablesen, daß er eine Erscheinung hat, verwirrt ist vor Staunen, Schönheit, in eine Gefühlslage gleitet, die weit über Verliebtsein hinausgeht.

Ursula-Ulla schlägt mit der Hand vor ihrem Gesicht ins Leere, um Insekten wegzuscheuchen.

»Hast du?«

»Was?«

»Gemsen gesehen?«

»Sogar Steinböcke.«

»Dies Jahr auch schon?«

»Steinböcke vor drei Tagen bei der Thronhütte, Gemsen schon mehrmals.«

»Gemsen finde ich hübscher. Sind sie so süß wie auf den Bildern?«

»Kommt darauf an.«

Es ist der freie Tag nach der Großtour auf die Haselinspitze – alle können tun, was sie wollen. Die Haselinspitze war Carls zweiter Viertausender – wieder nur Gletschertreterei, wie Rasche sagt. Er ist trotzdem stolz, es geschafft zu haben. Guntram und er waren die jüngsten, die mitgehen durften. Er spürt die Anstrengung der vergangenen Tage mit jedem Schritt, die Muskeln schmerzen: vorgestern tausendfünfhundert Höhenmeter, davon vierhundert Klettern im nackten Fels, die kurze Nacht im Matratzenlager der Thronhütte auf dreitausend Metern, dann ab vier Uhr morgens der Aufstieg zum Gipfel, anschließend fünfeinhalb Stunden zurück ins Tal.

Sie haben sich den freien Tag verdient, hat der Präses in der Frühmesse gesagt, eine phantastische Leistung, die sie gemeinsam vollbracht haben.

»Und so viele Schmetterlinge. Ich mag am liebsten die kleinen blauen.«

»Es gibt eine Lichtung im Wald bei Kahlenbeck, wo man auch manchmal Bläulinge sieht. Andere Arten als hier, aber auf den ersten Blick kann man sie kaum unterscheiden.«

Er weiß nicht, wie er es hinbekommen hat, daß er jetzt

mit ihr hier alleine ist. So viele unwahrscheinliche Zufälle haben sich miteinander verschränkt, daß es undankbar ist, überhaupt an Zufall zu denken. Er hat seine Pläne verschleiert, aber da er Ursula-Ulla nicht bitten wollte, den Ausflug geheimzuhalten, grenzt es an ein Wunder, daß niemand etwas mitbekommen hat. Weder hat einer Bemerkungen gemacht, noch wollte sich jemand anschließen. Nur Andrea weiß Bescheid. Guntram, der den freien Tag gern mit ihm verbracht hätte, konnte er mit Ausreden hinhalten, bis Pille Löser und Martin Kriens ihn gefragt haben, ob er mit ihnen zur Lärschalp wolle, wo man euterwarme Kuhmilch trinken und Ziegenkäse aus der Hofkäserei essen kann. Auch der Präses hat keinen Verdacht geschöpft. Und Carina sind sie losgeworden, weil Schwester Adelgundis ihr ausgemalt hat, wie schön es wäre, wenn sie zusammen mit der Panoramabahn nach Sankt Raban führen, die Gondel zum Morgnergrat hinauf nähmen und im Gletschercafé Eis äßen.

Vor allem aber ist Rasche nicht da.

Alle gehen davon aus, daß Ursula-Ulla etwas mit Rasche angefangen hat oder anfangen wird. Nur Carl nicht. Er hat es geschafft, ihr Vertrauter zu werden. Ihm schüttet sie ihr Herz aus. Das ist nicht das Endziel, aber ein erster Schritt. Rasche hat die Chance ausgeschlagen, mit ihr allein zu sein. Er wollte lieber die Thronbesteigung versuchen. Obwohl heute der einzige freie Tag vor der Heimreise ist, hat er bei seiner Entscheidung keine Sekunde gezögert und auch ihr gegenüber nicht den geringsten Zweifel gelassen, daß der Thron Priorität hat. Statt sie nach Sankt Raban einzuladen, in ein nettes Restaurant zu Raclette oder Käsefondue, hat er mit Stefan Kriens,

Tante Schweick und Heinz-Bernd Zimmer den Bergführer Leo Brantschen gebucht. Sie sind eine weitere Nacht auf der Hütte geblieben, und wenn nichts Dramatisches dazwischengekommen ist, stehen sie jetzt in diesem Moment auf dem dritthöchsten Gipfel der Alpen, in 4698 Metern Höhe, und schauen in die Ferne bis hinunter bis zum Mittelmeer.

Sie war enttäuscht, als er es ihr gesagt hat, gab sich aber Mühe, es weder Rasche noch sonstjemanden merken zu lassen. Carl hat es trotzdem gespürt. Später, als Rasche zusammen mit Tante Schweick nach Lenza gegangen war, um Proviant zu kaufen, hat er gefragt, was los ist.

»Ich weiß es selber nicht«, hat sie gesagt. »Ich bin völlig durcheinander: Manchmal denke ich, Jan macht das extra. Um mich vor den Kopf zu stoßen. Andererseits sage ich mir, so wichtig bin ich ihm gar nicht, daß er sich groß etwas überlegt.«

In diesem Moment waren sie einander sehr nah, obwohl es um einen anderen ging, um den, von dem sie etwas wollte. Zugleich war Rasche der Grund für ihre Verunsicherung.

»Wahrscheinlich passen Jan und ich gar nicht zusammen«, sagte sie, »vom Charakter und vom ganzen Werdegang her, aber es gibt eine Anziehung zwischen uns, die ist vielleicht dumm, und ich hab' keine Ahnung, was daraus wird. Sie ist einfach da, auch von seiner Seite aus.«

Es ist ihm gelungen, seinen eigenen Schmerz, der ihn fast zerrissen hätte, in den Griff zu bekommen. Er hat seine Reaktion dem Muster *verständnisvoller Freund* angepaßt, der sie im Notfall in Schutz nehmen würde, sogar gegen ihre Selbstbezichtigungen. »Seid ihr denn richtig zusammen?«

»Wir könnten zusammen sein. Aber ich weiß nicht, wie weit ich gehen will.«

»Es muß schlimm sein für dich, daß er sich benimmt, als wäre es ihm egal, wie es dir geht.«

»Er sagt, daß eine bestimmte Kompromißlosigkeit zu seinem Wesen gehört. Als Musiker und auch sonst. Ich verstehe, daß er manche Sachen einfach tun muß, zum Beispiel auf den Thron steigen. Ich bewundere den Mut und die Kraft, die dazu nötig sind. Aber es tut trotzdem weh, daß ich bei seinen Überlegungen überhaupt keine Rolle spiele. Zumal ich mir Sorgen mache, wenn er sich solchen Gefahren aussetzt. – Dazu hätte ich kein Recht, sagt er.«

»Es tröstet dich sicher nicht, wenn ich dir sage, daß ich noch keine Pläne für den freien Mittwoch habe, ich könnte dich überraschen mit einem sehr schönen Ziel. Vorausgesetzt, wir kommen alle heil wieder unten an.«

»Da würde ich mich freuen«, hat sie gesagt und: »Mit dir kann man so gut über diese ganzen Sachen reden.«

Und jetzt ist er tatsächlich allein mit ihr unterwegs, weit entfernt von der Gregoriushütte, an diesem makellosen Tag, der nicht zu heiß ist und nicht zu kühl. Keiner wird kommen und sie stören. Es geht leicht bergab, sie hüpft voran wie ein Kind, bleibt stehen, dreht sich der Sonne zu. Offensichtlich trauert sie dem verpaßten Ausflug mit Rasche nicht nach. Sie wirkt überhaupt nicht wie jemand, der an etwas leidet. Sie ist hier mit ihm. Kein Gedanke an Rasche. Ihre Sorgen sind weg, obwohl sie berechtigt wären. Die Route zum Thron ist zwar nirgends so schwierig wie der Aufstieg zum Ehmarnhorn, doch die Spalten im vorgelagerten Gletscher sollen tückisch sein. Carl erschrickt. Nicht wegen Rasches möglichem Tod – im Gegenteil: weil er merkt, daß sich eine Hoffnung an die Vorstellung hängt, die so schäbig ist, daß er sich schämen sollte. Vielleicht war es ein Vorzeichen, daß Rasche gesehen hat, wie der Amerikaner abgestürzt ist, eine Warnung, die er in den Wind geschlagen hat.

»Wo führst du mich eigentlich hin?«

Er macht ein finsteres Gesicht, sagt: »Jetzt, wo du den Weg zurück ohne mich nicht mehr findest, kann ich es dir verraten: in ein dunkles Tal, wo die Berggeister meine Verbündeten sind und …«

Er hält inne, vielleicht versteht sie ihn falsch, grinst: »Nein. Quatsch. Das ist der schönste Ort, an dem ich je gewesen bin.«

»Ist es noch weit?«

»Nicht sehr.«

Vor ihnen liegt ein Stück Wald, das sich einen Hang hinaufschiebt bis zum Fuß der dreihundert Meter hohen Steilwand. Es ist dieselbe, die man von der Gregoriushütte aus sieht. Sonne bricht durchs Geäst. Zwischen den Bäumen zu ihren Füßen niedrige Sträucher, voll mit kleinen Beeren. Carl pflückt eine Handvoll: »Probier mal.«

Sie schaut ängstlich: »Bist du sicher, daß man die essen kann?«

»Sind Heidelbeeren, auch Blaubeeren genannt. Esse ich seit Jahren hier.«

Er nimmt sich selber, streckt ihr die Zunge heraus.

»Ganz lila.«

»Daran erkennt man echte Blaubeeren.«

Endlich traut sie sich, kaut langsam, schmeckt vorsichtig: »Unheimlich süß.«

»Auch ein Zeichen, daß sie nicht giftig sind.«

»Wieso?«

»Gift schmeckt immer bitter oder sonstwie eklig.«

Sie hocken nebeneinander, zupfen Beeren von den Sträuchern, haben blaue Finger, lecken sie ab. Hoch über ihnen die Schreie von Bussarden, die sich in weiten Bögen den Himmel hinaufschrauben. Vielleicht ist ein Adler dabei. Weiter vorn zwischen den Sträuchern Teile der alten Steinmauer, an der das Waldstück endet.

»Komm mit«, sagt er, »wir können später noch mehr Beeren essen, jetzt zeige ich dir das Paradies.«

Der Weg endet an einem Törchen, das halb aus den Angeln gebrochen ist. Es kippt ihnen vor die Füße, als Carl es beiseiteschieben will. Rostiges Eisen, morsches Holz. Sie steigen darüber hinweg, stehen auf einer Wiese, die an drei Seiten von Wald und niedrigen Mauern umgrenzt ist. Geradeaus führt ein Durchgang in einen dichter bewachsenen Teil. Rechts hinter einer Hecke beginnt das Geröllfeld, das zum Fuß der Steilwand führt. Wasser bricht aus dem Fels, stürzt senkrecht herab.

Carl weiß nicht, weshalb das Gelände aufgegeben wurde. Als hätte jemand einen Zauber verhängt, der nur noch Auserwählten den Zutritt erlaubt. Nicht einmal Heu wird geerntet. Alle Arten Wildblumen wachsen. Carl erkennt Türkenbund und Frauenschuh. Im Schatten eines gewaltigen Felsblocks, der vor Jahrzehnten, wenn nicht Jahrhunderten eingeschlagen ist, stehen drei aufgegebene Schober oder Ställe. Das Wasser läuft aus einem alten Rohr in einen halbierten, ausgehöhlten Eichenstamm, sein Überlauf mündet in einen schmalen Kanal, der quer durch die Wiese fließt, unter der Mauer im Wald verschwindet.

»Gott, ist das schön«, sagt sie, läßt sich fallen. Das Gras ist frisch und weich. In ihrem Blumenkleid scheint sie ein Teil davon zu werden. Er setzt sich neben sie, sagt: »Riechst du das? Ich kenne keinen Ort, wo es so gut riecht.«

»Stimmt.«

»Seit ich zum ersten Mal hier war, kann ich mir vorstellen, wie Adam und Eva sich gefühlt haben, als sie begriffen, daß der Garten Eden ihr Platz ist, eigens für sie erschaffen, wo sie ohne Sorge sein können.«

»Warum wohnt hier niemand?«

»Die Leute haben Angst. Es gibt immer mehr Steinlawinen, Felsstürze, weil diese Scheiß-Skifahrer überall neue Pisten bekommen, damit sie auch im Sommer die Berge runterrasen können. Und wegen der Erderwärmung. Die Gletscher schmelzen ab, das hat seine Auswirkungen auf…«

»Ach, ich will jetzt gar nicht so pessimistisch sein.«

Er beißt sich auf die Zunge.

»Schau mal da hinten«, sagt er und deutet auf einen Baum voller Früchte. »Sind Pfirsiche.«

»Die hätte sogar ich erkannt.«

»Und es ist uns erlaubt, sie zu essen. Jedenfalls solange bis irgendein Bergbauer es verbietet.«

»Meinst du, da kommt einer?«

»Ich habe hier noch nie jemanden gesehen.«

»Unglaublich, daß es so einen Platz wirklich gibt«, sagt sie und lächelt, während sich von fern ein anderer Gedanke einschleicht. Plötzlich wird ihr Gesicht fahl, der Blick fällt ins Bodenlose, sie stiert ins Gras. Carl ahnt, was kommt, wünscht Rasche einen Augenblick lang ernsthaft den Tod, reißt sich zusammen: Rasches Egoismus ist das Beste, was ihm passieren kann: »Hast du eigentlich noch mal mit …«

Er denkt ›Rasche‹, aber für sie ist er ein anderer: »Hast du noch mal mit Jan gesprochen, bevor wir gegangen sind, vorgestern?«

Sie nickt.

»Willst du darüber reden?«

»Aber für dich … Für dich muß es komplett bescheuert sein, wenn ich hier sitze und dir den Tag und diesen wunderschönen Ort, den du extra für mich ausgewählt hast, damit vermiese, daß ich dir die Ohren volljammere mit meinen Problemen, zumal du Jan nicht einmal … – Du magst ihn nicht besonders, oder?«

»Ich kenn' ihn schon lange. Unterwegs, gerade auch unter extremen Bedingungen kann man sich absolut auf ihn verlassen, da ist er wirklich in Ordnung. Wenn er nicht gerade seine bösartigen fünf Minuten hat. Natürlich macht er Fehler, aber im großen und ganzen bin ich gern mit ihm auf Tour. Und ich mag es, wenn er singt. Ich kann ihm stundenlang zuhören. Allerdings finde ich es echt zum Kotzen, wie der dich behandelt. Dafür gibt es auch keine Entschuldigung.«

»Manchmal ist er sehr einfühlsam. Regelrecht lieb.«

Im Grunde hat Carl Rasche schon immer für eine Charakterleiche gehalten: launisch, großkotzig, selbstherrlich. Aber das darf er jetzt auf keinen Fall sagen. Seine Einschätzung muß ausgewogen wirken und sie trotzdem dazu bringen, Rasche für ein Arschloch zu halten: »Ich habe ihn unterwegs meistens rücksichtsvoll und hilfsbereit erlebt. Wenn einer von den Kleinen Konditionsprobleme hat oder blutige Blasen, macht er sofort Pause und kümmert sich darum. Selbst wenn er es dann nicht mehr bis zum Tagesziel schafft.«

»So ist er schon auch, oder?«

»Ganz anders als Miersch. Miersch sagt: Bergsteigen macht erst hinter der Schmerzgrenze Spaß. – Jan hat halt sehr unterschiedliche Seiten.«

»Aber wenn du ganz ehrlich bist... Du sollst nichts sagen, weil du mich... Nichts, von dem du denkst, daß ich es hören will: Findest du es fair, wie er mit mir umgeht?«

»Nein.«

»...daß er manchmal so tut, als wären wir ein Paar, und eine halbe Stunde später behandelt er mich wie Luft, nur damit Miersch oder auch Heinz-Bernd auf keinen Fall denken, er würde sich mit einem Küchenmädchen einlassen...«

»Was soll daran so schlimm sein?«

»Meinst du, ich wüßte nicht, daß ihr – du vielleicht nicht, aber daß die meisten von euch, daß ihr uns für minderbemittelt haltet?«

Carl fühlt sich ertappt. Auch er hat Sorge, daß sie über ihn lästern werden, wenn er eines Tages ihr Freund ist: »Du meinst...«

»Das ist so oft passiert: Wir sitzen zusammen und haben es schön, lustig, oder wir sind in ein Gespräch vertieft. Und dann läuft einer von den Oberkahlenbeckern oder von den Superbergsteigern vorbei, und Jan tut so, als würde er es gerade mal hinnehmen, daß ich überhaupt neben ihm sitze.«

»Das ist mies.«

»Glaubst du, daß er sich auch nur ein kleines bißchen

für mich interessieren wird, wenn wir wieder zu Hause sind? – Er zieht nach Holland und studiert Gitarre, alles ist voll mit Sängerinnen, mit Frauen, die sich richtig auskennen in der Musik. Selbst ich, obwohl ich keine Ahnung habe, merke ja, was für eine Wirkung es hat, auch körperlich, wenn er singt. Glaubst du, wenn da eine kommt, mit der er Musik machen kann und die wirklich zu schätzen weiß, wie er spielt, daß ich da auch nur die geringste Chance habe? Jan hat mich doch innerhalb einer Woche vergessen.«

Carl hört mit ernstem Gesicht zu, wie ihre Stimme brüchig wird, sieht, daß ihr Tränen in die Augen steigen, denkt, daß sie recht hat im Hinblick auf Rasche, daß er selber, wie er hier sitzt, ganz anders wäre: Er würde zu ihr fahren, jedes Wochenende, ganz gleich, was und wo er studieren würde. Doch das kann er ihr nicht sagen. Sie würde lachen. Freundlich, aber so, daß er die Aussichtslosigkeit seiner Hoffnung merken müßte.

Er ist vier Jahre jünger als sie.

»Liebst du ihn denn?«

Sie schluchzt.

Ihre Traurigkeit rührt ihn. Ein trauriges Mädchen zu trösten zählt zum Schönsten, was er sich vorstellen kann. Behutsam streicht er ihr eine Träne von der Wange. Sie schnauzt nicht: Spinnst du, was fällt dir ein. Schaut ihn an, dankbar, beinahe so, wie er sich vorstellt, daß sie schauen würde, wenn sie nicht Rasche, sondern ihn lieben würde: »Das Schlimme ist, ich bin mir nicht einmal sicher, ob ich Jan liebe oder ob es mir einfach nur schmeichelt, daß er sich für mich interessiert.«

»Wenn du mich fragst, also mich als deinen … Als deinen … – Was sind wir uns eigentlich? Was bin ich für dich? Etwas wie ein Bruder vielleicht, oder? Das noch am ehesten. – Also wenn du mich fragst, will Rasche vor allem eins: Macht. Daß du in eine Abhängigkeit kommst. Er ist ein Machtmensch. Das habe ich bei ihm oft erlebt. Als er noch Schüler war, hatte er eine wahnsinnig schöne Freundin, die muß er unglaublich gemein behandelt haben, so wurde es zumindest erzählt. Ich habe sie selbst mehrfach heulend beim Steingregor stehen sehen. Auch mit uns macht er das so: Einerseits ist er wahnsinnig nett, wie ein Freund, und im nächsten Moment benimmt er sich total abweisend, so daß du dich fragst, was du bloß falsch gemacht hast. Dann fängst du an zu überlegen, was du tun könntest, um ihn wieder gnädig zu stimmen, was dazu führt, daß er dich erst recht verachtet.«

»So geht es mir ständig.«

»Ich glaube nicht, daß du damit glücklich sein wirst. Auf die Dauer.«

Trotz der Vögel, des Panoramazugs, der in der Ferne vorbeifährt, des Wassers, das die Wand herunterstürzt, ist es plötzlich ganz still. Carl hört ihre Atemzüge. Sie werden ruhiger. »Wie schön, daß wir uns gefunden haben«, sagt er, »und daß wir so reden können, ohne daß einer dem anderen etwas beweisen muß.«

Er sieht sie an. Es dauert lange, bis sie es merkt, vom Boden aufschaut. Sie legt eine Hand auf seinen Unterarm, sagt: »Mein kleiner großer Bruder.«

Ihre Augen in seinen. Was wäre, wenn er sie jetzt tatsächlich küssen würde? Einfach so. Als täte er das Selbstverständlichste von der Welt. Sie sind einander so nah, wie es geht im Augenblick, für heute. Er ist weiter gekommen, als er es am Morgen hat hoffen können – als er realistischerweise gehofft hat. Er muß Geduld haben.

Sie neigen sich einander zu, bis ihre Stirn an seine stößt. Jetzt sollte der Berg explodieren, sie in glühender Lava einschließen, daß sie sich nie wieder auseinanderbewegen können.

»Hättest du etwas dagegen, wenn ich dich *Ulla* nenne? Ich finde, *Ulla* paßt viel besser zu dir als *Ursel* oder *Usch* …«

Carl kann kaum glauben, daß er sie das gefragt hat, fürchtet sich vor der Antwort.

»Niemand sonst nennt mich so«, sagt sie. »Ich fände es schön, glaube ich, wenn nur du mich so nennen würdest.«

Er kommt die Einfahrt herauf, hat für die Rückreise eingekauft, sein Rucksack ist schwer, Landjäger, Käse, Brot, Malzbier, geht am Bus vorbei, der seit dem Vormittag dort steht. Trauer macht sich breit, Abschiedsschmerz, obwohl sie erst morgen fahren. Was wird aus Ulla und ihm, wenn sie in Mariendorn ist, sich zur Krankenschwester ausbilden läßt und er in Henneward oder Kahlenbeck festsitzt, beide ohne Auto? Es kann Wochen dauern, bis er sie wiedersieht, wenn überhaupt, und wie wird es sein? Er paßt so wenig in ihre Welt wie sie in seine.

Spitze Schreie, gefolgt von Gelächter. Dann nichts mehr. Neue Schreie, neues Gelächter, Rascheln, Rumpeln. Es dringt oben aus dem Innern des Heuschobers, klingt ausgelassen, als würde eine Frau gekitzelt, in die Seite gezwickt, immer wieder versuchen, sich zu entwinden. Ein Kampf, ein Spiel. Fangen, verstecken – gefunden, überwältigt werden. Es ist ihre Stimme, die Stimme des Mädchens, der Frau, die er jetzt Ulla nennt. Vielleicht rollzt sie mit ihrer Schwester: Sie lassen sich vom oberen Boden auf den unteren fallen, wo das Heu zwei Meter hoch liegt und nach Wildnis und heimlicher Liebe riecht. Obwohl der Bauer es nicht wünscht, klettern alle hinein, liegen dort, hängen Traumbildern nach. Martin Kriens und Pille Löser sollen schon dort übernachtet haben. Vielleicht stimmt es auch nicht. Wieder lautes Lachen, eine Hand wird in der Öffnung sichtbar, nur kurz. Von der Schwester ist nichts zu hören. Er nimmt die Stufen zur Verladerampe hinauf, dort liegt Rasches Gitarre, daneben der Ordner mit den Noten. Er hört Rasche lachen: »Wenn du es mir nicht freiwillig gibst, hol' ich es mir.«

»Ich habe es nicht, es ist weg, irgendwo hier.«

Carl klettert die Sprossen zum Einstieg hinauf, im selben Moment ein Kreischen. Er sieht Rasche, der sich auf Ulla geworfen hat, beide rollen durchs Heu. Sie schafft es, sich auf den Bauch zu drehen, ihre Hände unter sich zwischen die Brüste gepreßt. Rasche kniet über ihr, sinkt ein, faßt sie an den Schultern, versucht, sie umzudrehen, sie kreischt: »Carina, hilf mir!«

Carl entdeckt im Halbdunkel Carina, die auf dem Querbalken sitzt, ihre Beine baumeln läßt, das Kinn in die Hand gestützt: »Ich helf' dir nicht, du bist selber schuld.«

Rasche gelingt es, sie auf die Seite zu drehen. Jetzt sieht sie Carl, ruft: »Carl, dann hilf du mir, er hat mich überfallen. Ich bin unschuldig.«

»Ich warne dich«, sagt Rasche. Es ist ernst gemeint.

II. Die böse Begierde

Vierzehn

»Und womit hast du dich in den Ferien beschäftigt?« fragt Holzkamp.

»Wie gesagt, Bergsteigen ...«

»Das wissen wir jetzt. Aber anschließend waren noch drei Wochen übrig.«

»Da ist nichts groß passiert.«

»... im Garten gesessen und deiner Mutter beim Abwasch geholfen?«

»Sachen in die Spülmaschine geräumt.«

»Du willst mir also nicht verraten, womit du deine Lebenszeit vergeudet hast.«

»Doch. Schon. Ich habe eine Bestandsaufnahme der Wasservögel am Rhein versucht und tatsächlich ein paar Arten entdeckt, von denen ich nicht wußte, daß es sie bei uns gibt. Uferschnepfen zum Beispiel. Rotschenkel. Flußregenpfeifer.«

»Du kennst dich aus mit Vögeln?«

»Vögel und Fische ...«

Kuffel läuft rot an, explodiert vor Lachen.

Es dauert zu lange, bis Carl die Doppeldeutigkeit auffällt: »Ihr seid albern. Kindergarten.«

»Du hast recht. Ich weiß auch nicht, was daran lustig sein soll. Ornithologie - nicht wahr, so heißt das, wenn man sich professionell mit Vögeln beschäftigt ...«

Kuffel beißt sich auf die Lippe, prustet erneut los. Jetzt fällt auch Holzkamp in einen Lachkrampf.

»Das liegt einzig und allein daran …«, stammelt er, »das kommt davon, wenn man sich sechs Wochen lang am Baggersee herumtreibt, spärlich bekleideten Jüngelchen beim Baden zusieht, anstatt sich auf das Studium der Schrift und die geistlichen Übungen zu konzentrieren, nicht wahr, Bernhard? Also bitte: Reiß dich zusammen. Carl will uns von seiner wissenschaftlichen Arbeit erzählen.«

»Es interessiert euch doch sowieso nicht.«

»Alles, was mit Vögeln zu tun hat, interessiert …«

Wieder hysterisches Gelächter: »Glaub mir … Es interessiert uns brennend. Vor allem Bernhard.«

»Das ist mir zu blöd, ich geh' gleich.«

»Wir hören jetzt auf«, sagt Kuffel. »Ehrenwort.«

»Gut, ernsthaft: neueste Erkenntnisse über die Wasservogelpopulationen am Niederrhein.«

»Keine Lust.«

»Gut. Dann etwas anderes. Was war sonst bemerkenswert in deinen Ferien?«

Carl will nichts mehr erzählen. Andererseits ist Holzkamp heute abend zwar albern, aber ausnahmsweise nicht bösartig. Vielleicht ist seinem Theologieprofessor-Paten die charakterliche Veränderung zum Schlechten hin aufgefallen, die er durchlaufen hat, seit er nach Kahlenbeck gekommen ist, und als sein langjähriger Beichtvater hat er ihm ins Gewissen geredet, daß er sich besinnen und umkehren muß, denn der Weg zu Christus führt nicht über triumphale Siege in Wortgefechten, sondern über die Liebe zum Nächsten.

»In der Hauptsache beschäftige ich mich sowieso mit Ichtyologie.«

»Gut, haben wir das geklärt, dein Interesse an Vögeln ist mehr ein Hobby, das Hauptaugenmerk liegt auf den Fischen ... Und sonst?«

»Ich war oft bei Tante Ria und ihrer Schwester.«

»Das ist die alte Dame, die dich immer mit nach Mariendorn schleppt?«

Carl nickt.

»Wie alt?«

»Zweiundsiebzig.«

»Und sie ist fromm?«

»Tante Ria hat halt einen sehr einfachen Glauben, nicht theologisch fundiert. Sie ist Vorbeterin in der Kirche, Vorsitzende im Frauen- und Mütterverein, liest quasi nur katholische Zeitschriften, *Stadt Gottes*, *Maria heute*, den *St. Michaelsbrief* aus Banneux, macht immer die Wallfahrt nach Mariendorn, vor vier Jahren war sie sogar in Lourdes.«

»Die Sorte, verstehe«, sagt Holzkamp.

»Aber verheiratet?« fragt Kuffel.

»Ihr Mann ist nach sieben oder acht Jahren gestorben.«

»Also keine alte *Juffer* – gynäkologisch betrachtet.«

Carl zuckt mit den Achseln: »Sie wohnt mit ihrer Schwester zusammen.«

Holzkamp wendet sich an Kuffel, sagt: »Findest du nicht auch, daß die Gräfin Warnstorf in letzter Zeit oft unerträglich *juffernhaft* ist?«

»Sie hat halt keinen Mann gefunden, der ihr gut genug war und der vor allem ihrer Karriere als Philosophieprofessorin nicht im Weg gestanden hätte. Die logische Konsequenz daraus wäre gewesen, daß sie ihre Jungfräulichkeit dem Bräutigam Christus geschenkt hätte und in einen Orden eingetreten wäre, nur dazu war sie zu stolz ...«

»Ja schon, aber es wird schlimmer.«

»Eine Frau ohne männliche Führung läuft früher oder später aus dem Ruder, selbst wenn sie intelligent ist. Vielleicht erhöht Intelligenz das Risiko sogar. Paulus sagt: *Die Frauen sollen sich unterordnen, wie es auch das Gesetz fordert. Wenn sie etwas wissen wollen, dann sollen sie zu Hause ihre Männer fragen.* Andernfalls gewinnen Bosheit oder Schrullen die Oberhand. Wie bei der Maxius. Wobei Gräfin Warnstorf ein anderes Kaliber ist: Bei ihr funktioniert immerhin der Verstand einwandfrei, was man von der Maxius wirklich nicht behaupten kann.«

»Ehrlich gesagt, weiß ich immer noch nicht, was genau ihr mit *Juffernhaftigkeit* meint.«

»Du kommst doch vom Dorf«, sagt Holzkamp, »da müßtest du diese in unfreiwilliger Jungfräulichkeit gealterten Damen doch zuhauf kennen: Sie sind ein bißchen verdattert, neigen zu abstrusen Vorlieben ... Die Gräfin Warnstorf zum Beispiel lebt mit einem Kefir zusammen, der ihr genauso viel Aufmerksamkeit abverlangt, wie es ein Ehemann täte. Deshalb nimmt sie seit Jahren nicht mehr an wissenschaftlichen Konferenzen teil, weil: Wenn sie länger von zu Hause fort ist – wer kümmert sich dann um den Kefir?«

»Was ist ein Kefir?«

»Ein Kefir ist ein fieses, schwabbeliges Ding, das Milch geordnet vergammeln läßt. Sieht aus wie ein weißes Krebsgeschwür, wuchert auch so und scheidet dabei eine Art dünnflüssigen Joghurt aus. Dieses Getränk soll der Grund sein, weshalb es im Kaukasus die höchste Dichte an Hundertjährigen gibt.«

»Ich dachte in Japan.«

»Im Kaukasus. Das Problem beim Kefir ist: Nach ein paar Tagen ohne frische Milch oder unter falschen Temperaturbedingungen stirbt er ab. Deshalb kann die Gräfin nicht länger von zu Hause weg. Also bleibt sie auf ihrem sauerländischen Hügel hocken und wartet, daß Leute zu ihr kommen.«

»Verstehe.«

»Solche Marotten sind typisch für Juffern.«

»Gleichzeitig ist sie dickköpfig wie ein alter Bock. Es muß alles immer exakt nach ihren Vorstellungen ablaufen, was dazu führt, daß sie niemanden findet, der geeignet wäre, ihr bei der Organisation der Heinrich-Erkenschwick-Akademie zu helfen: In ihren Augen begreift niemand, was das Kernproblem unserer Zeit ist und mit welchen Strategien dagegen vorgegangen werden muß – außer ihr selbst natürlich und vielleicht noch dem Kardinal.«

»Paulus hat diese Richtlinien für das korrekte Verhältnis von Mann und Frau ja nicht einfach aus einer Laune heraus geschrieben, dem lagen Jahrtausende an entsprechenden Erfahrungen zugrunde …«

»So sind deine Damen aber nicht, oder? – Sie gehorchen zumindest dem Pfarrer?«

»Tante Ria geht ein bißchen in diese Richtung.«

»Und was willst du von denen?«

»Ich helfe im Garten aus. Wir unterhalten uns.«

»Über geistliche Dinge, nehme ich an – das Geheimnis der *Transsubstantiation*, oder wie das *unvermischt und ungetrennt* der beiden Naturen Christi richtig zu verstehen ist?«

»Ich hab' doch gesagt, daß sie eher so eine einfache Frömmigkeit haben und sich nicht mit theologischen Spitzfindigkeiten …«

»Was heißt hier Spitzfindigkeiten? Das sind Glaubenssätze von fundamentaler Bedeutung. Wer sie nicht in Demut annimmt, stellt sich außerhalb der Kirche. Und – wie du ja weißt: *extra ecclesiam nulla salus* – außerhalb der Kirche kein Heil. Das bedeutet de facto, daß jemandem, der sich vor der einen Wahrheit verschließt, die ewige Verdammnis droht. Dinge, die solche Konsequenzen nach sich ziehen, willst du doch nicht ernsthaft als Lappalien abtun.«

Holzkamp schaut ihn über den Brillenrand an.

»Ich wollte gar nicht sagen, daß diese Dogmen unwichtig sind, aber für den Alltag der einfachen Gläubigen ...«

»Gut, lassen wir es dabei. Was mich viel mehr interessiert, Carl ... Verstehst du dich eigentlich gut mit alten Damen?«

Carl ahnt, daß Holzkamp ihm eine Falle stellt und daß er hineintappen wird, überlegt hektisch, was die richtige Antwort ist, weiß weder, wie die eine, noch, wie die andere gegen ihn ausgelegt werden könnte, denkt an seine verstorbene Großmutter, ihre sieben exzentrischen Schwestern, die ihn gern mochten beziehungsweise immer noch mögen, sagt: »Grundsätzlich schon. Glaube ich.«

»Interessant. Nicht wahr? Was meinst du dazu, Bernhard?«

Kuffel kichert.

»Wieso?« fragt Carl. »Versteht Bernhard sich nicht gut mit alten Damen?«

»Bernhard liebt alte Damen. Wobei es in seinem Fall nicht auf Gegenseitigkeit beruht ...«

»Und was soll daran interessant sein?«

»Die meisten *Invertierten* verstehen sich gut mit alten Damen ...«

Erneut brechen beide in Gelächter aus.

»... insofern ist Bernhard nicht typisch.«

Carl versucht sich an die Bedeutung des Worts *Invertierte* zu erinnern. Über die Ferien ist er aus der Übung gekommen, was den Gebrauch von Fremdwörtern anlangt. Er meint, es hieße etwas wie zurückhaltend, in-sich-gekehrt – das wäre ein Kompliment.

Holzkamp kommt zu Atem, fragt: »Du weißt, was *Invertierte* sind?«

»Ja, sicher: Leute die nicht so viel reden, nicht so viel Aufhebens um sich machen ...«

»Eigenschaften, die dir leider Gottes völlig abgehen. – Nein, du verwechselst es mit *intro-vertiert.* Damit hat es rein gar nichts zu tun.«

Carl möchte versinken vor Scham, daß er so dämlich war, für einen Moment zu glauben, Holzkamp hätte sich geändert, könnte ein normal netter Mensch geworden sein.

»Also: *Invertierte* ... – Wie lange lernst du schon Latein?«

»Vier Jahre.«

»Und was heißt *vertere*?«

»Drehen, wenden.«

»Die Funktion der Vorsilbe *in*-:«

»Keine Ahnung. Wahrscheinlich das Gegenteil oder eine Verstärkung, *umkehren, umdrehen.*«

»Sehr gut: Was sind dann also *Invertierte*?

»Umgedrehte?«

Carl kann nicht glauben, daß sie tatsächlich meinen, was ihm dämmert, sonst würde Holzkamp Kuffel dessen nicht offen bezichtigen, ohne daß Kuffel widerspräche. Vielleicht ist es auch ein Spiel zwischen ihnen, in das er hineingezogen werden soll, oder eine reine Machtdemonstration, so wie Präfekt Wiepers bei jeder Gelegenheit seine perversen Späße veranstaltet, über die außer ihm niemand lacht, und man weiß nie, ob er die, die er malträtiert, verabscheut oder im Grunde am liebsten vernaschen würde.

»Hattest du nicht behauptet, unser Freund Carl hätte eine rasante Auffassungsgabe?«

»Wenn es das heißt, was ich glaube, das es heißt ...«

»Und das wäre?«

»Schwul oder was?«

»Ein unschönes Wort, findest du nicht?«

»Ihr seid komplett bescheuert.«

»Fest steht, daß sich viele Homosexuelle hervorragend mit alten Damen verstehen. Und du hast gesagt, das sei bei dir auch der Fall. Oder willst du das bestreiten? Ich habe dich ja nicht zu dieser Selbsteinschätzung gezwungen.«

»Völlig krank.«

»Es ist ein Indiz. Das wird man wohl konstatieren dürfen. Wenn du daraus Schlüsse im Hinblick auf dich ziehen möchtest, bleibt das ganz allein dir überlassen, wobei es natürlich Mutmaßungen zuläßt. Wir können dem gern gemeinsam nachspüren, wenn du mehr über dich erfahren willst.«

»Also bitte!« knurrt Kuffel.

»Im Sinne einer Analyse. Du glaubst doch nicht ernsthaft, ich könnte ... Im Unterschied zu dir, mein Lieber, bin ich an diesen Dingen ausschließlich im Hinblick auf das bessere Verständnis der menschlichen Natur interessiert. Im übrigen wissen wir seit Freud, daß die meisten Menschen Neigungen in alle Richtungen haben. Das ist an sich nicht verwerflich.«

Carl schaut zu Kuffel, der gleichzeitig gluckst und den Kopf schüttelt.

»Den alten Griechen zum Beispiel galt die Knabenliebe als erotisches Vergnügen der Männer mit gehobenem Geschmack. Wußtest du das?«

Carl hat die marmorne Aphrodite im Griechenlandkapitel des neuen Kunstbuchs vor Augen, sagt: »So einen Schwachsinn habe ich selten gehört.«

»Dein junger Freund ist zwar von jedweder Sachkenntnis unbeleckt, hat dafür aber eine um so entschiedenere Meinung. – Für die Griechen, mein Lieber, hatte der *Eros*, also die überfeinerte Form des Sexualtriebs, etwas mit *Geist* zu tun – falls dir der Begriff etwas sagt. Ich bin mir allerdings nicht sicher, ob Sokrates oder Platon die Frau als solche überhaupt der Teilhabe am Geistigen für fähig hielten – was meinst du, Bernhard?«

»Frauen dienten lediglich der Fortpflanzung.«

»Und ihr Anblick, nun ja, spätestens nach dem zweiten Kind... Verglichen mit der wohlgeformten Gestalt eines Jünglings... Kannst du das nachvollziehen?«

»Nein.«

»Ich vergaß, du stammst ja vom Land. Dort hat man eher rustikale Bedürfnisse: dralle Mädchen, die gesunden Nachwuchs werfen...«

Ganz gleich, was er sagt, Holzkamp wird eine Möglichkeit finden, es ins Gegenteil zu verkehren, um ihn lächerlich zu machen.

»Entspricht das deinem Schönheitsideal, Carl, üppige Formen, weiches Fleisch?«

›Er weiß von Ulla‹, schießt es ihm durch den Kopf. Sie sind gerade einmal zwei Stunden aus den Ferien zurück, und Holzkamp ist es schon auf eine perfide Weise gelungen, in Erfahrung zu bringen, daß er sich in der Schweiz mit einem ehemaligen Küchenmädchen angefreundet hat. Carl hat keine Ahnung, wer es ihm verraten haben könnte. Es war niemand dort, der so vertraulichen Umgang mit Holzkamp hätte, daß er seinen Informanten spielen würde, abgesehen davon, daß noch gar nichts passiert ist zwischen Ulla und ihm. Alle Spekulationen dort kreisten um ihre Verbindung mit Rasche. – Theoretisch hätte der Präses das, was er als heiligmäßiger Mann über das Verborgene in Carls Herz weiß, Holzkamp mitteilen und ihn beauftragen können, gezielt einer Intensivierung der Freundschaft zwischen Ulla und ihm entgegenzuwirken. Das hält Carl für ausgeschlossen, trotz der sonderbaren Ansichten über die Liebe von Mann und Frau, die auch der Präses vertritt.

»Dein Freund redet nicht mehr mit mir, Bernhard, was sagst du dazu? Dabei wollte ich ihn lediglich auf dem Weg der Selbsterkenntnis ein Stück voranbringen, damit er nicht eines Tages unvorbereitet vor den Abgründen seines Unterbewußten steht und von der eigenen Dunkelheit überwältigt wird. Da ist es doch sehr undankbar von ihm, daß er sich wie ein Trotzkopf aufführt, findest du nicht?«

Kuffel hat den Blick auf den Boden geheftet, murmelt vor sich hin, ist nicht in der Lage, Holzkamp zu bremsen. Holzkamp starrt an die Decke, um zu demonstrieren, daß er wartet, genervt wie man auf ein dummes Kind wartet.

In Carls Kopf hat eine ungeordnete Drehbewegung verschiedener Gedanken, Bilder, Reflexe, Gefühlsregungen eingesetzt, als ob mehrere Kreisel auf engstem Raum rotierten, gegeneinanderstießen, sich wechselseitig aus der

Bahn würfen. Von draußen zwei Glockenschläge, lauter, als er sie in Erinnerung gehabt hat. Halb zehn.

Er schaut zu Kuffel, der im Sessel versunken ist, trifft seinen Tierblick. Eine befremdliche Mischung aus Wärme, Verzweiflung, Lachen und Flehen schlägt ihm entgegen. Er muß auf sein eigenes Zimmer. In Kürze wird Bruder Walter den ersten Kontrollgang machen.

»Mir reicht es«, sagt Carl, seine Stimme klingt, als hätte er einen Kloß im Hals, steht auf, stolpert zur Tür: »Du solltest dein Hirn mal…«

»Vielleicht«, sagt Kuffel leise, als wagte er den Gedanken kaum, »vielleicht können wir morgen oder übermorgen nachmittag mal in Ruhe einen Tee trinken und einander von den Ferien erzählen. Oder ich besorge uns nach dem Abendessen ein Bier.«

Carl hält inne: »Weiß ich jetzt nicht«, sagt er, versucht trotzdem zu lächeln, reißt die Tür auf.

Kuffel ist ein Mensch, den er mögen könnte. Kuffel weiß viel über Gott, Philosophie, vielleicht kennt er Antworten auf einige der Fragen, die zunehmend bedrängender werden. Trotzdem schlägt er die Tür zu. Hinter ihm Holzkamps widerwärtiges Gelächter.

Carl hat das Zimmer jetzt für sich allein, wie es ihm als Obertertianer zusteht. Guntram ist in den renovierten Trakt ein Stockwerk höher gezogen, wo jeder ein eigenes Waschbecken hat und das Bett sich auf einer Schlafempore befindet. Erstmals seit vier Jahren muß er sich mit niemandem abstimmen, wer zu welcher Zeit Musik hören darf und wann das Licht gelöscht wird. Niemand wird auf sein Bett treten, um das Fenster zu öffnen, im Vorbeigehen schauen, was auf seinem Schreibtisch liegt, sich seinen Tesafilm ausleihen, sein Lexikon benutzen. Doppelt so viel Platz. Aber kein Schlüssel. Nach wie vor kann zu jeder Tages- und Nachtzeit jemand ohne anzuklopfen im Zimmer stehen, jetzt sogar direkt neben seinem Bett, schauen, was er tut, Verbotenes, Peinliches, Heimliches, kann seine Zeit, seine Nerven beanspruchen, Sachen klauen, die Post auf seinem Schreibtisch durchwühlen.

Mein lieber kleiner großer Bruder,
ich hoffe, Du bist mir nicht böse, daß ich so lange nicht auf Deinen letzten Brief geantwortet habe. Glaub bitte nicht, daß ich Dich vergessen hätte oder daß unsere Freundschaft mir unwichtig geworden ist. Bei mir hat ein schreckliches Durcheinander geherrscht, nicht nur, weil ich – wie ich Dir geschrieben hatte – umziehen und mich im Schwesternwohnheim neu einrichten mußte. Mein Leben war eine Achterbahn der Gefühle, und da wollte ich Dich nicht mit hineinziehen. Aber jetzt, wo es so aussieht, als ob alles vorbei wäre, möchte ich, daß Du die volle Wahrheit kennst, allein schon, damit Du mir nicht eines Tages mißtraust, weil Dir etwas zu Ohren gekommen ist. (Du weißt ja selbst, wie die Kahlenbecker Gerüchteküche brodelt.) Es fällt mir nicht leicht, Dir von alldem zu berichten, und ich muß Dich wohl auch um Entschuldigung bitten, daß ich Dir wirklich wichtige Dinge verschwiegen habe. Von heute aus gesehen, kann ich mir nicht erklären, weshalb ich so dumm gewesen bin. Aber hinterher ist man immer klüger. Glaub mir, daß es nichts mit Mangel an Vertrauen zu tun hatte. Es gibt keinen Menschen auf der Welt, dem ich mehr vertraue als Dir. Selbst Andrea gegenüber, die während der letzten drei Jahre in alle meine Herzensangelegenheiten eingeweiht war, habe ich diese Sachen bis jetzt verheimlicht.

Hier hat das Papier wellige Stellen. Beim Schreiben konnte sie die Tränen nicht zurückhalten. Mehrere Wörter sind unleserlich von verwischten Tropfen, überschrieben, durchgestrichen.

Drei Tage nach unserer Rückkehr aus Lenza – vier Wochen ist das jetzt her, wenn ich richtig gezählt habe – stand Jan bei meinen Eltern vor der Haustür. Ich habe meinen Augen nicht getraut. Er hielt in jeder Hand einen Blumenstrauß: Einen für mich (rote Rosen) und einen für meine Mutter (Nelken) und sagte: ›Darf ich reinkommen?‹ Ich habe erst mal nur Müll gestammelt, so überrascht war ich. Normalerweise bringe ich einen neuen Freund ja nicht gleich zu meinen Eltern. Bevor ich mir diesen Streß antue, muß ich selbst erst mal wissen, wie ernst es ist. Aber meine Mutter riecht solche Sachen natürlich und kam gleich aus der Küche. Anders als sonst bei ›Herrenbesuch‹ war sie die Freundlichkeit in Person, hat Jan gleich hereingebeten, Kaffee gekocht. Dafür, daß es eine ziemlich ungewohnte und komische Situation für alle war, lief es erstaunlich gut. Danach sind Jan und ich spazieren gegangen. Unterwegs hat er meine Hand genommen und gesagt, daß er gerne mit mir zusammensein möchte, und ob ich mir das vorstellen könnte. Nachdem er beim Abschied in Kahlenbeck auf dem Parkplatz so förmlich war, hatte ich gedacht, daß ich nie wieder etwas von ihm hören würde. Aber Du kennst ihn ja: Wenn er will, kann er absolut unwiderstehlich sein, und ich dumme Gans in meiner Überraschung und Freude war blind für alles andere. Also ist es dann so gekommen. Meine Eltern fanden ihn seltsamerweise auch toll, trotz seines ›wilden Äußeren‹ – wie meine Mama sich ausdrückte –, weil er so höflich ist und so gute Manieren hat. Zweieinhalb Wochen lang ist Jan fast jeden Abend zu uns gekommen. Er hat mich zum Pizza-Essen eingeladen, ins Kino, wir sind auf den Kalvenberg gefahren, um uns den Sonnenuntergang anzuschauen. Jan hat sich sogar entschuldigt, daß er in Lenza manchmal so schroff und abweisend zu mir gewesen ist. Das war, weil Euer komischer Präses zu ihm gesagt hat, daß er sofort nach Hause fahren kann, wenn ihm zu Ohren kommt, daß er etwas mit der ›Küchenthusnelda‹ anfängt. Er wollte mir auch beim Umzug helfen, aber im Wohnheim, das ja von Schwestern geleitet wird, herrschen wieder diese Anstandsregeln, da wäre es sicher nicht gut angekommen, wenn ein junger Mann mir die Kisten getragen hätte. Ich habe ihm natürlich geglaubt und bin davon ausgegangen, daß er jetzt, wo wir freie Menschen sind, all das, was er tut, wirklich ernst meint, weil er mich liebt.

Und dann, vor zwei Wochen, ist Jan von einem auf den anderen Tag verschwunden. Keine Vorankündigung, kein Wort des Abschieds – einfach weg. Nach vier Tagen habe ich in meiner Verzweiflung seine Eltern angerufen, weil ich dachte, daß ihm etwas zugestoßen ist, ein Unfall oder eine Krankheit. Er hatte mich ja noch niemandem von seiner Familie vorgestellt, sie wußten vielleicht gar nicht, daß es mich gibt. Aber offensichtlich hatte er seinen Eltern sehr wohl Anweisungen gegeben, was sie mir sagen sollten, falls ich mich melden und nach ihm fragen würde. Sein Vater war jedenfalls extrem komisch, faselte etwas wie: »Junge Frau, es tut mir leid, aber Ihr Name ist mir bislang nicht zu Ohren gekommen. Mein Sohn ist umgezogen, und ich weiß nicht, ob ich befugt bin, Ihnen seine neue Adresse mitzuteilen. Ich werde ihm ausrichten, daß Sie angerufen haben. Wenn er mit Ihnen in Kontakt treten möchte, wird er sich bestimmt melden.« Und dann hat er aufgelegt. Kannst Du Dir das vorstellen?

Seitdem frage ich mich ständig, ob ich irgendwelche Anzeichen übersehen habe, daß er mich nur als Spielzeug benutzt, damit ihm nicht langweilig ist, bis er seine holländische Musikerin gefunden hat. Die Freunde, mit denen ich vor ihm gegangen bin, waren

auch nicht aus purem Gold, aber irgendwie stimmte das, was sie gesagt haben, doch meistens mit ihren Taten überein.
Nach dem, was Du mir über Deine Geschichte mit dieser Regina angedeutet hast, kannst Du Dir sicher vorstellen, wie ich mich seitdem fühle: fett, häßlich, einfach total wertlos. Und dann hat vor fünf Tagen meine Arbeit im Krankenhaus begonnen. Einerseits bin ich zwar froh darüber, denn so werde ich von den dunklen Gedanken abgelenkt, die über mich herfallen, sobald ich anfange, über mein Leben nachzudenken. Aber es ist auch sehr anstrengend, und ich finde die Atmosphäre bedrückend – anders als in Kahlenbeck, wo doch auch vieles lustig war. Hier sieht man überall nur Kranke und deren Verwandte, die zu Besuch kommen. Die meisten wirken sorgenvoll und niedergeschlagen. Überall ist soviel Leid. Heute morgen habe ich ein Mädchen gesehen, höchstens acht oder neun, das hatte eine Glatze und wurde von seiner Mutter im Rollstuhl durch den Garten geschoben. Mir hat es richtig die Kehle zusammengeschnürt, ich konnte den Anblick kaum aushalten. Und dann hat mich Schwester Silvana angeschnauzt, ich soll mich gefälligst auf die Arbeit konzentrieren, statt aus dem Fenster zu starren. Ich war so fassungslos, daß ich gesagt habe: »Schwester, wie kann Gott ein unschuldiges Kind so einer schrecklichen Krankheit aussetzen und es sterben lassen, kaum daß sein Leben richtig begonnen hat?« Und weißt du, was sie geantwortet hat: »Kennen Sie das Sprichwort, Fräulein Ursula: Schuster bleib bei deinen Leisten? – Wenn es Ihre Aufgabe wäre, sich mit diesen Fragen zu beschäftigen, hätte Gott Sie mit anderen Gaben gesegnet. Geben Sie acht, daß Sie sich mit den Tabletten nicht verzählen.«

Ach, Carl, mein Lieblingsbruder, es sind keine schönen Tage für mich zur Zeit. Es kommt mir vor, als würde eine große Dunkel-

heit alles überschatten, ohne daß auch nur ein Sonnenstrahl durchbrechen kann.

Eben schaue ich auf die Uhr und stelle fest, daß es schon nach zehn ist. Mein Handgelenk tut richtig weh vom Schreiben, und ich sollte längst schlafen, denn mein Wecker klingelt um vier – noch anderthalb Stunden früher als zur Morgenschicht in Kahlenbeck.
Trotz der trüben Aussicht fühle ich mich jetzt leichter, wo ich Dir geschrieben habe. Übrigens läuft die ganze Zeit über die GENESIS*-Kassette, die Du mir aufgenommen hast. Ich hoffe, Du bist mir nicht gar zu böse wegen meiner Geheimniskrämerei, und die Enttäuschung, die ich Dir zugefügt habe, führt nicht dazu, daß Du nichts mehr mit mir zu tun haben willst. Mehr denn je ist mir bewußt, wie wichtig Du für mich bist und wie viel mir unsere Freundschaft bedeutet. Wenn es nach mir geht, stehen wir erst am Anfang einer sehr, sehr schönen Geschichte …*

Mach es gut in Deinem ›Arbeitslager‹ und laß bald etwas von Dir hören, Deine Ursula-Ursel-Usch und (nur für Dich:) Ulla

Fünfzehn

Großkreutz steht beim Graben, ans Schulgebäude gelehnt, Halbstiefel mit hohem Absatz, weiße Jeans, das lilafarbene Hemd offen bis kurz über dem Bauchnabel, schnalzt mit der Zunge, zeichnet Kurven in die Luft, die Silberkette am Handgelenk klackert, er redet von ›heißen Weibern‹, mit denen er schon während der Ferien jeden Abend herumgehangen hat und jetzt am Wochenende wieder, in den größten Discos zwischen Köln und Leverkusen, am geilsten das *Peacock's* bei Monheim, drei Etagen, Nebelkanonen und Wasservorhänge. Nächtelang tanzt er dort ab. Wenn der Laden geschlossen wird, unter der Woche um drei, am Wochenende um fünf, geht es bloß um die Frage, ob zu ihm oder zu ihr, meistens zu ihm, weil er in der Einliegerwohnung quasi sein eigener Herr ist und von seinen Alten völlig in Ruhe gelassen wird mit diesem ganzen Verbotskram. Er soll kein Kind machen, alles andere ist ihm egal, hat sein Vater gesagt – und das läßt sich schließlich vermeiden.

Großkreutz ist erst seit der Quarta in Kahlenbeck. Beim Wechsel vor zwei Jahren hat er eine Klasse wiederholt, weil die Lehrer an der Schule, von der er kam, ständig bekifft waren und Gruppenspiele veranstaltet haben statt Unterricht. Er ist während der Ferien sechzehn geworden.

Deggendorf schaut ungläubig, fragt, ob sie ihn wirklich ranlassen, so richtig, mit allem, das volle Programm?

Natürlich lassen sie, sagt Großkreutz, er weiß gar nicht, warum hier alle immer so tun, als ob es wer weiß wie kompliziert wäre, ein Mädel aufzureißen, er hat da nie Probleme gehabt, im Gegenteil, er findet es schwieriger, eine wieder loszuwerden, von der er nichts mehr will. Wenn sie sich in ihn verknallt haben, sind sie wie Kletten, und jetzt, wo er das Kleinkraftrad hat, bekommt er sowieso jede.

Ganske starrt Großkreutz mit offenem Mund an. Deggendorf kichert.

»Vergiß den ganzen Schrott, den sie dir hier weismachen wollen, von wegen Mädels sind scheu, wollen sich aufsparen, ihr Jungfernhäutchen schützen: kompletter Schwachsinn.«

Ansgar Joschrupp, der ein steifes Bein hat und nach allgemeiner Auffassung auch nicht richtig im Kopf ist, krächzt: »Aber wenn man in Nierskens wohnt und kein Moped hat, kommt man abends nirgendwohin.«

»Das ist kein Moped, sondern ein Kleinkraftrad, du Schwacho: Das fährt achtzig Sachen.«

»Verrat mal ein paar Tricks«, sagt Deggendorf, »nächstes Heimfahrtswochenende ist bei uns Kirmes, da gibt es auch Disco.«

»Immer locker bleiben im Schritt. Das ist das Wichtigste. Keine von den Perlen hat Lust, mit 'ner Krampfbacke zusammenzusein.«

Bart schaut Richtung Brücke, wo drei Küchenmädchen des neuen Jahrgangs gehen, alle folgen seinem Blick.

»Und was ihr echt glauben könnt, Freunde, im *Peacock's*

siehst du nie solche Schabracken, wie die da vorne. Um überhaupt reingelassen zu werden, muß man nämlich bei Barry oder Louis durch die Gesichtskontrolle. Qualitätscheck, sozusagen.«

Großkreutz fährt sich mit beiden Händen durch die pomadisierten Haare, zieht die Augenbrauen hoch. Von ferne erinnert er an einen angefetteten John Travolta. Das ist Absicht: Nach wie vor hält er *Grease* für den besten Film aller Zeiten, und die Mädchen in Leverkusen, jedenfalls die, mit denen er zu tun hat, sehen Olivia Newton-John ziemlich ähnlich.

Carl findet Olivia Newton-Johns Dauerwelle noch affiger als John Travoltas Gummiknienummer.

Wenn einem eine gefällt, geht man einfach hin, sagt Großkreutz, erzählt ihr was Nettes, die meisten sind zufrieden, wenn man ihre Frisur geil findet oder die Schuhe. Er jedenfalls merkt sofort, ob er richtig liegt oder einen anderen Dreh finden muß. Dann gibt er Bacardi-Cola aus, das trinken alle, spätestens nach dem zweiten Glas läuft es von alleine, so schnell kann man gar nicht gucken, wie er ihnen an der Wäsche ist.

»Mitten in der Öffentlichkeit mit den ganzen Leuten drum herum?«

Alle brauchbaren Läden haben ruhige Ecken, wo das Licht runtergedimmt ist. Im *Peacock's* zum Beispiel gibt es einen Raum, wo sie Meersand hingeschüttet haben, Strandkörbe aufgestellt, keine Beleuchtung außer Mond und Sternen in der Decke, so echt wie nachts auf Ibiza. Da kann man knutschen, Titten freilegen, fingern.

Es ist widerlich, wie Großkreutz von der Liebe redet, sich über die Mädchen ausläßt, die doch das Schönste und Wunderbarste sind, was es gibt auf der Welt, ganz am Ende der Schöpfung erst von Gott auf die Erde gebracht, nachdem Er eingesehen hat, daß der Mensch, der Mann alleine, nicht sehr gut war. Mit einem Mädchen zusammen läßt sich die Unendlichkeit berühren. Was soll sie denn sonst sein, die himmlische Freude, wenn nicht Umarmung, Verschmelzung, die Auflösung der eigenen Grenze – ganz gleich, was der Präses und Holzkamp behaupten.

Großkreutz reibt sich mit dem Daumen über die Fingerkuppen, hält sie an die Nase, sagt: »Mösenschleim, ein ganz besonderer Duft« und: »Mädchen sind wie Autos: Wenn du nicht aufpaßt, liegst du drunter.«

Carl fragt sich, weshalb er nicht geht, sondern gelähmt ist, dümmlich grinst, lacht, sobald die anderen lachen, sogar extra laut. Bart schweigt. Er läßt sich nicht anstecken von der allgemeinen Stimmung.

Er hat schon alles gemacht, sagt Großkreutz, klar auch gepoppt, natürlich nicht in der Disco, bei sich in der Wohnung. Er hat ein französisches Bett, extra breit, mit Tigerbezug und Riesenspiegel an der Wand, da fahren die Mädels richtig drauf ab.

Um zu beweisen, daß stimmt, was er sagt, holt er sein Portemonnaie aus der Hosentasche, zieht ein Alubriefchen mit der Aufschrift *Blausiegel* heraus, hebt es hoch, gibt es Ganske.

»Ein Pariser«, krächzt Joschrupp, »ist der echt?«

»Nee, ist ’ne Attrappe zum Lutschen, willst du probieren?«

Deggendorf fragt: »Hast du vorher mit Besenstiel geübt?«

»Wo hinter dem Mond lebst du eigentlich? Noch nie was von *Schulmädchen-Report* gehört oder *Emanuelle*?«

»Kann ich aufmachen?«

»Von mir aus. Wenn sie alle sind, kauf' ich eh neue. Auf dem Bahnhofsklo in Forch ist ein Automat, fünf Mark, drei Stück. Falls einer Bedarf hat.«

»Fühlt sich komisch an.«

»Zeig mal.«

Deggendorf reißt Ganske das labberige, feucht schimmernde Ding weg, schiebt seinen Daumen hinein, bewegt ihn hin und her. Ein verschrumpeltes rosa Würstchen, das unter Zuckungen leidet. Deggendorf umschließt es mit der anderen Hand, so daß die Kuppe oben herausschaut, preßt die Faust zusammen, zieht die Gummihaut tiefer. Das Säckchen an der Spitze richtet sich auf, wird eine Blase wie bei quakenden Fröschen: »Echt fies, oder?«

»Riecht nach Badekappe.«

»Du merkst fast nichts davon«, sagt Großkreutz. »*Gefühlsecht.* Steht auch drauf.«

Carl hat das Bild vor Augen, wie es wäre, wenn er in diesem Moment vollkommener Vergessenheit anfinge, an sich herumzufummeln, als wollte er einen Gartenschlauch abdichten, und das Mädchen, das er mit ganzer Seele liebte, sähe ihm dabei zu.

Aus Joschrupps Mundwinkel rinnt Sabber, den er mit dem Hemdsärmel fortwischt. Er trägt eine beige Bundfaltenhose. Seine Eltern haben ihm Jeans verboten, weil Jeans ein Zeichen von Unsittlichkeit sind. Ihr Reißverschluß stülpt sich nach vorne aus.

»Joschrupp, du perverse Sau, fahr deinen Ständer ein«, sagt Carl.

»So ist das bei den Spastis«, sagt Ganske. »Die Glieder bewegen sich komplett unkontrolliert.«

Alle lachen.

»Neulich in der Schwimmhalle unter der Dusche auch: Da stand Frieder Mertens neben ihm, und Joschrupp ist fast die Badehose geplatzt.«

»Mir wird schlecht, schon vom Zuhören.«

»Joshi, alte Schwuchtel«, sagt Großkreutz, »ist das ein schönes Gefühl, wenn dein Schwanz so an der Unterhose schabt? Kommt's gleich? Soll ich dir erzählen, wie es ist, wenn so 'ne süße Blonde mit ihren zarten Fingerchen dein Ding in die Hand nimmt?«

Joschrupp stößt einen abstoßenden Laut aus, halb Röcheln, halb Beschimpfung, dreht sich um, reckt die Faust in die Luft, hinkt über den marmornen Platz, vorbei an der alten Platane, verschwindet hinter der Glastür im Kreuzgang.

Deggendorf hat noch immer den Gummi auf dem Daumen, schiebt ihn in der Faust vor und zurück, was ein schmatzendes Geräusch erzeugt, ehe er ihn abstreift, zwischen spitzen Fingern hochhebt wie einen toten Aal: »Und da wäre er jetzt drin, dein Saft. Was für ein Elend.«

»Ihm ist echt einer abgegangen, vom bloßen Zuhören«, sagt Ganske.

»Mach keine Witze.«

»Im Ernst, ich hab's gesehen: Vorne, neben dem Eingriff, kam ein dunkler Fleck durch. Was soll das sonst gewesen sein? Pisse?«

»So was Krankes hab' ich ja noch nie gehört.«

»Ist halt ein Krüppel.«

Carl muß weg von diesen Leuten, wo er sich selbst schon nicht entkommt, wendet sich Bart zu, sagt: »Ich geh' zum See, ich brauche dringend frische Luft nach diesem ganzen Hirnkot hier. Wir sehen uns später.«

Es riecht nicht nach Regen, obwohl der Himmel wolkenverhangen ist, die Luft weder warm noch kalt, unwirklich matte Farben. Carl hastet am Primanerbau vorbei. Großkreutz, seine Bewunderer, Neider, ihre Stimmen, die dummen Sprüche, das dreckige Lachen, sein eigenes eingeschlossen, bleiben zurück. Erleichterung, als wäre Ruhe eingekehrt, trotz der Musik, die oben aus den Zimmern dröhnt. AC/DC, Kate Bush, Bach für Klavier. Scham, daß er wieder ohne Not und noch vor den anderen auf Joschrupp eingedroschen hat, gefolgt von einer Welle Abscheu: Bevor Ansgar Joschrupp alle mit seinem angeschwollenen Gerät belästigt, soll er gefälligst verschwinden, der Wichser.

Carl schüttelt sich, flucht: »So eine Scheiße, so eine Scheiße, so eine widerliche Scheiße.«

Er erreicht den Vorplatz der Juvenatsspeisesäle. Aus den gekippten Oberlichtern der Waschküche ziehen feuchtwarme Schwaden, Geruch von Lauge, Weichspüler, Heißmangeldunst. Hebel werden umgelegt, das Geräusch schwer drehender Walzen. Ulla hat erzählt, daß sie sogar die Unterhosen des Präses, der Präfekten und Nonnen bügeln mußten. Wenn die Wäsche nicht glatt genug oder nicht perfekt gefaltet war, kam der Stapel zurück. *Wer bei euch groß sein will, soll euer Diener sein, und wer bei euch der erste sein will, soll der Sklave aller sein,* heißt es im Evangelium.

Carl wüßte gern, wie sie das zusammenbringen.

Die Fensterfront aus Milchglasscheiben, damit auf keinen Fall jemand die Küchenmädchen bei der Arbeit beobachten, sie ablenken, mit ihnen in Kontakt treten kann. Nicht einmal Schemen sind zu erkennen, doch ihre Anwesenheit bleibt spürbar, eine atmosphärische Schwingung.

Frauenkörper, zum Greifen nahe, vielleicht dick und häßlich, aber selbst das wäre weniger furchtbar, als endlos für sich allein zu sein, abgeschnitten.

Er überquert die Brücke, spuckt ins Wasser. Keine Fische zu sehen.

Der moderne Mensch im Käfig seiner außer Kontrolle geratenen Selbstsucht. Gier. Schlanke Finger mit überlangen, rosafarben lackierten Nägeln, die einen Reißverschluß öffnen. Auch Olivia Newton-John wäre besser als niemand. Was in einen hineingekommen ist, wird man so leicht nicht wieder los. Die Bilder äffen sich gegenseitig nach, überschlagen sich: Großkreutz, der einer Lockenblondine die Brüste leckt, sich einen Pariser überstreift. Ausschnitte von Körpern über dem, was Carl sieht, dunkelgrüne Eichen, schwer tragende Apfelbäume, Joschrupp mit der nassen Hose, der Graben, auf dem Ölschlieren treiben. Carl, eingeschlossen in seinem Kopf, seiner Haut. Ulla, die weichen Formen ihres Körpers so weit entfernt, daß man es in Kilometern nicht messen kann. Alles, was geschehen soll, ist schon geschehen. Er sieht es klar und unklar auf der bleiern schimmernden Wasseroberfläche wie eine Erinnerung. Was würden sie tun, was hätten sie getan, wenn sie zusammen wären, gewesen wären am Tag und in der Nacht? Er will es sich vorstellen, im einzelnen, scharf umrissen, so, wie er Abend für Abend im Bett versucht, ihr Gesicht heraufzubeschwören, das mehr und mehr dem Mädchen Lise auf der Postkarte des Renoir-Bilds gleicht, weil er Ulla schon sieben, fast acht Wochen nicht mehr gesehen und es bis jetzt nicht gewagt hat, sie um ein Photo zu bitten. Ihre Nacktheit, eingezwängt in stählerne Büstenhalter, Miederhosen. Höchstens für Sekundenbruchteile ist ihr Anblick da, zu kurz, um ihn sich einzuprägen. Was er festhalten will, löst sich auf. ›Die Bilder, die der böse Feind in unsere Seele einschleust, haben keinen Bestand‹, sagt der Präses. ›Sie dienen nur dazu, uns vom rechten Weg abzubringen. – Ihr seid im Krieg, denkt daran: im Krieg mit dem Teufel. Und das Wichtigste, wenn man einen Krieg gewinnen will, ist ständige Wachsamkeit.‹

Carl kennt die Fragen im Gewissensspiegel auswendig: *Bemühe ich mich um Lauterkeit meiner Gedanken, Vorstellungen und Wünsche? Lasse ich mich treiben und von der sexuellen Begierde beherrschen? Habe ich die Selbstbefriedigung gesucht? Habe ich die voreheliche Keuschheit verletzt? Habe ich ein unerlaubtes Verhältnis unterhalten?*

Alles, was mit der Liebe zu tun hat, selbst wenn es nur vor dem inneren Auge geschieht, ist Todsünde. Wer im Stand der Todsünde stirbt, geht direkt in die ewige Verdammnis ein, da ist der gekreuzigte und auferstandene Herr in Seiner unendlichen Güte machtlos.

Wenn dich deine Hand zum Bösen verführt, hau sie ab, denn es ist besser für dich, verstümmelt in das Leben zu gelangen, als mit zwei Händen in die Hölle zu kommen, in das nie erlöschende Feuer.

Auf dem Sportplatz üben Lipschitz und Schmidt Elfmeterschießen. Dahinter die Schwimmhalle, wo Joschrupp unter der Dusche die Badehose platzt, wenn er Frieder sieht. Carl muß diese Szenen aus seinem Kopf herausschneiden, sie sind schleichendes Gift, das alles, was mit der Liebe zu tun hat, krank färbt. Sie soll doch ein Traum sein, die Liebe, ist ein Traum gewesen, rein, ohne Makel, Licht im Dunkel, das jahrtausendelang alles verwandelt hat, der Mann, die Frau, von denen die Dichter gesungen haben, Sehnen, Taumel, schwerelos, überdeutlich verschwommen, ein Versprechen von jenseits der Zeit, Abglanz des Paradieses, damit die Vertriebenen in diesem schweren Erdendasein einen Rest Hoffnung haben auf ihrem Weg zum Tod. Zwei, die Hand in Hand gehen. Schon vor dem ersten Schöpfungstag sind sie einander bestimmt worden, als das Wort bei Gott war, ein Gedanke des Ewigen, an dem Er Sein Wohlgefallen hatte. Wenn sie weniger wäre, die Liebe, hätte nichts einen Sinn, ganz gleich, was Großkreutz daherredet. Carl jedenfalls kann keine Hoffnung im wahllosen Hantieren an Unterleibsorganen erkennen, seelenlose Handgriffe, um den Ausstoß klebriger Flüssigkeiten herbeizuführen, wieder nur jeder für sich, ein Objekt, ohne Geheimnis, ohne Verbindung. Andererseits.

Wer weiß, ob überhaupt stimmt, was Großkreutz sagt. Vielleicht sind seine Geschichten bloß Geschwätz eines minderbemittelten Angebers. Außer dem Pariser gibt es keine Beweise, und eine Packung Pariser könnte Carl sich morgen, wenn er Ausgang hat, selber kaufen, jetzt, wo er weiß, daß es sie in Forch auf dem Bahnhofsklo gibt.

Gegenüber, auf der inneren Seite des Grabens, ist Benno Spranger mit drei Quintanern auf dicken Pferden unterwegs zum Reitplatz. Zweige mit grünen Blättern treiben auf der Wasseroberfläche, abgerissen von Sturmböen zwei Nächte zuvor. Dem Kalender zufolge beginnt in vier Tagen der Herbst. Carl fürchtet sich bei dem Gedanken. Einen weiteren Winter wie den letzten wird er nicht überstehen, ohne daß etwas Entsetzliches passiert: Eines Morgens wird er aufwachen, abgewandt, sich nicht mehr rühren können vor Schwäche. Oder er findet den Weg aus den Nachtgespinsten nicht zurück, redet wirr, hat seinen Namen vergessen, wie Hegemeister, den sie in die Klapse gebracht haben, um ihn vor sich selbst zu schützen. Oder plötzlich, während es vor den Fenstern des Speisesaals zu schneien beginnt, wird die Pfandfinderaxt zu Benno Sprangers Füßen übergroß, eine teuflische Macht überwältigt Carls Willen, läßt ihn aufspringen, dann hat er sie in der Hand, schreit, schlägt um sich, zertrümmert Tische, Geschirr, tötet jeden, der sich ihm in den Weg stellt, ein Berserker im Blutrausch, bis ihn irgend jemand erschießt.

Seit Monaten hat er dieses Bild.

Es muß nicht so kommen. Es kann immer noch sein, daß das Wunder geschieht: Der Herbst beginnt erst. Alles kann sich zum Guten wenden. Vielleicht helfen Eis und das Dunkel am Horizont sogar. Niemand will allein bleiben bis zum nächsten Frühling. Zwei, die noch zögern, werfen angesichts der Schrecken des Winters die Furcht voreinander ab. Auch Ulla sagt das: Ihr graust vor endlosen Nächten in Einsamkeit, ohne Geliebten. Carl ist sicher, daß eine Spur Frage in ihrer Stimme mitschwang, an sich selbst und an ihn, die vorsichtige Überlegung, ob er nicht doch entgegen aller Wahrscheinlichkeit diesen Platz einnehmen könnte. Zwar denkt sie oft an Rasche, aber aus Sehnsucht ist Zorn geworden. Vier Wochen nach seinem Verschwinden hat Rasche ihr eine dürre Postkarte geschickt, auf der stand, daß er sich mit seiner ganzen Existenz der Musik verschrieben hat, die seine eigentliche Bestimmung ist. Deshalb muß er sein Privatleben opfern. Nicht einmal seine Adresse für eine Antwort hat er ihr mitgeteilt.

Carl bekommt jetzt alle drei bis vier Tage Post von ihr. Die Umschläge sehen ungeöffnet aus. Doch der Ton ihrer Briefe verändert sich. Sie schreibt von Küssen, die sie unter die Briefmarke geklebt hat, in Kürzeln zwar, ›KKUDM‹, ›GUKDU‹, halb scherzhaft, aber es bedeutet, daß sie das Wort »Kuß« im Zusammenhang mit ihm schon gedacht hat. Hinter »Lieblings-«, wo anfangs »Bruder« stand, macht sie seit neuestem drei Pünktchen. Was soll das anderes heißen, als daß in ihrem Gefühl für ihn jetzt Nuancen jenseits des Geschwisterlichen mitschwingen. Je länger er darüber nachdenkt, desto sicherer ist er: Ihr letztes Telephonat war schon ein Gespräch zwischen Liebenden. Sie flüsterte, damit nicht das ganze Wohnheim mithörte, er hielt seine Lippen so nah an den Hörer, als hauchte er direkt in ihr Ohr, während der Apparat in aberwitziger Geschwindigkeit sein Taschengeld verschluckte und Fratzen schneidende Quartaner gegen die Scheibe trommelten. Es ging um innerste Herzenswünsche, Traurigkeiten, von denen man nur jemandem erzählt, der einem ganz nahesteht. Allerdings gebrauchte sie ein- oder zweimal sonderbare Formulierungen, die ihn stutzig gemacht haben. Als wäre da noch jemand anderer.

De facto ist er ein Mann, daran ändern auch dreieinhalb Jahre Altersunterschied nichts. In zwei Wochen wird er fünfzehn. Er ist körperlich in der Lage, ein Kind zu zeugen, nicht erst seit gestern. Wenn es von der Natur so vorgesehen ist, dann hat Gott es gewollt. Er hat den Menschen erschaffen, wie er ist, was auch immer behauptet wird von Eltern, Erziehern, dem kirchlichen Lehramt.

Wahrscheinlich würde er sie sogar heiraten, aber es ist ihm verboten, obwohl er mit dem Empfang des Sakraments der Firmung als mündiger Christ gilt.

Es ist Liebe, aber sie ist nicht rein. Sie wird überlagert

und untergraben von etwas Dunklem, einem grausamen Tier, das jederzeit ausbrechen, die Herrschaft über ihn an sich reißen kann. Wenn es zu rasen beginnt, ist er wehrlos. Es versklavt ihn, befiehlt Dinge zu tun, die er verabscheut, hinterläßt Verwüstung. Wenn es seinen Willen gehabt hat, zieht es sich ebenso plötzlich zurück, wie es zu rasen anfängt, in einen von undurchdringlichem Schatten verfinsterten Seelenwinkel. Im Spiegelbild sieht Carl niemand anderen als sich selbst, die Heimstatt der Bestie: Er ist ein Verworfener. Wenn sein Leben jetzt enden würde, hätte er die ewige Verdammnis mehr als verdient. Es bräuchten weder ein Blutbad noch Selbstmord hinzuzukommen. So oft hat er mit dem Hammer auf den Nagel in der Hand des wehrlos vor ihm liegenden Herrn eingeschlagen, daß er vor Scham verbrennen muß, wenn am Jüngsten Tag der Gottessohn auf dem Richterstuhl Platz nimmt und seinen Namen ruft. Das wird bald geschehen. Spiritual Krohkes sagt, daß jede Seele in dem Moment, wo sie vor ihren Richter tritt, klaren Auges sieht, was sie auf Erden an Gutem und Bösem angehäuft hat. Im Licht schonungsloser Selbsterkenntnis spricht sie ihr eigenes Urteil. Ihm fiele nichts ein, was er zu seinen Gunsten in die Waagschale werfen könnte. Er besteht aus Bosheit. Kein Schwächerer ist vor ihm sicher. Er quält, demütigt, drangsaliert jeden, der ihm in die Quere kommt, je wehrloser, desto besser. Sobald er allein ist, gebiert sein verderbter Wille Wahnbilder von entfesseltem Fleisch, in widernatürlichen Posen verkeilten Leibern, wie sie die Menschen in den verfluchten Städten hatten, Sodom, Gomorrha, Ninive, ehe der Zorn Gottes über sie hereinbrach und sie ausgelöscht hat, den Nachgeborenen zur Warnung.

Aber wenn ein menschliches Wesen unter der Sonne, nur ein einziges, ein Mädchen, eine Frau, ihn tatsächlich erkennt in all dieser Dunkelheit und sich nicht angewidert abkehrt, obwohl sie den Dreck ahnt, in dem er unterzugehen droht, sondern bleibt, seinen Blick aushält, dort etwas sieht, das trotz allem gut ist und nicht ins Feuer geworfen werden soll, weil es einen Wert hat, und sei es nur für sie allein, dann wäre das Grund genug, nicht aufzugeben. Von dem Moment an, in dem er ohne irgendeinen Halt in diese Augen taucht, würde er wieder glauben, daß es gut mit ihm ausgehen kann. So war es, als er mit Ulla auf der Wiese saß. An diesem besten Tag seines bisherigen Lebens, als sie die Erlaubnis hatten, ein paar Stunden zu zweit im Paradies zu sein.

Er muß sie wiedersehen, bald, ehe es zu spät ist. Vielleicht reicht eine kurze Berührung der Hände, und ihr letzter Widerstand fällt in sich zusammen.

Aber von Mariendorn nach Kahlenbeck sind es fast zwanzig Kilometer. Sie hat kein Auto. Nicht einmal einen Führerschein. Wenn sie mit dem Bus fahren will, muß sie viermal umsteigen. Die Verbindung funktioniert nur unter der Woche, samstags dauert es noch länger, sonntags gibt es gar keine Möglichkeit. Er selbst kann Kahlenbeck außer an den Heimfahrtswochenenden überhaupt nie länger als zweieinhalb Stunden verlassen. Seine Eltern werden ihn kaum nach Mariendorn bringen. Sie müßte an einem ihrer freien Tage den Zug nach Forch nehmen, und er käme ihr mit dem Fahrrad entgegen. Er würde das Silentium schwänzen, eine Ausrede erfinden, am nächsten Tag Strafdienst machen. Sie könnten sich in einem Café treffen oder im Stadtpark. Das wäre ein Anfang. Wenn der

Anfang erst gemacht ist, wird es weitergehen. Nach dem dritten oder vierten Mal wird Bruder Walter ihn erneut zum Präses schicken, doch diesmal ist er vorbereitet. Vielleicht bekommt er einen Verweis. Er wird sich Geld zum Geburtstag schenken lassen und ein Hotelzimmer buchen. Das ist die einzige Chance, mit ihr allein zu sein: Zwei Wesen, die ihr Leben lang getrennt waren, in sich selbst verkrümmt, brechen die Kapseln auf, in denen jeder für sich durch das All getaumelt ist, fließen ineinander. Wirbel und Strudel, ein Rauschen, schwebend, verloren, in Räumen aus Nachtgewebe, zwischen Wolkenlaken, Seidenkissen. Das Gewicht, die Last des Tages, wird hinweggehoben, seine Haut läßt sich nicht mehr von ihrer Haut unterscheiden, dieselben Bewegungen, ein einziges Versinken, hellwach, sehenden Auges. Die Zeit hört auf davonzurasen, keine Trennung mehr. *Darum wird der Mann Vater und Mutter verlassen, und die zwei werden ein Fleisch sein. Sie sind also nicht mehr zwei, sondern eins.*

Sechzehn

»Eging hat beim Abendessen erzählt, daß immer noch diskutiert wird, welche Konsequenzen in der Mantz-Affäre gezogen werden sollen«, sagt Kuffel. »Schuckart verlangt, daß Mantz geschmissen wird, er will ihn sogar wegen Verführung Minderjähriger belangen, weil seine Tochter erst sechzehn ist, Mantz aber schon achtzehn. Roghmann würde ihn auch gerne schmeißen, schreckt aber vor dem Skandal zurück. Zumal Mantz behauptet und das sogar vor Gericht beeiden würde, daß sie vollständig angezogen auf ihrem Bett gesessen hätten, sonst nichts. Dann soll Schuckart hereingestürmt sein, sich auf ihn gestürzt und auf ihn eingeprügelt haben wie ein Irrer. Mantz' Vater, der Rechtsanwalt ist, hat damit gedroht, Schuckart wegen Körperverletzung anzuzeigen, wenn Roghmann ihn schmeißt.«

»Hoffentlich.«

»Im Grunde kann es uns ja egal sein.«

»Mantz ist bei der Tochter seines Lateinlehrers auf dem Zimmer gewesen. Wenn das mit Schmeißen bestraft wird, was soll denn dann überhaupt noch erlaubt sein mit einer Freundin? Briefe schreiben, die sie dann in der Verwaltung mitlesen, oder was?«

Kuffel knurrt, steckt eine Kerze an, nimmt eine Tüte Erdnußflips vom Regal, füllt sie in die Schüssel auf dem Tisch. Geht zum Plattenständer, zieht eine rote Hülle mit golden geschwungener Schrift heraus, lacht, als hätte er einer Ratte das Genick zertreten.

»Eigentlich sollte man diese Musik nicht hören«, sagt er. Andererseits ist es nützlich zu wissen, wie vielgestaltig seine Erscheinungsformen sind. Da kann man sich besser wappnen.«

»Wovor?«

Lacht wieder, jetzt kurz und trocken.

Carl schüttet sich eine Handvoll Flips in den Mund. Er ist halb verhungert. Es gab Grießschnitten zum Abendessen, dazu tomatenfreie Tomatensauce, Bratkartoffeln mit Ei, heute in glibbriger Konsistenz.

Kuffel tritt zur Stehlampe, die Schallplatte vorsichtig zwischen Daumen- und Zeigefingern beider Hände geklemmt. Stößt mit dem Unterschenkel gegen Carls Knie, wirft ihm einen verstohlenen Blick zu. Hält die Berührung aufrecht, dreht die Platte im Lichtkegel, pustet, legt den Kopf schräg, verzieht die Mundwinkel. Fremde Wärme dringt durch Carls Jeans bis zur Haut. Er widersteht dem Reflex, das Bein ruckartig fortzuziehen. Damit würde er offen unterstellen, daß Kuffels Berührung, die theoretisch auch infolge der Enge zwischen Bett, Sessel, Lampe und Couchtisch zustande gekommen sein kann, mit Absicht erfolgt ist, aufgrund des völlig inakzeptablen Verlangens, ihn auf eine Weise körperlich zu spüren. Wenn er Kuffel nicht zu etwas ermutigen will, und das will er auf gar keinen Fall, muß er angewidert aufstehen, ›Grab mich nicht an, schwule Sau!‹ schreien, so laut, daß jeder auf dem Flur es hört, hinausstürmen, die Tür hinter sich zuschlagen. Danach wären all ihre weiteren Begegnungen peinlich: beim Morgengebet, zu den Mahlzeiten, Gottesdiensten, vor der Telephonzelle, auf Spaziergängen, das ganze Schuljahr lang, bis zu Kuffels Umzug in den Primanerbau. Es gäbe niemanden mehr, der Antworten auf seine Fragen zu Gott, der Kirche, Geist, Materie, Sein, Gut und Böse, Engel, Teufel, Hölle hätte. Und keiner würde ihm Romane empfehlen, in denen Menschen vorkommen, die von denselben Empfindungen getrieben werden wie er selbst. Carl atmet hörbar aus, es ist mehr ein Seufzen, fährt sich mit fettigen Fingern durchs Haar, schlägt so lässig wie möglich sein rechtes Bein über das linke, sagt: »Stimmt was nicht mit der Platte?«

»Kratzer«, sagt Kuffel, wiederum gefolgt von einem schnellen Blick aus dem Augenwinkel. »So ist es jedesmal, wenn ich Holzkamp etwas leihe. Das Beethoven-Konzert neulich kam mit einem Sprung zurück. Es hat einfach keinen Sinn, westfälischen Bauern Musik nahezubringen.«

Er schimpft vor sich hin, legt die Platte auf den Spieler und reinigt sie mit der Kohlefaserbürste, ehe er den Tonarm in die Seitenmitte schiebt, den Hebel betätigt. Mit einem Krächzen setzt die Nadel auf, hüpft einen Zentimeter zurück.

»Wie gesagt, ein problematisches Stück von einem schwierigen Komponisten – Franz Liszt. Kennst du Musik von ihm?«

Carl schüttelt den Kopf.

»Wir fragen lieber nicht, wem er seine Berühmtheit verdankt. Im Grunde ist es aber auch keine Frage. Er macht ja nicht einmal selbst den Versuch zu verbergen, daß er die Herrschaft über seine Seele abgetreten hat. Du mußt dir Photos von ihm anschauen, da läuft es einem eiskalt den Rücken runter.«

Carl kann allenfalls vermuten, wovon Kuffel spricht.

»Dieser Walzer, wenn man es denn so nennen will, wird dir eine Ahnung geben, was ich meine, wenn ich vom *mysterium fascinans diaboli* spreche, also von der verführerischen Schönheit des Bösen. Die es, wenn man der Auffassung Platons über die innere Einheit des Wahren, Guten und Schönen folgt, streng genommen gar nicht geben kann.«

»Verstehe.«

»Ich hole uns Bier.«

Ruhige Klaviermelodien, schwebend, wie traumgeboren, entfernen sich langsam, klingen aus. Keine Spur von Gefahr, Finsternis. Knistern, Knacken. Zwischen Staublauten dehnt sich Stille, wird übermächtig. Carl hält den Atem an, wundert sich, wie lange die Pause dauert. Dann aus der Leere dazwischen, plötzlich, obwohl er doch mit etwas gerechnet hat, ein Anschlag, hart, glasklar, ohne Rücksichten, schneidende Luft wie Durchzug im Winter. Die Tür in eine andere Welt steht offen. Jemand ist hereingekommen. Mit dem ersten Ton setzt er Carls Gedankenbewegung außer Kraft, zwingt sie in einen anderen Rhythmus. Ein Wesen mit eigener Sphäre, so groß wie ein Himmel unter dem Himmel, mitten in Kuffels Zimmer. Undurchdringliches, das sich übereinanderlagert, Schicht für Schicht, ein dunkler Turm mit düsteren Scharten, scharfen Zinnen, dazwischen Abstürze, Schmerz. Die Luft zittert. Ein Vibrieren, das sich überträgt, verursacht von einem, der zu bestimmen hat, dessen Willen man sich nicht einfach entzieht. Seine Anwesenheit hat nichts mit der gewöhnlicher Menschen zu tun. Statt Fleisch und Blut, Eis und Feuer. Kein Grund zur Furcht. Versprechungen, Lügen.

Carl weiß einen Moment, daß es besser wäre, den Plattenspieler anzuhalten, nicht weiterzuhören. Aber dann würde er etwas verpassen. Vielleicht hat er sich auch getäuscht. So unerbittlich, rücksichtslos, wie es Sekunden zuvor klang, ist es gar nicht. Nur Musik, ein Walzer: brillante Läufe, virtuose Sprünge, Arpeggien. Beinahe zuvorkommend wirkt er jetzt, der Fremde in den Klängen. ›Jeder, wie er will‹, sagt er lächelnd, tritt einen Schritt zurück, verbeugt sich galant, dreht sich blitzschnell auf dem Stiefelabsatz, gibt seinem Gesicht einen freundlichen Anschein, ist von einnehmendem Wesen, leutselig, volksnah, einer wie alle, lacht ein offenes Lachen, tut so, als ob das hier ein Scherz wäre, ein Spiel und ein Zeitvertreib, wie an Fasching, beim Jahrmarkt, was spricht denn dagegen, ein neues Kostüm zu probieren, sich selbst in einer anderen Verkleidung zu versuchen, mit unabsehbaren Möglichkeiten. Ein Aufstieg in schwindelnde Höhen ist denkbar oder Erkundung der tiefsten Tiefen, wo die wirklich mächtigen Mächte ihren Aufenthalt haben, die, die jeden Wunsch erfüllen und die dunklen Künste beherrschen. Vielleicht sind sie gar nicht so schlecht wie ihr Ruf. Es wartet ein Willkommensgruß, kleine Geschenke. Wenigstens einmal, heute, jetzt, das Kleinklein der Gewohnheitsmenschen von sich werfen. Wer es nicht wagt, hat nichts zu gewinnen. Lächerlich, wie die Angstgebeugten ihrer fest verschnürten Dame um die Taille fassen, das zarte Händchen halten, sich hübsch umeinanderdrehen, im Takt des Tanzschulenbenimms. Sie tauschen Artigkeiten, anstatt die Glut zur alles verzehrenden Flamme anwachsen zu lassen. Aber der, der sich hier dreht, gedreht wird, gibt sich nicht mit Geplänkel ab, greift ins Fleisch, reißt den Raum auseinander, daß die wirbelnden Körper nicht beengt werden, Taumel, Hingabe. Fliehkräfte aus aufeinandergetürmten Dissonanzen zerren an den Gesichtern, scharf geschliffene Fingernägel dringen in Haut, hinter wulstig aufgeworfenen Lippen blecken Zähne. Eisregen, Wüstenstürme, mitten im Zimmer, im Schankraum, im Ballsaal. Ein Wischer der gewaltigen Hand: vorbei. – Erneut dieses Lächeln und in Carls Herzgegend ein Kitzeln, das ihn auflachen läßt. Lust und Angst, Verzagtheit, Übermut. ›Es war nicht böse gemeint‹, beteuert der Fremde, ›schau:‹ Zeichnet mit poliertem Ebenholzstock Figuren in die Luft, Umrisse von Frauen, Vogelflug. Der, der bereit ist, sich in seine Hände zu begeben, wird über sich selbst hinauswachsen. Jeder Wunsch ist erfüllbar, wenn er ihm nur Vertrauen schenkt, die Furcht hinter sich läßt. Keine Grenze wird ihn hindern. Sollen doch die Verzagten, Mutlosen in die Knie gehen, das Rückgrat beugen, die, die Gewürm sind, nicht wert, zertreten zu werden. ›Steig über sie hinweg, nimm, was dir gehört, tu, was du willst. – Es ist ein Angebot, mehr nicht, niemand wird dich zu etwas zwingen.‹

Kalte Luft stürzt von oben durch Fensterritzen. Die Kerze flackert, wie von unsichtbaren Händen bewegt. Carl spürt einen Schauer den Rücken entlang, schaut hinauf, versucht etwas zu erkennen im Dämmer. Fragt sich, wo die Drohung zwischen all den Nettigkeiten herrührt. Steigt auf den Stuhl: Das Fenster ist geschlossen. Hat Gänsehaut.

›Es war nur ein Gedanke, eine Möglichkeit, wenn sie dir nicht behagt, vergiß sie.‹

Tonfolgen, glitzernd wie frühe Sterne an mondlosem Himmel in einem Waldsee gespiegelt. Vor den erleuchteten Zimmern gegenüber Schattenrisse: Gauben, die Kiefer im Hof. Unten Gräber von Chorherren, Nonnen, Präfekten, linker Hand das Kirchenschiff mit dem Dachreiter. Im Altarraum, neben der Tabernakelsäule aus Alabaster, brennt das ewige Licht. Der Herr in der Gestalt des Brotes ist wahrhaft anwesend. Bei Ihm ist reiche Erlösung. Letzte Strahlen der untergehenden Sonne brechen durch einen Riß des Horizonts. Vor blauschwarzem Himmel leuchtet golden der Hahn. Carl wird einen Moment lang geblendet. Es gelingt ihm kaum, der Musik zu folgen. Das, was da perlt, schimmert, stampft, grollt, ist nicht Musik. Silberne Linien, die durch den Raum irrlichtern wie lebendige Wesen, Luftnymphen, Sirenen, wegtauchen, verschwinden, andernorts wieder aufscheinen, es sind dieselben, ihre Dopplungen, liebreizende Gesichter, die Freundlichkeit vorgaukeln, zu Fratzen werden, aufgerissene Münder, Gleißen und Flirren über dunkleren Schlägen. Immer wilder wechseln sie sich ab, verschlingen einander. Jemand versucht im letzten Augenblick zu entwischen, wird von der kreischenden Menge umringt, mit grollenden Bässen in die Ecke gedrängt, kein Ausweg, gemeine Scherze, falsche Schmeicheleien, Gewaltandrohung, neckische Triller, die im Genick spielen, zupackende Hände, brachiale Überwältigung, Wirbel knacken, Geschrei, spitz und kehlig, ein Sprung ins Nichts, tosender Applaus, ›Bravo‹-Rufe.

Carl steht auf dem Stuhl, schaut hinunter. Er selbst war es, der gesprungen ist, was tut er noch immer hier oben? Mechanisches Klacken, als sich die Nadel aus der Rille hebt, der Tonarm zur Seite fährt, in seine Halterung sinkt. Das Lämpchen am Plattenteller erlischt. Die kreisende

Scheibe wird langsamer, hält an, ein Rätsel. Vom Stuhl aus ist es nur ein Schritt bis zum Boden, wer weiß, ob er unter den Füßen noch trägt. Carl schließt die Augen, holt Luft. Spürt, wie eine weit in die Dunkelheiten des Alls ausgreifende Bewegung in ihm zum Stillstand kommt. Wer war das, was war das, das alle Fluchtlinien, Sichtachsen im Raum so verschoben hat, daß keine Orientierung mehr möglich ist, und weshalb braucht Kuffel so lange, um Bier zu holen?

Er nimmt die Plattenhülle vom Tisch, liest: *Die Horowitz-Konzerte 1978/79*, Seite zwei: *Franz Liszt: Mephisto-Walzer, 12 Minuten, 15 Sekunden.*

Mit einem Ruck geht die Tür auf. Kuffel schaut ihn an, ängstlich, hat zwei Flaschen Bier in den Händen: »Tut mir leid, daß es so lange gedauert hat«, sagt er, »ich mußte warten, Bruder Walter ist aufgehalten worden, wieder wegen Mantz.«

»Und? Was haben sie vor?«

»Es wird wohl bei einem Verweis bleiben. Außerdem bekommt er Kontaktverbot. Er darf die Schuckart-Schnepfe bis zum Abitur nicht mehr sehen, und beim geringsten Verstoß ist er weg vom Fenster.«

Carl stöhnt auf, als hätte ihm jemand in den Bauch getreten.

»Man muß bis zum Äußersten gehen«, murmelt er, »wenn nötig darüber hinaus.«

Seine Knie sind wacklig, jetzt wo er sich selbst in einer ähnlichen Lage befindet oder unmittelbar davor: Wenn er den Ton in Ullas letzten Briefen nicht falsch verstanden hat, so falsch, wie sich ein Ton gar nicht falsch verstehen läßt, dann wird sich alles ändern zwischen ihnen, schon bald, sie müssen nur endlich leibhaftig zueinanderfinden, in Forch oder Mariendorn oder sonst irgendwo in dieser aller Liebe feindlich gesinnten Welt.

Was täte er, wenn der Präses im Verbund mit seinen Eltern, womöglich unter Androhung juristischer Konsequenzen wegen des Altersunterschiedes, ihm jeden Kontakt zu Ulla untersagen würde? Angesichts der Reaktion seiner Mutter auf die Frage nach einer Freundin oder beim Gedanken an den Rauswurf, den der Präses Rasche in der Schweiz angekündigt hat, wird ihm schlecht. Was bliebe? Selbstmord, wie in den Büchern; gemeinsame Flucht. Er muß sich mit diesen Gedanken vertraut machen. Seine Kinderzeit ist zu Ende, kein Schutz mehr im heimischen Nest. Die Zweige des Nests sind das Gestänge des Käfigs, in dem es kein Glück gibt. Auch das muß er sich klarmachen: Wenn er ausbricht, wird nichts von dem, was sein Leben hätte werden sollen, noch möglich sein: ohne Abitur kein Studium der Biologie, ohne Studium keine Feldforschung, keine Südamerika-Expeditionen. Ein anderer wird die Station im Amazonasgebiet gründen, während er und Ulla als Gesetzlose durch Europa ziehen, mittellos, ohne feste Bleibe, immer auf der Flucht vor der Polizei, sie als Verbrecherin, weil sie volljährig ist, er als ihr schuldloses Opfer. Falls es so weit kommt, müssen sie sich beeilen, rechtzeitig vor dem Winter Spanien oder Süditalien zu erreichen.

Die Fische wird er zurücklassen.

Er fürchtet sich vor dem, was ihm bevorsteht.

Er ist auch nur einer der Würmer.

»Sie lieben sich doch. Jedenfalls sind sie seit Jahren zusammen geritten.«

»Aber auf Pferden.«

»Ich find' das nicht witzig.«

»Entschuldige.«

»Und dann die Musik, dieser Mephisto-Walzer, oder was das war.«

Kuffel stellt Gläser auf den Tisch, öffnet die Bierflaschen, gießt ein. Der Schaum steigt zu hoch, läuft über den Rand. Kuffel zieht sein fleckiges Stofftaschentuch aus der Hosentasche, wischt die Pfütze weg, trinkt sein Glas in einem Zug leer.

»Die meisten merken gar nicht, was zwischen den Tönen passiert«, sagt er, »oder sie tun es einfach ab. Als ich neulich Erdmann Stöckes gefragt habe, ob er als Deutsch- und Musiklehrer nicht auch der Meinung ist, daß der Teufel das Talent eines Schriftstellers oder Komponisten vollständig okkupieren kann, genau so, wie Goethe es im Faust beschreibt, hat er einen Tobsuchtsanfall bekommen, ›Kunst! Die Freiheit der Kunst!‹ hat er gerufen: ›Eines der kostbarsten Güter der Aufklärung! Und kaum, daß eine Erkundung der menschlichen Seelengründe ohne Vorurteile möglich ist, rücken die Konservativen auf den Plan und faseln etwas vom Teufel. Als nächstes wollen sie dann wieder Bücher auf den Index setzen, und am Ende verbrennen sie Dichter als Ketzer. – Das haben wir hinter uns, ein für allemal! Merkt euch das!‹«

Carls Kehle ist ausgetrocknet, er nimmt einen Schluck Bier, die Bitterkeit läßt ihn schaudern, aber dahinter liegt Wärme, etwas wie Trost.

»Einen Augenblick lang habe ich gedacht, es ist tatsächlich jemand im Zimmer, der mich fragt, ob ich mitkommen will, an einen ganz anderen Ort, fast wie eine Art

Angebot, aber vielleicht bin ich zur Zeit auch besonders empfänglich für alles, was nach Ausweg aussieht...«

»Wie soll ich das verstehen?«

»Die Sache mit Mantz zeigt ja, daß man hier... Also wenn ich einem bestimmten Menschen, spielt ja keine Rolle, wem... Ich meine, wenn mir jemand einen Weg eröffnen würde, wie ich ihm, also diesem Menschen näher kommen könnte, so nahe, wie ich es mir wünsche... – Ich wüßte nicht, ob ich stark genug wäre, so ein Angebot abzulehnen, was auch immer der Preis wäre.«

Kuffel reißt die Augen auf vor Schreck, schlägt die Hände vors Gesicht: »Weißt du überhaupt, was du da sagst?«

»Wenn alles andere aussichtslos ist.«

»Und wer ist die unglückselige Person, die zu verantworten hat, daß ein frommer und gutwilliger junger Mensch ernsthaft darüber nachdenkt, sich dem Bösen anzudienen?«

Carl schüttelt den Kopf.

»Verrat mir, um Gottes willen, wer dein Herz so sehr mit Beschlag belegt hat, daß du bereit wärest, für ihn beziehungsweise wahrscheinlich ist es wieder eine SIE, dein Seelenheil zu opfern?«

»Natürlich würde ich nicht mein Seelenheil opfern.«

»Wie soll man das sonst verstehen?«

»Es ist sowieso bloß theoretisch.«

»Du bist verliebt, und sie hat dich abgewiesen?«

»Nein.«

»Deine neue Freundin will mit dem Äußersten warten, und jetzt benötigst du dringend ein Elixier, um sie umzustimmen.«

»Es sind einfach einige Dinge in Bewegung. In Sachen Liebe.«

»Du bist sicher, daß es tatsächlich um Liebe geht, also um die höchste und reinste Stufe der menschlichen Empfindungsfähigkeit, nicht bloß um einen mehr oder weniger austauschbaren Anflug von Verliebtheit?«

»Was soll das für ein künstlicher Unterschied sein?«

»Ich kann mir nicht vorstellen, daß du so naiv bist, alle Formen deiner Zuneigung über einen Kamm zu scheren. Die alten Griechen hatten allein für die drei Formen der Liebe zwischen Erwachsenen drei verschiedene Begriffe: Eros, Agape und Philia. Und man wird doch wohl Zweifel haben können, wenn du nach so kurzer Zeit – es sind gerade einmal vier Monate vergangen seit dem Brief von dieser Musikerin … Wie hieß sie noch gleich?«

»Regina.«

»… also wenn du gerade einmal vier Monate nach dem Brief von dieser Regina, die du als die große Liebe deines Lebens bezeichnet hast, für die Nächstbeste …«

»Sie ist nicht die Nächstbeste.«

»Ich bitte dich: Du hattest weder Zeit noch Gelegenheit, dich umzuschauen und willst gleich deine Seele verkaufen. Offenbar kennt dein Verlangen keinerlei Grenzen. Das spricht nun nicht gerade für ein von allen irdischen Verhaftungen geläutertes Gefühl.«

»Wir kennen uns sehr gut und auch schon ziemlich lange, mindestens ein Jahr, aber das ist gar nicht entscheidend. Zwischen uns gab es von Anfang an eine besondere Verbundenheit.«

»Bei Regina hast du beinahe wörtlich dasselbe gesagt.«

»Regina war ein Traumbild.«

»Schön, daß du das jetzt wenigstens zugibst. Und wie heißt die Neue?«

»Ich weiß nicht, ob es ihr recht wäre, wenn sich hier alle möglichen Leute das Maul über uns zerreißen.«

»Demnach hat sie sich schon öfter mit Kahlenbecker Böcken vergnügt.«

»Hat sie nicht.«

»An deiner Stelle würde ich erst einmal gründlich prüfen, ob es sich bei deinen Wallungen nicht um bloße Maskierungen des Geschlechtstriebs handelt. Das gleiche gilt natürlich auch für die Dame: Meint sie wirklich dich in deinem umfänglichen Menschsein, oder ist sie lediglich auf die Befriedigung ihrer Lüsternheit aus? Es gibt wenig, was der Teufel so vollendet beherrscht, wie unsere an sich guten Regungen in seine eigenen Zerrbilder zu verwandeln. Deshalb ist die Unterscheidung der Geister so wichtig.«

Carl spürt, wie eine Beklemmung sich ausbreitet vom Hals, über die Brust, den Magen, bis ins Gedärm. Aber es kann und darf doch nicht sein, daß die Liebe, die der höchste Sinn des Daseins ist, die erste Eigenschaft Gottes, vollständig unterhöhlt ist von Fallgruben, die allesamt in den Kerker der Verdammnis führen, daß es nirgends Entrinnen gibt. Er will ebensowenig glauben und glaubt auch nicht, daß Kuffel lediglich aus Eifersucht Gift in seine Empfindungen träufelt, um zu verhindern, daß ein Mädchen, eine Frau, den ersten Platz in seinem Herzen einnimmt. Kuffel treibt Sorge an, weil er die Listen Satans aus eigener Anschauung kennt. Er beschönigt nichts. Wenn Carl unvoreingenommen in die dunklen Bereiche seines Innern schaut, muß er zugeben, daß Kuffel die Wahrheit sagt. Da ist keine Regung, die nicht zersplittert, keine lautere Absicht, die nicht von Selbstsucht unterspült wäre. Tausend Stimmen raunen, wispern, hauchen, säuseln. Nicht einmal ihr Schweigen ist eindeutig. Unmöglich zu erkennen, wer in welchem Moment ihr Urheber ist, welche aus ihm selber stammen, was Einflüsterung fremder Mächte ist, guter wie böser, die aus den Ewigkeiten herüberreichen. Die Grenzen seines Körpers, seines Geistes, stellen kein Hindernis für sie dar, sie gehen ein und aus, wie es ihnen beliebt, er ist ihnen ausgeliefert, nur ein Spielball. Aus der unsichtbaren Mitte, wenn er überhaupt eine Mitte hat, steigt Angst: Er liebt sie doch, Ulla. Die Schönheit ihrer Seele hat ihn berührt, das, was aus ihren Augen spricht - dem will er nahe sein.

»Was du da angedeutet hast, ist eine ernste Sache«, hört er Kuffel von fern. »Du solltest dringend zur Beichte gehen, am besten gleich morgen: Im Bußsakrament werden die Spinnfäden des Bösen wirksam durchtrennt, ehe du vollständig gefangen bist. Die meisten geraten ja heutzutage allein dadurch unter die Kontrolle Satans, daß sie die Furcht vor den Folgen ihrer Schuld verloren haben. Überall wird einem erzählt, man könne die menschliche Schwäche, insbesondere *in sexualibus*, auf die leichte Schulter nehmen. Da ist dann von *Sünden aus Liebe* die Rede ... Aber wenn man, wie du, ernsthaft darüber nachdenkt, um der Sinnenlust willen die teuflischen Mächte anzurufen, hat das natürlich noch eine ganz andere Dimension.«

Carls Wangen und Ohren brennen. »Glaubst du wirklich«, seine Stimme bringt die Worte nur schleppend hervor, »glaubst du wirklich, der Teufel oder Mephistopheles ist ganz real und konkret?«

»Wie soll ich die Frage verstehen?«

Im Grunde weiß er die Antwort, fragt trotzdem weiter: »Meinst du, er könnte jetzt hier zwischen uns auftauchen, Gestalt annehmen, und wir würden ihn sehen, so wie ich dich jetzt sehe, er gäbe einem ein Stück Papier, das man dann unterschreibt, mit seinem eigenen Blut?«

»Du dürftest momentan für ihn nicht von derart herausragendem Interesse sein, daß er sich die Mühe machen würde, dir persönlich zu erscheinen. Abgesehen davon: Weshalb sollte er dir einen Kontrakt mit Gegenleistungen anbieten, wo er doch alles, was er von dir will, sowieso umsonst bekommt.«

Kuffel schaut ihm tiefer ins Herz als er selbst. Dabei kennt er nicht einmal die Bilder, die Nacht für Nacht vor seinem inneren Auge aufscheinen und seine Vorsätze, Selbstekel, Scham außer Kraft setzen. Nicht einmal Spiritual Krohkes kannte sie, und Carl wird sie auch seinem Nachfolger, Spiritual Lenders, nur in ihren Auswirkungen anvertrauen. Wahrscheinlich ist das der Grund, weshalb Beichte und Lossprechung in seinem Fall nicht in der Lage sind, die Ketten zu sprengen, die ihn an die Sünde fesseln. Kein Wunder, daß er dem Bösen so wenig entgegenzusetzen hat. Nicht einmal gegen die Grausamkeit, mit der er Joschrupp drangsaliert, Thissen, Schulte, Körber quält, demütigt, zum Heulen bringt, hat er ein Mittel.

»Aber natürlich: Viele Heilige hatten Begegnungen mit dem Satan. Bei jemandem, der auf dem Weg, Christus gleichförmig zu werden, schon weit vorangeschritten ist, muß er ganz andere Geschütze auffahren als bei einem unbedarften Jungen, der gleich seine Seele gegen ein Flittchen tauschen will. Den heiligen Antonius haben die Dämonen auf jede nur vorstellbare Weise malträtiert. Über die Kämpfe des Pfarrers von Ars mit dem Satan gibt es zahllose Geschichten. Wenn du Roghmann fragen würdest… Er schläft sicher nicht umsonst auf dem nackten Boden statt im Bett. Und Goethe wird sich seinen Mephisto auch nicht aus den Fingern gesaugt haben. Es ist doch stark anzunehmen, daß er einschlägige Erfahrungen hatte. Sein Leben war gesegnet mit allem, was diese Welt zu bieten hat. Und Besitz, Vergnügungen, Wollust sind die Dinge, über die der Satan nach Belieben verfügen darf, um uns zu prüfen.«

Ohne daß er es verhindern kann, laufen ihm Tränen: »Ich bin Dreck«, flüstert er.

Schluchzt auf, versucht sich zusammenzureißen, schaut Kuffel an, der vor seinen Augen verschwimmt, jetzt nicht mehr Strenge ausstrahlt, eher Mitgefühl.

»Weißt du«, sagt er, »es ist gut, wenn du von echter Reue geschüttelt wirst. Das ist der Zustand, in dem wir Gott am liebsten sind. Wie es im Psalm heißt, *Schlachtopfer willst du nicht, an Brandopfern hast du keinen Gefallen. Das Opfer, das Gott gefällt, ist ein zerknirschter Geist, ein zerbrochenes Herz.*«

Siebzehn

Schwäne. Ein Paar. Lautlos gleiten sie auf dem dunklen Wasser der Vries, nähern sich der alten Mühle, wo ein Wehr den Fluß zum flachen See staut. Ehrfurchtgebietende Vögel. Sie bleiben ihr Leben lang zusammen. Verharren bewegungslos vor dem mächtigen Ast, den das letzte Unwetter abgerissen hat. Binsen, niedriges Schilf. Wipfel von Eichen ragen aus Nebelbänken. Nicht viele Tiere halten einander die Treue, wie Mann und Frau es tun sollen, als hätten sie einen gesegneten Bund geschlossen vor Gott, dem Schöpfer. Gegenüber ist das Ufer steiler, nasses Gras, Brennesselgestrüpp, weiter unten ein Abbruch, durchsetzt von Höhleneingängen: Wasserratten, vielleicht Eisvögel. Er weiß nicht, was es mit Omen auf sich hat: Ob es Gottvertrauen ist oder heidnischer Aberglaube, den Zeichen, die in der natürlichen Welt aufscheinen, Bedeutung beizumessen, doch daß die Schwäne ihm gleich als erstes beim Eingang des Parks ins Auge gesprungen sind, stimmt ihn hoffnungsvoll.

In der feuchtschweren Luft unter niedrigen Wolken verblassen die satten Farben von Bäumen, Sträuchern, Hekken. Unfaßbar weiß ihr Gefieder darin; das leuchtende Orange der Schnäbel. Entschlossenheit, keine Furcht. Er denkt an ihr unheimliches Fauchen, an Schnabelstöße mit ausgebreiteten Schwingen. Wenn einer von ihnen stirbt, nötigt sein letzter Gesang dem Himmel Mitgefühl ab: Wegen des Zurückbleibenden, der allein weiterleben muß. Sie ziehen unter den Zweigen der Trauerweiden hindurch, synchron in allen Bewegungen, selten weiter als einen Meter voneinander entfernt. Abwechselnd und lautlos tauchen ihre Köpfe ins Spiegelbild. Einer behält die Umgebung im Auge, ob Gefahr naht.

Carl folgt ihnen am Ufer, langsam, mit Abstand, um nicht zu stören. Fahlgelbe Blätter fallen auf die Oberfläche, bilden ein Beet ohne Halt, darunter Ranken, Schlingpflanzen, von der Strömung sachte bewegt. Das gedämpfte Klatschen des Wassers, das vom Mühlrad stürzt.

Jede Liebe zwischen zwei Menschen, wenn es denn Liebe ist, hat ihren Ursprung in Gott.

Die Schwäne machen kehrt, verlassen mit aufgeblähtem Gefieder das Staubecken. Was sind die Gründe, die sie jetzt und nicht später hierhin und nicht dorthin schwimmen lassen? Er biegt ab, entfernt sich vom Flußlauf, schlägt einen Bogen, vorbei an Fliederbüschen, Haselnußsträuchern. Ein Teichhuhn läuft davon. Der Weg windet sich zwischen alten Rotbuchen, Platanen hindurch. Carl ist lange nicht hier gewesen. Früher haben sie manchmal Sonntagsausflüge nach Forch gemacht, um Grillagetorte im Café Weyers zu essen. Danach sind sie im Stadtpark spazierengegangen. Beim Eingang gab es eine Papageienstange mit roten und blauen Aras, einen Affenkäfig, Volieren mit Fasanen, Tauben, weiter hinten Hirschgehege. Im Pavillon spielten Streichorchester oder Blaskapellen. Damals waren sie eine glückliche Familie, angeführt von einem Vater, der Schutz bot, einer liebenden Mutter. Am Ende dieses Tages wird ihr endgültiges Zerbrechen besiegelt sein.

Es schlägt Viertel nach zwei. Die Minuten vergehen schleppend. Er hat sich so sehr beeilt, daß ihm die Hände zitterten, als er sein Rad ans Brückengeländer geschlossen hat, in seinem Kopf die verrückte Idee, daß die Zeit sich beschleunigt, wenn er selbst rast, und vielleicht würde sie wider Erwarten zu früh sein. Vor halb drei wird sie es kaum schaffen. Andrea arbeitet bis Viertel nach eins, dann muß sie nach Hause, die Kleider wechseln, sich frisch machen, von dort zum Wohnheim. Sie werden frühestens um zwei weggekommen sein. Etwa fünfundzwanzig Minuten braucht man von Mariendorn nach Forch.

Eigentlich hätte es Ulla auch früher einfallen können, Andrea zu fragen, ob sie mit ihr fahren darf. Andreas Fortbildung für Diabetikerküche in Kerven läuft schon seit Monaten. Erst hat sie nicht daran gedacht, dann war es ihr peinlich. Andrea soll nicht wissen, was Ulla in Forch vorhat, mit wem sie sich trifft. ›Das ist mir lieber fürs erste‹, hat sie gesagt, ›sonst zerreißen die Leute sich wieder den Mund, zumal wegen…‹ Sie suchte nach einer Formulierung, die es nicht gibt, weil sie das Wort ›Altersunterschied‹ vermeiden wollte, murmelte etwas von ›Moral der Kirche‹, und daß Andrea diese Dinge sehr ernst nimmt. Auf jeden Fall soll er nicht direkt an der Straße warten, sondern ein Stück abseits. Carl ist aus dem, was Ulla gesagt hat, nicht schlau geworden: Mal klang es, als wären sie längst zusammen, dann wieder so, als wäre der Gedanke vollkommen abwegig.

Die Schwäne erreichen die Flußbiegung, beginnen übers Wasser zu laufen, werden eine lang gestreckte Vorwärtsbewegung, heben ab, fliegen davon. Er hat die Botschaft verstanden, glaubt ihr, glaubt ihr nicht.

Er geht zu dem hellblauen Becken mit der Springbrunnenanlage, die längst abgeschaltet ist. Schwärzliche Algen überziehen die Fliesen. An das hohe, jetzt efeubewachsene Gestänge waren früher die Aras gekettet. Der vordere Teil des Parks wurde von Leuten angelegt, die meinten, der Natur künstliche Ordnungen aufzwingen zu müssen: Sträucher in Reih und Glied, zu Kugeln, Zapfen, Würfeln beschnitten. Niedrige Hecken fassen symmetrische Beete ein wie auf Friedhöfen. Er setzt sich auf eine Bank mit Blick auf die Brücke. Die Entfernung ist zu groß, als daß man Gesichter erkennen könnte. Er schwitzt und friert. Vor vier Tagen gab es nachts zum ersten Mal Minusgrade. Seine Zähne klappern, er kann nichts dagegen tun. Sorge, daß sie enttäuscht ist, wenn sie ihn sieht. Dreieinhalb Monate sind seit der Schweizfahrt vergangen. Dort war es Sommer, die schneebedeckten Gipfel hoben alle Empfindungen. Hier herrscht Alltag: Er ist Obertertianer in einem katholischen Internat, sie arbeitet als Schwesternschülerin in einem katholischen Krankenhaus. Jedes große Gefühl ist eine Versuchung, die man bekämpfen sollte. Immerhin ist er inzwischen fünfzehn. Bis zum nächsten März, wenn sie Geburtstag hat, wird es so aussehen, als wäre er lediglich drei Jahre jünger.

Sie haben sich fast täglich geschrieben in letzter Zeit, beziehungsweise: Er hat ihr fast täglich geschrieben. Sie schafft es wegen des Wechselschichtdiensts nach wie vor nur alle drei bis vier Tage. In den Briefen kann er seine Gedanken so formulieren, daß sie merkt, er ist ihr ebenbürtig, manchmal sogar überlegen. Doch wenn er ihr gegenübersteht, fällt ihr vielleicht wieder auf, wie jung er tatsächlich ist. Obwohl sie einander so nahe sind, weiß er immer noch nicht, was sie fühlt. Zwischenzeitlich fanden sich merkwürdige Sätze in ihren Briefen, daß sie einen alten Freund wiedergetroffen hat, mit dem sie schon einmal, bevor sie nach Kahlenbeck gegangen ist, sehr eng war. Sie konnten nahtlos an diese Vertrautheit anknüpfen in langen Gesprächen *über Gott und die Welt, Liebe und Leben.* Carl fiel in Verzweiflung, andererseits dachte er, daß ihr doch klar sein mußte, wie er für sie empfindet. Wenn bei diesem alten Bekannten mehr, also Liebe, dahintersteckte, würde sie ihm nicht derart verworrenes und widersprüchliches Zeug schreiben. Er hat nicht gewagt, nachzufragen. Keinesfalls wollte er eifersüchtig erscheinen. Unbegründete Eifersucht schreckt Mädchen und Frauen gnadenlos ab, hat Bart gesagt. Abgesehen davon: Welchen Anspruch hätte er geltend machen können. Auch ohne daß er fragte, erklärte sie ihm schließlich, daß sich an ihrer beider Verhältnis durch diese neue alte Freundschaft nichts ändern würde. Carl schwankte, ob er darüber beruhigt oder erst recht in Sorge sein sollte: Es konnte bedeuten, daß er den Platz des Herzensfreundes innehatte, während der andere ihr Geliebter sein durfte. Seit zwei Wochen ist jetzt nicht mehr die Rede von ihm. Kurz darauf hatte sie die Idee, sich von Andrea nach Forch mitnehmen zu lassen.

Die Uhr schlägt halb drei.

Er hat nichts, um sie zu begrüßen. Normalerweise bringen Männer Frauen etwas mit. Vielleicht hätte er Blumen kaufen sollen, wenigstens eine Rose. Er hat darüber nachgedacht, den Gedanken dann aber verworfen. Es wäre ihm abgeschmackt vorgekommen. Wahrscheinlich hätte sie sich über die Geste gefreut, obwohl sie neulich gesagt hat, daß Blumensträuße sie traurig machen, weil sie nach blühendem Leben aussehen, doch in Wahrheit ganz tot sind.

Auf der Brücke stockt der Verkehr. Andrea fährt einen klapprigen roten Polo, und ein roter Polo steht dort hinter einem grauen Mercedes. Es kann auch ein kleinerer Ford oder ein Opel sein. Die Beifahrertür müßte sich jeden Moment öffnen. Öffnet sich nicht. Vielleicht tauschen sie noch zwei Sätze, verabreden den genauen Zeitpunkt für die Rückfahrt und was sie tun, wenn eine von beiden sich verspätet. Auf die Entfernung kann er nicht erkennen, ob neben dem Fahrer überhaupt jemand sitzt. Kostbare Zeit verrinnt. Jetzt, wo es halb drei geschlagen hat, scheint ihm jede Minute, die vergeht, ohne daß sie gekommen ist, als würde ihm etwas gestohlen. Ein alter Mann mit Dackel überquert die Brücke. Die Wagenkolonne setzt sich in Bewegung: Diesel-Fahrer, die jenseits der Grenze billig tanken, holländische Lkw. Andrea kann hier gar nicht einfach so anhalten und jemanden aussteigen lassen, wenn die Ampel grün ist.

Carl tritt an das Becken, um besser sehen zu können, geht einige Meter zur Seite, sucht Deckung hinter einem Wacholderbusch: weiße, blaue, schwarze Autos – kein kleines rotes.

»Hallo.«

Es ist ihre Stimme. Und sie sagt dieses furchtbare Wort. Aber es hat einen anderen Klang und neue Bedeutung. Er fährt herum, sie steht unmittelbar vor ihm. Er weiß nicht, wie es geschehen konnte, daß er sie nicht hat kommen sehen, jetzt fehlen ihm die dreißig oder fünfundvierzig Sekunden, die sie von der Brücke bis zu ihm gegangen wäre. In dieser Spanne hätte er den Schock, daß sie tatsächlich da ist, unter Kontrolle gebracht und sich den ersten Satz zurechtgelegt. Statt dessen spürt er, daß sein Gesicht einen verunglückten Ausdruck hat, daß er viel zu lange braucht, ihn zu korrigieren.

»Wie geht's?« sagt sie, wo er noch nicht einmal ihre Begrüßung erwidert hat, streckt ihm die Hand entgegen.

Was soll er mit ihrer Hand, sie haben sich früher doch schon umarmt, zumindest wie Freunde, auch darüber hinaus. Er hat es so deutlich in Erinnerung, daß es geschehen sein muß, doch es war an Tagen, in Nächten, an Orten, wo sie nie gewesen sind. Beim Abschied auf dem Parkplatz in Kahlenbeck, als ihre und seine Eltern wartend hinter ihnen standen, Rasche lauerte, der Präses und Präfekt Lohfing zwischen den Leuten umhergingen, haben sie sich mit einem Händedruck verabschiedet. Wo soll eine andere Geste herkommen, sie hatten ja gar keine Zeit, sich etwas zu überlegen. Er muß sie ergreifen, ihre Hand, sofort, ehe sie wieder in der Hosentasche verschwunden ist, nimmt sie, lächelt, sagt gleichfalls »Hallo«.

Es klingt falsch aus seinem Mund: »Ich habe mich so auf dich gefreut.«

»Ich auch.«

Ihm ist schwindlig, er wird rot von einem Gedanken, der es nicht ins Bewußtsein schafft und trotzdem nicht hätte gedacht werden dürfen. Etwas ist anders, stimmt nicht – ein Schock: Sie hat ihre Haare abgeschnitten. Erneut verrutscht sein Gesicht, ein Erschrecken, das furchtbarer aussieht als es gemeint ist. Im Grunde spielt es keine Rolle, außer daß sie wohl niemals ihren langen dicken Zopf für ihn lösen wird, aber was hat die Länge der Haare mit ihrem Wesen zu tun?

»Du hast…«, setzt er an, bricht ab, es ist keine gute Idee, so zu beginnen. »Du bist einen anderen Weg gekommen, als ich gedacht hatte.«

»Andrea ist schon beim Bahnhof abgebogen, mir war es ganz recht, noch ein Stück zu laufen.«

»Ich hätte dich am Bahnhof abholen können, dann wären wir schon zusammen… Schön, daß du da bist.«

Sie trägt einen beigefarbenen Parka, wie ihn auch seine Mutter ausgesucht haben könnte, oben schaut ein schwarzweißes Palästinensertuch heraus.

»Sehe ich meinen… – dich endlich wieder. Verrückt oder? Wurde aber auch Zeit.«

Er weiß nicht, was daran verrückt sein soll. Für ihn ist es das Normalste von der Welt, daß zwei Freunde, Liebende sich treffen, um auch wirklich beisammen zu sein, verrückt ist, daß sie sich so lange nicht gesehen haben: »Wurde wirklich Zeit.«

»Und was macht Kahlenbeck so? Alles wie gehabt, oder gibt es was Neues.«

»Du weißt doch: Alles muß bleiben, wie es ist, weil es schon immer so war, und es darf auf keinen Fall anders werden, weil es noch nie so war. Wem das nicht paßt, der kann ja gehen. Wir hatten Bremsklötze, wie jeden zweiten Mittwoch.«

»Was?«

»Bremsklötze. – Frikadellen. Habt ihr die nicht so genannt?«

Ihr Augen sind so schön, daß er eigentlich gar nichts sagen müßte, geschweige denn belangloses Zeug, aber bislang haben sie immer geredet. Es gab so viel, worüber sie sprechen wollten, wenn sie einander endlich gegenüberstünden. Jetzt fällt ihm nichts ein. Jeder Satz, den er sagt, läßt einen anderen, der wichtiger wäre, ungesagt. Sobald sie einander schweigend in die Augen sehen, wird sich keiner mehr auskennen.

»Doch. Eine große Veränderung gibt es: Krohkes ist weg – ein Segen: Wir haben einen neuen Spiritual. Er trägt keine Soutane, sondern normale Hosen mit Pullover, farbig, nicht schwarz, und in seinen Predigten geht es nicht ausschließlich um unsere Sünden und die ewige Verdammnis.«

»Ich habe Krohkes gehaßt. Wir mußten ja auch bei ihm beichten… Mußten wir natürlich nicht, war freiwillig, klar, aber wenn man nicht von sich aus gegangen ist, hat Pankratia immer solche Andeutungen gemacht.«

Die feuchtkühle Luft, durch die sie zehn sinnlos verschenkte Minuten vom Bahnhof bis hierher gegangen ist, hat ihr die Wangen gerötet. Sie sieht so gesund aus, so lebendig. Die Ähnlichkeit mit Renoirs *Lise* ist noch größer, als er sie in Erinnerung hatte.

»So richtig toll scheint es da, wo du jetzt bist, auch nicht zu sein…«

»Eher schlimmer. In Kahlenbeck konnte man wenigstens spazieren gehen oder nach Holland. Aber in Mariendorn, mitten in der Stadt, hängt immer jemand hinter der Gardine, der einen kennt. Es gibt Leute, die dich wegen jeder Kleinigkeit bei den Schwestern anschwärzen. Einer Kollegin von mir wurde letzte Woche mit Kündigung gedroht, weil man sie Hand in Hand mit ihrem Freund gesehen hat. Das mußt du dir vorstellen: Sie ist dreiundzwanzig.«

»Wollen wir uns setzen? Oder lieber noch ein Stück von

der Straße weg? Weiter hinten gibt es eine Halbinsel, dort hat man einen guten Blick übers Wasser. Oder möchtest du lieber in ein Café? Weyers ist fünf Minuten von hier. – Wieviel Zeit hast du überhaupt?«

»Andrea lädt mich um Viertel vor vier wieder ein, das heißt, ich muß um halb los …«

»Gerade mal eine Stunde …«

»Besser als nichts, oder?«

»Viel besser als nichts.«

»Dann laß uns doch dorthin gehen, wo du gesagt hast. Aber nicht, daß wir uns verlaufen.«

»Kein Problem.«

»Ich bin hier noch nie gewesen.«

»Der Park ist in Ordnung, wenn man Parks mag. Früher fand ich ihn jedenfalls nicht schlecht.«

Hinter der hohen Hecke, den riesigen Rhododendronbüschen, offene Grünflächen, ein Birkenwäldchen, zwischen den bleichen Stämmen die Rückseite des Pavillons. Kein Mensch weit und breit.

»Schau mal, Karnickel.«

»Weißt du, ich bin schon auch aufgeregt.«

»Und was machst du sonst, wenn du freihast?«

»Sonntags, wenn ich keinen Dienst habe, besuche ich meistens meine Eltern. Manchmal gehen Andrea und ich Pizza essen. Einmal war ich im Kino, da hatte Albrecht mich eingeladen, der Freund, von dem ich dir erzählt hatte. *Poltergeist* hieß der Film, aber der war so gruselig, daß ich mir die meiste Zeit entweder die Ohren oder die Augen zugehalten habe. Ansonsten versuche ich das Buch zu lesen, das du mir empfohlen hast. Dienstags gucken im Wohnheim immer alle *Dallas* …«

»Gott, wie schrecklich.«

»Hast du schon Folgen gesehen?«

»Mir reicht, was ich darüber höre, um zu wissen, daß ich es nicht sehen muß.«

»Ist nicht toll, aber auch nicht so schlimm, wie manche sagen. Wenn man erst mal in der Geschichte drin ist, will man halt wissen, wie es weitergeht. Die, die Schicht hatten, lassen sich von den anderen erzählen, was passiert ist. Und dann überlegt man zusammen, was J.R. sich wohl als nächstes für eine Gemeinheit ausdenkt. Zwei von den Erbarmensschwestern sind auch bei den Fans.«

»Aber du machst auch viel mit diesem ... also mit dem Albrecht, oder?«

»Ach, laß gut sein. Das war eine blöde Geschichte. Erzähl ich dir ein anderes Mal. Hat sich jedenfalls ... Wie soll ich sagen. Ist ein Fehler gewesen.«

Er sieht ein unrasiertes Männergesicht, schwarze fettige Haare, will wissen, ob sie ihn geküßt hat, vielleicht darüber hinausgegangen ist, ob sie es sich, wenn es nicht passiert ist, vorgestellt, gewünscht hat, oder ob im Gegenteil dieser Albrecht sich mehr versprochen hat, als sie bereit war, ihm zu geben. Wie schon bei Rasche hat sie ihm verheimlicht, daß eine Liebe oder Vorstufen davon im Gange waren, während er in Kahlenbeck festsaß und keine Möglichkeit hatte, um sie zu kämpfen, außer mit Geschriebenem. Doch was sind ein paar Tintenkringel auf Papier, die zwei Tage bis zu ihr unterwegs sind, verglichen mit einem Blick, einer Berührung oder der Gelegenheit, während eines furchterregenden Films ihr Beschützer zu sein?

»Mach dir keine Gedanken«, sagt sie. »Wir haben dann einfach gemerkt, also ich habe gemerkt, daß ich ihn zwar sehr gern mag, aber daß mir, wie soll ich mich ausdrükken, also daß mir in den Gesprächen eine bestimmte Tiefe fehlt, die ich mit dir zum Beispiel immer habe, ohne daß man sich groß darum bemühen muß.«

»Das geht mir auch so.«

»Bist du sicher?«

Sie schaut ihn zweifelnd, beinahe ängstlich an.

»Das mußt du doch merken.«

»Ich hab' trotzdem immer Zweifel oder Sorge, daß du mich vielleicht nicht besonders klug findest, weil mir nie so gute Formulierungen einfallen ...«

»Ich weiß immer, was du meinst, und ich liebe ...«

Es wäre nur ein kleiner Schlenker, eine geringfügige Verschiebung, wenn er »dich« sagen würde, dann stünde da dieser Satz, der alles verwandelt: Erstmals hätte er ihn zu einem Menschen, einer Frau gesagt. Wie ginge es dann weiter?

»... deine Briefe.«

»Wirklich?«

»Im Moment sind sie das einzige, was mich aufrecht hält, in diesem Knast.«

Plötzlich bleibt sie stehen, wendet sich nach links, tritt an das schmiedeeiserne Gitter, sagt: »Wenn jetzt Sommer wäre, könnten wir Minigolf spielen«, deutet auf eine grellbunt gestrichene Bahn: »Schau mal, es gibt einen dreifachen Looping. Der ist schwierig. Und ein Netz mit Wassergraben. Hast du schon mal Minigolf gespielt? Ich spiele immer mit Carina.«

»Wir haben hier früher manchmal gespielt, auch an der See, wenn wir im Urlaub waren, ist aber schon lange her.«

»Dann ist es hiermit beschlossen: Sobald es wieder wärmer wird, spielen wir Minigolf, du und ich.«

Sie macht tatsächlich Pläne für sich und ihn, sie beide, sonst niemanden, im kommenden Frühling oder Sommer, so weit in die Zukunft hat er noch gar nicht denken können, angesichts der Dunkelheit und Kälte, die bevorsteht.

»Wenn du willst.«

»Ich freue mich schon.«

Die feuchte Luft hat sich in Nieselregen verwandelt. Auf ihren kurzen, dicken Locken ein glänzender Film aus winzigen Tropfen: wie sie im Bad vor dem Spiegel stand – gestanden hätte –, eingewickelt in nichts als ein Handtuch, sich nach vorn beugte und mit langen schweren Zügen Strähne für Strähne kämmte.

»Du hast die Haare ab.«

»Schon seit zwei Monaten. Das mit dem Zopf war mir irgendwann zu altmodisch, ich wollte mal moderner aussehen. Gefällt es dir?«

»Schon. Ja. Ist noch ungewohnt.«

»Albrecht fand, daß es reifer aussieht und zugleich jünger.«

Noch ein Grund, ihn zu hassen.

»Ich finde dich sowieso schön.«

Sie schaut auf den Boden, lächelt, verschämt, erwidert nichts.

Der Park wirkt hier fast wie ein richtiger Wald, Ebereschen zwischen hohen Buchen, Blätter schwer und satt, in allen Farben des Herbstes. Die Weiden und Pappeln am Wasser sind schon beinahe kahl. Linker Hand, wie vor zehn Jahren, das Gehege: zwischen Stämmen und Buschwerk, auf dem braunen Laub kaum zu erkennen, eine Gruppe Damwild. »Von allen Hirschen mag ich sie am liebsten.«

»Sie sehen edel aus, findest du nicht?«

»Nicht so spießig wie Rothirsche.«

»Meine Eltern haben auch einen über dem Sofa.«

Sie kichert.

Vor ihnen das Wasser. Die beiden Arme der Vries, die sich am anderen Ende von Forch geteilt hat, vereinigen sich wieder. Vorn, um eine mächtige Eiche, ist eine Rundbank gebaut, *Gestiftet aus Mitteln der Sparkasse Forch, 1981* steht auf einem Messingschild. »Wollen wir uns hinsetzen?«

Die Stadt liegt unendlich weit hinter ihnen, keine Stimmen, kein Verkehrslärm, nur das ruhige Glucksen des Flusses, zwischen Ufersteinen, Schilfrohr, wie er sich hinzieht durch Viehweiden, weites Land. Baumgruppen im Nebel, schwarzbunte Kühe, ein zerfallener Melkstall. Wie zur Erinnerung entdeckt er die Schwäne als Lichtflecken kurz vor dem Horizont, wo Himmel und Erde verschwimmen.

Sie hat beide Hände in die Jackentaschen gegraben, die Schultern hochgezogen: »Ein guter Platz«, sagt sie, »den merken wir uns.«

»Hier wollte ich schon als Kind immer sein.«

»Das Leben ist manchmal verrückt, das mußt du zugeben.«

Sie rutscht näher zu ihm hin, so daß ihre Jacken sich berühren, fünf oder sechs Schichten Stoff zwischen ihrer Haut und seiner, so viel, daß von ihrer Wärme nichts bis zu ihm durchdringt. Zeitgleich wenden sie einander ihre Gesichter zu. Ein Schweigen, nur kurz, dann schaut sie aufs Wasser, sagt: »Ich kann mir das gar nicht richtig erklären. Obwohl du so viel jünger bist, daß es eigentlich unmöglich ist: Bei dir fühle ich mich immer verstanden. Als wären wir Seelenverwandte… Weißt du, was ich meine?«

Er nickt.

Sie legt ihre Hand auf seinen Arm: »Versprich mir, daß du nicht böse bist, wenn ich das so direkt sage…«

»Wieso sollte ich dir böse sein, es gibt doch gar keinen Grund.«

»Versprichst du's?«

»Ich kann dir gar nicht böse sein.«

»Du bist so lieb. Ich kenne niemanden sonst, der so lieb zu mir ist und mich ganz einfach akzeptiert, wie ich bin, mit all meinen Macken. Und davon habe ich eine ganze Menge, glaub mir.«

Noch immer liegt ihre Hand auf seinem Arm. Er weiß nicht, was sie bedeutet. Wenn sie seine Hand hätte halten wollen, warum hat sie dann den Arm genommen. Es ist eine Geste zwischen Freunden, nicht zwischen Liebenden, vielleicht ein Versuch, wie die Berührung sich anfühlt, ob sie fremdartig ist oder selbstverständlich, bloß neu.

»…für mich ist das, was wir miteinander haben, von Anfang an etwas Besonderes gewesen, so etwas hatte ich noch nie mit jemandem. Aber es macht mich auch unsicher, weil… – Versteh mich nicht falsch, normalerweise sind die Leute, Männer, mit denen ich zusammen bin, mindestens genauso alt wie ich oder älter, Jan war zweiundzwanzig, Albrecht sogar schon sechsundzwanzig, und ich habe mir nie vorstellen können, daß es anders sein könnte, ich meine – entschuldige, wenn ich das so direkt sage, also: In deinem Alter sind sie für mich eigentlich noch *Jungs*.«

Er spürt sie jetzt doch, trotz all der Kleider, ihre Haut,

den Atem darunter, der sich hebt und senkt, legt seine Hand auf ihre, eine Geste von unerhörtem Ausmaß. Der Schock, wie anders sie ist, eine völlig unbekannte Hand, die in nichts der ähnelt, die sie ihm vorhin sinnlos und weil ihr nichts anderes einfiel, zur Begrüßung hingestreckt hat. Er hat in seinem ganzen bisherigen Leben überhaupt noch nie etwas berührt, das sich ähnlich anfühlte wie diese Hand, ein Glück, ein Schmerz, darunter die Angst, etwas Entsetzliches könnte passieren.

»Ich weiß nicht«, fährt sie fort, ohne die Hand wegzuziehen, aber auch ohne ihren Blick vom Boden zu heben: die weichgeschwungene Stirn im Profil, ihre kleine Nase, leicht aufgeworfene Lippen, dunkelrot, die Rundung unterhalb des Kinns, ehe es in den Hals übergeht. »Kann sein, daß es nicht geht … Ich bin wirklich unsicher, aber worüber ich nicht unsicher bin, ist, daß ich dich mag, sehr mag, Carl.«

Ihre Stimme bricht ab, und sie dreht ihre Hand, die immer noch auf seinem Arm liegt, ganz langsam auf den Rücken, so daß sie ineinandergreifen. Weich, feucht und trocken zugleich fühlt sie sich an. Ihre Finger verschränken sich, sie drückt kurz zu, als wollte sie ihm versichern, daß diese Geste kein Zufall, daß ihre Hand seine ist, für jetzt und immer. Es scheint, als würden die Innenflächen einen einzigen Handkörper bilden, in dem derselbe Puls rast, während sie noch immer auf ihre Füße schaut, scheinbar regungslos, doch er spürt, wie ihr Brustkorb, ihre Brüste, unter dem dick gefütterten Parka beben. Sie spricht nicht mehr. Aber sein Name aus ihrem Mund hallt immer noch nach, ein endloses Echo in dieser vollkommenen Stille, die sie einhüllt, umschließt und in der sie auf immer bleiben dürfen. Vielleicht wartet sie, daß er antwortet, er weiß nicht, ob und wie, warum und was er erwidern soll, wo alles, was er sagen würde, Lichtjahre zurückbliebe hinter dem, was durch ihre Hände strömt. Trotzdem: Seine Lippen öffnen und schließen sich, die Kiefermuskulatur ahmt Bewegungen gesprochener Laute nach, ohne daß etwas zu hören wäre. Er hat vergessen, was und wie die Worte waren, weil er sie nie aus seinem Mund gehört hat: »Ich dich auch … Liebe.«

Jetzt endlich sieht sie ihn an. Ihre Blicke werden zu einem einzigen, der in beiderlei Richtungen reicht, bis in die Vorewigkeit, als die Seelen erschaffen wurden. Verlangsamt wie in Träumen streckt seine Rechte sich nach ihr aus, er verfolgt es aus dem Augenwinkel, nähert sich ihrem Hals, ihrem Nacken, spürt die gekräuselten Löckchen dort, weich und widerspenstig, die Haut unter seinen Fingerkuppen, kein Wort für das, was geschieht.

Achtzehn

»Ich weiß nicht, wie Roghmann es hinnehmen konnte, daß sie uns diesen Lenders als Spiritual geschickt haben: Abgesehen von seiner strikten Weigerung, sich zu kleiden, wie es einem Priester ansteht, hält er *Böll* offensichtlich auch für geistlich relevanter als die *Summa* des heiligen Thomas. Jedenfalls habe ich noch keinen einzigen theologisch relevanten Gedanken von ihm gehört.«

»Seit Kunze Regens ist, kommen immer mehr solche … Mir fällt gar kein Ausdruck ein, der nicht die Würde des Amtes beleidigt … Typen halt – aus dem Priesterseminar.«

»Ein Priester im bordeauxfarbenen Citroën mit abnehmbarem Verdeck.«

»Kunze will smarte Modernisten, weil er meint, damit könnte er der Kirche die Jugend zurückgewinnen. Prälat Kiewert hätte so jemanden gar nicht erst zur Weihe zugelassen.«

»Was spricht denn gegen sein Auto?«

»Erklär es ihm, Bernhard. Dein junger Freund ist in der Ausdeutung der menschlichen Natur noch nicht sehr weit fortgeschritten.«

»Wenn ich mir einen Wagen aussuchen könnte, würde ich auch eher so was nehmen als einen Kadett oder Golf.«

»Weißt du, Carl: Ein Priester sollte in seiner gesamten

Erscheinung auf äußerste Zurückgenommenheit achten. Diese impertinente Art, seinen Individualismus zur Schau zu stellen, gehört sich nicht für jemanden, dessen Ziel es ist, Christus gleichförmig zu werden. Ob ein Priester grün oder blau schön findet, lieber Karotten oder Gurken ißt, interessiert niemanden. Er ist ein Diener, der Christus repräsentiert. Mit der Weihe hat er seine eigene Person, das, was Paulus *den alten Menschen* nennt, abgelegt, um eins mit dem Herrn zu werden. Abgesehen davon muß er natürlich auch in jeder Situation als Priester erkennbar sein, denn es kann immer und überall geschehen, daß ein Mensch plötzlich Hilfe braucht oder sich bekehren will.«

»Jesus ist halt gar nicht Auto gefahren, insofern weiß man nicht, welche Marke er bevorzugt hätte.«

»Mit der Wahl eines solchen Fahrzeugs bringt man etwas zum Ausdruck, Carl. Verstehst du das? Man macht eine öffentliche Selbstaussage, genau wie mit seiner Kleidung oder mit seiner Frisur. Oder meinst du, daß diese Entscheidungen im luftleeren Raum stattfinden, daß jeder sie für sich allein trifft, weil es ihm gerade mal einfällt?«

»Das wahrscheinlich auch nicht.«

»Und was, denkst du, möchte jemand, der so einen Citroën fährt, den Leuten von sich vermitteln?«

»Keine Ahnung.«

»Streng dein Spatzenhirn ein bißchen an. Du wirst doch wohl Bilder im Kopf haben, wenn du an dieses Auto denkst?«

Nicken.

»Welche zum Beispiel?«

»Was Französisches halt. Paris, Schwarz-Weißfilme, Gauloises, Maigret, Rollkragenpullis … Oder dieser Philosoph, der letztes Jahr gestorben ist und so geschielt hat… Roghmann hat noch darüber gepredigt.«

»Sartre. Bravo. – Woher hat er das bloß, diese Fähigkeit, Dinge sofort auf den Punkt zu bringen? – Weißt du zufällig auch welche Philosophie Sartre gelehrt hat?«

Achselzucken.

»Natürlich nicht. Wie auch? Du beschäftigst dich in der Hauptsache mit dem Liebesleben von Fischen, da kannst du dich nicht um philosophische Grundfragen kümmern. Spielt ohnehin keine Rolle für einen angehenden Ichthyologen: Das Wissen von heute folgt der Empirie, nicht wahr: ›Ich glaube, was ich sehe.‹ Wie dieser amerikanische Schwachkopf, der vom Mond mit der Erkenntnis zurückkam, daß er Gott dort draußen nirgends hat entdecken können… – So ein Citroën steht exemplarisch für das Lebensgefühl des *Existentialismus* – schon mal davon gehört?«

»Nur das Wort, aber mehr weiß ich nicht… «

»Immerhin, die Vokabel darf als bekannt vorausgesetzt werden: Der *Existentialismus* ist eine Denkrichtung… – Kann man das sagen? Nun ja. Etwas in der Art. Lassen wir es der Einfachheit halber so stehen: eine Denkrichtung, die den Menschen ausschließlich vom Hier und Jetzt her beschreibt und jedwede transzendente Dimension ableugnet. Sartre spricht in diesem Zusammenhang vom *In-die-Welt-geworfen-Sein* des Menschen. Dementsprechend ist seine Kernthese, daß das Sein das Bewußtsein bestimmt und nicht umgekehrt. Anders ausgedrückt: Du landest hier auf der Erde, quasi als unbeschriebenes Blatt, schaust dich um, stellst fest, daß du da bist; dir ist kalt, dein Magen knurrt, und also definierst du dich als ein Wesen, das Wärme braucht und Hunger hat. Wenn du dann endlich

Wege gefunden hast, deine physischen Bedürfnisse halbwegs befriedigend zu versorgen, einschließlich der passenden Socken und des richtigen Autos, schaust du nach oben ins Dunkel des nächtlichen Weltalls und kommst dir unendlich verloren vor – wie dieser Astronaut. Jetzt könntest du dich eigentlich auch umbringen, aber weil dein Gehirn geringfügig größer ist als das eines Schimpansen, fragst du dich, bevor du zum Strick greifst, was der ganze Unfug hier soll, und damit bist du dann erst mal wieder eine Weile beschäftigt.«

»Aber so ist es doch.«

Kopfschütteln. Ein Aufstöhnen.

»Nein. So ist es nicht. Wir als Gläubige – und ich nehme mal an, du würdest dich, trotz der schwarzen Löcher in deinem Kopf, nach wie vor als Gläubigen bezeichnen –, wir gehen davon aus, daß der Mensch in seinem Sosein von Gott durch das Wort, den Sohn, nach Seinem Abbild geschaffen wurde. Träger dieser Abbildhaftigkeit ist, wie du dir denken kannst, weder deine Nase noch dein großer Zeh, sondern das, was man die ›Geistseele‹ nennt. Diese Geistseele entstammt einem unmittelbaren göttlichen Willensakt, und das unbändige Verlangen nach Dem, Der sie ins Dasein gerufen hat – gerufen, und eben nicht geworfen! –, ist ihr wesenhaft eingeschrieben. Wie Augustinus es formuliert, ›*Unruhig ist unser Herz, bis es Ruhe findet in Dir, o Herr.*‹ Es ist also nicht der Blick des satten Primaten in das leere Universum, der die Frage nach dem Sinn entstehen läßt, sondern die ursprüngliche Gottförmigkeit unseres Seins. Sie bringt uns, unabhängig von den jeweiligen Lebensumständen, dazu, nach dem Ewigen zu fragen. Jeder Mensch, selbst wenn wir ihn mit allen materiellen Gütern versorgen, ihn ohne Not und Krankheit in einem vollständig abgeschirmten Raum großziehen würden, brächte aus der tiefsten Mitte seiner selbst das Verlangen nach Gott hervor.«

Nicken.

»Hast du den fundamentalen Unterschied verstanden?«

»Ungefähr.«

»Im Fall von Spiritual Lenders müssen wir allerdings davon ausgehen, daß ihm die geistesgeschichtlichen Implikationen seiner Automobilentscheidung bestenfalls oberflächlich bewußt sind. Vermutlich will er nur eine lockere Pseudointellektualität mit tragischer Grundierung anklingen lassen.«

»Eitelkeit, sonst gar nichts: ›Seht her, ich bin keiner von diesen verknöcherten Pfaffen, die nach Weihrauch und alten Büchern riechen.‹«

»Aber ein neuer Golf, wie ihn Lohfing zum Beispiel fährt, kostet mit Sicherheit das Doppelte von so einem zwanzig Jahre alten Citroën.«

»Seit Lenders hier ist, war die Kiste schon zweimal in der Werkstatt. Neulich kam er in die Sakristei und hat gejammert, die Reparaturen seien ein Faß ohne Boden. Doch anstatt daß er sich einen unauffälligen, aber fahrtüchtigen Wagen kauft, von mir aus einen gebrauchten, investiert er sein Gehalt in Handwerkerstunden und Ersatzteile, die eigens aus Frankreich herbeigeschafft werden müssen. Für mich sieht das beim besten Willen nicht nach Askese im fortgeschrittenen Stadium aus.«

»Selbstinszenierung. Das bohemistische Spiel mit dem Armutsgestus: der Priester von heute, Seite an Seite mit hungernden Künstlern und verkannten Dichtern.«

»Kersten hat gesagt, daß Lenders ziemlich viel von seinem Geld an alternative Projekte gibt.«

»So, tut er das? – Wahrscheinlich an befreiungstheologische Bauernkommunen in El Salvador.«

»Seine Jacketts, die Schuhe, Carl, das ist alles Markenware. Aigner, Lacoste und wie sie alle heißen.«

»Aber hat Winfried … Winfried, hast du dir nicht gerade erst eine Trachtenjoppe mit Hirschhornknöpfen für dreihundertfünfzig Mark gekauft?«

»Ich wüßte nicht, was gegen diese Jacke spräche. Das ist normale Herrenbekleidung, in einer ordentlichen Qualität.«

»In Bayern vielleicht normal.«

»Formschön und zweckorientiert.«

»Aber auch sauteuer und das Gegenteil von unauffällig.«

»Wollen wir jetzt vergleichen, wessen Kleider wieviel gekostet haben und ob das mit dem Evangelium vereinbar ist?«

»Ich meinte ja nur, daß es heißt, man soll sich erst mal um den Balken im eigenen Auge kümmern, bevor man den Splitter aus dem Auge seines Bruders zieht.«

»Offenbar hast du die umfassende Bedeutung dieses Jesus-Wortes noch nicht begriffen. Deshalb würde ich an deiner Stelle jetzt einen Moment innehalten, nachdenken, und wenn der Groschen gefallen ist, sofort mit der Umsetzung beginnen.«

»Mir ist es egal, was für Kleider Spiritual Lenders trägt und was für ein Auto er fährt, ich finde, daß er wahnsinnig nett ist. Verglichen mit Krohkes sowieso, aber auch sonst.«

»Spätestens wenn die Leute über mich als Priester sagen werden, daß ich ›wahnsinnig nett‹ bin, weiß ich, daß ich meine Berufung verfehlt habe.«

»Was müssen wir uns denn unter ›nett‹ vorstellen, Carl?«

»Man kann sich einfach gut mit ihm unterhalten.«

»Worüber zum Beispiel?«

»Über all die Sorgen und Probleme, die man so hat.«

»Hast du Probleme?«

»Carl meint, daß unser neuer Spiritual eine Art personifizierter Kummerkasten ist: ›Deine Freundin will nicht mit dir schlafen? – Frag Stefan Lenders.‹«

»Nein, im Moment habe ich keine Probleme, aber wenn ich welche hätte, würde ich mich von allen, die hier herumlaufen, ihm am ehesten anvertrauen.«

»Du siehst, Bernhard: Die Masche mit dem Existentialistenauto funktioniert.«

»Vielleicht solltest du deine Kriterien bei der Beurteilung eines Priesters überprüfen, Carl. Daß ein geistlicher Begleiter den ihm anvertrauten Schützlingen nach dem Mund redet, ist ein sicheres Indiz dafür, daß er nichts zu ihrer Heiligung beiträgt.«

Kuffel steht auf, tritt an sein Bücherregal, zieht ein schmales, in orangefarbenes Leinen gebundenes Bändchen heraus, schnaubt, liest vor: »*Vornehmste Aufgabe des Beichtvaters ist es, dem bußfertigen Sünder bei der gründlichen Erforschung seines Gewissens Hilfestellung zu leisten, indem er ihn durch liebevolle Strenge und regelmäßige Ermahnung vor seinen eigenen Ausflüchten bewahrt. Nur so wird der sündige Mensch lernen, die Stimme Satans, der ihm noch inmitten tiefster Reue und Zerknirschung seine bösen Taten verringern und das Ausmaß seiner Verfehlungen beschönigen will, vom wahrhaftigen Frieden der Seele zu unterscheiden, den die Erfah-*

rung des umfassenden göttlichen Erbarmens im Akt der Lossprechung schenkt...«

»Gut, diese Priesterleitfäden aus den Fünfzigern sind auch nicht immer das Gelbe vom Ei.«

»Er bringt den Unterschied sehr treffend und anschaulich auf den Punkt.«

»Also ob Lenders dir in der Beichte jetzt dies oder das erzählt, tut der Gültigkeit des Sakraments keinen Abbruch. Vermutlich wird er auch in den meisten Fällen die Wandlungsworte korrekt sprechen und damit die Transsubstantiation des Brotes in den Leib Christi wirken. Abgesehen von der Erfüllung seiner priesterlichen Grundfunktionen allerdings, dürfte er, aufgrund seiner offenkundigen Unfähigkeit zu systematischem Denken und logischer Schlußfolgerung, das Durcheinander in den Köpfen hier eher vergrößern als verringern. Das kommt auch daher, daß er neben Theologie, beziehungsweise wahrscheinlich über weite Strecken statt Theologie, Biologie studiert hat... – Dein Traumfach, Carl, ich weiß. Wie die meisten Naturwissenschaftler bildet er sich ein, wenn er halbwegs begriffen hat, wie ein Bakterium oder eine Ameise funktionieren, reicht das schon für tragfähige Rückschlüsse auf die innere Verfaßtheit der Schöpfung.«

»Habt ihr mir nicht neulich erst erklärt, daß das Universum bis in den Aufbau der Atome Zeugnis von Gott ablegt?«

»Das ist auch so. Dabei geht es allerdings um die mathematisch physikalischen Grundstrukturen der Materie und des Weltalls. Ausgehend von Einstein und Heisenberg hat Ferdinand Siebert in dreißig Jahren Arbeit ein Modell entwickelt, das es erstmals ermöglicht, die Allgemeine Relativitätstheorie mit der Quantentheorie zusammenzudenken. Das ist an sich schon eine geniale Leistung, bislang waren nämlich alle Versuche in dieser Richtung am Problem der Gravitation gescheitert. Das eigentlich Sensationelle aber ist, daß er im nächsten Schritt zeigen konnte, auf welch wunderbare Weise die geschaffene Welt, bis in die Grenzbereiche der Materie hinein, ihren Schöpfer bezeugt – gerade auch da, wo es der moderne Mensch am wenigsten erwartet. Sieberts Forschungen lassen nur einen einzigen Schluß zu, daß nämlich das gesamte Sein nichts anderes ist als ein Abbild des Dreieinigen. Allem, was im Dasein ist, wurde wie eine Signatur die Dreieinigkeit als Prinzip eingeschrieben. Niemand konnte Sieberts Theorie bislang widerlegen. Statt dessen wird sie einfach ignoriert, denn die atheistische Physik von heute hat gar kein Interesse an der Frage, wie das Universum in Wahrheit aufgebaut ist. Die naturwissenschaftlichen Institute sind ja zu Propagandaanstalten des Teufels verkommen. Da werden Messungen manipuliert, Beobachtungsergebnisse unter den Tisch gekehrt, bis nur noch das übrigbleibt, was ins Konzept einer Welt ohne Gott paßt. Ernst Eisenkranz zum Beispiel, der berühmte Professor für vergleichende Anatomie in Göttingen, hat anhand Tausender Embryo-Sektionen nachgewiesen, daß dem Fötus schon von Beginn an – also mit der Verschmelzung von Ei- und Samenzelle – umfängliches Menschsein eigen ist. Diese Ergebnisse werden der Öffentlichkeit aber systematisch verschwiegen. Statt dessen lernen schon Grundschulkinder, daß die Evolution vom Einzeller zum Homo sapiens, wie sie angeblich über Jahrmillionen stattgefunden hat, sich in jedem Menschen individuell noch einmal vollzieht: das berühmte

Haeckel'sche Gesetz – als angehender Ichthyologe kennst du das sicher.«

Carl nickt.

»Und? Glaubst du daran?«

Hebt ratlos die Schultern.

»Obwohl Haeckel von Eisenkranz pulverisiert worden ist – empirisch wohlgemerkt, nicht theoretisch oder philosophisch –, bildet dieser Unfug nach wie vor einen der Eckpfeiler des populär-materialistischen Weltmodells. Spiritual Lenders ist sicher fest davon überzeugt, daß er selbst vor vierunddreißig Jahren mal kurzzeitig ein kiemenatmender Grottenolm gewesen ist. Natürlich haben die Propagandisten der Abtreibung ein massives Interesse daran, diese Lüge weiter in Umlauf zu halten, denn eine Amöbe oder einen Schwanzlurch kann man jederzeit umbringen, ohne daß es moralische Fragen aufwirft…«

»Ich habe Lenders direkt gefragt: Herr Spiritual, glauben Sie, daß es eine *creatio ex nihilo* gegeben hat, wie sie Teil der kirchlichen Lehre ist, oder glauben Sie an die Entstehung der Arten mittels Mutation und Selektion, wie Darwin und seine Gefolgsleute sie propagieren.«

»Aber daß sich das Leben auf der Erde über Jahrmillionen entwickelt hat, weiß man doch heute. Oder wollt ihr das ernsthaft bestreiten?«

»So. Weiß man das?«

»Ich meine, die Evolutionstheorie ist doch bewiesen. Allein die ganzen Funde aus Afrika, ›Lucy‹ zum Beispiel. Das ist immerhin ein fast vollständiges Australopithecus-Skelett. Oder der ›Turkana-Junge‹… – Wie sollen die Knochen denn in die Erde gekommen sein, Neandertaler, Homo erectus und wie sie alle heißen?«

»Schau dir bei Gelegenheit die entsprechenden ›Beweisbilder‹ im Biologiebuch doch noch mal genau an: Da sind ein paar Knöchelchen, schön plastisch dargestellt oder photographiert, und rundherum hat irgendein Zeichner seiner Phantasie, entsprechend den Anweisungen des Auftraggebers, freien Lauf gelassen. Abgesehen davon, daß die ›Unmengen an Funden‹ dann schnell auf eine Handvoll zusammenschrumpfen, ist da vor allem das ungelöste Problem der *missing links*. Auch da wird so getan, als wäre das nur ein Schönheitsfehler. Fakt ist: Nach wie vor fehlen Stücke, die die Existenz echter Übergangsformen belegen. Dabei müßten sie, folgt man Darwins Annahmen, bei weitem in der Überzahl gewesen sein und also, rein statistisch gesehen, auch entsprechend häufiger ausgegraben werden.«

»Aber …«

»Wissenschaftlich betrachtet, handelt es sich beim Evolutionismus nicht einmal um eine Theorie, sondern lediglich um eine Hypothese.«

»Ihr wollt mir nicht allen Ernstes erzählen, daß Gott die Welt in sechs Tagen erschaffen hat?«

Schweigen.

Kuffel zieht ein weiteres Buch aus dem Regal, hält es hoch, läßt sich auf den Schreibtischstuhl fallen, blättert: »Wenn du ein paar Grundbegriffe philosophischen Denkens verstanden hast, Carl, können wir gern dieses Buch gemeinsam durcharbeiten: *Die Wiederkehr des mythischen Dunkels im Gefolge der modernen Biologie*. Gräfin Warnstorf zeigt hier im Detail, wes Geistes Kind Darwins Thesen sind.«

»Und all die anderen Knochen, die weltweit ausgegraben wurden? Jetzt nicht nur Frühmenschen. Ich habe neulich im Senckenberg Museum erst Dinosaurier gesehen … – Alles Fälschungen oder was?«

»Es kann ja sein, daß es Dinosaurier gegeben hat, nur haben sie sich eben nicht aus Würmern und Fischen entwickelt, sondern sind in der ihnen eigenen Gestalt von Gott geschaffen worden.«

»Am vierten oder am fünften Tag?«

»Mein Lieber, ich würde mir an deiner Stelle gut überlegen, ob ich über die Geheimnisse der Schöpfung dumme Witzchen machen würde.«

»Möglicherweise muß man … Natürlich bei aller gebotenen Vorsicht … Es ist jedenfalls nicht auszuschließen, daß die Erde auch dunkle Geheimnisse birgt. Wenn man sich die Stellen im Buch Hiob anschaut, wo Gott es dem Satan ausdrücklich erlaubt, Seinem treuen Diener Hiob alles zu nehmen, was ihm lieb und teuer ist. Oder die Szene am Anfang des Faust – Goethe ist zwar kein rechtgläubiger Gewährsmann, hatte aber doch vermutlich den einen oder anderen Einblick.«

»Jetzt komm nicht wieder mit diesen obskuren Theorien, die Backnang in Sudentropp nach zwei Flaschen Wein auftischt, wenn die Gräfin im Bett ist.«

»Die Welt, in der wir heute leben, als Menschen im Stand der Erbsünde, Carl, ist nicht das Paradies, das Gott Adam und seinen Kindern ursprünglich zugedacht hatte.«

»Ich glaube nicht, daß Carls ohnehin verwirrter Geist durch diese mehr als fragwürdigen Geschichten noch weiter durcheinandergebracht werden sollte. Wenn du mich fragst, hat Backnang sich dieses Zeug aus äußerst obskuren gnostischen Schriften zusammengebastelt. Bei Pseudo Numenius Aerophagus findest du so was …«

»Mit Gnosis hat das nichts zu tun ...«

»Wenn Backnang hinter den sieben Bergen in seinem gottverlassenen Pfarrhaus hockt, kommen nachts auf seinen einsamen dionysischen Höhenflügen die Visionen hereingeweht, er sieht, wie der Teufel eins mit dem Demiurgen der Neuplatoniker wird und sich dann ...«

»Das sind Gedanken, Carl, die du besser für dich behältst ...«

»Glaub ihm kein Wort, Carl.«

»Der Paradiesgarten ist ja ein durch und durch vollkommener Ort gewesen, in dem es – anders als hier auf der Erde – Leid und Tod noch nicht gab. Die Beziehungen zwischen den Geschöpfen basierten nicht auf Fressen und Gefressenwerden. Löwe und Zicklein, Wolf und Lamm ruhten friedlich nebeneinander. Nachdem Adam und Eva in Sünde gefallen und der göttlichen Gnade verlustig gegangen waren ...«

»Statt dieses krude Zeug zu verbreiten, solltest du dich lieber mit Sachverhalten beschäftigen, zu denen Schrift und Tradition sich tatsächlich äußern.«

»Wollen wir wirklich annehmen, daß es der liebende und gütige Gott selbst gewesen ist, der das Paradies, diesen wunderbaren Ort, nach dem Fall des Menschen derart verdorben und in das Schlachtfeld des *struggle for existence* verwandelt hat, auf dem wir uns befinden. Abgesehen davon, daß in der Schrift tatsächlich von einer Vertreibung im eigentlichen Sinne die Rede ist. Der Eingang von Eden wird seither von Cherubim mit flammenden Schwertern bewacht. Insofern ist anzunehmen, daß der Erzengel Gabriel Adam und Eva nach der Ursünde von ihrem ursprünglichen Aufenthaltsort, der sich vermutlich in weit entfernten Galaxien befindet, hierher auf die Erde verbracht hat. Und da die Erde ein Ort der Prüfung ist, besteht die Möglichkeit, wenn man sich die weitreichenden Vollmachten vor Augen führt, die Gott dem Satan eingeräumt hat, um den Menschen zu versuchen – wie gesagt, das ist nicht für jedermanns Ohren bestimmt, und ich würde dich sehr bitten, Carl, mit niemandem darüber zu sprechen, nicht mit Guntram, und erst recht nicht mit Lenders, selbst wenn er noch so nett daherkommt… Denkbar wäre jedenfalls, daß der Satan im Bereich der unbelebten Materie, wie sie zum Beispiel Gestein und dann eben auch fossile Funde darstellen, in begrenztem Rahmen die Befugnis hatte, eigenschöpferisch tätig zu werden.«

»Du meinst, der Teufel hat die Knochen geschaffen und in der Erde versteckt?«

»Das sind abseitige, höchstwahrscheinlich sogar grob häretische Theorien, in langen Winternächten am Kaminfeuer unter dem Einfluß übermäßigen Rotweinkonsums aus den dunklen Ecken einer bajuwarischen Bauernseele gestiegen, die unter dünnem katholischem Lack noch immer in tiefstem Heidentum gefangen ist. Wenn die Gräfin und der Kardinal davon wüßten, hätte Backnang längst Hausverbot in Sudentropp.«

»Also ist das jetzt eure, beziehungsweise Kuffels persönliche Meinung oder tatsächlich Teil der katholischen Lehre?«

»Mit katholischer Lehre haben diese Geschichten nichts, aber auch gar nichts zu tun.«

»Weißt du, Carl, nicht alle Geheimnisse sind bis in die lichten Bereiche der formulierten Wahrheit emporgehoben worden. Manches muß vielleicht im Ahnungsmäßigen verbleiben, damit die, deren Glaube weniger gefestigt ist, nicht unnötig verwirrt werden.«

»Aber wenn es nicht der Teufel war und auch nicht die Evolution, heißt das doch, daß es Gott selbst gewesen sein muß, der entweder das Paradies kaputtgemacht hat, oder Er hätte diese ganzen Knochen eigens hier verbuddelt, um uns zu täuschen. Er müßte sogar die modernen Meßverfahren, mit denen das Alter der Funde bestimmt wird, manipuliert haben. Also wenn ich als Gott jetzt käme und mit meiner Superschöpferkraft die Beweisstücke fälschen würde, um die Leute zu prüfen, kann ich mich doch nachher nicht beschweren oder sie dafür bestrafen, daß sie meinen eigenen Fälschungen aufgesessen sind.«

»Diese C-14-Methode zum Beispiel ist ein äußerst fragwürdiges Instrument. Selbst ihre Verfechter räumen ein, daß sie sehr fehleranfällig ist. Da es bislang keine Möglichkeit für Vergleichsuntersuchungen gibt, sondern nur Annahmen aus anderen Theorien oder Hypothesen – zum Beispiel Darwins Abstammungslehre oder bestimmte erdgeschichtliche Modelle –, bestätigt immer nur eins das andere. Das ist Zirkelschlußlogik in Reinform. Ohne jede Beweiskraft.«

»Dann wäre Gott also entweder ein Lügner oder mindestens genauso böse, wie Er gut ist. Also eigentlich gar nicht mehr gut.«

Kopfschütteln.

»Warum soll ich einen Gott lieben, der ein Betrüger ist?«

Neunzehn

Mein liebster Carl!

Ich kann mir die Unsicherheit ziemlich genau vorstellen, die Du im Hinblick auf Deinen Freund ›Jakobus‹ fühlst, obwohl mir selbst so etwas noch nicht passiert ist. Ich wüßte auch nicht, wie ich mit solchen zweideutigen Untertönen umgehen sollte. Sobald dieser Winfried mit dabei ist, scheint ›Jakobus‹ sich ja auch nicht immer so klar auf Deine Seite zu schlagen, wie man es erwarten könnte, wenn stimmt, was Du sonst vermutest. (Irgendwie mag ich ihn zumindest aus Deinen Beschreibungen trotzdem, und es gefällt mir, daß Du ihn ›Jakobus‹ nennst, weil er so sehr mit Gott ringt. Warum ich seinen wirklichen Namen nicht wissen darf, kapiere ich allerdings nur halb. Naja: Wenn er umgekehrt meinen nicht kennt, ist es ja ausgeglichen.)

Daß der ›Evolutionismus‹ eine Verschwörung teuflischer Wissenschaftler sein soll, finde ich, ehrlich gesagt, ziemlich weit hergeholt. Bei uns in der Schule, als es um Jugendsekten ging, habe ich mal gehört, daß es in Amerika solche evangelistischen Gruppen gibt, die alles, was in der Bibel steht, hundertprozent wörtlich nehmen. Für sie ist die Erde gerade mal 6000 Jahre alt. Uns wurde gesagt, daß das natürlich nichts mit dem wirklichen Christentum zu tun hat. Jedenfalls verstehe ich nicht, was daran schlimm sein soll, wenn die Tiere und der Mensch sich irgendwie höher entwickelt haben. Viel-

leicht fehlt mir da ein bißchen die philosophische Ader. Für mich hat der Glaube vor allem etwas mit Nächstenliebe zu tun, deshalb werde ich jetzt ja auch Krankenschwester und nicht Köchin. Ich kann mir kaum vorstellen, daß es für irgend etwas eine Rolle spielt, ob der Mensch vom Affen abstammt oder nicht. Wahrscheinlich bin ich dafür zu beschränkt, oder es liegt daran, daß ich nicht mehr so oft in die Kirche gehe. Aber wenn ich mir die Nachrichten anschaue und sehe, wie die Menschen auf der Welt miteinander umgehen und was sie der Natur, besonders auch den Tieren antun, bekomme ich große Zweifel, daß wir die ›Krone der Schöpfung‹ sind.

Ich meine, so dumm, daß er ein derart egoistisches Wesen wie den Menschen als Herrscher über die Erde bestimmt hat, kann Gott doch eigentlich gar nicht sein. Oder finden ›Jakobus‹ und dieser Winfried, daß es gut ist, wie wir mit der Natur und den Menschen in der Dritten Welt umgehen? In Afrika sterben Tausende an Hunger, in Bolivien leben Kinder vom Müll; die Flüsse werden von Chemiefirmen vergiftet, und unsere Politiker stellen immer neue Atomraketen auf, um alles zu zerstören. Meiner Meinung nach sollten wir unsere Zeit nicht damit verschwenden, uns den Kopf über solche Nebensächlichkeiten wie den Evolutionismus zu zerbrechen. Das ist ja schließlich sowieso alles schon lange passiert und vorbei. Wenn wir aber selber, jeder an seinem Platz, anfangen würden, unsere Mitmenschen so zu behandeln, wie es die Menschenwürde verlangt, würde bestimmt vieles besser werden. (Trachtenjacken helfen dabei nicht weiter, da kann ich Dir nur zustimmen!!!). Und sollten die Wissenschaftler eines Tages tatsächlich beweisen, daß Schimpansen und Gorillas so etwas wie unsere kleineren Brüder sind, begreifen die Leute vielleicht endlich, daß wir nicht das Recht haben, sie zu quälen oder auszurotten. Dann gilt das Gebot der Nächstenliebe eben auch ein bißchen für unsere tierischen Verwandten.

Wobei es sich für mich so anhört, als ob dieser Winfried sich sowieso nicht groß um Nächstenliebe kümmert. In meinen Augen ist der Typ, ganz egal, wie oft er in die Kirche rennt und wie viel er betet, schlicht und einfach ein A… (Ich schreibe das Wort nicht aus, weil ich nicht mit ihm auf derselben Stufe stehen will.) An Deiner Stelle würde ich dem aus dem Weg gehen. Du hast es nicht nötig, Dich von jemandem so gemein und verachtungsvoll behandeln zu lassen. Und wenn ›Jakobus‹ wirklich Dein Freund sein will, soll er ihn gefälligst rauswerfen, das wäre ja wohl das Mindeste.

Entschuldige, liebster Herzensfreund, jetzt habe ich einen richtigen Schreib-Wut-Anfall bekommen, weil ich vor Zorn fast geplatzt bin über diesen Möchtegern-Priester, als ich Deinen Brief gelesen habe. Eigentlich war ich gar nicht in der Stimmung dafür, im Gegenteil, ich könnte den ganzen Tag heulen: Stell Dir vor, das kleine Mädchen ohne Haare, von dem ich Dir schon ein paarmal geschrieben habe, ist gestern gestorben. Es hatte erst so ausgesehen, als ob die Chemotherapie anschlagen würde, aber vor einer Woche hat sich ihr Zustand dann sehr verschlechtert, und gestern abend, als wir uns zum Dallas-Gucken im Fernsehraum getroffen haben, sagte Schwester Franziska, daß sie tot ist. Da hatte dann natürlich erst mal keine von uns mehr Nerven für das besoffene Gejammer von Sue Ellen, zumal J.R. ausnahmsweise wirklich nett zu ihr war. Die Eltern der kleinen Annie – so hieß das Mädchen – waren so verzweifelt, daß sie zu Schwester Franziska gesagt haben, sie wüßten nicht, ob sie überhaupt jemals wieder eine Kirche betreten könnten, nachdem Gott ihnen das angetan hat. Schwester Franziska hat lange mit ihnen gesprochen, damit sie wenigstens die Beerdigung in der Kirche machen, weil das gemeinsame Beten ihnen sicher hilft und auch die Seele von Annie auf ihrem Weg zu Gott unterstützt… Das stimmt vielleicht alles, nur wenn ich mir vorstelle, Annie wäre

mein Kind gewesen, hätte ich genau dasselbe gedacht. Für Dich mit Deinem starken Glauben klingt das vielleicht schrecklich, aber ich weiß auch nicht, ob ich nach so einem Ereignis noch etwas mit Gott zu tun haben wollte. Ein Mädchen wie Annie, das hat doch noch gar kein Leben gehabt, mit gerade einmal acht Jahren. Wie ist das denn mit einem Gott zu vereinbaren, der die Menschen liebt? – Da können Deine oberschlauen Freunde mir zehnmal etwas von Erbsünde erzählen, für mich ist das einfach Geschwätz. Oder soll Schwester Franziska zu den Leuten hingehen und sagen: ›Wissen Sie, Herr und Frau Soundso, Sie hatten leider das Pech, daß der liebe Gott in Ihrem Fall die Erbsündenstrafe ein bißchen schwerer hat ausfallen lassen als bei den anderen Familien aus der Klasse Ihrer Tochter‹?
Zu mir hat sie gesagt, als ich da heulend stand: ›Natürlich sind solche Schicksalsschläge schlimm für die Betroffenen, aber als Gläubige können wir sie bei aller Trauer doch auch in Demut annehmen, weil wir wissen, daß wir den Trost des Wiedersehens im himmlischen Jerusalem haben.‹
Ich hab' mich umgedreht und bin weggerannt. Das war sicher kindisch, aber in dem Moment konnte ich nicht anders, sonst hätte ich ihr irgend etwas Schlimmes an den Kopf geworfen, das mir hinterher leid getan hätte. Schwester Franziska meint das wirklich sehr lieb, und ich bin mir sicher, daß sie an diese ganzen Sachen nicht nur mit Worten glaubt. Anders als Schwester Silvana, die superheilig daherredet, aber ein richtig böser Mensch ist. Schwester Franziska tut wirklich alles, um das Leid der Kranken zu lindern, selbst wenn es weit über ihre Kräfte geht. Aber das ändert nichts daran, daß unschuldige Kinder, die noch nicht einmal etwas von Adam und Eva gehört haben, hier im Krankenhaus sterben.
Wenn ich über diese Sachen nachdenke und dann die Pilgergruppen durch Mariendorn ziehen sehe, mit ihren Rosenkränzen und dem

›Freu dich, du Himmelskönigin‹-Gesinge, bevor sie in die Cafés einfallen und sich Tortenschlachten liefern, könnte ich laut Sch... schreien.

Ach, Carl, mein Carl... Die Welt kommt mir so ungerecht vor. Und wenn ich mir dann mich selber anschaue, frage ich mich, womit ich mein eigenes Glück eigentlich verdiene? Ich bin nämlich leider ganz und gar nicht das liebe Mädchen, das Du in mir siehst. Oft herrscht in meinem Kopf so ein Durcheinander, daß ich sehenden Auges das Gegenteil von dem tue, was ich eigentlich tun will, und in mein Unglück renne. Wie mit Albrecht zum Beispiel. Oder auch die idiotische Geschichte mit Jan. Immer wieder gerate ich in solche bescheuerten Situationen, die ich einen Tag später am liebsten wieder rückgängig machen würde. Aber das geht wohl nicht. Was einmal passiert ist, gehört für immer zu meinem Leben, ganz gleich, ob es mir gefällt oder nicht. Das ist auch nicht gerade eine beruhigende Vorstellung.

Mein liebster Carl: Wenn dieser Brief Dich erreicht, sind es nur noch ein, höchstens zwei Tage, bis wir uns sehen! Darauf freue ich mich schon, ich kann Dir gar nicht sagen, wie sehr!!! Dann reden wir über all diese Sachen ausführlich. Vielleicht bist Du ja bis dahin schlauer. (Es klingt so, als ob Du zur Zeit fast jeden Tag mit ›Jakobus‹ zusammen wärest?! – Ich weiß nicht, ob ich davon begeistert bin.)
Halt mich einfach ganz fest im Arm, damit ich Dir nicht davontreibe.

Ich küss' Dich tausendmal,

Deine UUU

Stimmen, Stimmen im bleichen Schein des Mondes, zwischen Zweigen von Eichen und Pappeln, seine Spiegelung in der glatten Oberfläche des Sees, beinahe bewegungslos die Luft, um so lauter das Herz, aus allen Himmelsrichtungen, Hirnwindungen flüstert, wispert, murmelt es. ›Ob sie mich schon betrogen hat, kurz davorstand, darüber nachdenkt, es fürchtet, davor wegläuft?‹ ›Du mußt etwas tun!‹ ›Du kannst nichts tun.‹ Ohnmacht, solange es keine Möglichkeit gibt, jederzeit zu ihr zu fahren, länger als anderthalb Nachmittagsstunden draußen im Regen, in schneidender Kälte bei ihr zu sein. – Stimmen, die anschwellen, dröhnen, in Einzelteile zerfallen, zusammenhanglose Laute werden. ›Sie wird dich verlassen, sie sucht schon nach einem anderen!‹ Kaum zu unterscheiden, welche von innen kommen, welche durchs Ohr eindringen, vermischt mit dem Rascheln des dürren Laubs in den Büschen, den knackenden Ästen unter den Füßen. ›Finde jemanden, der dir hilft, einen, der Macht hat.‹ Aus Haus Oktogon tönt *Iron Maiden* bis hierher. Mitten in einem jaulenden Gitarrenlauf bricht es ab. ›Es gibt ungeahnte Möglichkeiten!‹ Schrecken. Entsetzen. ›Einer wird kommen, vielleicht ist er schon da.‹ Die eigenen Schritte gehören Verfolgern. Panische Blicke zurück. Sobald er stehenbleibt, halten auch sie an. Was, wenn es ein Gewalttäter ist? Einer von denen, die sich in die Wälder geschlagen haben, nur manchmal in bewohntem Gebiet auftauchen, um ein widernatürliches Verlangen zu stillen, Blutdurst. Hinter jedem Stamm kann einer lauern, der nichts als Töten im Sinn hat. ›Steig nicht zu Fremden ins Auto!‹ Muttermärchen aus Kindertagen. Wie kommt dieser Unfug in seinen Kopf an einem glasklaren Spätherbstabend, weit vor Mitternacht, lange bevor irgendein Wesen aus der Zwischenwelt sich regt. Freischwebende Angst. »Du bist ein Feigling«, spricht er sich vor: »Ich bin ein Feigling!« Hörbar, halblaut. Er gewinnt einige Schritte lang Sicherheit aus dem vertrauten Klang der eigenen Worte, selbst wenn sie das Falsche sagen. Rechts stürzt der Weg steil ab: dort, wo das Ufer des Sees sein muß, Schwärze, schwärzer als das sternenvolle Firmament über ihm, schwarz wie ein Ausschnitt des Nichts zwischen den Lichtpunkten, dem keine Spur des dreieinigen Gottes zu entnehmen ist, was immer Sieberts Theorie beweist. Andersartige Gestalten schälen sich aus dem Nachtgrund, versetzen die Luft in Schwingung. Es gibt sie, Wald-, Baum-, Wassergeister, gute darunter und Handlanger des Bösen. Sie wohnen schon immer hier, dort, über, unter, neben ihm, fassen ihn an, streicheln feucht seine Wangen, strecken ihre naßkalten Hände nach ihm aus, berühren ihn unter den Kleidern, unzüchtig, sündhaft. Geschrei aus dem Himmel von jenseits der Grenze. Es nähert sich. ›Wer hat Angst vorm schwarzen Mann?‹ – ›Niemand!‹ – ›Und wenn er kommt?‹ – ›Dann laufen wir!‹ So eng das Unterholz, die Sträucher, daß er nicht erkennen kann, was dort ist. Die Schritte beschleunigen, obwohl er es nicht will: Er will nicht weglaufen vor dem, was geschieht, wenn es, wenn etwas, wenn das geschieht, was er gedacht, herbeigewünscht hat, in Augenblicken irrsinnigen, verdorbenen, von allem Trost verlassenen Größenwahns und Kleinmuts. Wie soll er der Furcht Herr werden, wenn es jetzt auf dem Weg in die sichtbare Wirklichkeit ist, aus einer der unteren Welten plötzlich neben ihm auftaucht: ›Mein Freund‹, kein

Grund zu verzagen, ich bin da, ich helfe dir für geringen Lohn. – Wenn du stirbst, ist es bis in alle Ewigkeit vorbei, dein Spiel, wie viele Runden willst du noch aussetzen?«

Aus der Ferne Hundegebell. Er haßt Hunde. Sie liegen an schweren Ketten, stürzen sich auf jeden, der ihr Revier betritt. Manchmal bricht einer aus, streunt herum: unberechenbare Bestien, deretwegen er die Höfe meidet. Ulla hingegen liebt Hunde. Für sie sind sie Familienmitglieder, Freunde. Dieser Albrecht hat auch einen Hund, einen Dobermann-Rottweiler-Mischling – das schlimmste, was man sich vorstellen kann.

Er sollte sie anrufen, sobald er bei der Telephonzelle ist, fragen, ob dieser Affe mit seinem Zuhälterköter noch immer um sie herumstreicht, sie belästigt, und wie der andere heißt, der neu in ihrem Leben ist, ein Pfleger, dessen Namen sie ihm bis jetzt nicht genannt hat, obwohl er ständig in ihrer Nähe zu sein scheint: Bei der Visite stellt er sich gegen den Arzt auf die Seite der Patienten; in den Pausen knackt er ihr Nüsse; abends trifft sie ihn in der Musikkneipe, letztes Wochenende auf einer Party bei Lipschitz' Schwester. Warum verschweigt sie seinen Namen? Wenn er den Namen kennt, gibt es vielleicht eine Handhabe. Schwester Eugenia hat erzählt, in Brasilien sind einmal alle Mitglieder einer Familie binnen Jahresfrist auf rätselhafte Weise zu Tode gekommen, nachdem einem bösen Zauberpriester die Namensliste für eine Geburtstagsfeier in die Hände gefallen ist, zusammen mit einem Photo. Nur zwei, die nicht auf dem Bild waren, ein elfjähriger Junge und seine Mutter, haben überlebt.

Das Geschrei ist beinahe über ihm. Wildgänse. Sie ziehen gen Süden.

Ulla wird mit jemand anderem gehen, eine Nacht oder länger. – Wie sonst soll er diese Formulierungen verstehen, daß sie immer wieder, auch nach Albrecht und Jan, Dinge tut, die sie nicht tun will, bereut, aber nicht rückgängig machen kann. Er sieht fremde, behaarte Männerhände, die sie von hinten umfassen, unter ihren Pullover gleiten, sich um ihre Brüste schließen, die er nie berührt, noch nicht einmal gesehen hat bis jetzt, ohne Kleider, nackt. Nach wie vor haben sie nur den Park. Ihr Wohnheim und sein Zimmer hier, das Haus ihrer Eltern, das Haus seiner Eltern sind tabu. Sie hat gelacht über seinen Vorschlag, ein Hotelzimmer zu nehmen, ›Wovon sollen wir das bezahlen‹, hat sie gesagt, ›du mit deinen zehn Mark Taschengeld in der Woche, ich von vierhundertfünfzig im Monat? Und dann ruft der Wirt die Polizei, weil er sieht, daß du minderjährig bist.‹ Allein dieses Wort, ›minderjährig‹, wie ›minderbemittelt‹, ›minderwertig‹. Wenn das die Bezeichnung ist, die sie für ihn im Kopf hat – kein Wunder, daß sie sich anderweitig umschaut.

Je mehr er nachdenkt über die Lücken, die sie in ihren Briefen läßt, desto wütender wird die Verzweiflung: zwielichtige Andeutungen, denen er etwas entnehmen soll, und sie weiß vielleicht selbst nicht, was es ist, wohin es führt bis zum Frühling, wenn die Gänse zurückfliegen in ihre Brutgebiete.

Vielleicht hat Großkreutz auch recht, und in der Mitte der Nacht, nach zwei, drei Gläsern Cola-Rum, Baccardi-Cola, Cola-Korn werden sie alle weich, die Mädchen, wenn einer mit den Schlüsseln seines goldenen Ford Capri wedelt und fragt, ob er sie nach Hause fahren soll. – Aber so ist sie doch nicht – SIE ist doch nicht so, sie hat ein reines Herz, es leuchtet aus ihren Augen. Was aus den Augen spricht, kann keine Lüge sein. Es ist beschämend, daß er ihr diese Schändlichkeiten unterschiebt. Er hat ein Mädchen wie Ulla gar nicht verdient.

›Wenn du so weitermachst‹, hat Kuffel neulich gesagt, ›und es dir nicht gelingt, deine sündigen Vorstellungen zu zügeln, wirst du eines Tages, sobald du eine Frau siehst, nur noch an Sexuelles denken, und der Mensch hinter dem Fleisch wird völlig verschwinden: Das führt unweigerlich in ein Leben aus fortgesetzter Sünde.‹

Was würde er tun, wenn eine andere als Ulla, zum Beispiel die Tochter der letzten oder vorletzten Freundin von Barts Vater – Niobe heißt sie – sich bei seinem nächsten Besuch dort im Dunkel zu ihm auf die Matratze setzen, etwas sagen oder sich einfach über ihn beugen, wortlos ihre Lippen auf seine drücken, sich zu ihm legen würde? Er wäre zu schwach zu widerstehen, würde sich überlassen, kein Gebot, keine Treue kennen. Trotzdem: Es wäre anders, als wenn Ulla sich irgendeinem an den Hals wirft, nachdem sie tanzen gegangen sind, oder während der Nachtschicht: Er ist ein Mann. Männer bestehen aus Schmutz.

Wolken schieben sich vor den Mond, legen sich umeinander wie Körper. Er steht da, den Kopf im Nacken: ein Sternenhimmel, in dem man jeglichen Halt verliert. Als fiele man nach oben ins Leere. Was ist die Bedeutung der schwarzen Löcher, die alles aufsaugen, zunichte machen, im dreifaltig-einen Universum? Ullas Geruch, ihre Lippen, die Weite des Raums dort draußen, die Weite des Raums, den ihre Münder bilden. Prüfung, alles ist Prüfung, Versuchung Satans, Gottes, damit man sich bewährt, zur Heiligkeit emporschwingt, oder damit man strauchelt, taumelt, Nahrung für die Flammen der Hölle wird. So oder so ist es vor Anbeginn der Zeiten in Gottes unabänderlichem Ratschluß bestimmt worden.

Es schlägt halb neun. Er muß zurück. Geht Richtung Brücke, überquert den Graben, steht im Dunkel der Buchenallee, erkennt den Weg zu seinen Füßen kaum. Hinten beim Reitplatz glühen Zigaretten auf, geben einen Schein auf die Gesichter dahinter, nicht zu erkennen, wer dort raucht. Links der Bolzplatz, die Buchbinderwerkstatt, das Photolabor.

Es hat keinen Sinn. Niemand kommt, ist gekommen, wird kommen und seine Hilfe anbieten. Gott sei Dank. Er will, er will nicht, daß alles anders wird als jetzt, koste es, was es wolle. *»Durch meine Schuld, durch meine Schuld, durch meine übergroße Schuld, darum bitte ich die selige Jungfrau Maria, alle Engel und Heiligen und euch Brüder und Schwestern für mich zu beten bei Gott unserm Herrn.«*

Vor ihm der Goldfischteich, die Speisesäle im blauen Licht der Neonspiralen.

Er will nicht ins Haus, er fürchtet sein Zimmer, wo ihre Briefe liegen. Jeder von ihnen war ein Moment vollkommener Vorfreude, als er ihn ungeöffnet in Händen hielt. Doch sobald er einen von ihnen erneut aus dem Umschlag zieht, mit »Mein liebster Carl«, »Geliebter Carl« beginnt, nehmen die Sätze andere Bedeutungen an. Die Worte rücken auseinander, Risse, Abgründe tun sich zwischen ihnen auf, aus denen Mutmaßungen aufsteigen, Verleumdungen. Keinen Glauben an gar nichts, nicht einmal an seine eigene Liebe zu ihr, lassen sie unwidersprochen. –

Vorn hinkt Joschrupp, mit nassen Haaren, die Sporttasche über der Schulter, atmet hörbar. Joschrupp hat ihn noch nicht gesehen. Carl erhöht das Tempo. Sein Blick fällt auf die erleuchteten Fenster der Michaelskapelle hinter dem Teich. Die Orgel leitet holprig den Hymnus ein: *Bevor des Tages Licht vergeht* … Schwester Eugenia spielt so. Schwester Eugenia mochte ihn, als er noch bei ihr Unterricht hatte, obwohl er faul und unbegabt war. Sie will ihn ermahnen mit ihrem Spiel. Als Heilige hat sie vielleicht die Gabe der Hellsichtigkeit. Es nützt nichts.

Carl tritt absichtlich laut auf. Joschrupp bleibt stehen, dreht sich um. Es sind noch fünf Meter bis zur Tür.

»Und, Ansche, warst du schwimmen?«, ruft Carl.

Joschrupp zögert zu antworten, weiß nicht, ob die Frage freundlich oder feindlich gemeint ist.

»Auch schwimmen, paar Bahnen, aber hauptsächlich duschen.«

»Und? War's schön?«

»Nichts Besonderes. Nur daß ich jetzt sauber bin …«

»Niemanden getroffen in der Schwimmhalle?«

»Wieso?«

»Naja, vielleicht war irgendein Hübschi da, der dir warme Gedanken gemacht hat, wo sie das Wasser schon nicht heizen.«

»Was willst du?«

»Oder hast du gar nicht gemerkt, wie kalt es ist vor lauter innerer Hitze?«

»Es färbt anscheinend ab, daß du jetzt dauernd mit Holzkamp herumhängst. Wobei – stimmt nicht: Du warst schon immer ein Arschloch, Pacher.«

»Frieder kann's nicht gewesen sein, der wollte nach Holland. Hast du einen anderen, der dir feuchte Träume macht? Ulli Ehrmann vielleicht? Krantz findet den auch süß, und ihr scheint ja den gleichen Geschmack zu haben.«

Joschrupp räuspert sich, hustet vom eigenen Schleim, krächzt: »Mir hat neulich jemand erzählt, daß du jetzt Kuffel an deinen Pimmel läßt.«

Dreht sich weg, öffnet die Tür zum Kreuzgang, verschwindet im Dunkeln.

Carl klappt den Mund auf und zu, braucht einen Moment, bis er die Fassung wiedergefunden hat.

»Wer erzählt das?« brüllt er ihm nach, doch die Tür besteht aus zwanzig Zentimetern Eichenholz, und die Mauern wurden einst erbaut, um das Kloster gegen den Lärm der Welt abzuschirmen.

Er schreit etwas Unverständliches in die Nacht, reißt die Klinke herunter, kann im Dunkeln weder Dinge noch Gestalten erkennen. Seine Augen stellen sich um. Er sieht Joschrupp davonhinken, rennt, bis er ihn hat. Das Echo der Schritte hallt durch das Quadrat der Gewölbegänge, kehrt zu ihm zurück. Er hält Joschrupp am Arm, schreit ihm ins Gesicht: »Wer sagt das?«

Von rechts wieder Schwester Eugenias Orgel, die Melodie des Magnificat: *Meine Seele preist die Größe des Herrn / und mein Geist jubelt über Gott, meinen Retter.*

Joschrupp reißt sich mit einem Ruck los, stößt Carl gegen die Wand. Er ist halb lahm, ungelenk, hat aber Bärenkräfte.

»Hab ich halt gehört.«

Von der Laterne im Kreuzgarten fällt ein fahler Schein auf die Steinplatten im Boden. Das flache, abgelaufene Relief eines Stifters samt Wappen und Totenkopf wirft

Schatten. Er versucht Joschrupp allein mit einem haßerfüllten Blick niederzuringen, doch es ist zu dunkel, als daß Blicke Gewalt hätten. Joschrupps Augen hinter den dicken Brillengläsern sind kaum zu erkennen. Als sie aufblitzen, ist Carl sicher, daß er Häme sieht, sogar Triumph. Joschrupp bildet sich ein, endlich einen Punkt gemacht zu haben, nach Hunderten, mit denen Carl ihn dem Gelächter der Klasse, der Mannschaft, des Speisesaals preisgegeben hat.

Er kann Joschrupps Bemerkung keinesfalls auf sich beruhen lassen.

»Du sagst mir sofort, wer diese Lügen verbreitet, sonst …«

»Was sonst?«

»Ich warne dich. Es ist besser, wenn du mir sagst, wer so was behauptet, damit ich ihn mir vorknöpfen kann, ansonsten betrachte ich dich als Urheber dieser Scheiße.«

Das Wort »Scheiße« hängt in den Gewölben, überlagert die Orgel, verklingt. Auf der gegenüberliegenden Seite des Kreuzgangs fällt die Glastür ins Schloß. Schritte, die lauter werden. Carl fürchtet, es könnte Roghmann sein. Roghmann duldet es nicht, wenn Schmutzwörter herumgebrüllt werden.

»Du kannst mir mit gar nichts drohen.«

Die Schritte nehmen Treppenstufen, wie sie zu Roghmanns Wohnung hinaufführen. Ein Schlüsselbund klimpert, Scharniere quietschen.

Wegen der unberechenbaren Kraft in Joschrupps Muskeln ist es riskant, sich mit ihm zu prügeln, aber er muß zum Schweigen gebracht werden, wenn Carl nicht seinen Ruf aufs Spiel setzen will.

»Was ist jetzt? Oder soll ich dir eine reinhauen?«

»Versuch's doch. Ich hab' keine Angst vor dir, Pacher.«

Eine plötzliche Zusammenballung von Haß in seiner Brust, gesträubtes Nackenhaar: Wie in Zeitlupe fährt seine Faust durch die Dunkelheit, unendlich verlangsamt, trotzdem zu schnell, als daß Joschrupp, daß irgendein Gegner noch ausweichen könnte, nähert sich dem Kinn, ein sonderbarer Lichtglanz läßt Arm, Hand, vier Knöchelkuppen, die ein Schlagring sind, heller erscheinen, als es die Dämmrigkeit des Kreuzgangs erlaubt, ein Energiestrahl, der herausgeschossen kommt. Oberhalb des Kinns trifft die Faust, eine fremde Faust, seine Faust auf Joschrupps Gesicht. Der Knochen ist hart, die Lippe weich, darunter scharfkantige Zähne, die ihm die Haut aufreißen. Er spürt keinen Schmerz, zumindest nicht den Schmerz, der wehtut, lediglich die körperliche Bestätigung, daß er getroffen hat mit voller Wucht trotz des Zeitlupentempos. Joschrupps Kopf geht gleichfalls verzögert schräg nach hinten weg. Die Brille hat sich von der Nase, den Ohren gelöst, beschreibt eine Parabelkurve. Mehrfach blitzt das silberne Gestell auf, schlägt mit dumpfem Ton knapp oberhalb des Bodens gegen den Putz. Auf den Steinplatten klirrt es. Rutscht ein Stück, kommt zur Ruhe. Da sind Splitter, große und kleine, weit verstreut. Carls Faust war in der Rückwärtsbewegung nicht schnell genug, Joschrupp hat seinen Unterarm gegriffen, so daß er nicht zurückspringen, sich nicht neu aufstellen kann, faßt ihm mit der Linken an die Kehle. Der Geruch von Chlorwasser, Apfelshampoo. Carl versucht sich herauszuwinden, bekommt den Hals frei. Joschrupp schlägt nicht, obwohl er den richtigen Abstand für einen harten

Treffer hätte, seine Gliedmaßen sind ungebärdig. Weder kann er seine Kraft bündeln, noch gebündelte Kraft in einen kontrollierten Schlag verwandeln. Ohne Brille ist er fast blind. Aber er läßt nicht los, zerrt, versucht Carl in den Schwitzkasten zu bekommen. Blut rinnt sein Kinn hinunter. Carl windet sich heraus, hakt seinen Unterschenkel in Joschrupps Kniekehle, stößt ihm gegen die Brust, bringt ihn zu Fall, Joschrupp schlägt der Länge nach hin, das dumpfe Geräusch seines Hinterkopfs auf jahrhundertealten Steinplatten. Er hat noch immer nicht losgelassen, reißt Carl mit sich zu Boden. Das Licht der Friedhofslaterne scheint in Joschrupps Gesicht. Um den Mund und am Kinn ist es blutverschmiert. Carl biegt sich zur Seite, erspürt etwas Hartes am Unterarm, eine Schwellung, die von Joschrupp ausgeht, aus seiner Mitte herausragt, durch den Hosenstoff. Es kann unmöglich sein, daß er in dieser Situation. Das ist vollkommen pervers, es sei denn. – Carl schaut ihm ins Gesicht, Joschrupp blutet aus dem Mund wie ein Schwein. Auf den Steinplatten sind schwarze, naß glänzende Flecken. Selbstmörder, Gehenkte, haben im letzten Moment eine Erektion, einen Samenerguß. Er bekommt Panik. Was, wenn Joschrupp einen Schädelbasisbruch hat, wenn am Hinterkopf schon das Hirn heraussickert? Aber Joschrupps Griff läßt nicht locker. Das spricht gegen ernsthafte Verletzungen. Es sei denn, es ist der Todeskrampf. Das hat er nicht gewollt. Es ging nur darum, daß er sein Recht durchsetzt gegen eine dreckige Verleumdung. Er kann nicht dafür verantwortlich gemacht werden, daß Joschrupp unfähig ist, einen gewöhnlichen Sturz abzufangen. Er röchelt. Das ist ein gutes Zeichen. Soweit Carl es erkennen kann, sind seine Augen klar, wütend. Bäumt sich auf, bekommt seine andere Hand frei, versucht allen Ernstes, ihm an die Eier zu fassen: »Bist du vollkommen krank, du Sau, du Wichser?‹, schreit Carl. Es gelingt ihm, sich aus der Umklammerung zu befreien, sich mit seinem ganzen Gewicht auf Joschrupps Brustkorb zu setzen. Joschrupp sondert unverständliche Laute ab. Wie ein nächtliches Urwaldtier hört er sich an. Noch immer hält er Carls Arm so fest, daß es schmerzt, bäumt sich auf, wirft sich hin und her. Carl hat Mühe sich zu halten. Wieder spürt er den Ständer unterhalb des Rückens, überlegt hinzulangen, ihn abzuknicken, bis er bricht. Der Ekel ist größer. Statt dessen brüllt er: »Ich kann dir auch sämtliche Zähne ausschlagen, du widerliche Maso-Schwuchtel, wenn du mir den Namen nicht sagst!«

Hält ihm die geballte Faust unter die Nase.

»Dann schmeißen sie dich … Da sorge ich für. Ich hab' genug Beweise.«

Carl spürt, wie ein anderer Reflex durch ihn hindurchfährt, ohne daß er es geplant hätte, trifft seine flache Hand klatschend Joschrupps Wange, so fest, daß die Innenfläche brennt.

»Gar nichts werd' ich dir sagen«, krächzt es unter ihm.

Greift Joschrupp ans Ohr, zieht. Joschrupp stöhnt vor Schmerz, versucht, ihn mit seinem Knie im Rücken zu treffen. Carl spürt, daß er ihm das Ohr abreißt, wenn er noch einen Millimeter weiterzieht.

Plötzlich wird die Orgel lauter, gefolgt von Stimmen. Die Komplet ist zu Ende. Schritte nähern sich. Er hat nur noch wenige Sekunden, um das hier auf eine Weise zu Ende zu bringen, die verhindert, daß Joschrupp morgen, übermorgen, die kommenden Wochen Lügen über

Kuffel und ihn verbreitet. Zieht ihm mit dem Handrücken einen Schlag über die andere Wange, nicht ganz so hart wie beim ersten Mal.

»Aufstehen: sofort aufstehen«, schnauzt Bruder Walter, zerrt ihn am Oberarm hoch. »In fünf Minuten habt ihr auf euren Zimmern zu sein.«

»Meine Brille«, sagt Joschrupp. »Ich brauche Licht, weil meine Brille kaputt ist, und ohne meine Brille kann ich nichts sehen.«

»Dann mußt du die Brille demnächst absetzen, bevor du dich prügelst.«

»Ich wollte …«

»Fünf Minuten: Wen ich dann noch woanders als auf seinem Zimmer antreffe, der macht Strafdienst morgen.«

Zwanzig

»Weißt du«, sagt Kuffel und setzt sich auf den Stuhl vor dem Schreibtisch, »Bach war zwar nominell Protestant, wir müssen aber davon ausgehen, daß er in seinem Innern doch dem wahren Glauben gefolgt ist, anders läßt sich die geistliche Kraft seiner Musik nicht erklären.«

Carl nickt.

Der Pianist Glenn Gould spielt die Aria der *Goldberg-Variationen* so langsam, daß jede Note für sich steht, doch der Raum dazwischen ist gefüllt, ganz gleich wie weit man ihn dehnt.

Carl nimmt sich Kartoffelchips, schiebt sie in den Mund, merkt, daß es ein Fehler war. Ihr Bersten verursacht einen solchen Lärm auf der Innenseite des Ohrs, daß die Melodie zerfällt.

Kuffel ist eigens nach Forch gefahren, um Goulds Neueinspielung zu kaufen, nachdem Erdmann Stöckes sie im Unterricht ein *intellektualistisches Konzeptalbum* genannt hat, das sowohl pianistisch als auch interpretatorisch weit hinter der Aufnahme von 1955 zurückbleibe.

Carl versucht die Chips in den Wangen anzufeuchten, sie vorsichtig mit der Zunge zu zerdrücken.

»Solche Musik kann man nicht schreiben ohne Inspiration. Und daß der Geist einem Protestanten in dieser Weise ein Leben lang zur Seite steht, würde ich doch bezweifeln.«

Für einen Moment Lautlosigkeit. Carl hört auf zu atmen, vermeidet jede Kieferbewegung. Mitten in die Stille schlägt Glenn Gould die erste Variation an.

Aus der einfachen Melodie entwickeln sich immer ausufernderere Formen.

Kuffel lacht ein kurzes, verächtliches Lachen. Die Verachtung gilt Stöckes.

»Und du meinst wirklich, daß es keine inspirierten Kunstwerke von Protestanten gibt? – Rembrandt zum Beispiel war auch Protestant. Sein *Emmaus*-Bild oder *Der verlorene Sohn* sind schon sehr bewegend.«

»Rembrandt hat sich in erster Linie für rosige holländische Mädchen interessiert. Aber da liegt ihr ja auf einer Wellenlänge.«

Carl verdreht die Augen, nimmt die Plattenhülle vom Tisch, schaut das Photo an: Glenn Gould, der seinen Kopf gegen die rechte Hand lehnt. Kleider und Sessellehne bilden einen schwarzen Block. Was ist das für ein Mensch, der auf diese Weise Klavier spielt? Die Haut bleich, fleckig, schütteres Haar. Carl versucht Augen, Lippen, Stirn etwas zu entnehmen, das Rückschlüsse auf sein Wesen zuläßt. Was ist die Bedeutung eines Gesichtsausdrucks? Glenn Gould blickt in die Kamera, wie Carl sich manchmal im Spiegel anschaut: »Völlig kaputt.«

»Kein Wunder, daß er gestorben ist.«

»Neulich erst, oder?«

»Vor zwei Monaten. Mit gerade mal fünfzig …«

»Wenn es gereicht hat.«

»Die Frage ist: zu was?«

»Ich finde jedenfalls nicht, daß stimmt, was Stöckes sagt.«

»Stöckes ist ein Schwachkopf, den nur Oberflächenreize und Gefühlsduselei interessieren. Daß Bachs Musik aus mehr als virtuosen Effekten besteht und ihre Interpretation etwas mit gedanklicher Durchdringung zu tun hat, dafür reicht sein Verstand nicht.«

Kuffel steht auf, öffnet den Schrank, greift nach hinten, zieht eine Flasche Wein heraus, dazu einen Karton Traubensaft, lächelt unsicher: »Was Italienisches, *Chianti.* Soll gut sein, sagt van Dülmen.«

»Ich hab' überhaupt keine Ahnung davon.«

»Wollen wir ihn versuchen?«

»Und was hast du mit dem Saft vor?«

»Falls Bruder Walter kommt.«

Carl schließt die Augen, um sich auf die Musik zu konzentrieren. Sie verwandelt sich in graugrüne Linienfolgen unterschiedlicher Schattierung vor schwarzem Grund. Manchmal vollführen seine Hände, sein Nacken ruckartige Bewegungen, ohne daß er es verhindern kann. Er hört jetzt das Brummen, Knurren, Stampfen, über das Guntram sich aufregt, sobald der Name Glenn Gould fällt. Jede Variation ist grundlegend anders als die vorherige. Alle handeln auf eine Art, für die es nirgends eine Entsprechung gibt, von Klarheit und Härte. Ein Gefühl wie beim Blick ins nächtliche All, wenn man nicht furchtsam oder verzagt ist.

Im Hintergrund grummelt Kuffel. Das »Plopp« des Korkens, gefolgt vom Gluckern des Weins. Carl fährt hoch, weil sich etwas Fremdes – Kuffels Hand – auf seinen Arm gelegt hat.

»Ich hoffe, er schmeckt dir«, sagt er. »Ich habe ihn noch nicht probiert.«

Kuffel stellt das Glas neben den geöffneten Traubensaft vor Carl hin, setzt sich wieder, diesmal nicht auf den Schreibtischstuhl, sondern aufs Bett, rückt ein Stück näher, um mit Carl anzustoßen.

»Zum Wohl.«

Carl schüttelt sich. Er hat bislang nur auf Familienfesten süßen Mosel-Riesling getrunken. Der Wein hinterläßt ein pelziges Gefühl im Mund.

»Kenner bevorzugen herbe Weine«, sagt Kuffel.

»Wahrscheinlich muß man sich daran gewöhnen.«

»Willst du lieber ein Bier?«

»Schlecht ist es nicht.«

Kuffel runzelt die Stirn, hält sein Glas gegen das Licht, es leuchtet tiefrot, schwer von Geheimnissen. Er ist in einer sonderbaren Stimmung: scheu, verwundbar, trinkt, seufzt. Carl tut so, als bemerkte er nichts, versucht den Variationen zu folgen, zu verstehen, was Bach oder Glenn Gould sagen wollten. Fragt sich, wie all diese Klanggestalten Platz in einem einzigen Kopf haben und ob er dem Komponisten oder dem Virtuosen gehört. Er spürt Kuffels Blick, wüßte gern, was sich dahinter verbirgt. Oder doch lieber nicht. Fürchtet plötzlich, daß er selbst mit seinem Verhalten Anlaß zu Mißverständnissen gegeben hat und die sonderbaren Zwischenregungen, unausgesprochenen Abmachungen zwischen ihnen jetzt gleich in eine unzumutbare Eindeutigkeit kippen. Überlegt, wie er reagieren würde, wenn Kuffel die Tatsache, daß er beinahe jeden Tag zu ihm zum Tee kommt, vollständig falsch gedeutet hätte und etwas täte, durch das ihre Freundschaft sofort und endgültig zerstört würde.

»War Glenn Gould eigentlich schwul?«

»Carl, also bitte ...«

»... kann man doch fragen.«

»Über sein Privatleben weiß ich nichts. Und das ist im Zweifel auch besser.«

»Wieso?«

»Wenn man erfährt, daß so ein genialer Mann eine Vorliebe für übergewichtige Opernsängerinnen oder drogensüchtige Prostituierte hatte, ist einem doch alles vergällt.«

Carl weiß nicht, ob das stimmt oder nicht stimmt, denkt unscharf an dicke und dünne Frauen, folgt einem Lauf, der aus nichts als den Leerstellen zwischen Tönen besteht, denkt, daß es vielleicht nicht um Musik geht, sondern nur darum, die Lautlosigkeit einzufärben, wie auch die Sterne nur dazu da sind, das Unendliche sichtbar zu machen. Er ist so bewegt von seinem eigenen Gedanken, daß er Gänsehaut hat. Diesmal überdehnt Glenn Gould die Pause. Der Faden reißt.

Kuffel geht zur Stereoanlage, dreht die Platte um, steht einen Moment haltlos im Zimmer, starrt aus dem Fenster, während längst neue Tonfolgen einander jagen, Knäuel bilden, in entgegengesetzter Richtung davonstürmen, bis vom dunkelsten Grund der Seele Bachs, Glenn Goulds, seiner eigenen, ein Schmerz aufsteigt, so stark, daß er schreien will angesichts der unermeßlichen Leere zwischen den Gebilden, Formen, Körpern, denn jetzt ist sie wirklich leer. Das Nichts. Statt zu schreien, nimmt er einen Schluck Wein, spült ihn durch den Mund, kippt den Rest in einem Zug hinterher.

»Du trinkst zu schnell«, sagt Kuffel.

»Schmeckt mit jedem Schluck besser.«

Carl spürt, wie sich von innen Wärme ausbreitet, bis in

die Finger, die Zehenspitzen dringt, eine Geschmeidigkeit, als würde er selbst sich verflüssigen.

Kraftvoll und erhaben ist die Musik jetzt. Kein Zögern oder Zweifeln. Eine entschlossene Überlegung folgt der nächsten. Immer neue Aspekte der Melodie werden beleuchtet. Was ist es, das da auf dem Weg über Ohrmuscheln, Gehörgänge, Trommelfelle in sein Hirn, seine Seele dringt, als Film vor dem inneren Auge abläuft? Auf welcher Ebene der Wirklichkeit, des Bewußtseins finden die Bewegungen statt, zu vielschichtig, als daß er ihnen in allem folgen könnte. Wenn er nachhorcht, Überlagerungen – gehören sie der Vergangenheit an oder der Gegenwart? Wessen? Und ganz am Ende ein gewaltiger Schritt durch Raum und Zeit zurück zum Anfang. Erneut die Aria, langsamer als alle Musik, die Carl bisher gehört hat.

Die Nadel des Plattenspielers nähert sich der Mitte, hebt ab, fährt in die Halterung zurück.

Carl denkt an den Tod. Wie Glenn Gould gestorben ist. Daß er nie wieder eine Taste anschlagen wird. Soeben hat er die letzte Note eines Lebens gehört.

Kuffel steht auf, holt die Flasche hinter dem Bett hervor und schenkt Carl nach.

»Was macht eigentlich deine Freundin?«

»Gut.«

»Aber ihr seht euch nicht oft.«

»Einmal pro Woche. Wenn es klappt.«

»Und du liebst sie noch immer?«

»Wieso fragst du?«

»Persönliches Interesse für dich als Mensch … Freundschaftliche Sorge.«

»Wenn wir nicht mehr zusammen wären, hättest du es gemerkt.«

»Aber eure Liebe hat noch keine geschlechtliche Dimension?«

»Wir schlafen nicht zusammen, wenn du das meinst.«

»Im Unterschied zu dir weiß Ursula, wie weit sie gehen darf?«

»Es ist einfach zu kalt draußen.«

Kuffel nickt wie ein Wackeldackel, faltet die Hände, schiebt sie sich zwischen die Knie.

»Ich muß etwas mit dir besprechen, Carl.«

»Wir sprechen doch dauernd.«

»Es hat eine gewisse Brisanz. Für mich. Ich kann auch nicht ausschließen, daß es in unser beider Verhältnis … Und auch wenn ich das nicht hoffe, kann es sein, daß sich für dich daraus eine grundlegend andere Sicht auf unsere Freundschaft ergibt.«

»Mir ist nichts Menschliches fremd«, sagt Carl und lacht. Sein Lachen klingt gekünstelt: »Ich verkrafte selbst Holzkamps Tiraden, und das will wirklich was heißen. Ich meine, ich kenne hier niemanden, der sich dessen Gelaber freiwillig öfter als einmal im Jahr aussetzen würde. Aber inzwischen amüsiert er mich manchmal sogar. Obwohl ich meistens das Opfer bin.«

»Ich weiß sehr wohl, daß es schwer für dich sein muß«, sagt Kuffel. »Vor allem, weil ich dir nur halbherzig oder gar nicht zur Seite springe. Das tut mir nachher oft leid.«

Carl wundert sich über die plötzliche Zerknirschung.

»Schön, daß du jetzt siehst, was ich meine.«

Kuffel starrt über die Kniespitzen auf den Boden, als öffnete sich in dem marmorierten PVC eine Schlangengrube.

Carl spürt, daß sich die Kräfteverhältnisse zwischen ihnen verschieben.

»Nicht alle Dinge, die uns widerfahren«, sagt Kuffel leise, ohne den Blick vom Boden zu heben, »entsprechen dem, was die göttliche Schöpfungsordnung vorsieht.«

Carl ahnt, was auf ihn zukommt, weiß weder eine Möglichkeit, es zu verhindern, noch, wie er reagieren wird.

»Unsere Regungen sind ungeordnet. Sie irren mal in diese, mal in jene Richtung. Entscheidend ist, wie wir mit dem Durcheinander um uns herum und in uns selber umgehen lernen, nicht wahr? Ganz gleich, was geredet wird.«

Kuffel macht eine Pause, nippt an seinem Glas, schaut ins Bücherregal. Es scheint, als würde aus dem Himmel eine Tonnenlast auf seine Schultern herabgesenkt.

»Platon entwickelt im *Symposion* die Idee des Kugelmenschen. Kennst du das *Symposion*?«

Carl schüttelt den Kopf.

»Im *Symposion* geht es um die Macht des Eros. Der Eros wird sozusagen von verschiedenen Seiten eingekreist. Hast du eine Idee, was es in diesem Zusammenhang mit dem ›Kugelmenschen‹ auf sich haben könnte?«

»Vage.«

»Das ist natürlich heidnische Mythologie, und wir tun gut daran, sie nicht mit der Wahrheit zu verwechseln. Gleichwohl kommt darin doch etwas zum Ausdruck, man könnte sagen, die Geschichte bietet uns die Illusion eines Auswegs aus einem eigentlich unlösbaren moralischen Dilemma, dessen Ursachen in den Bereich der dunklen Geheimnisse gehören, die der Schöpfung eingeschrieben sind, um unsere Standhaftigkeit im Glauben auf die Probe zu stellen …«

»Ich dachte, der Mythos wäre etwas Minderwertiges, das durch den Logos überwunden wurde.«

»Das stimmt auch. Nichtsdestoweniger bietet das Bild vom Kugelmenschen, wenn schon keine Erklärung, so doch … Platon hatte eine sehr tiefe Kenntnis der Dinge, wenn man bedenkt, daß seine Philosophie nicht auf den geoffenbarten Logos zurückgreifen konnte, sondern lediglich auf der natürlichen Gottförmigkeit des Menschen fußt … In diesem Fall ist es nicht Sokrates, der die Geschichte vorträgt, sondern Aristophanes. Insofern ist das Ganze eher Literatur als Philosophie und läßt zu wünschen übrig, was die Schlüssigkeit anlangt. Später kommt dann Sokrates selbst zu Wort und führt in der berühmten *Diotima*-Rede aus, zu welchen geistigen Höhenflügen uns die *dämonische* Macht des Eros führen kann, wenn wir sie von der Anhaftung an das vordergründig Sinnliche lösen. Gleichwohl bietet die symbolische Beschreibung des Aristophanes einen Ansatz …«

»Vielleicht könntest du mir doch erst mal sagen oder von mir aus auch vorlesen, worum es eigentlich geht. So verstehe ich nämlich nichts.«

»Entschuldige bitte. Ich versuche drei Dinge gleichzeitig. Also noch mal von vorn: Im Ursprung, so erzählt es der Mythos, waren die Menschen nicht in zwei, sondern in drei Geschlechter unterteilt. Männer, Frauen und ein Zwittergeschlecht, das sich aus beiden zusammensetzte. Diese Kugelmenschen hatten jeweils zwei Gesichter, doppelte Fortpflanzungsorgane, vier Arme und vier Beine. Auf ihre Weise waren sie vollkommen. Eines Tages aber wurden sie von Hochmut befallen. Sie beschlossen die Götter anzugreifen und den Himmel zu erobern. Als die Götter davon erfuhren, berieten sie sich, was zu tun sei, denn sie sahen, daß ihnen die Menschen ernsthaft gefährlich wurden. Sie konnten sich aber nicht dazu entschließen, uns vollständig auszumerzen, denn dann wäre niemand mehr da gewesen, der ihnen gehuldigt und Opfer gebracht hätte. Du siehst, die griechischen Götter sind eher primitiv in ihren Bedürfnissen … Jedenfalls schlug Zeus schließlich vor, den Menschen einen Teil ihrer Kraft zu nehmen, indem man sie halbierte. Und so geschah es. Alle Menschen wurden in zwei Stücke gerissen. Ohne Ausnahme. Seither irren wir mit dem bohrenden Schmerz unserer Unvollständigkeit durch die Welt, immer auf der Suche nach der anderen Hälfte, die im Ursprung zu uns gehört hat …«

»Das ist doch eine schöne Geschichte.«

»In gewisser Weise kann man darin eine Komplementär-Analogie zur biblischen Erschaffung Evas aus der Rippe Adams sehen, was dann eben im ehelichen *und sie werden ein Fleisch sein* zum Ausdruck kommt beziehungsweise im Gebot Jesu: *Was Gott verbunden hat, soll der Mensch nicht trennen.*«

»Verstehe ich nicht, rein logisch, ist aber egal, erzähl weiter.«

»Die Menschen suchen, nachdem sie von den Göttern auseinandergerissen wurden, zeitlebens den Teil, der ihnen ursprünglich angehört hat, um sich mit ihm zu vereinigen und wenigstens für die Dauer des Liebesaktes den Schmerz der Trennung zu vergessen.«

»So ist das wohl.«

»Das heißt, die, die im Ursprung aus Mann und Frau zusammengesetzt waren, suchen nach ihrer zweiten

Hälfte, so, wie es das natürliche Sittengesetz vorsieht ... Dann gibt es aber eben auch die vormaligen Frau-Frauen und die Mann-Männer. Der entscheidende Unterschied zur Offenbarung der Schrift, wie sie von der Kirche bewahrt wird, besteht darin, daß die alten Griechen keine moralischen Grenzziehungen hinsichtlich der Art und Weise vorgenommen haben, welche Formen die Liebe annehmen darf. Insofern ...«

Kuffel sinkt in sich zusammen, holt Luft, schüttelt den Kopf, nimmt einen Schluck Wein. Schaut Carl in die Augen, sagt: »Weißt du, Carl, unsere Freundschaft bedeutet mir sehr viel. Auf eine gewisse Weise hat sie mich aus der Selbstverkrümmung herausgerissen, zu der die Gottsuche und das Verlangen nach der einen Wahrheit verkommen können, wenn man die Menschen um sich herum darüber aus dem Blick verliert. Seit wir diesen Weg gemeinsam gehen, hat sich für mich eine neue Dimension aufgetan. Es ist bei weitem nicht nur so, daß ... Natürlich habe ich mehr an Büchern gelesen als du, und ich habe mich, einfach aufgrund der Tatsache, daß ich älter bin, mit bestimmten Problemstellungen systematischer auseinandergesetzt, gleichwohl führt dein hartnäckiges Nachfragen dazu, daß ich manches, was mir längst selbstverständlich schien, noch einmal neu bedenken muß – gelegentlich sogar mit verändertem Ergebnis. Das ist ja im übrigen auch das Prinzip der platonischen Dialoge, daß die Wahrheit immer wieder neu und mit allen Mitteln der kritischen Vernunft befragt wird, um sie tiefer zu begreifen.«

»Freut mich natürlich, daß ich dir nicht nur immer Löcher in den Bauch frage, sondern, daß du dadurch auch ...«

»Das Problem ist, daß mir deine Anwesenheit weit über

den geistigen Austausch hinaus etwas bedeutet, daß also meine Freude, wenn du bei mir bist, nicht immer und ausschließlich die sittliche Vollkommenheit hat, die sie eigentlich haben müßte.«

»Ja, und?«

»Vielleicht habe ich mich nicht klar genug ausgedrückt: Was ich meine ist, daß – wenn ich jetzt mal auf das Bild des Kugelmenschen zurückgreife –, dementsprechend wäre ich vermutlich, bevor wir auseinandergerissen wurden, eher ein Mann-Mann gewesen.«

»Du meinst, du bist schwul und in mich verknallt?«

Kuffel starrt die Spitzen seiner lächerlichen karierten Filzpantoffeln an und schweigt. Es sieht aus, als würde ihm im nächsten Augenblick das Rückgrat brechen.

Carl horcht dem Satz nach, den er gerade gesagt hat, wundert sich, wie leicht er ihm über die Lippen gekommen ist. Er läßt sich in das Sesselpolster zurückfallen, schaut zur Decke, schüttelt den Kopf, ohne zu wissen, was er damit zum Ausdruck bringen will.

»Ich hatte schon länger mit etwas in der Art gerechnet«, sagt Carl. »Also mir war das durchaus bewußt, ich hätte es von meiner Seite aus jetzt allerdings nicht thematisiert.«

Kuffel nickt. Sagt nichts. Die Stille hat keine Ähnlichkeit mit der in den Zwischenräumen von Bachs Musik.

»Ich habe halt eine Freundin. Ulla.«

Als gäbe es – wenn Ulla aus seinem Leben verschwände – die Möglichkeit irgendeiner Art von körperlicher Berührung zwischen Kuffel und ihm, jenseits von Händeschütteln und Schulterklopfen.

Carl hat keine Ahnung, wie er fortfahren soll: »Oder habe ich dich falsch verstanden?«

»Du hättest es etwas weniger rüde formulieren können«, sagt Kuffel leise.

»Gut. Wahnsinnig schlimm finde ich es jetzt auch nicht.«

Kuffel richtet sich ein wenig auf.

»Aber wahrscheinlich ist das nicht gerade das, was du hören willst.«

»Später im Verlauf des Symposions, nachdem Sokrates gesprochen hat, kommt Alkibiades herein, der schönste Jüngling Athens, den alle Männer begehren. Er ist völlig betrunken und erzählt vor der versammelten Runde, wie er alles versucht hat, um in Sokrates, dem er auf jede vorstellbare Weise nahe sein will, ein körperliches Verlangen zu entfachen. Er hat mit ihm Ringkämpfchen veranstaltet, bei denen er quasi unbekleidet gewesen ist, ihn zum Essen geladen, mit ihm getrunken, die Diener fortgeschickt und sich in der Nacht an ihn herangedrängt, vollständig nackt. Doch Sokrates ließ sich zu nichts hinreißen, er hat nicht einmal die Spur eines Begehrens gezeigt…«

Carl sieht diesen griechischen Schönling, Al-ki-bi-a-des, einen selbstverliebten Schnösel, dessen Namen auch Holzkamp immer im Mund führt, wenn er von Jüngelchen schwärmt, schwarze Locken, nackt, ölglänzend, den sonnengebräunten Körper auf marmornen Bänken, zwischen zerbrochenen Trinkbechern, Ruhekissen, wie er unter das dünne Tuch kriecht, an Sokrates heranrobbt, mit einem Steifen. Sieht Kuffels gebeugte, untersetzte Gestalt aus der Duschkabine kommen, das Handtuch um die Hüfte geschlagen, wie er umständlich die gerippte Unterhose überstreift, dann wieder Sokrates, das Hutzelmännchen mit dem Gartenzwerggesicht, an dessen faltigem Altmännerrücken sich seidige Jungenhaut reibt.

»Weißt du, mit einem Mann ... Überhaupt mit Männern kann ich mir keine Sachen in der Art – schon die Vorstellung. Das hat nichts mit meiner Sympathie für dich als ... Freund, oder wie man das jetzt nennt, zu tun.«

»Ich bin mir der Tatsache bewußt, Carl, daß wir diese Ebene nicht miteinander teilen werden.«

»Also du erwartest nicht, daß ich in der Hinsicht versuche, mich oder dir – davon gehst du nicht aus oder? – Weil das wäre dann ein Problem.«

»Nein. Es ist eine unmögliche Möglichkeit. Auch wenn es schmerzt ... – Ich will mich sozusagen, jedenfalls in diesem Bereich, auf das sittliche Niveau des Sokrates hinaufschwingen. Nicht nur wegen der Todsünde, die auf Dauer zu einer schweren Belastung für uns beide werden würde. Es bestünde dann auch die Gefahr, wenn man sich der Sinnlichkeit erst einmal unterworfen hat, daß sie immer mehr verlangt. Sie ist ja ihrer ganzen Verfaßtheit nach auf Entgrenzung ausgerichtet, insofern stellt sie so etwas wie den dunklen Schatten unseres immerwährenden Verlangens nach Gott dar, das sich nicht zuletzt auch in der unbändigen Kraft unseres Begehrens zeigt, oder wie Nietzsche es formuliert hat: *Denn alle Lust will Ewigkeit / will tiefe, tiefe Ewigkeit.* Bloß eben auf eine völlig ungeordnete Weise, so daß man nach immer neuen Ufern und schließlich nach der Uferlosigkeit selbst verlangt ...«

»Ich kann mir ungefähr vorstellen, was du meinst.«

»Entschuldige.«

»Ist in Ordnung.«

»Wirst du ...«

»Was mich wundert, ist, daß du Nietzsche zitierst. Ich dachte, seine Bücher stünden auf dem Index.«

»Nietzsche in seiner Radikalität ist durchaus auch in Bereiche der tiefsten Wahrheit vorgedrungen. Die Verzweiflung, die sich seiner mehr und mehr bemächtigt, macht ja geradezu beispielhaft die Konsequenzen einer Philosophie deutlich, die sich der Liebe und Barmherzigkeit Gottes verschließt. Man kann fast sagen, daß der Aufschrei, der sich vor allem in seinen Gedichten findet, dem Schrei des Gekreuzigten *Mein Gott, mein Gott, warum hast du mich verlassen?* ganz nahe ist. Erst in der Erfahrung vollständiger Gottesferne wird das Opfer des Sohnes am Kreuz vollständig und kann vom Vater als Sühne für die Sünden aller angenommen werden.«

Kuffel geht ans Bücherregal, zieht *Das große Buch der deutschen Dichtkunst* heraus. Blättert, reicht es Carl aufgeschlagen, setzt sich wieder. Carl lächelt ihn an, so warmherzig es geht, ohne mißverständlich zu sein, liest:

O Mensch! Gib acht!
Was spricht die tiefe Mitternacht?
Ich schlief, ich schlief –,
Aus tiefem Traum bin ich erwacht: –
Die Welt ist tief,
Und tiefer als der Tag gedacht.
Tief ist ihr Weh –,
Lust – tiefer noch als Herzeleid:
Weh spricht: Vergeh!
Doch alle Lust will Ewigkeit –,
– will tiefe, tiefe Ewigkeit!

Carl denkt an Ulla, an das, was noch vor ihnen liegt, die Wiedervereinigung des Kugelmenschen. Schiebt jedes Bild weg, das einen Mann enthält. Spürt, wie Kuffels linke Hand ihm mit äußerster Vorsicht den Knöchel entlangstreicht. Schaut nicht auf. Beginnt das Gedicht von neuem. Immer noch das Auf und Ab von Kuffels Hand zwischen Fuß und Wade, das Kitzeln der Haare am Schienbein. Er sollte sein Bein entschlossen wegziehen. Zieht sein Bein nicht weg.

»Stört dich das sehr?«, fragt Kuffel kaum hörbar.

Im selben Moment knallt von außen ein kurzer harter Schlag gegen die Zimmertür, ist die Tür schon auf, ohne daß jemand ›Herein‹ gesagt hätte.

Holzkamp steht im Zimmer und sagt: »Oh, Verzeihung. Mir war nicht klar, daß ich euch in einem äußerst intimen Moment stören würde. Soll ich wieder gehen? Nicht daß ich hier athenischem Liebesglück in die Quere komme.«

Kuffels Hand ruht bewegungslos auf der Bettkante. Schwer zu sagen, ob Holzkamp sie noch an Carls Knöchel gesehen hat, falls ja, ob ihre Bewegung als Zärtlichkeit zu erkennen gewesen ist.

»Du störst nicht«, sagt Kuffel. »Setz dich. Wir unterhalten uns über Nietzsches Verzweiflung. Willst du auch einen Schluck Wein?«

»... hast du ihm erzählt, wie er in Turin auf offener Straße plötzlich weinend einem alten Droschkengaul um den Hals fällt und daß er den Rest seines Lebens in geistiger Umnachtung verbringt? – Syphilis. Vermutlich von einer Prostituierten.«

Einundzwanzig

Es schneit. Der Schnee ist naß und schwer. Obwohl der Vater dagegen war, fährt die Mutter Carl mit dem Wagen nach Mariendorn. Sie hofft, daß die Ferien dann ohne weiteren Streit zu Ende gehen. Entlang der Straße verschwinden Äcker und Wiesen unter Matsch. Verkrüppelte Kopfweiden treten aus dem Grau wie Zeichen für etwas anderes. Die Mutter unternimmt immer neue Versuche, ein Gespräch anzufangen, um die Gefahr zu bannen, die Carl durch das fremde weibliche Wesen droht. »Zu unserer Zeit wäre es unvorstellbar gewesen, daß eine junge Frau sich mit einem …«

Sie weiß nicht, als was sie ihn bezeichnen soll.

»… daß *man* sich in einer Wohnung getroffen hätte, ohne sonstjemanden dabeizuhaben.«

Carl sagt nichts. Seine Handflächen schwitzen auf der kleinen Plastiktüte, in der seine Geschenke sind: eine chinesische Dose, gefüllt mit Vanilletee, dazu eine Kassette, auf die er das erste Soloalbum von Peter Gabriel aufgenommen hat.

»Man muß vorsichtig sein in solchen Situationen, sonst passieren Dinge, die sich nicht rückgängig machen lassen. Allein deshalb war ich immer dafür, daß man erst einmal etwas in der Clique unternimmt, bevor man sich absondert.«

Carl haßt das Wort »Clique«.

»Dein Vater und ich wußten immer, wie weit wir gehen durften.«

Er will nichts über seine Eltern als Liebespaar wissen. Schon die Vorstellung, daß sie es gewesen sind, stößt ihn ab.

»Bevor wir geheiratet haben, waren bestimmte Sachen einfach tabu. Zum Glück sind wir uns da auch vollkommen einig gewesen.«

Ihm liegen Sätze auf der Zunge, die in Diskussionen mit Schreierei und Geheule münden würden. Er beißt sich auf die Lippe, um nicht zu riskieren, daß seine Mutter erbost – oder weil sie plötzlich die Moral für wichtiger hält als den familiären Frieden – kurz vor dem Ziel umdreht.

Ein Traktor biegt vor ihnen auf die Straße, den Frontlader voller Silage. Es stinkt.

»Im Endeffekt hängt es auch immer von der Frau ab, wie weit sie geht.«

Als sie auf den Krankenhausparkplatz fahren, sagt sie: »Jetzt ist es kurz nach drei. Ich hole dich um sieben wieder ab. Das sind vier Stunden, damit solltet ihr doch wohl genug haben.«

Carl wartet mit der Antwort, bis der Wagen endgültig steht: »Halb neun. Früher geht nicht.«

»Ich dachte, wir würden noch mal den Weihnachtsbaum anzünden und gemütlich zusammensitzen.«

»Ich habe Ulla gesagt, daß ich bis halb neun bleiben kann. Da hat sie sich jetzt drauf eingestellt.«

»Gut, dann gegen acht.«

»Ich komme nicht vor halb neun.«

»Aber …«, sagt die Mutter, und ihre Stimme klingt nach Tränen.

»Wenn dann niemand hier steht, um mich abzuholen, schlafe ich halt bei Ulla.«

Daß daran nicht zu denken ist, kann sie nicht wissen.

»Bis dann«, sagt er. »Danke fürs Bringen.«

Steigt aus, wirft die Tür hinter sich zu.

»Warte«, zischt Ulla, als sie die Glastür zum Wohnheim öffnet, dreht sich weg, damit Carl sie nicht küßt: »Herr Krämer sieht auf seinem Monitor alles, und hier laufen auch immer Schwestern herum. Ich habe gesagt, daß ich Besuch von einem Cousin bekomme.«

»Wieso kannst du nicht einfach mitnehmen, wen du willst?«

»Ist halt so.«

»Aber du bist achtzehn.«

»Eure Primaner dürfen auch keine Mädchen mit aufs Zimmer nehmen, obwohl sie achtzehn sind. Ich habe unterschrieben, daß ich mich verpflichte, solange ich hier wohne … Also daß ich *einen Lebenswandel gemäß der Glaubens- und Sittenlehre der katholischen Kirche pflege*. So steht es im Ausbildungsvertrag. Dazu gehört auch, daß ›Herrenbesuch‹ nur nach vorheriger Anmeldung empfangen werden darf und spätestens um neun wieder gehen muß. Andernfalls können sie mir kündigen. Deshalb hab' ich gesagt, du wärst ein Cousin und erst vierzehn, da denkt sich niemand etwas, und meine Mitbewohnerin ist auch sowieso nicht da.«

Carl versucht die Enttäuschung wegzuschieben, daß sie ihn nicht aller Welt als ihren Freund vorstellt, sondern so tut, als wäre er ein unbedarftes Jüngelchen.

»So viel Zeit hatten wir noch nie, seit wir zusammen sind«, sagt er.

»Und wir müssen weder frieren noch im Regen stehen.«

Am anderen Ende des Foyers, dem Aufzug gegenüber, sitzt ein glatzköpfiger Mann hinter einer grünlich schimmernden Panzerglasscheibe, vermutlich Herr Krämer, schaut mißmutig von einem Kreuzworträtsel auf, schätzt Ullas Hintern ab, würdigt Carl keines Blickes.

»Ist ja wie Knast hier«, flüstert Carl.

»Je nachdem von welchem Parkplatz man kommt, kann man über diesen Eingang direkt auf die Station gehen. Und ganz oben ist auch das Provinzhaus der Erbarmensschwestern, da wohnen an die vierzig Nonnen, die panische Angst vor Einbrechern haben.«

»Widerlicher Typ.«

»Er drückt schon mal ein Auge zu, was Besuch anlangt.«

Carl fragt sich, ob sie das aus eigener Erfahrung weiß oder vom Hörensagen, und wen sie mit sich aufs Zimmer genommen hat.

»Warum suchst du dir nicht etwas anderes?«

»Eine eigene Wohnung ist zu teuer, und bei meinen Eltern will ich nicht wieder einziehen. Da herrscht erst recht totale Kontrolle.«

Eine dicke Frau mit Bürstenschnitt in Schwesternkittel und Birkenstocklatschen geht grußlos vorbei. Es riecht nach scharfen Putzmitteln, schlechtem Essen, kranken Ausscheidungen. Im Aufzug das Plakat der Adveniat-Kollekte: *Ihr seid das Salz der Erde,* mit dem Photo eines Indiomädchens vor einer Müllkippe, das einen schmutzigen Säugling auf den Rücken gebunden hat.

»Es gibt so viel Leid auf der Welt«, sagt Ulla.

»Das liegt vor allem an uns.«

»Wie meinst du?«

»Wir sind die Reichen, die nur an sich denken und die Leute im Rest der Welt verhungern lassen, ohne mit der Wimper zu zucken.«

Der Aufzug hält im dritten Stock. Vom anderen Ende des Ganges dudelt *Super trouper* herüber. Carl ist froh, daß sie niemandem begegnen und er sich nicht als den kleinen Trottel anschauen lassen muß, der hoffnungslos in seine große Cousine verknallt ist.

Sie öffnet die Tür: »Mein bescheidenes Reich.«

Der Eingang ist eng und dunkel, wird rechts zu einer Kochnische, nur durch einen Wandvorsprung von ihrem Wohnraum getrennt. Ulla lebt in einem Bett-Schrank-Tisch-Loch, höchstens zehn Quadratmeter, kleiner als die kleinsten Einzelzimmer in Kahlenbeck. Linker Hand geht es in den Teil ihrer Mitbewohnerin. Zwischen beiden Bereichen keine Tür, nicht einmal ein Vorhang.

»Verstehst du dich gut mit deiner Kollegin?«

»Ist in Ordnung. Dadurch, daß wir Gegenschicht laufen, sehen wir uns selten.«

Er ist falsch hier, obwohl er während der vergangenen zehn Tage nichts so sehr herbeigesehnt hat wie diesen Moment, sich nicht einmal mehr in den Gottesdiensten konzentrieren konnte, rutscht in eine leere Kammer, deren Wände mit lebendigen Spiegelbildern tapeziert sind, sieht sich kniend in der Kirchenbank; wie er Joschrupp am Ohr reißt; einen, der sich schlaflos vor Gier hin und her wälzt; sein verspanntes Gesicht, während Kuffel ihm den Knöchel streichelt. Und Regina, die zur Kommunion geht, ihm direkt in die Augen schaut, als wäre ihr Brief eine Lüge gewesen.

Ulla hängt seine Jacke an die Garderobe.

Wie sind all diese Vorgänge zu verstehen, in denen sich nichts so verhält, wie man denkt, daß es sich verhält, wenn zwei Menschen, die einander alles bedeuten, nach Wochen, Monaten der Trennung, des Wartens endlich zusammenkommen. Verkrampfungen. Obwohl Ulla und er sich in einem abgeschlossenen Doppelzimmer befinden und ihre Mitbewohnerin nach Hause gefahren ist, fühlt er mehr fremde Augen auf sich als je im Park. Beklemmung, wie in dem Roman *1984*, wo die Wände Ohren haben und es auf der ganzen Welt keinen Rückzugsort mehr gibt. Dieses Zimmer – der ganze Bau – ist ihnen nicht wohlgesonnen. Es ist überhaupt niemandem wohlgesonnen, nicht einmal den Kranken. Der saure Geruch alter Jungfern strömt aus den Wänden, der Boden atmet ihn aus. Gift. Bitterkeit. Ihr Leben lang haben sie versucht, ihr Verlangen auf Gott zu werfen, aber Gott hat sie verschmäht, sich in die tiefsten Tiefen Seines Universums zurückgezogen, weil von Anfang an ein Falsch in ihren Herzen war.

Wenige werden eine Heilige wie Schwester Eugenia.

Carl hält noch immer die Plastiktüte in der Hand, kramt die beiden Päckchen heraus, reicht sie ihr, ohne von ihren Augen zu lassen.

»Bitte. Für dich: nur etwas Kleines.«

Sie lacht unsicher. Schaut weg, als hätte sie Grund, seinem Blick auszuweichen, macht immer noch keine Anstalten, ihn zu umarmen. Sie stehen viel zu weit voneinander entfernt. Warum halten – warum hält sie diesen riesigen Abstand?

»Ich habe auch etwas für dich.«

Sie geht zum Schreibtisch, gibt ihm ein mit Goldbändchen verpacktes Kästchen.

Er freut und fürchtet sich. Das Geräusch hastig auseinandergerissenen Papiers unter seinen Händen. Ulla hingegen löst behutsam jeden Tesafilmstreifen ab. Ein kleiner Karton kommt zum Vorschein, darin eine Tasse, weißes Porzellan mit dem Bild zweier Goldfische, die umeinander kreisen: ein orangeroter Schleierschwanz und ein schwarzbrauner Himmelsgucker. Carl spürt einen Stich, zwingt sich zu lächeln. Er stellt sich vor, wie viel Mühe sie sich gegeben hat, etwas zu finden, das ihm Freude macht.

»Gefällt sie dir? – Ich dachte, weil du doch Fische so magst …«

Er kann ihr unmöglich sagen, daß für jemanden, der sich ernsthaft mit Ichthyologie beschäftigt, Goldfische an sich schon sinnlos sind, daß aber diese Krüppelzuchten praktisch den Tatbestand der Tierquälerei erfüllen und per Gesetz unter Strafe gestellt werden müßten, daß er den Zoohändler Miegel als ›skrupellosen Geschäftemacher‹ beschimpft hat, weil er solche Monster in seinem Laden verkauft, und sich seitdem dort nicht mehr blicken lassen kann … All das schluckt er hinunter. Er wird diese Tasse anschauen und an das Unrecht denken, das der Mensch den Tieren antut. Wut und Ohnmacht werden sich mit dem Gedanken an Ullas Liebe verbinden, daran, wie wenig sie von dem versteht, was ihn beschäftigt.

»Danke. Ja. Ich freue mich. Sehr. Wirklich.«

Ulla dreht seine – ihre Teedose hin und her: ein Paar Kraniche zwischen Trauerweiden, daneben ein weiser Alter mit langem Bart, der zu einem Kind spricht. Sie öffnet den Deckel, schnuppert: »Ist Vanille, oder?«

Er nickt.

»Hab' ich erst einmal getrunken. – Soll ich uns welchen machen?«

»Von mir aus.«

Er stellt die Tasse auf die Spüle, tritt an sie heran, legt ihr den Arm um die Taille, das Kinn auf die Schulter, greift in ihr Haar, das kurz und wuschelig ist: »Ich bin so froh, daß ich bei dir bin«, flüstert er, damit die verborgenen Mikrophone keine Chance haben, es zu hören. »Daß wir zusammen sind.«

Erstmals, seit sie ihn unten an der Tür hereingelassen hat, spürt er etwas von der Kraft, die zwischen ihnen hin und her strömt, lange bevor ein Wort fällt. Ganz nah sind ihre Gesichter einander. Auge in Auge. Welten tun sich auf, geben Blicke in immer neue Dimensionen frei. Das Unbekannte, Ungeahnte. Schwindel, die Erde dreht sich, die Sonne dreht sich, das gesamte Universum befindet sich in einer einzigen, nirgends endenden Drehbewegung, ausgelöst und vorangetrieben von Wärmeexplosionen in der Brust, den Sternen. Er drückt seine Lippen auf ihren Hals, ihre Wangen, spürt, wie die Anspannung sich unter seinen Händen löst. Ihr Mund auf seinem, endlich, und er hatte schon Angst, die geisteskranke, eifersüchtige Angst, daß sie, entgegen aller Liebesbekundungen in ihren Briefen während der vergangenen drei Wochen, heimlich mit irgendeinem Albrecht, Hans-Wurst zusammengewesen ist, weil er einen Hund hat oder sich zum Helden aufspielt, oder wegen der blödsinnigen Theorie, daß der Mann auf jeden Fall älter sein muß als die Frau.

Wie weich ihre Lippen sind, wie unermeßlich der Raum, in den ein Kuß sich ausdehnen kann.

Er verdient diese Liebe nicht. Sein Mißtrauen wird sie zerstören.

Sie löst sich, lächelt: »Ich setze mal Wasser für den Tee auf.«

Ist schon in der Hocke, holt einen Kessel aus dem Unterschrank, hält ihn unter den Hahn, stellt ihn auf den Herd. Öffnet die Schublade, kramt ein Tee-Ei hervor, füllt es zur Hälfte. Ihre Bewegungen haben fast schon die Routine von Tante Ria, die ihr ganzes Leben in der Küche verbracht hat. Daß seine Hände ihre Hüften entlangstreichen, nimmt sie nicht wahr. Bauch an Rücken. So eng beieinander. Endlich wendet sie sich wieder ihm zu, lehnt sich gegen die Spüle. Mit vor den Brüsten verschränkten Armen. Er drängt sich an sie, will seinen Mund auf ihrem spüren. Sie weicht aus, halb kokett, halb, weil es an ihr sein soll zu bestimmen, was zwischen ihnen passiert und was nicht. Die Theorie seiner Mutter ist weit verbreitet, wahrscheinlich hat man ihr das auch erzählt. Er umschlingt sie, beißt ihr in den Hals, krallt seine Hände in ihr Fleisch, als wollte er sie in Stücke reißen.

»Nicht so wild, du.«

Er ist ertappt, schreckt zurück. Rutscht in die Spiegelkammer zurück, wo ein Tier in einem Abgrund aus Finsternis lauert, das den Teufel zum Helfer nehmen würde, um an das verbotene Ziel zu gelangen. Wird rot, spürt Scham.

»Später«, sagt sie und kichert: »Erst trinken wir deinen Tee.«

Vielleicht ist es ein Spiel, dessen Regeln er noch nicht

beherrscht. Er dreht sich jetzt auch um, tut so, als wäre er souverän, stellt sich neben sie, legt ihr lässig den Arm um die Hüfte.

»Ich bin gespannt, wie er schmeckt.«

»Klar.«

Gestern noch wäre es so, Seite an Seite mit ihr an die Arbeitsplatte gelehnt, genug für mehr als Glück gewesen.

»Wie war denn dein Weihnachten?« fragt sie.

»Ein Streit nach dem anderen.«

»Hoffentlich nicht wegen mir?«

»Schon auch, aber eher am Rande.«

»Weswegen dann?«

»Angefangen hat es damit, daß ich gesagt habe, ich fände diese dreitägige Freßorgie widerlich, und ob sie wüßten, daß Völlerei eine der sieben Todsünden ist.«

»Harte Worte. Ich verstehe natürlich, was du meinst. Aber darf man nicht auch mal feiern und sich freuen? Wenn alles immer ganz ernst ist, verliert man ja irgendwann den Lebensmut…«

»Wenn sie denn wirklich feiern würden. Sie tun ja nur so. In Wirklichkeit sind sie vollkommen freudlos. Stopfen sich voll, um die Leere ihres belanglosen Lebens zu übertünchen. Fette Gänse, Herrencreme, Eisbombe, Kuchen, Plätzchen, Schokolade, nur das Beste und Teuerste von allem, bis es ihnen an den Ohren wieder herauskommt. Am liebsten würden sie sich zwischendurch mit einer Feder im Hals kitzeln wie die Römer, damit sie kotzen und früher weiterfressen können…«

»Bei uns gab es an Heiligabend Kartoffelsalat mit Würstchen. Gut – am ersten Feiertag hatten wir auch eine Gans. Die gehört halt irgendwie dazu.«

»Statt daß man zur Ruhe kommt, sich besinnt, nichts als sinnlose Ablenkung. Der Fernseher läuft den ganzen Tag, und wenn er nicht läuft, dudelt Weihnachtsmusik. ›Gemütlich‹ – nennt meine Mutter das. Für mich ist das komplett verlogen. Ich meine, immerhin geht es um die Geburt Jesu, der auf die Erde kommt, um für unsere Schuld am Kreuz zu sterben: Also weil wir so schlecht sind, daß der beste Mensch, der je gelebt hat, getötet werden muß, um uns zu retten – nur deshalb wird Er einer von uns. Doch es wird so getan, als ob es das Friedefreudeeierkuchen-Fest des Jahres wäre. Von der eigentlichen Botschaft des Evangeliums ist nichts mehr zu finden vor lauter Lametta, Glitzersternchen … Niemand schaut sich an, wie das wirklich damals abgelaufen ist, vor zweitausend Jahren – und ob es vielleicht etwas mit uns zu tun haben könnte. Ich meine, Tatsache ist, daß die Spießer von Bethlehem eine hochschwangere Frau und ihren Mann, die nirgends Platz zum Schlafen hatten, einfach davongejagt haben. Keiner von den braven Bürgern ist auf die Idee gekommen, ihnen ein Bett oder ein Zimmer anzubieten. – Und? Würde da heutzutage irgend etwas anders laufen?«

Er wirft einen Seitenblick auf Ulla, um zu sehen, wie sie reagiert, fährt fort: »In den Herbstferien hat eine schwangere Zigeunerin bei uns geklingelt … Weißt du, was meine Mutter gesagt hat? – ›Das mit der Schwangerschaft ist bestimmt ein Trick, damit wir sie hereinlassen und sie in Ruhe auskundschaften kann, ob bei uns was zu holen ist.‹«

Er hat die Szene aus verschiedenen Situationen zusammengesetzt, aber sie hätte sich genau so zugetragen haben können.

»Das stimmt: Zur Zeit sind viele professionelle Diebesbanden unterwegs«, sagt Ulla. »Bei uns in der Nachbarschaft wurde neulich auch eingebrochen. Deswegen muß man sie nicht hungrig wegschicken, aber vorsichtig kann man schon sein.«

»*Verkaufe alles, was du hast, gib das Geld den Armen und folge mir nach*, heißt es im Evangelium. Das ist der Kern des Christentums. Interessiert bloß niemanden. Im Gegenteil: Wir haben eine Partei, die sich mit einem großen C schmückt und gleichzeitig dafür sorgen will, daß in den Städten kein Bettler mehr das Straßenbild verschandelt, statt daß wir von unserem Überfluß abgeben, Landstreichern, Obdachlosen – es ist ja nicht so, daß die Armut bei uns abgeschafft wäre. Doch wir schmeißen lieber noch mehr Geld für noch mehr nutzlosen Kram zum Fenster raus: Berge von Schrott werden gekauft, in Unmengen von Papier verpackt, mit Plastikfolie umwickelt und getauscht, du eins, ich eins, genau abgemessen, daß bloß keiner denkt, er hätte mehr gegeben als er bekommen hat. «

»Daß man sich an so einem Tag gegenseitig eine Freude macht, ist doch eigentlich nichts Böses. Oder findest du Geschenke insgesamt schlecht? – Ich war so glücklich, daß ich …«

»Für sich genommen, wäre das vielleicht sogar in Ordnung … Wenn man es isoliert betrachtet. Das funktioniert aber nicht. Wenn wir so weitermachen, wird die Erde bald komplett unbewohnbar sein, und zwar wegen Bergen von absolut nutzlosem Plunder.«

»Du hast auch viele Sachen, die man nicht unbedingt zum Leben braucht: Schallplatten, teure Bücher, deine Fische.«

»Das stimmt.«

»Nicht daß ich das schlimm finde ...«

»Glaub mir, ich denke jeden Tag darüber nach, ob es nicht höchste Zeit für einen radikalen Schnitt wäre. Daß ich tatsächlich alles, was überflüssig ist, verkaufe und das Geld an eine Hilfsorganisation spende. Stereoanlage und Plattensammlung zum Beispiel. – Mit den Fischen ist es etwas anderes.«

»Die Musik bedeutet dir aber doch so viel.«

»Sie lenkt vom Wesentlichen ab.«

»Und was ist das Wesentliche?«

Ulla steht vor ihm, legt ihm die Arme um den Hals: »Du machst dir immer so viele Gedanken. Manchmal kommt es mir vor, als ob du vor lauter Grübeln ganz vergißt zu leben.«

Wie unbegreiflich ihre Augen sind.

»›Leben‹ heißt doch ...«

Sie legt ihm den Finger auf die Lippen: »Jetzt zum Beispiel ...«

»... nach der Wahrheit suchen.«

Fährt leicht über sein Kinn. »Jetzt habe ich gar keine Lust, die Welt zu retten, jetzt will ich einfach nur ...«

Ihre Stimme wird leiser, so daß er kaum mehr versteht, was sie sagt, ein warmer Hauch an seinem Ohr, etwas wie ein Biß, ganz leicht, während sie ihm mit der Linken den Nacken entlangstreicht. Aus den Augenwinkeln sieht er, wie sie mit der anderen Hand den Herd ausschaltet: »... ich habe es mir überlegt, ich will jetzt doch keinen Tee«, zieht ihn Richtung Bett.

Draußen schneit es noch immer. In dem Klinikkasten gegenüber erleuchtete Fenster. Kranke und Sterbende.

Die Luft wird blau, durch die Wand dringen Fernsehstimmen. Auf ihrem Schreibtisch ein Photo von ihm, wie er auf dem Heuschober in Lenza sitzt. Daneben ein Stapel seiner Briefe. Er erkennt die Umschläge: mit Regenbogen bedrucktes Umweltpapier.

Sie zieht das Kopfkissen unter der Tagesdecke hervor, damit sie sich anlehnen können, nimmt sein Gesicht zwischen ihre Hände, küßt ihn – endlich darf auch er sie wieder küssen. Die Frau bestimmt. Was wird er tun, wenn sie noch viel weiter gehen … – Wenn sie ihn wirklich lieben will, gleich, ganz, grenzenlos, wie es verboten ist, von seiten der Kirche und der Spießermoral. Er wird nichts tun, um irgend etwas zu verhindern. Wohin sie auch will, er wird ihr folgen selbst wenn die Gefahr besteht, daß sie ein Kind bekommt. Er erschrickt mitten im Kuß. Diese Möglichkeit hat er nicht ernsthaft bedacht. Sie wird kein Kind bekommen. Sie ist achtzehn und er nicht ihr erster Freund. Vielleicht, wahrscheinlich, nimmt sie die Pille. Er hat keine Angst. In den Augen des Dorfes ist er spätestens seit der Sache mit Regina ein *verkommenes Subjekt*, und wenn sie ihn in Kahlenbeck rausschmeißen, als Todsünder, wäre es ihm gerade recht. Er will ohnehin weg, endlich ein Leben haben, das zählt.

»Soll ich uns Musik machen?«

Er nickt, hat keine Sprache, keine Stimme, nicht einmal mehr einen eigenen Atem. Sie beugt sich über ihn, greift nach einer Kassette auf dem Nachttisch, schiebt sie in den Spieler, drückt die Starttaste. Jemand, eine Frau, singt aus weiter Ferne, so hoch wie die Zugvögel fliegen. Eine verzauberte Melodie.

»You'll never know / that you had all of me /
You'll never know / the poetry, you've stirred in me …«

So nah war Ulla ihm nie. Seine Fingerspitzen folgen dem Verlauf ihrer Wangen, wie sie sich am Jochbein verhärten, zu den Schläfen hin feinporiger werden, die winzigen Fältchen um ihre Augen, der kitzlige Haaransatz, ein bißchen wie Lachen. Lauter Wunder, nicht zu begreifen. Nie zuvor kann es für irgend jemanden auf der Welt einen solchen Moment gegeben haben. *»Oh, he's here again«*, singt die Stimme vom Himmel, *»the man with the child in his eyes …«*

»Dabei muß ich immer an dich denken«, flüstert Ulla, während seine Hand auf ihrem Hals kreist. Er ahnt zum ersten Mal, was ein Hals überhaupt ist, seinem inneren Wesen nach. Nach und nach wird er lernen, die verschiedenen Arten Haut blind zu unterscheiden, wie sie auf welche Berührung reagieren.

»Schön wär's«, murmelt er.

»Wie meinst du?«

»Nichts.«

Gern wäre er der aus dem Lied gewesen, aber er muß sie enttäuschen: keine Hoffnung, daß er der Mann mit dem Kind in den Augen sein wird. Im Gegenteil, wenn er in den Spiegel schaut, sieht ihn ein Kindergesicht an mit den Augen eines verfinsterten Alten.

»Oh, he's here again …«

Er will näher zu ihr hin, so nah wie es möglich ist, rutscht mit seinem Knie über ihre Schenkel, ihre Nasenspitzen berühren einander, er versinkt im schwarzen Schacht ihrer Pupillen. Sie bilden einen Ort, den er nie wieder verlassen will. Angst, daß sie plötzlich merkt – sie muß doch merken, wer der ist, den sie so nah an sich heranläßt. Es kann nicht sein, daß sie derart blind vor Liebe ist, nicht erkennt, wen sie neben sich auf dem Bett sitzen hat, während sie die Schuhe von den Füßen streift, das Kissen an seinen Platz zurückschiebt, zur Seite sinkt, ihn mit sich nimmt, immer noch in ihrem, in seinem Blick, Mund an Mund. Wieder fallen Schuhe, diesmal seine. Alles, was es sonst gibt an Gutem und Schlechtem auf dieser Welt, fällt mit ihnen ab, verschwindet in einem dunklen Strom, der alles Überflüssige hinwegspült, Hemden, Hosen, bis da nur noch Haut an Haut ist, so nah, daß kein Blatt dazwischenpaßt, nicht einmal Luft. Das Ende der Trennung ist nah, und er – der düstere Rest eines Menschen – wird eins mit einem anderen, zu dem er seit Anbeginn der Zeit gehört hat, wie bei den Kugelmenschen.

»Mir ist warm«, sagt er, richtet sich auf, streift den Pullover ab.

Ullas Blick ist verhangen, kehrt von einem weit entfernten Ort zurück.

Unter ihrer hellblauen Bluse wirft das Hemdchen eigene Falten, die Stoffe umspannen straff den festen BH, der ihre Brüste vor möglichen und unmöglichen Gefahren schützt: eine Panzerung. Er öffnet Blusenknöpfe. Schiebt eine Hand hinein, kriecht die Wölbung hinauf, spürt eine weitere Erhebung, eine kleine, die sich streckt, verfestigt, eingezwängt von dem stahlverstärkten Gewebe, das erst unter den Schlüsselbeinen zur durchlässigen, durchsichtigen Spitze wird, spürt, wie etwas durch sie hindurchläuft, eine elektrische Welle, gefolgt von einem Aufstöhnen, leise und schwer. Sie nimmt seine Hand, zieht sie entschlossen heraus, hält sie fest, während ihre Zungen einander umkreisen, sie Atem gegen Atem tauschen. Dann hat sie seine bewegliche Hand wieder vergessen, ihr

Bauch ist weich und fest. Er tastet sich vor, gelangt abermals an die Wölbung unter der Wölbung, weiß nicht, wie diese Seufzer auszuhalten sind. Ulla greift nach seinem Handgelenk, hält es umklammert: »Nicht«, sagt sie. »Das nicht. Sonst passiert was.«

Zweiundzwanzig

»Sag mal, Carl: Hast du immer noch diese Küchenhilfe als Freundin?«

»Sie ist ausgebildete Hauswirtschafterin und lernt Krankenschwester.«

»Wie konnte ich das vergessen, entschuldige.«

»Das meinst du ja doch nicht.«

»Also bitte: Wo ich doch immer so zartfühlend mit deinen Empfindlichkeiten umgehe. – Ist sie eigentlich schön?«

»Nicht so, wie ein Photomodell oder wie … Nastassja Kinski vielleicht. Eher normal.«

»Also nein.«

»Sie ist jedenfalls nicht häßlich.«

»Aber ›schön‹ wäre nicht das erste, was dir einfällt, wenn du an sie denkst.«

»Schöne Augen hat sie.«

»Gut, dafür gibt es keine präzisen Kriterien. – Wie lange trefft ihr euch jetzt schon?«

»Drei Monate.«

»Das klingt aber doch nach etwas Festem.«

»Ist es ja auch.«

»Vollkommenes Liebesglück, sozusagen.«

»Wenn die äußeren Umstände günstiger wären.«

»Und was *treibt* ihr so, wenn ihr zusammen seid?«

»Wird das jetzt wieder ein Verhör, oder was?«

»Wir führen ein nettes Gespräch unter Freunden, die Anteil aneinander nehmen. Bernhard würde sicher auch gern erfahren, zu welchen Formen des zärtlichen Austauschs ihr inzwischen vorge*stoßen* seid. – Er als dein Intimissimus ist ja doch auf vielfältige Weise von diesen Dingen betroffen. Oder erzählst du ihm alles, wenn ihr unter euch seid?«

Schweigen.

»Wenn er doch nicht will.«

»Ich weiß nicht, warum er sich so ziert. Die Liebe zwischen jungen Menschen ist doch etwas sehr ... Herausragendes. – Ich finde, du könntest uns zumindest ein bißchen daran teilhaben lassen. Vielleicht lernen wir aus deinen Erfahrungen Dinge, die uns selbst eines Tages nützen.«

»Beim Zölibat?«

»Für das seelsorgerische Gespräch zum Beispiel. Die meisten Leute kommen ja nicht zum Priester, weil sie Unterweisung in Fragen des Glaubens suchen, sondern weil sie Probleme mit ihrer Frau haben.«

»Du bist aber kein Priester.«

»Ich an deiner Stelle würde mir die seltene Gelegenheit, daß du uns – also zumindest Bernhard – gegenüber einen Wissensvorsprung hast, nicht entgehen lassen.«

Wie auch immer Carl reagiert, es wird falsch gewesen sein.

»Wir gehen spazieren, unterhalten uns ...«

»Worüber zum Beispiel?«

»Wie jeder von uns die Welt sieht, Politik, Philosophie, der Sinn des Lebens ...«

»Hat sie da auch Visionen? Ich meine, jenseits von Mann, Haus und Hund? Oder erläuterst du ihr Platons Gedanken über die Aufzucht der Nachkommenschaft unter den Bedingungen eines idealen Gemeinwesens, wie sie in der *Politeia* formuliert sind?«

»Sie geht eher mit gesundem Menschenverstand an diese ganzen Sachen heran.«

»Und du hast den Eindruck, daß ihre Reflexionen aus Küche und Klinik uns neue Einsichten in die verborgenen Dimensionen des menschlichen Daseins gewähren?«

»Schon.«

»Welche ihrer Maximen würdest du uns denn zum Nachdenken besonders ans Herz legen.«

»Wie gesagt, sie ist keine Intellektuelle in dem Sinn. Muß sie ja auch nicht sein.«

»Nicht?«

»Nein.«

»Also fassen wir zusammen: Schön ist sie nicht, intelligent ist sie auch nicht … – Warum gibst du dich überhaupt mit ihr ab?«

Kuffel lacht.

Carl sitzt mit offenem Mund da und sucht eine Antwort. Es dauert eine Weile, bis er sagt: »Findest du nicht, daß es für jemanden, der von sich behauptet, Christus nachzufolgen, absolut ungeheuerlich ist, was du da von dir gibst?«

»Man muß den Tatsachen ins Auge sehen.«

»Du kannst den Wert eines Menschen doch nicht allen Ernstes auf Schönheit und Intelligenz reduzieren.«

»Nicht? Was wäre da denn sonst noch zu berücksichtigen?«

Kopfschütteln.

»Ah! Wie konnte ich das vergessen: Als Frau benötigt sie natürlich noch andere Qualitäten. Geschickte Hände, flinke Zunge … – Und? Wie sieht es zum Beispiel mit ihren manuellen Fertigkeiten aus?«

»Auf jeden Fall …«

Carl bricht ab.

»Laß dir doch die Würmer nicht einzeln aus der Nase ziehen. Seid ihr noch bei den Vorspielen oder konntest du schon zum Kern der Sache vordringen?«

Schweigen.

»Also, Bernhard: Entweder ist dein Herzensfreund erstaunlich diskret, oder es wird nicht besonders aufregend gewesen sein. Ich würde letzteres vermuten. Wenn er Sternstunden des Eros erlebt hätte, würde er damit hausieren gehen wie die anderen Schwachköpfe auch, was meinst du?«

»Ich äußere mich dazu nicht.«

»Küßt ihr euch wenigstens? Oder hat Bernhard, der uns allen ja als ein lebendiges Beispiel für Sittenstrenge und Selbstzucht dienen kann, dafür gesorgt, daß du dir um Christi willen jedwede Sinnenlust versagst?«

»Wir küssen uns. Wenn dich das weiterbringt.«

»Küßt sie gut?«

»Schon.«

»Hast du das gehört, Bernhard! Da würde ich mir an deiner Stelle doch ernsthaft Sorgen machen, ungeduscht und schlecht rasiert wie du bist.«

»Hör jetzt auf.«

»Wußtest du übrigens, Carl, daß der Kuß, also der Zungenkuß, entgegen weitverbreiteter Praxis, ausschließlich zwischen Eheleuten erlaubt ist.«

»Blödsinn.«

»... ausschließlich zwischen kirchlich getrauten Eheleuten, während des ehelichen Geschlechtsverkehrs und auch dann nur, wenn der Akt ausdrücklich mit der Absicht vollzogen wird, ein Kind zu zeugen. Ansonsten ist der Zungenkuß, weil es sich dabei um eine quasi-sexuelle Betätigung handelt, Todsünde. Ich hoffe also, du bist dir der Tragweite dessen bewußt, was ihr da tut.«

»Es stimmt nicht.«

»Auf der Basis welcher Qualifikation hast du dazu überhaupt eine Meinung?«

»Nachdem du diesen Quatsch neulich Guntram erzählt hast, habe ich mich erkundigt ...«

»Bei wem, wenn ich fragen darf?«

»Spielt keine Rolle.«

»Das spielt sogar eine entscheidende Rolle: Erstens wüßte ich - wüßten wir - gerne, wem du in solchen Fragen dein Vertrauen schenkst, und zweitens können wir ja sonst gar nicht einschätzen, welches Gewicht diese Stimme objektiv gesehen hat. Stöckes zum Beispiel würde sicher jede Form sexuellen Vergnügens unter Pennälern für unbedenklich erklären, ohne daß er auch nur ansatzweise in der Lage, geschweige denn berechtigt wäre, moraltheologische Einschätzungen vorzunehmen.«

»Geschlechtsverkehr vor der Ehe ist verboten, alles andere ...«

»Die entscheidende Frage, mein Lieber, ist, welche Handlungen zwischen Mann und Frau dem Bereich des Geschlechtsverkehrs im relevanten Sinne zuzuordnen sind. Da gibt es in der Tat unterschiedliche Auffassungen, von denen einige plausibel begründet sind, andere schlichtem

Wunschdenken angehören, nach dem Motto: *Kann denn Liebe Sünde sein …*«

»Kann sie doch auch nicht.«

»Natürlich: Es ist die böse, böse Kirche mir ihrer verknöcherten Moral, die diese menschenverachtenden Vorstellungen verbreitet und uns sogar das biblische Liebesgebot madig machen will. – Und dann nickt ihr alle wie die Kälber vor dem Schlachter, und schon hat der Satan noch die niedrigsten Wallungen des Geschlechtstriebs auf das Niveau der göttlichen Liebe erhoben.«

»Die Liebe ist das einzige, für das es sich lohnt, auf der Welt zu sein. Sagt sogar Paulus.«

»Nur müssen wir ehrlicherweise zugeben, daß sie in ihrer von Triebhaftigkeit und Selbstsucht gereinigten Form zwischen geschlechtsreifen Jugendlichen äußerst selten vorkommt.«

»Man küßt mit dem Mund, nicht mit den Geschlechtsteilen.«

»Nun, das kommt darauf an …«

Gelächter.

»Der Kuß, also besagter Zungenkuß, erzeugt Lust – darin würdest du mir doch zustimmen, oder?«

»Auf eine Art …«

»Eine Lust, die dahin tendiert, nach mehr, um nicht zu sagen, nach allem, was auf erotischem Gebiet möglich ist, zu verlangen.«

»Je nachdem. Nicht unbedingt.«

»Wenn sie nicht nach mehr verlangt, hieße das, daß die Lust des Kusses sich selbst genügt?«

»Bin ich jetzt doch wieder vor einem Inquisitionstribunal gelandet, oder was?«

»Abgesehen davon, daß die *heilige* Inquisition über Jahrhunderte vermutlich mehr Menschen vor der Hölle bewahrt hat als irgendeine andere Institution, geht es jetzt erst einmal darum, die Dinge begrifflich präzise zu definieren, damit wir im nächsten Schritt mit Hilfe dieser präzisen Begrifflichkeit logisch nachvollziehbare Schlüsse im Hinblick auf das sittlich Gebotene ziehen können. Also noch einmal: Du stimmst mit mir darin überein, daß ihr euch um der Lust an der Lust willen küßt.«

»Weil wir uns lieben.«

»Lieben könnt ihr euch auch, wenn jeder von euch auf einem Stuhl sitzt, mit zwei Metern Abstand dazwischen. – Ihre Augen sind doch das Schönste an ihr, hast du mir eben erklärt.«

»Weil sie wunderschöne Augen hat, soll ich sie nicht küssen? Was ist das denn für eine Logik?«

»Laut Augustinus, der in diesen Fragen zweifellos einer der scharfsinnigsten und vor allem unsentimentalsten Denker war, ist es eine schwere Sünde, Lust um der Lust willen herbeizuführen.«

»Augustinus hatte sogar einen unehelichen Sohn.«

»Eben: Wenn jemandem die Mechanik der bösen Begierde aus eigener Anschauung vertraut gewesen ist, dann dem heiligen Augustinus.«

»Aber er war nicht unfehlbar.«

»Es ist die Lust, die den Geist an die Materie kettet und verhindert, daß unsere Seele sich zu Gott emporschwingt. Solange unsere Gelüste befriedigt sind, wiegen wir uns in der Illusion, daß das irdische Dasein vollkommen ausreicht und daß wir uns weder um Gott noch um unser ewiges Heil zu kümmern brauchen. Dann bleibt man sonntags im warmen Bett bei der Freundin, statt in die Messe zu gehen, frißt, raucht, säuft... Das reicht natürlich schon bald nicht mehr. Man braucht stärkere Reize, beschafft sich Drogen, verbringt die Nächte in Diskotheken, auf der Jagd nach einer neuen Schickse, die einen unter den Rock läßt... Es ist ein Strudel, der sich immer schneller, immer wahnwitziger dreht und alles in seinen dunklen Schlund hinabreißt: Die Lust zielt auf vollkommene Entgrenzung. Sie ist sozusagen die Perversion unseres transzendentalen Verlangens nach dem Absoluten, wie es in Bernhards Lieblingsgedicht heißt, nicht wahr: *Denn alle Lust will Ewigkeit/will tiefe, tiefe Ewigkeit.* – Oder hat er dir das noch nicht zitiert.«

»Weiß nicht.«

»Lust ist aber per se die Lust des flüchtigen Augenblicks und somit der ewigen Freude diametral entgegengesetzt. Auf die höchsten Höhen folgt tiefste Traurigkeit: *Post coitum animal triste*, wie Augustinus sagt. Und diese Tristesse läßt sich nur durch neuerliche, nach Möglichkeit noch größere Ekstasen vertreiben. Deshalb führen die Wege der Libido unweigerlich in totale Selbstzerstörung. Weil es nach Gottes unergründlichem Willen aber so sein soll, daß der Mensch fruchtbar ist und sich mehrt, um die Erde zu bevölkern, findet der Paarungsakt zum Zwecke der Fortpflanzung sozusagen in göttlichem Auftrag statt, so daß die Lustbefriedigung, die damit verbunden ist, zumindest im ehelichen Rahmen lediglich eine läßliche Sünde darstellt. – Irgendeinen Gewinn muß es ja schließlich haben, daß man sich Tag für Tag den Launen einer Frau aussetzt... Von der grundsätzlichen Unappetitlichkeit des Vorgangs ganz abgesehen.«

»Sehr beruhigend.«

»Hast du die Argumentation des heiligen Augustinus verstanden?«

»Ist ja nicht schwierig.«

»Bis zur Scholastik war das allgemeine und unwidersprochene Lehre der gesamten Kirche.«

Carl friert ein Lächeln ein. Zumindest teilweise haben Augustinus und Holzkamp recht. Wenn er Ulla küßt, gleiten Formen, Empfindungen, Wünsche, Bewegungen immer weiter von der Liebe hinüber zur Gier, werden Verlangen, das jede Grenze überschreiten will. Wobei sicher nicht alle so verdorben und von ihrer Triebhaftigkeit beherrscht sind wie er. Bestimmt gibt es Leute, wahrscheinlich sogar die meisten, die den Kuß nicht mißbrauchen, um sich ihre Geliebte gefügig zu machen.

»Das mag im Einzelfall so sein«, sagt er, »aber ich finde nicht, daß man daraus eine Regel ableiten kann. Es landen ja nicht alle, die sich küssen, gleich im Bett. Abgesehen davon ist es einfach schön. Und das Schöne, Wahre und Gute sind doch laut Platon eins ...«

»Ich wüßte nicht, wo der Bereich des Schönen tangiert sein soll, wenn man einem anderen Menschen die Zunge in den Mund schiebt und ihm die Essensreste zwischen den Zähnen herauspult.«

»Du hast wohl nie geküßt.«

»Mach dir darüber mal keine Gedanken.«

»Ja oder nein?«

»Findest du, daß man über das Gebot *Du sollst nicht töten* ausschließlich Mörder befinden lassen sollte, weil sie die einzigen sind, die das Vergehen in seiner ganzen Komplexität beurteilen können?«

»Es ist sinnlos.«

»Also: Augustinus' Gedankengang hast du verstanden, im Rahmen deiner Möglichkeiten. Wer war denn nun der Meisterdenker, der dir den Weg zur Hölle pflastern will?«

»Wer soll das schon gewesen sein?«, sagt Kuffel.

»Lenders wahrscheinlich.«

Carl will Spiritual Lenders auf keinen Fall verraten.

»Stimmt das?«

Kuffel und Holzkamp haben über die Gräfin Warnstorf Verbindungen in höchste Kirchenkreise. Sie können Spiritual Lenders großen Schaden zufügen. Andererseits macht er es sich als Beichtvater und damit auch ihm als Sünder in schwerwiegenden Punkten vielleicht wirklich zu einfach. Selbst wenn es daran läge, daß Carl nicht alles, was sich in seinem Inneren abspielt, während er mit Ulla zusammen ist, hinreichend detailliert schildert.

»Es gibt auch das Beichtgeheimnis.«

»Das gilt für den Priester, aber nicht für dich. Oder hat Lenders dir Stillschweigen auferlegt? Dann lügt er. Du kannst aus deiner Beichtpraxis erzählen, wem und was immer du willst.«

»Lenders hat gesagt, daß die Liebe zwischen Mann und Frau gut und schön ist, weil sie aus Gott stammt, und daß ich mir deswegen keine Gedanken zu machen brauche.«

»Das war alles?«

»Im Grunde schon.«

»Demnach wäre die gesamte christliche Sexuallehre hinfällig.«

»So hat er das bestimmt nicht gemeint.«

»Das wäre die logische Schlußfolgerung.«

Achselzucken.

»Und wollte er nicht wissen, weshalb diese Frage dich so beschäftigt.«

»Nein. Aber er hatte schon gehört, daß du solche Theorien verbreitest.«

»Hat er das.«

»Holzkamp, du wirst uns noch um Kopf und Kragen reden, wenn du so weitermachst«, faucht Kuffel.

»Ach was: Wenn Lenders sich öffentlich und sogar während der Beichte von unstrittigen Positionen des kirchlichen Lehramts verabschiedet, bedeutet das natürlich, daß wir ganz andere Möglichkeiten haben, gegen ihn vorzugehen. Was meinst du, was passiert, wenn ich Roghmann sage, daß Lenders in Ausübung seines seelsorgerischen Amtes minderjährigen Schülern schwerwiegende Verstöße in sexualibus absegnet…

»Auf mich könnt ihr euch da nicht berufen.«

»Etwas anderes läßt sich dem, was du geschildert hast, schwerlich entnehmen, mein Lieber. Da steht das seelische Wohlergehen Hunderter junger Menschen gegen die häretischen Verirrungen eines eitlen Pfaffen. Wenn du diese Last schultern möchtest, bitte… Notfalls schicken wir ihm noch mal jemanden in den Beichtstuhl, der den Ernst der Lage erkannt hat.«

»Du kannst nicht das Bußsakrament für Kampfeinsätze mißbrauchen, ganz gleich wie berechtigt dein Vorhaben ist«, sagt Kuffel.

»Nichts und niemand wird hier mißbraucht. Die Sachlage ist einfach folgende: Ein junger Mann in seiner Not sucht Rat bei einem Seelsorger, um sich künftig besser vor den Versuchungen des Fleisches zu schützen, doch statt daß er in seinem Bestreben, dem Bösen zu widerstehen,

Unterstützung erfährt, ermutigt der Beichtvater ihn darin, nachzugeben und die Stimme des Gewissens zu ignorieren: Das ist ein äußerst schwerwiegender Verstoß gegen die priesterlichen Pflichten. – Wenn wir Lenders nicht über seinen Evolutionismus zu packen kriegen, müssen wir eben eine andere Front eröffnen. Ich werde noch mal mit Roghmann reden.«

»Du könntest auch Prälat Kiewert schreiben, in welche Richtung die Dinge sich hier bewegen. Wir machen einen Zangenangriff. Hinter den Kulissen hat Kiewert sicher noch Einflußmöglichkeiten. Kahlenbeck lag ihm immer sehr am Herzen.«

»Das ist jedenfalls besser, als jemanden zu einer Beichte mit unlauteren Motiven anzustiften.«

Er hat Lenders verraten. Obwohl Lenders ihm schwere Lasten von den Schultern genommen hat. Wenn sie ihn als Spiritual aus Kahlenbeck abziehen, ihn womöglich sogar vom priesterlichen Dienst suspendieren, wird es seine Schuld gewesen sein.

»Ich will damit nichts zu tun haben.«

»Das hättest du dir vorher überlegen sollen.«

Liebste geliebte Ulla,

obwohl ich doch eigentlich glücklich sein müßte, daß Du mich liebst und daß wir zusammen sind, steigt in mir immer öfter ein grenzenloser Schmerz auf. Nicht nur, weil Du mir so entsetzlich fehlst: Solange ich Dich vermisse, weiß ich ja immerhin, daß da jemand ist, für den es sich lohnt zu leben. Aber dann verschluckt eine dunkle Macht diese Gewißheit, und ich fühle mich, als würde ich in einem unterirdischen Loch hocken, abgetrennt von allem und je-

dem – ein Schattenwesen, ohne Empfindungen. Am liebsten würde ich morgens das Bett gar nicht verlassen. Alles, was ich zu tun versuche, erscheint mir sinnlos und kostet unendlich viel Überwindung. Die Menschen hier sind wie eine Bedrohung, der ich nicht standhalten kann, Schüler, Lehrer, Erzieher, alle. Selbst Bart geht mir auf die Nerven. (Ich frage mich auch, ob seine Fixierung auf E-Gitarre und Rockmusik nicht doch schädlich für seine Seele ist.) Wenn ich abends im dunklen Zimmer sitze und aus dem Fenster in den schwarzen Himmel starre, ist es, als würde ich in fremde Gegenden abgetrieben, über die ich nichts weiß, außer daß es aus ihnen keine Rückkehr gibt. Manchmal denke ich, das ist die Hölle, die wirkliche Hölle des selbstverschuldeten Abgetrenntseins von allen liebenden Wesen. Ich bin sicher, daß dort mein Platz sein wird bis in Ewigkeit, wenn nicht ein Wunder geschieht.

Ich weiß, daß Gott mich ruft, selbst wenn ich seinen Ruf nicht höre, aber ich lebe so, als gäbe es nur das Hier und Jetzt. Versteh mich nicht falsch, ich denke keinen Augenblick darüber nach, uns zu opfern und statt dessen Priester oder Ordensmann zu werden. Es ist vielmehr mein tägliches Scheitern an Jesu Geboten, das mich in die Verzweiflung treibt. Ich soll meine Nächsten lieben, aber ich hasse und verachte sie für ihre Oberflächlichkeit und Gottvergessenheit. Dabei bin ich doch selbst der Verworfenste von allen, quäle Mitschüler, bin rücksichtslos und egoistisch, lieblos in all meinem Denken und Handeln. Obwohl ich weiß, daß der Besitz die größte Hürde auf dem Weg zu Gott ist, habe ich mich noch immer nicht dazu durchringen können, zumindest die überflüssigen Sachen zu verkaufen, sondern im Gegenteil: Vorgestern war ich in Forch und habe mein ganzes Weihnachtsgeld in neue Platten gesteckt: Bachs Wohltemperiertes Klavier und die Englischen Suiten, gespielt von Glenn Gould. Gleichzeitig wird mit jedem Ding, das ich anschleppe, meine Hoffnung gerin-

ger, daß mir mein Leben doch noch gelingt. Ich versuche zu beten, aber es gelingt nicht, die Worte drehen sich nur im Innern meines Kopfs. Zwar gehe ich jetzt jeden Morgen vor dem Frühstück mit Jakobus zur Messe, aber auch dort schaffe ich es kaum, meine Gedanken länger als ein paar Sekunden auf das heilige Geschehen zu richten.

Manchmal komme ich aus der Kirche und will in den Wald rennen und schreien, so laut es geht, daß es bis ins Weltall zu hören ist.

Es ist nichts als Dunkelheit in mir.

Und jetzt sterben auch noch meine Fische. Ich weiß, das ist, verglichen mit dem Leid so vieler Menschen, eine Lappalie, aber die Fische sind die Lebewesen, für die ich die Verantwortung trage.

Als ich eben von einem grauenhaften Gespräch mit H. und Jakobus auf mein Zimmer zurückkam, sah ich, daß der dritte von den Panzerwelsen innerhalb einer Woche dieselben sonderbaren Krankheits- oder Verletzungssymptome aufweist: Wie betrunken torkelt er am Grund hin und her. Sobald er sich dem Ausströmer nähert, kippt er zur Seite, bleibt liegen, als wäre er tot. Nur die Kiemendeckel bewegen sich noch. Nach einer Weile schlägt er wild mit der Schwanzflosse, schießt zur Wasseroberfläche, schnappt nach Luft und sinkt ganz matt wieder zu Boden. Oder er ist so orientierungslos, daß er mit voller Wucht gegen die Scheibe stößt. Genauso war es auch bei den beiden anderen. Oben am Kopf scheint etwas wie ein Riß oder Spalt zu sein, aber ich kann mir nicht vorstellen, daß das Makropoden-Männchen die Welse bei seinen Scheinangriffen tatsächlich lebensgefährlich trifft. In einem meiner Bücher steht etwas von einer ›Taumelkrankheit‹, die ähnliche Symptome hat. Früher hätte ich bei Miegel gefragt, aber dort brauche ich mich nicht mehr blicken zu lassen, seit ich ihn als ›gewissenlosen Unterstützer widerlichster Tierquälerei‹ beschimpft habe. Gegen die Taumelkrankheit gäbe es aber sowieso kein Mittel.

Es wohnt also jetzt der Tod bei mir im Zimmer, und das Aquarium, das eigentlich ein Paradiesgarten im kleinen hätte sein sollen, macht alles nur noch trostloser.

Ach liebste Ulla, entschuldige, daß ich Dich mit meinen nichtigen Problemen behellige. Ich weiß, daß das, was ich hier schreibe, ganz undankbar ist gegen Gott, der mir Dich – da bin ich sicher – an die Seite gestellt hat. Und für Dich muß es eine Zumutung sondergleichen sein, schließlich bist Du Tag für Tag mit wirklichem Leid konfrontiert. Aber außer Dir habe ich im Augenblick niemanden, der all das wirklich versteht, was in meinem wirren Kopf stattfindet.

Bevor ich jetzt mit der nächsten Jammerorgie anfange, höre ich besser auf.

Liebste Geliebte, Du bist mein Glück, auch wenn ich es nicht immer so spüre, wie ich es spüren sollte. Ich freue mich, wenn wir uns wiedersehen, hoffentlich nächste Woche …

Tausend Küsse,

Dein Carl

III. Im Schatten des Kreuzes

Dreiundzwanzig

Daß sie schon so lange nicht geantwortet hat, zweieinhalb Wochen, und nie zu sprechen ist, wenn er im Wohnheim anruft, welche Erklärung kann es dafür geben, außer daß sich etwas Schreckliches ereignet hat, ein Unfall oder eine schwere Krankheit. Womöglich ist sie seit Tagen tot. Warum sollten ihre Eltern ihn benachrichtigen? Sie haben nie von ihm gehört. Es kann Wochen dauern, bis sie in all dem Schmerz seine Briefe zur Hand nehmen, Carina oder Andrea nach dem Absender fragen: ›Das war einer von diesen Jungen aus Kahlenbeck, die für Ursel geschwärmt haben.‹

Nicht einmal, daß ihr liebster Name *Ulla* gewesen ist, wissen sie.

Scharfkantige Luft, der Himmel stahlblau. See und Graben von Eis bedeckt. Überall Schlittschuhläufer. Sie drehen Runden, spielen Hockey.

Aber wenn wirklich etwas Schlimmes passiert wäre, hätte ihm das doch eine der Kolleginnen zumindest angedeutet, die das Telephon im Wohnheim abnehmen, wenn er Ulla sprechen will:

›Tut mir leid, sie ist nicht auf ihrem Zimmer.‹

Das ist alles.

Er hat versucht, Untertöne herauszuhören, Indizien für mühsam in Schach gehaltenen Schmerz oder etwas Verlegen-Verdruckstes, das vom Zurückhalten der Wahrheit herrührt, ist abwechselnd in Panik, Selbstbeschwichtigung und Wut auf diese hirnamputierten Ziegen verfallen, die ihn nur abwimmeln wollen.

Er rutscht den Hang zur Kerme hinunter, schiebt sich am Zaun vorbei, klettert auf die Brücke, lehnt sich übers Geländer.

Immer bedrohlichere Gesichte fallen über ihn her: Lieferwagen, die sie an der Klinikwand zerquetschen; lebensgefährliche Infektionen mit Krankenhauskeimen; einer, den sie nicht lieben konnte, dieser Albrecht zum Beispiel, ist ausgerastet, hat ihr etwas angetan. Lipschitz hätte davon erfahren. Aber Lipschitz weiß nicht, daß er mit Ulla zusammen ist, weshalb sollte er es ihm erzählen?

In der Mitte ist die Kerme eisfrei. Eine Schauminsel hat sich losgerissen, treibt langsam fort. Nicht nur im Graben, auch hier wird Abwasser eingeleitet. Unter der Brücke, damit es nicht auffällt. Roter Algenschleim überzieht den Grund. Ein abgestorbenes Rinnsal, als läge die Apokalypse schon hinter ihnen. Vor anderthalb Jahren schwammen dort noch Stichlinge. Der Präses glaubt, daß Umweltschutz eine Sache von Langhaarigen und Steinewerfern ist, die aus Moskau bezahlt werden.

Er würde nicht von Unfall oder Tod ausgehen, sagt Bart, und Carl ist froh, daß er ihm seinen Rückzug während der zurückliegenden Wochen nicht nachträgt. Aus Barts Sicht gibt es drei Möglichkeiten: Erstens, Ulla schafft es zur Zeit einfach nicht zu schreiben, wegen der Arbeitsbelastung oder weil sie für die Berufsschule lernen muß. Zweitens, ihre Briefe werden tatsächlich in der Verwaltung abgefangen, wobei er das trotz allem nicht annimmt. Drittens, sie will ihn nicht mehr und denkt, wenn sie einfach gar nicht reagiert, wird er es irgendwann kapieren, ohne daß sie deutlich werden muß. Bart hatte vergangenen Herbst eine Freundin, die sich, nachdem sie zwei Monate zusammen gewesen sind, so lange am Telephon von ihren Eltern hat verleugnen lassen, bis er nicht mehr angerufen hat.

Carl kann sich nicht vorstellen, daß Ulla ihn derart feige abserviert. Insgeheim ist es seine größte Angst. Aber dafür hätte es doch Anzeichen geben müssen. Irgend etwas wäre ihm aufgefallen bei ihrem letzten Treffen im Park. Sie kann ihm unmöglich anderthalb Stunden lang vorgespielt haben, daß alles in Ordnung ist, während ihre Liebe in Wirklichkeit schon tot war. Nichts hat darauf hingedeutet, im Gegenteil: Wenn es nicht so eisig gewesen wäre, hätte sie ihn näher an sich herangelassen als je zuvor. Sie haben nach Möglichkeiten gesucht, einen Teil der Osterferien gemeinsam zu verbringen, ohne daß seine oder ihre Eltern etwas merken. Ulla wollte sich erkundigen, ob irgendwo ein Kirchentag oder ein Jugendtreffen stattfindet, wo sie unabhängig voneinander hinfahren könnten.

Carl starrt in die Ferne, stellt sich vor, wie es wäre, stumm zu weinen: gefrierende Tränen auf seiner Wangenhaut. Wiesen, Bäume, Dächer sind mit Rauhreif überzogen. Vor einem Unterstand stehen dicke Pferde, ihr Atem dampft. Seine Verzweiflung erstickt an sich selbst. So ähnlich muß es sich anfühlen, wenn der Mensch, den man liebt, gestorben ist und man plötzlich begreift, daß sich daran nichts ändert, ganz gleich, wie laut man schreit und den Gott anklagt, der all das verfügt hat.

Nach dem Abendessen wird er sich wieder in die

Schlange vor der Telephonzelle einreihen. Diesmal wird er direkt fragen, wen auch immer er am Apparat hat: ›Geht es Ulla gut? Bitte, sag mir, was mit ihr ist, ob etwas nicht stimmt, ich muß es wissen, ich bin ihr Freund.‹

Er schaut auf die Uhr. In einer Viertelstunde beginnt das Silentium. Bis dahin muß er auf dem Zimmer sein, sonst riskiert er Strafdienst. Bei den derzeitigen Temperaturen frieren einem die Finger am Besenstiel binnen zehn Minuten ab. Er will nicht zurück ins Collegium, will weder Erziehern begegnen noch anderen Schülern, auf keinen Fall reden.

Er nimmt den Weg um das Gelände herum, so bleiben noch zehn Minuten im Freien.

Die Tennisplätze sind mit schwarzen Planen abgedeckt. Auf den Gemüsefeldern vor der Kirche gammelt Kohl. Zwei alte Nonnen gehen spazieren, bleiben in der efeuüberwucherten Laube stehen, gestikulieren, setzen ihren Weg fort. Er biegt rechts auf die Straße von Forch Richtung Grenze. Auf dem Fahrradweg zwei Quartaner, die Ausgang hatten. Zwischen den Bäumen segnet der Steingregor aus weißem Marmor unter der dreifachen Papstkrone die vorbeifahrenden Wagen. Aus dem Schulgebäude das erste Klingeln. Carl kickt einen Stein aufs Eis.

Hinter der Hecke vor dem Parkplatz ein schwarzer Schatten, richtet sich auf, tritt keine fünf Meter vor ihm auf den gepflasterten Weg, in der Hand eine leere Zigarettenpackung, zerknülltes Papier. Carl erstarrt zwischen zwei Schritten. Der sinnlose Reflex sich umzudrehen.

»Carl«, sagt der Präses, »komm mal her.«

Er fühlt sich schuldig, obwohl er nichts Verbotenes getan hat, jedenfalls nichts, was der Präses gesehen haben könnte.

»Wer macht so etwas? Den Abfall einfach hier hinwerfen. Was sollen die Leute denken, die zum ersten Mal in Kahlenbeck sind?«

»Ich ärgere mich auch immer, wenn ich im Wald bin und überall Müll herumliegt. Manche laden ihren Schrott in den Kofferraum, alte Reifen, kaputte Waschmaschinen, und kippen ihn irgendwohin. Am liebsten da, wo die Natur besonders unberührt ist.«

»Schlimm.«

Carl will weg, fürchtet, daß der Präses spürt, was in seinem Herzen ist: Angst um Ulla, die Liebe, ungeordnetes Verlangen. Aber dem Präses kann man nicht einfach sagen, ›Ich muß los, bis später‹ – auch fünf Minuten vor Beginn des Silentiums nicht. Der Präses ist Herr über das Silentium.

»Ich weiß, daß du so etwas nicht tust, Carl.«

»Vielleicht kann man mal eine Waldaufräumaktion machen, für Freiwillige, samstagnachmittags oder so.«

Der Präses ist kaum noch größer als er, aber Carl fühlt sich neben ihm nicht wie einer, der gewachsen ist.

»Du hast dich mit Bernhard Kuffel angefreundet.«

»Wir wohnen gegenüber.«

»Ich bin froh, daß wir ihn aufgenommen haben. Ein guter Junge. Sehr tapfer. Im Elternhaus stand er mit seiner Liebe zu Christus ganz allein da und hat sich trotzdem nicht beirren lassen.«

Carl fragt sich, ob der Präses weiß, daß Kuffel zu den Invertierten, den Mann-Männern gehört, und ob er denkt, daß zwischen ihnen irgendwelche Sachen stattfinden, selbst wenn es in seinen Augen normal ist, besser als das, was er mit Ulla tut. Wenn Joschrupp schon Gerüchte in dieser Richtung gehört hat, werden sie auch Bruder Walter zu Ohren gekommen sein, der es vielleicht in der Erzieherkonferenz thematisiert hat. Carl will klarstellen, daß seine Freundschaft mit Bernhard Kuffel platonischer Natur ist, weiß, daß er sich damit um so verdächtiger machen würde.

»Wie Bernhard all das nacharbeitet, was sie in seiner alten Schule versäumt haben, mit außerordentlicher Selbstdiziplin. Großartig.«

»Er lernt jetzt sogar abends freiwillig Griechisch bei Herrn Krantz, weil er die Schriften Platons und Aristoteles' im Original lesen möchte.«

Der Präses schaut Carl aus seinen undurchdringlichen Schlitzaugen an, und Carl verwandelt sich in das Kind, das gehorsam sein möchte, weil das der Wille Gottes ist, spürt leichten Schwindel, weiß nicht, ob er das Gespräch von sich aus weiterführen soll oder warten, bis der Präses es fortsetzt.

»Wir haben denselben Weg.«

Die Turmuhr schlägt vier. Aus dem Schulgebäude schrillt erneut die Klingel zum Silentium.

Der Präses geht weder schnell noch langsam. Sein Schweigen dehnt sich aus, legt sich über Straßengeräusche, Vogelstimmen, das allgegenwärtige Rauschen. Carl spürt eine Unruhe, die zunehmend unerträglich wird. Ein Gefühl, als würde er durchleuchtet. Sagt, nur um die Geräuschlosigkeit zu beenden: »Bernhard erklärt mir viele Zusammenhänge im Hinblick auf den Glauben ... Auch die philosophischen Grundlagen.«

Eine unsichtbare Hand hat sich um sein Herz gelegt, warm und fest, tastet die Fasern hinter dem Muskel, der das Blut durch den Körper pumpt, auf Verhärtungen hin ab, während Carl sich im Sechseckmuster der Pflastersteine verliert. Seine Schritte haben keinen Rhythmus, als hätte er das Gehen verlernt.

Der Präses sagt: »Philosophie ist eine schöne Sache. Solange man ihre Grenzen im Blick behält.«

»Wenn man anfängt, sich damit zu beschäftigen, tun sich auf einmal ganz neue Welten auf.«

»Begabte junge Menschen lassen sich von den Versprechungen der Philosophie gern auf Abwege führen. Man meint, daß sich die Geheimnisse des Glaubens mit dem Verstand lösen lassen. Dann verirrt man sich im Labyrinth der Gedankengebäude, bis man am Ende nicht mehr in der Lage ist, das Unbegreifliche in gläubigem Vertrauen anzunehmen. *Ich preise Dich, Vater, Herr des Himmels und der Erde, daß Du all dies den Weisen und Klugen verborgen, den Unmündigen aber offenbart hast,* sagt der Herr.«

Carl hört Holzkamp: ›Manchmal ist Roghmann regelrecht naiv, was die Folgen falscher Annahmen auf der philosophischen Ebene anlangt. Aber wenn man sich seine Promotion anschaut, weiß man auch, wie es dazu kommt.‹

»Viel wichtiger ist das Gebet, Carl. Die regelmäßige Teilnahme an den Gottesdiensten.«

»Bernhard und ich …«

»Ich bin sehr froh, daß ich euch beide jetzt morgens immer zusammen in der Beterkapelle sehe. Wenn Jungen freiwillig früher aufstehen und in die Messe gehen, während die Kameraden noch schlafen – das ist sehr gut. Es trägt viel mehr zur Vertiefung des Glaubens bei als dicke Bücher.«

»Ich merke auch, daß es mir guttut. Obwohl es manchmal schwer ist.«

»Der Teufel setzt alles daran, unseren Hang zur Bequemlichkeit siegen zu lassen, und so sorgt er auch dafür, daß sich das Kopfkissen besonders weich anfühlt, wenn der Wecker klingelt. Das sind schwere Kämpfe, die man führen muß, Tag für Tag. Ein Leben lang.«

›Der Präses schläft die wenigen Stunden, die er überhaupt schläft, auf dem nackten Fußboden‹ hat die Maxius gesagt. ›Den größten Teil der Nacht verbringt er kniend im Gebet vor dem Bild des gemarterten Herrn.‹

»Vergiß aber auch nicht, dafür Sorge zu tragen, daß du den Leib Christi immer reinen Herzens empfängst. Es ist besser, sich einen Tag in Zerknirschung und Reue vom Altar fernzuhalten, als im Stand schwerer Sünde zur Kommunion zu gehen.«

Carls Gesicht glüht auf.

»Gerade in deinem Alter, wo die Versuchung ständig und überall lauert, der Wille aber noch nicht genügend Kraft hat, in jeder Situation standhaft zu bleiben, muß man aufpassen, daß man nicht *Gottesraub* begeht.«

Das Wort trifft Carl wie ein Tritt in die Magengrube.

»Weißt du, was damit gemeint ist?«

»Ich bin nicht sicher.«

»Wenn man den Leib des Herrn im Stand der Todsünde empfängt: Das nennt man Gottesraub. Eine furchtbare Sache. Schlimmer, als wenn man weggeblieben wäre. Die Gnadenfülle des Sakraments verkehrt sich dadurch in ihr Gegenteil, und aus der Speise des Himmels wird das Mahl des Gerichts. Weil man den Herrn mit seinen ekelhaften Sünden besudelt und durch den Dreck gezogen hat. Manche scheitern ja jeden Tag an sich selbst. Stellen sich widerwärtige Dinge vor, verhalten sich den Kameraden gegenüber wie brünftige Böcke, und sobald sie am Wochenende nach Hause kommen, stellen sie den Mädchen nach.«

Carls Knie werden weich.

»Heutzutage wird so getan, besonders von Theologen, die dem Zeitgeist nach dem Mund reden, als ob es sich beim Leib des Herrn im Sakrament um ein bloßes Symbol handeln würde. Neulich habe ich erst wieder in einer Zeitschrift gelesen, daß die Eucharistiefeier in der Hauptsache dazu dient, das Gemeinschaftsgefühl stärken. Wer so etwas schreibt, verdreht auf eine gefährliche und verantwortungslose Weise die Realität. Abscheulich. Sicher ist die Gemeinschaft auch wichtig. Wir in Kahlenbeck legen allergrößten Wert darauf. Aber doch nicht als Selbstzweck. Es hat so viele verkommene Gemeinschaften in der Geschichte gegeben, Gemeinschaften, deren Oberhaupt der Satan war: SA, SS, Rotfront, Freimaurer... Erst wenn Christus die lebendige Mitte einer Gemeinschaft ist, wird sie zu etwas Heiligem. «

Unter Carls Füßen die wirren Schatten der Platane auf weißem Stein. Der Boden schwankt. Ohne Zweifel ist er des Gottesraubs schuldig, dutzendfach. Seit er jeden Morgen zur Messe geht, hat er immer nur neue Schuld aufgehäuft, statt sich reinzuwaschen.

»Wenn der Priester die Wandlungsworte gesprochen hat, ist der Herr in der Gestalt von Brot und Wein wirklich anwesend. Das mußt du dir immer wieder vor Augen führen. Es gibt nur eine Haltung, die dem gegenüber angemessen ist. – Welche, Carl?«

Carl bringt nicht mehr als ein halblautes Krächzen hervor.

»Niederknien in äußerster Ehrfurcht.«

Er traut sich nicht, den Präses anzuschauen. Er hat Angst vor diesem Blick, vor dem er nichts verbergen kann. Dabei sollte er dankbar sein, daß der Präses ihn abgepaßt, ihm diese Mahnung erteilt hat, damit er fürderhin die Sünde meidet.

»Deshalb ist es wichtig, gerade in diesen Jahren der unablässigen Anfechtung, daß ihr regelmäßig zur Beichte geht. Mindestens alle zwei Wochen. Als ich so alt war wie du, bin ich jeden Samstag gegangen. Und anschließend hat die Mutter mich in die Badewanne gesteckt.«

Er kichert.

»Dann konnte ich an Leib und Seele gereinigt dem Sonntagsgottesdienst in froher Erwartung entgegensehen. Du wirst merken, Carl, wenn du das eine Weile gemacht hast, wie der Teufel immer mehr von seiner Macht über dich verliert.«

»Ich gehe zur Zeit meistens alle vierzehn Tage.«

»Kommst du gut klar mit Spiritual Lenders?«

Er zuckt zusammen, fragt sich, ob Holzkamp schon mit dem Präses gesprochen hat. Holzkamp dreht einem das Wort im Mund herum, so daß alles, was man sagt, am Ende in seine Argumentation paßt. Wer weiß, wie er das Gespräch neulich dem Präses gegenüber dargestellt hat – er kann behaupten, was er will, und der Präses glaubt ihm.

»Er ist sehr nett.«

»Der Bischof hat extra einen jüngeren Priester für diese Aufgabe geschickt, damit ihr leichter Vertrauen faßt.«

»Man kann schon gut mit ihm reden, auch wenn man nicht weiter weiß.«

»In eurem Alter werden die entscheidenden Weichen

für die Entwicklung des geistlichen Lebens gestellt. Wenn euch die regelmäßige Teilnahme an den Sakramenten jetzt nicht zu einem tiefen Bedürfnis wird, werdet ihr nach dem Abitur, sobald ihr in einer fremden Stadt seid, fernab von Muttis Ermahnung, nicht die Stärke haben, den Verlockungen der Welt zu widerstehen. Was meinst du, wie viele Ehemalige schon vor mir standen, und ich habe auf den ersten Blick gesehen, daß von ihrem Glauben nichts mehr übrig war. Man kann es an den Gesichtern ablesen. Ganz schrecklich. Jetzt müßt ihr das Fundament des Glaubens legen, auf dem ihr euer Leben bauen könnt. Das ist das Wichtigste, was ihr hier mitnehmt, viel wichtiger als das Abitur: ein starker Glaube. *Wer hat, dem wird gegeben werden, und er wird im Überfluß haben, wer aber nicht hat, dem wird auch das noch weggenommen, was er hat.* - Damit ist nicht gemeint, daß Gott auf ein dickes Bankkonto immer noch mehr Geld einzahlt. Das denken nur die Calvinisten. Es geht um den Schatz des Glaubens in eurem Herzen.«

»Aber hast du meinen Brief nicht bekommen?«

»Welchen Brief denn?«

»Meinen letzten Brief … - Es kann doch nicht sein, daß du ihn noch nicht hast.«

»Der letzte Brief, den ich von dir habe, war der, wo du geschrieben hattest, daß du in Mariendorn in einem Aquariengeschäft warst und mit dem Händler gesprochen hast, was für eine Krankheit das wohl bei meinen Panzerwelsen sein könnte, und wo er gemeint hat, daß es sich um die Taumelkrankheit handelt, gegen die es aber kein Mittel gibt, zumindest hatte er keins. Das war vor drei Wochen.«

»Den Brief meine ich nicht. Der, den ich meine …

»Hast du ihn vielleicht aus Versehen zu meinen Eltern geschickt statt an die Kahlenbecker Adresse? – Meine Mutter hat aber nichts von einem Brief gesagt.«

»Nach Kahlenbeck. Ganz sicher.«

»Hauptsache ist ja, daß es dir gutgeht.«

»Kahlenbecker Straße 122. «

»Was war denn? Ich habe mir schon Sorgen gemacht.«

»Also mein Brief ist wirklich nicht angekommen?«

»Nein.«

»Ich habe schon so viele Briefe geschrieben, und es ist noch nie einer verloren gegangen.«

»Stimmt was nicht?«

»Dann muß ich es dir wohl doch so sagen …«

»Aber.«

»Es tut mir leid, Carl … Wie soll ich das ausdrücken, daß du mich nicht falsch verstehst? Jedenfalls ist es nicht so … Deshalb hatte ich dir ja geschrieben, weil ich es da besser formulieren konnte. Was ich geschrieben hatte, war, ist: daß ich nicht mehr mit dir – es geht für mich so nicht weiter mit uns.«

»Nicht?«

»Carl, glaub mir, ich habe mir die Entscheidung nicht leichtgemacht, und ich weiß, was das für dich … Es ist nicht, wirklich nicht, daß ich dich nicht mehr mag, Carl, ich mag dich sogar sehr, selbst wenn du das jetzt wahrscheinlich für eine billige Ausrede hältst, du bist auf eine bestimmte Weise der wichtigste Mensch in meinem Leben, und wenn es irgendwie ginge, für dich, also wenn es für dich nicht zu schmerzhaft wäre, hätte ich es sehr gern, daß wir Freunde bleiben würden, Herzensfreunde, wie wir es vorher waren, in Lenza und auch in der ersten

Zeit danach. Ich bin so gerne mit dir... zusammen. Also in Freundschaft zusammen. Ich mag es, mit dir zu reden, über all die Sachen, die mich beschäftigen, und auch über das, worüber du immer nachdenkst, all die tiefen Fragen, glaub mir, das bedeutet mir viel.«

»Aber warum dann?«

»Es ist. Es hat. Nicht nur, aber auch: Wenn du ein oder vielleicht auch zwei Jahre jünger wärst als ich, dann... Oder wenn wir beide zehn Jahre älter wären, da wäre der Unterschied auch nicht mehr wichtig. Aber bestimmte Dinge gehen einfach für mich nicht. Du bist fünfzehn, und ich werde bald neunzehn. Verstehst du? Ich kann nirgends mit dir hingehen, abends, sie schicken dich an der Tür schon weg, in den Diskotheken oder Kneipen, wo ich – also mit meiner Mariendorner Clique –, wo wir am Wochenende sind. Und selbst wenn ich dich mitnehmen könnte, weil Albrecht den Besitzer kennt, die würden alle denken, daß ich spinne oder nicht normal bin, mit jemandem zusammen zu sein, der in ihren Augen quasi noch ein Kind ist. Streng genommen ist es sogar vom Gesetz her verboten. Da hat mich jemand drauf hingewiesen, dem ich von uns erzählt hatte, ohne Namen und unter dem Siegel der Verschwiegenheit natürlich: Unzucht mit Minderjährigen heißt der Paragraph.«

»Wer sagt das?«

»Kennst du nicht. Ist ja auch egal. – Weißt du, ich habe schlicht und einfach Angst, daß hier bei uns im Krankenhaus eine von den Nonnen etwas mitbekommt, oder bei euch, ein Erzieher, und dann zu deinen Eltern oder zur Polizei geht, und ich finde mich plötzlich auf der Anklagebank wieder...«

»Wir könnten ... Wir hätten weggehen können.«

»Du bist ein Träumer, Carl. Das mag ich an dir. Ich hoffe so sehr, daß du das nicht verlierst. Deinen Glauben, daß man alles auf eine Karte setzt, koste es, was es wolle. Aber weißt du: Ich bin dafür nicht die Richtige. Ich möchte einfach ein schönes Leben haben, einen netten Freund, sinnvolle Arbeit, Hunde, Katzen, ab und zu Urlaub. Ich will mir kein schlechtes Gewissen machen müssen, wenn ich dienstagabends Dallas gucke oder meine Elton-John-Kassetten höre. Ich möchte ganz normal sein, weißt du. Ich verdiene jemanden wie dich gar nicht.«

»Ich bin ... ich war glücklich mit dir. So wie es ist.«

»Ach, Carl.«

»Wenn du meinst, daß du besser zurechtkommst ohne mich, verstehe ich das. Ich kann mich auch schwer ertragen.«

»Bitte sag das nicht. So darfst du es auf keinen Fall verstehen. Ich lehne dich nicht als Person ab oder als Mensch, im Gegenteil, du bist genau richtig, das habe ich doch gerade versucht, dir zu erklären.«

»Sondern?«

»Es kommt halt etwas hinzu, was ich dir lieber erspart hätte, deshalb stand es nicht in dem Brief. Vielleicht war ich einfach zu feige oder hatte ein schlechtes Gewissen. Wahrscheinlich ist es besser, wenn du es weißt, und früher oder später hättest du es sowieso erfahren. Es ist, daß ... Jemand anderer, den ich hier kennengelernt habe, hat sich in mich verliebt.«

»Verstehe.«

»Und ich mich auch in ihn.«

»Klar.«

»Ich wollte dich aber auf keinen Fall betrügen. Das wäre nicht fair gewesen. Aber man kann euch ja nicht anrufen in dem Scheiß-Kahlenbeck, deshalb habe ich dir den Brief geschrieben, wo ich das alles viel besser in Worte gefaßt habe, bevor ich mich auf etwas… Bevor ich ihm so nahe gekommen bin, daß es mit uns, also mit dir und mir, nicht mehr zu vereinbaren gewesen wäre. Aber es kam keine Antwort von dir…«

»Ich hab' dir jeden Tag geschrieben und im Wohnheim angerufen, haben dir deine Kolleginnen das nicht ausgerichtet?«

»Ich dachte, du willst es vielleicht einfach nicht wahrhaben.«

»Und wer?«

»Spielt doch keine Rolle.«

»Ich wüßte es gerne.«

»Aber…«

»Daß ich wenigstens den Namen kenne.«

»Christian. Das ist der Pfleger, von dem ich dir erzählt hatte.«

Vierundzwanzig

»Jesus, Sohn Gottes, erbarme Dich unser, Jesus, Sohn Gottes, erbarme Dich unser, erbarme Dich unser, erbarme Dich, erbarme Dich …«

Kalte Luft zieht durch die Butzenscheiben. Seine Knie schmerzen. Vor dem Tabernakel flackert das ewige Licht im roten Glaszylinder. Der Herr ist anwesend, wahrhaft anwesend, hört, muß doch hören, wie er Ihn ruft, nach Ihm schreit: »Mach es ungeschehen, mach es ungeschehen, laß es nicht passiert sein. Kein Brief ist verschwunden, es hat gar keinen Brief gegeben, den jemand hätte verschwinden lassen können, nichts beweist, daß sie gesagt hat, was sie gesagt hat, es war nur ein böser Traum. Nimm es zurück, ich flehe Dich an, Herr, lösch es aus, Du bist der Schöpfer aller Dinge, bei Dir ist nichts unmöglich.«

Unmittelbar vor ihm das Vesperbild aus rohem Eichenholz: die erstarrten Züge Mariens, während sie den leblosen Körper wiegt, im unruhigen Schein der Kerzen. Fünfzig Pfennig das Stück, stecken sie in Reihen auf dem geschmiedeten Halter, entzündet gegen blaue Briefe, für kranke Mütter und Väter, verstorbene Großeltern, damit die heilige Maria Mutter Gottes Verschonung oder Aufschub erwirkt, und wenn weder Verschonung noch Aufschub gewährt werden können, dann wenigstens den Schmerz lindert, ihn zudeckt mit ihrem eigenen Schmerz angesichts des hingerichteten Gottes- und Menschensohns auf ihrem Schoß, aufgequollenes, zerschundenes Fleisch, von Nägeln, Lanzen, Geißelriemen zerfetzt, und das Schwert durchdringt ihre Seele, wie Simeon es prophezeit hat.

Aber dereinst wird sie zur Himmelskönigin gekrönt.

Dahinter, schräg rechts an der Wand, die beiden Kästen aus dem Passionsaltar, die Präses Roghmann und der Kunstlehrer Hans Heinrich Terbrüggen vor Weihnachten in Utrecht ersteigert haben. Kleinteilige Figuren treten aus dem Dunkel hervor, schälen sich aus schwarzem Grund, schimmern in allen Nuancen von Gold, dazwischen rote, grüne, blaue Gewänder, aus denen vor Eifer erhitzte Gesichter ragen. In der Mitte, von allen verlassen, der entblößte Körper des Herrn, seine bleiche Haut.

»Wenn es nicht rückgängig gemacht, nicht ausgelöscht werden kann, mein Gott, weil es vor Beginn der Zeit in Deinem ewigen Ratschluß festgeschrieben ist, um mich zu prüfen, zu strafen, dann hilf, verlaß mich nicht - führe mich heraus aus dieser Hölle.«

Nicht mein Wille - Dein Wille geschehe.

Blut, überall Blut, man kann es fast riechen. Es spritzt auf die Brokatroben der Pharisäer, des Hohepriesters, die es gefordert haben, weil ihr Gesetz es verlangt; in die Visagen des gaffenden Pöbels; es rinnt die ziselierten Rüstungen der Legionäre hinunter, die ihm lachend das Fleisch von den Rippen prügeln, Blut auf dem Fell des weißen Hundes, der Glatze des krummnasigen Landsknechts. Mit aller Kraft reißt er an dem Seil, das den Herrn an die Säule zwingt. Die Fesseln schneiden tief in Handgelenke und Unterarme.

Lächerlich, der Verlust eines dicklichen Küchenmädchens mit schlechtem Geschmack angesichts der Marter, die Jesus, der Christus, König der Juden, Heiland der Welt, auf sich genommen hat, für die Rettung aller, die verloren waren und an Ihn glauben.

Dein Blut, das vergossen wird zur Vergebung der Sünden: seiner Sünden, Ullas Sünden, ihrer gemeinsamen. Er selbst hat mit seinem schmutzigen Tun, ihr warmes weiches Fleisch vor Augen, die Reinheit der Liebe befleckt.

Aber sie war doch sein Glück in dieser kalten und trostlosen Welt.

Vor dem Leiden Jesu wird sein eigener Schmerz gering werden, sich auflösen, in Dankbarkeit verwandeln. Die Zartheit, mit der Maria ihre Hand auf den leblos verdrehten Arm des Toten legt, während noch immer Blut und Wasser aus Seiner geöffneten Seite fließen. *Unsere Mittlerin, unsere Fürsprecherin: Führe uns zu deinem Sohne, empfiehl uns deinem Sohne, stell uns vor deinem Sohne.*

Nicht einmal das Echo eines Schreis in ihrem Gesicht. Kein Vorwurf an Gott, den Vater, daß Er ihr all das aufbürdet, obwohl sie doch von Anfang an ihr Vertrauen ganz auf ihn geworfen hat. Sie klagt nicht. Statt sich aufzulehnen, erträgt sie alles in Demut.

Aber was ist der Schmerz um den toten Sohn, der sich selbst aus freien Stücken zum Opfer gebracht hat, verglichen mit dem Verlust der Geliebten, der einzigen über alles geliebten Geliebten.

Maria weiß doch, als man ihr den Leichnam bringt, daß Er nicht an den Tod verloren ist, daß nie wieder jemand an den Tod verloren sein wird, weil das Leiden und Sterben ihres Sohnes, den kein Mann gezeugt, sondern Gott selbst in sie hineingelegt hat als Sein heiliges Wort, Tod und Hölle besiegt. Im Licht des Auferstandenen bleibt nichts übrig von all dem Schrecken. Selbst in der größten Not weiß sie das – muß sie es wissen. Welche Macht soll der Schmerz da über sie haben? Sie kann doch den Anblick des Engels, seine alles überstrahlende Gestalt, mit der Stimme, die Sanftheit und Donner ist, nicht vergessen haben, wie er in ihre Mädchenkammer tritt, ihr das Ohr, das Herz, den Leib füllt: ›*Gegrüßet seist du Maria, du gebenedeite. Der Herr ist mit dir: Fürchte dich nicht, denn du hast bei Gott Gnade gefunden.*‹ Was soll das überhaupt noch für ein Schmerz sein, wenn man weiß, daß das Entsetzliche binnen drei Tagen vorbei ist.

»Vergib mir, Herr, vergib mir, vergib mir, vergib mir, ich weiß nicht, was ich denke, was in mir denkt, gedacht wird.«

Sein krankes Hirn bringt Irrsinn und Lästerung hervor, Einflüsterungen des Teufels, des Geists, der stets verneint. Nicht einmal vor der Verhöhnung des heiligsten und höchsten Opfers schreckt er zurück, der Satan zerrt ihn an die Seite der Folterknechte, die den geschundenen Herrn treten, schlagen, bespucken, verspotten, als Er zusammengebrochen ist unter der Last des Kreuzbalkens auf Seinen Schultern. –

Ulla, wie sie in die Arme dieses widerlichen Christian sinkt, ihm in den Hals beißt, ihre spitze, kleine Zunge durch diesen fremden, häßlichen Mund wandern läßt, ihm erlaubt, daß er ihren BH öffnet, die riesigen, weichen Brüste anfaßt.

Er will schreien – schreit nicht. Der Schmerz in den Knien schwillt an, als würde der Knochen sich durch die Haut ins Freie drücken, nackt auf das blank gescheuerte

Eichenholz stoßen. Er will der Versuchung standhalten, sich nicht setzen. Wer vor dem Allerheiligsten im Sitzen betet, zeigt, daß ihm Bequemlichkeit wichtiger ist als Ehrfurcht. Wie soll nur ein winziger Anteil des Segens, den das Leiden Jesu in die Welt gebracht hat, ihm selbst zum Heil werden, wenn er es nicht einmal schafft, beim Anblick des Herrn, der blutüberströmt an die Geißelsäule gefesselt den Schlägen der Folterknechte ausgeliefert ist, unter der Last des Kreuzes zusammenbricht, einen Druckschmerz auf der Kniescheibe auszuhalten?

›Die Priester vom *Gotteswerk* tragen Büßerhemden und Bußgürtel‹, sagt Kuffel. ›Manche geißeln sich selbst, um zu zeigen, daß sie über die Jahrtausende hinweg in der dunkelsten Stunde an der Seite des Herrn stehen. Sie wollen Ihm wenigstens den Teil der Sündenlast abnehmen, den sie sonst selbst verursacht hätten.‹

All das wegen der Lust des Fleisches.

Ulla, geliebte Ulla: wie er neben ihr lag, seine Finger auf ihrem nackten Bauch kreisen ließ, von ihr zurückgehalten wurde, sobald er weiter nach oben oder unten wandern wollte. ›Wie rein und schamhaft sie ist‹, hat er gedacht. Aber jetzt ist sie mit diesem Christian zusammen und erlaubt ihm all das, was sie ihm verwehrt hat. Nicht weil sie unschuldig ist, hat sie es ihm verweigert, sondern weil sie sich vor dem Straftatbestand *Unzucht mit Minderjährigen* fürchtete. Wäre er achtzehn gewesen, hätte sie sich lange vorher von ihm in ein Hotel einladen lassen. Sie wären die ganze Nacht geblieben. Um sechs hätte er sich auf sein Fahrrad gesetzt, wäre nach Kahlenbeck gerast, hätte es bis rechtzeitig zur Frühmesse geschafft. Im Stand der Todsünde. Wäre der Kommunion ferngeblieben. Es hätte niemanden stutzig gemacht. Selbst Opgenhoff vom Gebetskreis Laudate bleibt manchmal in der Bank, weil er noch nicht losgesprochen ist. Jetzt liegt sie bei diesem Christian, der eine eigene Wohnung hat und sich nicht darum schert, was irgend jemand von ihm denkt. Wahrscheinlich hat sie von Anfang an bei ihm nur Bestätigung oder Aufmunterung gesucht zwischen zwei richtigen Männern. Er sollte dankbar sein, daß die Vorsehung ihn davor bewahrt hat, ein Fleisch mit ihr zu werden. Wenn die Eheleute sich das Sakrament gegenseitig spenden, wäre er jetzt quasi mit ihr verheiratet.

Er ist nicht dankbar.

Er will der Mann einer Frau sein.

Man kann unmöglich fünf oder zehn Jahre darauf warten, nicht mehr allein zu sein, wenn Gott, der Schöpfer, selbst eingesehen hat, daß der Mensch allein nicht gut ist.

»Hat sie ihn … – Hat sie dich verlassen, Carl?« fragt Holzkamp.

Er nickt.

»Damit war zu rechnen, oder?«

»Flittchen!« schnaubt Kuffel.

»Tu nicht so empört: Dir ist sie doch von Anfang an ein Dorn im Auge gewesen.«

»Das stimmt nicht.«

»Ich erinnere mich an sehr eindeutige Äußerungen deinerseits.«

»Es hat sich herausgestellt, daß meine Sorge berechtigt war.«

»Welche Sorge hattest du denn – abgesehen von der Befürchtung, ein Weibsstück könnte den ersten Platz in Carls Herz einnehmen – und nicht du?«

»Daß sie Carl nur benutzt.«

»Ich fürchte, wir müssen offenlassen, wer wen in dieser Geschichte benutzt hat.«

»Könnt ihr aufhören, so über sie zu reden. Für mich ist sie immer noch …«

»Was?«

»Ich wäre mit ihr weg … Ich hätte alles hinter mir gelassen für sie.«

»Da sind wir aber doch sehr erleichtert, daß es dazu nicht gekommen ist.«

»Dann hätte mein Leben jetzt wenigstens einen Sinn.«

»Wenn ich dir einen Rat geben darf, Carl: Du solltest die Sinnfrage nicht an die Launen der Frauen koppeln, sonst kommst du aus den Krisen überhaupt nie wieder heraus.«

»Gibt es eigentlich einen vernünftigen Grund, weshalb sie mit dir gebrochen hat?«

»Ich bin zu jung.«

»Verstehe. Bernhard würde das zwar nicht zu den vernünftigen Gründen zählen, aber … – Wie groß war euer Altersunterschied?«

»Drei Jahre.«

»Also nicht größer als zwischen Bernhard und dir …«

Achselzucken.

»Wahrscheinlich hat sie einfach jemanden gesucht, für den das Sittengesetz kein Hindernis zur Befriedigung des Geschlechtstriebs darstellt«, sagt Kuffel. »Sie wollte sich austoben, wie das eben üblich ist, seit schon halbwüchsige Gören von ihren sexbesessenen Müttern zum Gynäkologen geschleppt werden, damit er ihnen die Pille verschreibt.«

»Ich kann mir kaum vorstellen, daß Carl sich entsprechenden Angeboten aus moralischen Gründen widersetzt hätte. Bloß weil er dir nicht zu Willen ist, heißt das ja nicht, daß er auf diesem Gebiet untätig bleiben will.«

Kuffel knurrt.

»Du wärst mit ihr ins Bett gesprungen, Carl, oder? Wenn sie dich gelassen hätte?«

»Sie liebt einen anderen.«

»Da hörst du's.«

»Hättest du mit ihr geschlafen oder nicht?«

»Vielleicht. Ja.«

»Ihr hattet also noch nicht zusammen geschlafen.«

»Ich will nicht darüber reden. Es tut zu weh.«

»Das solltest du aber: Andernfalls verkapselt sich der Schmerz, und du wirst jahrelang blockiert sein. Stell dir das vor: keine Chance, eine Neue anzuwerben, nur weil du nicht über die Kränkung durch dieses Küchending hinweggekommen bist.«

»Laß ihn doch einfach in Ruhe.«

»Daß du kein Interesse daran hast, Carl bald wieder im Vollbesitz seiner männlichen Triebkraft zu sehen, ist schon klar. Aber es ist auch sehr egoistisch gedacht – das mußt du zugeben.«

»Gar nichts muß ich.«

»Siehst du, Carl: Bernhard gefällt dein geschwächter Zustand. Er möchte, daß du möglichst lange darin verbleibst. Ich hingegen bin voller Mitgefühl und biete dir meine Unterstützung an. Du solltest dich ernsthaft fragen, wer von uns beiden wirklich dein Freund ist.«

»Lächerlich.«

»Also: Was können wir tun, um deinen Liebeskummer zu vertreiben?«

»Es ist nicht Liebeskummer.«

»Natürlich nicht. Jemand mit einem derart reichen Seelenleben wie du hat keinen Liebeskummer. Liebeskummer ist etwas für Groschenromane. Sollen wir es lieber …«

»Es gibt kein Wort dafür.«

»Gut. Sagen wir, du wirst durch einen einzigartigen, in der Geschichte des menschlichen Gefühlslebens nie dagewesenen Zustand schwersten Leids außer Gefecht gesetzt.«

»Du machst dich ja doch nur wieder lustig.«

»Wenn man aus derartigen emotionalen Tiefständen herauskommen will, ist es das Beste, sich klarzumachen, was ihnen in Wirklichkeit zugrunde liegt. Da es sich bei der Liebe in dieser primitiven Form lediglich um eine Verklärung des Fortpflanzungstriebs handelt, ist es hilfreich, wenn wir uns dessen Funktionsweisen einmal genauer anschauen: Kennst du das Lorenz'sche Instinktmodell?«

»Weiß nicht.«

»Der Name Konrad Lorenz sagt dir als künftigem Naturforscher aber doch sicher etwas.«

»Das ist der mit den Graugänsen.«

»Genau. Mit dem christlichen Menschenbild ist das alles natürlich völlig unvereinbar, aber einige seiner Überlegungen sind durchaus interessant, zum Beispiel das psychohydraulische Instinktmodell. Schon mal davon gehört?«

»Nur so am Rande.«

»Stell' dir vor, du – also dein Sexualtrieb, was ja im Grunde in eins fällt –, du bist eine Art Tank, in den ständig Wasser hineinfließt. Unten, knapp über dem Boden, befindet sich etwas wie ein Zapfhahn, der über einen automatischen Auslösemechanismus geöffnet wird, sobald der Druck innen entsprechend hoch ist und ein sogenannter Schlüsselreiz auftaucht. Diese beiden Faktoren regeln sich sozusagen wechselseitig, das heißt, wenn der Tank voll ist, reicht ein winziger Schlüsselreiz, damit der Hahn sich öffnet und die Flüssigkeit verspritzt wird. Umgekehrt, wenn der Tank beinahe leer ist, bedarf es eines besonders starken Schlüsselreizes, um das Ventil zu öffnen. Für einen paarungsfähigen Täuberich etwa ist die Gestalt einer wohlgenährten, gurrenden Taube der Reiz, der unter normalen Umständen das Balzverhalten auslöst. Wenn man ihn aber einsperrt und alle Weibchen von ihm fernhält, reicht nach einer Woche schon der Umriß eines Sperrholzvogels, um das Verhaltensmuster auszulösen, und nach vier Wochen beginnt er sein Paarungsprogramm, sobald jemand mit einem Taschentuch vor seinem Käfig wedelt.«

»Ernsthaft jetzt?«

»Was den Kessel betrifft: Der steht in deinem Alter sowieso permanent kurz vor der Explosion. Das nennt man Triebstau. – Außer einigen glücklichen Invertierten leiden in Kahlenbeck alle darunter. – Würdest du das bestätigen?«

»Was?«

»Daß dir das Wasser bis zum Hals steht, Oberkante Unterlippe, sozusagen.«

»Sehr witzig.«

»Nun ist die Zahl attraktiver Schlüsselreize hier extrem gering, nicht wahr.«

»Schon.«

»Insofern ist es völlig natürlich, daß dein Instinktprogramm angesichts einer mäßig attraktiven, schwach intelligenten Schnepfe sofort angesprungen ist. Da aber der Ablauf des Programms vor dem Ziel abgebrochen wurde, hat keine Tankentleerung stattgefunden. Der Kessel steht immer noch unter Druck, aber der Druck kann nirgends hin …«

»Ich dachte, du haßt die Biologie.«

»Wenn die Biologen begreifen würden, daß es ihre vornehmliche Aufgabe ist, der Theologie zuzuarbeiten, als Hilfswissenschaft sozusagen, könnten beide Seiten enorm profitieren.«

»Die Theologie ist zweitausend Jahre lang ohne Biologen ausgekommen«, sagt Kuffel. »Abgesehen davon bringt es Carl überhaupt nicht weiter. Sinnvoll wäre das Gespräch mit einem erfahrenen Priester. In Gebet und Buße würde er begreifen, daß diese, wie hieß sie noch … Ulla, daß sie eben nicht die große Liebe war, die der göttliche Heilsplan ihm bestimmt hat, sondern …«

»Natürlich war sie das nicht …«

»… sondern eine diabolische Versuchung.«

»Ich würde bei derart trivialen Geschichten weder die Vorsehung noch den Teufel bemühen.«

»Wenn du diese Dinge in den Zuständigkeitsbereich der Biologie schiebst, ist der nächste Schritt, die sexuellen Verfehlungen als Teil der menschlichen Natur anzusehen, und wer – bitte schön – will denn gegen die Natur sein?«

»Aber die Frau ist doch das Schönste, was es gibt«, sagt Carl.

»Gut, das ist Geschmackssache. Vom Ebenmaß des Körperbaus her muß man wohl objektiv einräumen, daß der Mann die bessere Figur hat, nicht wahr, Bernhard.«

»Mal wollte sie ihn, dann wieder nicht, zwischendurch hat sie sich bei einem anderen bedient… Das sind alles Indizien, daß ihr Handeln nicht von Liebe bestimmt war, sondern von Wankelmut und Begierde. Und auf diese Bereiche kann der Satan unmittelbar einwirken. Seine Strategien führen mit hoher Wahrscheinlichkeit zum Erfolg: Im simpelsten Fall wird das Opfer tiefer und tiefer in den Sumpf der sexuellen Abhängigkeiten gezerrt. Wenn diese Rechnung nicht aufgeht, bleibt immer noch die Möglichkeit, den Verlassenen über seinen Schmerz an den Haken zu bekommen. Er versinkt in Selbstmitleid: ›Ein Gott, der mir so übel mitspielt, kann kein guter Gott sein.‹ Also braucht man sich künftig auch nicht weiter an seine Gebote zu halten. Sie sind ja doch nur dazu da, einem die Lust am Leben zu nehmen. Natürlich wollen sie uns heute überall weismachen, daß es sich bei der Verzweiflung aus unglücklicher Liebe um einen ergreifenden romantischen Zustand handelt. Die Literatur steht da in vorderster Front: Seit Werther sollen wir glauben, daß etwas geradezu Heldenhaftes darin liegt. Es gibt Menschen, die regelrecht nach Verzweiflung suchen, um überhaupt noch etwas zu fühlen. Aber nicht einmal Goethe hatte Illusionen, wohin das führt: Werther bringt sich um, und Faust verschreibt sich sehenden Auges dem Bösen.«

»Bist du verzweifelt, Carl?«

»Vielleicht. Ich weiß nicht.«

Fünfundzwanzig

Immerhin werden die Tage jetzt wieder länger. Abends kann man draußen im Wald sein, zumindest bis neun. Sich vorstellen, man wäre frei von allem.

»Weißt du«, sagt Bart, »ich hatte auch eine beschissene Zeit im Winter. Wegen Frauen. Also wegen einer speziell.«

»Immer noch Ruth?«

»Sie hätte mich fast weichgekriegt.«

Bis an den Rand seiner Gummistiefel steht Carl im Schlamm, hält den Stock umklammert. Kescher und Schraubglas hängen im Beutel von seiner Schulter.

»Ich hab' dich immer nur Gitarre spielen sehen beziehungsweise gehört vom Flur aus und dachte, bei dir läuft alles glatt.«

»Gitarrespielen hilft.«

Der Wald ist hier Urwald, Weiden und Pappeln, übersät mit Blattknospen, umgestürzte Bäume, von Efeu überwuchert, daumendicke Lianen. Dazwischen fließt die Kerme in Schleifen durch Sumpf. Gespiegelte Äste, gespiegelter Himmel, silbergrünes Licht. Man muß vorsichtig sein: Es gibt Stellen, aus denen man es ohne fremde Hilfe nicht wieder herausschafft. Carl ist froh, daß Bart mitgekommen ist. Zum ersten Mal überhaupt. Normalerweise geht er – außer zum Rauchen – nicht in die Natur.

»Fische helfen auch. Aber mir sind viele gestorben im

Dezember und Januar, da war das dann vorbei mit dem Trost.«

»Scheiße.«

»Die ganzen Panzerwelse.«

Er bohrt seinen Stock in den Grund, um abzuschätzen, wie weit er selbst einsinken wird, setzt behutsam einen Fuß vor den nächsten. Schmatzende Geräusche bei jedem Schritt. Blasen steigen auf. Schwefelwasserstoff – das Gas, mit dem auch die Stinkbomben gefüllt sind.

»Ekelhaft«, sagt Bart. »Ich als Fisch würde mich weigern, etwas daraus zu essen.«

»Ich als Mensch würde unseren Fraß auch verweigern.«

»Stimmt.«

Es ist nicht mehr selbstverständlich wie früher, daß sie zusammen sind, einander erzählen, was wichtig ist. Oder still den Fischen zusehen, neue Platten hören. Auch wenn Bart immer wenig geredet hat: An der Art seines Schweigens konnte Carl merken, daß es ihm genauso ging oder daß er verstand, was los war.

»In den meisten Büchern steht, daß man Lebendfutter geben soll, weil sie dann mehr Vitamine bekommen. Wobei es auch gefährlich ist. Genauso gut kann man sich neue Krankheiten oder Parasiten einschleppen. Deshalb will ich hier keschern: Hier gibt es sonst keine Fische. Wenn du siehst, was die Angler aus dem See ziehen: Rotfedern mit verpilzten Flossen, Brassen, an denen Blutegel hängen.«

»Klar.«

Bart setzt sich auf eine trockene Kuppe, holt seinen Tabaksbeutel aus der Jacke, dreht sich eine Zigarette, steckt sie an.

»Und? Bist du drüber weg?«

»Geht.«

So wie er raucht, hat es sicher mit Schmerz zu tun: Rauchen ist Selbstmord in Raten, für die, die sich den Strick nicht zutrauen. Unter anderem deshalb lehnt Roghmann es ab.

»Du haust es raus, mit der Musik, oder?«

»Weiß nicht. Vielleicht.«

Selbst Barts Gitarre klingt für Carl mittlerweile fremd. Er spielt Hardrock, immer schnellere Läufe, stampfende Akkordrhythmen, aggressiv und laut. Kaum Melodien, in die man sich hineinfallen lassen kann. Selbst wenn Carl nicht glaubt, daß diese Art Musik direkt satanischen Ursprungs ist – sie verändert Bart. Kann sein, daß sich der Abstand zwischen ihnen bald nicht mehr überbrücken läßt.

»Ich werde Ulla mein Leben lang lieben. Ganz gleich, mit wem ich sonst irgendwann in der Zukunft zusammen bin. Ulla hat diesen Platz, den nie wieder eine Frau bekommt. Aber sie wollte ihn nicht.«

Rauch zieht herüber. Er riecht besser, als er schmeckt, wenn man ihn selbst im Mund hat.

»Die Nummer mit der großen Liebe hab' ich mir abgeschminkt.«

»Ist das nicht schrecklich?«

»Wie man's nimmt.«

»Was will man noch vom Leben, wenn man diesen Traum nicht mehr hat?«

Auch Barts Bereitschaft, sich auf Gott einzulassen, ist wieder erloschen. Er sagt es nicht direkt, versucht aber auch nicht, es zu verbergen. Seit dieser Neue aus Oberhausen da ist, Vincent Färber, der ebenfalls Gitarre spielt und alles haßt, was mit Kirche zu tun hat, schwänzt Bart regelmäßig die Messe, Vesper und Andacht sowieso. Sie lachen über das, was im Religionsunterricht besprochen wird: ›Das Christentum war am Anfang auch nur eine Jugendsekte‹, hat Vincent Färber neulich gesagt, ›und Jesus so etwas wie Baghwan.‹

»Bei uns zu Hause, meine Eltern und deren Freunde – die haben sich alle ständig getrennt, neu verknallt, sind abgehauen, haben sich betrogen und rausgeschmissen, immer wieder was anderes angefangen. Bis heute ist das so.«

Carl sagt weder ›Geschiedene, die wieder heiraten, können nicht einmal beichten, weil sie ja nicht bereuen: *Perpetuierung des Ehebruchs*‹ noch ›Ein Wunder, daß Roghmann dich überhaupt genommen hat.‹

Statt dessen: »Aber gerade deshalb, weil du aus eigener Erfahrung weißt, wie furchtbar diese dauernden Trennungen und Neuanfänge sind …«

»Ich habe beschlossen, daß ich mich mal mit Niobe beschäftige. Jetzt, wo mein Vater definitiv nicht mehr mit ihrer Mutter zusammen ist, kommt es auch weniger komisch.«

»Niobe ist schön«, sagt Carl und schaut, wie Bart darauf reagiert.

»Sie sieht schon gut aus. Und mit ihr zusammen hat man immer Spaß.«

So reden auch Großkreutz und seine Affen. Mit dem, was Carl meint, wenn er von Schönheit spricht, hat es nichts zu tun. Schönheit ist ein Widerschein Gottes. Sie läßt einen verstummen. Es gibt nichts, was man noch tun kann, wenn sie einem unvermittelt gegenübertritt. So ist es ihm mit Regina ergangen. Sie stand da, und er erkannte etwas. Alles war auf einen Schlag verwandelt.

»Und du glaubst nicht, daß du für immer mit Niobe zusammen sein willst.«

»*Immer* ist verdammt lang, oder?«

»Daß sie dir sozusagen als deine Frau bestimmt ist?«

»Schauen wir mal, wie es sich entwickelt.«

»Das wäre mir zu wenig.«

»Natürlich bin ich verknallt.«

Ein ganz und gar unwürdiges Wort.

»*Verknallt* in dem Sinne, war ich, glaube ich, nie.«

Wie soll er mit jemandem befreundet sein, für den die Liebe kein Wunder mehr ist und dem Gott nichts bedeutet?

Er nähert sich dem Bachbett. Die Kerme scheint zu stehen, so gering ist die Strömung. Seine Gummistiefel überzieht zäher, schwarzer Schmier. Vorgelagert flache Inseln, die sich um verrottete Baumstümpfe gebildet haben, bedeckt mit grau schimmerndem Laub vom Vorjahr. Sie sind trügerisch, man glaubt, festen Grund unter den Füßen zu haben, und sackt knietief ein. Dazwischen flache Stellen, in denen es wimmelt von Wasserflöhen und Mückenlarven.

»Ist auch egal.«

Vielleicht war es ein Fehler, Bart zu fragen, ob er mitgehen will. Sie haben sich so weit auseinanderentwickelt, daß selbst das Schweigen aus Mißverständnissen besteht. Wahrscheinlich ist ihre Zeit als beste Freunde einfach vorbei.

»Keine Ahnung.«

Er rammt den Stock in den Grund, holt das Glas aus dem Beutel, schraubt es auf, füllt Wasser ein. Zieht mit dem Kescher einen Bogen um sich herum, richtet sich auf, stülpt das Netz ins Glas. Hält es gegen den Himmel, schaut: zehn oder zwölf Würmchen. Sie bewegen sich hektisch, als würden sie an Scharnieren auf- und zugeklappt. Erstarren, treiben aufwärts, hängen sich an die Oberfläche, tauchen wieder ab, sobald er das Glas bewegt.

»Und? Ist da das, was du suchst?«

»Schon. Aber ich werde ein bißchen Zeit brauchen, bis ich genug zusammenhabe. Es muß für ein paar Tage reichen, wenn das mit der Zucht endlich etwas werden soll.«

»Ich sitze hier gut.«

Weiter hinten fliegt ein Reiher auf, hat Schwierigkeiten, zwischen den Zweigen hindurchzugelangen. Taumelt, schafft es knapp durch die Kronen eines verschwommen dunklen Waldstücks. Das muß es sein, das dunkle Gebiet: eine flache Kuppe, ringsum von undurchdringlichem Gehölz bewachsen, viele Tannen dazwischen. Leicht zu übersehen. Womöglich wird es mit Absicht verborgen. Laut Holzkamp gibt es von der anderen Seite her einen Pfad, über den man trockenen Fußes auf die Lichtung im Inneren gelangt. Holzkamp hat es aber auch nur gehört. Kuffel und er glauben, daß dort in bestimmten Nächten satanische Orgien stattfinden. Paarungen zwischen Menschen und fleischgewordenen Dämonen. Ihm läuft ein Schauer über den Rücken. Allein der Anblick des Ortes aus der Ferne hat Macht. Wenn es tatsächlich die Möglichkeit gibt, seine Seele zu verkaufen, um eine Frau zu bekommen – kann sein, daß er es eines Tages versucht. Wieder der Schrecken, zu welchen Überlegungen er in seinem Inneren fähig ist. Furcht vor den bösen Kräften, die dort am Werk sind. Sie stammen nicht aus ihm selber. Vielleicht ist er längst auf dem Weg in teuflische Besessenheit.

Er dreht sich um, geht einige Schritte zurück, damit die fremden Gedanken sich nicht in ihm einnisten.

»Der Neue, Vincent, spielt er eigentlich gut?«

»Nicht schlecht. Aber mehr Akustikgitarre. Dieses ganze Folkzeug. Mal sehen. Er ist auch so ganz vernünftig.«

Gewaltige Sünden, bei denen es um Leben und Tod geht. Am Ende wartet ewige Verdammnis. Niemand kann ermessen, was das bedeutet.

Er wechselt abermals die Stelle, taucht den Kescher ein, gibt weitere Larven ins Glas, hat einen größeren Fang als zuletzt, zwei Wasserläufer sind darunter, sie schießen auf der Oberfläche hin und her. Er schnippt sie mit dem Daumennagel heraus.

»Man spürt schon, daß er nicht von Anfang an hier war.«

»Das finde ich gerade gut. Mal mit jemandem zu reden, für den diese ganzen Sachen normal sind, Frauen, Liebe und so.«

Wahrscheinlich merkt Bart nicht einmal, daß sie längst in verschiedenen Welten leben.

»Ich glaube, es sind genug. Vielleicht mögen die Fische das Zeug auch gar nicht.«

Er stapft in den Spuren, die er selber getreten hat, ans Ufer zurück. Immer noch steigen Blasen auf.

»Das ist alles tot hier«, sagt er. »Kahlenbeck mit seinen Abwässern und den Tonnen von Kunstdünger für die Gemüsefelder hat dafür gesorgt, daß das ganze Ökosystem gekippt ist.«

»Da kann man nichts mehr machen, oder?«

»Es wird in eine große Katastrophe führen, wenn du mich fragst.«

Er stellt Glas und Kescher ans Ufer, stützt sich an einen Baum, versucht erst den einen, dann den anderen Stiefel zu reinigen, wenigstens grob, anschließend seine Hände. Die Hautrillen bleiben schwarz, als hätte er sie in Altöl getaucht. Setzt sich neben Bart, die Füße von sich gestreckt, hält ihm das Glas vors Gesicht:

»Schau: Die längeren, die so komisch einknicken, das sind Mückenlarven. Und dazwischen, die kleinen durchsichtigen, heißen Wasserflöhe, obwohl es sich eigentlich um Kleinkrebse handelt. Nährstofftechnisch sind nur die Mückenlarven von Bedeutung.«

»Da werden Mücken draus?«

»Vorher sind sie gefressen.«

»Aber im Prinzip würden das fiese kleine Moskitos, die dir nachts im Bett um die Ohren surren und dein Blut saugen wie normale Mücken?«

»Das sind normale Mücken.«

»Klingt nach Amazonas.«

Bart lacht. Sie lachen beide.

»Willst du immer noch da hin? Brasilien? Fische entdecken und Indianer bekehren? Mit dem Einbaum die Flüsse hinauf? Malaria, Typhus, Fieber, der ganze Mist?«

»Das nicht gerade, aber Ichthyologie schon.«

»Kann ich mir auch vorstellen für dich. Besser jedenfalls als …«

»Als was?«

»Als Pfaffe halt.«

»Wer sagt, daß ich Pfaffe werden will?«

»Jetzt, wo du doch morgens immer freiwillig in die Messe gehst …«

»Was hat das damit zu tun?«

»Weiß ich ja nicht. Guntram sagt das, der macht es ja auch.«

»Doch nicht, weil wir Priester werden wollen. Guntram vielleicht, das weiß ich nicht, aber ich auf keinen Fall.«

»Mir ist das egal. Wenn ihr Spaß dran habt.«

Wieder dieses fürchterliche Wort: *Spaß*. Als ob *Spaß* ein Argument für irgend etwas sein könnte.

»Nein: weil es wichtig ist. Um zwanzig nach sechs aufzustehen, macht mir so wenig Spaß wie dir. Aber es geht auch gar nicht um mich. Jedenfalls nicht in diesem vordergründigen Sinne.«

»Sondern?«

»Die ganzen Naturkatastrophen – Hungersnöte, vergiftete Flüsse, sterbender Wald –, der drohende Atomkrieg, das zeigt, daß der Mensch dabei ist, seine eigenen Lebensgrundlagen zu zerstören. Im Grunde kann es längst jeder sehen, daß wir auf das Ende zusteuern …«

»Glaubst du?«

»Lies mal die Offenbarung des Johannes: ›*Geht und gießt die sieben Schalen mit dem Zorn Gottes über die Erde!*‹ ruft die Stimme aus dem Tempel den sieben Engeln zu. Und was dann beschrieben wird, ist exakt das, was heute passiert: Der Sonne wird Macht gegeben, die Menschen zu verbrennen, sie werden mit Geschwüren bedeckt sein: Alle Wissenschaftler sind sich einig, daß durch das Ozonloch Hautkrebs bald eine der Haupttodesursachen sein wird. – Daß die Tiere in Flüssen und Meeren sterben, sehe ich hier, aber auch jedes Heimfahrtswochenende bei uns zu Hause am Rhein: Manchmal ist das ganze Ufer mit Fischkadavern übersät. Gewaltige Dürren werden kommen, sogar der Euphrat trocknet aus, und überall versinken die

Inseln: Daß die Wüste sich ausbreitet, kannst du jeden Tag in der Zeitung nachlesen, und durch die Erderwärmung schmilzt das Polareis, was einen Anstieg des Meeresspiegels um bis zu zwölf Metern zur Folge haben wird: Das steht alles schon in der Apokalypse.«

»Dann sollten wir dafür sorgen, daß es wenigstens vorher noch ein bißchen lustig ist, wenn sowieso alles den Bach runtergeht.«

»So kannst du es auch sehen. Wobei ...«

»Was willst du sonst tun?«

»Beten eben.«

»Du meinst, das hilft?«

»Wenn Er sieht, daß noch Glauben da ist, verschont Gott die Erde vielleicht.«

»Verstehe.«

»Deswegen.«

Bart verstummt. Er zieht erneut den Tabak aus der Jackentasche, klemmt sich ein Blättchen zwischen die Lippen.

»Soll ich dir auch eine drehen?«

Eigentlich ist es Sünde zu rauchen. Aber es rauchen auch viele Priester. Krantz zum Beispiel. Kuffel und Heisterkamp qualmen Zigarren.

»Warum nicht.«

»›Can you tell me where my country lies?‹
said the unifaun to his true love's eyes.
›It lies with me!‹ cried the Queen of Maybe
for her merchandise, he traded in his prize.«

Jedes Mal, wenn er die Platte auflegt, fragt er sich, wer oder was der *unifaun* ist, weder im *Oxford Dictionary* noch im *Englisch-Deutschen Wörterbuch* wird er aufgeführt, aber im Grunde spielt es auch keine Rolle.

Die hohe, seltsam zerbrechliche Stimme, als käme sie tatsächlich aus einem Zwischenreich.

»Citizens of Hope and Glory,

Time goes by – it's ›the time of your life‹.«

Draußen wird es dunkel.

Der Makropode schimmert so prachtvoll wie auf den Bildern im Buch: neonleuchtende Blaustreifen, dazwischen Rot, als wären Glühfäden dahinter. Seit drei Tagen versucht er vorne links an der Scheibe ein Schaumnest zu bauen, spuckt Blasen zwischen den Schwimmpflanzen an die Oberfläche, vergißt, was er vorhat, beginnt wieder von vorn. Bis jetzt waren es immer zu wenige, als daß man wirklich von einem Nest hätte sprechen können. Nachts fiel das Gebilde auseinander. Offenbar übt er noch. Heute morgen, noch vor dem Unterricht, hat Carl den Ausströmerschlauch des Filters unten über dem Boden befestigt und den Durchlauf auf die niedrigste Stufe gestellt, um die Wasserbewegung zu minimieren. Trotzdem bleibt das, was das Nest werden soll, mickrig und instabil, als wäre der Fisch nicht richtig bei der Sache. Würde das Lorenz'sche Modell stimmen, dürften derartige Stimmungsschwankungen gar nicht vorkommen. Die Instinkthandlung müßte, nachdem sie erst begonnen hat, bis zum vorprogrammierten Schluß ablaufen, unabhängig von den Umständen und vorhersehbar wie eine chemische Reaktion. Aber der Makropode zögert, verliert das Interesse, schwimmt sinnlos geschäftig hierhin und dorthin. Hält mitten in der Bewegung inne. Carl sieht, wie ein Ruck durch den Fischkörper geht. Offenbar erinnert er sich, was seine Aufgabe ist. Er arbeitet zehn, fünfzehn Minuten, als würde er einem genauen Plan folgen. Aber sobald er am Rand seines Gesichtsfeldes das Weibchen entdeckt, schießt er auf sie zu und scheucht sie durch das gesamte Becken. Carl fürchtet, daß er sie verletzen, wenn nicht sogar umbringen wird. Drei sind schon gestorben. Sie rettet sich mit kurzen Sprüngen aus dem Wasser, verschwindet zwischen Steinen oder in den Höhlungen der Wurzel. Das Verhalten des Männchens deutet eher auf eine Störung oder teilweisen Instinktverlust infolge der Überzüchtung hin, als daß es nach Balz aussieht. Jetzt steht er im Wasser, schaut sich um, kann sie nirgends entdecken, beginnt wild Algenfäden abzureißen, zerrt an den dunkelgrünen Büscheln, die wie ein Teppich das Holz bewachsen. Kehrt zum Nestplatz zurück. Carl ist sich nicht sicher, ob der Fisch das, was er abreißt, tatsächlich einbauen will oder ob das Rupfen eine Übersprungshandlung ist, weil ein anderes Instinktmuster nicht zu Ende gebracht werden konnte. Der ausgelöste Bewegungsimpuls muß abgeleitet werden, damit der Kessel in seinem Inneren nicht explodiert.

Carl greift nach dem Buch auf dem Tisch, blättert. Auf den Photos zur Paarung der Zwergfadenfische sieht man, wie das Männchen abgerissene Algen und Pflanzenteile zusammenträgt, um das Nest zu verstärken. Auf dem nächsten Bild ragt sein Schaumgebilde fast einen Zentimeter über die Oberfläche hinaus. Davon ist der Makropode weit entfernt. Vielleicht verhält sich seine Art aber auch insgesamt nachlässiger, weil sie sich aggressiver um die Bewachung der Eier kümmert oder in Gewässern mit anderen Bedingungen lebt. Sie sind eng mit den Kampffischen verwandt, deren Männchen sich gegenseitig töten, wenn man sie zu zweit ins selbe Becken setzt.

»Der Bau des Schaumnestes erfolgt je nach Gattung und Art auf sehr unterschiedliche Weise. Zum Teil werden nur wenige Schaumperlen an der Wasseroberfläche oder unter Wasserpflanzenblättern angebracht. Andere Arten schaffen sich zunächst einen schützenden Baldachin aus Pflanzenteilen und legen das Nest darunter an. Hierzu wird Luft aufgenommen, im Maul durch ein Sekret aus becherförmigen Drüsenzellen stabilisiert und anschließend in Form von Schaumperlen wieder ausgespuckt.«

Vieles ist noch nicht im Detail beschrieben worden. Unzählige Fische, über die in den Büchern kaum etwas zu finden ist. Man bräuchte hundert Leben, um auch nur die, die einen besonders interessieren, so zu beobachten, daß man wirklich verstünde, was sie tun.

»Me, I'm just a lawn mower – you can tell me by the way I walk.«

Der Makropode hat seinen Zorn abgelegt. Ruhig entschlossen schwimmt er unter dem Rohbau des Nests hin und her, schnappt Luft, schleimt sie ein, spuckt Bläschen für Bläschen. Zwischendurch zerrt er an den Algen auf der Wurzel, sie lösen sich nicht, kehrt zurück, begutachtet, was er fertiggestellt hat. Dreht eine Runde durchs Becken, als suchte er sein Weibchen. Vielleicht täuscht es auch, und er sichert lediglich die Reviergrenzen gegen Konkurrenten.

Carl beugt sich hinunter, um besser zu sehen, wie groß das Nest inzwischen ist. Rückt näher heran, stößt mit der Nase gegen das Glas. Der Fisch ist so beschäftigt, daß er nicht zurückzuckt wie sonst bei Erschütterungen. Die Sauerstoffbläschen an Stengeln und Blättern der Schwimmpflanzenbüschel lassen sich mit bloßem Auge kaum von denen unterscheiden, die er ausspuckt.

Carl trifft seinen eigenen Blick in der Scheibe, schaut auf seine häßliche Stirn, auf fettige Haare, die ihm ins Gesicht fallen. Er geht zum Schreibtisch und löscht die Lampe, damit das Glas weniger spiegelt. Es ist jetzt fast ganz dunkel im Zimmer, nur die beiden Röhren des Aquariums werfen schwaches Licht auf die Dinge ringsum: Teekanne und Becher auf dem flachen Tisch, daneben das aufgeschlagene Buch *»Labyrinthfische«*.

Das Weibchen wagt sich vorsichtig aus den Gängen der Wurzel hervor, schwimmt unauffällig an die Oberfläche, atmet Luft, wartet, schaut zum Nest herüber. Wendet sich ab, entfernt sich scheinbar desinteressiert, während der Makropode Bläschen um Bläschen spuckt und nach bestimmten Gesetzmäßigkeiten verteilt. Das Weibchen besinnt sich, verharrt nahe der Rückwand, steigt langsam mit wedelnden Brustflossen auf, bis es unmittelbar unter einem Schwimmpflanzenbüschel steht. Das Männchen entdeckt sie, aber diesmal stößt es nicht wütend auf sie zu, sondern spreizt die Flossen, stellt sich senkrecht auf. Ein kurzes, heftiges Vibrieren durchläuft den Körper, dann setzt er die Arbeit fort, jetzt aber nicht mehr selbstvergessen, sondern demonstrativ. Ihr soll klar sein, daß er es um ihretwillen tut, nicht einfach nur so. Tatsächlich schwimmt sie direkt auf ihn zu. Immer noch jederzeit bereit abzutauchen. Doch das Männchen jagt sie nicht fort. Es richtet seine Rücken- und Schwanzflosse hoch auf, sie sind Prunkschild und Banner, rotglühend, mit einem Firmament aus blauen Lichtpunkten durchsetzt. Sie schwimmt vor ihm hin und her, neugierig, fordernd und abwartend zugleich. Nimmt mit sachlichem Interesse das Nest in Augenschein. Prüft, ob es tragfähig ist, sicher, geräumig. Noch traut sie ihm nicht. Er strafft sich, spannt seine gesamte Muskulatur, paradiert stampfend, bebend, ein Flamencotänzer in Feuergewändern, schießt vor und zurück, minimale Positionswechsel, ruckartig, blitzschnell. Sie umkreisen einander. Das Weibchen hat alle Scheu verloren, stößt ihn mehrfach in die Seite. Es ist ein Signal, er kennt es, will, daß sie es wieder tut. Sie zögert, beide halten einen Moment inne, beäugen sich, er spreizt die Flossen, bis sie beinahe reißen, stößt im Zickzack um sie herum. Einen Moment später wird aus Verlangen und Imponiergehabe Wut. Er verblaßt innerhalb einer Sekunde, rast direkt auf sie zu. Schneller als Carl schauen kann, hat sie sich in den Wurzelstock gerettet. Aber diesmal hält die Furcht nicht lange. Sie beobachtet ihn, tastet sich schon wieder heraus. Als wäre nichts geschehen, beginnt er erneut zu bauen. Wahrscheinlich spürt er sie über sein Seitenlinienorgan: des Flimmerns ihrer Brustflossen, die heftig atmenden Kiemendeckel. Es dauert eine Weile, bis sie sich wieder vollständig zeigt. Mit wenigen kurzen Schwanzschlägen kommt sie direkt unter das Nest, macht sich so klein und unscheinbar wie möglich. Das Männchen duldet sie, spannt die Flossen auf. Sie schwimmt in seine Seite, einen Moment lang sind sie einander ganz nah, dann bricht die Spannung ohne Grund ab. Sie trennen sich. Diesmal vertreibt er sie nicht, nimmt Luft auf, spuckt einige neue Perlen. Er präsentiert sich in äußerster Pracht. Wieder umkreisen sie einander. Carl wagt kaum zu atmen, vermeidet alles, was die Fische stören, was in letzter Minute verhindern könnte, daß sie sich paaren. Zum ersten Mal überhaupt beobachtet er eine Art dabei. Er stellt sich vor, wie es sein wird, wenn das ganze Becken voller Jungfische ist. Spätestens übermorgen braucht er Staubfutter. Jemand muß mit ihm nach Forch fahren. Kuffel. Er wird Kuffel bitten, an seiner Stelle bei Miegel im Laden Aufzuchtfutter und Salinenkrebseier zu kaufen.

Erneut paradiert das Männchen vor dem Weibchen auf und ab. Seine Färbung wird mit jeder Annäherung leuchtender. Wieder schwimmt das Weibchen ihm in die Flanke, setzt ihm mit dem Maul kurze Stöße auf den Leib, es sind Küsse, schiebt sich an ihm hinauf, in diesem Augenblick klappt sich das Männchen wie ein Messer um ihren Körper, dreht sich und sie in ihm auf den Rücken. Beider Unterseiten berühren beinahe das Nest. Ein langanhaltendes Zittern, Eier und Samen werden ausgestoßen, Hingabe, Bewußtlosigkeit.

Die Eier sind winzig, durchscheinend, kaum zu sehen. Leichter als Wasser steigen sie zwischen die Schaumperlen, während die beiden Fische starr ineinanderverkeilt dahintreiben oder -schweben, regungslos, wie tot, schwerer werden, unendlich langsam zu sinken beginnen. Noch immer umschließt sein Körper den ihren, aber nicht mehr mit seinem Willen oder weil der Instinkt ihn mit Gewalt dazu zwingt. Es ist ein Nachhall. Vergessenheit. Ein fernes Echo in der äußersten Stille, während sie fallen und fallen und fallen. Unendlich langsam kippt das Weibchen aus der Umarmung heraus, wehrlos, verloren. Wenn jetzt ein Räuber käme, einer der riesigen Welse, die es in Südostasien gibt, sie hätten nicht die geringste Chance zu flüchten, sie würden nicht einmal merken, wie er sie beide mit einem einzigen Aufreißen seines riesigen Mauls frißt.

Aber hier im Aquarium sind sie sicher.

Das Weibchen ruht einen Moment lang auf dem Algenteppich über dem Höhleneingang der Wurzel aus, sammelt sich, steigt wieder auf, während das Männchen weiter stürzt, an ihr vorbei ins Bodenlose.

Sechsundzwanzig

Lieber Carl,

das ist jetzt bestimmt schon mein zwanzigster Versuch, an Dich zu schreiben, und wahrscheinlich wird auch dieser im Papierkorb landen. Sobald etwas auf dem Blatt steht, habe ich das Gefühl, es ist falsch: Was ich Dir schreibe genauso, wie daß ich Dir überhaupt schreibe. Trotzdem fange ich wieder an und hoffe, daß ich diesmal einen Brief fertigbekomme und daß er dann nicht bei der Post oder in der Verwaltung verschwindet. Gleichzeitig habe ich Angst, daß Du wütend auf mich bist, wenn Du ihn liest, obwohl ich das sogar verstehen könnte.

Es ist einfach so: Ich vermisse Dich furchtbar.

Ich weiß, ich bin selber schuld, schließlich habe ich Schluß gemacht und Dir damit sehr weh getan. Ich will nicht einmal zurücknehmen, was ich vor drei Monaten gesagt habe. Damals hat es gestimmt, und die Gründe, die ich Dir genannt hatte, gelten eigentlich noch immer, aber das ändert nichts an der Tatsache, daß Du mir fehlst. Da, wo Du warst, klafft ein Riesenloch in meinem Leben.
Versteh mich nicht falsch: Ich sitze nicht abends allein auf meinem Zimmer und heule mir die Augen wund. Ich habe eine Menge Freunde hier in Mariendorn, ich verstehe mich gut mit meiner

Familie und mag meine Kollegen – jedenfalls die meisten. Wenn ich freihabe, bin ich viel unterwegs. Ich werde auf Partys eingeladen, treffe Leute zum Tanzen, wir gehen in die Kneipe oder ins Kino.
Eigentlich ist alles so, wie es sein soll.
Aber schon eine Woche nach unserem letzten Telephongespräch, als ich Deinen Abschiedsbrief mit der Kassette und diesem wunderschönen, todtraurigen Lied in den Händen hielt, habe ich gemerkt, daß ich nicht glücklich bin über das, was passiert ist, beziehungsweise, was ich getan habe. Jedesmal, wenn ich das Lied gehört habe, mußte ich weinen, und mit den Tränen kam all das hoch, was ich mit meiner Entscheidung eigentlich loswerden wollte, nämlich daß Du einen Platz in meinem Leben hast, den kein anderer einnehmen kann. Inzwischen weiß ich, daß ich diesen Platz auch niemand anderem geben will.

Du sitzt jetzt wahrscheinlich in Deinem alten Sessel mit den abgesägten Beinen, schaust Deine Fische an, schüttelst den Kopf und denkst: ›Das hätte sie sich auch früher überlegen können.‹
Stimmt, das hätte ich und hätte ich doch nicht. Damals schien es mir, daß wir zu verschieden sind in dem, wie wir denken, und daß der Altersunterschied zwischen uns unüberwindlich groß ist. Ich habe es nicht mehr geschafft, an unsere Zukunft zu glauben. Und weil ich nicht wußte, wie wir zusammensein können, habe ich mir eingebildet, wenn ich Schluß mache, verschwindest du nicht nur aus meinem Leben, sondern auch aus meinen Gedanken. Ich habe einfach nicht begriffen, was Du als Du, der Du bist, mir bedeutest.

Gerade habe ich noch einmal gelesen, was ich bis jetzt geschrieben habe, und immerhin: Ich habe es nicht weggeworfen.

Vor mir auf dem Schreibtisch liegen immer noch Deine Briefe. Ich lese oft darin und frage mich, was Du wohl gerade machst – wie in dem Lied: ob Du vielleicht in Gedanken gerade bei mir bist, zornig oder traurig, oder ob Du mich schon aus Deiner Erinnerung gestrichen hast. – Aber vielleicht zählt ja auch der Schluß, daß ich noch immer die Möglichkeit hätte, zu Dir zurückzukehren, daß Du sogar darauf wartest?
Wenn ich mir vorstelle, ganz bildlich, daß ich mit Dir zusammen bin, wie wir nach Weihnachten hier zusammen waren, zerspringt mir das Herz vor Glück, und im nächsten Moment schnürt es mir die Kehle zu, weil ich weiß, daß es wahrscheinlich nie wieder so sein wird. Aber das würde bedeuten, daß ich mit gerade einmal neunzehn schon einen von den Riesenfehlern gemacht habe, die man sein Leben lang bereut.
Manchmal habe ich gedacht, daß ich einfach in den Zug steige und mich bis nach Kahlenbeck durchschlage, an einem Tag, an dem Du Ausgang hast, Donnerstag oder Dienstag oder Sonntag, und solange beim Steingregor warte, bis Du kommst. Aber dann habe ich mich doch wieder nicht getraut. Du weißt ja, ich bin ein Feigling. Vielleicht wäre es richtig, wenn ich es täte?
Zumindest eine kleine Hoffnung habe ich, und weil ich diese Hoffnung habe, schreibe ich Dir diesen Brief: Es könnte doch sein, daß ich Dir in Deinem Leben zumindest ein winziges bißchen mehr fehle als Du wütend auf mich bist …

Vorgestern habe ich Andrea getroffen, und sie hat mir erzählt, daß sie übernächstes Wochenende nach Kahlenbeck fährt, um Emma und Iris zu besuchen. Ohne daß ich groß darauf reagiert habe, fragte sie mich, ob ich nicht mitfahren und Dich treffen will. Mir ist fast das Herz stehengeblieben, aber dann habe ich all meinen kleinen Mut zusammengenommen und beschlossen, daß ich jetzt

einen Brief an Dich zu Ende schreibe, ganz egal, was Du von mir denkst, wenn Du ihn gelesen hast. Ich will es wenigstens versucht haben.
Selbst auf die Gefahr hin, daß Du es unverschämt findest, traue ich mich einfach: Es ist nur eine Idee, und ich fände es in Ordnung, wenn Du ablehnst (in Ordnung, aber schrecklich), aber vielleicht könnten wir uns an dem Sonntag ja treffen, wenigstens kurz, auf einen Waldspaziergang oder sonst an einem ungestörten Ort, einfach, daß wir uns noch einmal in die Augen schauen. Das wäre mein sehnlichster Wunsch.

Verzeih mir, was ich Dir angetan habe! Bitte!

Deine Ulla

»Was bildet diese Ziege sich eigentlich ein? Sie war es doch, die dich wie den letzten Dreck behandelt hat: Weshalb meint sie, daß du Interesse an einer Wiederaufnahme der Beziehung haben könntest?«

»Keine Ahnung.«

»Irgendeinen Grund muß sie doch haben, daß sie derart impertinent angekrochen kommt, nachdem sie dich erst zum Teufel gejagt hat.«

»Ich hatte ihr eine Kassette geschickt, mit einem Lied, das damit endet, daß sie zurückkommen kann – also die Frau, um die es in dem Lied geht –, wenn ihr eines Tages klar wird, daß sie einen Fehler begangen hat.«

»Davon hast du mir gar nichts gesagt.«

Achselzucken.

»Gilt das noch immer? Seitdem sind ja doch etliche Wochen verstrichen.«

»Ich weiß nicht.«

»Entweder man liebt jemanden oder man liebt ihn nicht. Und das weiß man dann doch.«

»Vielleicht. – Ja.«

»In letzter Zeit sah es für mich jedenfalls nicht so aus, als würdest du sie sehr vermissen.«

»Ich hatte den Teil, der sie vermißt, verkapselt. Damit ich nicht durchdrehe.«

»Einen derart rationalen Umgang mit Gefühlsregungen bin ich von dir gar nicht gewohnt.«

»Es war nicht rational, sondern Notwehr.«

»Wenn du von Herzensschmerz zerrissen worden wärest, hätte ich das wohl merken müssen. Schließlich sind wir fast jeden Tag zusammen.«

»Bei uns im Dorf gibt es einen Bauern mit Granatsplittern im Ellbogen: Sie werden ihn nicht umbringen, aber er spürt sie immer. So ähnlich.«

»Blödsinn.«

»Wenn du mich fragst, setzt sie genau das Spiel fort, das sie die ganze Zeit über gespielt hat. Wahrscheinlich hat der Krankenpflegerbock ihr den Laufpaß gegeben, und jetzt schaut sie mal, ob nicht der kleine dumme Carl Lust hat, ihr ein bißchen Trost zu spenden.«

»So ist sie nicht.«

»Alles, was ich im letzten dreiviertel Jahr über sie gehört habe, und zwar von dir, der sie dabei ja immer mit verliebten Augen angeschaut hat – alles, was ich dem entnehmen konnte, war, daß sie dich behandelt wie eine Marionette, die man nach der eigenen Pfeife tanzen läßt, und sobald einem etwas Besseres einfällt, wirft man sie weg.«

»Du darfst auch nicht das zum Maßstab nehmen, was

ich gesagt habe, nachdem wir dieses Telephongespräch hatten. Die Zeit davor war ich glücklich. Im Grunde zum ersten Mal in meinem Leben.«

»Ich kann mich nur daran erinnern, daß es ein ewiges Hin und Her gab: Mal wollte sie, dann wieder nicht, und du saßt hier abwechselnd himmelhoch jauchzend und zu Tode betrübt: Über Monate ging das so.«

»Aber nur bis sie sich entschieden hatte, daß sie mit mir zusammen sein will. Danach …«

»Wie lange wart ihr ein Paar?«

»Vier Monate, ungefähr.«

»Und in dieser Zeit ist sie nicht in der Lage gewesen, abzuklären, ob sie dich nur für kurzfristigen Lustgewinn will, oder ob sie dich als Mensch auf diese umfängliche Weise liebt, die an die Liebe Gottes heranreicht.«

»Man kann sich doch irren. Und dann merkt man plötzlich, daß man sich geirrt hat, und versucht den Fehler … Also nicht ungeschehen zu machen, aber daß er eben nicht das letzte Wort bleibt.«

»Und du glaubst, sie hat jetzt erkannt, daß sie wirklich dich meint und nicht bloß eine Projektion ihrer kindischen Selbstsucht?«

»Ich will es nicht ausschließen.«

»Was folgt daraus?«

»Keine Ahnung.«

»Du mußt doch wissen, ob du sie treffen willst oder nicht.«

»Das ist wohl die einzige Möglichkeit, es herauszufinden.«

»Und wenn du ein gutes Gefühl hast, ist alles wieder in Ordnung?«

»Könnte doch sein.«

»Es bleibt kein Restvorbehalt deinerseits?«

»Wie jetzt?«

»Nehmen wir einmal an, sie würde dir glaubhaft machen, daß sie dich tatsächlich liebt und daß die Trennung auf vorübergehender Geistesverwirrung beruht hat: Wärest du in der Lage, ihr die Roheit, mit der sie dich abserviert hat, zu vergeben? Und wenn ja: Wie wirst du mit der Tatsache umgehen, daß sie vermutlich in der Zwischenzeit sexuelle Kontakte zu diversen anderen Leuten hatte?«

»Wenn ich die Botschaft Jesu ernst nehme, muß ich ihr doch sowieso vergeben, siebenundsiebzigmal.«

»Die Frage ist nicht, ob du ihr in diesem allgemeinen Sinne vergibst, sondern ob du, wenn du wieder mit ihr zusammen wärest, die Hartherzigkeit vergessen könntest, mit der sie dir am Telephon – nicht einmal von Angesicht zu Angesicht, dafür war sie zu feige – erklärt hat, daß es zwischen euch aus ist. Und dann erzählt sie dir ganz nebenbei, daß sie längst in jemand anderen verliebt ist, daß sie dich also zumindest in Gedanken die ganze Zeit über betrogen hat. Seitdem sind drei Monate vergangen, in denen sie sich mit anderen Männern herumgetrieben hat, und es steht zu vermuten, daß sie dabei deutlich weitergegangen ist als mit dir. Wirst du das einfach ausblenden können?«

»Aber wenn ich sie liebe, dann gilt doch das, was Paulus sagt, daß die Liebe langmütig ist und gütig und alles erträgt…«

»Du solltest die Liebe, die Paulus beschreibt, nicht mit pubertären Aufwallungen erhitzter Körpersäfte verwechseln, mein Lieber.«

»Aber wenn ich in der Lage wäre, ihr in einem tiefen und umfassenden Sinne zu verzeihen: Das wäre doch ein großer Schritt hin zu dieser selbstlosen Liebe. Ich würde meine gekränkte Eitelkeit hintanstellen und das Gute in ihr höher gewichten als ihre Fehler, obwohl ihre Fehler mich sehr verletzt haben.«

»Ach was.«

»Was heißt ›ach was‹?«

»Es ist mühsam verbrämter Triebstau, der dich in diese Falle laufen läßt.«

»Das finde ich arg billig.«

»Du rennst hier herum, sabbernd, wie ein hungriger Wolf, und zur Zeit ist nirgends ein Weibsstück in Sicht, bei dem du dir Chancen ausrechnen kannst.«

»So schlimm ist es auch wieder nicht.«

»Ich dachte, wir wären aus dem Stadium heraus, wo wir uns etwas vormachen.«

»Gut. Manchmal.«

»Ich stelle mir einfach die Situation vor: Sie kommt hier an, so hübsch zurechtgemacht, wie es ihre Möglichkeiten eben erlauben, kurzes Röckchen, tiefer Ausschnitt, die Lippen rot geschminkt. Da läuft dir doch schon bei ihrem Anblick das Wasser im Mund zusammen. Dann geht ihr in den Wald. Zu zweit. Draußen ist es warm, blauer Himmel, blühende Bäume, in den Büschen paart sich das Viehzeug...

»Bei den Vögeln ist die Paarungszeit längst vorbei.«

»Du führst sie irgendwohin, wo nie jemand ist, und dort wird sie dir unter Tränen erzählen, wie schrecklich leid ihr das alles tut, wie sehr sie dich liebt und daß sie sich doch so sehr wünscht, es könnte wieder sein wie früher.«

»Wenn es doch stimmt.«

»Bei dir setzt der Verstand schon aus, sobald dir die ersten Wolken von ihrem Parfüm in die Nase wehen. Das hast du selber gesagt. Heisterkamp saß dabei. Sie könnte dir von Krebspatienten und Beinamputationen erzählen – du würdest trotzdem dahinschmelzen.«

»Ja, aber gesetzt den Fall, es wäre tatsächlich so, wie sie es schreibt? Es könnte ja zumindest theoretisch sein. Vielleicht hat sie sogar längst gebeichtet, daß sie mich verlassen hat. Und was sonst noch passiert ist. Wenn denn etwas passiert ist. Mit Rasche ist sie auch nicht gleich ins Bett gegangen.«

»Das hätte sie dir wohl kaum gesagt.«

»Also wenn ich davon ausgehen würde, daß sie sowieso lügt, hätte ich mich von vorneherein besser in jemand anderen verliebt. Abgesehen davon: Welchen Vorteil sollte sie davon haben. So toll bin ich nun auch wieder nicht. Jedenfalls auf der materiellen Ebene.«

»Das stimmt allerdings.«

»Danke. Sehr freundlich.«

»Das hast du doch gerade selber gesagt. Und daß dein Geld nicht für teure Geschenke reicht ...«

»Ja, aber das zeigt, daß es ihr um mich als Mensch, also um meinen Charakter geht. Da wäre es regelrecht tragisch, wenn ich ihr nicht wenigstens die Chance geben würde, den Fehler wiedergutzumachen.«

»Du mußt selber wissen, was du tust.«

»Aber du hältst es für falsch?«

»Ich halte es für völlig falsch.«

›Um drei beim Steingregor‹, hat sie am Telephon gesagt, und er hat sich gefreut, vier Tage lang, aber nicht nur.

Inzwischen ist es acht Minuten nach drei: Wer weiß, ob sie überhaupt noch kommt, ob sie es sich nicht doch wieder anders überlegt hat.

Wenn sie kurzfristig verhindert worden wäre, hätte sie ihn schwer erreichen können.

Satt und bewegungslos hängt die Luft über dem Wald, den Pferdewiesen. Immerhin regnet es nicht, und wie es aussieht, wird es die nächsten beiden Stunden auch nicht regnen, obwohl für den Nachmittag Gewitter angekündigt sind.

Neben ihm hält der Erzieherwagen. Bruder Walter kurbelt die Scheibe herunter, sagt: »Na, Carl? Auf wen wartest du?«

Carl wird rot.

»Mal schauen. Wir wollten spazieren gehen. Kuffel und ich. Vielleicht auch Heisterkamp.«

»Dann mal viel Spaß.«

Bruder Walter grinst vieldeutig, fährt weiter, biegt links ab auf die Straße nach Forch.

Wie kann er wissen, was Carl vorhat, wenn die Telephongespräche nicht abgehört werden? Großkreutz sagt, wichtige Dinge, ganz gleich ob geschäftlich oder privat, bespricht er ausschließlich aus der Zelle beim Sportplatz in Halm.

Carl hat ein flaues Gefühl, Hunger vermischt mit Übelkeit.

Möglich, daß es falsch ist, sie noch einmal zu treffen.

Er geht hierhin und dorthin, schaut abwechselnd zur Brücke, auf den Eingang zum Wald, in Richtung der Grenze. Vielleicht sind Ulla, Andrea und ihre Freundinnen zum Essen in die Pommes-Kneipe hinter dem Zollhaus gegangen.

Was, wenn Kuffel recht hat und sie nur eine Zwischenlösung sucht, eine kurzfristige Bestätigung.

Er sieht eine Gestalt in Weiß auf der Brücke. Es ist eine Frau mit kurzen braunen Haaren, noch viel kürzer als Ulla sie hatte, nachdem sie sich den Zopf hat abschneiden lassen – fast schon ein Mecki. Sie ist allein, nimmt den Weg am Parkplatz vorbei zur Ausfahrt, hat ihn noch nicht gesehen oder noch nicht erkannt, nähert sich zügig, schaut auf die Uhr, legt einen Schritt zu. Das Kleid leuchtet in der feuchtgrünen Luft, als gehörte es einer überirdischen Erscheinung. Es ist Ulla, kein Zweifel. Er kennt ihren Gang, die Art, wie sie die Hüften schwingt, das Schlenkern ihrer Arme. Unwillkürlich dreht er sich weg, tut so, als hätte er sie noch nicht erkannt, wendet ihr den Rücken zu, geht auf den Steingregor zu, tritt hinter einen Baumstamm, hält Ausschau in der verkehrten Richtung, starrt auf das Wasser des Grabens, während es in ihm juchzt und dann schreit vor Schmerz. Er atmet durch. Jetzt müßte sie so nah sein, daß sie ihm mit ihrer normalen Stimme den ersten Satz sagen könnte. Er wendet sich ihr zu, seine Augen täuschen noch immer Suche und Erwartung vor, im nächsten Moment sind sie überrascht, froh über ihren Anblick. Was verrät ihr Gesicht? – Sie fürchtet sich auch: »Hallo, Carl.«

Vielleicht will sie mit ihm schlafen, jetzt gleich im Wald. Vorausgesetzt, er führt sie an einen sicheren Platz.

»Hallo, Ulla.«

Sie gibt ihm die Hand. Alles andere wäre hier, wo man sie von überall aus sehen könnte, viel zu gefährlich.

»Ich bin froh, daß du gekommen bist«, sagt sie.

»Ja.«

Ihr Kleid ist aus fließendem spitzendurchsetztem Stoff, doch die Spitzen sind unterlegt, lassen nirgends nackte Haut durch. Dazu weiße Ledersandalen mit hohen Absätzen. So etwas hat er noch nie an ihr gesehen.

»Wo sollen wir hin?«

»Vielleicht gegenüber in den Wald? Ich weiß weiter hinten einen Pfad, der bis an die Kerme führt. Da können wir uns in Ruhe … unterhalten.«

»Du kennst dich besser aus. Wir sind früher immer nur den Hauptweg gegangen.«

Sie überspielt ihre Unsicherheit. Keine Spur von brennendem Verlangen.

»Chic siehst du aus. Ungewohnt.«

»Ich dachte, ich ziehe mich mal an, wie es sich für sonntags gehört, wenn ich Kahlenbeck einen offiziellen Besuch abstatte.«

Er schaut sich um, ob jemand sie beobachtet, sagt: »Kommt gerade kein Auto.«

Weiß nicht, ob er sie bei der Hand nehmen und über die Straße ziehen soll. Läßt es.

Das Licht fällt weich durch das Blätterdach, gedämpfte Formen und Farben, ruhiges Halbdunkel, keine Schlagschatten. Ein Eichelhäher nimmt krächzend Reißaus.

»Und wann fahrt ihr wieder zurück, Andrea und du?«

»In einer Stunde muß ich auf dem Parkplatz sein.«

»Verstehe.«

»Ich wußte nicht, wieviel Zeit du hast.«

»Bis fünf halt. Dann ist Vesper.«

»Emma und Iris haben ab vier wieder Dienst.«

Sie riecht ein bißchen verschwitzt, süßlich, dazu ein Parfüm, das er nicht kennt.

»Und wie geht es dir so?«

»Ach. Jetzt gerade schon viel besser. Aber ich bin auch unsicher, wie ich mich verhalten soll, weißt du.«

»Klar.«

»Eigentlich … Es läuft alles so vor sich hin, Krankenhaus, Berufsschule, Familie, Freunde … Ich lese viel, aber mehr zur Entspannung. Krimis hauptsächlich. Richtige Glücksmomente fehlen halt, seit …«

»Laß uns hier rechts gehen. – Kannst du das mit den Schuhen?«

Sie lacht. Von ihrem Lachen bleibt ihm das Herz stehen.

»Ist ja nur trockene Erde«, sagt sie und nimmt die Schuhe in die Hand.

Dann haben sie genug Platz, um nebeneinander zu gehen, aber sie hüpft an ihm vorbei ein paar Schritte voraus, um zu zeigen, wie frei und lebendig sie sich fühlt, jetzt wo sie bei ihm ist.

Möglich, daß sie zugenommen hat. Vielleicht fällt das Kleid auch ungünstig.

»Und wo führst du mich diesmal hin? Wieder zu so einem Stück vom Paradies? Hattest du nicht erzählt, daß es hier auch irgendwo diese kleinen blauen Schmetterlinge gibt?«

Er sagt nicht, daß sie ihn nicht daran erinnern soll.

»Bläulinge. – Das ist an einer anderen Stelle. Weiter hinten Richtung Halm.«

Sie bleibt stehen. Unsicher. Vielleicht hat sie den dunklen Anflug in seinen Zügen bemerkt, lächelt: »Lenza war schön. Da würde ich gerne noch einmal mit dir hin. Ohne das Kahlenbeck-Drumherum.«

»Vielleicht machen wir das eines Tages.«

»Das wäre doch ein Ziel.«

Im Augenblick hätte er nicht einmal das Geld für die Zugfahrt.

Vor ihnen dichtes Gestrüpp, hohe Büsche. Der Pfad verschwindet, niemand, der nicht weiß, daß er dort beginnt, würde ihn finden.

»Ich gehe vor«, sagt Carl, hält Zweige zur Seite, damit sie ihr nicht ins Gesicht schlagen. Ullas Blick ist auf den Boden gerichtet. Sie muß auf Dornen achten, daß die Brombeerranken ihr nicht die Beine aufratschen.

Rechts hat jemand eine Rolle Klopapier zwischen den Ästen hindurchgeworfen wie eine Luftschlange. Sie wechselt mehrfach die Richtung, schlingt sich um einen Stamm, das Ende hängt aus vier oder fünf Metern Höhe von einem Tannenzweig.

»So etwas Hirnverbranntes«, sagt Carl.

»Blöde Leute, oder?«

Ulla schiebt sich dicht an ihm vorbei, ihr Rücken streift seinen Oberarm. Einen Augenblick lang hält sie inne in der Bewegung, lehnt sich zurück. Er soll sie spüren: die Wärme ihres Körpers auf seiner Haut. Er streicht ihr über die Seite, es kann zärtlich oder freundschaftlich sein. Die Äste, die er wegbiegt, drücken immer stärker gegen seinen Arm. Lange wird er sie nicht halten können. Trotzdem oder deshalb berührt er mit spitzen Lippen ganz leicht ihren Hals, atmet auf einen Punkt hin aus, weiß nicht, was es bedeutet. Jetzt ist sie ihren Schritt zu Ende gegangen. Noch immer trägt sie die Schuhe in der Hand. Er folgt mit einem Sprung. Hinter ihm schnellen die Äste zurück, eine scharfe Spitze zieht ihm durch den Stoff einen Kratzer quer über die Schulter. Es brennt.

»Hast du dir wehgetan?«

»Nur ein bißchen.«

»Zeig mal.«

»Wozu?«

»Ich bin Krankenschwester.«

Ulla lacht, Carl dreht sich um, sie schiebt sein T-Shirt hoch, zeichnet mit den Fingerspitzen eine weiche Linie unterhalb des Schmerzes.

»Ein bißchen Blut.«

»Da siehst du, ich opfere mich auf dir zuliebe.«

»Ist es noch weit?«

Er schüttelt den Kopf, legt ihr die Hand in den Rücken, schiebt sie ein wenig, zögert, sie zu umarmen, geht wieder voran. Blätter schlagen ihm ins Gesicht. Er duckt sich. Ulla hinter ihm tut es ihm nach. Sie bewegen sich, als würden sie durch ein Meer aus Laub schwimmen.

Dort wo er hinwill, werden sie ihre Ruhe haben.

Er dreht sich um, ob sie folgen kann oder Schwierigkeiten hat, erschrickt ernsthaft über ihre Frisur. Fragt sich, ob er sie noch schön findet, ob sie überhaupt je schön gewesen ist. Was in ihrem Gesicht hat so geleuchtet, daß er ganze Nachmittage damit zugebracht hat, ihr Photo anzuschauen?

Zwischen den Zweigen öffnet sich der Blick auf die Kerme. Hier ist sie ein klarer, ruhig dahinfließender Bach, der seinen Lauf mit jedem Hochwasser verschiebt. Verkrüppelte Weiden beiderseits des Ufers. Carl läßt sich auf einen Baumstumpf fallen, schaut auf die Uhr. Ulla steht vor ihm, unsicher, ob er sich wünscht oder gerade nicht möchte, daß sie sich zu ihm setzt. Sie würden sich berühren. Carl weiß selbst nicht, was er will, schaut sie trotzdem aufmunternd an, sagt: »Hier ist Platz genug für uns beide.«

Sie lehnen leicht gegeneinander, halb weil es sich nicht vermeiden läßt, halb mit Absicht.

»Und du?« fragt sie. »Was machst du so?«

»Die Schule nervt, vor allem Krantz. Er hat sich fest vorgenommen, mir eins reinzuwürgen. Ich bin halt kein Süßi. Und seit ich Caesar beleidigt habe, hält er mich für einen Kommunisten. Aber es ist mir auch egal, solange ich nicht sitzenbleibe.«

»Und die Fische?«

»Besser. Also es war richtig gut: Die Makropoden haben abgelaicht, es sind auch Larven geschlüpft, bestimmt hundert, aber im Endeffekt sind dann doch alle eingegangen. Die Salinenkrebszucht hat nicht funktioniert, obwohl ich eigens einen zweiten Ausströmer gekauft hatte. Das Staubfutter haben sie nicht angenommen. Keine Ahnung. Aber immerhin haben die Alttiere sich gepaart. Mal sehen, wie es weitergeht.«

Er sagt das Falsche, weiß nicht, was das Richtige wäre. ›Hast du mit jemand anderem geschlafen, in den letzten drei Monaten, und wie war es?‹

Was würde sich ändern, wenn die Antwort ›ja‹, was wenn sie ›nein‹ wäre?

Sobald er zu reden aufhört, werden die Vögel laut.

Er spürt die Wärme, die von ihr ausgeht, ihren Oberarm an seinem Oberarm. Es fühlt sich nicht an wie im vergangenen Herbst und Winter, weiter entfernt, obwohl damals Mäntel, Jacken und Pullover zwischen ihnen gewesen sind. Im Inneren seines Brustkorbs ein Schmerz, der nicht von Muskeln, Fleisch, Nerven verursacht wird. Er möchte sie in den Arm nehmen, sich versichern, daß es nur eine vorübergehende Unsicherheit ist, die im Moment verhindert, daß Erleichterung und Glück alles umwandeln.

»Glaubst du, daß du mir eines Tages verzeihen kannst?«

»Kein Problem.«

»Willst du es auch?«

»Natürlich will ich es.«

»Aber es braucht Zeit, oder?«

»Vielleicht, bis alles wieder so ist, wie es war, aber …«

»Kannst du dir vorstellen, daß wir es schaffen?«

Er nickt, weiß aber nicht, ob das Nicken wahr, falsch, richtig oder gelogen ist. Hat seine Augen starr auf den Boden geheftet. Sie kleben dort fest, obwohl er merkt, wie sie ihn ansieht, hofft, daß er sich endlich ihr zuwendet, ihren Blick erwidert, damit sie in ihn hineinschauen kann, bis auf den Grund des Herzens, wo die Antwort wäre. Er will, daß es in seinem Inneren hell und freundlich aussieht, hebt den Kopf, dreht sich zu ihr hin, fährt ihr mit der Hand übers Haar, sagt: »Ganz schön kurz.«

Es soll klingen wie: ›Alles nicht schlimm, mach dir keine Sorgen.‹

»Sie wachsen schnell, meine Haare, schneller als mir lieb ist.«

»Spielt auch keine Rolle, wie kurz oder lang deine Haare sind, ist doch egal, wenn alles so egal wäre …«

»Wirklich?«

»Sonst wäre es wohl ein bißchen arg wenig, was ich für dich …«

»Und ich hatte gedacht, du fändest es schlimm, wie ich

aussehe. Weißt du, es war auch aus Verzweiflung – sie so kurz schneiden zu lassen.«

Ihr Gesicht nähert sich seinem, vorsichtig, so daß er zurückweichen kann, wenn er zurückweichen will. Er rührt sich nicht. In seinem Kopf steht eine weiche empfindungslose Masse, der es gelingt, die Gesichtsoberfläche in einem Zustand des Lächelns zu halten. Die Farbe ihrer Augen ist schön, daran hat sich nichts geändert. Sie hält die Bewegung auf ihn zu an. Vielleicht ist es als Frage gemeint oder eine Aufforderung, sich zu entscheiden. Die Erinnerung an den Geschmack ihres Mundes, die Art, wie ihre Zungen sich ineinanderschlingen. Was heißt es, wenn er sie jetzt küßt, wenn er sie jetzt nicht küßt? Viel Zeit bleibt nicht. Seine Hand rutscht in ihren Nacken, zieht sie heran. Ihr Gesicht ist unscharf. Wenige Zentimeter zwischen ihren Lippen.

»Vielleicht sollten wir warten, bis wir – bis du sicher bist, daß du mich noch willst«, sagt sie.

Siebenundzwanzig

Er schaut auf den Rhein. Grelles Licht, der Himmel weiß, statt blau, warmer Wind aus Westen. Ein Frachter fährt stromabwärts Richtung Holland, beladen mit Eisenträgern. Nur eine Handbreit Rumpf ragt über die Wasserlinie. Im Bug steht ein Pony.

Carl setzt den Feldstecher an, stellt das gegenüberliegende Ufer scharf, entdeckt zwei Brandgänse bei einem ausgebleichten Baumstamm. Sandflächen steigen zu den Flußwiesen hin auf. Kühe grasen. Zwischen Kieseln und Müll ein Pärchen Austernfischer. Die ersten sind vor zwei Jahren in der Gegend um Henneward aufgetaucht. Carl verzeichnet sie in seinem Notizheft. Fragt sich, ob all diese Beobachtungen je zu etwas nütze sein werden.

Auf seiner Seite festigen Basalttrümmer das Ufer. Er klettert die Böschung zu einer der Kribben hinunter, die zehn Meter weit in den Fluß reichen, geht vor bis in die Spitze, wo das Signalschild für die Schiffsführer einbetoniert ist. Setzt sich. Wirft Steine. Auf der stromabgewandten Seite treiben tote Weißfische in Altöl. Schwarzer Schmier markiert die Pegelstände auf den Felsblöcken.

Ein Anflug von Trauer, daß der Mensch die Erde zugrunde richtet: Trotz allem war sie ein schöner Ort.

Sehr langsam sucht er mit dem Fernglas das Gelände ringsum ab. Vielleicht ist jemand in der Nähe, den er kennenlernen könnte, ein Mädchen, eine Frau, die spazierengeht, weil sie sich auch für die Natur interessiert, oder eine, die halb versteckt hinter Büschen in der Sonne liegt, mit nackten Brüsten.

In Henneward will niemand etwas mit ihm zu tun haben, und ihn interessieren die Leute aus Henneward nicht. Abgesehen von Regina. Was nichts ändert. Er hat keine Ahnung, was er mit den verbleibenden dreieinhalb Wochen Sommerferien anfangen soll. Alle, die er mag, sind verreist oder wohnen weit weg.

Ulla muß arbeiten, weil Kolleginnen mit Schulkindern bei der Urlaubsplanung bevorzugt wurden. Einen Freund, der zur Schule geht, wollte sie nicht geltend machen, zumindest nicht, solange Zweifel bestehen, daß sie überhaupt wieder richtig zusammen sind. Abgesehen davon ist es noch komplizierter, mit dem Bus von Henneward nach Mariendorn zu kommen, als von Mariendorn nach Kahlenbeck. Er hat die Mutter bis jetzt noch nicht wieder gefragt, ob sie ihn mit dem Wagen bringt. Seine Eltern gehen davon aus, daß es zwischen ihnen seit Monaten keinen Kontakt mehr gibt. Er ruft Ulla alle paar Tage heimlich von der Telephonzelle beim Bäcker aus an. Es ist kein Ortsgespräch und kostet ein Vermögen. Sie unterhalten sich längst nicht wieder so vertraut wie vor dem Bruch. Ulla versucht nichts Falsches zu sagen, und er will den Anschein vermitteln, alles wäre in Ordnung, aber es gelingt ihm nicht, sich die Tatsache aus dem Kopf zu schlagen, daß sie drei Monate lang einfach aufgehört hat, ihn zu lieben. Als wäre die Liebe ein Mantel, den man den Sommer über in den Schrank hängt und im Herbst wieder hervorholt.

Ihr zu vergeben hingegen war leicht.

Kuffel ist mit Holzkamp für drei Wochen zur Gräfin Warnstorf ins Sauerland gefahren. Carl hat überlegt, sich ihnen anzuschließen, sie wenigstens zu besuchen, aber Holzkamp wurde derart bösartig, als Kuffel die Möglichkeit andeutete, daß er es lieber gelassen hat. Angeblich wird auch der Kardinal einige Tage aus Rom nach Sudentropp kommen und vor einem ausgewählten Kreis über das Verhältnis von Glaube, Vernunft und Irrationalismus in der sogenannten Theologie der Befreiung sprechen. Kuffel geht davon aus, daß es jetzt, wo der Kardinal die Stellung des obersten Glaubenshüters innehat, mit den kommunistischen Umtrieben in Teilen des südamerikanischen Klerus bald vorbei sein wird.

Es sind Kuffels letzte Sommerferien. Für die Abiturienten endet der Unterricht im April, es bleiben noch sieben Monate. Zu allem Überfluß wohnt er jetzt im Primanerbau. Die Maxius hat ihn aus reiner Bösartigkeit in ein düsteres Loch gesteckt, zehn Quadratmeter im ersten Stock, gleich neben den Toiletten, mit Blick auf den Graben. Damit sind die Zeiten vorbei, wo Carl bis elf mit ihm reden, Musik hören, Bier trinken konnte: Um Viertel nach neun werden die Türen geschlossen.

Bei dem Gedanken an den Abschied wird ihm angst und bange. Er muß noch so viel lernen über die Grundlagen des Glaubens. Auf sich allein gestellt, ist sein Herz nicht in der Lage, einen Weg aus dem Abgrund von Sünde und Leichtlebigkeit zu finden. Davor der Winter, Dunkelheit. Schlechte Zeiten. Obwohl Bruder Walter ihm eins von den neuen Zimmern mit Schlafempore und eigenem Waschbecken zugeteilt hat. Er sollte ihm dankbar sein.

Für alles, was mit dem Aquarium zu tun hat, bedeutet es eine große Erleichterung. Er hätte trotzdem lieber das alte behalten. Zumal Vincent Färber jetzt sein Nachbar wird. Ein gottloser Darwinist, der Bart mit sich in den Abgrund zieht. Letzten Dienstag, als er Bart in Düsseldorf angerufen hat, hörte er Vincent im Hintergrund Gitarre spielen und lachen. Sie überlegen, eine Rockband zu gründen.

Auf der anderen Seite des Flusses führt eine Frau ihren Hund aus. Sie wirft einen Stock, der Hund bringt ihn zurück, wird gelobt. Immer dasselbe Spiel. Ihre langen braunen Haare flattern im Wind. Durch das Fernglas läßt sich ihr Alter schwer schätzen. Zwischen zwanzig und vierzig. Sie setzt sich in den warmen Sand, lehnt sich zurück, schließt die Augen, spürt die Sonne durch die Kleider auf der Haut.

Guntram ist noch in Lenza. Ihn wird er nächste Woche besuchen, wenn die Bergfreizeit vorbei ist. Vor Beginn der Ferien haben sie sich wieder gut verstanden. Guntram hat ihm von sich aus auf dem Klavier vorgespielt, Beethovens *Pathétique* und *Nocturnes* von Chopin. Im Hinblick auf den Glauben sind sie ohnehin weitgehend einer Meinung, wobei Guntram die Unvereinbarkeit von Evolutionstheorie und Christentum weniger dramatisch findet als Kuffel. Guntram denkt tatsächlich ernsthaft darüber nach, Priester zu werden, obwohl er noch immer mit Irma zusammen ist.

Zwei schwarze Vögel, die wie Kormorane aussehen, fliegen knapp über der Wasseroberfläche flußaufwärts. Kormorane stehen auf der roten Liste der vom Aussterben bedrohten Arten ganz oben. Trotzdem läßt es ihn merkwürdig kalt. Vergangenes Jahr, als er zum ersten Mal Rotschenkel gesehen hat, haben ihm die Hände gezittert vor Aufregung.

Er schreibt »Kormorane!?!« in sein Notizheft, versucht die Flugsilhouette zu skizzieren, um sie später mit den Abbildungen im Bestimmungsbuch zu vergleichen.

Wahrscheinlich wäre es besser gewesen, er hätte sich auch für die Schweizfahrt angemeldet, aber diesmal waren die Plätze früh vergeben. Rasche ist nicht dabei, und es wurden keine Küchenmädchen mitgenommen. Was bleibt, außer Vogelbeobachtung? Lesen, wenn es regnet. Oder er versucht sich an wissenschaftlichen Zeichnungen von bleichen Schädelchen, die er am Fluß gefunden hat: eine Möwe, ein Graureiher, ein Schwan, dessen Schnabel fehlt. Der neue Biologielehrer, Herr Neynhuis, sagt, daß man im Studium ständig Präparate zeichnen muß: Je genauer die Zeichnungen sind, desto besser versteht man, was man sieht.

Und immer wieder die Hoffnung, es könnte sich doch etwas ereignen: eine Begegnung, die alles umwandelt.

»Wir sind völlig fertig. Auch meine Eltern. – Die Anzeige aus Kahlenbeck ist erst heute mittag bei uns angekommen. Also vor gerade mal drei Stunden. Und es hatte ja vorher niemand hier angerufen.«

»Von uns hat noch immer keiner wirklich begriffen, was eigentlich passiert ist«, sagt Guntram, »obwohl wir es am selben Abend erfahren haben.«

»Wahnsinn.«

»Das kannst du laut sagen.«

»Und wann war das?«

»Heute vor einer Woche.«

»Also letzten Dienstag.«

»Wir saßen im Speiseraum und haben auf das Abendessen gewartet. Eigentlich wie immer. Du kennst das ja. Wobei natürlich alle gespannt waren, wann endlich Nachrichten aus Chamonix kommen und ob es diesmal geklappt hat …«

»Es war sein fünfter Anlauf, oder?«

»Genau. Der letzte vor drei Jahren. Den haben sie wegen schlechten Wetters abgebrochen. Zum ersten Mal hat er es, glaube ich, 1962 oder '63 versucht. Da war er noch gar nicht in Kahlenbeck … – Jedenfalls kommt auf einmal Lohfing herein, direkt dahinter Adelgundis und Pankratia, die aber keine Schüsseln in der Hand haben wie sonst, alle drei tränenüberströmt, und Lohfing sagt: ›Es gibt eine schlimme Nachricht: Der Präses ist tot.‹ – Im ersten Moment hat natürlich jeder gedacht, der macht einen Witz, und gleichzeitig, das kann gar nicht sein, mit so etwas macht er doch keine Witze …«

»Unfaßbar.«

»Über die genauen Umstände wisse er noch nichts, er habe noch nicht mit Heinz-Bernd sprechen können, Heinz-Bernd sei aber wohl nichts passiert, außer daß er natürlich unter Schock stehe.«

»Es hatte doch immer geheißen, eine der Routen sei völlig ungefährlich und daß sie auf jeden Fall die nähmen.«

»Er ist wohl auch nicht durch einen Fehler abgestürzt oder durch eine Lawine, sondern die Obduktion hat ergeben, daß er einen Herzstillstand hatte.«

»Sie haben ihn obduziert? Aufgeschnitten und alles? Wozu das denn?«

»Anscheinend ist das üblich. Immerhin haben sie es sofort gemacht, und wir mußten nicht endlos auf das Ergebnis warten – vor allem Heinz-Bernd.«

»Aber bei jemandem wie Roghmann, der kein gewöhnlicher Mensch war, da kann man doch nicht einfach hingehen und anfangen zu …«

»Die wollten Beweise, um sicher zu sein, daß sie nicht wegen Mord ermitteln müssen.«

»… zu schnibbeln.«

»In dem Fall war es zwar völlig absurd, aber das interessiert die Schweizer Polizei anscheinend nicht. Heinz-Bernd ist ja direkt hinter Roghmann gegangen, und sie hatten die Seilschaft kurz vorher aufgelöst. Theoretisch hätte Heinz-Bernd ihn auch stoßen können oder selber stolpern und unglücklich gegen Roghmann fallen. Dann wäre es fahrlässige Tötung gewesen oder eben ein Unfall. Diese Unterschiede spielen wohl eine Rolle für die Versicherungen. Jedenfalls, daß ein kerngesunder Mann, noch dazu ein erfahrener Bergsteiger, einfach so ohne Grund abstürzt, an einer Stelle, die kein bißchen gefährlich ist, das hat sie natürlich stutzig gemacht. Kann man aus deren Sicht ja auch irgendwie verstehen.«

»Ich hab' voriges Jahr auf der Großtour ein paarmal gedacht, daß Roghmann nicht mehr hundert Prozent trittsicher geht, verglichen mit früher.«

»So wie Heinz-Bernd erzählt, muß es an einem Abschnitt gewesen sein, der wirklich harmlos ist, außer daß der Fels eben zur einen Seite zweihundert Meter abfällt.«

»Er sah bestimmt schlimm aus.«

»Erstaunlicherweise ist er wohl so aufgeschlagen, daß er keine sichtbaren Verletzungen hatte. Also äußerlich unversehrt. Da haben sich auch alle gewundert. Und er hat gelächelt. Das heißt, er muß tot gewesen sein, bevor er überhaupt gemerkt hat, daß er fällt. Heinz-Bernd und Lohfing sagten beide, daß sein Gesicht tiefen Frieden ausgestrahlt hat …«

»Haben sie ihn sich noch mal angeschaut?«

»Die sind hingefahren, mit Adelgundis und Pankratia. Lohfing wollte auch noch die Totengebete sprechen.«

»Aber es war auf dem Abstieg, oder? Die Montblanc-Besteigung selbst – das hat geklappt?«

»Das hat geklappt.«

»Unfaßbar.«

»Wenn ein Mensch, zumal ein Priester, auf diese Art sterben darf, und das an so einem Punkt seines Lebens … Das ist schon ein wirkliches Gnadengeschenk. Und der Aufstieg muß phantastisch gewesen sein, genau wie man sich das immer wünscht: freie Sicht in alle Himmelsrichtungen, fast kein Wind, selbst oben auf dem Gipfel nicht. Sie hatten wohl auch einen Tag erwischt, an dem kaum Andrang war. Zum Teil herrscht am Montblanc inzwischen ja regelrecht Hochbetrieb … Japaner und Amerikaner vor allem.«

»Zum Kotzen.«

»Wobei er eine Vorahnung hatte … Also Roghmann. Daß er sterben würde.«

»Woher weiß man das?«

»Heinz-Bernd sagt, er hätte ihn noch nie so gelöst erlebt wie an diesem Morgen. Dabei aber ganz konzentriert und kraftvoll. Wie früher. Heinz-Bernd ist ja von Anfang an dabei gewesen. Ich glaube, er war als Quintaner zum ersten Mal in Lenza, 1969. Und ihm war auch aufgefallen, was wir schon festgestellt hatten, daß er zuletzt ziemlich unsicher gewesen ist. Bergsteigerisch gesehen. Aber da wohl gar nicht mehr, im Gegenteil.«

»Das klingt nicht nach Todesahnung.«

»Am Vorabend auf der Hütte müssen sie ein sehr tiefes Gespräch gehabt haben.«

»Und Roghmann hat ihm verraten, daß er am nächsten Tag stirbt?«

»Nicht direkt. Dann hätten sie die Tour sicher abgeblasen. Aber er hat wohl Dinge angedeutet, die sich im Nachhinein so verstehen lassen. Heinz-Bernd sagt, es wäre eine sehr besondere Atmosphäre gewesen, abends auf der Hütte: Sie hätten erst lange über das Bergsteigen als geistliche Übung geredet. Daß man den steilen und steinigen Weg nach oben wählt, gegen die eigene Bequemlichkeit und allen Gefahren zum Trotz, daß man dabei gleichzeitig seine Angst überwindet und lernt, was es heißt, das eigene Leben der Gnade Gottes zu überantworten. Und je älter man wird, desto mehr erkennt man auch, daß bedingungsloses Gottvertrauen der einzige Grund ist, auf dem man wirklich sicher gehen kann. Theoretisch ist das zwar ständig so, egal ob ich die Straße überquere oder – was weiß ich – in einen See springe …«

»Gut, aber darüber hat er immer gesprochen, wenn er in Lenza war, auch in den Predigten.«

»Der Ton war wohl ein anderer. Heinz-Bernd sagt, Roghmann wäre auf eine Weise beseelt gewesen, wie er sich immer vorgestellt hat, daß die Apostel es gewesen sind, als sie nach Pfingsten auf die Straße traten und zu den Leuten über den auferstandenen Herrn sprachen.«

Carl läuft ein Schauer den Rücken hinunter.

»Es ging dann auch lange um Kahlenbeck, um seine Arbeit als Präses. Heinz-Bernd sagt, für ihn hätte es geklungen, als würde Roghmann Bilanz über sein Leben als Priester und Internatsleiter ziehen.«

»Mmh.«

»Also daß Kahlenbeck für ihn eben, seit der Bischof ihn dorthin entsandt hat, vor allem der Versuch gewesen ist, einen Gegenentwurf zu dieser ganzen Hippieerziehung zu schaffen. Zum Beispiel mit unserer gezielten Abschottung – kaum Ausgang, Fernsehverbot, keine externen Schüler, Heimfahrtswochenende nur alle drei Wochen. Diese Maßnahmen sollten vor allem dafür sorgen, daß wir dem Irrsinn der heutigen Zeit so wenig wie möglich ausgesetzt sind. Statt dessen hatte er die Hoffnung, daß die Werte eines in Christus und der Kirche begründeten Menschenbildes von Kahlenbeck aus in die Welt strahlen. Trotzdem hat er sich wohl keine Illusionen gemacht, sondern war sich darüber im klaren, daß er den Sieg des Teufels über das, was einmal das christliche Abendland war, nicht aufhalten kann. Und zum Schluß, also bevor sie sich schlafen gelegt haben, hat er ein paar Sachen gesagt, die fast so etwas wie sein persönliches Vermächtnis gewesen sein müssen, wobei Heinz-Bernd ganz unsicher war, wie er es schaffen soll, das weiterzugeben…«

»Aha.«

»Der Hauptpunkt war, daß wir, also jeder Mensch, wenn er stirbt, alles, was er geschafft hat, in Gottes Hand zurückgeben muß. Auch wenn man sich immer einbildet, daß einem Anerkennung zusteht, erkennt man zum Schluß, daß man nichts ohne die Zustimmung Gottes getan hat. Selbst unseren geheimsten Absichten ist seine ewige Absicht schon vorausgegangen. Wir sind nur Diener, die nicht die geringste Ahnung haben, wie der Plan, in den Er uns hineinstellt, von oben betrachtet aussieht. «

»In zwei Jahren wäre er sowieso pensioniert worden.«

»Darüber hat er auch gesprochen: daß er große Sorge hat, wie es nach ihm mit Kahlenbeck weitergeht. Nicht nur angesichts der Frage, wie lange der Bischof bereit sein wird, das Collegium zu finanzieren, wo die Zahl der Abiturienten, die Priester werden wollen, seit Jahren abnimmt, sondern auch dahingehend, daß sich die Werte, für die Kahlenbeck steht, selbst innerhalb der Kirche immer weniger vermitteln lassen.«

»Ich bin die Auferstehung und das Leben. Wer an mich glaubt, wird leben, auch wenn er stirbt, und jeder, der lebt und an mich glaubt, wird in Ewigkeit nicht sterben.«

Das Megaphon scheppert. Tiefblauer Himmel. Der Kreuzgarten ist überfüllt. Bischof Egesam selbst hat den Trauergottesdienst gehalten, acht Priester standen als Konzelebranten um den Altar, darunter Weihbischof Nocke und Generalvikar Fischer – beide Kahlenbeckabsolventen. Stöckes hat gestern und vorgestern noch mit einem Quartaner, Dirk Eltz, der als herausragendes Gesangstalent gilt, das *Pie Jesu* von Fauré einstudiert. Es wurde viel geweint. In seiner Predigt ist Bischof Egesam vor allem auf die Verdienste des Präses um Erziehung und Bildung der Jugend in einer dem Glauben feindlich gesinnten Zeit eingegangen. Über seinen geistlichen Rang hat er nicht gesprochen. Offenbar ist ihm nicht bewußt, daß Roghmann ein heiligmäßiger Mann gewesen ist. Kuffel sagt, die meisten Modernisten haben gar keinen Begriff mehr davon, daß es hierarchische Stufen des Glaubens gibt. Aber Bischof Egesam sei schon als Homiletikprofessor theologisch ohne Profil gewesen, und jetzt, wo er Bischof sei, sehe man, daß ihm auch als Seelsorger jegliche Geistestiefe fehle. Diese Predigtspezialisten seien allesamt halbe Protestanten.

»Wir übergeben den Leib der Erde. Christus, der von den Toten auferstanden ist, wird auch unseren Bruder Kurt zum Leben erwecken.«

Carl hat seine Eltern im Gedränge beim Auszug aus der Kirche verloren, beziehungsweise er hat sich abgesetzt. Jetzt steht er bei Kuffel und Holzkamp. Holzkamp hat rotgeweinte Augen.

»Dein Leib war Gottes Tempel. Der Herr schenke dir ewige Freude.«

Weihrauchgeruch. Ein Schwarm Dohlen stürzt sich wie auf Befehl vom Kirchendach, steigt wieder auf, dreht laut schreiend eine Runde um den Dachreiter. Carl wundert sich, daß die Vögel dem Toten keinen Respekt erweisen. Er hatte sich vorgestellt, wenn ein Heiliger zu Grabe getragen wird, trauert die gesamte Schöpfung.

»Von der Erde bist du genommen, und zur Erde kehrst du zurück. Der Herr wird dich auferwecken.«

Das sachliche Geräusch, als die Erdklumpen auf den Sargdeckel schlagen. Darunter die leblose Gestalt des Präses in schwarzer Priesterkleidung, mit einem Rosenkranz in den Händen, obwohl Carl ihn nie vor der Madonnenfigur im Hauptschiff hat knien sehen, immer nur vor dem Allerheiligsten in der Beterkapelle.

Carl wüßte gerne, ob für die Bestatter ein Unterschied zu gewöhnlichen Menschen spürbar gewesen ist, als sie ihn gewaschen und angekleidet haben. Manche Heilige, wie Hildegard oder Pater Pio, sollen noch als Tote einen besonderen Duft verströmt haben.

Wieder das Bild, wie der Schweizer Gerichtsmediziner auf Anweisung eines schmallippigen Inspektors oder Richters die Hämatome an dem nackten Leichnam untersucht, nichts Verdächtiges findet, trotzdem das Skalpell ansetzt, ins tote Fleisch schneidet, es auffaltet, um die Vorschriften zu erfüllen.

»Nun läßt Du Herr, Deinen Knecht,
Wie Du gesagt hast, in Frieden scheiden.«

Die Schola klingt dünn, wichtige Stimmen fehlen, Eging zum Beispiel.

»Denn meine Augen haben das Heil gesehen,
das Du vor allen Völkern verbreitet hast,
ein Licht, das die Heiden erleuchtet,
und Herrlichkeit für Dein Volk Israel.«

Carl sieht Andrea bei den Schwestern und Küchenmädchen, schaut weg, um ihren Blick nicht zu treffen. Er hatte gefürchtet und gehofft, daß Ulla ihren Dienst doch in letzter Minute tauschen und mitfahren könnte. Dann hätte es eine direkte Begegnung zwischen ihr, Kuffel und Holzkamp gegeben, mit offenem Ausgang. Alle drei wissen Dinge voneinander, die er ihnen zu einem Zeitpunkt verraten hat, als er sicher davon ausging, daß sie nie zusammentreffen würden.

»Die Maxius benimmt sich, als ob sie seine Witwe wäre«, knurrt Kuffel.

Holzkamp reibt sich mit Daumen und Zeigefinger die Augen aus, wie er es tut, wenn er zeigen will, daß er konzentriert denkt. Raunt: »Sie ist fleißig dabei, sich in Münster als Roghmanns rechte Hand und geistige Erbin aufzuspielen, die als einzige weiß, wie er sich die Fortführung seines Lebenswerks vorgestellt hat. Deshalb muß sie bei der Bestellung des Nachfolgers natürlich unbedingt gehört werden.«

»Widerlich.«

»Angeblich erzählt sie sogar – unter dem Siegel höchster Verschwiegenheit, damit es auf jeden Fall weitergetratscht wird –, daß Roghmann ihr unmittelbar nach seinem Absturz erschienen ist.«

»Du machst dich lustig.«

»Sie war wohl bei Verwandten auf dem Hof und hat Kartoffeln fürs Mittagessen geschält. Das käme sogar hin. Soweit ich weiß, ist er gegen halb elf abgestürzt. Da schält die aufrechte Bauersfrau Kartoffeln. Und genau zu dem Zeitpunkt, behauptet sie jedenfalls, hat sie eine Art Vision von Roghmann gehabt. In welcher Form und Gestalt auch immer. Sie ist daraufhin gleich zu ihrer Cousine und hat ihr gesagt, daß etwas mit dem Präses nicht stimmt, sie sei sich ganz sicher. Fünf Stunden später sei der Anruf von Lohfing gekommen. Die Cousine bezeugt es angeblich.«

»Daß sie Kartoffeln geschält haben will, beweist doch eindeutig, daß es gelogen ist.«

»Und wer sagt das?«

»Das kann ich unmöglich verraten. Quellenschutz. Sonst riskiere ich meine Vertrauenswürdigkeit und erfahre nichts mehr. Das geht aber noch viel weiter: Die Maxius hat sogar schon Unterstützer im Pfarrer-von-Ars-Kreis gefunden, die gezielt zu Roghmann beten, für krebskranke Verwandte oder gegen die Ausbreitung der Maul- und Klauenseuche in ihrem Bezirk, in der Hoffnung, daß er ihnen vielleicht das eine oder andere Wunder beschert, mit dem sie dann nach Rom ziehen können, um ein Seligsprechungsverfahren anzuleiern.«

Kuffel schüttelt den Kopf.

»Nicht zu fassen.«

Beinahe Stille, trotz der vielen Leute. Nur das leise Knirschen von Schuhen auf dem Kiesweg, der den Kreuzgarten in zwei Hälften teilt.

Die Maxius ist tatsächlich die erste nach Roghmanns Schwester und deren Familie, die eine Schaufel Erde auf den Sarg wirft. Dazu einen Strauß weißer Rosen. Dann stellt sie sich zu den Verwandten. Offenbar erwartet sie allen Ernstes, daß man auch ihr kondoliert.

»Eine Frechheit«, zischt Kuffel.

»Vor allem, was wirft das für ein Licht auf Roghmann? Leute, die ihn vielleicht nicht so gut kennen, denken am Ende, es hätte eine wie auch immer geartete Beziehung jenseits des Gebotenen zwischen ihnen gegeben.«

»Das kann ich mir nicht vorstellen.«

»Je größer der Baum, desto mehr Hunde wollen daran pinkeln.«

»Trotzdem.«

Sie reihen sich in die Schlange der Trauernden, bewegen sich unendlich langsam auf das Grab zu. Im Zehn- oder Fünfzehnsekundentakt das Geräusch von Erde, die auf Holz trifft, auf Kunstrasenmatten rieselt. Es klingt jedesmal ein wenig anders. Dazwischen Blumen. Ihr Geräusch ist weicher, wie verwischt.

Der Versuch, etwas zu denken, das der Situation angemessen wäre. Jemand, dem Gott einen solchen Tod schenkt, kann nicht schlecht gewesen sein. *Ein heiligmäßiger Mann.* Wenn die Bemühungen der Maxius Erfolg haben, kann er sogar noch ein richtiger Heiliger werden, mit der Ehre des Altars. Der erste, den Kahlenbeck hervorgebracht hätte. Schmal, drahtig, mit Augen, die nichts preisgeben. Wie er ihn zusammenschreit, weil er sich geweigert hat, hungrig ins Bett zu gehen. Streng, aber gerecht. Einer, der Macht hat. Und wissen will, ob Bart und er sich gegenseitig an den Geschlechtsteilen berühren. Und auf dem Gipfel des Montblanc steht, drei Stunden vor seinem Tod. Vollendet. Im freien Fall. Lächelnd.

Erneut fliegen Dohlen auf.

All diese Menschen. Gesenkte Köpfe. Taschentücher. Schweigen und Flüstern. Holzkamps Bayernjoppe, unmittelbar vor ihm, bewegt sich ruckartig – er schluchzt. Für ihn bedeutet es, daß niemand mehr seine schützende Hand über ihn hält.

Carl sieht Guntram und dessen Eltern, nickt ihm zu. Von rechts eine weitere Reihe Trauernder. Joschrupp ist auch da. Er trägt einen schwarzen Anzug, der seinem Vater oder Großvater gehört, weißes Hemd, schwarze Krawatte. Es fehlt nur ein Zylinder, und er könnte bei Dick und Doof als Müllkutscher auftreten. Weiter hinten die Brüder Kriens, Gräßmann, Asse. Pille Löser heult hemmungslos. Nicht einmal Asse wirkt erleichtert, obwohl er immer über Roghmann gelästert hat.

Er sieht jetzt den Sarg, dunkel gemasertes Holz. Ein Bronzekruzifix ist aufmontiert. Still nach innen gewandt der Blick des Heilands. Holzkamp tritt weg, wischt sich Tränen von den Wangen. Kuffel nimmt die Schüppe, wirft Erde. Steht da mit gefalteten Händen, bewegt tonlos die Lippen, verneigt, bekreuzigt sich, tritt weg.

Carl schaut all die Erde an, die schon in der Grube

liegt, den Rosenstrauß der Maxius, einzelne Nelken in verschiedenen Farben.

Im Zentrum des Bildes von Kahlenbeck vor Carls innerem Auge ist ein Loch. Keiner der anderen Priester – Krantz, Spiritual Lenders, Präfekt Wiepers, Präfekt Lohfing, Dr. Pottschaff, der alte Widerling –, keiner von ihnen kann den Platz einnehmen.

»Vater unser im Himmel.«

Er würde den Präses Kurt Roghmann gerne direkt aus der Mitte des Herzens ansprechen, etwas sagen, was Bitte, Dank und Frage zugleich ist. Wenn er als Lebender imstande war, zu lesen, was einen im Innersten bewegt hat, wieviel mehr wird er jetzt jenseits des Fleisches einen Gedanken hören können, der an ihn persönlich gerichtet ist.

Carl weiß nicht, ob er ›du‹ oder ›Sie‹ denken soll.

Es ist lachhaft.

Er muß sich beeilen und findet die Anrede nicht. In seinem Kopf verhaken sich verschiedene Stimmen. Schweigen. Hinter ihm räuspert sich Sprangers Vater.

Achtundzwanzig

Lise mit dem Sonnenschirm. Wie schön sie ist in ihrem langen weißen Kleid unter dem verrutschten Hütchen. Scheu, einem sanften Gedanken in der Ferne nachhängend …

Er fragt sich, wie er hat finden können, daß Ulla ihr ähnlich sieht. – Der Ulla von vor zwei Jahren vielleicht, deren Haar offen bis zu den Hüften gefallen ist. Manchmal hatte sie es wie Lise auf dem Hinterkopf zu einer Schnecke hochgesteckt. Die Ulla von damals wird blasser, je öfter er sie sich vorstellt. Schrecken und Glück, wenn er sie von weitem beim Nachholen gesehen hat, in ihrer gestärkten Kittelschürze, eine Schöpfkelle voll Rotkohl oder Kartoffelpüree in der Hand.

Sie will ihn treffen, möglichst bald. So wie sie schreibt, klingt es, als wäre im Grunde klar, daß sie wieder zusammen sind. Er kämpft gegen den Gedanken, ihren Brief mit Terminvorschlägen einfach nicht bekommen zu haben. Daß auf die Post kein Verlaß ist, manches in der Verwaltung verschwindet, wissen sie beide.

Wie konnte es passieren, daß die Liebe sich aufgelöst hat?

Mittlerweile findet er schon die Tatsache lästig, daß sie einmal pro Woche einen Anruf oder Brief von ihm erwartet.

Es ist nichts übrig.

Er muß aufpassen, daß seine Gedanken an sie nicht hart werden und auch das noch verderben, was schön war. Es war doch oft schön mit ihr. Die Erinnerung an das Schöne schmerzt mehr, als wenn er daran denkt, wie sie ihn hat warten lassen, ihm Halbwahrheiten erzählt, etwas mit diesem Christian angefangen hat.

Es ihr am Telephon zu sagen, bringt er nicht über sich. Wie soll er ein weinendes Mädchen aushalten, ohne die Möglichkeit, sie zu trösten.

Er steht auf, geht im Zimmer auf und ab, bleibt vor dem Waschbecken stehen, schaut in den Spiegel. Obwohl er sich erst vor drei Tagen rasiert hat, bilden die Bartstoppeln bereits wieder einen erkennbaren Schatten über der Lippe und zu beiden Seiten des Kinns. Der Mensch dort gefällt ihm nicht.

Er dreht sich weg, läßt sich in seinen Sessel fallen, schaut ins Aquarium.

Der Makropode hat mit dem Bau eines neuen Schaumnests begonnen. Nachdem er die ersten beiden Wochen nach den Ferien blaß und schreckhaft gewesen ist, leuchtet er wieder. Offenbar hat er die Strapazen der Umzüge überstanden. Das Weibchen hingegen bereitet Carl nach wie vor Sorgen. Fächelnd und durchscheinend steht sie in der hintersten Ecke beim Filter. Ihre Flanken sind eingefallen. Sobald Carl Futter hineinschüttet, verjagt das Männchen sie mit wüsten Attacken, verhindert, daß sie frißt.

Er geht an den Schreibtisch, legt sich den Briefblock zurecht, den Ulla ihm vergangenes Jahr geschenkt hat: hellgraues Umweltpapier mit einem knorrigen Baum, dessen Äste das gesamte Blatt umranken.

Die Frage, welchen Stift er nehmen soll. Mit dem Kugelschreiber sieht es dünn und nachlässig aus. Die bunten Tintenroller, die er immer benutzt hat, um ihre Briefe mit mehrfarbigen Kommentaren und Unterkommentaren zu versehen, wirken verspielt. Angemessen wäre das Dunkelblau des Füllers, aber es paßt nicht zu dem kindischen Papier.

Er zieht weiße Bögen und das Linienblatt aus der Schublade, klemmt sie hintereinander.

Kahlenbeck, den 23. September 1982

Der Herbst hat begonnen.

Liebe Ulla!

Will er tatsächlich »Liebe Ulla« schreiben? In der Anrede schwingt die Liebe als Gefühl noch immer mit.

Was sonst? – »Hallo, Ulla«?

Sie hat ihre ersten Briefe an ihn, als sie Rasches Freundin war, mit »Hallo, Carl« überschrieben.

Es wäre böse und grausam. Inzwischen weiß sie, wie sehr er dieses »Hallo« haßt. Böse und grausam will er nicht sein, obwohl er annimmt, daß sie ihn betrogen hat oder wie immer man es nennt, wenn jemand einen verläßt, weil er sich mal eben in jemand Neuen verliebt hat, es sich nach einem kurzen Intermezzo wiederum anders überlegt, als wären das alles Kinderspiele.

Kann er sicher sein, daß sie jetzt wirklich auf ihn wartet und sich nicht nebenbei längst einem dritten, vierten oder fünften an den Hals wirft, damit sie auf keinen Fall allein bleiben muß.

Seit drei Tagen liegt Dein letzter Brief jetzt schon hier.

Sie nennt darin verschiedene Möglichkeiten für ein Treffen in Forch oder Kahlenbeck.

Er könnte Ausreden erfinden, weshalb er an allen Terminen verhindert ist: Lateinarbeit, Kunstexkursion, Wandertag, Konzert. Es würde die Entscheidung lediglich verschieben.

Soll er ihr allen Ernstes schreiben, daß er sie nicht sehen möchte? Daß sie sich auch keine Mühe zu geben braucht, Alternativen zu finden? Weil er sie überhaupt nie wieder sehen will?

Jedesmal, wenn ich ihn in die Hand nehme, werde ich traurig und bin zugleich ratlos. Ich stelle mir vor, wie Du in Deinem Zimmer sitzt und ihn schreibst, voller Vorfreude, daß wir uns nächste oder übernächste Woche treffen, die Vergangenheit vergessen und von vorn anfangen.
Gleichzeitig tauchen all die Bilder auf, wie wir zusammengewesen sind. Viele schöne Bilder und einige weniger schöne …
Bald ist es genau ein Jahr her, daß wir zum ersten Mal im Forcher Stadtpark waren.

Er sieht es vor sich, wie sie auf der Bank saßen, dort wo die Arme der Vries sich vereinigen, am Horizont im Nebel die Schwäne als Zeichen, dem er geglaubt hat. Er kann ihr unmöglich schreiben, was er schreiben muß, mit diesem Bild vor Augen und im Gedächtnis seiner Fingerspitzen noch das Gefühl, wie sie sich durch Ullas wirbeligen Haaransatz in den Nacken vorgetastet haben. Ihm stockt der Atem bei dem endgültigen Gedanken, den er denken muß, bevor er ihn schreiben kann, klar und geradeheraus, gegen die aufsteigenden Tränen, mit der Eisenklammer ums Herz. Er greift nach ihrem Brief, riecht daran, obwohl es ein Fehler ist. Ihre Briefe haben immer nach ihr gerochen, so daß er beim Lesen für Momente das Gefühl hatte, sie ist wirklich da und nur kurz ins Nebenzimmer gegangen.

Er weiß nicht, ob sie Parfüm darüber versprüht oder ob sich das Papier einfach mit ihr vollsaugt im Laufe der Zeit, die es in ihrem Zimmer liegt.

Er reißt sich los. Schluckt, drückt den Kloß beiseite.

Die Zeit, die wir zusammen gewesen sind,
wird für mich bis ans Ende

Für Ulla war sie etwas anderes als für ihn, sonst hätte sie jedem gesagt, ganz gleich, was dann geschehen wäre: ›Das ist Carl, mein Freund und Geliebter, für jetzt und immer.‹

Er streicht den Satz durch.

Damals hatte ich das Gefühl, daß mein Leben an dem Tag, an dem Du darin aufgetaucht bist, neu begonnen hat. Endlich war es so, wie ich immer gedacht hatte, daß es sein soll. Obwohl wir meistens gefroren haben und im Regen standen und die Zeit jedesmal schneller vergangen ist. Ich kann mir nicht vorstellen, daß ich jemals mit jemand anderem wieder so tief verbunden sein werde wie mit Dir. Das geht schon deshalb nicht, weil ich keinem Menschen mehr mit diesem bedingungslosen – wie Jakobus sagt: ›naiven‹ – Vertrauen gegenübertreten werde.

Er merkt, wie sich eine Spur Grausamkeit, vielleicht sogar Rachsucht einschleicht. Eine Verhärtung der Brust, wie vor Wutanfällen, die in Schlägereien münden. Er hört ihre Stimme, sie sagt, ›Christian. Das ist der Pfleger, von dem ich dir erzählt hatte‹, als wäre es das Normalste von der Welt.

Diese Naivität ist vor fünf Monaten gestorben. Ich weiß nicht, ob ich ihr nachtrauere oder froh bin, daß sie weg ist, denn seitdem habe ich einen realistischeren Blick auf das Leben. Bestimmte Enttäuschungen werden mir künftig erspart bleiben.
Natürlich habe ich in den Wochen, seit Du Dich wieder gemeldet hast, ständig über uns nachgedacht und mir die Frage gestellt, ob wir eine Zukunft haben und wie sie aussehen könnte?
Versteh mich nicht falsch, ich mag Dich immer noch. Aber als Du mir damals gesagt hast, daß Du lieber mit jemand anderem zusammen sein möchtest, ist etwas in mir zerbrochen. Anfangs dachte ich sogar, ich selbst als Person würde zerbrechen, aber zum Glück hatte ich Freunde, die mir zur Seite standen. Obwohl ich im ersten Augenblick überglücklich war, als ich Deinen Brief in Händen hielt, ist mein Gefühl für Dich noch immer ein Scherbenhaufen, und ich weiß nicht, was ich noch versuchen könnte, um es wieder zusammenzusetzen.

Er liest, was er geschrieben hat, hält inne. Zweifelt einen Moment, ob er seinen eigenen Sätzen glaubt, ob es nicht doch bloß gekränkte Eitelkeit ist, die ihn zu diesem Schritt treibt – verstärkt durch das ganz allmählich wirkende Gift von Kuffels Frage, ob er Ulla wirklich jemals wieder wird anschauen oder berühren können, ohne all die anderen vor Augen zu haben, die sie angeschaut und berührt haben.

Zorn schiebt den Zweifel weg, legt sich über den Schmerz, die Wehrlosigkeit. – Sie soll aus seinem Brief nicht spüren, wie wehrlos er war und ist.

Auch die Frage, ob ich nicht doch zum Priester berufen bin, habe ich mir noch einmal neu gestellt. Zwar ist mir bis jetzt keine Antwort zuteil geworden, aber ausschließen kann ich es weniger denn je.

Darf man etwas so Heiliges wie die Berufung zum Priester als Grund vorschieben, mit einer Geliebten zu brechen, selbst wenn man zu fünfundneunzig Prozent sicher ist, daß einem nichts dergleichen bevorsteht?

Ich bete täglich um Klarheit, und womöglich werde ich schon bald wissen, daß ich um der Liebe zum Herrn willen auf die Liebe einer Frau – Deine Liebe – verzichten muß. Ich kann mir kaum etwas Schrecklicheres vorstellen, als daß die erste Konsequenz, die der Ruf Gottes nach sich zöge, mein Abschied von Dir wäre und das Leid, das ich Dir dann zufügen müßte.

Es ist ungehörig, vielleicht sogar lästerlich. Andererseits mildert er damit die Härte des Schlags, den sein Brief ihr versetzt: Er entscheidet sich nicht gegen sie, sondern für Gott: eine Notlüge, die er als Sünde auf die eigene Kappe nimmt, um ihren Schmerz zu verringern.

Weil ich nicht glaube, daß eine rein freundschaftliche Beziehung zwischen uns nach dem noch möglich ist, was schon war, bin ich für mich zu dem Schluß gekommen, daß es vielleicht

Er streicht das *»vielleicht«*.

besser ist, wenn wir uns erst einmal gar nicht mehr sehen. Alles andere würde jeden von uns in immer neue Verzweiflung stürzen.

Ich hoffe, Du verstehst zumindest ein wenig die Gründe, die mich zu diesem Entschluß gebracht haben, auch wenn Du es vielleicht anders siehst oder Dir anders gewünscht hättest.

Leb wohl!

Carl

Er faltet den Brief zusammen, beschriftet das Kuvert, zieht die Jacke an, steckt ihn ein, stürzt aus dem Zimmer, läuft durch die Flure, springt die Treppen hinunter, rennt durch den Kreuzgang, über den Platz, die Brücke, am Steingregor vorbei Richtung Grenze, zum Zollhaus. Dort befindet sich der nächste Briefkasten, der nicht von Frau Meißner oder der Sötering geleert wird.

Vorbei.

Neunundzwanzig

Schreie und Lachen hallen durch den gefliesten Raum, dessen einziger Schmuck ein Mosaik mit stilisiertem Meeresgetier an der Stirnseite ist. Körper klatschen auf Wasser. Rechts eine Wand Glasbausteine, dahinter Wiesen, Bäume, Himmel und Kühe, zu einem zähflüssigen Ornament verquirlt.

Kuffel steht am Beckenrand, gebeugt wie ein Greis, den Kugelbauch vorgeschoben, in einer lächerlich weiten grün-weiß-schwarz karierten Badehose, die an einen Pyjama erinnert, fuchtelt und schimpft, weil der dicke Pörtner unmittelbar vor ihm eine Arschbombe gemacht hat.

Es ist das erste Mal, daß Carl Kuffel so sieht: Sein Oberkörper ist dicht behaart, selbst auf Schultern und Nieren.

Der Orthopäde, zu dem seine Mutter ihn in den Ferien geschleppt hat, war der Meinung, daß er schwimmen gehen muß. Sein krummer Rücken ist nicht einfach eine Marotte, sondern ein Haltungsschaden, teilweise erblich bedingt, aber auch selbst verschuldet durch jahrelange Bewegungsverweigerung. Wenn er jetzt nichts dagegen unternimmt, wird er mit dreißig unter ständigen Schmerzen leiden, gefolgt von Lähmungserscheinungen, Operationen, Rollstuhl.

Diese Aussichten haben ihm Angst gemacht, auch wenn er es nicht zugibt.

Kuffel legt sein Handtuch auf eine der Bänke, geht zu den Startblöcken, setzt seine Schwimmbrille auf, holt weit mit den Armen aus, springt kopfüber ins Wasser, taucht am anderen Ende des Beckens wieder auf, gibt grunzende Laute von sich, die eine Mischung aus Lust und Abscheu ausdrücken.

»Sieht gar nicht so aus, als ob du schlecht schwimmen würdest«, ruft Carl.

»Wer hat das behauptet?«

»Ich dachte, weil du freiwillig nie gegangen bist …«

Kuffel taucht wieder ab, schwimmt eine ganze Bahn unten am Grund.

Kreischen, das Gurgeln des abfließenden Wassers. Zwanzig oder dreißig halbnackte Jungenkörper. Ringkämpfe. Krüger, Grossmann und Wilbert versuchen sich gegenseitig einen triefenden Schaumstoffball ins Gesicht zu werfen. Pörtner schwabbelt am Rand entlang, fast so ungelenk wie Joschrupp.

Carl überlegt, ob er aussteigen, Anlauf nehmen und einen Salto ins Becken machen soll. Einfach aus Spaß, weil er es kann. Zögert. Womöglich denkt Kuffel, er will sich ihm als Supersportler präsentieren. Kuffel verachtet Leute, die sich ernsthaft mit Sport befassen, obwohl er andererseits den trainierten männlichen Körper für die vollkommenste Schöpfung Gottes hält.

Carl schwimmt zur nächsten Trittleiter, klettert hinaus. Spürt Kuffels Blick, der ihm folgt. Denkt an das eklige Zungenschnalzen, als Holzkamp ihm neulich die Postkarte mit den knackigen Hinterbacken einer berühmten griechischen Hermesfigur unter die Nase gehalten hat. Schiebt den Gedanken fort. Bemüht sich, breitschultrig und muskulös zu wirken, lässig zu gehen, wie jemand, der sich selbst stark und schön findet. Dreht sich überraschend um, schaut Kuffel direkt ins Gesicht. Kuffel sieht blitzschnell weg, kratzt sich im Nacken. Vielleicht errötet er sogar. Er kann sich jedenfalls nicht ernsthaft einbilden, Carl hätte die Stielaugen nicht gesehen, mit denen er ihn angestarrt hat. Unzüchtig. Womöglich die Vorstellung irgendeiner geschlechtlichen Betätigung im Hinterkopf. Er rudert auf der Stelle, blickt konzentriert an die Decke, als würde er innerlich der Bewegung eines nicht unwichtigen Gedankens folgen. Wendet sich wieder Carl zu, winkt ihm, wie eine Oma ihrem Enkel winkt. Carl schüttelt den Kopf, ohne zu wissen, wem es gilt und was er damit ausdrücken will. Steht jetzt hinter den Startblöcken, prüft, ob das Becken frei ist. Eigentlich ist diese Art von Sprüngen aus Sicherheitsgründen verboten. Er tritt zurück bis an die Wand, ruft, »Achtung, Platz da«, beschleunigt in vier, fünf Schritten, springt hoch ab, dreht sich in der Luft, stößt gestreckt ins Wasser.

Der Sprung müßte gut ausgesehen haben.

Nicht immer klappt es, manchmal wird es ein Bauchplatscher oder er landet halb auf dem Rücken. Carl streckt den Kopf aus dem Wasser, schaut sich suchend um.

»Ich wußte gar nicht, daß du so eine Sportskanone bist«, ruft Kuffel.

Trotz des albernen Begriffs *Sportskanone* klingt seine Stimme nicht ironisch.

»Da kannst du mal sehen.«

»Zeigst du es mir noch einmal?«

»Keine Lust.«

»Und wenn ich dich darum bitte?«

»Wozu?«

»Es hat mir gefallen.«

Daß es ihm auf diese Weise gefällt, ist nicht seine Absicht gewesen.

»Gut. Von mir aus. Aber wahrscheinlich klappt es nicht noch einmal so sauber.«

Er steigt wieder aus dem Wasser, schaut zurück, jagt Kuffels Augen davon. Es ist eine Demonstration. Und weil er sich schämt. Einmal hat Kuffel gesagt: ›Dein Gang ist nicht besonders elegant, vor allem von hinten‹, und Holzkamp hat hinzugefügt: ›Du watschelst wie eine Ente, wenn du es genau wissen willst.‹

Er rutscht in einer Lache aus, fängt sich. Kuffel schaut erschrocken. Man kann sich leicht etwas brechen auf den Fliesen, wenn man unglücklich stürzt.

Carl winkt ab. Sieht sich selbst von außen zu, wie er dort steht, zu schwach, zu weichfleischig, um schön oder wenigstens männlich zu sein.

Als ob das die Frage wäre, hier im Kahlenbecker Schwimmbad, wo ohnehin nie Mädchen dabei sind.

Er nimmt erneut Anlauf, brüllt: »Weg da!«, als es zu spät ist, entscheidet sich in letzter Sekunde gegen den Salto, springt statt dessen so weit wie möglich ab, um nicht mit voller Wucht auf einen lebensmüden Tertianer zu prallen.

»Hör auf mit den Sprüngen, Pacher, ich hab' keine Lust auf Genickbrüche«, ruft der Aventin-Tutor Winkelmann. Er ist heute der Bademeister.

Carl hält sich an der Überlaufrinne fest, schnappt nach Luft, sieht sich um. Kann Kuffel nirgends entdecken. Wenn er schon gegangen wäre, hätte er Bescheid gesagt. Abgesehen davon ist er noch nicht eine einzige reguläre

Bahn für den Rücken geschwommen. Im selben Moment spürt er eine Hand an seinem Knöchel, der Griff so fest, daß es schmerzt. Jemand will ihn hinunterziehen. Er hat Kraft. Versucht ihn um den Bauch zu fassen. Der Reflex, daß er genau das nicht will. Nichts in der Art. Weder jetzt noch überhaupt. Er schafft es, sich mit dem anderen Bein so vom Rand abzustoßen, daß die Hand loslassen muß, ist mit einigen Kraulschlägen in der Mitte des Beckens. Sieht unter Wasser einen Körperschatten, Kuffels grün-weiß-schwarze Badehose. Wut wegen des Übergriffs. Nichts dergleichen war abgesprochen.

Kuffels Kopf taucht unmittelbar vor ihm aus dem Wasser. Er fletscht die Zähne, lacht gespielt grausam, als wäre er ein wilder, ungestümer Junge, der seine Kräfte messen muß. Carl will sagen, es liegt ihm auf der Zunge: ›Hör zu, Bernhard, ich mag keine Kämpfe mit dir, weil du schwul bist und auf eine komische Weise in mich verliebt. Deshalb hat es für mich nichts mit dem zu tun, was die anderen hier machen.‹

Sagt es nicht.

Kuffel grinst, schießt senkrecht aus dem Wasser, sinkt tief hinunter, stößt sich vom Boden des Beckens ab, schnellt auf ihn zu, umgreift ihn von hinten. Carl spürt behaarte Männerarme um seine Brust, behaarten Männerbauch an seinem Rücken, wird hin und her geworfen, als wäre er das Gnu im Maul eines Krokodils, das ihn in die Tiefe ziehen und ertränken wird. Er fährt den Ellbogen aus, trifft Kuffel an der Schulter. Es könnte weh getan haben, wirkte aber ungezielt. Kuffel wird keine Absicht dahinter vermuten. Sonst würde er loslassen. Oder erst recht nicht. Weil er plötzlich Gefallen an Carls Zorn gefunden hat, ihn bis an die Grenze zum Todernst auskosten will.

Carl denkt an Joschrupp. Hofft inständig, daß Kuffel in seiner Badehose keinen Ständer hat. Es würde das Ende ihrer Freundschaft bedeuten. Er könnte unmöglich abends mit jemandem auf dem Zimmer sitzen, der stärker ist als er und bei dem sein Anblick unkontrollierbare sexuelle Regungen auslöst, wie bei einem Triebtäter, der nicht steuern kann, wann seine Geschlechtsteile sich wie verhalten. Carl muß wissen, ob es bei Kuffel in diese Richtung geht oder ob er tatsächlich Kontrolle über die Regungen seines Fleischs besitzt, wie Sokrates, als der geile Alkibiades sich nackt an ihm gerieben hat. Wie soll er aber herausfinden, was mit Kuffels Schwanz ist, wenn er ihn auf gar keinen Fall mit irgend etwas von sich zwischen den Beinen berühren will. Allein der Gedanke. Immer noch sind die haarigen Arme an ihm und um ihn, die einen normalen Ringkampf vortäuschen, wie Carl sie jeden Tag auf dem Schulhof hat, vor dem Speisesaal, im Kreuzgang. Kuffel steht dann daneben, tut so, als ob er einfach wartet, doch in Wirklichkeit stellt er sich die Jünglinge auf den griechischen Vasen mit ihren spitzen Pimmeln vor.

Carl könnte um Hilfe schreien, dann müßte Winkelmann einschreiten. Je nachdem, wie Winkelmann reagiert, würde es auch auf Carl selbst zurückfallen. Winkelmann wittert Kuffels Neigungen, aber er hat keine Beweise. Wahrscheinlich würde er die Gelegenheit nutzen und ihn, wenn nicht sie beide, zum Gespött machen.

Es gelingt Carl, sich loszureißen. Er schwimmt an den Rand, zieht sich hoch. Kuffel erwischt gerade noch seinen Fuß, sein Griff ist gleichzeitig fest und weich. Er hat Frauenhände. Carl findet nirgends Halt auf den nassen Fliesen, rutscht zurück ins Becken, taucht unter, schluckt Wasser, bekommt Panik. Jetzt schlägt er wild um sich, entfesselt, ohne Rücksicht, trifft Kuffel mit dem Ellbogen an der Schläfe, so hart, daß er unwillkürlich losläßt, einen Moment benommen wirkt. Es war Absicht, war keine Absicht. Zumindest wollte er ihm nicht ernsthaft wehtun.

Carl schnappt nach Luft, spuckt, hustet. Das eklige Gefühl eingeatmeten Wassers in den Nebenhöhlen. Kuffel hält sich den Kopf, verzieht schmerzhaft den Mund, wirkt trotzdem fast glücklich, sagt: »Vielleicht sollten wir es doch weniger wild treiben.«

»Na endlich«, sagt Holzkamp. »Ich habe schon gedacht, du wärest ersoffen.«

»Was suchst du überhaupt in meinem Zimmer, wenn ich nicht da bin?«

»Du wolltest ein paar Bahnen ziehen, wie der Arzt es verlangt, eine halbe Stunde maximal, und danach wollten wir uns wegen der Herbstferien verständigen, wenn du dich erinnerst … – Oh, ich verstehe: Ihr wart zu zweit …«

»Du solltest auch etwas für deinen Rücken tun, wenn ich mir anschaue, wie du im Sessel hängst.«

»Und? Hat es dir gefallen, Carl? Ich meine: mit ihm das Badewasser zu teilen?«

Carl sieht zu Kuffel hin, der den Blick auf den Boden gerichtet hat.

»Es war ziemlich voll.«

»Das beantwortet meine Frage nicht.«

»Das Wasser hat sich, dadurch daß er drin war, nicht anders angefühlt als sonst.«

»Aber wenn man mit jemandem, der einem aus tiefster Seele zugetan ist, eine gemeinsame Aktivität in Angriff nimmt, ist es doch auch etwas Besonderes, oder nicht?«

»Ich fand es normal.«

»Bist du mit dieser Antwort zufrieden, Bernhard?«

»Wir haben uns um unsere Gesundheit gekümmert und werden das auch weiterhin tun.«

»Ist er gut gebaut? – Falls es überhaupt Sinn hat, dich danach zu fragen, denn du schaust ihn ja mit den Augen der Liebe an, nicht wahr.«

»Athletisch. Eher der römische Typ.«

»Also kein Tadzio. Hätte mich auch gewundert. Das muß eine große Enttäuschung für dich gewesen sein.«

»Ach was!«

»...wo du mir doch schon mindestens zwanzigmal erklärt hast, daß dir das griechische Schönheitsideal so viel mehr liegt als das römische.«

»Unsinn.«

»›Zu schwer in den Gliedmaßen; massig, runde Hüften. Es fehlt das Überfeinerte und Zartgliedrige.‹ – Das hast du gesagt, oder willst du es ableugnen?«

»Dabei ging es um Skulpturen.«

»Wenn man ein Idealbild im Kopf hat, mißt man doch alles, was einem begegnet, daran, oder nicht? Abgesehen davon, daß ich auch ein halbes Dutzend Äußerungen zitieren könnte, die sich auf Lebende bezogen haben. Päffgen zum Beispiel oder Stefan Kriens: Die hast du als ›römische Kampfschweine‹ bezeichnet.«

»Ich habe dir ja gesagt, daß Carl und mich eine wirkliche

Freundschaft verbindet und nicht irgendwelche schmutzigen Obsessionen. Die finden nur in deiner Phantasie statt.«

»Glaubst du ihm das, Carl?«

»Schon.«

»Das klingt nicht sehr überzeugt.«

»Man weiß nie, was in dem Kopf von jemand anderem vor sich geht, oder?«

»Und wie ist es für dich, wenn du hörst, daß er sich unter einem schönen Mann eigentlich etwas anderes vorgestellt hat? Schmerzt dich das nicht?«

»Warum sollte es?«

»Weil du eitel bist.«

»So.«

»Es schmeichelt dir doch, wie er um dich herumscharwenzelt. Und wenn du dann hören mußt, daß ihm dieser oder jener viel besser gefällt? – Zum Beispiel unser Freund Bart. Der zwar ein Schwachkopf ist, aber um Intelligenz geht es dabei ja auch nicht …«

Schweigen.

»Gut. Ich sehe, ihr habt eine gemeinsame Regelung gefunden und wollt mich nicht daran teilhaben lassen. Spielt auch keine Rolle. – Weshalb ich eigentlich gekommen bin und hier meine Zeit vergeude: Ich habe vorhin mit Gräfin Warnstorf gesprochen. In den Ferien findet kein Symposion in Sudentropp statt. Der Kardinal wird auch nicht dort sein. Überhaupt niemand Interessantes. Nur so ein pensionierter Theologe, der ein Buch vorstellt: ›*Stoppt Goethe*‹ oder so ähnlich …«

»Das ist dieser gräßliche Heckmann. Ich habe ihn letztes Jahr dort gesehen. Mir ist völlig schleierhaft, was die Warnstorf an ihm findet.«

»Eben. Insofern glaube ich nicht, daß ich fahren werde. Aber es sind Zimmer frei, ihr könnt ungestört zusammen Urlaub machen. Jetzt, wo Carl seine Schickse zum Teufel gejagt hat, eröffnen sich vielleicht neue Perspektiven auf das Sauerland. Oder du hast Pech, Bernhard, und ihre Nichte ist da.«

Dreißig

Sie teilen sich das Zimmer. Dadurch wird die Nacht für jeden zehn Mark billiger. Kuffel hat Carl gefragt, ob es für ihn in Ordnung ist, bevor er gebucht hat. Die Betten stehen weit auseinander. Dazwischen zwei Sessel, ein Nierentisch. Es riecht nach Bohnerwachs.

»Schau mal: für heute Abend«, sagt er und zieht ein flaches Kistchen Zigarillos aus dem Koffer. »Jetzt, wo du sechzehn bist, darf ich dir sogar offiziell einen anbieten.«

Carl lächelt. Ihm ist mulmig. Verschiedene Befürchtungen schieben sich übereinander. Vor allem die Sorge, vor dem strengen Blick der Gräfin nicht bestehen zu können. Wer weiß, welche Lügen Holzkamp über sie verbreitet hat? Das fiese Wort ›Lustknabe‹.

Dunkelgrauer Himmel. Dem Wetterbericht zufolge naht ein Sturm. ›Besser, Sie halten sich heute und morgen nicht im Wald auf‹, hat Frau Munzinger gesagt, als sie ihnen die Schlüssel ausgehändigt hat.

Die Heinrich-Erkenschwick-Akademie liegt ungeschützt auf einer kahlen Gipfelkuppe: ein herrschaftliches Forsthaus, etwas abseits davon der schlichte Gästeneubau. Sträucher, Blumenbeete mit letzten Astern, geharkte Kiesflächen, die als Parkplatz dienen.

Kuffel hält seine Baskenmütze fest und schnaubt gegen den Wind an.

Der Wald ist weiter entfernt, als Carl gedacht hat. Auf den umliegenden Hängen dunkelgrüne Tannen, die sich mit kahlen Laubbäumen abwechseln. Unten im Tal Ausläufer von Sudentropp: Eisenbahngleise; eine verwaiste Fabrikanlage mit hohen Ziegelschloten, daneben das Sägewerk, ein Brückenkran, Berge aus geschälten Stämmen.

»Sie ist nicht immer einfach«, flüstert Kuffel, während er den Schlüssel in die schwere Holztür schiebt. »Aber was soll man von einer alleinstehenden Frau erwarten, die in Pferdeställen groß geworden ist und schon als Göre Knechten Befehle erteilt hat. Du widersprichst ihr am besten nicht, selbst wenn du anderer Meinung bist.«

»Auch keine Nachfragen?«

»Da du weder zu ihren Untergebenen gehörst noch irgendeine Relevanz für sie besitzt, ist es ohnehin das Wahrscheinlichste, daß sie dich wie Luft behandelt.«

»Und wie rede ich sie an?«

»Gräfin Warnstorf. Ohne ›von‹.«

»Wenn du meinst, daß sie mich sowieso nicht mögen wird, warum hast du mich dann hierhergeschleppt?«

»Ob sie einen mag oder nicht mag, weiß man vorher nie. Mich überschüttet sie auch nicht gerade mit Herzenswärme. Aber immerhin hat sie inzwischen begriffen, daß wir an einem Strang ziehen.«

»Ich bin ein bißchen nervös.«

»Wahrscheinlich sitzt sie sowieso noch am Schreibtisch und stößt erst später dazu.«

»Und was machen wir bis dahin?«

Kuffel schiebt den Kopf zur Tür hinein wie ein Dieb, der sich vergewissert, daß der Hausherr oder sein Hund nirgends lauern.

»Wir werden Frau Munzinger fragen, ob sie uns Kaffee kocht. Meistens gibt es auch vorzüglichen Kuchen.«

Der Vorraum ist mit dunklem Holz getäfelt, auf dem Boden schwarze und weiße Marmorfliesen. Weihrauch vermischt mit Rosenwasser. Eine grob geschnitzte Madonnenfigur starrt sie aus weit aufgerissenen Augen an.

»Das Haus gehört der Familie von alters her, aber die genauen Besitzverhältnisse sind irgendwie unklar. Jedenfalls hat sie lebenslanges Nutzungsrecht.«

Kuffel flüstert noch immer, als fürchtete er, bei etwas Verbotenem ertappt zu werden. Carl stößt Säure auf. Von Kaffee und Kuchen wird es bestimmt nicht besser, andererseits hat er seit dem Frühstück nichts gegessen.

»Kalt hier.«

»Pssst«, zischt Kuffel und fuchtelt mit dem Zeigefinger vor seinen Lippen.

»Sag das auf keinen Fall in ihrer Gegenwart.«

»Vielleicht kann sie ...«

»Die Heizung wird grundsätzlich nicht vor Mitte November eingeschaltet. Die Gräfin ist der Meinung, daß ein zusätzlicher Pullover es genauso tut. Und zu viel Wärme ist auch nicht gut für den Kefir.«

Er kichert. »Aber ich hatte dir doch gesagt, daß du warme Kleidung einpacken sollst.«

Aus den hinteren Räumen dringt eine hohe Altmännerstimme herüber.

»Heckmann!«

Kuffel spricht den Namen aus, als würde er ihn auf den Boden spucken.

»Er ist Pfingsten schon allen mit seinem Goethe-Fimmel auf die Nerven gegangen. Daß Goethe kein Christ war, weiß wirklich jedes Kind. Aber Heckmann tut so, als hätte er da etwas sensationell Neues zutage gefördert.«

Kuffel schaut rechts um die Ecke, wo sich die Küche befindet, ob er vielleicht Frau Munzinger sieht. Dort ist alles dunkel. Er schnaubt, nimmt Witterung auf, spitzt die Ohren: »Still!«

Carl meint, eine Frau sprechen zu hören, denkt an die Nichte der Gräfin. Dunkel polterndes Lachen.

»Backnang. Vielleicht weiß er, wo die Munzinger sich herumtreibt.«

Die Tür am anderen Ende des Flurs steht einen Spalt offen. Kuffel klopft, bevor sie eintreten. Das erste, worauf Carls Blick fällt, ist das lebensgroße Porträt einer Dame in langem silbergrauem Kleid. Ihr zur Seite ein häßlicher Junge, der seinen Arm um einen Jagdhund legt. Ringsherum Geweihtrophäen, ausgestopfte Tiere. An der Stirnseite des Raums ist ein mächtiger Kamin in die Wand eingelassen, über dem Sims das Relief eines Wappenschilds: Rautenmuster, gekreuzte Pfeile, ein züngelnder Bär im Profil. Vor einem samten gepolsterten Eichenstuhl steht ein dicker Priester in Soutane mit wirren grauen Locken und zwinkert Kuffel zu. Der hagere Mann neben ihm mit der unangenehm hohen Stimme spricht weiter, ohne Notiz von ihnen zu nehmen. Eine ältliche Frau in beigem Kostüm sitzt auf der Kante eines freistehenden Sessels und hält ihren Blick auf die Henkel der Tasche in ihren Händen gerichtet.

»Den Gottes-Sohn-Glauben einschließlich des Opfertodes und der Auferstehung bezeichnet Goethe als ›das Märchen von Christus‹. Wörtlich nachzulesen in seinen Briefen an Herder. Er geht sogar so weit, im Christentum, wie es von der Kirche verkündet wird, die Hauptursache für eine über tausendjährige Stagnation in der geistigen Entwicklung des Menschengeschlechts zu sehen. Seiner Ansicht nach ist der Glaube an die Menschwerdung Gottes das größte Hindernis für die Menschwerdung des Menschen ...«

Backnang schaut halb amüsiert, halb entschuldigend zu Kuffel herüber, nutzt die Stille eines Atemzuges, um auf ihn zuzugehen, ihm die Hand zu schütteln: »Ich hoffe, Sie hatten eine gute Reise. Und wie ich sehe, haben Sie auch Ihren jungen Freund mitgebracht ...«

Carl zuckt zusammen, ist für einen Moment überzeugt, daß die Gerüchte, er sei so etwas wie Kuffels Geliebter, längst bis hierher vorgedrungen sind.

»... die Weitergabe des Glaubens an die Jugend steht ja im Zentrum all unserer Bemühungen, nicht wahr.«

Beide lachen.

»Kennen Sie Herrn Heckmann und seine Frau? Er erläutert uns gerade einige Gedankengänge aus seinem neuen Buch über Goethe.«

»Angenehm«, sagt Heckmann. »Ich darf Ihnen meine Frau vorstellen.«

»Wir haben uns Pfingsten schon getroffen ...«

»Richtig, ich erinnere mich: Wir sprachen über den *Prometheus*, nicht wahr? – Inzwischen ist es nun also erschienen, mein Buch. ›*Meidet Goethe!*‹ lautet der Titel. Ich werde es morgen nachmittag hier erstmals einer – ich hoffe doch sehr – größeren und vor allem sachkundigen Öffentlichkeit vorstellen. Normalerweise sind die Leute, mit denen man über solche Dinge spricht, ja nicht in der Lage, die notwendigen Schlüsse aus den theologischen Implikationen dichterischen Fabulierens zu ziehen, insbesondere wenn es sich – wie im Fall Goethes – um eine Gestalt handelt, die aufgrund ihrer Bedeutung für die nationale Identität als unantastbar gilt.«

Kuffel brummt etwas Unverständliches.

»Wie ich bereits sagte, Monsignore, hat Goethe in seinen Werken und sogar in der persönlichen Begegnung – zum Beispiel der Fürstin Gallitzin gegenüber, die ja für eine ganze Generation katholischer Dichter und Denker von herausragender Bedeutung war … – Er hat immer wieder falsche Fährten gelegt, um seine wahre Gesinnung zu verschleiern. Aber wenn man sich daranmacht, wie ich es in nun bald zehnjähriger Forschungsarbeit getan habe, sein Werk und auch die Einschätzungen der Zeitgenossen und Weggefährten systematisch zu durchforsten, kommt man unweigerlich zu dem Schluß, daß Goethe, wie Jacobi es ausdrückt, einen ›wahrhaft julianischen Haß gegen das geschichtliche Christentum‹ gehegt hat.«

»Ich bin kein Literaturexperte«, sagt Backnang, »aber mir schien doch gerade der Doktor Faust immer auch ein verzweifelter Gottsucher zu sein, im Grunde der Vorläufer des modernen Forschers, dem all seine Wissenschaft keinen Seelenfrieden zu schenken vermag. Wenn ich mich recht entsinne, gibt es dort sogar eine Stelle, wo die Osterglocken ihn vom Selbstmord abhalten.«

»Von solchen Ködern haben sich Generationen ebenso wohlmeinender wie naiver Germanisten täuschen lassen. Natürlich auch, weil der geistige Verfall in der Literatur seither immer entsetzlichere Formen angenommen hat. In der Dichtung unserer Zeit gehören Gotteslästerung, Pornographie und Fäkalsprache ja sozusagen zum guten Ton. Aber Monsignore, ich frage Sie, was würden Sie von einem Mann halten, der das Kreuz unseres Herrn als ›das leidige Marterholz, das Widerwärtigste unter der Sonne‹ bezeichnet? Der angesichts der Kruzifixe, die den Wanderer in Italien zu Besinnung und Gebet rufen, aufstöhnt: ›Wie kann man daran Gefallen haben, andauernd dem Tod in seiner gräßlichsten Gestalt zu begegnen?‹«

»Das ist unschön, in der Tat...«

»Und wenn Sie vor dem Hintergrund dieser Selbstaussagen noch einmal den *Faust* aufschlagen, dann sehen Sie plötzlich glasklar, wes Geistes Kind Goethe in Wirklichkeit ist: Es gibt dort eine kleine Szene, ganz nebenbei gesetzt, so daß man sie fast überliest, de facto handelt es sich aber um eine Schlüsselstelle für das Goethe'sche Selbstverständnis, überschrieben mit ›*Landstraße*‹. In den Anweisungen steht lapidar: ›Ein Kreuz am Wege‹. Faust tritt auf und fragt – ich zitiere: ›Was gibt's, Mephisto, hast du Eil? / Was schlägst vorm Kreuz die Augen nieder?‹ Und Mephistos Antwort lautet: ›Ich weiß es wohl, es ist ein Vorurteil, / Allein genug, mir ist's einmal zuwider.‹ Das ist alles. Aber was bedeutet es, wenn man genau hinschaut und diesen Satz mit den eben erwähnten Aussagen zusammen betrachtet? – In dieser Szene zeigt sich, daß nicht etwa Faust, wie immer angenommen wird, das Alter ego des Dichters ist und seine ureigensten Empfindungen zum Ausdruck bringt, sondern Mephisto – der Teufel selbst. So weit geht Goethes Identifikation. Da nimmt es nicht wunder, daß er sich im weiteren zu geradezu blasphemischen Exzessen hinreißen läßt: Erinnern Sie sich an die Reaktion Mephistos bei Fausts Tod: ›Es ist vollbracht!‹ läßt Goethe ihn sagen. Er legt tatsächlich die letzten Worte unseres Herrn dem Teufel in den Mund.«

»Daß Goethe beim Faust auf eigene Erfahrungen zurückgegriffen hat, liegt ja auf der Hand«, knurrt Kuffel.

Heckmann stutzt: »Gut«, sagt er, »die konkrete Form des Teufelspaktes mit der Eigenblutunterschrift und ähnlichem wird man dem Volksglauben beziehungsweise der dichterischen Phantasie zuschreiben, hingegen …«

»Solche Dinge finden Sie in der dämonologischen Literatur zuhauf. Oder glauben Sie, daß der Fürst der Welt von der Möglichkeit, Lehen gegen die Überlassung von Seelenrechten zu vergeben, keinen Gebrauch macht? Eine der Hauptgefahren solcher Literarisierungen besteht ja darin, daß die Macht des Satans dem Bereich des Märchens zugeordnet wird. Davor müssen wir uns vor allem hüten! – Nicht wahr, Carl?«

Carl glüht vor Scham auf und wendet sich ab, damit niemand fragt.

»Nun, Ihr junger Freund wird kaum wissen, wovon die Rede ist. Aber lassen Sie mich noch einen Gedanken ausführen …«

Lautlos wie die Figur in einem Schattenspiel ist eine ältere Dame zur Tür hereingekommen, steht plötzlich mitten im Raum und räuspert sich. Das lange graue Haar hat sie als Knoten auf dem Hinterkopf zusammengefaßt. Beide Hände halten unmittelbar unterhalb des Busens einen riesigen Schlüsselbund. Heckmann runzelt die Stirn. Für einen Augenblick herrscht Totenstille.

»Wie ich höre«, sagt sie, »haben Sie sich bereits allseits bekannt gemacht und sind mitten im Gespräch.«

»Mit Ihrer Erlaubnis, Gräfin, würde ich meinen Gedanken gern noch zu Ende bringen …«

»Bitte, Heckmann, lassen Sie sich nicht stören.«

Der Ton, in dem sie das sagt, hätte jeden anderen sofort verstummen lassen.

»Für Goethe«, fährt Heckmann fort, »der sich in seiner Selbstüberhebung ja allen Ernstes als ›Olympier‹ sieht – also auf einer Rangstufe mit den griechischen Göttern –, ist der Glaube, daß die gefallene Schöpfung durch das Kreuzesopfer des Sohnes gerettet wird, an sich schon – wie Paulus so treffend sagt: ›*Den Juden ein Ärgernis und den Griechen eine Torheit*‹. – Die Vorstellung, daß der Mensch überhaupt der Erlösung bedarf, betrachtet Goethe als Indiz einer niederen Geisteshaltung, gerade gut genug, um Kranke, Alte und Kinder zu trösten. Weil er aber dort oben auf seinem Olymp der sprichwörtlichen Heidenangst vor Krankheit und Tod nichts entgegenzusetzen hat, geht er zeitlebens allem Häßlichen, Schwachen und Gebrechlichen aus dem Weg. Er meidet Sanatorien, Irrenanstalten, Invalidenheime. ›Ich fliehe alles Unreine‹, sagt er. Selbst den Begräbnissen enger Freunde bleibt er unter fadenscheinigen Begründungen fern. – Was bedeutet das nun? – Es liegt auf der Hand und läßt sich auch historisch belegen, daß es von Goethes Abscheu angesichts der leidenden Kreatur und seiner Verachtung für die, die in Not und Verzweiflung Gott um Erbarmen anflehen, nur ein kleiner Schritt ist zu Nietzsches Übermenschentum. Und der Übermensch findet seine logische Fortsetzung in der Ausrufung der Überlegenheit des arischen Herrenmenschen durch die Nationalsozialisten. Glauben Sie mir, ich weiß, wovon ich rede: Ich bin in Dachau gewesen. Als Häftling, zehn Monate lang, bis zur Befreiung. Wer Mitleid und Barmherzigkeit als Schwäche diskreditiert, wird früher oder später zur Bestie. Ich würde sogar behaupten, daß alle Linien, die in unserem Jahrhundert den von Christus losgelösten Humanismus in Konzentrationslagern und Gulags haben enden lassen, bei Goethe vorgezeichnet sind.«

»Das geht doch ein bißchen weit«, grummelt Backnang.

»Daß Sie als heimlicher Wagnerianer diese Folgerung so nicht stehenlassen wollen, Backnang, liegt ja auf der Hand«, sagt Kuffel, und beide brechen in schallendes Gelächter aus.

Die Gräfin rasselt mit ihrem Schlüsselbund, und alle sind still: »Meine Herren«, sagt sie, »bevor wir uns in Kunstdebatten verirren, sollten wir der Sache doch präzise auf den Grund gehen, zumal wir mit... Wie war der Name Ihres jungen Freundes noch gleich, Bernhard?«

»Carl. Carl Pacher.«

»Ich nehme an, Carl, daß Sie mit all diesen Gedanken noch nicht so vertraut sind?«

Carl nickt.

»Sehen Sie, und damit Carl sich in etwa vorstellen kann, worum es hier geht, ist es wichtig, daß wir uns zunächst einmal klarmachen, von welchen naturphilosophischen Voraussetzungen Goethe überhaupt ausgeht. Selbst wenn er als Dichter kein systematisch durchgearbeitetes Gedankengebäude hinterlassen hat, so ist all seinen Auslassungen natürlich ein philosophisches Grundgerüst implizit. Ihr Buch, Herr Heckmann, zeigt da interessante Aspekte auf, wobei Sie, wie ich bei der Lektüre feststellen durfte, weniger auf die Prämissen des Goethe'schen Denkens eingehen... Das wäre vielleicht ein lohnendes Thema für eine weitere Publikation, nicht wahr? Es läßt sich nämlich feststellen, daß Goethe einer Naturvorstellung anhängt, in der nicht länger das göttliche Wort Urheber aller Kreatur ist, sondern ein in sich bewegter und sich aus sich selbst herausbewegender Umwandlungsprozeß, in dem alle Wesen lediglich Stadien auf dem Weg zur nächsthöheren Stufe sind. ›Gestaltenlehre ist Verwandlungslehre‹, sagt er, und: ›Die Lehre der Metamorphose ist der Schlüssel zu allen Zeichen der Natur.‹ Er geht in der Tat davon aus, daß wir erst Pflanzen und Tiere waren, bevor wir zu Menschen wurden. Von dort ist es nicht weit zu Darwins Lehre von der Entstehung der Arten und Haeckels biogenetischem Grundgesetz, demzufolge jeder Mensch während seiner Embryonalentwicklung dreißig Tierstadien durchläuft. Nun hat Professor Eisenkranz dieses Haeckel'sche Gesetz im Verlauf seines fast sechzigjährigen Forscherlebens anhand von 20 000 embryonalen Schnitten ein für allemal widerlegt und als das enttarnt, was es in Wirklichkeit ist: ein Mythos in wissenschaftlicher Verkleidung. Statt dessen gilt *das*, wie er es nennt, *Gesetz der Erhaltung der Individualität.* Der Mensch ist ab dem Moment der Verschmelzung von Ei und Samenzelle Mensch, mehr noch: Er ist dieser eine Mensch. Das bedeutet, daß es sich auch auf der biologischen Ebene, also hinsichtlich der Materie, exakt so verhält, wie es die Lehre der scholastischen Philosophie war: Gott hat nicht nur vor langer Zeit einmal den Menschen als Art erschaffen und sich dann zur Ruhe gesetzt, sondern Er schafft jeweils im Moment der Zeugung immer wieder neu eine individuelle Geistseele, die einerseits durch die drei Vermögen – Vernunft, Wille und Herz – gekennzeichnet ist, darüber hinaus aber eben auch durch die je eigene Individualität. Dieser bestimmte Mensch wird als genau so von Gott Gemeinter ins Dasein gerufen. Daraus folgt auch, daß sich die Eigenart jeder Person nicht erst – wie es uns der grassierende Psychologismus glauben machen will – als Folge von Umweltbedingungen, familiärem und sozialem Umfeld entwickelt, sondern sie ist vom ersten Augenblick an da als das Geheimnisgeschenk Gottes an jeden einzelnen. – Verstehen Sie, was ich sage, Carl?«

»Ich bin mir nicht sicher … So ungefähr.«

»Sie können ja fragen, wenn Ihnen etwas unklar ist. Wichtig ist vor allem, daß Sie sich vor Augen führen, welche Schlußfolgerungen sich aus dem Postulat der Evolution beziehungsweise dem Glauben an die Schöpfung jeweils ergeben: Folgt man der Schöpfungslehre, heißt das, daß jeder Mensch eine von Gott gewollte Ganzheit ist, bestehend aus Leib und Seele, wobei diese Geistseele vom Augenblick der Zeugung an zur Trägerin aller weiteren körperlichen Entwicklungsbewegungen wird, gerade so, wie der heilige Thomas es formuliert: *anima forma corporis.* Aus Sicht des Evolutionismus hingegen ist unsere Individualität schlicht wertlos. Für den atheistischen Naturwissenschaftler sind wir beliebige Stadien eines stetig voranschreitenden Artenwandels, Teilmomente einer Geschichte der Materie, die sich selbst organisiert und – nachdem sie auf unerklärliche Weise Leben erlangt hat – durch Mutation und Selektion immer weiter ausdifferenziert, bis sie schließlich so komplex geworden ist, daß sie sich der Illusion hingeben kann, in Wahrheit etwas ganz anderes zu sein – nämlich Abbild des göttlichen Geistes. Statt der Liebe des allmächtigen Gottes, die jeden von uns sich selber zum Geschenk macht, damit wir Ihm unsererseits mit schenkender Liebe antworten, beschreibt die Evolutionstheorie das genaue Gegenteil, nämlich die Entwicklungsgeschichte eines Triebes, dem es um Selbstsetzung und Selbsthervorbringung geht. Diese Selbsthervorbringung vollzieht sich, indem der Stärkere den Schwächeren im fortwährenden Kampf ums Dasein zum bloßen Material seiner Selbstbefriedigung degradiert. Daraus folgt, daß der Schwächere jeglichen Eigenwert verliert. In dieser von der modernen Biologie beschriebenen Natur dreht sich alles um die Frage der Vernichtung des anderen zum Zwecke des eigenen Überlebens. Der einzelne ist lediglich Brennstoff auf dem Weg eines allgemeinen Fortschritts. So gesehen, erweist sich die Evolutionstheorie geradezu als Perversion des Schöpfungsgedankens. An die Stelle Gottes, der die Welt aus sich selbst verschenkender Liebe schafft, tritt eine Natur, die sich aus ihren Teilen, also Pflanzen, Tieren und Menschen, über eine permanente Negation der Negation selbst hervorbringt. – Im Sinne dieser Logik war Hitlers Entfesselung des totalen Krieges übrigens ebenso konsequent wie seine Überzeugung, daß das deutsche Volk absolut zu Recht untergeht, wenn es sich herausstellt, daß es eben nicht die überragende Stärke hat, sich alle anderen Völker zu unterwerfen. Das will bloß niemand wahrhaben. Man tut statt dessen so, als wäre Hitler ein unerklärlicher Irrläufer der Geschichte gewesen. Das Gegenteil ist der Fall: Niemand hat derart klar die politischen Schlußfolgerungen, die sich aus dem Weltbild der modernen Naturwissenschaft ergeben, gesehen und in politisches Handeln umgesetzt wie Hitler.«

Carl ist schwindelig, in seinem Kopf dreht sich alles, er möchte weglaufen. Das Geräusch einzelner Schlüssel, die sich verkanten, lösen, langsam, aber fest aneinanderreiben. Bislang hat er Kuffels Kampf gegen die Evolutionstheorie trotz allem für eine Marotte gehalten. Er kennt eine Reihe von Priestern, nicht nur Lenders, die keinen Widerspruch zwischen Wissenschaft und Glauben sehen.

»Das alles wirft natürlich auch ein völlig anderes Licht auf den exzessiven Individualismus unserer Zeit. Man fragt sich ja, wie es unter den Prämissen des Darwinismus überhaupt möglich ist, daß der Kult um das eigene Ich einerseits immer irrwitzigere Formen annimmt, während gleichzeitig die Biologie dem Menschen von Kindes Beinen an klarzumachen versucht, daß er als Person nicht den geringsten Wert hat. – Können Sie sich das erklären, Carl?«

Er lächelt dümmlich und schüttelt den Kopf.

»Ich nehme an, Sie haben in der Schule von den Idealen der Aufklärung gehört.«

»Das kommt im nächsten Halbjahr ...«

Mit einem kurzen Klirren umgreift ihre rechte Hand jetzt den gesamten Schlüsselbund, während die Linke ein einzelnes Haar aus der Stirn streicht.

»Die meisten, die sich in der Tradition der sogenannten Aufklärung wähnen und behaupten, die Loslösung von der Religion brächte dem Einzelnen seine Freiheit und Würde zurück, merken natürlich nicht, wie sie sich zu Erfüllungsgehilfen des Bösen machen. Nicht die Religion, sondern die Ideen von Humanismus und Aufklärung sind Opium für das Volk, indem sie die höchste Freiheit des Menschen, sich zwischen Gut und Böse zu entscheiden, unbemerkt durch ihre niedrigste Form ersetzt haben, nämlich durch die Freiheit, ständig und überall zwischen verschiedenen Triebbefriedigungsformen zu wählen. Am Ende dieses Wegs steht aber nicht etwa das über sich selbst autonom verfügende Subjekt, wie es uns die Reklame vorgaukeln will, sondern ein den eigenen Obsessionen schutzlos ausgelieferter und in sich selbst verkrümmter Egoist. Tatsächlich hat nur der gläubige Mensch wahrhaft Grund, sich seiner Individualität zu rühmen, weil er darauf vertrauen darf, weder Teil eines ominösen genetischen Pools noch notwendiger Ausschuß auf dem Weg der Materie zu ihrer höchsten Selbstheit zu sein, sondern er lebt im beglückenden Bewußtsein der Tatsache, daß er als diese eine unverwechselbare Person in ihrem umfänglichen So-Sein von Gott ins Dasein gerufen wurde.«

Wind heult ums Haus. Der Schein der Laterne wirft einen Schatten des Fensterkreuzes vor Carls Bett auf den Boden. Das Rascheln von Decken und Kissen. Sein Reisewecker tickt. Kuffel atmet schwer, wirft sich von einer Seite auf die andere.

Der Satz: »Schläfst du schon?«

Carl schaut in die Richtung, wo Kuffels Bett steht, blickt in Schwärze, ist einen Moment unsicher, ob er antworten soll.

»Mir ist ein bißchen übel.«

»Wein und Zigarillos.«

»Kann sein.«

»Mußt du dich übergeben?«

»Ich glaube nicht.«

In seinen Schläfen pocht es. Er schwitzt, streift vorsichtig die Schlafanzughose ab, aber so, daß es weder an den Bewegungen der Decke im Halbdunkel zu sehen noch zu hören ist.

»Wie findest du sie?«

»Ich weiß nicht. – Schon eindrucksvoll.«

»Hast du ihre Gedankengänge nachvollziehen können?«

»Ich sehe natürlich die Logik. Aber …«

»Aber was?«

»Es ängstigt mich auch.«

»Was ängstigt dich?«

»Es klingt für mich ein bißchen … Versteh mich nicht falsch, das hat gar nichts mit den philosophischen Argumenten zu tun, aber es erinnert doch auch irgendwie an Sektenglauben, oder? Also wir haben letztes Schuljahr zum Beispiel die Zeugen Jehovas durchgenommen: Die glauben ja alles exakt wörtlich so, wie es in der Bibel geschrieben steht. Und weil es irgendwo im Alten Testament heißt, daß der Hase ein Wiederkäuer ist, sagen sie halt, er frißt manchmal seine eigene Kacke, also ist er auf eine bestimmte Art auch ein Wiederkäuer.«

Plötzlich ist es hell.

Kuffel hat das Licht eingeschaltet und sitzt auf der Bettkante: »Um Gottes willen, Carl. Das kannst du wirklich überhaupt nicht vergleichen.«

»Wieso? Vom Glauben her ist es nichts anderes.«

»Das, was die Zeugen Jehovas und diese ganzen evangelikalen Freikirchen betreiben, ist nun wirklich die primitivste Form protestantischen Schriftfundamentalismus. Selbst wenn am Ende beide zu dem Ergebnis kommen, daß die Evolutionstheorie ein teuflisches Lügengespinst ist, haben sie doch nichts miteinander gemein. Diese Leute lehnen ja gerade das ab, was den Glauben der Kirche im Kern ausmacht, nämlich die Tatsache, daß die Offenbarung erst nach der Himmelfahrt Jesu durch das Wirken des Heiligen Geistes in der Verkündigung durch die Kirche vollendet wurde, so wie der Herr es den Jüngern verheißen hat: *Wenn aber jener kommt, der Geist der Wahrheit, wird er euch in die volle Wahrheit einführen.*«

»Ja, schon. Nur, wenn doch die ganze moderne Wissenschaft zeigt, daß die Welt eben nicht in sechs Tagen, sondern über Jahrmillionen entstanden ist…«

»Carl, wie oft ist dir erklärt und sogar im Detail nachgewiesen worden, von zuverlässigen Gewährsleuten, daß nicht alles, was in deinem Biologiebuch steht, dem wissenschaftlichen Forschungsstand genügt, geschweige denn der Wahrheit verpflichtet ist?«

»Schon, aber es sprechen eben doch auch die archäologischen Ausgrabungen dafür. Im Grunde bezweifelt es niemand, den ich sonst kenne. Ich meine nur, dann wird man schon leicht für einen Spinner gehalten, wenn man das alles bestreitet, oder?«

»Was erwartest du denn, wenn du treu im Glauben an den Auferstandenen stehen willst? – Daß die Welt und ihre Meinungsmacher dir die Ehre erweisen? ›*Ihr werdet um meinetwillen von allen gehaßt werden*‹, spricht der Herr. Und du bekommst es schon bei der bloßen Vorstellung mit der Angst zu tun, ein paar Halbhirne aus deiner Klasse könnten sich über dich lustig machen? Oder dieser Neynhuis, den du dir da jetzt offenbar zum Vorbild nehmen willst, weil er zu Hause Aquarien mit irgendwelchen Welsen oder…«

»Malawi-Buntbarsche.«

»Von mir aus auch Barsche. Ich meine, welche intellektuelle Kapazität würdest du ihm zusprechen?«

»Ich weiß halt nicht, ob ich unter diesen Vorgaben

überhaupt noch Biologie studieren und Ichthyologe werden kann. Wenn ich das annehme, was Gräfin Warnstorf sagt, bedeutet es, daß ich während des ganzen Studiums ständig, auch in allen Prüfungen, Dinge sagen oder schreiben muß, die eigentlich die Unwahrheit sind. Oder ich disqualifiziere mich als Wissenschaftler. Und später, nehmen wir mal an, ich würde es schaffen und käme in eine Forschungsgruppe oder könnte an Expeditionen teilnehmen ... Ich müßte immer lügen.«

»Hat dir eingeleuchtet, was die Gräfin zu diesen Fragen gesagt hat, oder hat es dir nicht eingeleuchtet?«

»Schon. Also rein auf der gedanklichen Ebene.«

»Gut. Und würdest du von dir selbst verlangen, daß dein Denken mit den Gesetzen der Vernunft übereinstimmt?«

»Ja. Sicher. Ich stelle mir bloß die Frage, ob die Wirklichkeit, also die Prozesse der Natur, auch nach den Gesetzen dieser Vernunft funktionieren ...«

»Du meinst, in der Natur würden die Gesetze der Vernunft und der Logik nicht gelten? – *Am Anfang war das Wort*, heißt es bei Johannes – der *Logos* im Griechischen. *Logos* bedeutet sowohl schöpferisches Wort als auch umfassende Vernunft. In dieser Formulierung hat der Evangelist all das zusammengefaßt und vorweggenommen, was dann in der frühen Kirche zur Vermählung von biblischem Glauben und griechischer Rationalität geführt hat. Und daraus ergibt sich auch, daß Gott sich selbst in seiner Schöpfung auf die Vernunft verpflichtet hat. Er ist nicht der dunkle Willkürherrscher, den sich die alten Heiden in ihren Mythen vorgestellt haben. Wenn du erkannt hast, welche Art, die Welt zu denken, welche Schlußfolgerungen nach sich zieht, mußt du für dich die Frage beantworten, ob du in deinem Denken der Logik von Liebe und Wahrheit folgen willst, wie sie sich im fleischgewordenen *Logos* endgültig und für alle Zeiten offenbart hat, oder eben der Logik des Bösen und der Vernichtung.«

»Weißt du, ich will Ichthyologe werden, seit ich acht bin.«

Kuffel steht auf, lächelt ihm zu. Er trägt einen gestreiften Pyjama. Carl hält die Luft an, hofft inständig, daß Kuffel nicht, weil irgend etwas in ihm übermächtig geworden ist, auf eine absurde Idee kommt. Denkt, daß er etwas sagen sollte, etwas Gemeines oder Komisches, um klarzustellen, daß sich nicht einmal in seinem hintersten Hinterkopf der leiseste Anflug der Vorstellung einer derartigen Möglichkeit findet.

Kuffel geht zu dem Stuhl, über dem sein Jackett hängt, zieht das Zigarillo-Kistchen aus der Seitentasche, sagt: »Wir könnten noch einen zusammen rauchen.«

Er schaut ihn an, mild und traurig, aus diesen warmen Tieraugen, in denen etwas steht, das Carl nicht genau entziffern kann. Daß sie Freunde sind, vielleicht.

»Laß mal«, sagt er. »Ich glaub', dann muß ich echt kotzen.«

Einunddreißig

Nacht. Glasklarer Himmel. Dachschrägen aus Schwärze. Eingepfercht in einen Kopf, der keinen Ausgang vorsieht, nicht eine freie Stunde, an keinem Tag, weder erlaubtes noch verbotenes Verlassen des Geländes, keine Möglichkeit den Schädelknochen aufzubrechen, etwas zu atmen, außer Sauerstoff aus den eigenen Lungen, in etwas anderem zu treiben als der Brühe um das eigene Hirn.

Die Uhr schlägt elf. Hexensabbat. Durch das Fenster fällt Eisluft, streift die Gesichtshaut wie fremder Atem. *Sie werden den Schlaf suchen, doch der Schlaf wird vor ihnen fliehen* – falsch: *den Tod.* Es ist der Tod, den sie suchen und der flieht, wenn der Engel in die Posaune geblasen hat und die Zeit der großen Drangsal kommt.

Herzflattern, Magendruck. Von unten das Surren des Aquarienfilters, glucksendes Wasser. Sonst hört man es nie.

›Ich bin mir sicher, daß sie sich dort treffen und Teufelsmessen abhalten‹, hat Holzkamp gesagt. ›Eigentlich sollte man mal hingehen.‹

Ferne Tierlaute, Motorengeräusche. Das Knarren des Gebälks.

›Weißt du, was ein Sukkubus ist? Oder ein Inkubus? – Bei diesen Ritualen nehmen Dämonen männliche oder weibliche Gestalt an, je nachdem, was du gerade bevorzugst, und dann kannst du dich mit ihnen paaren, bis alles raus ist. Verlockend, nicht wahr? – Glaubst du, daß es das gibt, oder glaubst du es nicht?‹

Gegenüber wird eine Tür aufgerissen. Bruder Walters Stimme, halblaut und unverständlich bis auf das Wort »Strafdienst«. Hastige Schritte, Füße auf Steinboden. Es müßte das Zimmer des Franzosen sein. Wahrscheinlich hat er es mit jemandem gemacht. Schadenfreude. Wer könnte zu ihm unter die Decke gekrochen sein? Tagsüber ist niemand sein Freund. Angeblich hat er auch nackte Barbiepuppen im Bett liegen, um sich aufzugeilen. Es ist noch immer kein neuer Präses da, zu dem Bruder Walter sie schicken kann.

Türenschlagen.

Wenn stimmt, was der dicke Meier ihm im Vertrauen gesagt hat, müßten in jedem zweiten Zimmer welche aneinander herumfummeln.

Verachtung, Haß: auf all die Halbschwulen, auf Holzkamp, der vor verkappter Gier platzt, aber seine dreckigen Phantasien über Kuffel ausschüttet. Auf Krantz, der den Mädchenartigen übers Haar streicht und die Häßlichen ohrfeigt. Großkreutz und seine Schicksen, denen es nur um das Körperliche geht in halbdunklen Hinterzimmern von Diskotheken, Nachtclubs. Rotes Licht, blaues Licht, flackernde Übergänge, Verschiebungen. Nebel, Dämmern, Hinweggleiten. Stücke von Leibern, ineinandergeschoben, verkrümmt, zuckend. Fingern, bumsen. Schmutz. Gossensprache. ›Ist es schön für dich, es ist schön für mich.‹ Ächzen. Samenflüssigkeit, glibberig und weiß. Der Geruch blühender Eschen. *Und sie erkannten einander.* Sie erkannten einander nicht. Nach dem Beischlaf ist das Tier traurig, und der Teufel lacht. Gut, Böse. Verdammnis, Heil. Es muß eine Möglichkeit geben, in den Bereich dahinter vorzudringen. Wo es nicht schmerzt. Notfalls mit Gewalt. Ein Befreiungsschlag. Die Grenze überschreiten. Aus dem Fenster springen oder jemanden töten. Einen von denen, die es verdient haben. Weil sie nichts sind. Um zu spüren, was es bedeutet. Sich ein für allemal von der Last befreien, gut zu sein. Wenn die Hölle sicher ist, hört die Furcht vor ihr auf. So wie die Furcht vor dem Tod endet, wenn man stirbt. Vielleicht gibt es sie dort auch: Sukkuben, Inkuben. Ohne Angst vor der Hölle ist es egal, was man tut. *Lust, tiefer noch als Herzeleid.* Auflösung, Auslöschung. *Will tiefe, tiefe Ewigkeit.* Dann bricht er auf der Straße zusammen, fällt wimmernd einer halbtoten Mähre um den Hals, überwältigt von Mitleid. Vegetiert dahin. Wegen einer verkeimten Hure, die ihn mit Syphilis angesteckt hat. Pferdefrauen, Leopardenfrauen. An der Straße von Forch nach Kerven steht ein Haus, wo sie warten, vierundzwanzig Stunden am Tag und in der Nacht, wenn man Geld hätte. Ihr Duft, ihre Anmut. Dreihundert Mark. Und Mut. Gestalten aus Luft und Feuer. Menschenwesen in Blütenwäsche, hingestreckt auf Diwanen, Chaiselongues, franzosenkrank, zwischen Samtvorhängen, Brokatkissen. Wechselstadien. Übergangsformen. Keine Gesichter. Wenn dort ein Gesicht wäre, ein Blick, der einen anschauen würde, geschähe vielleicht das Wunder. So aber Absplitterungen, Zersetzung. Wie im Zeitraffer verdunkelt sich der Himmel, wird das Schöne zuschanden, ohne daß es verhindert werden kann. Von niemandem. Finger dürr und zerbrechlich wie Zweige. Überlange Zähne, gefletscht, zum Biß entblößt. Nüstern, weit aufgebläht, übelriechender Atem. Unter durchscheinendem Fell treten Rippen hervor. Hautfalten, zerfurchte Öffnungen, glühende Geschlechtsteile, männlich und weiblich. Flammende Brauen, *Haar wie Frauenhaar.* Im Paradies war es ein Strahlenkranz. *Die Brust wie ein eiserner Panzer.* Verkrüppelte Menschenreste, Restmenschen. Sie schleppen sich durch wüstes Land, zerstörte Städte. Die große Hure Babylon. Ein Zug der Vernichteten, denen ihr Ende verwehrt wird. Geschmolzenes Fleisch, auf dem Weg vom Nirgendwo ins Nirgendwo. Eingestürzte Mauern, von denen Lebendiges tropft, verkohlte Terrassen. Die Luft ist schwer von bitterem Rauch. Bassins voller Quecksilber. Faulige Wasserläufe durchziehen das Land dem toten Ozean zu. Gurgeln, Röcheln. Blutleere Augen. Er erkennt die Personen nicht, die sie gewesen sind, weiß aber, daß er sie gekannt hat. Männer und Frauen ohne Alter, die Gesichter wächsern, erloschen. *Sie haben als König über sich den Engel des Abgrunds.* Bart ist dabei. Aber Bart ist ein Mädchen geworden. Die Erinnerung, daß er ganz gewiß ein Junge war. Er ist immer ein Junge gewesen, fast schon ein Mann. Es muß eine Täuschung sein, eine Verwechslung, doch ganz gleich, wie genau er hinschaut: Es ist zweifellos Bart, sein Freund Bart, der sich wie ein Mädchen bewegt, wie ein Mädchen riecht: die einzige Schönheit, die geblieben ist in dieser am eigenen Verderben zugrunde gegangenen Welt. Es nähert sich, sinkt an seine Brust, reibt sich, zart und lieblich, weich, feucht zwischen den Beinen, öffnet sich weit, in seiner eigenen Hand schwillt ein fremdes Glied hart an.

Ein Aufschrei der leibhaftigen Stimme, deutlich zu hören für die wirklichen Ohren: Er reißt sich die Decke vom Leib, sitzt aufrecht im Bett, atmet schwer, spürt eine schmerzhafte Erektion, versucht sie mit den Schenkeln abzuklemmen.

Läßt sich ins Kissen zurückfallen.

Ekel, als hätte sich eine schildkrötengroße Spinne auf sein Gesicht gesetzt.

Draußen der volle Mond über dem schwarzen Block der Dächer. Unbekannte Sternbilder, die keinen Weg weisen. Fahl erleuchtete Gräber. Unter der Erde löst sich die sterbliche Hülle von Präses Roghmann auf, der ein Bollwerk gegen den bösen Feind war.

Kälte, die durch den Schlafanzug dringt.

Er muß fliehen, andere Gedanken, andere Bilder herbeizwingen. Mädchen, die wirklich Mädchen sind und keine Ähnlichkeit mit sonstjemandem haben. *Schön bist du, meine Freundin.* Da ist das neue Küchenmädchen mit dem dunkel verhangenen Blick, den schlangenhaften Bewegungen. *Hinter dem Schleier, deine Augen wie Tauben.* Wild und zart, als käme sie aus einem Südland. *Deine Brüste sind wie zwei Kitzlein, wie die Zwillinge einer Gazelle, die in den Lilien weidet.* Schöner als Ulla je war.

Er beginnt zu frieren, kriecht unter die Decke zurück.

Wenn der Tag verweht und die Schatten wachsen, will ich zum Myrrhenberg gehen, zum Weihrauchhügel.

›Heute Nacht ist die Nacht für das Verbotenste des Verbotenen.‹ Ein von den eigenen Schädelwänden vielfach zurückgeworfenes Echo. *Dein Schoß ist eine ebenmäßige Schale, an Würzwein mangele ihm nie.* Wessen Stimme aus welchem Raum hat den Anfang gemacht. Das Flattern der Haut zwischen Laken, Stoffschichten, Federbetten, rauhen, feinfaserigen, Versprechungen wispernden. *Dein Leib ist ein Weizenhügel.* Ulla, als sie wahrhaftig bei ihm lag, einen Nachmittag lang, und ihre Kleider fest zusammenhielt, so gut es ging. Wärmewellen, die sich von innen ausbreiten. Leuchten und Trauer. *Rote Bänder sind deine Lippen, lieblich dein Mund.* Lydia heißt sie, hat Deggendorf gesagt. Mit ihr wäre es anders. Sie bewegt sich so furchtlos. Wenn alles Vergängliche nur ein Gleichnis ist. Sie anfassen, angreifen, überwältigen, überwältigt werden. Wozu sonst soll dieses Leben gut sein, sehr gut sein, gewesen sein, seit dem Anfang, als das Wort Gott war, aus dem alles geschaffen wurde, in sechs Tagen und Jahrmillionen.

›Versuche es, versuche mich, ich habe dir gesagt, du kannst alles haben, wenn du mir folgst, wohin ich dich führe.‹

Du sollst den Herrn, deinen Gott, nicht auf die Probe stellen.

Der da spricht, ist nicht der Herr, dein Gott, und der da zuhört, nicht Sein geliebter Sohn, an dem Er sein Wohlgefallen hat.

Die sich selbst im Geschöpf an das Geschöpf verschenkende Liebe des Schöpfers zu sich selbst aus dem Du des Sohnes in der Einheit des Heiligen Geistes. Drecksau. Während das DU zum Objekt degradiert, als bloßes Konsumgut des ins Zentrum der Welt gestellten ICHs mißbraucht wird.

Liebende, euch, ihr einander Genügten, / frag ich nach uns. Ihr greift euch. Habt ihr Beweise?

Lydia – wenn eine Chance besteht, mit ihr zusammenzusein, als Mann und Frau, würde er sie ergreifen. Und wenn es nicht sie wäre, sondern nur ihr Bild oder das einer beliebigen anderen, selbst wenn sie nicht einmal schön wäre, keine Spur von Anmut hätte – auch dann.

Ganz gleich, welcher Preis dafür zu entrichten wäre. Die eigene Seele.

Das so zu denken, heißt die Absicht zu fassen, es zu tun, ist so gut, wie es getan haben.

Es besteht die Möglichkeit ins Freie zu gelangen, über den Waschraum im zweiten Stock. Er könnte es an den Stahlbügeln zum Schornstein auf das niedrige Dach des Gärtnereischuppens schaffen, von dort hinunter: ein Sprung, mehr als zwei Meter tief, in ein abgeerntetes Blumenbeet.

Und führe uns nicht in Versuchung, sondern erlöse uns von dem Bösen.

Zu blaß, das Gebet, neben ineinanderverschränkten Leibern, eine graue Formel gegen engelsgleiche, schlankgliedrige Gestalten, weich und fest, die alles tun, mit sich geschehen lassen, was in den äußersten Träumen vorstellbar wäre. *Sechzig Königinnen hat Salomo, achtzig Nebenfrauen, und Mädchen ohne Zahl.* Daß sie gefallen sind, sieht man nicht.

Die Uhr schlägt zweimal: halb zwölf.

Selbst wenn die vor Müdigkeit brennenden Lider ihm jetzt zufielen und der Schlaf endlich kommen würde, es würde nichts nützen gegen den Strudel, die Gier. Er will sehen, mit eigenen Augen, was sich dort draußen abspielt, im Schein eines lodernden Feuers, dessen Flammen zugleich kühl sind und wärmen.

In Edoms Bächen wird das Wasser zu Pech, sein Boden verwandelt sich in Schwefel. Wenn er es wagt, kann alles passieren. Die völlige Umkehrung aller Regeln, Gesetze, Aufhebung jedes Verbots, unwiderruflich. *Wildkatzen werden auf Schakale treffen, ein ziegenbehaarter Dämon wird seine Gefährten rufen, und dort wird auch Lilith lagern und ihre Wohnstatt finden.* Mädchen aus Fleisch und Blut, wie Ulla, Regina, die, die vielleicht Lydia heißt, wie alle, die er überhaupt je getroffen hat, aber ganz ohne Scheu, dem Vergänglichen, dem Verderbten, dem einen, einmaligen, einzigartigen Moment zugewandt. Lamia, Schattenwesen: *As they nibble the fruit of my flesh, / I feel no pain, / Only a magic that a name would stain.* Sie werden ihn bei der Hand nehmen, ihn hinauftragen in die äußersten Sphären, bis die Grenzen von Körper und Seele, Geist und Fleisch zerbrechen. *With the first drop of my blood in their veins / Their faces are convulsed in mortal pains, / The fairest cries ›We all have loved you, Rael.‹*

Er schwitzt, er zittert.

Auf dem Flickenteppich vor dem Bett im Nachtlicht, das Knäuel seiner Kleider. Er setzt sich, steht auf, beginnt, sich anzuziehen. Hält inne für die Dauer eines Gedankens, der keinerlei Reiz hat. Steigt die schmale Holztreppe ins Zimmer hinunter, streift sich die dicke Jacke über, Handschuhe, Schal, steckt seine Taschenlampe ein. Öffnet fast lautlos die Tür. Schleicht hinaus. Die Schuhe trägt er in der Hand, damit ihn auf dem Flur niemand hört. Leuchtschilder tauchen den Gang in grünes Dämmerlicht: *Notausgang.* Zu hell, falls ein Tutor oder Bruder Walter ihm entgegenkommen. ›Ich habe mein Portemonnaie im Wald verloren, da war mein ganzes Geld drin, alles, was ich hatte.‹ Aus dem Zimmer von Ganske dringt Kichern. Vielleicht ist Deggendorf heimlich bei ihm. Sie sind jetzt beste Freunde, oder was auch immer.

Im Halbschatten des Flurs vor dem heller beleuchteten Treppenhaus bleibt er stehen, lauscht angestrengt, ob von unten Schritte zu hören sind. Nichts. Läuft eilig hinunter, huscht in den Gang, wo sein altes Zimmer ist. Gegenüber, wo früher Kuffel wohnte, brennt noch die Schreibtischlampe. Durch die Scheibe sieht er die verschwommene Silhouette von Ralf Wienand.

Schnell und geräuschlos rutscht Carl auf Socken vorbei, erreicht den Waschraum. Hört Schritte. Das Herz schlägt bis zum Hals. Er schiebt sich durch die Schwingtür, hastet zu den Toiletten, schließt sich ein. Atmet zu laut. Das Hauptlicht wird eingeschaltet. Jemand nähert sich. Tritt an ein Pißbecken. Das Plätschern des Strahls im Porzellan. Abschütteln der Resttropfen. Jetzt Schritte, die sich entfernen. Die Tür schwingt vor und zurück.

Er wartet, bis das Licht wieder aus ist, zieht seine Schuhe an, tritt aus der Kabine, nähert sich dem Fenster, öffnet es, steigt auf den Heizkörper, beugt sich vor. Schaut sich um, klettert über das halbhohe Gitter auf die Außenbank. Hält sich im Rahmen fest. Unter ihm sind es dreieinhalb Meter bis zum Schuppendach. Er lehnt sich so weit wie möglich nach links dem Schornsteinvorsprung zu. Läßt sich mit der Hand gegen die Klinkermauer fallen. Spürt scharfe Kanten. Bekommt einen der Leiterbügel zu fassen. Das glatte Metall ist so eisig, daß es schmerzt. Stützt sich mit dem linken Fuß, hält den Atem an, sammelt Kraft, stößt sich mit dem rechten ab, schafft es, einen weiteren Bügel zu greifen, den Fuß auf eine untere Trittstufe zu setzen. Das nächste Stück ist einfach. Er klettert hinunter, steht auf dem Dach. Es scheint belastbar, obwohl einzelne Ziegel knacken. Er geht vorsichtig, prüft jeden Schritt. Erreicht die Kante. Von der Höhe her ist es zu schaffen. Holt tief Luft. Springt. Eine Sekunde freien Falls. Die Erde ist hart gefroren. Er spürt ein Reißen in den Knien. Steht. Staunt, wie einfach es war. Fragt sich, warum nicht Nacht für Nacht Leute über diesen Weg das Haus verlassen.

Im Mondlicht liegt alles klar da, fast so deutlich erkennbar wie bei Tag, nur daß die Farben fehlen. Er geht um den Schuppen herum, schaut, ob es eine Möglichkeit gibt, auf das Dach zurückzuklettern. Findet keine. Erschrickt. Erst um fünf am Morgen werden die Türen zum Kreuzgang und zu den Häusern wieder geöffnet.

Die Turmuhr schlägt Mitternacht. Wenn dort draußen etwas geschieht heute Nacht, beginnt es jetzt. Ihm rinnt der Schweiß, er spürt auch, wie bedrohlich die Kälte ist. Mit jeder Minute hier draußen dringt sie tiefer in die Kleider. Angst. Er stapft durch heruntergeblühte Pflanzen bis zum Kiesweg. Rechts die Kirche, dann der Glasgang, der in die Rückseite des Schulgebäudes mündet. Abgeerntete Gemüsefelder, geschossener Wirsing. Zwiebeln, die vergessen worden sind. Ihr süßer fauliger Geruch. Eine hohe Hecke umschließt das Gelände, unmittelbar dahinter der Graben. Er hat keine Alternative als in einem großen Bogen zur Hauptbrücke zu gehen, von dort vorbei an Krantz' Wohnung zum Steingregor. Erst danach kann er halbwegs sicher sein, keinem Erzieher oder Lehrer mehr zu begegnen.

Bei Tageslicht würde er fünfundzwanzig Minuten benötigen bis in das dunkle Gebiet. Jetzt muß er aufpassen wie ein Tier, das zum Abschuß freigegeben ist. Im Wald wird er trotz Taschenlampe Mühe haben, sich zu orientieren.

Die Schritte knirschen bedrohlich laut. Er fürchtet, sie könnten bis in die Wohnung von Bruder Walter zu hören sein, zumindest wenn dessen Fenster gekippt ist. Sinnlose Versuche, das Gewicht zu verlagern, die Füße anders aufzusetzen. Wenn er nicht schneller vorankommt, wird er nur für das Stück bis zum Steingregor eine halbe Stunde brauchen. Vielleicht hat um eins schon wieder alles sein Ende. Ist er erst dort, wird sich der Augenblick bis an den Rand der Unendlichkeit dehnen, aber wenn es vorbei ist, ist es vorbei. Er muß sich beeilen, selbst auf die Gefahr hin, daß es dann noch riskanter ist. Überhaupt muß er sich mehr bewegen: Nicht nur die Geräusche blähen sich auf im Dunkel, auch die Kälte wird kälter.

Ein Speichelsee sammelt sich im Mund, er schluckt ihn hinunter. Dick und schmerzhaft wie Unzerkautes schiebt er sich durch die Speiseröhre.

Was aber, wenn dort draußen im Wald gar nichts stattfindet? Wenn dort kein einziges Mädchen darauf wartet, ein Fleisch und ein Geist mit ihm zu werden, als Zeichen und Geschenk, daß er sich bis in Ewigkeit dem Feuer verschrieben hat? Holzkamp hat so getan, als sei er zu hundert Prozent sicher, deutete an, daß er Geheiminformationen habe, Kuffel hat vielsagend genickt. Vielleicht haben sie nur eins ihrer Spiele gespielt oder sind ihren eigenen Kopfgeburten aufgesessen. Gesetzt den Fall, dort im Wald werden tatsächlich seit Jahren, womöglich Jahrhunderten, Satansmessen abgehalten, dann müßte man doch vom oberen Flur in Quirinal aus Licht dort sehen, wahrscheinlich sogar Rauchfahnen, längst hätte jemand Polizei oder Feuerwehr gerufen.

Unmittelbar vor ihm huscht ein Tier über den Weg. Ein zweites – Ratten. Noch eine. Sie verschwinden zwischen den Sträuchern. Das Rascheln trockenen Laubs. Aus Richtung Forch fährt ein Auto vorbei, setzt den Blinker, biegt beim Steingregor auf das Gelände.

Wie konnte er glauben, daß es so etwas wie Satansmessen überhaupt noch gibt?

›Der Teufel hat heutzutage nicht mehr viel Arbeit mit der Verführung der Menschen‹, hat Präses Roghmann einmal gesagt, ›sie kommen alle freiwillig.‹

Ganz oben im Schulgebäude, wo sich der Chemiesaal befindet, springen die Neonröhren an.

Er wirft sich auf den Boden, preßt sich flach auf die Erde, wagt kaum zu atmen, schaut aus den Augenwinkeln hinauf. Eine kleine dickliche Gestalt tritt ans Fenster: Herr Flasswinkel. Er kommt oft mitten in der Nacht, bereitet Versuche vor, überprüft Theorien. Wenn er ihn jetzt sieht und einen Erzieher ruft, ist es vorbei. Dann können seine Eltern ihn morgen abholen. Carl rührt sich nicht, spricht sich vor, daß es unmöglich ist, etwas im Dunkeln zu sehen, solange man selbst im Licht steht. Herr Flasswinkel gestikuliert, verschwindet, kehrt zurück, verschwindet wieder.

Carl läuft, so schnell er kann, zur Gartenlaube, trotz der Geräusche, die er verursacht. Sie können von einem Reh oder einem Fuchs stammen. Besser gehört als gesehen werden. Das efeubewachsene Gestänge bietet Schutz. Er kauert sich hinter einer Bank in die Ecke, schlottert. Fast fünf Stunden hier draußen in dieser Eiseskälte wird er kaum durchhalten, aber es gibt keinen Weg zurück. Er spürt, wie ihm die Kehle zuschwillt vor Angst, Scham, bitterer Reue über das, was er tun wollte, über den, der er ist. Der Satan hat ihn herausgelockt mit falschen Versprechungen, im sicheren Wissen, daß er tatsächlich so krank ist, zu kommen, willens sein ewiges Heil für ein paar flüchtige Zungenküsse, weiches Fleisch zu verkaufen. Jetzt kann er ihn erfrieren lassen, ihm die Seele nehmen, ohne Gegengabe. Die letzte Absicht, die er auf Erden hatte, war es, diesen Pakt zu schließen, ihn zu unterzeichnen mit dem eigenen Blut, damit er auch wirklich gilt bis zum Jüngsten Tag und darüber hinaus. Er hat sich auf die verwerflichste Weise gegen den Herrn gestellt, und der Herr hat ihn aufgegeben. Aus Respekt vor seiner freien Entscheidung, die den Kindern Adams geschenkt wurde, damit sie den Herrn, ihren *Gott, lieben aus ganzem Herzen, mit ganzer Seele und all ihrer Kraft.* Er aber hat das Gegenteil für sich gewählt: Auflehnung. Daraus folgen Verzweiflung und Tod. Ihm laufen Tränen die Wangen hinunter. Daß er jetzt hier draußen kauert, ist der unumstößliche Beweis für den Engel, der Buch über ihn führt, daß er sich dem Bösen überantworten wollte – überantwortet hat. Aber es kann doch nicht sein, daß sein Leben heute nacht schon endet, wegen einer lächerlichen Idee, während ringsum fünfhundert Leute in ihren Zimmern sind, die er rufen könnte, daß sie ihn hereinlassen. Nicht sterben, hier draußen in der Kälte, im Morgengrauen des Hochfests Mariä Lichtmeß, *unsere Mittlerin, unsere Fürsprecherin, führe uns zu Deinem Sohne, empfiehl uns Deinem Sohne, stelle uns vor Deinem Sohne.* Dafür ist es zu spät. Doch selbst ein Verweis wäre besser als der Tod. Er kann noch immer behaupten, daß er sein Portemonnaie verloren oder sich beim Abendspaziergang verlaufen hat.

Lautloses Schluchzen.

Plötzlich springt Flasswinkel ans Fenster, reißt es mit einem Ruck auf, streckt den Kopf heraus, läuft zum nächsten, öffnet es ebenfalls, dann das dritte, fächert beidhändig Luft. Offenbar ist bei seinem Experiment etwas schiefgelaufen. Seine Versuche funktionieren häufig nicht. Er ist konfus, oft regelrecht wirr. Manchmal veranstaltet er merkwürdige Dinge, weiß von einem Moment auf den anderen nicht mehr, mit wem er spricht oder was sein Plan war. Vielleicht hat er, als er gekommen ist, vergessen, die Tür zum Schulgebäude abzuschließen, weil er die Vision einer Erkenntnis hatte, die er so schnell wie möglich überprüfen mußte. Selbst wenn er jetzt gleich fertig wäre mit seinem Experiment, blieben noch mindestens fünf Minuten. Carl spürt, daß Kraft in seine Muskeln zurückkehrt. Zumindest für diese Nacht gibt es Hoffnung. Sollte die Tür verschlossen sein, könnte er warten, bis Flasswinkel herauskommt, dann einfach an ihm vorbeigehen, als wäre nichts. Möglicherweise ist Flasswinkel so in Gedanken, daß er sich nicht einmal wundert.

Er lauert. Pirscht sich aus der Laube zu den Wacholdersträuchern, Stechpalmen, kriecht zwischen den Büschen bis unmittelbar an das Gebäude heran, richtet sich auf, schiebt sich mit dem Rücken an der Wand zur Ecke. Ab hier ist der Weg gepflastert. Er schleicht sich an den Rand des marmornen Platzes, verbleibt im Schatten der Laternen, bis er sicher ist, daß niemand kommt oder geht. Rennt zur Eingangstreppe, die Treppe hinauf, wirft sich gegen die Glastür, die Glastür gibt nach. Auch die innere Tür ist offen. Wärme schlägt ihm entgegen – Wärme und ein scharfer Geruch. Ammoniakgas. Seine Schritte hallen nach in dem riesigen leeren Raum. Ammoniakgas ist nicht so tödlich wie Brom. Einmal hat Flasswinkel die Flasche herumgehen lassen, und alle mußten daran riechen. Carl schafft es bis zur Kellertreppe. Dort unten sind die Übungsräume. In einem von ihnen steht eine alte Couch, auf der er schlafen kann. Schlimmstenfalls weckt ihn zwischen sieben und acht eine der Putzfrauen. Denen ist es egal, was die Schüler tun. Keine von ihnen weiß, wie er heißt. Wegen der Messe zum Hochfest Mariä Lichtmeß mit anschließendem Blasius-Segen beginnt der Unterricht erst um halb zehn. Bis dahin kann er sogar noch seine Schulsachen holen.

Fortgenommen werden in eine unvorstellbare Stille. Dorthin, wo kein Gewicht, keine Last ist. Er hört, wie sein Name genannt wird. Die Stimme, die ihn nennt, ist ruhig, beinahe sanft. Widersprechen kann man ihr nicht. Der, dem sie gehört, befindet sich unmittelbar neben oder hinter ihm, ist aber nicht zu sehen wegen des toten Winkels oder weil er zu den Unsichtbaren gehört. Mit leichtem Druck schiebt er ihn aufrecht in einer gleichmäßig langsamen Bewegung vorwärts durch helle Flure mit durchlässigen Wänden. Jenseits der Wände halten sich Wesen auf, die keine Geräusche verursachen noch sonst etwas von sich geben, doch sie sind zweifellos da. Etwas wie die Hand des Begleiters in Gestalt reinen Willens öffnet eine dunkle Holztür. Entläßt ihn dort hinein. Er steht in einem warmen, ockergelben Raum. Weder Fenster noch Bilder. Keinerlei Gegenstände. Die Farbe des Raums entspricht der Seelenfarbe des Menschen, der hier seinen Ort hat. Er scheint alt zu sein, aber nicht sehr alt, sitzt an einem schlichten Tisch auf einem schlichten Stuhl. Ein langer, ebenfalls ockerfarbener Mantel, der aus einem Stück gewebt ist, fällt ihm von den Schultern bis zum Boden. Da er sich abgewandt hat, vertieft in das Studium der Offenbarungen, ist sein Gesicht nicht zu erkennen. Nur daß er einen Bart trägt. Auf eine sehr bestimmte Weise hat er mit Carls Leben zu tun. Carl ist ihm nie zuvor begegnet, erinnert sich aber, daß er seit langem von seiner Existenz weiß. Es muß einer der Heiligen sein, deretwegen Gott die Welt im Dasein hält, trotz der Sünden und des Unglaubens. Ein zweiter Mann kommt von rechts aus einem anderen Raum, in dem man vor reinem Licht nichts erkennt: Präses Roghmann. Er ist tot und nicht tot, während der Heilige zu den lebendigen Lebenden gehört. Der Unterschied ist ebenso eindeutig wie unsichtbar. Die Männer begrüßen einander mit einer Umarmung, stecken die Köpfe zusammen. Es geht um ihn. Carl weiß, daß sein Körper zu diesem Zeitpunkt im Keller des Schulgebäudes auf einem Sofa liegt und daß er nicht träumt. Präses Roghmann richtet sich auf, tritt auf ihn zu. Sieht ihn aus der Undurchdringlichkeit seiner schwarzen Augenschlitze an, die er mit in die Ewigkeit genommen hat. Carl begreift nicht, was der Blick bedeutet, weiß aber, daß alles, was er getan hat, offen daliegt. Er will etwas sagen, eine Erklärung, eine Bitte, ein Bekenntnis all seiner Schuld, doch er hat keine Stimme. Nicht einmal seine Lippen kann er bewegen. Präses Roghmann wartet eine Weile. Da er nichts hört, dreht er sich um und geht hinaus. Es gibt keine Möglichkeit, ihm hinterherzulaufen. Der Heilige wendet sich erneut den Schriften zu und beachtet ihn nicht. Carl sieht unendliche Barmherzigkeit in seinen Zügen und möchte weinen. Auch das gelingt nicht. Aber er ist vorhanden in der Wahrnehmung des Heiligen. Sehr weit entfernt. Mit einem Wischer der linken Hand, als würde er Krümel wegfegen, schickt er ihn fort.

Zweiunddreißig

»Und? Was glaubst du, wie es mit deinem Zögling weitergeht, wenn wir weg sind?«

»Wir fallen ja nicht aus der Welt.«

»Du hast nicht mal den Führerschein, und dein Fahrlehrer war sehr skeptisch, ob du ihn je bekommen wirst.«

»Solange die Herzensverbindung Kraft hat, werden sich Mittel und Wege finden. Oder was meinst du, Carl?«

Er nickt.

»Nach den bisherigen Erfahrungen mit seiner geistigen Festigkeit würde ich eher vermuten, daß es keine drei Monate dauert, bis er alles über Bord wirft, was wir unter größten Mühen versucht haben, ihm beizubringen. Und ab Sommer bist du in St. Gallen. Von dort wirst du auch nicht jedes Wochenende hier in die Gegend kommen.«

»Wir können uns Briefe schreiben.«

»Ah. Sehr gut! Du nimmst die Tradition des Lehrschreibens in der Nachfolge des Apostels Paulus wieder auf: *Timotheus, bewahre, was dir anvertraut ist, halte dich fern von dem gottlosen Geschwätz und den falschen Lehrern der sogenannten ›Erkenntnis‹*. – Und du, Pacher? Hast du Hoffnung im Hinblick auf dich? Aber wahrscheinlich bist du einfach nur froh, wenn er weg ist mit seinem Moralismus und seiner krankhaften Eifersucht, weil dich dann endlich niemand mehr davon abhält, deinen Triebimpulsen nachzugeben.«

Er zuckt mit den Achseln.

»Oder würdest du sagen, die Freundschaft mit Bernhard hat deine Christusliebe so sehr wachsen lassen, daß sie dem Sturm der Leidenschaften standhält?«

»Hast du meine Mitteilung am schwarzen Brett nicht gesehen?«

»Sollte ich?«

»Hängt in allen Häusern.«

»Und was tust du uns dort kund?«

»Daß ich meine Plattensammlung verkaufe.«

»Schön. Warum nicht.«

»Die Stereoanlage auch: Verstärker, Tuner, ein sehr gutes Tapedeck. Boxen. Suchtest du nicht neulich Kopfhörer?«

»Danke, ich bin quasi schon ausgezogen, muß mich also nicht mehr gegen den akustischen Terror meiner Zimmernachbarn zur Wehr setzen. Aber abgesehen davon: Was hat das mit der Frage nach deiner geistigen Weiterentwicklung zu tun?«

»Ich werde das Geld spenden.«

»So?«

»Den Armen.«

»Und an wen hattest du da gedacht? Den Penner, der immer in Forch vor dem Aldi sitzt?«

»Vielleicht an eine Indianerinitiative in Brasilien.«

»Das klingt, als hätte unser Freund Stefan Lenders seine Finger im Spiel.«

»Ach was«, knurrt Kuffel. »Lenders ist ein Bürgersöhnchen, das mit Boff und der Befreiungstheologie sympathisiert, weil es gerade chic ist. Starke Glaubensentscheidungen sind ihm völlig fremd.«

»*Verkaufe alles, was du hast, gib das Geld den Armen und folge mir nach,* fordert Jesus.«

»Vorher heißt es allerdings: *Wenn du aber vollkommen sein willst…*«

»Ja. Und?

»Du strebst also Vollkommenheit an.«

»Das sollte man doch, als Mensch.«

»Was hältst du von dieser Idee, Bernhard? Ist das auf deinem Mist gewachsen?«

»Ich habe ihm weder zu- noch abgeraten.«

»Es klingt schon überspannt, findest du nicht?«

»›Lebe das, was du vom Evangelium verstanden hast, und wenn es noch so wenig ist.‹«

»Wer sagt das?«

»Frère Roger, der Gründer von Taizé.«

»Gut, er ist, theologisch gesehen, nicht wirklich eine relevante Größe für uns. – Opgenhoff war Ostern übrigens in Taizé. Er hat erzählt, daß die Macht der Liebe dort in der Tat sämtliche Grenzen überschreitet. Vor allem nachts in den Schlafsäcken. – Verkaufst du dein Aquarium auch?«

»Das Aquarium natürlich nicht.«

»Ich schließe daraus, daß du die Verwirklichung vollkommener Vollkommenheit doch noch ein Stück hinausschiebst.«

»Meine Fische und die Musik – das hat für mich absolut nichts miteinander zu tun.«

»Ich weiß, du stehst mit Vernunft und Logik auf dem Kriegsfuß, aber wenn du solche schwerwiegenden Entschlüsse faßt, sollten wir trotzdem versuchen, das Ganze objektiv zu betrachten.«

»Glaube ist nie objektiv.«

»Es geht doch bei so einer Verzichtsentscheidung im wesentlichen um zwei Dinge. Erstens will man sich vom

Irdischen lösen, und dann – zweitens – auf dem Weg zur höchsten Wahrheit ein Stück weiter vorankommen. Richtig?«

»Schon.«

»Die Sache mit der Loslösung dürfte schwerlich klappen, wenn du das, woran dein Herz von allen irdischen Dingen am meisten hängt, zurückhältst. Und was die Annäherung an die Wahrheit anlangt, würde ich sagen, daß du durch die Musik – jedenfalls, wenn du Bach oder Bruckner hörst – zumindest auf einer unteren Stufe ein Stück weit in die Welt der Verehrung und Anbetung emporgehoben werden kannst, wohingegen diese Fischgefängnisse – das ist doch nun wirklich ein Hobby für Spießer.«

»Das ist kein Hobby, sondern wissenschaftliche Arbeit, auch wenn du das vielleicht lächerlich findest. Alle Beobachtungen, die ich mache, werden genau notiert: Datum, Uhrzeit, Wassertemperatur, Ph-Wert, Härte. Manche Sachen zeichne ich auch, und demnächst kommen noch Photos dazu, so daß eines Tages eine vollständige Verhaltensstudie von Macropodus opercularis vorliegen wird.«

»Meine Oma hat einen Dackel. Dessen Gedanken kreisen hauptsächlich ums Fressen und Besteigen. So sich denn jemand zum Besteigen findet. Ansonsten nimmt er auch gern Herrenschuhe. Meine Oma käme allerdings nicht auf die Idee, ihre täglichen Hundespaziergänge als wissenschaftliche Arbeit zu bezeichnen.«

»Es gibt die Heilige Schrift und das Buch der Schöpfung. In beiden zeigt sich das Wirken Gottes.«

»Siehst du, Bernhard, es ist genau, wie ich es dir gesagt habe: Unsere Versuche, ihm auch nur die elementarsten

Grundlagen des Denkens zu vermitteln, waren völlig umsonst. Nach wie vor ist er nicht ansatzweise in der Lage, die verschiedenen Phänomene ihren jeweiligen Bereichen zuzuordnen. Das Paarungsverhalten seiner Fische steht für ihn erkenntnistheoretisch auf derselben Stufe wie die *Summa* des heiligen Thomas ...«

»Natürlich sehe ich den Unterschied ...«

»So? Dann erläutere mal.«

»Bei Thomas von Aquin – überhaupt bei diesen ganzen perfekt aufgebauten philosophischen Systemen – geht es darum, daß bestimmte Dinge in der Wirklichkeit so sein müssen, wie es die Gesetze der Logik bestimmen, weil diese Gesetze eben absolut sind. Du würdest wahrscheinlich sagen: die Wahrheit. Was ich mache, ist das Gegenteil: Ich setze mich unvoreingenommen hin und schaue, wie zum Beispiel die Fische oder auch Vögel leben und welches übergeordnete System sich daraus ableiten läßt.«

»Und wofür soll das dann relevant sein? Willst du den Fischen ihren Platz im göttlichen Heilsplan erläutern?«

»Im Evangelium steht, daß kein Sperling auf die Erde fällt, ohne den Willen Gottes. Das heißt doch, alles, was geschaffen ist, ist so, wie es ist, von Gott gedacht und gemeint, und wenn ich es mir genau anschaue, kann ich etwas über Ihn erfahren.«

»Mein Lieber, die Frage ist nicht, was du siehst, sondern wie du das, was du siehst, richtig deutest. Solange du nicht weißt, welche geistigen Prinzipien dem göttlichen Plan zugrunde liegen, wirst du mit hundertprozentiger Sicherheit in die Irre gehen. Die Welt der Erscheinungen ist viel zu komplex, als daß wir über die Beschreibung der Details zu einer brauchbaren Vorstellung des Ganzen kommen können. Wenn du aber das Gesamtbild nicht kennst, wie willst du dann wissen, an welche Stelle das jeweilige Puzzlestück gehört? Abgesehen davon, daß die Schöpfung uns infolge von Sündenfall und Vertreibung eben gar nicht in ihrer ursprünglichen Gestalt gegenübertritt. Die Natur, die du beobachtest – von mir aus kannst du sie zeichnen, photographieren, sezieren, aber sie ist nicht das vollkommene Werk, das Gott dem Menschen im Anfang als Aufenthaltsort zugedacht hat. Sonst müßten wir ja Tod, Krankheit, Erdbeben, Vulkanausbrüche, das ganze Elend, dem wir hier ausgesetzt sind, dem liebenden Gott zuschreiben. Das hieße im Gegenzug, Gott wäre nicht mehr Dreifaltig-Einer, sondern das Böse, also ein aus seiner Geschöpflichkeit herausgehobener Satan, würde zum Vierten, und die Einheit bräche auseinander. An ihre Stelle träte antithetischer Dualismus, weil es ja – anders als zwischen dem Vater und dem Sohn – mit dem Satan keinen fortwährenden schöpferischen Austausch in Liebe gäbe, sondern der Kampf Gut gegen Böse würde aus dem Bereich der geschaffenen Zeit in den Urgrund des ewigen Seins verlegt. Du kannst das natürlich so denken, solltest dir aber darüber im klaren sein, daß du dich damit außerhalb der kirchlichen Lehre befindest. Fakt ist, daß wir – daß es der Mensch war, der mit seinem rebellischen Verhalten den Bund der göttlichen Liebe aufgekündigt und dadurch die gesamte Schöpfung in den Abgrund gerissen hat. Daß die Welt, in der wir leben, grausam und dunkel ist, beherrscht von Libido und Todestrieb, ist unmittelbare Folge des Ungehorsams der Stammeltern. Und weil jeder von uns bereits keimhaft in Adam enthalten ist – auch biologisch übrigens –, bist du mit deiner Verderbtheit von Anfang an mitverantwortlich dafür, daß die Welt in diesem verheerenden Zustand ist.«

Carl spürt, wie ihm ein Kloß den Hals versperrt, daß er Mühe hat zu atmen.

»Insofern solltest du in der Tat auf jede deiner Handlungen, sogar auf deine geheimsten Absichten achten, denn vom Standpunkt der Ewigkeit aus gesehen ist deine Bosheit, von der wir ja wissen, daß sie beträchtliches Potential hat, bereits Teil des adamitischen ›Neins‹ zum Gehorsam dem Schöpfer gegenüber.«

Ihm verschwimmen Einwände, Antworten, Fragen. Er sieht nicht einmal mehr Holzkamps Gesicht klar: ob er grinst, weil es doch wieder nur darum geht, ihn wie einen Idioten dastehen zu lassen, oder ob er diesen undurchdringlichen Ernst ausstrahlt, den Roghmann oft hatte.

»Du schaust mich an, als hättest du nicht die geringste Ahnung, was wir hier eigentlich verhandeln.«

»Was Winfried dir klarzumachen versucht, Carl, ist: Wenn du nicht weißt, welchen fundamentalen Wandel die Welt infolge des Sündenfalls durchlaufen hat, wirst du aus der Naturbeobachtung Theorien ableiten, die der Wahrheit, Schönheit und Güte der göttlichen Schöpfung widersprechen, verstehst du?«

»Doch. Schon ...«

Seine Stimme bricht ab.

»Das ist jetzt auch kein Grund, eine hysterische Krise zu kriegen«, sagt Holzkamp. »Im großen und ganzen bewegen sich unsere Vergehen im Rahmen dessen, was wir in der Beichte voller Zuversicht und Trost dem Herrn übergeben dürfen. Nichtsdestoweniger sollten wir uns gelegentlich klarmachen, daß wir – jeder einzelne von uns als Kind Adams – mit allem, was wir denken und tun, zunächst einmal Mittäter sind und nicht Opfer. «

»Ich weiß.«

»Also überleg dir gut, welche Ausrichtung dein Leben bekommen soll: Nichts ist Lappalie, alles zählt.«

»Jetzt laß ihn doch mal, du siehst doch, daß er angegriffen ist.«

»Ich will deinem Schützling ja gar nichts. Es ging mir lediglich darum, die wenigen Gelegenheiten, die uns noch bleiben, nicht mit Sentimentalitäten zu vergeuden, sondern ihm ein paar gedankliche Impulse für die Zukunft zu geben, damit er, falls er tatsächlich seine Zeit mit der Beobachtung von Fischen oder Ameisen vergeuden will, nicht meint, daraus ließen sich brauchbare Schlüsse im Hinblick auf die geistige Ordnung der Welt ziehen. Im Grunde ist es die liebende Sorge um sein Heil, die mich antreibt. Oder, Carl, hast du den Eindruck, ich wollte dir schlecht?«

Er schüttelt den Kopf.

Die Nässe streut gelbes Licht ins Zimmer. Gesichte, Wispern. Nacht für Nacht Schmerz und Angst. Durch das gekippte Fenster fällt kalte Luft. Ein Frühling ohne Hoffnung, ganz gleich, was passiert. Abschied.

Keiner der Menschen, die ihn kennen, wird erfahren, was er getan oder wenn nicht getan, so doch versucht hat zu tun, und das heißt: Niemand wird ihm je wieder nah sein.

Er hat sich zehn Meter Wäscheleine gekauft. Sie liegen im Bettkasten, dreißig Zentimeter unter seinem Kopf, dringen bis in die Träume, machen es besser, machen es schlimmer. Über ihm ragt der Kehlbalken quer durch den Raum, schwärzer als Schwarz. Zwei feste Knoten, ein Sprung von der Schlafempore ins Zimmer, mehr nicht, dann Stille. Kein Bewußtsein, das sie wahrnimmt. Eine schöne Vorstellung. Sie wird aber nicht eintreten – selbst wenn er den Mut aufbrächte nicht. Der Ausweg ist kein Ausweg, ist nur eine Falle, die äußerste Versuchung, damit er endgültig alles zunichte macht. Wie viele Menschen würden vor Ablauf der festgesetzten Frist aufgeben, wenn sie glauben könnten, daß der Tod wirklich das Ende bedeutet? Sogar die, die behaupten, Atheisten zu sein, benehmen sich so, als ob ihre Seelen unsterblich wären.

Nichts, was war, kann getilgt werden.

Er stellt sich vor, wie es wäre, wenn er den Tag und die Stunde selbst festlegt, eigenmächtig den Schlußstrich zieht: Im nächsten Augenblick, dem ersten außerhalb des Körperkerkers, wird sich ein schwarzes Loch in die Tiefen der unteren Welt auftun. Anders als bei denen, die vom Engel hinaufgeleitet werden, ist es kein Tunnel, an dessen Seitenwänden das Leben wie ein Film im Zeitraffer vorbeizieht, während Licht und Wärme zunehmen, bis am Ende das Angesicht Jesu, seine überströmende Liebe, die befreite Seele empfängt und in die ewige Gemeinschaft der Seligen aufnimmt. Bestenfalls kein Erstickungstod, sondern das Genick bricht schnell. Ein Knacken, die Spannung weicht aus den Gliedmaßen. Diffuse Wärme, die ihm schon nicht mehr gehört, nur kurz. Ein oder zwei Minuten, nachdem das Herz aufgehört hat zu schlagen, fällt die Temperatur. Der Blick auf den ausschwingenden, sich langsam entfernenden Körper. Erinnerung an leises Frösteln, an Kälte, die steif macht, bis seine Wahrnehmung, die jetzt außerhalb ist, sich nicht mehr aufrechthalten kann, taumelt, kippt, sich überschlägt, ungebremst in den Schacht aus Eis und Dunkel stürzt. Rechts und links, oben und unten Fratzen, Grimassen, Bilder von Greueln, Schandtaten, entfesselte Wünsche, Schreckgestalten, die aufgewirbelten Ablagerungen vom Seelengrund, Faulschlamm. Echos von Grauen, von Lust. Flüche, Hohnlachen. Statt daß er in die Stille geleitet wird, aus allen Richtungen die Schreie der Verworfenen, Gebrüll von Dämonen, die in Schweine fahren. Arme und Hände sind ihm genommen, er sieht sie nicht einmal mehr. Da ist nichts, was den Kopf umschließen, Ohren, Gehörgänge, Trommelfelle zuhalten könnte. Kein Kissen, nichts Weiches, Nachgiebiges, um hineinzukriechen, sich zu bedecken. Nackt und bloß rast er durch leere Unendlichkeit zunehmender Finsternis entgegen, friert zu einem Stoff, härter als Eisen und Stein, stürzt in das lichtlose Feuer, dessen Brennstoff erstarrte Seelen sind, unsterbliche Seelen, geschaffen aus der Fülle des Seins für unendlichen Lobpreis aus einer Substanz, die niemals verlöschen wird. Bis in Ewigkeit muß er die Flammen nähren. Keiner wird kommen, die Qual zu verkürzen, ihn herauszulassen aus sich selbst, und sei es für einen Moment. Es braucht kein strenges Richtergesicht, weder Waagschalen noch Schuldsprüche: Er hat sich selbst zu dieser Isolation verurteilt, verurteilt sich wieder und wieder dazu, Höllentag für Höllentag.

Einzelne Tropfen, die vom Gaubendach auf das kupferne Fensterbrett schlagen. Er meint, sie auf der Haut zu spüren. –

Glasklar liegt alles vor ihm: das Leben, das er gelebt, der Wille, dem er gehorcht hat. Nichts war gut. Er hat es nicht geschafft, dem Ruf des Herrn zu folgen, sich der

Gnade zu öffnen. Zu schwach, der Glaube – keine Liebe. Statt dessen Gier nach Besitz, Macht, nach Lust mit Frauen, Lust an Grausamkeit. Keine Rücksicht. Wie ein Brandzeichen ist das Böse in seine Seele geschrieben.

Seit er sich an sich erinnert und lange, bevor er gesündigt hat, sich die Sünde überhaupt nur vorstellen, sie wollen, suchen, tun konnte, weiß er, daß er verworfen werden wird: Er stand vor dem Haus seiner Eltern neben der hohen Zeder auf dem Rasen im Vorgarten, fahles Licht wie vor Sommergewittern, sah seine Mutter, seinen Vater, wie sie Einkaufstaschen, Getränkekisten aus dem Kofferraum holten, war wütend, hatte keine Lust zu helfen, und auf einmal verschloß sich der Himmel. Er stand da in vollständiger Abgeschiedenheit, getrennt von allen anderen Wesen. Mochten sie noch so sehr behaupten, ihn zu lieben: Es drang nicht zu ihm durch, und er trug die Schuld daran. Etwas in ihm hatte sich verkapselt, hatte entschieden, allein zu sein. Sein Gesicht lächelte, wenn die Mutter ihn rief, sein Mund sonderte nette Worte ab, wenn der Vater ›mein Sohn‹ sagte. Es waren Lügen, kalt berechnet, um Vorteile zu erlangen, um besser dazustehen. Er war vollständig falsch. Immer.

Aber wenn das Herz uns auch verurteilt – Gott ist größer als unser Herz.

Er kneift die Augen zusammen, sieht im dunkleren Dunkel Lichtpunkte hinter den Lidern, Ewigkeitsmuster wie Galaxien verlöschen, entstehen, verlöschen.

Er will sich nicht in diesem Leben, nicht als den, der er ist. Aber niemand hat ihm gezeigt, wer er werden würde, hat gefragt, ob er zustimmt, bevor er gezeugt, erschaffen wurde, das Fleisch von den Eltern, die Seele von Gott.

Was für eine Freiheit soll das überhaupt sein, wenn er sich nicht dafür entscheiden kann, weder Freiheit noch Unfreiheit zu wollen, sondern nur einen Wunsch hat: heraus aus dieser Hölle, die nicht die anderen sind, sondern er selbst, zurück in das Nichts, bevor es ihn gab.

Er steigt aus dem Bett, hebt die Matratze an, den Lattenrost unter der Matratze, holt das Bündel Wäscheleine aus dem Kasten, streicht die glatten, mit einer Kunststoffschicht ummantelten, im Nachtlicht durchsichtig grauschimmernden Schnüre entlang. Der Geruch von frischem Plastik.

Wenn es aber nicht einmal Sinn hat, sich an einem Baum aufzuknüpfen wie Judas, nachdem er den Herrn für dreißig Silberlinge verkauft hat, was dann?

Ein zerknirschtes Herz ist Gott wohlgefällig.

Zweifellos ist sein Herz zerknirscht.

Das muß Er doch sehen, der Herr, sein Gott, der ihn ganz verlassen hat, wie zerknirscht sein Herz ist.

Er wirft die Leine gegen die Wand, ein Klatschen, als wäre sie etwas Lebendiges.

Nicht erst seit Wochen, seit Jahren weiß er, was es hieße – geheißen hätte, Glauben zu haben von der Größe eines Senfkorns, des kleinsten unter den Samen. Er hat den Ruf deutlicher gehört als alle anderen, Verwandte, Freunde, Mitschüler, Geliebte in Henneward, in Kahlenbeck. Es gibt nichts, was er zu seiner Entschuldigung vorbringen kann. Daß er jeden Morgen um Viertel nach sechs aufsteht, um in die Frühmesse zu gehen, alle zwei Wochen beichtet, dient nur seinem Hochmut. Wenn er Leuten wie Großkreutz oder Vincent Färber von der Apokalypse erzählt, daß sie Buße tun und sich reinigen müssen: hohles

Geschwätz, um sich wichtig zu machen. Sein Glaube besteht aus Wörtern, denen keine Tat, nicht einmal ein wahrhaftiger Gedanke entspricht. In Wirklichkeit verdient er das Wort *Zerknirschung* gar nicht, ist er Lichtjahre entfernt von dem, was nötig wäre, sich zu bekehren. Die Zöllner und Sünder des Evangeliums, die Ehebrecherin, selbst der Schächer - sie waren vollständig auseinandergebrochen, bevor der Herr sie in Jünger verwandelt hat. Wenn er beichtet, bringt es keine Erleichterung. Trotzdem geht er zur Kommunion, empfängt den Leib des Herrn, versucht sich hineinzuversenken in das Wunder der Eucharistie, spürt weder Freude noch Gemeinschaft. Er ist ein Pharisäer, der tut, was das Gesetz verlangt, und sich wider besseres Wissen einredet, daß es ausreichen würde. Auf seiner Zunge die pappige Oblate ohne Geschmack, in seinem Herzen keine Spur Freude über die Erlösung, nur die Bitternis des Gerichts. Dann beginnen die Stimmen zu wispern, daß sein Wissen um die eigene Nichtswürdigkeit wahrhaft groß und tief ist, daß er mit dieser vollkommenen Reue die Barmherzigkeit zwingt, sich seiner anzunehmen, daß er sich die Vergebung verdient hat durch Selbstverachtung, Selbstanklage, Selbstdemütigung. Er kreist in endlosen Spiralbewegungen um niemanden außer sich selbst, ganz gleich, wie weit er ihnen folgt, der Wille zur Umkehr bleibt immer hinter kalter Berechnung zurück.

Gottesraub.

Das Bild des Gegeißelten, vor dem Präses Roghmann die Nächte durchwacht hat, um sich dem Geheimnis des Leidens und Sterbens Jesu zu nähern und aus der Betrachtung des gedemütigten Herrn die Schwäche des eigenen

Fleisches zu besiegen. Ströme von Blut, die das Gesicht, den heiligen Leib hinunterrinnen, zur Sühne für die Sünden der Welt. *O Haupt voll Blut und Wunden / voll Schmerz und voller Hohn.* Er würde gerne vor diesem Bild knien. –

Roghmanns Blick, ehe er sich abwandte, in der Kammer des fremden Heiligen. Vielleicht sähe er von dort aus, wie Carl vor dem Bild kniete, und könnte doch noch sein Fürsprecher sein. –

Holzkamp sagt, Roghmanns Schwester hätte den Nachlaß in den Herbstferien abtransportieren lassen.

Er kneift sich mit den Fingernägeln in den Handrücken, um wenigstens etwas Körperliches zu spüren, wo seine Seele schon fühllos ist.

Präses Roghmann hat auf dem nackten Boden geschlafen, um die Begierden abzutöten. Der heilige Benedikt warf seine Kleider ab, als die Versuchung sich näherte, wälzte sich in Dornen, bis die Bilder der Unzucht verschwunden waren. Der heilige Jüngling Sergius war gerade so alt, wie er selbst jetzt ist, als die Römer ihn gefangennahmen. Dann fesselten sie ihn nackt auf ein duftendes Kissenlager und ließen ein wunderschönes Mädchen auf ihn los. Das Mädchen begann ihn mit zarten Fingern am ganzen Leib zu betasten. Hemmungslos, liebeshungrig. Als Sergius spürte, wie die Begierde in ihm anschwoll, biß er sich die Zunge ab und spuckte sie ihr ins Gesicht, um die Lust mit Schmerz zu besiegen.

Wer mein Jünger sein will, der verleugne sich selbst, nehme sein Kreuz auf sich und folge mir nach.

Etwas tun, was zählt.

Er kneift sich erneut. Diesmal in die weiche, innere Seite des Unterarms. Nimmt ein kleines Stückchen Haut zwischen Daumen- und Zeigefingernagel, quetscht es so fest wie möglich. Im nächsten Moment müßte eine Wunde aufplatzen, doch er kann den Druck gegen den Schmerz nicht weiter erhöhen. Läßt los. Ein Kribbeln im Rücken, während der Schmerz sich noch einmal kurz aufbläht, dann abebbt. Streicht sich über den Arm, fühlt die beiden Kerben.

Kuffel weiß, wo die Priester vom Gotteswerk ihre Dornengürtel und Geißeln herbekommen, aber er wird nicht wollen, daß er so etwas benutzt.

Trotz allem hat Kuffel nicht die geringste Ahnung vom Ausmaß seiner Schuld.

Er wird heute nacht - jetzt, nicht morgen oder nach Pfingsten - anfangen, sich Bußübungen zu unterwerfen. Steht auf, atmet tief durch. Zieht das Oberteil des Schlafanzugs aus, streift die Hose ab, kniet sich unter das Fenster auf den nackten Boden. Friert. *Jesus, Sohn Gottes, erbarme Dich unser, Jesus, Sohn Gottes, erbarme Dich unser, Jesus, Sohn Gottes, erbarme Dich unser.* Zittert so, daß er kaum geordnet atmen kann. Die Vorstellung, das über Monate, Jahre zu tun, um doch noch eine geringe Chance auf Rettung zu wahren. Eine kurze Erschütterung angesichts der eigenen Entschlossenheit. Eine Geißel wäre besser als ein Bußgürtel, zumindest solange er noch hier in Kahlenbeck ist und mit den anderen beim Essen, in der Kirche oder im Unterricht sitzt. Wenn er bei jeder falschen Bewegung das Gesicht verzerren würde, käme schnell einer auf die Idee, ihn nachzuäffen, wie er selbst Bergmanns Mundzucken oder Joschrupps Schnappatmung nachäfft. Zweimal die Woche, wenn die Sportstunden sind, müßte er das Bußinstrument weglassen, und beim Schwimmen sähe man Rötungen, Einstiche. Er würde danach gefragt werden. Hingegen könnten Geißelwunden auf Schultern und Rücken als Akne durchgehen.

Herr, erbarme Dich, Christus, erbarme Dich, Herr, erbarme Dich.

Wäre es ihm ernst mit der Umkehr, würde er das Gelächter der anderen nicht fürchten, sondern herbeisehnen, damit er sich in ihrem Spott dem verspotteten Herrn anverwandeln könnte.

Die Knie beginnen zu schmerzen, schlimmer als auf Kirchenbänken. Er beißt die Zähne zusammen, aber da ist nur der Wunsch aufzustehen, wenigstens kurz, damit der Schmerz sich beruhigt. Vielleicht schädigt er den Meniskus. Wenn er nachgibt, hat der Satan den nächsten Sieg errungen. Der Satan kann sich auch als Stimme der Vernunft tarnen. Wie gewinnt man die Herrschaft über die Stimmen im Kopf? Es ist sinnlos. Er hat nicht einmal genug Kraft, eine halbe Stunde im Gebet zu verharren, geschweige denn ganze Nächte. Zähneklappern. Zittern wie von Krämpfen. Er ist ein Schwächling. Schmerzechos von der Stelle im Unterarm. Pochen. Er versucht es noch einmal, nimmt die Fingernägel, aber Hand und Arm rucken unkontrolliert hin und her, vor und zurück. Er scheitert sogar daran, sich so fest zu kneifen, daß es nicht mehr zum Aushalten ist.

Wenn aber das Salz seinen Geschmack verloren hat, wie kann man es wieder salzig machen? Es taugt weder für den Acker noch für den Misthaufen, man wirft es weg.

Vor ihm liegt seine Jeans, darin der schwere Ledergürtel mit der eisernen Schnalle. Das Bild einer Bewegung, die Vorstellung, wie es sich anfühlt. Meiers Vater nimmt Gürtel zum Prügeln des Sohnes. Es könnte gehen.

Er steht auf, schaltet die Nachttischlampe ein. Setzt sich auf den Teppich, zieht den Gürtel aus dem Hosenbund. Die Knie erholen sich schon wieder. Er hätte es viel länger aushalten können. Schaut sich die Schnalle an. Sie ist abgerundet. Wunden werden sich damit kaum reißen lassen. Er schlägt mit halber Kraft auf seine Handfläche. Es tut ein bißchen weh. Löscht das Licht, damit Bruder Walter nicht hereinkommt, falls er einen Kontrollgang macht. Kniet sich wieder hin, diesmal mit dem Teppich unter den Knien, um länger durchzuhalten. Sobald er abgehärtet ist, wird er ihn weglassen. Faßt den Gürtel mit beiden Händen. Ein Drittel der Länge baumelt frei aus der Rechten. Er läßt es vor- und zurückpendeln, um ein Gefühl zu bekommen, wie sich Dorn und Schnalle verhalten. Zweifelt: Ist es richtig, derart gegen sich vorzugehen, oder spielt er wieder nur? Stammt der Zweifel von oben oder von unten, von innen oder von außen, wie läßt es sich unterscheiden? Vielleicht hat er Lust am eigenen Schmerz, so wie es ihm Spaß macht, andere zu quälen. Dann würde alles noch schlimmer. Es wenigstens versucht zu haben, damit er am Tag des Gerichts nicht einräumen muß, eine Möglichkeit für wahrhaftige Reue in Gedanken, Worten und Werken ausgelassen zu haben, obwohl sie ihm klar vor Augen stand. Der Sieg über die Gier, das Verlangen. Jetzt: Er läßt den Arm gegen die Brust schnellen, seine Faust, die das Leder umklammert, schlägt gegen das Schlüsselbein. Einen Moment später der Aufprall von Schnalle und Dorn unterhalb des Schulterblatts. Unangenehm; weit entfernt von Marter. Und es geht fester. Diesmal über die linke Schulter. Die Fingerknöchel auf den oberen Rippen. Hartes und Weiches fallen in einem Punkt zusammen. Abklingen, Luft holen. Das Zucken unter Schmerz ist anders als das Zucken vor Kälte. Es geht fester. Über die rechte Schulter. Die Augen kneifen sich zusammen, obwohl sie gar nicht beteiligt sind. Die Schnalle trifft seitlich auf, der Dorn sticht ins Fleisch. Fester. Über die linke. Es tut weh. Wo er getroffen hat, kribbelt es. Noch kein Blut. Er friert nicht mehr. Fester. Sehr weh. *Warum hauen sich die Ostfriesen stundenlang mit dem Hammer auf den Daumen?* Über die rechte, über die linke, direkt hintereinander. *Wegen des schönen Gefühls, wenn der Schmerz nachläßt.* Die Luft bleibt kurz weg. Hitze, Brennen. Nicht weh genug, kein Blut. *Jesus, Sohn Gottes, erbarme Dich meiner.* Noch fester. Zusammengepreßter Atem, Aufstöhnen. *Jesus, Sohn Gottes, erbarme Dich meiner.* So fest, wie es geht. Ein glühender Punkt, von dem aus die Hitze sich sternförmig ausbreitet. Wann ist es genug? Fester. Flirren wie Sonnenlicht in den Augen. *Jesus, Sohn Gottes.* Gut wäre, ohnmächtig zu werden und mit dem Gesicht ungeschützt auf den Boden zu schlagen. Fester als es geht. Das Reißen der Haut. Langsam und warm rinnt es den Rücken hinunter. Lachen oder Weinen.

Dreiunddreißig

Er flüstert, gerade laut genug, daß Spiritual Lenders ihn versteht, so leise, daß nicht das allergeringste von dem, was er sagt, durch den Vorhang nach draußen dringt, auch wenn dort nur ein paar Kleine sitzen: »... dann habe ich noch etwas, wo ich gar nicht weiß, ob Sie das überhaupt vergeben – also ob Sie mich davon lossprechen können.«

»Mmh.«

»Ich bin mir nicht sicher – es gibt doch Sünden, von denen einen nur der Bischof oder der Papst lossprechen kann.«

»Normalerweise reicht die Priesterweihe für alles, was einem Jungen in deinem Alter passiert.«

»Ja. Nein ...«

Lenders benutzt das Wort ›passiert‹, als ob die Sünde eine Art Unfall wäre, wie Steinschlag oder ein Lawinenabgang.

»... mir wurde gesagt, daß man für einige Sünden einen Bischof braucht.«

»Von wem?«

»Weiß ich nicht mehr.«

Er lügt sogar in der Beichte. Eigentlich könnte er ebenso gut gehen.

»Wenn ein Priester das Beichtgeheimnis bricht ... Dann ist es schwierig. Aber das betrifft dich vorerst ja weniger.«

»Was ich getan habe, ist bestimmt schwerwiegender. Wahrscheinlich war es die Sünde, die überhaupt niemals vergeben werden kann.«

»Du meinst *die Sünde wider den Heiligen Geist*?«

»Vielleicht. Ja.«

Stille.

Warum schweigt Lenders so lange? Im Dunkel hinter dem Gitterfensterchen ist nur sein Profil zu erkennen, wie er das Kinn mit der Hand stützt. Wahrscheinlich überlegt er, ob es möglich ist, daß ein normaler Sekundaner, der dazu noch als fromm gilt, ein derart gewaltiges Vergehen auf seine Schultern geladen hat, und sucht eine behutsame Formulierung für die Tatsache, daß er ihm tatsächlich die Absolution verweigern muß.

»Was Jesus mit der Sünde wider den Heiligen Geist gemeint hat, ist gar nicht genau geklärt. Auf jeden Fall gilt das mit der Unvergebbarkeit sowieso nur dann, wenn man im Stand dieser Sünde bis zum Tod verharrt.«

»Hätte – nur als Beispiel – Faust einfach beichten gehen können und alles wäre wieder gut gewesen?«

»Ich wüßte nicht, was dagegenspräche.«

»Er hat dem Teufel einen Vertrag unterschrieben, mit seinem eigenen Blut.«

»Bitte?«

»Wegen der Unterschrift mit seinem eigenen Blut.«

»Das ist doch sehr hypothetisch, würde ich meinen: Sag doch erst mal, was überhaupt passiert ist.«

Er sieht sich aus dem Fenster klettern, durch den nächtlichen Garten irren, wimmernd in der Laube hocken, ins Schulgebäude flüchten, auf dem Sofa aufwachen, mit Schmerzen am ganzen Leib.

»Ich wollte …«

Es schnürt ihm die Kehle zu.

»Laß dir Zeit.«

»Ich habe einen … Ich habe das Furchtbarste getan, was ein gläubiger Christ tun kann.«

Für Lenders ist der Teufel keine reale Größe, sondern lediglich ein allgemeines Sinnbild des Schlechten im Menschen. Wenn er überhaupt von ihm spricht, nennt er ihn ›dein Teufelchen‹ oder ›das Pferdefußmännlein‹, als ob es sich um die Witzfigur aus einem Kinderbuch handeln würde. Lenders muß das, was Carl getan hat, vollkommen lächerlich erscheinen. Er wird es dem schlechten Einfluß von Kuffel und Holzkamp zuschreiben. Holzkamp sagt, daß Lenders schon beim Regens vorstellig geworden ist, um zu verhindern, daß sie ihn ins Priesterseminar aufnehmen.

»Und was, wenn es doch keinen Sinn hat, daß ich es Ihnen bekenne?«

»Ich weiß nicht, was deine Freunde dir erzählt haben, aber …«

»Es hat nichts mit … Also, Bernhard Kuffel hat nichts damit zu tun, falls Sie das meinen.«

»Dann glaub mir doch einfach, daß der Priester jedem, der bereut, im Namen Jesu die Sünden vergeben darf – und zwar alle Sünden. So steht es im Evangelium: *Wem ihr die Sünden nachlaßt, dem sind sie erlassen.* Es gibt da keine Einschränkung.«

»Da steht aber auch, *wem ihr sie behaltet, dem sind sie behalten.*«

»Das steht da auch.«

»Sie könnten also sagen: ›Was du getan hast, ist so schlimm, davon spreche ich dich nicht los‹, oder?«

»Wenn ich sicher wäre, daß du eine schwere Sünde bewußt verschweigst oder daß du nicht bereust, sondern dich über das Sakrament nur lustig machen willst, dann dürfte ich dich nicht lossprechen. Aber diese Gefahr sehe ich in deinem Fall wirklich nicht, Carl.«

»Ich habe versucht …«

Das Bild der Teufelsmesse im Wald, nackte Buhlerinnen, kaltes Feuer, Tiergestalten, Lustschreie. Dort dabeisein zu wollen. Alles aufzugeben, was heilig ist.

Lenders wird ihn für verrückt halten, wenn er ihm davon erzählt. Vielleicht kommt er sogar auf die Idee, daß er psychiatrische Behandlung benötigt. Heutzutage bringen sie Leute, die besessen sind, in Irrenanstalten, statt daß man einem Exorzisten erlaubt, den Dämon im Namen Jesu auszutreiben.

Draußen Gekicher. Ein Gebetbuch fällt auf den Boden, jemand zischt: »Laß das. – Hör auf damit.«

»Carl, ich bin sicher, daß du subjektiv deine Schuld in dieser Dimension siehst, aber das ist eher ein Zeichen, wie tief du sie bereust. Vertraue dich einfach der Barmherzigkeit Gottes an. Er ist dir viel näher, als du es dir vorstellen kannst, und Er kommt dir jederzeit entgegen – wie der Vater, der den verlorenen Sohn mit offenen Armen wieder aufnimmt, weil er froh über dessen Rückkehr ist.«

Der Pakt gilt, auch wenn nichts unterschrieben wurde, denn sein Herz hat zugestimmt, und das Böse hat diese Zustimmung besiegelt. Es war eindeutig – klar und scharf wie Eisluft, gegen sein Herz gehaucht.

»Ich weiß nicht.«

Er hört Spiritual Lenders ein- und ausatmen.

Wenn er die falsche Formulierung wählt, wird Lenders

ihn mit Sicherheit für psychisch gestört, vielleicht sogar für selbstmordgefährdet halten und alle Hebel in Bewegung setzen, ihn vor Schlimmerem zu bewahren.

»Du bist doch zur Beichte gekommen, weil es dir leidtut und weil du dich ändern willst, oder?«

»Schon. Bloß.«

Er muß es sagen, sonst ist die Beichte ungültig und er exkommuniziert sich selbst. Vielleicht kann er es aber auf eine Weise formulieren, daß nur Gott weiß, wovon er spricht, ohne daß er im eigentlichen Sinne lügt oder etwas verschweigt: »Es läßt sich gar nicht so konkret an einer bestimmten Handlung festmachen, deshalb meinte ich ja auch das mit der *Sünde wider den Heiligen Geist*, es ist eher eine grundsätzliche innere Verweigerung Gott gegenüber, glaube ich, und daraus erwächst dann all das andere, was ich vorher genannt habe, die Brutalität gegenüber Schwächeren, der Mißbrauch des eigenen Körpers. – Ich liebe nicht. Niemanden. Keinen Menschen und auch nicht Gott. Mein Herz ist kalt.«

Wieder langes Schweigen.

»Weißt du, Carl, die Liebe im Herzen wachsen zu lassen, ist eine lebenslange Aufgabe, an der wir alle auch immer wieder scheitern. Sieh es doch einfach mal so: Wenn dein Gewissen dich auf diese Lieblosigkeit hinweist, zeigt das doch nur, wie gut es seine Arbeit macht. Es beweist, daß du innerlich eben gerade nicht abgestumpft bist. Ich würde dich deshalb ermutigen wollen, ein wenig von der Barmherzigkeit Gottes, der in Jesus Christus alle, wirklich alle unsere Sünden auf sich geladen hat, für dich selber anzunehmen. Das könnte auch der Vorsatz sein, mit dem du nach Hause gehst. – Meinst du, du schaffst das?«

»Ich will es versuchen.«

»Vielleicht kannst du auch mal darüber nachdenken, ob wir uns demnächst nicht lieber zum Beichtgespräch bei mir in der Wohnung treffen wollen, da ist doch mehr Ruhe als hier.«

»Ja.«

»War das alles, was du auf dem Herzen hattest?«

»Ich glaube.«

Jetzt hat er all dem anderen auch noch eine lügnerische Beichte hinzugefügt.

»Du könntest dich zur Buße mit einem von deinen Mitschülern aussprechen, bei dem du das Gefühl hast, daß du ihm ganz konkret Leid zugefügt hast. – Weißt du da jemanden?«

»Bestimmt…«

»Du mußt mir nicht sagen, wen.«

»Das war sonst…«

»Ja?«

»Und beten soll ich gar nichts?«

»Beten schadet nie. Aber das tust du ja sowieso.«

»Vielleicht einen schmerzhaften Rosenkranz?«

»Nimm den trostreichen… – Wenn es denn ein Rosenkranz sein soll.«

»Gut.«

»Dann erteile ich dir jetzt die Absolution: *Gott, der barmherzige Vater, hat durch den Tod und die Auferstehung Seines Sohnes die Welt mit sich versöhnt und den Heiligen Geist gesandt zur Vergebung der Sünden. Durch den Dienst der Kirche schenke Er dir Verzeihung und Frieden. So spreche ich dich los von deinen Sünden. Im Namen des Vaters und des Sohnes und des Heiligen Geistes.*«

»Amen.«

»Dankt dem Herrn, denn er ist gütig.«

»Und Sein Erbarmen währt ewig.«

»Der Herr hat dir deine Sünden vergeben. Geh hin in Frieden.«

»Dank sei Gott, dem Herrn.«

Es ist alles noch aussichtsloser.

Kuffel steht im Zimmer, naß wie ein begossener Pudel, sein beiger Blouson ist vom Regen dunkel gefleckt, darunter trägt er eines seiner rot-weiß-karierten Hemden mit einer Kordelschleife am Hals, findet nichts, woran er seine Augen festmachen könnte. Carl sitzt im Sessel am Boden. Beißt die Zähne zusammen, schluckt schwer, weicht seinem Blick aus.

»Tja«, sagt Kuffel.

An den Fensterscheiben bilden die Tropfen bewegte Muster.

»Es ist alles gepackt. Meine Mutter wartet unten im Auto auf mich.«

Carl nickt.

»Sie wollte mit hochkommen, aber ich habe ihr gesagt, daß das Unsinn ist.«

»Klar.«

Nebenan, aus Vincent Färbers Zimmer, tönt die gequälte Stimme von Neil Young: *»I am searching for a heart of go-old …«*

Kuffel beugt sich zum Aquarium hinunter.

»Und was machen deine Fische?«

»Ganz gut.«

»Junge haben sie zur Zeit keine, oder?«

Richtet sich wieder auf.

»Nein.«

»Wie kommt das?«

»Die Lebendfuttersaison hat erst angefangen, und bis jetzt war noch keine Zeit, welches zu keschern. Deswegen.«

»Du könntest mir aber ein Exemplar deiner Studie schikken, wenn du sie abgeschlossen hast.«

»Mach' ich.«

»Ich bin schon auch interessiert an diesen Dingen. Weil ...«

»Mußt du nicht.«

»*Macropodus opercularis* heißen sie, oder? – Hab' ich mir gemerkt.«

Carl schaut jetzt auch zu den Fischen: Das Männchen ist blaß, das Weibchen hält sich zwischen Pflanzen und Wurzeln versteckt.

»Es dauert noch. Mir fehlen Bilder von halbausgewachsenen Nachzuchten.«

Wenn er wüßte, wie er sie los wird, würde er es mit einer anderen Art versuchen.

»Verstehe.«

Ohne daß einer vorher anklopft, wird die Tür aufgerissen. Deggendorf steht da, fragt: »Hast du noch Kaffee?«

»Nein. Aber du störst.«

Knallt die Tür wieder zu.

»Und nächste Woche fährst du erst mal ins Sauerland zur Gräfin?«

»Genau.«

»Wie lange?«

»Vierzehn Tage. Ein bißchen Wandern. Am Wochenende darauf kommt der Kardinal und hält einen Vortrag über das immerwährende Wirken des Parakletos in der Kirche.«

»Schade, daß ich nicht dabeisein kann.«

»Sehr schade, wirklich. Er ist zwar nicht gerade ein Charismatiker mit seiner Fistelstimme und dem etwas … sagen wir weichlichen Gebaren. Aber schon auch eindrucksvoll. Und ein mächtiger Mann. Der mächtigste nach dem Heiligen Vater. Er wird in Zukunft die theologische Ausrichtung dieses Pontifikats bestimmen.«

»Du bist dann ja sicher öfter in Sudentropp.«

»Schauen wir mal.«

Ein Schmerz, der von der Brust bis in die Fingerspitzen zieht, aber nicht ausbrechen kann.

»Vielleicht magst du noch ein Stück Richtung Parkplatz mitgehen.«

»Sicher.«

»Nur wenn du willst.«

»Halt nicht bis zum Auto, weil, deine Mutter wäre mir jetzt doch ein bißchen viel.«

»Sonst können wir uns auch hier schon trennen …«

Das wäre am besten, aber es würde Bernhard kränken, und Carl möchte ihn nicht kränken zum Abschied.

»Ich müßte dann nämlich so langsam.«

Carl steht auf, schwankt kurz, macht einen Schritt auf Kuffel zu, sieht sich, wie er ihm um den Hals fällt, in Tränen ausbricht, tut nichts dergleichen, dreht sich weg, damit Kuffel seinem Gesicht nichts entnimmt, geht an ihm vorbei zur Tür. Bückt sich, zieht seine Schuhe an. Der Versuch eines Lächelns: »Schirm nehme ich jetzt keinen mit.«

Zum Glück ist niemand auf dem Flur, der etwas sehen

oder denken könnte. Kuffels Kreppsohlen quietschen. Schweigen. Carl schießen lauter letzte Sätze durch den Kopf, aber keine vorletzten. Wenn Kuffel weg ist, hat er hier niemanden mehr. Er wird vollständig allein sein. Der Gedanke bläht sich zu voller Größe auf, wie eine Blase, die ihn einschließt. Aus allen Zimmern dröhnt andere Musik: Deep Purple, Brahms, Alan Parsons, Ideal: *»Sex - Sex in der Wüste«.*

Mit Guntram kann er sich unterhalten, sie denken vielfach ähnlich.

Es riecht nach Instantbouillon und aus dem Raucherzimmer nach Rauch. Ebeling steht am Boiler, läßt heißes Wasser in seine Teekanne laufen, winkt kurz, sagt aber nichts.

Sie gehen die Treppen hinunter. Kuffel langsam, Stufe für Stufe, Carl in Sprüngen. Er wartet auf jedem Absatz, bis Kuffel nachgekommen ist.

»Und wann genau ziehst du nach Linz?«

»Das ist alles noch nicht endgültig geklärt. Vielleicht ergibt sich auch eine andere Möglichkeit. Es hängt davon ab, wie sich die Lage kirchenpolitisch entwickelt. Angeblich will Rom … Also der Kardinal wird dafür sorgen, daß künftig mehr in unserem Sinne gearbeitet wird …«

»Inwiefern.«

»Vor allem im deutschsprachigen Raum. Darüber darf ich vorerst aber nicht sprechen. Es sind viele Dinge in Bewegung. Die Zeit der Modernisten nähert sich jedenfalls definitiv dem Ende.«

Kuffel bleibt stehen, lacht auf.

Vor ihnen der Kreuzgang, schwarzer Steinboden, oben die hellen und hohen Gewölbe. So müßte die von Licht und Geist durchwirkte Stadt Gottes auf dem Berg Zion sein. Nur wärmer.

Kuffel biegt nach rechts, obwohl es linksherum kürzer wäre.

»Willst du noch an Roghmanns Grab?«

»Da war ich schon, bevor ich zu dir gekommen bin.«

Carl denkt, daß dies jetzt seine letzte Runde mit Kuffel durch den Kreuzgang ist, daß sie nie wieder in aller Herrgottsfrühe gemeinsam in die Beterkapelle zur Messe gehen werden, nie mehr einfach so abends zusammen auf dem Zimmer sitzen, Musik hören, trinken, reden. Fortan werden sie sich höchstens alle halbe Jahre sehen, und dann wird es keine Selbstverständlichkeit mehr haben, weil sie in völlig verschiedenen Welten leben: Bei Kuffel ändert sich alles und bei ihm nichts, außer daß Kuffel weg ist.

Die Eingangstür vor Haus Aventin öffnet sich, Bruder Walter kommt in den Kreuzgang, grinst von weitem, bleibt stehen: »So Bernhard, war es das für dich hier?«

Kuffel nickt.

Links die Fenster der Bischöfe, die Schüler in Kahlenbeck waren, Gereon Bieshagen, Bischof von Essen, geboren 1932, Abiturientia 1953 ...

»Und wo geht es jetzt hin?«

»Mal sehen, wohin die Vorsehung uns verschlägt, nicht wahr.«

»Carl ist sicher sehr traurig.«

Kuffel hält den Blick gesenkt und sagt nichts.

»Dann wünsche ich dir alles Gute. Es heißt ja, du hättest Großes im Sinn.«

Streckt ihm die Hand entgegen.

»Für Sie auch, Bruder Walter.«

Sie gehen nach links weiter, an der Michaelskapelle vorbei, jemand übt Orgel, nähern sich der Tür zur Küche. Carl denkt einen Moment an die schöne Lydia, die ihn noch nicht einmal zur Kenntnis genommen hat, und daß sie genau jetzt um diese Zeit dort herauskommen könnte. Dann sähe sie ihn mit Kuffel in seinem abgrundtief häßlichen Blouson, den lächerlichen Trachtenkleidern. Hoffentlich nicht.

Was könnte er sagen?

»Meinst du, unsere Freundschaft wird halten?« fragt Kuffel.

»Bestimmt. Sicher. Warum zweifelst du?«

»Ich schicke euch wie Schafe mitten unter die Wölfe ...«

»Ja, aber wir können telephonieren und uns schreiben. Und in den Ferien besuchen wir uns. Kein Problem.«

»So machen wir das.«

Vor der Küchentür wieder links: Jetzt sind es noch dreißig Meter. Kuffel wird langsamer. Rechterhand führen die Stufen zur leeren Präseswohnung hinauf.

»Es heißt«, sagt Kuffel, »der Bischof hätte jetzt endlich jemanden, den er hierherschicken kann.«

»Wird auch Zeit.«

»Hoffen wir, daß es jemand ist, der geistliches Gewicht hat und den Laden zusammenhält. Der Druck von draußen wird immer weiter zunehmen.«

Sie sind im Glasgang. Draußen schüttet es, der Platz ist eine einzige Pfütze. Kuffel bleibt stehen.

»Ich fürchte, hier trennen sich unsere Wege.«

Carl denkt, daß dies der Moment ist, vor dem er sich seit Monaten gefürchtet hat, es müßte ein Riß durch seine Brust gehen, ein Weinkrampf oder ein Schrei zum Himmel.

»Keine Ahnung. Was sagt man in solchen ... Du bekommst Post von mir.«

»Das würde mich freuen.«

»Auf jeden Fall.«

Carl sucht tief im Hals nach einem Schluchzen, versucht sich auf Tränen zu konzentrieren.

»Leb wohl, Carl«, sagt Kuffel und hält ihm die Hand hin.

Er schlägt ein, weiß nicht, ob er es bei dieser Geste belassen soll oder ob doch eine Umarmung angebracht wäre, als Kuffel ihn an sich reißt, kurz und fest. Kuffels weicher Bauch, der gegen seinen drängt. Scharfe Bartstoppeln an seinen Wangen, Geruch von nassem Stoff, kaltem Zigarrenrauch. Carl windet sich, um die Berührungsflächen zu verkleinern. Kuffel läßt los, faßt ihn bei den Schultern. Sieht ihn aus seinen traurig verwunderten Augen an, der Blick einer Antilope oder doch der einer Kuh: »Möge Gott dich behüten.«

Keine Antwort darauf.

Dann dreht er sich um, geht sonderbar plötzlich zur Glastür, das gesenkte Haupt, hängende Schultern, gebeugter Rücken. Öffnet, tritt unter das Vordach. Schaut noch einmal zurück, zieht den Blouson über den Kopf, läuft in den Regen.

Carl denkt, daß er weinen sollte. Wenigstens leise in sich hinein. Und sei es nur, um zu bestätigen, daß galt, was in den letzten beiden Jahren war.

Erleichterung.

Christoph Peters

Herr Yamashiro bevorzugt Kartoffeln

Roman

224 Seiten, Gebundenes Buch mit Schutzumschlag
ISBN 978-3-442-74159-5

»Lost in Translation« an der Ostsee

Eine federleichte Komödie über die Begegnung zweier Welten und Kulturen, wie sie gegensätzlicher nicht sein könnten. Ein heiter-tiefsinniges Buch über die besondere Magie, die entsteht, wenn sich Menschen einem scheinbar unmöglichen gemeinsamen Projekt verschreiben. Und ein Roman über das Allzu-Menschliche und das Göttliche von Kunst: über ihren Leichtsinn und ihren Hochmut, über ihren Ernst und ihr Wagnis, über ihre Beschränktheit und Vergeblichkeit – und über ihre wahre Größe.

»Eines der größten Talente der deutschen Gegenwartsliteratur.«
Hajo Steinert, Literaturen

Christoph Peters

bei btb

Kommen und gehen, manchmal bleiben

Erzählungen, 160 Seiten, Broschur

14 Geschichten, kunstvoll gebaut, perfekt im Stil, klassisch im Ton und präzise in der Beschreibung

»Christoph Peters erzählt so raffiniert, dass man es zuerst gar nicht merkt.«

Rheinischer Merkur

Stadt Land Fluß

Roman, 224 Seiten, Broschur

Ausgezeichnet mit dem aspekte-Literaturpreis

»Ein in jeder Hinsicht perfektes Debüt: Eine scheinbar ganz normale Liebesgeschichte, aber voller doppelbödiger Spannung. Ein Glücksfall …«

Werner Fuld, Focus

Das Tuch aus Nacht

Roman, 320 Seiten, Broschur

Das furiose Portrait des spätherbstlichen Istanbul – und die Geschichte einer herzzerreißenden Liebe

»Das Tuch aus Nacht ist feinste Webware, nach der man im zeitgenössischen Literaturbasar lange suchen muss.«

Hubert Winkels, Die Zeit

Ein Zimmer im Haus des Krieges

Roman, 320 Seiten, Broschur

Eine Reise in das Herz des Fundamentalismus

Heinrich Grewents Arbeit und Liebe

144 Seiten, Broschur

Eine moderne Kleinbürgersatire von geradezu klassischem Format

»Ein meisterhafter Erzähler.«
Frankfurter Allgemeine Zeitung

tb

Sven Hofestedt sucht Geld für Erleuchtung

Geschichten, 224 Seiten, Broschur

Wir in Kahlenbeck

Roman, 512 Seiten, Broschur

Longlist Deutscher Buchpreis

»Peters lesen ist wie ins Kino gehen.«
Berliner Morgenpost